ALEXA
DUM

NDREAS

O MÁSCARA DE FERRO

organização deste volume por
FERNANDO NUNO
tradução de
MARIA CRISTINA GUIMARÃES CUPERTINO
apresentação e notas de
FÁTIMA MESQUITA
ilustração de
RAFAEL NOBRE

© Panda Books

Diretor editorial **Marcelo Duarte**
Diretora comercial **Patth Pachas**
Diretora de projetos especiais **Tatiana Fulas**
Coordenadora editorial **Vanessa Sayuri Sawada**
Assistentes editoriais **Camila Martins e Henrique Torres**

Coordenação da coleção **Fernando Nuno e Silvana Salerno**
Projeto gráfico **Gustavo Piqueira e Samia Jacintho | Casa Rex**
Diagramação **Casa Rex**
Ilustração **Rafael Nobre**
Revisão da tradução **Silvana Salerno**
Preparação **Estúdio Sabiá**
Revisão **Valéria Braga Sanalios, Silvia Almeida e Maurício Katayama**
Imagen p. 1 **Alexandre Dumas** © Felix Nadar/The Museum of Fine Arts
Impressão **Ipsis**

CIP-BRASIL. CATALOGAÇÃO NA PUBLICAÇÃO
SINDICATO NACIONAL DOS EDITORES DE LIVROS, RJ

D92m
Dumas, Alexandre, 1802-1870
O Máscara de Ferro / Alexandre Dumas; tradução de Maria Cristina Guimarães Cupertino; apresentação e notas de Fátima Mesquita; ilustração de Rafael Nobre. – 1. ed. – São Paulo: Panda Books, 2022. 728 pp. il.

Tradução de: *Le vicomte de Bragelonne*
ISBN: 978-65-5697-192-6

1. Ficção francesa. I. Guimarães, Maria Cristina. II. Mesquita, Fátima. III. Nobre, Rafael. IV. Título.

22-76303   CDD: 843
                               CDU: 82-3(44)

Bibliotecária: Meri Gleice Rodrigues de Souza - CRB-7/6439

2022
Todos os direitos reservados à Panda Books.
Um selo da Editora Original Ltda.
Rua Henrique Schaumann, 286, cj. 41
05413-010 – São Paulo, SP
Tel./Fax: (11) 3088-8444
edoriginal@pandabooks.com.br | www.pandabooks.com.br
Visite nosso Facebook, Instagram e Twitter.

Nenhuma parte desta publicação poderá ser reproduzida por qualquer meio ou forma sem a prévia autorização da Editora Original Ltda. A violação dos direitos autorais é crime estabelecido na Lei nº 9.610/98 e punido pelo artigo 184 do Código Penal.

APRESENTAÇÃO p. 15

PRIMEIRA PARTE

O SENHOR BAISEMEAUX DE MONTLEZUN p. 29

AS DIVERSÕES DO REI p. 39

AS CONTINHAS DO SENHOR
BAISEMEAUX DE MONTLEZUN p. 52

O ALMOÇO DO SENHOR BAISEMEAUX p. 66

O SEGUNDO DA BERTAUDIÈRE p. 74

SEGUNDA PARTE

TRÊS COMENSAIS ADMIRADOS
POR JANTAREM JUNTOS p. 91

O QUE ESTAVA ACONTECENDO NO LOUVRE
DURANTE O JANTAR DA BASTILHA p. 97

RIVAIS POLÍTICOS p. 106

EM QUE PORTHOS É CONVENCIDO
SEM TER COMPREENDIDO p. 114

A SOCIEDADE DO SENHOR DE BAISEMEAUX p. 122

O PRISIONEIRO p. 133

DE COMO MOUSTON HAVIA ENGORDADO
SEM AVISAR PORTHOS E OS DISSABORES
QUE ISSO CAUSOU AO HONRADO FIDALGO p. 164

QUEM ERA O CAVALEIRO JEAN PERCERIN p. 174

AS AMOSTRAS p. 182

EM QUE MOLIÈRE TEVE TALVEZ A SUA
PRIMEIRA IDEIA DO *BURGUÊS FIDALGO* p. 193

A COLMEIA, AS ABELHAS E O MEL p. 200

OUTRO JANTAR NA BASTILHA p. 212

O GERAL DA ORDEM p. 220

O TENTADOR p. 230

COROA E TIARA p. 241

O CASTELO DE VAUX-LE-VICOMTE p. 250

O VINHO DE MELUN p. 256

NÉCTAR E AMBROSIA p. 262

PARA GASCÃO, GASCÃO E MEIO p. 267

COLBERT p. 280

CIÚME p. 287

LESA-MAJESTADE p. 294

UMA NOITE NA BASTILHA p. 304

A SOMBRA DO SENHOR FOUQUET p. 311

A MANHÃ p. 329

O AMIGO DO REI p. 338

COMO A ORDEM FOI RESPEITADA
NA BASTILHA p. 355

O RECONHECIMENTO DO REI p. 364

O FALSO REI p. 373

EM QUE PORTHOS ACREDITA ESTAR
CORRENDO ATRÁS DE UM DUCADO p. 385

OS ÚLTIMOS ADEUSES p. 391

O SENHOR DE BEAUFORT p. 397

PREPARATIVOS PARA A PARTIDA p. 406

O INVENTÁRIO DE PLANCHET **p. 417**

O INVENTÁRIO DO SENHOR DE BEAUFORT **p. 424**

A TRAVESSA DE PRATA **p. 431**

CATIVO E CARCEREIROS **p. 440**

AS PROMESSAS **p. 451**

ENTRE MULHERES **p. 464**

A CEIA **p. 474**

NA CARRUAGEM DO SENHOR COLBERT **p. 485**

AS DUAS BARCAÇAS **p. 493**

CONSELHOS DE AMIGO **p. 502**

COMO O REI LUÍS XIV REPRESENTOU SEU PEQUENO PAPEL **p. 509**

O CAVALO BRANCO E O CAVALO NEGRO **p. 519**

ONDE O ESQUILO CAI, ONDE A COBRA VOA **p. 528**

BELLE-ÎLE-EN-MER **p. 538**

AS EXPLICAÇÕES DE ARAMIS **p. 549**

CONTINUAÇÃO DAS IDEIAS DO REI E DAS IDEIAS DO SENHOR D'ARTAGNAN **p. 563**

OS ANCESTRAIS DE PORTHOS **p. 566**

O FILHO DE BISCARRAT **p. 571**

A CAVERNA DE LOCMARIA **p. 578**

A CAVERNA **p. 586**

UM CANTO DE HOMERO **p. 596**

A MORTE DE UM TITÃ **p. 603**

O EPITÁFIO DE PORTHOS **p. 611**

A RONDA DO SENHOR DE GESVRES **p. 620**

O REI LUÍS XIV **p. 629**

OS AMIGOS DO SENHOR FOUQUET **p. 638**

O TESTAMENTO DE PORTHOS **p. 646**

A VELHICE DE ATHOS **p. 653**

VISÃO DE ATHOS **p. 659**

O ANJO DA MORTE **p. 666**

BOLETIM **p. 672**

O ÚLTIMO CANTO DO POEMA **p. 679**

TERCEIRA PARTE

EPÍLOGO **p. 691**

A BATALHA FINAL **p. 712**

MAPA DE PERSONAGENS **p. 722**

BIOGRAFIAS **p. 724**

APRESENTAÇÃO

SOPA IMORTAL DE LETRINHAS NÍVEL HIGHLANDER MASTER

Então, aqui está você, decidida(o) — ou ao menos tentada(o) — a ler um clássico, um conjunto de palavras e ideias que um belo dia saiu da cabeça de uma escritora ou um escritor e que vem vindo, ano após ano, enredando leitores de todo tipo, de toda idade, de toda língua, de toda natureza. O que você tem nas mãos — se liga — já é só por isso um tesouro, porque, quando você mergulha na trama e no drama de um clássico, está participando de uma experiência coletiva inacreditável. Sente o poder?

Pois os clássicos são isso mesmo: são puro poder. Eles são o que fica, o que não se apaga, não se deleta, e a gente logo detecta que, vira e mexe, eles se esticam, crescem, muitas vezes virando filme, influenciando novos autores, roteiristas, letristas de música, poetas, autores de novelas, conversas de boteco e muito mais — sim, porque às vezes eles influenciam até a maneira como a gente vê o mundo, como se comporta nele... É um poder cósmico e concentrado aí numa sopa imortal de letrinhas nível *highlander master*! Bora encarar?

Ah, eu entendo. Às vezes a linguagem é tão estranha que a gente tropeça e cai de boca na preguiça. Outras vezes, o desânimo vem de trechos de descrição sem fim, ou uma cuspição de referências que cansam, umas trancas chatas, viu? E é verdade: tem uns períodos do passado escrito da nossa história de seres humanos em que as pessoas pareciam bater palma e passar pano direto pra isso na literatura.

Mas imagino cá com minhas teclas que você tenha uma cabeça aberta, certo? Então, escancara mesmo, se deixe levar por países, cidades, tempos, costumes, leis, tradições, sabores e amores tão distantes da gente, mas tão pertinho da nossa humanidade. Se larga aí num canto gostoso, se esparrama num sofá, ou cava espaço no aperto do trem, no sacolejo do ônibus, na zoeira do metrô e mergulha no classicão que aqui está. Você irá automaticamente adentrar uma *rave* de milhões de almas, de agora e do passado, que já curtiram o que você está prestes a decodificar neste instante. E deixe com os beques aqui a defesa da sua sanidade, porque a gente incluiu nestas páginas uma montanha de comentários que vão facilitar sua leitura, esclarecendo palavras, revelando contextos e tretas variadas — e várias vezes até abrindo novas portas para outras curiosidades que têm a ver com a história. E tudo isso com um bom humor danado!

Então seja bem-vinda(o) à nossa coleção de clássicos internacionais: mete os peitos, *pow*!

NETO DE ESCRAVA E GÊNIO DA NARRATIVA

Alexandre Dumas nasceu em 1802, numa vila perto de Paris. Seu avô era o marquês de La Pailleterie, um francês branco, e sua avó era uma mulher negra nascida no que é hoje o Haiti; ela se chamava Marie Césette Dumas. O *baby* do casal, Thomas-Alexandre Dumas, cresceu e virou um general importante na França. Ele adotou o sobrenome da mâmis e se casou com Marie-Louise, que deu à luz o Alê, criador dos famosos mosqueteiros da literatura. Papai Thomas, no entanto, morreu quando o menino tinha só quatro anos de idade.

Nosso autor nasceu numa época muito doida, logo após a Revolução Francesa de 1789, que tantas mudanças trouxe pro planeta. Veio ao mundo também marcado por duas coisas: o racismo (por ser negro) e o Romantismo, que era uma nova tendência que estava fazendo a cabeça dos artistas. O Romantismo era uma espécie de revolução também, mas contra o Classicismo, um jeito de escrever entupido até a tampa de regras que imperava naquela época. Agora não! Agora, com o Romantismo, valia (quase) tudo.

Mas havia nessa nova onda também o susto das mudanças que estavam borbulhando no mundo, com o começo da industrialização alterando o dia a dia das pessoas, as relações entre elas, as esferas do poder. No ar pairava uma novidade e tanto: menos aquela coisa de ligações entre os tais bem-nascidos, a aristocracia, e seu clima de vassalagem, que trazia um código de honra tipo "eu-tenho-que-fazer-isso-porque-esse-é-meu-papel-na-estrutura-geral", mas mais uma nova abordagem que era "eu-não-nasci-fidalgo-mas-tenho-grana-e-agora-vocês-vão-ter-que-me-engolir".

Nesse sentido, é divertido mesmo ver um cara como Dumas — neto de uma mulher negra que vivenciou a escravidão — escrever romances históricos, abordando uma sociedade que com certeza o rejeitaria de cabo a rabo, né não?

A VIDA LOUCA E UMA FÁBRICA
EFICIENTE DE HISTÓRIAS

O mundo dos livros se divide em dois times que ficam lutando de capa e espada. Um lado é considerado fazedor de obras finas, meio brigadeiro *gourmet*, que muitas vezes ganha prêmios, encanta os críticos, mas que não tem o hábito de ser um grande vendedor, embora, claro, haja exceções. Enquanto isso, a outra banda toca a vida produzindo entretenimento, sem maiores pretensões e, quase sempre, em volume, meio que explorando um filão.

Nas duas facções existem coisas bem-feitas e uns trecos de pouca ou até nenhuma qualidade. E esse Dumas aqui habita o grupo da diversão, com algumas obras muito boas e outras que têm os pés firmes no pantanoso território do mais ou menos.

Ele era, lá na França do século XIX, o rei absoluto do folhetim, publicando em jornais os capítulos de obras que eram como novelas de duração quase eterna de tão longas. Era também um autor amado pelos leitores. Como acontece ainda hoje, porém, poucos escritores viviam só de escrever. O mais comum era que tivessem pelo menos um emprego fixo pra pagar as contas. Ou um mecenas — um ricaço que vinha e falava: toma aqui uma grana pra você ficar sussa e ir fazer sua arte de boas.

Mas esse Alê não tinha nem uma coisa nem outra: ele vivia só mesmo das palavras, das sentenças e dos enredos que criava. E, porque era também um homem da farra, o cara precisava de *argent* (dinheiro, bufunfa) para manter sua vida cinco estrelas, com amantes e filhos fora do casamento — de um desses relacionamentos, aliás, nasce um segundo Alexandre Dumas, autor de *A dama das camélias*, publicado em 1848 e depois transformado em peça de teatro. De outro *affaire d'amour*, veio ao mundo mais um escritor, Henry Bauer, mas que fez fama em Paris mais como crítico literário e jornalista do que como qualquer outra coisa.

Por conta dessa vida de esbórnia, Alê publicava que nem um doido. Era folhetim, romance, artigo de jornal, peça e crítica de teatro, poema, tudo e qualquer coisa. E, de preferência, rapidão. Às vezes até com mais de uma obra sendo composta ao mesmo tempo. Para isso funcionar, ele contava com um time de colaboradores que chegou a ter mais de setenta pessoas. Uma delas era um parça do Alê, o professor e historiador Auguste Maquet, que fazia um texto basicão e mandava pro Dumas, que dava uma nova configuração praquele esboço.

Tem gente que diz que o Alê roubava algumas histórias, e o próprio Maquet processou o amigo certa feita por conta disso. Mas o juiz viu o rascunho e a obra acabada e deu ganho de causa pro Dumas: o cara de fato era quem dava sabor, ritmo e vibração à história e à estória. Ele era o dono do estilo e virou mesmo uma espécie de grife, porque bastava ter o nome dele lá que já era certeza de sucesso de público.

Craque do diálogo, senhor do ritmo, um ás na capacidade de manter o leitor preso à trama com cenas de ação e efeitos especiais, Dumas escreveu e publicou muito, faturou uma bela grana (e gastou sempre mais do que ganhava). Foi também uma celebridade e tanto no seu tempo, e entre seus livros mais famosos estão *O conde de Monte Cristo* (1846), *A rainha Margot* (1845) e a sequência completa das aventuras de *Os três mosqueteiros*, que são suas obras-primas.

UM MASCARADO SÓ SEU

A saga dos mosqueteiros do Dumas virou três livros: *Os três mosqueteiros* (1844), *Vinte anos depois* (1845) e *O visconde de Bragelonne* (1847).

Já no primeiro da série, os três heróis — Athos, Porthos e Aramis — viram quatro, com a chegada do queridão D'Artagnan. Mas bora falar de *O visconde de Bragelonne*, que vem com um emaranhado de histórias e aventuras que se cruzam — bem do jeito que o Dumas ama, né? Pois no miolo desse enredo de caldo grosso tem um trelelê muito interessante baseado numa boataria que circulou brava uma pá de tempo na França.

Essa *fake news* nível *top* dizia que um prisioneiro havia passado a vida quase toda sendo obrigado a usar uma máscara pra que ninguém soubesse quem ele era. Uma das teorias para justificar esse boato dizia que o detento era irmão gêmeo do rei Luís XIV e que vivia assim para que não tivesse a chance de disputar o trono com o mano. Pois é essa confa toda que este livro aqui conta.

Dumas adorava isso de aproveitar a história de verdade para fazer ficção e criar assim o que é chamado de "romance histórico". Então, nós, leitores, temos de ficar ligados na diferença entre o que é real e o que é romanceado, inventado nível alto. O básico é assim: houve mesmo um sujeito que ficou preso durante anos, primeiro no forte da ilha de Sainte-Marguerite, depois na famosa Bastilha, e que usava o tempo todo uma máscara cobrindo o rosto — e uns dizem que a máscara era de veludo; outros, que era de ferro. Bom, esse infeliz morreu em 1703, e nunquinha ninguém soube pra valer a identidade dele. Esse mistério, claro, deu corda para um mundaréu de conversa fiada, como a de que ele seria irmão gêmeo do rei. Outro grande escritor francês, o Voltaire, por exemplo, usou essa versão meio desmiolada para dar um tchans numa coisa que era real: os maus efeitos que o poder absoluto de um rei podia causar. E depois Dumas uma hora lá pensou: ah, essa *fake* aí dá um molho legal. Vou mais é meter esse furunfuzuê no meu livro. E ele acertou em cheio!

Outra sacada criativa desse Alê Dumas foi pegar o nome de mosqueteiros que existiram mesmo para batizar seus heróis fictícios. Os homens de verdade não viveram as mesmas aventuras do livro, não tinham a mesma personalidade dos caras inventados. Mas utilizar os nomes verdadeiros deles deu um quê especial ao livro. Do mesmo modo, nunca existiu um filho de Athos que perdeu sua amadinha para o rei Luís XIV (ah, aguenta aí que tem mais fofoquê disso adiante).

CTRL C + CTRL V
(OU O FAMOSO RECORTA E COLA)

O grande fuzuê aqui é que essa trama do homem de máscara foi recortada e colada de um enredo maior — ou seja, *O Máscara de Ferro* é o recorte de umas partes de *O visconde de Bragelonne* que revelam esse babado todo do prisioneiro e tal.

Por isso, atenção: este livro aqui que você tem nas mãos é uma edição superespecialíssima, uma coisa inédita mesmo. Os editores fizeram assim: vasculharam com afinco o texto do *Bragelonne* catando a dedo todos os lances em que o Máscara aparece. Aí, com esses capítulos separados, deram uma baita organização ao texto, de onde nasceu esta edição que está nas suas mãos e que, além de falar dos quatro mosqueteiros e desse irmão que nunca existiu, revela ainda os podres de várias figurinhas importantes da história da França na época.

Agora, coloque o cinto de segurança que nós vamos seguir viagem aqui com alguns detalhes que vão ajudar a encarar o desenrolar da ação com toda a tranquilidade. E começamos esta fase do jogo com uns toques bem rápidos sobre o que aconteceu com os mosqueteiros lá desde o começo da saga deles, no livro 1, que é o *Os três mosqueteiros*.

Os tais três eram Athos, Porthos e Aramis, que faziam parte da tropa de elite da guarda do rei da França. Esses soldados especiais eram chamados de mosqueteiros — um nome que tinha nada a ver com mosquito, mas com um tipo de espingarda meio primitiva usada a partir dos anos mil quinhentos e poucos: o mosquete. Aí, logo no início de *Os três mosqueteiros,* pinta um rapazinho do interior, chamado D'Artagnan, que ganha a simpatia dos caras e que se sai tão bem nas aventuras com eles que acaba sendo incorporado à tchurma, de modo que o trio vira ali um quarteto.

Agora, dos três que viraram quatro, Aramis — que era o nome de guerra de René d'Herblay — foi o que teve a carreira mais maluqueira, deixando de ser mosqueteiro para virar padre. E ele se enredou tanto nas tretas da Igreja daquele tempo que virou bispo de um lugar chamado Vannes. Além disso, ele morava numa ilha, a Belle-Île (Ilha Bela), que era um "feudo" de um poderoso topzeira, o Fouquet. Mais tarde, Aramis participou de uma estranha competição.

A Igreja Católica tem um monte de ordens religiosas lá com suas regras e tudo mais. Uma delas é a Companhia de Jesus, que a gente também conhece como sendo a ordem dos jesuítas, e o Aramis, na ficção, fazia parte dessa turma. Pois um dia, o chefe desse time estava ali na beirinha da morte e escolheu Aramis para assumir o lugar dele, mas em clima de segredo. Só quem era da ordem sabia disso. E o mais doido de tudo: o ex-mosqueteiro conquistou o cargo porque conhecia uma manobra política ultraultrassecreta (tem mais detalhes cabeludos disso no fim desta introdução, tá?). E é esse fato que acaba gerando todo o rocambole delicioso deste livro, *O Máscara de Ferro.*

O ponto X-tudo é que o Aramis quer usar esse segredo para ajudar a manter o protetor dele, o tal Fouquet, no centro do poder da França. Ué, peraí! E quem é esse tal de Fouquet, minha gente? Segura aí que já, já conto tudinho para a sua pessoa. Antes quero dar um plá sobre os outros heróis do Dumas, pode ser?

Athos. Hora de saber mais dele. Aqui neste livro, Athos já está aposentado da mosquetaria, vivendo de boas no interior, curtindo seu título de conde de La Fère na companhia de dois criados pessoais: Grimaud e Blaisois. Antes, porém, quando ainda estava na ativa, foi casado com a duquesa de Chevreuse, que era dama de companhia da rainha da França. Os dois tiveram um filho, que é o Raoul — o visconde de Bragelonne que dá título ao livro de onde vem a história do nosso *Máscara*.

Já o grandalhão e fortíssimo Porthos é o mais emotivo dos mosqueteiros. Ficou rico quando se casou com uma milionária, mas está viúvo. Mais tarde recebeu o título de barão, virando assim o "senhor Porthos du Vallon de Bracieux de Pierrefonds". Mas continuou o de sempre, na simplicidade e na simpatia, sem saber muito bem o que está fazendo quando ajuda o parça dele, o bispo Aramis, no fio condutor tetreiro deste livro aqui. Porthos também tem lá um criado fiel, Mousqueton, que, sabe-se lá por quê, nesta altura é chamado por todo mundo de Mouston. (Aqui vai um *spoiler*: o Alê Dumas disse que até chorou quando escreveu a morte de Porthos no livro...)

Agora, D'Artagnan, que é o mais novo do trio-quarteto, ainda está na ativa e virou chefe da guarda do rei. Ele adora seus manos mosqueteiros e é leal a eles até o fim, e por isso mesmo se mete num rebu complicadaço no imenso bololô divertido que é o enredo desse *Máscara*.

UÉ, QUEM DISSE QUE COADJUVANTE NÃO É IMPORTANTE?

Ui! Tanta coisa pra dizer, né? Mas não acabei ainda não. Toma um gole aí de café e vamos lá com um resuminho básico, antes de a gente passear de mãos dadas, dando uma espiada em alguns coadjuvantes importantes nesta trama: *O visconde de Bragelonne* se desenrola quando os mosqueteiros já não estão mais juntos e na ativa — só D'Artagnan continua trabalhando no ramo da capa e espada.

Encaremos agora alguns tipinhos que são pontos fundamentais do enredo de Dumas, começando pelo Fouquet, que é um cara que foi mesmo encarregado dos cofres oficiais da

França — e, confie em mim, isso é o suficiente por enquanto. E ainda o Colbert, que também apronta muito nesta história e que foi outro que existiu de fato. Esse Colbertinho estava de olho no cargo do Fouquetão e vai costurando um trelelê pesado para assumir a posição enquanto o ex-mosqueteman, Aramis, se mete com os dois pés até o pescoço nesta disputa de C contra F.

Ah, e, por fim, por outro motivo, temos de falar um pouco mais do visconde do título, que se chama Raoul e é filho do Athos. O rapaz havia sido noivo de uma garota aristocrata, Louise de La Vallière, e ficou a ver navios porque a gata o colocou pra escanteio ao se apaixonar total pelo rei Luís XIV, que, por sinal, era casado. (E aqui entram mais estes parênteses: a Lou existiu mesmo e teve um primo que passou por esse perrengue de literalmente morrer de amor por ela, quando viu que a bela estava de teretetê com o rei.)

ARAMIS, O ARMADOR DE TRETAS

Duas coisas importantes de saber a mais sobre Aramis é que esse treteiro de grande quilate havia tido um caso de bicotas, rala e rola e *et cetera* picante com uma mulher que ouvia as confidências da mamãe do Luís XIV. E, na ficção do Dumas, foi essa namoradinha aí quem contou o babado secreto do irmão gêmeo pro Aramis, que, ambicioso e sem escrúpulo algum, resolveu usar o que sabia para ganhar ainda mais poder e prestígio, e talvez até virar papa um dia!

O lance é que, como vimos, ele havia estado ao lado do superior da ordem dos jesuítas quando este estava perto de morrer. A história completa é a seguinte: para escolher seu substituto, o chefão perguntou para uma turma de candidatos quais segredos eles tinham que poderiam ajudar a avançar os planos de poder da ordem jesuíta. E foi Aramis quem ganhou a disputa, subindo um megadegrau na vida. Esse é um ponto fundamental para o desenrolar da barafunda que faz o livro manter o leitor grudado às suas páginas.

Mas, ei!, chega de blá-blá-blá. Bora virar a página e mergulhar fundo neste delicioso clássico. Vamos juntos que eu botei aí uma montanha e meia de notinhas e comentários pra diversão ficar ainda melhor. *Bisou, bisou, au revoir!*

Fátima Mesquita

O sucesso de Dumas pai começa no teatro, com destaque para *Henrique III e sua corte* (1829), mas sua fama praticamente intergaláctica vem mesmo com os romances. Eles são muito demais da conta, então aqui a gente dá só uma amostra, listando os títulos mais famosos. Note também que, no caso dele, muitas vezes tem obra que sai de dentro de outras obras. Isso é possível porque Dumas pai escreve livros grossos mesmo, abrindo esta possibilidade de fazer como a gente fez aqui, que é extrair de uma trama-mãe um enredo-filhote que dá conta de brilhar sozinho também. Mas eis a listinha nossa:

O CASTELO DE EPPSTEIN (1843)

O CONDE DE MONTE CRISTO (1844)

OS IRMÃOS CORSOS (1844)

OS TRÊS MOSQUETEIROS (1844)

A RAINHA MARGOT (1845)

VINTE ANOS DEPOIS (1845)

O CAVALEIRO DE MAISON-ROUGE (1845)

MEMÓRIAS DE UM MÉDICO (1846-1853),

    em quatro volumes:

    JOSEPH BALSAMO,

    O COLAR DA RAINHA,

    ANGE PITOU e

    A CONDESSA DE CHARNY

O VISCONDE DE BRAGELONNE (1847)

OS QUARENTA E CINCO (1847)

A TULIPA NEGRA (1850)

MEMÓRIAS DE GARIBALDI (1860)

PRIMERA PARTE

O SENHOR BAISEMEAUX
DE MONTLEZUN

— **EU QUERO VOLTAR PARA BLOIS.** Essa elegância vazia da corte, as intrigas, tudo isso me aborrece. Não sou mais um jovenzinho para pactuar com as mesquinharias de hoje. Li no grande livro de Deus muitas coisas belas demais e amplas demais para me interessar pelas frasezinhas que esses homens cochicham quando querem se enganar. Em uma palavra, em Paris eu sinto tédio em todos os lugares onde não estou com você, e, como não posso tê-lo sempre perto de mim, quero voltar para Blois.

> Cidade francesa a menos de 200 quilômetros de Paris, **Blois** tem um castelo famoso, que serviu de residência a vários reis da França desde Luís XII, em 1501.

— Ah, você está muito errado, Athos! Mente quanto à sua origem e quanto à sua alma. Os homens da sua têmpera são feitos para ir até o último dia de posse total de suas faculdades. Veja a minha velha espada de La Rochelle, a lâmina espanhola que me serviu por trinta anos com a mesma perfeição; num dia de inverno ela caiu no piso de mármore do Louvre e se partiu, meu caro. Fizeram com ela uma faca de caça que me servirá ainda por cem anos. Athos, você, com sua lealdade, sua franqueza, a coragem fria e a instrução sólida, é o homem necessário para aconselhar e dirigir os reis. Fique; o senhor Fouquet não durará tanto tempo quanto a minha lâmina espanhola.

> **Têmpera >** caráter, modo de agir, temperamento.

> Outra cidade francesa, **La Rochelle** foi palco, em 1627, de uma batalha comandada pelo cardeal Richelieu, que era também ministro do rei Luís XIII. A ideia era impedir que navios ingleses abastecessem os moradores de lá, que eram protestantes (huguenotes) numa época em que a França estava numa disputa doida entre huguenotes e católicos.

— Ah — disse Athos sorrindo —, este é D'Artagnan; depois de ter me colocado nas alturas, de ter feito de mim uma espécie de deus, me lança do alto do Olimpo e me achata na terra. Tenho ambições mais elevadas, meu amigo.

Epíteto > apelido que diz algo sobre a pessoa, que a qualifica.

Légua é uma medida de distância das antigas e que tem várias versões, sendo algo entre 4 e 7 quilômetros.

O rei Luís XIII da França estava em guerra com os protestantes e inventou uma unidade com cinquenta soldados armados diretamente ligada ao trono. A turma foi batizada de Guarda dos **Mosqueteiros** porque estava armada com o mosquete, uma espécie de espingarda pesada e de operação complicada que só dava pra usar se a pessoa estivesse firme no chão. Essa guarda viveu uma época de muito prestígio, mas foi perdendo aos poucos a utilidade e o charme até sumir de vez, em 1815.

O **conde de La Fère** é Athos, um personagem meio inspirado num mosqueteiro de vida comum, chamado Armand de Sillègue d'Athos d'Hauteville. Na saga, o nome completo dele é conde Olivier de la Fère. Athos é nove anos mais velho que o caçula do grupo, que é D'Artagnan. Também é pai de Raoul, o visconde de Bragelonne do título. No mundo real, Athos ajudou mesmo o Carlos I a voltar ao trono inglês.

Fidalgo > nobre, da fidalguia. Vem de "filho d'algo", de alguém que importa.

Ser ministro, ser escravo... Tenha paciência! Já não sou mais "o grande"? Não sou nada. Lembro-me de um dia ouvir você me chamar de "o grande Athos". Ora, eu lhe lanço um desafio: se eu fosse ministro você voltaria a me dar esse epíteto? Não, não!, eu não me entrego assim.

— Então não falemos mais nisso. Renuncie a tudo, até à nossa fraternidade.

— Ah, querido amigo, é quase insuportável o que você está dizendo.

D'Artagnan apertou vivamente a mão de Athos.

— Não, não, renuncie sem temor. Raoul pode se privar de você; eu estou em Paris.

— Muito bem, então volto para Blois. Esta noite você se despedirá de mim e amanhã, ao romper da aurora, volto a cavalo.

— Você não pode voltar sozinho para casa; por que não leva Grimaud?

— Meu amigo, Grimaud está dormindo; ele se recolhe cedo. Meu pobre velho se cansa facilmente. Veio comigo de Blois e eu o forcei a ficar, pois ele morreria sem se queixar se precisasse percorrer novamente as quarenta léguas que nos separam de lá. Mas eu cuido do meu Grimaud.

— Vou lhe dar um mosqueteiro para segurar a tocha. — E, inclinando-se sobre o corrimão dourado, D'Artagnan gritou: — Ei! Venha aqui!

Surgiram sete ou oito cabeças de mosqueteiros.

— Alguém com boa vontade para escoltar o senhor conde de La Fère! — gritou D'Artagnan.

— Obrigado pela solicitude, senhores — disse Athos. — Não gostaria de atrapalhar os fidalgos.

— Eu o escoltaria de boa vontade — disse alguém — se não precisasse conversar com o senhor D'Artagnan.

— Quem é? — perguntou D'Artagnan procurando na penumbra.

— Eu, caro senhor D'Artagnan.

— Deus me perdoe se não é a voz de Baisemeaux.

— Sou eu mesmo, senhor.

— Ah, meu caro senhor Baisemeaux, o que está fazendo aqui no pátio?

— Estou esperando as suas ordens, meu caro senhor D'Artagnan.

— Ah, que desgraçado sou eu — pensou alto D'Artagnan. — É verdade, o senhor foi avisado de uma prisão. Mas por que veio, em vez de me mandar um escudeiro?

— Vim porque precisava conversar com o senhor.

— E não mandou me avisar.

— Estava esperando — disse timidamente o senhor Baisemeaux.

— Vou embora. Adeus, D'Artagnan — disse Athos ao amigo.

— Não antes de eu o apresentar ao senhor Baisemeaux de Montlezun, governador do castelo da Bastilha.

Baisemeaux fez uma saudação. Athos retribuiu com outra.

— Mas os senhores devem se conhecer — acrescentou D'Artagnan.

— Tenho uma vaga lembrança do senhor — disse Athos.

— Sim, você o conhece, meu caro amigo — confirmou D'Artagnan. — Baisemeaux é o guarda do rei com quem tivemos aventuras tão boas no tempo do cardeal.

— Perfeitamente — disse Athos despedindo-se afavelmente.

— O senhor conde de La Fère, cujo nome de guerra era Athos — disse D'Artagnan ao ouvido de Baisemeaux.

— Sim, sim, um homem distinto, um dos quatro famosos — disse Baisemeaux.

— Exatamente. Mas vamos conversar, meu caro Baisemeaux?

Esse personagem é meio ficção e meio realidade, porque na verdade existiu um François de Montlezun, senhor de Besmaux (e não de **Baisemeaux**), que assumiu o cargo de governador da Bastilha em 1658, ficando no posto por mais de 40 anos. Esse era um posto de boa remuneração e prestígio.

Escudeiro era o criado que carregava o escudo e as armas do cavaleiro. Mas foi também uma espécie de título de nobreza nível iniciante para jovens guerreiros.

Construído entre 1370 e 1383, o prédio era, na verdade, um forte em Paris que tinha a missão de proteger o rei Carlos V, mas uns três séculos depois o cardeal Richelieu fez a **Bastilha** virar uma prisão para nobres que iam para lá sem julgamento nem nada. O prédio foi demolido muito tempo depois, em 1789, após a sua invasão pelo pessoal da Revolução Francesa.

> O **rei** aqui é Luís XIV.

> O governador aqui é o cara que governa a prisão, que faz a gerência dela. E ele recebia uma boa grana do governo de acordo com o número e a "qualidade" de presos, como a gente vai ver mais tarde. Com essa **renda**, ele descolava um lucro, dependendo de como tratava, como alimentava, quanto gastava com os presos, que, na Bastilha, nessa época, eram na grande maioria nobres.

> **Lúgubre >** sombrio, macabro, triste.

— Por favor.

— Em primeiro lugar, quanto às ordens, está combinado: nada de ordens. O **rei** desiste de mandar prender a pessoa em questão.

— Ah, que pena — disse Baisemeaux com um suspiro.

— Como assim, que pena? — perguntou D'Artagnan rindo.

— Claro — exclamou o governador da Bastilha —, os meus prisioneiros são a minha **renda**.

— Ah, é verdade. Eu não estava vendo as coisas por esse ângulo.

— Então nada de ordens? — E Baisemeaux voltou a suspirar. — Quem tem uma bela posição é o senhor: capitão-tenente dos mosqueteiros!

— É muito bom, de fato. Mas não vejo razão para o senhor me invejar: governador da Bastilha, que é o primeiro castelo da França.

— Eu sei — disse Baisemeaux com tristeza.

— O senhor diz isso como um penitente, diabo! Eu trocaria as minhas vantagens pelas suas, se o senhor quisesse.

— Não falemos de benefícios — disse Baisemeaux —, se o senhor não quer partir o meu coração.

— Mas o senhor olha para a esquerda e para a direita como se estivesse receando ser preso; o senhor, que toma conta de prisioneiros!

— Olho para ver quem está olhando para nós e nos ouvindo, e acho que seria mais seguro conversarmos em outro lugar, se o senhor me faz esse favor.

— Baisemeaux! Baisemeaux! Então o senhor esquece que nos conhecemos há trinta e cinco anos. Não se comporte assim comigo. Fique à vontade. Eu não costumo torturar os governadores da Bastilha.

— Queira Deus!

— Vejamos, venha para o pátio, vamos caminhar de braços dados; o luar está soberbo, e enquanto passeamos pelos carvalhos o senhor me contará a sua história **lúgubre**. Venha.

Ele encaminhou para o pátio o magoado governador, tomou-o pelo braço, como havia dito, e convocou-o com sua bondade direta, sem malícia:

— Vamos, de lança em riste, Baisemeaux! — disse ele. — Solte a língua. O que o senhor quer me dizer?

— Será uma conversa bem longa.

— Então o senhor prefere se lamentar?... Acho que será ainda mais longa. Aposto que ganha cinquenta mil libras com seus pombos da Bastilha.

— Quando teria sido isso, caro senhor D'Artagnan?

— O senhor me espanta, Baisemeaux; dê uma olhada para si mesmo, meu caro. O senhor assume ares de mortificado, que diabo! Vou levá-lo até um espelho e verá que está rechonchudo, viçoso, gordo e redondo como um queijo; que seus olhos são carvões iluminados; e que sem essa ruga que o senhor se esforça para fazer na testa a sua aparência não é nem mesmo de cinquenta anos. Mas o senhor tem sessenta, não é?

— Tudo isso é verdade...

— Céus!, eu sei muito bem que é verdade, assim como as cinquenta mil libras de benefício.

O pequeno Baisemeaux bateu o pé.

— Ora, ora! — disse D'Artagnan —, eu vou lhe fazer as contas. O senhor foi capitão dos guardas do senhor de Mazarin: doze mil libras por ano; o senhor as embolsou por doze anos, ou seja, seiscentos e quarenta mil libras.

— Doze mil libras! O senhor está louco? — exclamou Baisemeaux. — O velho avarento nunca me deu mais de seis mil, e os encargos do posto chegavam a seis mil e quinhentos. O senhor Colbert, que cortou as outras seis mil libras, se dignava me permitir ficar com cinquenta pistolas como gratificação. De modo que, sem esse pequeno feudo de Montlezun, que rende doze mil libras, eu não teria honrado meus compromissos.

Mortificado > chateado, aperreado, aflito.

No século XVII, a Europa estava em ebulição. Havia o movimento de colonização de novos territórios pelo mundo afora, o surgimento das igrejas protestantes e ainda as disputas de sempre pela sucessão dos tronos. Muitos desses conflitos viraram guerras e deixaram a França quebradona. Pra tentar encher o cofrinho do país, **Mazarin** (ou Mazarino) — cardeal e ministro mais poderoso da França e que era italiano de nascença — tascou mais imposto e outras medidas nada populares pra cima do pessoal. E isso virou uma sére de revoltas que ficaram conhecidas como Frondas (segura aí que vamos falar mais das Frondas daqui a um tanto).

D'Artagnan está exagerando ou parece ter cometido erro de conta: 12 mil libras por 12 anos = **144 mil libras**.

Não são armas. A **pistola** é uma moeda. Em geral, a grana começa sua carreira na Europa com nomes e estruturas bem ligados ao que rolava no Império Romano. Se no latim era *libra*, *solidus*, *denarius* e *obolus*, no português virou libra, soldo, dinheiro e mealha. No francês, ficou *livre*, *sol* (ou *sou*), *denier* e *obole*. Já no inglês desaguou em *pound*, *shilling*, *penny* e *half penny*. Na França, lá pelos 1250, o rei Luís IX voltou das Cruzadas e lançou uma moeda: o *écu* (que quer dizer escudo). Já o Luís XIII substituiu o *écu* pelos luíses: o luís de prata (que equivalia a 3 *livres*) e o luís de ouro (que valia 10 *livres*) — e foi o luís de ouro que ganhou o apelido de pistola.

Emolumento > gratificação, lucro, comissão.

— Chega de condenação, vamos às cinquenta mil libras da Bastilha. Ali, espero eu, o senhor está alimentado e abrigado; tem seis mil libras de emolumentos.

— Tudo bem.

— Quer o ano seja bom, quer seja mau, cinquenta prisioneiros, que, uns pelos outros, lhe rendem mil libras.

— Não discordo disso.

— São cinquenta mil libras anuais; estando lá há três anos, o senhor tem cento e cinquenta mil libras.

— Está se esquecendo de um detalhe, caro senhor D'Artagnan.

— Qual?

— É que o senhor recebeu das mãos do rei o cargo de capitão.

— Sei disso.

— Ao passo que no meu caso eu recebi o cargo de governador dos senhores Tremblay e Louvière.

— Está certo, e Tremblay não era do tipo que deixa um cargo sem pedir nada em troca.

— Ah, nem tampouco Louvière. E assim eu dei setenta e cinco mil libras a Tremblay pela parte dele.

— Uma bela soma! E Louvière?

— A mesma coisa.

— Imediatamente?

— Não, isso teria sido impossível. O rei não queria, ou melhor, o senhor de Mazarin não queria parecer que destituía esses dois folgados que tinham vindo das barricadas; assim, Sua Majestade permitiu que eles impusessem condições leoninas para se retirar.

— Que condições?

— Pasme! Três anos de renda como luvas.

— Que diabo! E assim as cento e cinquenta mil libras passaram para as mãos deles?

— Isso mesmo.

— E o que mais?

— Uma soma de quinze mil escudos ou cinquenta mil pistolas, como o senhor preferir, em três pagamentos.

Essas **barricadas** ocorreram em 1648 e marcaram o início das Frondas, uma sequência de revoltas que sacudiu a França entre 1648 e 1653. Ana da Áustria, que reinava em nome de seu filho Luís XIV depois da morte de seu marido Luís XIII em 1643, mandou prender dois magistrados que se opunham a novos impostos baixados pelo principal ministro, o cardeal Mazarin. A calma só voltou a Paris um dia depois da liberação desses dois prisioneiros.

Acordo **leonino** é um contrato com cláusulas ou condições que são desiguais, que garantem benefícios enormes para um lado, enquanto ferem os direitos da outra parte.

— Isso é exorbitante.

— E não é tudo.

— Então diga.

— Se eu deixar de cumprir uma das condições, esses senhores voltam ao cargo. Eles fizeram o rei assinar isso.

— É absurdo! Incrível!

— Mas é isso mesmo.

— Lamento, meu pobre Baisemeaux. Mas então, caro amigo, por que diabo o senhor de Mazarin lhe concedeu esse pretenso favor? Teria sido mais simples recusá-lo.

— Ah, certamente, mas o meu protetor lhe forçou a mão.

— Seu protetor? Quem?

— Ora, um amigo seu, o senhor D'Herblay.

— O senhor D'Herblay? Aramis?

— Aramis, exatamente. Ele foi maravilhoso comigo.

— Maravilhoso?! Fazendo o senhor passar por tudo isso?

— É o seguinte: eu queria deixar o serviço do cardeal. O senhor D'Herblay conversou sobre o caso com Louvière e com Tremblay e eles resistiram. Eu queria o cargo, porque sabia o que ele pode dar, e então me abri com o senhor D'Herblay sobre a minha dificuldade e ele se ofereceu para responder por mim em cada pagamento.

— Aramis? Ora, o senhor está me deixando perplexo. Aramis respondeu pelo senhor?

— Um homem gentil. Ele conseguiu a assinatura. Tremblay e Louvière se demitiram. Todo ano eu paguei as vinte e cinco mil libras de benefício a um desses dois senhores; todo ano também, em maio, o senhor D'Herblay ia, ele próprio, à Bastilha me levar duas mil e quinhentas pistolas para distribuir aos meus crocodilos.

— Então o senhor deve cento e cinquenta mil libras a Aramis?

— Esse é o motivo do meu desespero, pois eu lhe devo apenas cem mil.

Charles Leclerc du **Tremblay** foi o primeiro governador da Bastilha, quando o cardeal Richelieu fez do prédio uma prisão real. Durante o turbilhão das Frondas, Tremblay dançou, perdendo o cargo de chefão da Bastilha para **Louvière** Broussel. Louvière chegou ao posto, aliás, porque era filho de Pierre Broussel, um dos dois magistrados que foi parar na prisão e que fez explodir o Dia das Barricadas.

No caso, **responder** quer dizer virar avalista, fiador do cara.

— Não estou entendendo bem.

— Ah, claro, ele só veio dois anos. Mas hoje é 31 de maio e ele não apareceu, e o prazo expira amanhã ao meio-dia. E amanhã, se eu não tiver pagado, esses senhores, conforme os termos do contrato, podem reassumir; serei destituído e terei trabalhado três anos e dado duzentas e cinquenta mil libras para nada, meu caro senhor D'Artagnan, para absolutamente nada.

— Que coisa mais estranha! — murmurou D'Artagnan.

— O senhor entende agora que eu possa ter uma ruga na testa?

— Ah, sim, sim!

— O senhor entende que, apesar dessa redondeza de queijo no rosto e do rosado de maçã nas bochechas, apesar dos olhos brilhantes como carvões acesos, eu chego a temer não ter nem mesmo um queijo ou uma maçã para comer, e ter olhos apenas para chorar?

— É desolador.

— Por isso vim procurá-lo, senhor D'Artagnan, pois só o senhor pode resolver esta situação que me atormenta.

— Como?

— O senhor conhece o abade D'Herblay e sabe que ele é um cavalheiro um tanto misterioso.

— Claro!

— Pode me dar o endereço do seu presbitério, porque eu o procurei em Noisy-le-Sec e ele não está mais lá.

— Ora, ele é o bispo de Vannes.

— Vannes, na Bretanha?

— Sim.

O homenzinho começou a arrancar os cabelos.

— Ah, meu Deus!, como é que eu posso estar em Vannes amanhã ao meio-dia?... Sou um homem perdido. Vannes! Vannes! — exclamou Baisemeaux.

— O seu desespero me faz mal. Escute: um bispo não é sempre residente. Monsenhor D'Herblay pode não estar tão longe quanto o senhor teme.

— Ah, então me diga onde eu o encontro.

— Não sei, meu amigo.

Abade > monge com função de chefe em uma comunidade monástica (de monges) cristã.

Presbitério > casa, ou área de atuação, de um pároco (padre chefe da paróquia).

Vannes é uma cidade a mais de 450 quilômetros de Paris, à beira-mar, no golfo de Morbihan. Fica na região da França conhecida como Bretanha.

— Estou perdido, decididamente! Vou me lançar aos pés do rei.

— Mas, Baisemeaux, isso me espanta. Por que, se a Bastilha pode produzir cinquenta mil libras, o senhor não organizou as coisas para fazê-la render cem mil?

— Eu sou um homem honesto, caro senhor D'Artagnan, e meus prisioneiros são alimentados como ricaços.

— Por Deus!, assim o senhor vai bem. Tenha uma bela indigestão com as suas iguarias e suma daqui antes de amanhã ao meio-dia.

— Que cruel! Acha graça da minha situação.

— Não, o senhor me aflige... Vejamos, Baisemeaux, é capaz de manter a sua palavra?

— Ah, capitão!

— Pois bem, dê-me a sua palavra de honra de que não abrirá a boca para ninguém sobre o que vou lhe dizer.

— Jamais! Jamais!

— O senhor quer se encontrar com Aramis?

— A qualquer preço!

— Muito bem, então vá encontrar o senhor Fouquet.

— Qual é a relação...

— Que parvo o senhor!... Onde fica Vannes?

— Ora!...

— Vannes fica na diocese de Belle-Île, ou Belle-Île fica na diocese de Vannes. Belle-Île pertence ao senhor Fouquet: o senhor Fouquet nomeou o senhor D'Herblay para esse bispado.

— O senhor me abre os olhos e me dá a vida.

— Que bom! Então vá encontrar o senhor Fouquet e simplesmente lhe diga que quer falar com o senhor D'Herblay.

— Isso mesmo! Isso mesmo! — exclamou, arrebatado, Baisemeaux.

— E — disse D'Artagnan detendo-se com um olhar severo — a palavra de honra?

— Ah, sagrada! — replicou o homenzinho começando a correr.

Nicolas **Fouquet** foi o ministro das Finanças dos primeiros anos do reinado de Luís XIV. Foi o último a ter esse cargo e ser chamado de "superintendente". Depois disso, o título do posto virou "controlador-geral". Pra ajudar seu chapa Mazarin, Fouquet, que era rico desde sempre, foi emprestando dinheiro pro rei, que estava quebrado com suas próprias gastanças e guerras. Nesse jogo, Fouquet ficou cada vez mais rico.

Parvo > sujeito pouco inteligente, tolo.

Belle-Île-en-Mer é uma ilha a 65 quilômetros de Vannes e que Fouquet comprou seguindo as ordens de Mazarin.

— Aonde é que o senhor vai?

— À casa do senhor Fouquet.

— Não, o senhor Fouquet está participando das diversões do rei. Vá à casa dele amanhã bem cedo, é o que deve fazer.

— Irei. Obrigado!

— Boa sorte!

— Obrigado.

"Que história estranha", murmurou D'Artagnan subindo lentamente a escada depois de deixar Baisemeaux. "Que diabo de interesse Aramis pode ter para obsequiar Baisemeaux desse modo? Hein?... Qualquer dia vamos ficar sabendo.

Obsequiar > fazer favor.

AS DIVERSÕES DO REI

FOUQUET PARTICIPAVA, como dissera D'Artagnan, das diversões do rei.

Aparentemente a viagem de Buckingham havia derramado um bálsamo sobre todos os corações feridos da véspera.

Radiante, Monsieur fazia mil sinais afetuosos para a mãe.

O conde de Guiche não podia se separar de Buckingham, e, enquanto jogava, conversava com ele sobre detalhes da sua viagem. Buckingham, sonhador e afetuoso, como um homem generoso que tomou uma decisão, ouvia o conde e de tempos em tempos dirigia a Madame um olhar de pesar e ternura desesperançada.

A princesa, em meio a uma exultação inebriada, dividia seu pensamento entre o rei, que jogava com ela, Monsieur, que afetuosamente zombava dos triunfos dela no jogo, e De Guiche, que manifestava uma alegria extravagante.

Mas suas atenções para com Buckingham eram poucas. Para ela, aquele fugitivo, aquele banido, era uma lembrança, não mais um homem.

Os corações leves são assim; inteiros no presente, rompem violentamente com tudo o que possa atrapalhar seus miúdos cálculos de bem-estar egoísta. Madame havia recebido sorrisos, gentilezas, suspiros de Buckingham quando ele estava presente; mas, a distância, de que adianta suspirar, sorrir, ajoelhar-se?

Esse é George Villiers, um inglês que foi amante do rei Jaime I e ganhou o título de duque de **Buckingham**. Ele foi articulador do casamento do Carlos I (filho de Jaime) com Henriqueta Maria — irmã do rei da França, Luís XIII, e, sobretudo, católica. Dizem que lá na França ele também entabulou um romance com a rainha-mãe, Ana da Áustria. Quando o rei-namorado morreu, George ainda virou o grande conselheiro do Carlos I. Mas os ingleses não estavam gostando daquela misturança de católico com protestante e, no meio disso tudo, George, que não era exatamente querido na terra dele, foi esfaqueado num *pub* e morreu.

Filipe I, irmão de Luís XIV, era tratado como **Monsieur** porque esse era o jeito tradicional de se referir ao irmão mais novo do rei.

Guy Armand de Gramont, o **conde de Guiche**, foi um amante *playboy* do príncipe Filipe I e, mais tarde, da esposa de Filipe, a princesa Henriqueta Ana Stuart.

Henriqueta Ana Stuart ou Henriqueta Ana da Inglaterra se casou com Monsieur, o príncipe Filipe I, duque de Orleans. Pelo costume da época, era chamada de **Madame**.

O vento do estreito, que leva os navios pesados, para onde varre os suspiros? Alguém sabe?

O duque observava essa mudança, que ferira mortalmente seu coração.

De natureza delicada, orgulhosa e suscetível de profunda afeição, ele maldisse o dia em que a paixão havia entrado em seu coração.

Os olhares que dirigia a Madame arrefeceram pouco a pouco sob o sopro glacial do seu pensamento. O desprezo ainda lhe era inalcançável, mas ele foi forte o suficiente para impor silêncio aos gritos tumultuosos do seu coração.

À medida que percebia essa mudança, Madame redobrava sua atividade para recuperar o raio de luz que lhe escapava. Sua mente, tímida e indecisa inicialmente, revelou-se em explosões brilhantes. Era preciso a qualquer preço ser notada acima de tudo, acima do próprio rei.

E ela o foi. As rainhas, apesar da sua dignidade, e o rei, apesar dos respeitos da etiqueta, se eclipsaram.

Empertigadas e imponentes desde o início, as rainhas humanizaram-se e riram. Madame Henriqueta, a rainha-mãe, maravilhou-se com o brilho que reaparecia na sua linhagem, graças à mente da neta de Henrique IV.

O rei, que como homem jovem e como rei era zeloso de todas as superioridades que o cercavam, não pôde evitar capitular à petulância francesa, cuja energia era realçada pelo humor inglês. Como uma criança, ficou arrebatado pela beleza radiante que a inteligência suscitava.

Os olhos de Madame lançavam clarões. A alegria escapava dos seus lábios púrpura do mesmo modo que a persuasão escapava dos lábios do antigo grego Nestor.

Cercando as rainhas e o rei, toda a corte, subjugada por esses encantos, percebia, pela primeira vez, que se podia rir diante do maior rei do mundo, como pessoas dignas

---

Empertigado > altivo, sobranceiro, pomposo.

A mãe da princesa Henriqueta Ana Stuart se chamava Henriqueta Maria. Foi casada com o rei Carlos I da Inglaterra e era filha do rei Henrique IV da França. Mas seu título de **rainha-mãe** era por conta do filho, o jovem rei Carlos II lá da Inglaterra.

Henrique IV foi rei da França e se casou com Maria de Médici. O casal teve, então, um filho, o rei Luís XIII, da França, e uma filha, a rainha Henriqueta Maria, da Inglaterra. Ou seja, a Henriqueta Ana que se casa com Filipe é **neta de Henrique IV** e, ao mesmo tempo, prima do marido e do rei Luís XIV, além de sobrinha da mãe do marido, a Ana da Áustria. Essas "famílias reais" quase sempre são uma confa, hein?

Na mitologia grega, **Nestor** tem uma boa lábia, é bom na arte da persuasão, conseguindo convencer as pessoas a fazerem isto ou aquilo.

de serem chamadas as mais educadas e as mais inteligentes do mundo.

A partir daquela noite, Madame teve um sucesso capaz de aturdir quem quer que não tivesse nascido nas regiões altas que chamamos de Trono e que estão ao abrigo dessas vertigens, apesar da sua altura.

A partir desse momento, Luís XIV considerou Madame uma personagem.

Buckingham a considerou uma vaidosa digna dos suplícios mais cruéis.

De Guiche a considerou uma divindade.

Os cortesãos, como um astro cuja luz devia se tornar um foco para toda proteção, para todo poder.

Cortesão > nobre que faz parte da corte do rei.

Entretanto, alguns anos antes, Luís XIV não se dignara sequer dar a mão àquela "feiosa" para uma dança.

Entretanto, Buckingham havia adorado de joelhos aquela vaidosa.

Entretanto, De Guiche havia considerado aquela divindade uma mulher.

Entretanto, os cortesãos não tinham ousado aplaudir a passagem daquele astro, temendo desgostar o rei, a quem o astro anteriormente desagradara.

Eis o que aconteceu naquela memorável noite durante as diversões do rei.

A jovem rainha, embora espanhola e sobrinha de Ana da Áustria, amava o rei e não sabia dissimular isso.

Ana da Áustria, que era observadora como todas as mulheres e impositiva como todas as rainhas, sentiu a força de Madame e imediatamente se inclinou.

A fofoca que corre é que Filipe era homossexual e que o casal tinha praticamente um relacionamento aberto, cada um tendo casos e mais casos aqui e ali. E mais: que Henriqueta e o **rei** (Luís XIV) chegaram a ser **amantes**, sendo ele, o rei, o verdadeiro pai da primeira cria do casal Filipe e Henriqueta.

Isso levou a jovem rainha a levantar o cerco e voltar para os seus aposentos.

O rei pouco atentou para essa retirada, apesar dos sintomas simulados de indisposição que a acompanharam.

Conformando-se às leis da etiqueta que ele começava a introduzir na casa como um elemento de todas as relações, Luís XIV não se perturbou: ofereceu a mão a Madame sem olhar para Monsieur, seu irmão, e levou a jovem princesa até a porta dos aposentos dela.

Notou-se que, no limiar da porta, Sua Majestade, livre de qualquer constrangimento ou sem estar à altura da situação, deixou escapar um grande suspiro.

As mulheres — por exemplo a senhorita de Montalais —, que tudo observam, não deixaram de dizer às amigas:

— Madame suspirou.

Era verdade.

Madame tinha suspirado em silêncio, mas com outro gesto muito mais perigoso para o repouso do rei.

Madame tinha suspirado fechando os belos olhos negros, depois voltara a abri-los, e, carregados como estavam de uma tristeza indizível, os erguera para o rei, cujo rosto, naquele momento, havia ruborizado visivelmente.

Por causa desse rubor, dos suspiros trocados e de todo aquele movimento real, Montalais cometera uma indiscrição, e essa indiscrição certamente afetou sua amiga, pois a senhorita de La Vallière, sem dúvida menos perspicaz, empalideceu quando o rei ruborizou, e, uma vez que seu serviço a chamava aos aposentos de Madame, entrou trêmula atrás da princesa sem se lembrar de pegar as luvas como determinava o cerimonial.

É verdade que aquela provinciana podia alegar como desculpa a perturbação em que a deixara a majestade real. De fato, a senhorita de La Vallière, enquanto fechava a porta, havia involuntariamente seguido com os olhos o rei, que se afastava relutante.

O rei voltou para a sala de jogos; queria conversar com várias pessoas, mas era visível que sua cabeça não estava inteiramente ali.

Ele confundiu muitas contas, disso se aproveitando diversas pessoas que haviam conservado esses hábitos

---

Melhor amiga da Louise de La Vallière, que foi noiva de Raoul, filho do Athos, a **Montalais** é mais traiçoeira que qualquer outra coisa. Ela teve papel firme no envio de uma carta revelando à rainha Maria Teresa o amor do rei Luís XIV pela senhorita de La Vallière.

O rei Luís XIV foi casado com Maria Teresa da Espanha, mas ela morreu em 1683. Enquanto os dois estiveram juntos, no entanto, o rei pulou a cerca a torto e a direito, tendo, inclusive, um monte de filhos ilegítimos. Uma das suas amantes foi Louise de **La Vallière**, que era dama de companhia de Madame, a Henriqueta casada com Filipe, irmão do rei Luís XIV. Antes, Luís e Henriqueta já tinham um caso de amor, e Louise foi chamada pra entrar na parada e ajudar com a operação abafa-caso. No fim rolou uma paixão séria, que foi de 1661 a 1667.

desde o senhor de Mazarin, que tinha uma memória ruim mas cuja aritmética era boa.

Assim, Manicamp, personagem desatento por excelência — que o leitor não se engane quanto a isso —, o homem mais honesto do mundo, pegou pura e simplesmente vinte mil libras que estavam sobre o pano da mesa e cuja propriedade não parecia ter sido legitimamente adquirida por ninguém.

Assim, o senhor de Wardes, que tinha a mente um tanto atordoada pelos acontecimentos da noite, deu para o senhor de Buckingham sessenta luíses duplos que ganhara; o duque, incapaz, como o pai, de sujar as mãos com qualquer moeda, os abandonou no castiçal, que, pelo visto, tinha vida própria.

Luíses, como vimos, foi a moeda criada pelo rei Luís XIII. Havia o meio luís, o luís dobrado ou **duplo**, o luís quadruplicado e ainda existia a moeda de dez luíses.

O rei só recuperou um pouco da sua atenção no momento em que o senhor Colbert, que espreitava havia alguns instantes, se aproximou e, muito respeitosamente, sem dúvida, mas com insistência, murmurou um dos seus conselhos ao ouvido de Sua Majestade.

Jean-Baptiste **Colbert** trabalhou com Mazarin e era bem próximo do chefe, mas odiava Fouquet com todas as forças. Chegou a suprimir dados que favoreciam o cara e mostravam uma responsabilidade maior do Mazarin nos rolos. Colbert conseguiu virar o controlador-geral das finanças daquele reinado e até fez um bom trabalho, recuperando a economia da França.

Depois do conselho, Luís demonstrou-se mais alerta e lançou olhares à sua frente, perguntando:

— O senhor Fouquet não está mais aqui?

— Sim, Sire, estou aqui — replicou a voz do superintendente —, ocupado com Buckingham.

Sire, do francês, é um modo respeitoso de tratar um rei ou imperador.

E ele se aproximou. O rei, com expressão afável e descuidada, deu um passo em sua direção.

— Perdão, senhor superintendente, se eu perturbo a sua conversa — disse Luís. — É que o solicito onde quer que precise do senhor.

— Meus préstimos estão sempre às ordens do rei — replicou Fouquet.

— E sobretudo o seu cofre — disse o rei com um sorriso falso.

— O cofre ainda mais que o resto — disse Fouquet friamente.

— É o seguinte, senhor: quero dar uma festa em Fontainebleau. Quinze dias de casa aberta. Preciso de...

O Palácio ou Castelo de **Fontainebleau** foi residência de vários monarcas franceses ao longo de 800 anos, de Luís VII a Napoleão III. Em 1927, o gigantesco prédio virou museu.

Ele dirigiu a Colbert um olhar oblíquo.

Fouquet ficou esperando sem se perturbar.

— De... — disse ele.

— De quatro milhões — completou o rei, respondendo ao sorriso cruel de Colbert.

— Quatro milhões? — repetiu Fouquet inclinando-se profundamente.

E suas unhas, entrando-lhe no peito, cavaram ali um sulco de sangue sem que a serenidade do seu rosto se alterasse nem por um instante.

— Sim, senhor — disse o rei.

— Quando, Sire?

— Ah, providencie com calma... Ou, melhor... não... o mais rápido possível.

— Isso exige tempo.

— Exige tempo! — exclamou Colbert, triunfante.

— O tempo de contar os escudos — justificou o superintendente com um desprezo majestoso. — Só é possível reunir e contar um milhão por dia, senhor.

— Quatro dias, então — disse Colbert.

— Ah — replicou Fouquet dirigindo-se ao rei —, meus funcionários fazem prodígios para o serviço de Sua Majestade. A soma estará pronta em três dias.

Colbert empalideceu, por sua vez. Luís olhou para ele, admirado.

Fouquet retirou-se discretamente, sem demonstrar abatimento, sorrindo para os vários amigos que com um único olhar lhe comunicavam uma verdadeira amizade, um interesse que raiava à compaixão.

Não se devia julgar Fouquet por esse sorriso; na verdade, ele tinha a morte no coração.

Algumas gotas de sangue manchavam, sob sua casaca, o fino tecido que lhe cobria o peito.

A casaca ocultava o sangue; o sorriso, a raiva.

Pelo modo como ele chegou à carruagem, seus criados perceberam que o patrão não estava de bom humor. Diante disso, as ordens foram executadas com a precisão de manobra que se verifica num navio de guerra comandado por um capitão irritado durante a tempestade.

A carruagem não rodava, e sim voava.

Fouquet mal teve tempo de refletir durante o trajeto.

Ao chegar, foi ao quarto de Aramis. O abade ainda não havia se recolhido.

Quanto a Porthos, ele jantara muito satisfatoriamente uma perna de carneiro grelhada, dois faisões assados e uma montanha de caranguejos. Depois mandara untarem seu corpo com óleos perfumados, ao modo dos lutadores antigos, e uma vez terminada essa operação estendera-se sobre flanelas, sendo levado para uma cama aquecida.

Aramis, como dissemos, ainda não fora dormir. À vontade em um *robe de chambre* de veludo, escrevia carta após carta com sua letra tão miúda e tão comprimida que uma página podia conter um quarto de volume.

> O **robe de chambre** é um roupão, tipo um penhoar. Os robes dessa época eram roupas de ficar em casa, confortáveis, mas bem finos, elegantes, decorados e bonitos.

A porta se abriu precipitadamente e surgiu o superintendente, pálido, agitado e preocupado.

Aramis ergueu a cabeça.

— Boa noite, caro hóspede! — disse ele.

E seu olhar observador adivinhou toda aquela tristeza, toda aquela desordem.

— Divertiu-se na corte? — indagou ele, para iniciar a conversa.

Fouquet se sentou e com um gesto mostrou a porta para o lacaio que o seguira.

Lacaio > serviçal, empregado.

Quando o rapaz saiu, ele respondeu:

— Muito!

E Aramis, que o seguia com o olhar, viu-o se estender sobre as almofadas denotando uma impaciência febril.

— O senhor perdeu, como sempre? — perguntou Aramis empunhando a pena.

— Hoje mais que sempre — replicou Fouquet.

— Mas todos sabem que o senhor aguenta bem as perdas, não é mesmo?

— Às vezes.

— Bem! O senhor Fouquet, mau jogador?

— Há jogos e jogos, senhor D'Herblay.

— Quanto foi que o senhor perdeu? — interrogou Aramis, um tanto inquieto.

Fouquet se recompôs durante um momento para colocar adequadamente a voz e então, sem emoção alguma, respondeu:

— A noite me custou quatro milhões.

E um riso amargo se perdeu na última vibração dessas palavras. Aramis não esperava absolutamente uma soma como aquela; a pena lhe caiu da mão.

— Quatro milhões! — exclamou ele. — O senhor jogou quatro milhões? Impossível!

— O senhor Colbert tinha na mão as minhas cartas — respondeu o superintendente com o mesmo riso sinistro.

— Ah, agora estou entendendo. Um novo pedido de fundos?

— Sim, meu amigo.

— Pelo rei?

— Da sua própria boca. Ninguém consegue destruir um homem com um sorriso tão bonito.

— Diabo!

— O que o senhor acha disso?

— Por Deus! Acho que estão querendo arruiná-lo, isso é evidente.

— Então sua opinião continua sendo essa?

— Continua. Nada disso deve espantá-lo, pois é o que nós havíamos previsto.

— Certo; mas eu não esperava quatro milhões.

— É verdade que a soma é pesada; mas, enfim, quatro milhões não significam a morte de um homem, é preciso que se diga, sobretudo quando esse homem se chama Fouquet.

— Se o senhor soubesse como está o fundo do cofre, meu caro D'Herblay, não ficaria tão tranquilo.

— E o senhor prometeu?

— O que mais eu poderia fazer?

— Tem razão.

— No dia em que eu recusar, Colbert encontrará o dinheiro. Onde? Não sei. Mas ele o encontrará e eu estarei perdido.

— Quanto a isso não há nenhuma dúvida. E o senhor prometeu esses quatro milhões dentro de quantos dias?

— Três. O rei parece estar com muita pressa.

— Três dias!

— Ah, meu amigo — tornou Fouquet —, e pensar que agora mesmo, quando eu passava na rua, as pessoas gritavam: "Olhem lá, o rico senhor Fouquet passando!" Na verdade, caro D'Herblay, é para perder a cabeça.

— Ah, não, senhor, calma lá! O caso não é para tanto — disse fleumaticamente Aramis, enquanto derramava pó sobre a carta que acabara de escrever.

Fleumaticamente > de modo sereno, sem emoção, imperturbável.

— Então me mostre um remédio, um remédio para esse mal sem remédio.

— Há apenas um: pague.

— Mas só posso fazer isso se tiver a soma. Tudo deve ter se esgotado: pagamos Belle-Île; pagamos a pensão; o dinheiro, depois das investigações sobre os impostos, é raro. Mas admitamos que eu pague desta vez; como farei para pagar da próxima? Pois é claro que isso não acaba aqui. Quando os reis experimentam o dinheiro, ficam como os tigres quando experimentam carne: eles o devoram. Algum dia vou precisar dizer: "Impossível, Sire". Pois bem, nesse dia estarei perdido.

Aramis ergueu lentamente os ombros.

— Um homem na sua posição, senhor — disse ele —, só está perdido quando quer.

— Um homem, qualquer que seja a sua posição, não pode lutar contra um rei.

— Ora!, na minha juventude eu lutei muito com o cardeal de Richelieu, que era rei da França e além disso cardeal.

— Tenho exércitos, tropas, tesouros? Não tenho nem mesmo Belle-Île!

— Ora!, a necessidade é a mãe da invenção. Quando o senhor acha que tudo está perdido...

— Então?

— Descobre-se algo inesperado que será a salvação.

— E quem irá descobrir essa qualquer coisa maravilhosa?

Nos tempos de Aramis, a escrita era feita molhando a ponta de uma pena de ave num potinho de tinta. O problema era que aquilo borrava fácil, fácil. Para contornar esse contratempo, as pessoas esfregavam o papel com um **pó** que podia ser areia, pedra-pomes ralada e outras coisas do gênero, e ainda jogavam outra dose daquilo em cima do escrito. E o pó fazia a sua parte, que era a de absorver o excesso de tinta e assim deixar o escrito mais limpo e fácil de ler.

Do ponto de vista legal, o **cardeal** era apenas ministro e não rei da França, mas na prática ele mandava e desmandava mesmo. E o cardeal e Aramis haviam tido uma desavença: no enredo de Os três mosqueteiros, a rainha parece que tinha uma história amorosa com o duque de Buckingham, e **Richelieu** queria contar para o rei, mas Aramis e os outros mosqueteiros fizeram de tudo pra evitar a revelação.

— O senhor.

— Eu?! Já pedi demissão como inventor.

— Então eu.

— Está bem. Mas ponha logo mãos à obra.

— Ah, temos bastante tempo.

— O senhor me mata com essa fleuma, D'Herblay — disse o superintendente passando o lenço na testa.

— O senhor não se lembra do que eu lhe disse um dia?

— O que foi que o senhor me disse?

— Que se ainda tiver ânimo não deve se preocupar. O senhor tem?

— Acho que sim.

— Nesse caso, não se preocupe.

— Então fica assentado que no momento supremo o senhor virá em meu socorro, D'Herblay?

— Sim, e com isso estarei apenas pagando o que lhe devo.

— Os financistas têm por dever de profissão antecipar as necessidades dos homens como o senhor, D'Herblay.

— Se a cortesia é dever dos homens de finanças, a caridade é a virtude dos homens da Igreja. Mas aja, meu senhor. Sua situação ainda não é tão terrível; no momento extremo nós nos veremos.

— Então não demoraremos a nos ver.

— Está bem. Agora me permita lhe dizer que, pessoalmente, lamento muito vê-lo tão desesperado por causa de dinheiro.

— Lamenta por quê?

— Porque ia lhe pedir algum.

— Para o senhor?

— Para mim ou para os meus, para os meus ou para os nossos.

— Quanto?

— Ah, fique tranquilo. Não chega a ser uma bagatela, é verdade, mas tampouco é uma soma exorbitante.

— Diga quanto!

— Cinquenta mil libras.

— Ora, isso não é nada.

— Mesmo?

Bagatela > coisa de pouco valor, ninharia.

— Claro que sempre temos cinquenta mil libras. Ah, por que esse patife chamado Colbert não se contenta com pouco como o senhor? Eu me preocuparia bem menos. E para quando o senhor precisa dessa soma?

— Amanhã de manhã.

— Certo, e...

— Ah, é verdade, o destino; não é isso que o senhor quer saber?

— Não, cavaleiro, não. Não preciso de explicações.

— Então está bem. Amanhã não é 1º de junho?

— Sim, e o que tem isso?

— É o dia do vencimento de uma das nossas obrigações.

— Então nós temos obrigações?

— Claro, amanhã pagamos o nosso último terço.

— Que terço?

— Das cento e cinquenta mil libras de Baisemeaux.

— Baisemeaux? Quem é?

— O governador da Bastilha.

— Ah, sim, é verdade. O senhor me manda pagar cento e cinquenta mil francos a esse homem.

— É isso!

— Mas por quê?

— Por causa do cargo que ele comprou, ou melhor, que nós compramos de Louvière e de Tremblay.

— Tudo isso está muito vago na minha mente.

— Entendo; o senhor tem muitas ocupações. Mas não creio que alguma delas seja mais importante que essa.

— Então me diga por que nós compramos esse cargo.

— Ora, para lhe sermos úteis.

— Ah.

— Primeiro a ele.

— E depois?

— Depois a nós próprios.

— Como assim, a nós próprios? O senhor está brincando.

— Meu senhor, há ocasiões em que um governador da Bastilha é um conhecimento muito útil.

— Eu tenho a felicidade de não entendê-lo, senhor D'Herblay.

A **posta** era o serviço postal, os correios, os carteiros. Também se chamava de posta a carruagem que levava não só as cartas, mas também outros tipos de encomendas.

Prelado > autoridade eclesiástica, título de honra.

Marie Michon é a duquesa de Chevreuse, que teve um caso de amor com Aramis em *Os três mosqueteiros*. Mas ela é também a mãe de Raoul, que nasceu de um rala e rola com Athos. Marie era ainda uma queridona da rainha Ana da Áustria, até ser banida do palácio após ser considerada culpada por um aborto que Ana teve. Mas antes disso a rainha ainda teve tempo de confidenciar (só para ela) o segredo do Máscara de Ferro – que a Michon contou depois disso pro Aramis (só para ele). O rolo que isso tudo deu você vai saber lá na frente, lendo esta história. Na vida real, o nome da duquesa de Chevreuse era Marie de Rohan.

— Meu senhor, nós temos nossas postas, nosso engenheiro, nosso arquiteto, nossos músicos, nosso impressor, nossos pintores. Falta-nos o nosso governador da Bastilha.

— Ah, o senhor acha?

— Meu senhor, não nos iludamos: nós corremos muito risco de ir para a Bastilha, caro senhor Fouquet — acrescentou o prelado, mostrando sob os lábios pálidos os dentes claros que ainda eram os belos dentes adorados trinta anos antes por Marie Michon.

— E não acha que cinquenta mil libras para isso é demasiado, D'Herblay? Posso lhe garantir que normalmente o senhor emprega melhor seu dinheiro.

— Chegará o dia em que o senhor admitirá o seu erro.

— Meu caro senhor D'Herblay, no dia em que se entra na Bastilha o passado já não pode proteger.

— Pode, sim, se as obrigações subscritas foram bem cumpridas; e além disso, acredite-me, a mente desse excelente Baisemeaux não é a de um cortesão. Tenho certeza de que ele será sempre grato por esse dinheiro. Sem falar, como já lhe disse, meu senhor, que eu guardo os títulos.

— Que diabo de caso! Usura na beneficência!

— Meu senhor, meu senhor, não confunda as coisas. Se há usura, quem a pratica sou eu, somente eu; e nós dois a aproveitamos, é isso.

— Alguma intriga, D'Herblay?

— Não diria que não.

— E Baisemeaux é cúmplice.

— E por que não? Há piores. Então... posso contar com as cinco mil pistolas amanhã?

— Gostaria de tê-las esta noite?

— Seria ainda melhor, para eu poder sair de casa bem cedo. O coitado do Baisemeaux, que não sabe que fim levei, deve estar ardendo em impaciência.

— O senhor terá o dinheiro dentro de uma hora. Ah, D'Herblay, os seus cento e cinquenta mil francos não pagarão jamais os meus quatro milhões — disse Fouquet levantando-se.

— Por que não, meu senhor?

— Boa noite. Antes de dormir preciso resolver uma questão com meus funcionários.

— Tenha uma boa noite, meu senhor.

— D'Herblay, o senhor me deseja o impossível.

— Terei as minhas cinquenta mil libras esta noite?

— Sim.

— Pois bem, durma tranquilo, estou lhe dizendo. Boa noite, meu senhor.

Apesar dessa certeza e do tom em que foi manifestada, Fouquet saiu meneando a cabeça e suspirando.

AS CONTINHAS DO SENHOR BAISEMEAUX DE MONTLEZUN

A Igreja de **Saint-Paul Saint-Louis** foi construída durante o reinado de Luís XIII, em 1627.

O termo "burguesia" aparece em francês no século VIII, mas nesta época ele se refere a pessoas que faziam troca de mercadorias. Nos séculos seguintes, a palavra passa a designar comerciantes, empresários, pessoal que lida com grana, advogados e gente que vive de aluguel. Essa turma ganha mais espaço, criando uma classe de ricos socialmente aceitos, mas que fica de fora do centro real do poder, sem influência ali. O **pequeno-burguês**, por sua vez, é um cara que está nesta rota de ascensão do mundo dos pobres ao dos nobres, mas que ainda está lá embaixo no pé da escada.

Postigo > portinhola que existe numa porta ou parede.

O SINO DE SAINT-PAUL batia sete horas quando Aramis, a cavalo, com roupas de pequeno-burguês — ou seja: vestido com roupa de tecido colorido e tendo como único pormenor de distinção uma espécie de faca de caça que levava presa lateralmente —, passou diante da Rue du Petit-Musc e se deteve diante da Rue des Tournelles, à porta da Bastilha.

Dois sentinelas guardavam a porta. Não opuseram nenhuma dificuldade para admitir Aramis — que entrou a cavalo, como estava — e lhe indicaram com um gesto uma longa passagem guarnecida com construções à esquerda e à direita.

Essa passagem conduzia à ponte levadiça, ou seja, à verdadeira entrada.

A ponte levadiça estava baixada; o serviço do lugar começava a ser feito.

O sentinela do corpo de guarda externo deteve Aramis e lhe perguntou num tom brusco por que razão ele fora até ali.

Aramis explicou com sua polidez habitual que a razão pela qual estava ali era o desejo de falar com o senhor Baisemeaux de Montlezun.

O primeiro sentinela chamou um segundo sentinela, que estava numa guarita interna.

Este pôs a cabeça no postigo e olhou com toda a atenção o recém-chegado.

Aramis reiterou a expressão do seu desejo.

O sentinela chamou imediatamente um oficial de patente inferior que passeava num pátio muito espaçoso. Ao saber do que se tratava, este correu para procurar um oficial da guarda do governador do castelo.

Depois de ter ouvido o pedido de Aramis, o oficial pediu-lhe que esperasse um momento, deu alguns passos e voltou para lhe perguntar o nome.

— Não posso lhe dizer, senhor — esquivou-se Aramis —, apenas saiba que tenho coisas de tal importância para comunicar ao senhor governador que posso responder antecipadamente uma delas: o senhor de Baisemeaux ficará encantado em me ver. E mais: quando o senhor lhe disser que é a pessoa que ele espera no dia 1º de junho, estou convencido de que ele virá pessoalmente me encontrar.

O oficial não podia conceber que um homem tão importante como o senhor governador fosse se incomodar com outro homem tão pouco importante como lhe parecia ser aquele pequeno-burguês a cavalo.

— Ah, então está muito fácil, porque o senhor governador se prepara para sair; o senhor verá a carruagem dele atrelada no pátio, e assim ele não precisará vir à sua presença, mas o verá ao passar.

Aramis fez com a cabeça um sinal de assentimento. Não queria dar uma ideia demasiado alta de si mesmo e, assim, esperou com paciência e em silêncio, debruçado sobre a sela do cavalo.

Mal haviam se passado dez minutos e viu-se balançar a carruagem do governador aproximando-se da porta. O governador apareceu e subiu no veículo, que se apressou a sair.

Mas então a cerimônia que havia se desenrolado com um estranho suspeito repetiu-se com o dono da casa: o sentinela da guarita adiantou-se no momento em que a carruagem ia passar sob a abóbada e o governador abriu a portinhola para ser o primeiro a obedecer à ordem.

Assim, o sentinela podia se convencer de que ninguém saía da Bastilha graças a uma fraude.

A carruagem passou sob a abóbada.

Porém, no momento em que abriam a grade de ferro, o

oficial se aproximou da carruagem detida pela segunda vez e disse algumas palavras ao governador.

Este imediatamente pôs a cabeça para fora da portinhola e viu Aramis a cavalo na extremidade da ponte levadiça.

Dando um grande grito de alegria, ele saiu, ou melhor, arremessou-se da carruagem e foi correndo apertar as mãos de Aramis pedindo-lhe mil desculpas. Faltou pouco para lhe beijar as mãos.

— Quanta dificuldade para entrar na Bastilha, senhor governador! É a mesma recepção para os que são trazidos a contragosto e para os que vêm voluntariamente?

— Perdão, perdão. Ah, monsenhor, que alegria sinto em vê-lo! Vossa Grandeza...

— Chh! Nem pense nisso, meu caro senhor de Baisemeaux. O que irão pensar vendo um bispo nos trajes em que estou?

— Ah, perdão, me desculpe, já ia falando sem refletir... Levem para a estrebaria o cavalo deste senhor! — gritou Baisemeaux.

— Não, diabo! Não faça isso — disse Aramis.

— Por que não?

— Porque estão lá, no embornal, cinco mil pistolas.

O rosto do governador ficou tão radiante que os prisioneiros, se o tivessem visto, achariam que chegara algum príncipe de sangue.

— Sim, sim, o senhor tem razão, o cavalo fica no prédio. Quer que subamos na carruagem para ir até lá?

— Na carruagem para atravessar um pátio!... Acha que eu sou tão inválido? Não, a pé, senhor governador, a pé.

Então Baisemeaux lhe ofereceu o braço como apoio, mas o prelado não fez uso dele. Assim chegaram ao prédio do governador. Baisemeaux esfregava as mãos e vigiava o cavalo com o canto do olho e Aramis examinava as muralhas negras e nuas.

Um vestíbulo grandioso e uma escada reta de pedras brancas conduziam aos aposentos de Baisemeaux.

Ele atravessou a antecâmara, a sala de jantar, onde a mesa era preparada para o almoço, abriu uma portinha ocul-

---

Embornal > saco em que se carregam ferramentas, provisões etc.

Vestíbulo > *hall* de entrada, primeiro cômodo de um lugar.

Antecâmara > sala de espera ou cômodo que fica antes do quarto.

ta e fechou-se com seu hóspede num grande gabinete, cujas janelas abriam obliquamente para os pátios e as estrebarias.

Baisemeaux instalou o prelado com a polidez obsequiosa da qual somente um homem bom ou um homem agradecido conhece o segredo.

Poltrona, almofada para os pés, mesa giratória para apoiar a mão, o próprio governador preparou tudo.

Ele mesmo colocou também sobre essa mesa, com um cuidado religioso, o saco de ouro que um dos soldados levara para cima com um respeito nada inferior àquele com que um padre leva o santo sacramento.

O soldado saiu. Baisemeaux foi fechar a porta atrás de si, correu uma cortina da janela e olhou nos olhos de Aramis para ver se nada faltava para o prelado.

— Muito bem — disse ele, sem se sentar. — Monsenhor continua sendo a mais fiel entre todas as pessoas de palavra?

— Nos negócios, caro senhor de Baisemeaux, a exatidão não é uma virtude; é um simples dever.

— Sim, nos negócios, entendo, mas o que o senhor faz comigo não é absolutamente um negócio; é um serviço que o senhor me entrega.

— Ora, ora, caro senhor Baisemeaux, confesse que não deixou de ficar um pouco inquieto, apesar dessa exatidão.

— Pela sua saúde, sim, sem dúvida — balbuciou Baisemeaux.

— Eu queria ter vindo ontem, mas não pude; estava cansado demais — prosseguiu Aramis.

Baisemeaux apressou-se a pôr outra almofada na altura dos rins do seu hóspede.

— Mas — retomou Aramis — prometi a mim mesmo que viria visitá-lo hoje bem cedo.

— O senhor é excelente.

— E minha diligência só foi boa para mim, parece-me.

— Como?

— O senhor estava saindo.

Baisemeaux enrubesceu.

— De fato — disse ele —, estava saindo.

— Então eu o atrapalho?

O embaraço de Baisemeaux tornou-se visível.

— Então eu o atrapalho — continuou Aramis, fixando seu olhar incisivo sobre o pobre governador. — Se soubesse disso não teria vindo.

— Ah, senhor, pode estar certo de que jamais me atrapalhará.

— Confesse que estava indo em busca de dinheiro.

— Não! — balbuciou Baisemeaux. — Juro ao senhor que não.

— O senhor governador ainda vai à casa do senhor Fouquet? — gritou do andar de baixo a voz do major.

Baisemeaux correu como um louco para a janela.

— Não, não — gritou ele, desesperado. — Quem está falando em Fouquet? Vocês estão bêbados? Por que me perturbam quando estou ocupado?

— O senhor ia à casa de Fouquet — disse Aramis beliscando o lábio. — À casa do abade ou do superintendente?

Baisemeaux quis mentir, mas não teve coragem.

— Do superintendente — disse ele.

— Então é claro que o senhor precisava de dinheiro, pois estava indo à casa de quem tem e pode lhe dar.

— Não, monsenhor.

— Ora, o senhor desconfia de mim.

— Meu caro senhor, eu só estava inseguro quanto ao lugar da sua residência.

— Ah, o senhor conseguiria dinheiro com o superintendente, meu caro Baisemeaux. Ele tem a mão aberta.

— Eu lhe juro que jamais ousaria pedir dinheiro ao senhor Fouquet. O que eu queria era pedir a ele o seu endereço, só isso.

— Meu endereço na casa do senhor Fouquet! — exclamou Aramis, arregalando involuntariamente os olhos.

— Mas — disse Baisemeaux, perturbado pelo olhar do prelado — sim, sem dúvida, na casa do senhor Fouquet.

— Não há nada de mau nisso, caro senhor Baisemeaux; só me pergunto por que ir pedir o meu endereço na casa do senhor Fouquet.

— Para lhe escrever.

— Entendo — disse Aramis sorrindo —, mas não é isso que eu quis dizer. Eu não lhe pergunto para que o senhor queria o meu endereço, e sim a troco de que foi buscá-lo na casa do senhor Fouquet.

— Ah — disse Baisemeaux —, porque o senhor Fouquet, tendo Belle-Île...

— Sim?

— Belle-Île, que é da diocese de Vannes, e que, como o senhor é bispo de Vannes...

— Caro senhor de Baisemeaux, sabendo que eu era bispo de Vannes, não há por que ir pedir meu endereço ao senhor Fouquet.

— Enfim, senhor — disse Baisemeaux entre a cruz e a caldeirinha —, eu cometi uma inconsequência? Se assim foi, peço-lhe perdão.

— Ora, que bobagem. E qual poderia ter sido a sua inconsequência?

> A expressão **entre a cruz e a caldeirinha** remonta aos tempos em que os condenados à forca iam para o seu destino com um cara à sua frente carregando uma cruz e outro atrás deles carregando uma caldeirinha (um recipiente com água benta). Significa estar sem saída, sem opção diante de um problema.

E, enquanto serenava sua expressão, enquanto sorria ao governador, Aramis se perguntava como Baisemeaux, que não sabia o seu endereço, sabia entretanto que Vannes era a sua residência.

"Vou esclarecer isso", disse ele para si mesmo.

Depois sugeriu, em voz alta:

— Então, meu caro governador, vamos fazer as continhas?

— Às suas ordens, monsenhor. Mas antes diga-me.

— Sim?

— O senhor me daria a honra de almoçar comigo, como sempre?

— Combinado, com muito prazer.

— Ainda bem.

Baisemeaux agitou três vezes uma sineta.

— O que quer dizer isso? — indagou Aramis.

— Quer dizer que tenho alguém para o almoço e é preciso providenciar o que for necessário.

— Ah, diabo! E o senhor bate três vezes! Parece, meu caro governador, que o senhor faz cerimônia comigo.

— Ah, essa agora! Aliás, o mínimo que eu posso fazer é recebê-lo do melhor modo possível.

— Por quê?

— Porque nenhum príncipe fez por mim o que o senhor fez.

— Ora, por favor!

— Não, não...

— Vamos falar de outra coisa. Ou melhor, diga-me: o senhor faz negócios na Bastilha?

— Sim, claro.

— O prisioneiro rende, então?

— Não muito.

— Diabo!

— O senhor de Mazarin não era enérgico o suficiente.

— Ah, sim, o senhor precisaria de um governante mais astuto; nosso velho cardeal...

— Sim, sob ele tudo ia bem. O irmão de sua eminência parda fez fortuna aqui.

— Acredite-me, meu caro governador — disse Aramis aproximando-se de Baisemeaux —, um jovem rei vale um velho cardeal. Se a juventude tem suas desconfianças, cóleras e paixões, a velhice tem seus ódios, precauções e temores. O senhor pagou seus três anos de benefícios a Louvière e a Tremblay?

— Ah, meu Deus, paguei.

— E portanto só terá de lhes dar as cinquenta mil libras que lhe trago?

— Sim.

— Assim, não houve economias?

— Ah, monsenhor, dando cinquenta mil libras a esses senhores eu lhe juro que lhes entrego tudo o que ganho. Estava comentando isso ontem à noite com o senhor D'Artagnan.

— Ah — disse Aramis, com um súbito brilho nos olhos que logo se apagou —, ontem o senhor viu D'Artagnan! E como está ele, esse amigo querido?

— Maravilhosamente.

— E o que o senhor estava comentando com ele, senhor de Baisemeaux?

O Cardeal **Mazarin** era o primeiro-ministro de Luís XIV, na época desta história. O **velho cardeal** era Richelieu, mais enérgico e astuto, primeiro-ministro do reinado anterior. E Charles Tremblay, um dos governadores da Bastilha antes de Baisemeaux, tinha um **irmão**, François Tremblay, que era a **eminência parda** (isto é, o maior *influencer*) do cardeal Richelieu.

— Estava dizendo a ele — prosseguiu o governador, sem perceber o seu despropósito — que eu alimento bem demais os meus prisioneiros.

Despropósito > gafe, imprudência.

— Quantos o senhor tem? — indagou negligentemente Aramis.

— Sessenta.

— Um número bem redondo.

— Ah, monsenhor, tempos atrás havia anos em que eles eram duzentos.

— Mas um mínimo de sessenta, convenhamos, não dá para se queixar.

— Não, claro que não, pois, a qualquer outro que não fosse eu, cada um deveria render cento e cinquenta pistolas.

— Cento e cinquenta pistolas!

— Ora, calcule: para um príncipe de sangue, por exemplo, eu tenho cinquenta libras por dia.

— Mas o senhor não tem nenhum príncipe de sangue, pelo menos que eu saiba — disse Aramis, com um leve tremor na voz.

— Não, Deus me livre! Ou melhor: não, infelizmente.

— Por que infelizmente?

— Sem dúvida a Bastilha seria beneficiada.

— É verdade.

— Tenho, então, por príncipe de sangue cinquenta libras.

— Sim.

— Por marechal da França, trinta e seis libras.

— Mas nada de marechal da França neste momento nem tampouco príncipe de sangue, não é mesmo?

— Infelizmente não. É verdade que os tenentes-generais e os brigadeiros estão a vinte e quatro libras, e eu tenho dois.

— Ah!

— E há depois deles os conselheiros do Parlamento, que me trazem quinze libras.

— E quantos o senhor tem?

— Quatro.

— Não imaginava que com os conselheiros a renda fosse tão boa.

— Sim, mas das quinze libras eu caio diretamente para dez.

— Dez?

— Sim, para um juiz ordinário ou um eclesiástico, dez libras.

— E o senhor tem sete nessa categoria? Bom negócio.

— Não, mau negócio.

— Por quê?

— O senhor não iria querer que eu tratasse esses coitados, que têm alguma coisa, afinal, como trato um conselheiro do Parlamento?

— É verdade, o senhor tem razão; não vejo cinco libras de diferença entre eles.

— Pense: se tenho um belo peixe, sempre pago por ele quatro ou cinco libras; se tenho um belo frango, ele me custa uma libra e meia; cuido bem das aves de capoeira, mas preciso comprar os grãos, e o senhor não pode imaginar o exército de ratos que temos aqui.

— Mas por que não providencia uma meia dúzia de gatos para acabar com eles?

— Ah, sim, os gatos comem os ratos; fui forçado a abrir mão deles por causa dos meus grãos. Sou forçado a ter *terriers*, que mando vir da Inglaterra, para estrangular os ratos. Os cães têm um apetite feroz; comem tanto quanto um prisioneiro de quinta ordem, sem falar que às vezes esganam coelhos e galinhas.

Aramis ouvia sem escutar? Ninguém saberia dizer: seus olhos baixos atestavam o homem atento, a mão inquieta atestava o homem absorto. Aramis meditava.

— Assim, eu lhe dizia — continuou Baisemeaux — que uma ave passável custa para mim uma libra e meia, e por um bom peixe pago quatro ou cinco libras. Na Bastilha servem-se três refeições; os prisioneiros sempre comem, pois não têm nada para fazer. Um homem de dez libras custa para mim sete libras e dez soldos.

— Mas o senhor não me disse que os de dez libras eram tratados como os de quinze libras?

— Sim, claro.

Aves de capoeira são aves de criação, e não fruto de caça. São mantidas para servir de alimento — frango, pato, peru e ganso.

Terrier > raça de cães de caça.

Explicamos a confusão das granas lá atrás. No caso do **soldo**, recapitulando: em latim ele se chamava *solidus*, que em francês deu *sou* (ou *sol*) e em português, soldo. O *sou* valia um vigésimo do franco francês.

— Muito bem. Então o senhor ganha sete libras e dez soldos sobre os de quinze libras?

— É preciso compensar — disse Baisemeaux, percebendo que se deixara pegar.

— Certo, caro governador, mas o senhor não tem prisioneiros abaixo de dez libras?

— Ah, sim, temos o burguês e o advogado.

— Ainda bem. E por quanto?

— Cinco libras.

— E eles comem?

— Evidentemente. Mas o senhor há de compreender que não recebem todos os dias um linguado ou uma galinha sem gordura nem vinhos da Espanha em todas as refeições; mas, enfim, eles têm um bom prato no jantar três vezes por semana.

— Mas isso é filantropia, meu caro governador, e o senhor vai se arruinar.

— Não. Entenda bem: quando o de quinze libras não come toda a sua porção de ave ou o de dez libras deixa um bom resto, eu mando isso para o de cinco libras. É um agrado para o pobre coitado. O que o senhor quer? Precisamos ser caridosos.

— E o que é que o senhor ganha, mais ou menos, sobre os de cinco libras?

— Trinta soldos.

— O senhor é um homem honesto, Baisemeaux.

— Obrigado.

— Não. É verdade, eu declaro isso.

— Obrigado, obrigado, monsenhor. Mas acho que o senhor tem razão. Sabe por que eu sofro?

— Não.

— Muito bem. Pelos pequeno-burgueses e os funcionariozinhos de três libras. Esses não veem com frequência carpas do Reno nem esturjões da Mancha.

— Mas os de cinco libras não deixam restos, por acaso?

A **carpa** é um peixe bastante consumido na Europa, e este aqui vem do rio **Reno**, que nasce nos Alpes, na Suíça, e vai desaguar lá pra cima, no mar do Norte. Já o **esturjão** é um peixe mais famoso por ter suas ovas apreciadas como caviar, mas também é bem devorado na Europa por sua carne. E a **Mancha** aí é o famoso canal da Mancha, o braço de mar que fica entre a França e o Reino Unido.

Cumular > encher, acumular.

A região de **Champagne**, hoje famosa pela bebida clara e gasosa, naquela altura era mais uma província da França que fabricava **vinho**, mas ainda não o tradicional champanhe, que só surgiu por volta de 1688 e demorou um pouco pra conquistar fama. Então, este vinho aqui do texto tem tudo pra ser só um vinho tinto da região de Champagne.

— Ah, monsenhor, não pense que sou insensível a esse ponto, e eu cumulo de felicidade o pequeno-burguês ou o funcionariozinho dando-lhe uma asa de perdiz-vermelha, um filé de cabrito-montês, uma fatia de patê de trufa, iguarias que ele só viu em sonhos; enfim, esses são os restos dos de vinte e quatro libras; ele come, bebe, e na sobremesa grita "Viva o rei!" e bendiz a Bastilha com duas garrafas de um belo vinho de Champagne que me custa cinco soldos e com o qual o embebedo todo domingo. Ah, esses me bendizem, esses têm saudade da prisão quando saem. Sabe o que eu observei?

— Na verdade, não.

— Pois bem, eu observei... Sabe que isso é uma felicidade para a minha casa? Observei que alguns prisioneiros libertados se fazem prender de novo quase imediatamente. Por que agem assim, se não for para saborear a minha cozinha? Ah, disso eu tenho certeza.

Aramis sorriu com uma expressão de dúvida.

— O senhor sorri?

— Sim.

— Pois eu lhe digo que temos nomes que vieram para cá três vezes no espaço de dois anos.

— Eu precisaria ver isso para acreditar.

— Ah, podemos lhe mostrar isso, embora seja proibido comunicar os registros a estranhos.

— Entendo.

— Mas se o senhor quiser ver a coisa com os próprios olhos...

— Eu gostaria muito, confesso.

— Muito bem, que seja.

Baisemeaux foi até um armário e tirou de dentro dele um grande registro.

Aramis o seguia ardentemente com o olhar.

Baisemeaux voltou, pôs o registro sobre a mesa, folheou-o por um instante e se deteve na letra M.

— Veja — disse ele —, examine, por exemplo.

— O quê?

— "Martinier, janeiro de 1659. Martinier, junho de 1660. Martinier, março de 1661, panfletos, mazarinadas etc." Percebe-se que esses atos não passam de um pretexto: o homem ia ele mesmo se denunciar para ser "embastilhado". E com que finalidade? Com a finalidade de voltar a comer da minha cozinha de três libras.

— Três libras! O infeliz!

— Sim, monsenhor; o poeta está no último grau, a cozinha do pequeno-burguês e do funcionariozinho. Mas, como lhe disse, é justamente para esses que eu faço umas surpresas.

E Aramis, mecanicamente, virava as folhas do registro, continuando a ler sem parecer estar interessado apenas nos nomes que lia.

— Em 1661, veja aqui — mostrou Baisemeaux —, oitenta registros; em 1659, oitenta.

— Ah, Seldon — disse Aramis —, acho que conheço esse nome; não foi o senhor que me falou de um jovem?

— Sim, sim, um estudante, um pobre coitado que fez... como é que os senhores chamam mesmo?... dois versos latinos que se completam?

— Um dístico.

— Sim, é isso.

— Que infeliz! Por um dístico!

— Diabo! Não se deixe enganar. O senhor sabe o que esse dístico fez com os jesuítas?

— De qualquer modo, a punição me parece muito severa.

— Não o lamente. No ano passado o senhor pareceu se interessar por ele.

— Sem dúvida.

— Pois bem, como o seu interesse é todo-poderoso aqui, monsenhor, desde esse dia o trato como um quinze-libras.

— Como este aqui, então — disse Aramis, que havia voltado a folhear e parara em um dos nomes que se seguiam ao de Martinier.

— Justamente, como esse.

Publicações difamatórias feitas em tom de gozação e quase sempre contra o cardeal Mazarin — às vezes atacavam outra pessoa, mas, mesmo quando tinham outros alvos, esses panfletinhos todos eram chamados de **mazarinadas**. No caso deste preso, trata-se de um poeta que tinha escrito versos contra os jesuítas e contra Mazarin.

Ser **embastilhado** era ficar preso na Bastilha.

Dístico > estrofe de poema com dois versos. (Três versos? Terceto. Quatro? Quarteto etc.)

— É italiano esse Marchiali? — perguntou Aramis, mostrando com a ponta do dedo o nome que atraíra sua atenção.

— Chh! — repreendeu Baisemeaux.

— Como, chh?! — interrogou Aramis crispando involuntariamente a mão branca.

— Achei que já havia falado com o senhor sobre esse Marchiali.

— Não, é a primeira vez que eu ouço pronunciarem o nome dele.

— É possível, falei dele sem dizer o nome.

— É um pescador velho esse prisioneiro? — indagou Aramis tentando sorrir.

— Não, pelo contrário; é bem jovem.

— Ah, então o crime dele é muito grave?

— Imperdoável.

— Ele assassinou?

— Ora!

— Incendiou?

— Ora!

— Caluniou?

— Não! É o rapaz que...

E Baisemeaux se aproximou da orelha de Aramis, fazendo com as mãos uma corneta acústica.

— É o rapaz que se permite parecer-se com...

— Ah, sim — disse Aramis. — Eu sei, de fato o senhor me falou dele no ano passado, mas na época eu achei um crime tão leve...

— Leve!

— Ou melhor: involuntário...

— Monsenhor, a tanta semelhança não se chega involuntariamente.

— Enfim, eu havia me esquecido do caso, só isso. Mas, ouça, meu caro anfitrião — disse Aramis fechando o registro —, acho que estão nos chamando.

Baisemeaux pegou o registro e o levou rapidamente de volta para o armário; em seguida fechou o móvel, pondo a chave no bolso.

— Vamos almoçar, monsenhor? Estão nos chamando para almoçar, o senhor não estava enganado.
— Como quiser, meu caro governador.
E passaram para a sala de jantar.

O ALMOÇO DO SENHOR BAISEMEAUX

ARAMIS NORMALMENTE ERA FRUGAL. Mas naquele dia, embora comedido com o vinho, honrou o almoço de Baisemeaux, que por sinal estava excelente.

O anfitrião, por sua vez, estava alegre e divertido. Quando olhava as cinco mil pistolas — o que fazia a todo momento —, seu coração se aquecia.

De tempos em tempos, também, olhava com doçura para Aramis.

Este, reclinado na cadeira, com a ponta dos lábios recolhia na taça algumas gotas de vinho, que saboreava como conhecedor.

— Que não me venham mais falar mal do passadio na Bastilha — disse ele semicerrando os olhos. — Se os prisioneiros ganhassem diariamente apenas essa meia garrafa de um borgonha tão notável já seriam muito felizes.

— Ele é servido a todos os de quinze francos — disse Baisemeaux. — É um volnay muito velho.

— Então o nosso pobre estudante, o nosso pobre Seldon, recebe esse excelente volnay?

— Não! De modo algum!

— Eu acreditei ter ouvido do senhor que ele estava entre os de quinze libras.

— Ele! Jamais! Um homem que faz distritos... Como foi mesmo que o senhor disse?

— Dísticos.

— Para os quinze-libras! Imagine! É o vizinho dele que é quinze-libras.

— O vizinho dele?

Borgonha > vinho de alta qualidade produzido na região da França de mesmo nome.

Volnay > vinho produzido na cidade também chamada Volnay, que fica na região de Borgonha.

— Sim.

— Qual?

— O outro; o segundo Bertaudière.

— Meu caro governador, me perdoe, mas a língua que o senhor fala exige uma certa aprendizagem.

— É verdade, perdão. Segundo Bertaudière quer dizer o que ocupa o segundo andar da torre da Bertaudière.

— Então Bertaudière é o nome de uma das torres da Bastilha? Na verdade eu já havia ouvido falar que cada torre tinha um nome. E onde fica essa torre?

— Venha aqui — disse Baisemeaux dirigindo-se à janela. — É aquela torre da esquerda, a segunda.

— Muito bem. Ah, é lá que fica o prisioneiro de quinze libras?

— Isso.

— E ele está lá há quanto tempo?

— Ah, uns sete ou oito anos, mais ou menos.

— Mais ou menos? O senhor não sabe com certeza as suas datas?

— Isso foi antes da minha vinda, caro senhor D'Herblay.

— Mas Louvière, Tremblay, me parece que eles deviam ter lhe passado informações.

— Ah, meu caro monsenhor... Perdão, monsenhor.

— Não se preocupe com isso. O senhor estava dizendo...

— Estava dizendo que os segredos da Bastilha não são transmitidos com as chaves ao governador.

— Ah, é? Então esse prisioneiro é um mistério, um segredo de Estado?

— Acho que não chega a ser um segredo de Estado. Mas é um segredo, como tudo o que se faz na Bastilha.

— Muito bem — disse Aramis. — Então por que o senhor fala com mais liberdade de Seldon que de...

— Que do segundo Bertaudière?

— Sim.

— Porque na minha opinião o crime de um homem que fez um dístico é menos grave que o que se parece com...

— Está certo, eu o entendo, mas os carcereiros...

— Sim. O que há com os carcereiros?

A Bastilha tinha oito torres, e elas ganharam nomes: La Chapelle, Trésor, Comté, Bazinière, **Bertaudière**, Liberté, Puits e Coin.

— Eles conversam com os prisioneiros.
— Claro.
— Então seus prisioneiros devem lhes dizer que não são culpados.
— É o que eles falam o tempo todo. Essa é a fórmula geral.
— Sim, mas e essa semelhança que o senhor mencionou agora há pouco?
— O que tem isso?
— Ela não pode impressionar os carcereiros?
— Ah, meu caro senhor D'Herblay, é preciso ser um homem da corte como o senhor para se ocupar de todos esses detalhes.
— O senhor tem toda a razão, meu caro senhor de Baisemeaux. Mais uma gota desse volnay, por favor.
— Uma gota, não; uma taça.
— Não, não. O senhor continuou sendo mosqueteiro até a ponta das unhas, ao passo que eu me tornei bispo. Uma gota para mim, uma taça para o senhor.
— Está bem.

Aramis e o governador brindaram.

— E além do mais — disse Aramis fixando o olhar brilhante no rubi liquefeito que erguia à altura do olhos, como se desejando uma fruição com todos os sentidos ao mesmo tempo —, além do mais, meu caro, o que para o senhor é uma semelhança talvez não seja notado por outra pessoa.
— Ah, certamente seria. Por qualquer um que conheça... enfim, a pessoa com quem ele se parece.
— Acho, caro senhor de Baisemeaux, que isso não passa de uma fantasia da sua mente.
— Não é; palavra de honra.
— Escute — prosseguiu Aramis —, já vi muita gente parecida com essa pessoa a que nos referimos, mas por respeito não se comentava isso.
— Sem dúvida, porque há semelhanças e semelhanças; essa é impressionante, e se o senhor o visse...
— Então?
— O senhor admitiria isso.

— Se o visse — disse Aramis com uma expressão de indiferença —, mas eu não o verei, seguramente.

— E por quê?

— Porque se apenas pusesse o pé numa daquelas celas horríveis eu imaginaria que jamais sairia dali.

— Ah, não! A acomodação é boa.

— Nada.

— Nada? Como assim?

— Não acredito no que o senhor diz, é isso.

— Por favor, por favor, não deprecie a segunda Bertaudière. Caramba!, é uma boa cela, muito bem mobiliada e atapetada.

— Diabo!

— Sim, sim! Ele não foi azarado, esse rapaz, porque o melhor alojamento da Bastilha ficou para ele. Isso é que é sorte!

— Vamos, vamos! — disse friamente Aramis —, o senhor nunca me fará acreditar que na Bastilha há boas celas. E quanto aos tapetes...

— O que têm os tapetes?

— Ora!, eles só existem na sua imaginação. Posso ver aranhas, ratos e até sapos.

— Sapos? Ah, nas masmorras não digo que não haja.

— Mas eu vejo poucos móveis e nenhum tapete.

— O senhor se convenceria se os visse? — indagou Baisemeaux, animado.

— Não, ora essa! Claro que não!

— Até para garantir a semelhança, que o senhor nega do mesmo modo que os tapetes?

— Algum fantasma, uma sombra, um desgraçado agonizante.

— Nada disso! Nada disso! Um homem robusto como a ponte Neuf.

— Triste, sombrio?

— De modo algum; um piadista.

— Impossível!

Derivada do árabe *matmura*, **masmorra** significa celeiro, silo, lugar para guardar grãos. Só que era comum que esse local fosse uma caverna, ou um depósito abaixo do nível do solo, tipo um porão. Em algum momento, esses depósitos com pouca luz começaram a ser usados também como um tipo de cárcere onde o prisioneiro ficava em condições nada agradáveis.

Neuf quer dizer "nova" em francês; então, essa aí é a **ponte** nova que foi construída entre 1578 e 1607, bem sólida e robusta.

— Isso mesmo. Ele é um tipo descontraído, não retiro o que disse.
— Não acredito.
— Venha.
— Aonde?
— Comigo.
— Fazer o quê?
— Dar uma volta pela Bastilha.
— Como?

> Quando os canhões entraram na dança das batalhas, descobriu-se uma solução arquitetônica: construir uma parte saliente, um triângulo pontudo pra fora da fortificação. E essa saliência pontiaguda chama-se **baluarte** ou bastião. Esse tipo de construção era ótimo pra criar pontos cegos — recantos que os canhões não conseguiam alcançar. Por isso uma boa fortaleza tinha vários baluartes, um mais ou menos perto do outro, com tudo interligado por caminhos cobertos ou galerias subterrâneas.

— O senhor verá, o senhor verá por si mesmo, com os seus próprios olhos.
— Mas e o regulamento?
— Ah, não está em vigor. Hoje é o dia de folga do meu major e o tenente está de ronda nos baluartes; assim, quem manda aqui somos nós.
— Não, não, caro governador. Só de pensar no barulho dos ferrolhos sendo puxados, meus pelos se eriçam.
— Vamos lá!
— E se o senhor me esquecer no terceiro ou quarto Bertaudière... Irra!
— O senhor quer rir?
— Não; estou falando sério.
— E recusando uma ocasião única. O senhor sabe que alguns príncipes de sangue ofereceram até cinquenta mil libras para obter o favor que estou lhe oferecendo gratuitamente?
— Então ele deve ser bem estranho.
— O fruto proibido, monsenhor, o fruto proibido. O senhor, como homem da Igreja, deve saber o que é isso.
— Não. Se eu tivesse alguma curiosidade, seria pelo pobre estudante do dístico.
— Pois bem, vejamos: esse rapaz fica na terceira Bertaudière, justamente.
— Por que o senhor diz "justamente"?
— Porque eu, se tivesse uma curiosidade, seria pela bela cela atapetada e pelo seu inquilino.
— Ora, móveis, que coisa mais banal! Uma figura insignificante não tem interesse.

— Um quinze-libras, monsenhor, um quinze-libras sempre é interessante.

— Ah, esqueci-me de perguntar antes. Por que quinze libras para esse e só três libras para o coitado do Seldon?

— Ah, essa distinção é algo magnífico, meu caro senhor, e nela se vê resplandecer a bondade do rei...

— Do rei?! Do rei?!

— Perdão, do cardeal. "Esse infeliz", disse o senhor de Mazarin, "deve ficar na prisão o resto dos seus dias."

— Por quê?

— Ora! Porque o crime dele é eterno, ao que me parece, e assim o castigo também deve ser.

— Eterno?

— Certamente. Se ele não tiver varíola, o senhor me entende... e mesmo essa possibilidade lhe é improvável, porque o ar da Bastilha não é ruim.

— Seu raciocínio é extremamente engenhoso, caro senhor de Baisemeaux.

— Não é mesmo?

— Então o senhor quer dizer que esse infeliz deveria sofrer sem tréguas e sem fim...

— Sofrer? Eu não disse isso, monsenhor. Um quinze-libras não sofre.

— Sofrer a prisão, pelo menos.

— Sem dúvida, é uma fatalidade. Mas nós tratamos de minorar esse sofrimento. Enfim, convenhamos: esse atrevido não veio ao mundo para comer todas as boas coisas que ele come. Palavra de honra, o senhor vai ver: temos aqui este patê intacto e estes lagostins do Marne, grandes como lagostas, que nós mal tocamos. Muito bem, tudo isso irá para a segunda Bertaudière com o acompanhamento de uma garrafa desse volnay que o senhor achou tão bom. Depois de ver, o senhor não duvidará mais, assim espero.

— Não, meu caro governador, não. Mas em tudo isso o senhor só pensa nas benditas quinze libras, e se esquece sempre do pobre Seldon, meu protegido.

A **varíola** é uma infecção causada por um vírus e dá febre alta, dor de cabeça e nas costas, além de erupções na pele, nos braços e nas pernas. A doença não tem cura, pode deixar as pessoas cegas ou desfiguradas (por causa das erupções) e foi durante séculos uma das mais temidas pragas do mundo, matando cerca de 30% dos contaminados. A transmissão rola pelo contato com uma pessoa infectada, ou com coisas que ela tocou. A boa notícia é que a varíola foi declarada como erradicada na década de 1980, depois de quase vinte anos de vacinação em massa no mundo todo.

O rio **Marne** é um dos principais afluentes do rio Sena, na França.

— Pois bem. Em consideração ao senhor, ele terá um dia de festa: ganhará bolachas e doces de frutas com essa garrafa de porto.

— O senhor é um bom homem, já lhe disse isso e repito, meu caro Baisemeaux.

— Vamos, vamos — disse o governador, um pouco perturbado pelo vinho que bebera, mas também pelos elogios de Aramis.

— Lembre-se de que vou fazer isso para lhe agradar — disse o prelado.

— Ah, o senhor me agradecerá ao voltar.

— Então vamos.

— Espere; vou avisar ao carcereiro-mor.*

Baisemeaux deu dois toques de campainha e apareceu um homem.

— Vou para as torres — disse o governador. — Nada de guardas, de tambores, de barulho, enfim!

— Se não deixasse minha capa aqui — disse Aramis simulando um temor —, acreditaria, de verdade, estar indo para a prisão por minha própria conta.

O carcereiro-mor precedeu o governador, que tinha Aramis do seu lado direito; no pátio, alguns soldados esparsos se perfilaram, rijos como estacas, à passagem do governador.

Baisemeaux e seu visitante subiram muitos degraus, que levavam a uma espécie de esplanada; dali se chegava à ponte levadiça, onde os sentinelas receberam o governador e o saudaram.

— Monsenhor — disse então o governador, voltando-se para Aramis e falando de modo que os sentinelas não deixassem de ouvir uma só de suas palavras —, o senhor tem boa memória, não é assim?

— Por quê? — indagou Aramis.

— Para os seus planos e as suas medidas, pois o senhor sabe que não se permite, nem mesmo aos arquitetos, entrar nas celas com papel, pena ou lápis.

"Bem", disse Aramis para si mesmo, "parece que sou arquiteto. Isso não será mais uma brincadeira de D'Artagnan, que me viu trabalhando no projeto de Belle-Île?"

---

*Quando um nome vem com esse tracinho e o **"mor"** depois, quer dizer que é o maior (mor) da sua turma, é o chefe, o maioral.

Depois, bem alto:

— Fique tranquilo, senhor governador. No nosso ofício o golpe de vista e a memória são suficientes.

Baisemeaux nem piscou: os guardas tomaram Aramis pelo que ele parecia ser.

— Muito bem. Vamos primeiro à Bertaudière — disse Baisemeaux, sempre com a intenção de ser ouvido pelos sentinelas.

— Vamos — respondeu Aramis.

Em seguida ordenou ao carcereiro-mor:

— Aproveite para levar ao número 2 as guloseimas que eu lhe destinei.

— Ao número 3, caro senhor de Baisemeaux, ao número 3; o senhor sempre confunde.

— É verdade.

Eles subiram.

O que havia de ferrolhos, grades e fechaduras só para aquele pátio seria suficiente para a segurança de uma cidade inteira.

Aramis não era um sonhador nem um homem sensível; na juventude fizera versos, mas seu coração se enrijecera, como acontece com todos os homens de cinquenta e cinco anos que amaram muito as mulheres — ou, melhor, que foram muito amados por elas.

Porém, quando pôs o pé nos gastos degraus de pedra pelos quais tinham passado tantos infortúnios, quando se sentiu impregnado da atmosfera daquelas escuras abóbadas úmidas de lágrimas, sem dúvida se enterneceu, pois baixou a cabeça, seus olhos se turvaram e ele seguiu Baisemeaux sem lhe dirigir uma única palavra.

O SEGUNDO DA BERTAUDIÈRE

NO SEGUNDO ANDAR, por cansaço ou por emoção, o visitante ficou sem fôlego e se recostou na parede.

— O senhor quer começar por este? — perguntou Baisemeaux. — Como vamos ver os dois, parece-me que pouco importa se subimos do segundo para o terceiro ou descemos do terceiro para o segundo. Aliás, há alguns reparos a fazer nesta cela — apressou-se a acrescentar para o carcereiro, que estava ao alcance da sua voz.

— Não! Não! — exclamou vivamente Aramis. — O mais alto, o mais alto, senhor governador, por favor. O mais alto é o mais urgente.

Eles continuaram subindo.

— Peça as chaves ao carcereiro — sussurrou Aramis.

— Claro.

Baisemeaux pegou as chaves e ele próprio abriu a porta da terceira cela. O carcereiro entrou na frente e pôs numa mesa as provisões que o bom governador chamava de guloseimas.

Depois saiu.

O prisioneiro não tinha feito nenhum movimento.

Então Baisemeaux entrou, enquanto Aramis permaneceu no vão da porta.

Dali ele viu um jovem, um menino de dezoito anos que, erguendo a cabeça com o barulho incomum, pulou da cama ao ver o governador e se pôs a gritar juntando as mãos:

— Minha mãe! Minha mãe!

A voz do rapaz era carregada de tanta dor que Aramis se sentiu estremecer involuntariamente.

— Meu caro hóspede — disse-lhe Baisemeaux tentando sorrir —, trago-lhe ao mesmo tempo uma distração e um extra; a distração para a mente e o extra para o corpo. Este senhor vai tomar as medidas da cela e estas compotas são para a sua sobremesa.

— Ah, senhor! Senhor! — exclamou o jovem. — Deixe-me sozinho durante um ano, alimente-me de pão e água durante um ano, mas me diga que depois de um ano eu vou sair daqui; diga que depois de um ano vou rever a minha mãe!

— Mas, meu caro amigo — disse Baisemeaux —, eu ouvi da sua própria boca que ela era muito pobre, a sua mãe, que o senhor estava muito mal acomodado em casa dela, ao passo que aqui, caramba!

— Se ela era pobre, senhor, tenho ainda mais razão, pois seu sustento estaria garantido. Mal acomodado em casa dela? Ah, senhor, sempre se está bem acomodado quando se é livre.

— De qualquer forma, uma vez que o senhor mesmo diz que não fez nada além daquele malfadado dístico...

— E sem intenção, senhor, sem nenhuma intenção, eu juro; estava lendo Marcial e me ocorreu a ideia. Ah, senhor, que me punam, que cortem a mão com que eu escrevi aquilo, pois posso trabalhar com a outra; mas que me tragam a minha mãe.

— Meu filho — disse Baisemeaux —, o senhor sabe que isso não depende de mim. Eu só posso aumentar a sua ração, dar-lhe uma tacinha de porto, deslizar-lhe uma bolacha entre dois guardanapos.

— Ah, meu Deus, meu Deus! — exclamou o jovem jogando-se para trás e rolando no chão.

Aramis, incapaz de suportar por mais tempo a cena, retirou-se até o patamar.

— Que infeliz! — murmurou ele quase inaudivelmente.

— Ah, sim, senhor, ele é muito infeliz. Mas a culpa é dos pais — disse o carcereiro.

— Como assim?

— Sem dúvida... Por que o fizeram aprender latim?... O senhor compreende, não é?, muito conhecimento estraga... Eu não sei ler nem escrever; assim, não estou na prisão.

Malfadado > infeliz, de pouca ou nenhuma sorte (ou azarado mesmo).

Marcial é como nós conhecemos hoje o Marcus Valerius Martialis, um poeta desbocado e muito crítico dos tempos do Império Romano.

Aramis fitou aquele homem, que, sendo carcereiro, não se sentia na prisão.

Quanto a Baisemeaux, percebendo que seus conselhos e o vinho do Porto não surtiam grande efeito, saiu bastante perturbado.

— Olhe! A porta! A porta! — disse o carcereiro. — O senhor sempre se esquece de fechar a porta.

— É verdade — disse Baisemeaux. — Tome as chaves.

— Vou pedir o perdão para essa criança — declarou Aramis.

— E, se não o conseguir — disse Baisemeaux —, peça que pelo menos o passem para dez libras, o que será bom para nós dois.

— Se o outro prisioneiro também chama sua mãe — advertiu Aramis —, prefiro não entrar; tomarei as medidas de fora.

— Ah, ah! — disse o carcereiro —, não precisa temer isso, senhor arquiteto. Esse outro é mansinho como um cordeiro. Para chamar a mãe ele teria de falar, e isso ele nunca faz.

— Então vamos entrar — propôs Aramis sombriamente.

— Ah, então — disse o carcereiro — o senhor é arquiteto de prisões?

— Sim.

— E ainda não se acostumou a isso? É espantoso.

Aramis viu que para não inspirar desconfiança precisava apelar para toda a sua força imaginativa.

Baisemeaux tinha as chaves e abriu a porta.

— Fique aí fora — disse ele ao carcereiro — e nos espere lá embaixo.

O carcereiro obedeceu e se retirou.

Baisemeaux tomou a dianteira e abriu a segunda porta.

Então se viu, no quadrado de luz que se filtrava pela janela gradeada, um belo jovem de pequena estatura, cabelo curto e uma barba que despontava; estava sentado num banquinho, com o cotovelo pousado numa poltrona em que apoiava toda a parte superior do corpo.

Sua casaca, jogada na cama, era de fino veludo negro, e ele aspirava o ar fresco que lhe chegava ao peito coberto por uma camisa da mais linda batista que se podia encontrar.

> **Batista >** tipo de tecido fino, transparente e feito de linho ou algodão.

Assim que o governador entrou, o jovem virou a cabeça com um movimento muito indolente, e, reconhecendo Baisemeaux, levantou-se e o cumprimentou cortesmente.

Porém, quando seus olhos se voltaram para Aramis, que ficara mais afastado, este estremeceu e empalideceu; deixou cair o chapéu que segurava na mão, como se todos os seus músculos tivessem se distendido ao mesmo tempo.

Enquanto isso, Baisemeaux, habituado à presença do seu prisioneiro, parecia não compartilhar nenhuma das sensações que impressionavam Aramis. Com o cuidado de um criado zeloso, instalou na mesa o patê e os lagostins. Com isso, não notou a perturbação do seu hóspede.

Mas, quando terminou, dirigindo-se ao jovem prisioneiro, disse-lhe:

— O senhor está com bom aspecto. Sente-se bem?

— Muito bem, senhor, obrigado — respondeu o jovem.

Aquela voz abalou Aramis. Com a boca trêmula, ele deu sem querer um passo à frente.

Esse movimento foi tão visível que Baisemeaux, apesar de preocupado, não deixou de notá-lo.

— Este é um arquiteto que vai examinar a nossa chaminé — disse ele. — Está deixando escapar fumaça?

— Nunca, senhor.

— O senhor estava afirmando que não se pode ser feliz na prisão — disse o governador esfregando as mãos. — No entanto, eis aqui um prisioneiro que é feliz. O senhor não se queixa, não é mesmo?

— Nunca.

— O senhor não se aborrece? — indagou Aramis.

— Nunca.

— Então! — disse baixinho Baisemeaux. — Eu não tinha razão?

— Ora, ora, meu caro governador, tenho de me render às evidências. Posso fazer algumas perguntas a ele?

— Tantas quanto quiser.

— Pois bem! Por favor lhe pergunte se ele sabe por que está aqui.

— Ele me encarrega de lhe indagar — disse Baisemeaux — se o senhor sabe a causa da sua detenção.

— Não, senhor — disse simplesmente o jovem —, eu não a conheço.

— Mas isso é impossível — disse Aramis, num arroubo involuntário de exaltação. — Se o senhor ignorasse a causa da sua detenção estaria furioso.

— Eu fiquei nos primeiros dias.

— E por que não está mais?

— Porque refleti.

— Que coisa estranha — observou Aramis.

— Ele não é extraordinário? — disse Baisemeaux.

— E o senhor refletiu sobre o quê? — interrogou Aramis. — Posso lhe perguntar isso, senhor?

— Refleti que, não tendo eu cometido nenhum crime, Deus não poderia me castigar.

— Mas então o que é a prisão — indagou Aramis —, senão um castigo?

— Ah — disse o jovem —, não sei. Só posso lhe dizer que é totalmente o contrário do que eu dizia há sete anos.

— Ouvindo-o, senhor, vendo a sua resignação, eu ficaria tentado a acreditar que o senhor gosta da prisão.

— Eu a suporto.

— Por estar certo de que um dia será libertado?

— Não tenho essa certeza, senhor. Tenho esperança, só isso. E no entanto confesso que todo dia essa esperança se perde.

— Mas, enfim, visto que o senhor já foi livre, por que não voltaria a sê-lo?

— É justamente essa — respondeu o jovem — a razão que me impede de esperar a liberdade. Por que me prenderiam se tivessem a intenção de me libertar mais tarde?

— Que idade tem o senhor?

— Não sei.

— Como o senhor se chama?

— Esqueci o nome com que me chamavam.

— Seus pais?
— Não os conheci.
— Mas as pessoas que o criaram?
— Elas não me chamavam de filho.
— O senhor gostava de alguém antes de vir para cá?
— Gostava da minha ama e das minhas flores.
— Só?
— Gostava também do meu criado.
— O senhor sente saudade da ama e do criado?
— Chorei muito quando eles morreram.
— Eles morreram depois que o senhor veio para cá ou antes?
— Eles morreram na véspera do dia em que me tiraram de lá.
— Os dois ao mesmo tempo?
— Os dois ao mesmo tempo.
— E como o trouxeram?
— Um homem foi me buscar, me fez subir numa carruagem que foi trancada com fechadura e me trouxe até aqui.
— O senhor reconheceria esse homem?
— Ele estava mascarado.
— Não é uma história extraordinária? — disse Baisemeaux em voz baixa para Aramis.

Este mal conseguia respirar.

— Sim, é extraordinária — murmurou ele.
— Mas ainda mais extraordinário é o fato de que ele nunca me disse o que acabou de lhe revelar.
— Talvez porque o senhor nunca lhe perguntou — disse Aramis.
— Pode ser — respondeu Baisemeaux —, não sou curioso. Mas o senhor veja a cela: não é mesmo bonita?
— Muito bonita.
— Um tapete...
— Magnífico.
— Aposto que antes de vir para cá ele não tinha nada parecido.
— Talvez.

Depois, voltando-se para o jovem:

— O senhor não se lembra de alguma vez ter sido visitado por um estranho ou uma estranha? — interrogou Aramis.

— Ah, sim; três vezes por uma mulher, que sempre vinha de carruagem e parava na porta, entrava coberta por um véu que não erguia nem quando estávamos fechados dentro de casa e a sós.

— O senhor se lembra dessa mulher?

— Sim.

— O que ela lhe dizia?

O jovem sorriu com tristeza.

— Ela me perguntava o que o senhor me pergunta, se eu era feliz e se me aborrecia.

— E quando ela chegava ou ia embora?

— Ela me estreitava nos braços, me apertava contra o coração, me beijava.

— O senhor se lembra dela?

— Perfeitamente.

— Lembra-se dos traços do seu rosto?

— Sim.

— Então a reconheceria se por acaso a trouxessem até o senhor ou o levássemos até ela?

— Ah, sem dúvida.

Um clarão de satisfação fugidia passou pelo rosto de Aramis.

Nesse momento, Baisemeaux ouviu o carcereiro subindo novamente.

— O senhor quer voltar? — indagou ele animado, dirigindo-se a Aramis.

Este provavelmente já ficara sabendo tudo o que queria saber.

— Quando o senhor quiser — respondeu o prelado.

O jovem os viu se prepararem para ir embora e despediu-se educadamente.

Baisemeaux respondeu com uma simples inclinação de cabeça.

Aramis, que sem dúvida se tornara respeitoso em face de tanta infelicidade, saudou solenemente o prisioneiro.

Saíram. Baisemeaux fechou a porta atrás deles.

— Muito bem — disse Baisemeaux na escada. — O que o senhor me diz de tudo isso?

— Descobri o segredo, meu caro governador — respondeu ele.

— Ora!, e que segredo é esse?

— Houve um assassinato nessa casa.

— Imagine!

— O criado e a ama foram mortos no mesmo dia!

— E então?

— Veneno.

— Ah, ah!

— O que o senhor acha?

— Pode ser verdade... Como?! Esse jovem seria um assassino?

— Ora, quem está dizendo isso? Como o senhor pode achar que essa pobre criança seja um assassino?

— É o que eu dizia.

— O crime foi cometido na casa dele. Simplesmente isso. Talvez ele tenha visto os criminosos e receiem que ele fale.

— Diabo! Se eu soubesse disso.

— Então?

— Dobraria a vigilância.

— Ele não parece estar querendo escapar.

— Ah, os prisioneiros! O senhor não os conhece.

— Ele tem livros consigo?

— Nunca. É absolutamente proibido lhe dar livros.

— Proibido?

— Pelo senhor Mazarin, que deixou a ordem de seu próprio punho.

— E o senhor tem aqui o que ele escreveu?

— Sim, senhor. Quer ver quando voltar para pegar a sua capa?

— Quero, sim, gosto muito de ver documentos.

— Esse está absolutamente confiável; tem apenas uma rasura.

— Ah, uma rasura! E o que motivou essa rasura?

— Um número.

— Um número?

— Sim. Inicialmente estava escrito: "Pensão de cinquenta libras".

— Como os príncipes de sangue?

— Mas o cardeal viu que se enganara, entende? Ele apagou o zero e diante do cinco acrescentou o número um. E a propósito...

— Então?

— O senhor não falou da semelhança.

— Não falo dela, caro senhor de Baisemeaux, por uma razão muito simples: não falo porque ela não existe.

— Ah, por essa eu não esperava!

— Ou, se existe, está na sua imaginação. E, mesmo se existisse em outro lugar, acho que seria prudente o senhor não comentá-la.

— É verdade!

— O rei Luís XIV, note bem, ficaria terrivelmente zangado com o senhor se soubesse que o boato de que um dos seus súditos tem a audácia de se parecer com ele foi reforçado pelo senhor.

— É verdade, é verdade — disse Baisemeaux, assombrado —, mas eu só comentei o fato com o senhor, e o senhor sabe que conto com a sua discrição.

— Ah, fique tranquilo.

— Ainda quer ver o documento? — sugeriu Baisemeaux, agitado.

— Claro.

Eles entraram sem interromper a conversa. Baisemeaux tirou do armário um livro de registro particular semelhante ao que já havia mostrado a Aramis, mas fechado por um cadeado.

A chave que abria o cadeado estava num molho que ele sempre carregava.

Então, pousando o livro na mesa, ele o abriu na letra M e mostrou a Aramis esta nota na coluna das observações:

> Nada de livros, roupa-branca da maior excelência, indumentária esmerada, nada de passeios, sem mudança de carcereiro, sem comunicações.

Um monte de chaves unidas entre si forma um **molho** (uma penca) de chaves. A pronúncia aqui é "mólho", com ó aberto, e não "môlho".

O banho não era uma coisa muito popular, digamos, mas o pessoal pelo menos trocava de quando em quando a tal da **roupa-branca**, que era uma espécie de camisolão usado por debaixo da roupa. Peça que, de fato, encostava na pele.

Instrumentos de música; toda permissão para o bem-estar; quinze libras de alimentação. O senhor de Baisemeaux pode reclamar e recorrer, se as quinze libras não forem suficientes.

— Olhe, na verdade — disse Baisemeaux — estou pensando; vou recorrer.

Aramis voltou a fechar o livro.

— Sim — disse ele —, foi escrito pelo senhor de Mazarin; reconheço a letra dele. Agora, meu caro governador — prosseguiu ele como se essa última comunicação tivesse esgotado o seu interesse —, passemos, se o senhor quiser, à nossa questão.

— Sim. Que prazo o senhor quer que eu estipule? Fixe-o, o senhor mesmo.

— Não determine prazo; faça apenas um reconhecimento puro e simples de uma dívida de cento e cinquenta mil francos.

— A serem pagos...

— De acordo com a minha vontade. Mas, entenda, vou querê-los quando o senhor quiser.

— Ah, eu fico tranquilo — disse Baisemeaux sorrindo. — Mas já lhe dei dois recibos.

— Veja, vou destruí-los.

E Aramis, depois de ter mostrado os dois recibos ao governador, de fato os rasgou.

Vencido por tamanha manifestação de confiança, Baisemeaux subscreveu sem hesitação um reconhecimento de dívida de cento e cinquenta mil francos reembolsáveis segundo a vontade do prelado.

Aramis, que havia seguido a pena por cima do ombro do governador, pôs no bolso o papel sem demonstrar que conhecia seu conteúdo, o que deu toda a tranquilidade a Baisemeaux.

— Agora — disse Aramis —, o senhor não vai me querer mal, não é mesmo, se eu lhe tirar algum prisioneiro?

— Como assim?

— Obtendo para ele o perdão, sem dúvida. Já não lhe disse, por exemplo, que o coitado do Seldon me interessava?

— Ah, é verdade!
— E então?
— Quem decide é o senhor; aja como lhe aprouver. Vejo que o senhor tem o braço comprido e a mão grande.
E Aramis partiu, levando as bênçãos do governador.

Ter o braço comprido e a mão grande significa que a pessoa tem influência e é generosa.

SEGUNDA PARTE

TRÊS COMENSAIS ADMIRADOS POR JANTAREM JUNTOS

Comensal > pessoa que divide a mesa, que come junto.

A CARRUAGEM TINHA CHEGADO diante da porta externa da Bastilha. Um funcionário a deteve e D'Artagnan só precisou dizer uma palavra para ter seu acesso autorizado. Então a carruagem entrou. Enquanto eles seguiam pelo longo caminho coberto que levava ao pátio da residência do governador, D'Artagnan, cujo olho de lince tudo via, mesmo através das paredes, gritou a plenos pulmões:

— O que é aquilo?!

— Bem — disse tranquilamente Athos —, o que é que você está vendo, amigo?

— Olhe ali!

— No pátio?

— Isso; depressa, vamos rápido.

— Muito bem. Uma carruagem.

— Sim, uma carruagem!

— Levando um pobre prisioneiro como eu.

— Isso seria muito engraçado!

— Não estou entendendo.

— Rápido! Olhe de novo para ver quem vai sair da carruagem.

Naquele exato momento, um segundo sentinela parou D'Artagnan. As formalidades se cumpriram. Athos podia ver a cem passos o homem que seu amigo lhe havia apontado.

O homem desceu da carruagem bem em frente da porta da residência do governador.

— Bom! — indagou D'Artagnan —, você o está vendo?

— Estou; é um homem de roupa cinza.

— O que é que você acha?

— Não dá para saber muita coisa. Como eu já disse, um homem de roupa cinza está descendo da carruagem. Isso é tudo.

— Athos, posso apostar que é ele.

— Ele quem?

— Aramis.

— Aramis preso? Impossível!

— Não digo que ele esteja preso, pois não há ninguém com ele na carruagem.

— Então o que é que ele está fazendo aqui?

— Ah, ele conhece Baisemeaux, o governador — respondeu o mosqueteiro num tom malicioso. — Garanto a você que nós chegamos bem a tempo!

— A tempo do quê?

— De ver.

— Lamento muito esse encontro, Aramis vai se aborrecer ao me ver. Primeiro por me ver, depois por ser visto.

— Bem lembrado.

— Infelizmente não há remédio quando encontramos alguém na Bastilha. É impossível bater em retirada para evitar a pessoa.

— Eu tenho uma ideia, Athos, para poupar a Aramis o aborrecimento de que você falou.

— Como?

— Fazendo o que eu disser, ou, explicando melhor: deixe que eu fale do meu jeito. Não lhe recomendo mentir, isso você não conseguiria.

— Certo. E então?

— Eu vou mentir por dois; isso é muito fácil para a natureza e o costume do gascão.

Athos sorriu. A carruagem parou onde havia parado o sujeito que acabamos de apontar: no limiar da residência do governador.

— Entendeu? — sussurrou D'Artagnan para o amigo.

Athos gesticulou afirmativamente e os dois subiram a escada. Se nos espantamos com a facilidade com que eles entraram na Bastilha, esclareçamos que ao entrar, ou seja, no momento mais difícil, D'Artagnan tinha dito que estava conduzindo um prisioneiro do Estado.

A Gasconha é uma região da França que fica entre os Pireneus e o mar da baía de Biscaia, já indo pras bandas da Espanha. Quem nasce na Gasconha é **gascão**, e esse é o caso de D'Artagnan.

Na terceira porta — ou seja, uma vez lá dentro —, ele, diferentemente, só disse ao sentinela:

— Casa do senhor de Baisemeaux.

E os dois passaram. Logo estavam na sala de jantar do governador, onde o primeiro rosto que atraiu o olhar de D'Artagnan foi o de Aramis, que, sentado ao lado de Baisemeaux, aguardava a chegada de uma boa refeição cujo aroma impregnava todo o aposento.

Se D'Artagnan fingiu surpresa, isso não aconteceu com Aramis; este estremeceu ao ver os dois amigos, e sua emoção saltou aos olhos.

Entretanto Athos e D'Artagnan trataram de fazer suas reverências, e Baisemeaux, admirado, aturdido com a presença daqueles três hóspedes, começou a fazer mil evoluções em torno deles.

— Ora, ora! — exclamou Aramis. — Por que diabo de coincidência...

— Nós é que lhe perguntamos — replicou D'Artagnan.

— Será que nós três vamos nos apresentar como prisioneiros?! — exclamou Aramis com uma alegria forçada.

— Ah! — exclamou D'Artagnan. — É verdade que o cheiro das paredes é igual ao da prisão... Senhor de Baisemeaux, lembra-se de que outro dia me convidou para jantar?

— Eu? — exclamou Baisemeaux.

— Ah! Parece que o senhor caiu das nuvens. Então não se lembra?

Baisemeaux empalideceu, enrubesceu, fitou Aramis, que olhava para ele, e acabou balbuciando:

— Claro... que ótimo! Mas... palavra de honra... eu não... Essa péssima memória!

— Ah, eu fiz mal — disse D'Artagnan, com ar contrariado.

— Fez mal? Por quê?

— Por me lembrar, ao que parece.

Baisemeaux se precipitou sobre ele.

— Não se torne formal, caro capitão! — pediu ele —, sou a pior cabeça do reino. Pode confiscar os meus pombos e o meu pombal,

---

Durante os séculos XVI e XVII, os ricos construíram pequenas e belas torres que serviam de prédios de apartamento para pombas. Na França, esses **pombais** ficaram conhecidos como *pigeonniers* e eram uma fonte fácil de carne quando chegava o inverno. Mas ter pombos não era pra qualquer um. E o tamanho do pombal também era sempre proporcional à grana que a pessoa tinha.

eu não valho nem mesmo um soldado com seis semanas de serviço.

— Tudo bem, agora o senhor se lembrou — disse D'Artagnan com firmeza.

— Claro, claro — respondeu o governador hesitante —, me lembro, sim.

— Foi no palácio do rei; o senhor comentou comigo alguma coisa sobre as suas contas com o senhor Louvière e o senhor Tremblay.

— Ah, sim, perfeitamente!

— E mencionou as bondades do senhor D'Herblay com a sua pessoa.

— Senhor de Baisemeaux — exclamou Aramis olhando bem nos olhos do infeliz governador —, e o senhor estava dizendo que não tem memória!

O anfitrião interrompeu-o bruscamente.

— Claro! É isso mesmo; o senhor tem razão. Na verdade é como se eu ainda estivesse lá; está tudo muito claro. Mil desculpas. Mas preste atenção, caro senhor D'Artagnan, a esta hora como em qualquer outra, convidado ou não, o senhor manda nesta casa; o senhor e o senhor D'Herblay, seu amigo — disse ele voltando-se para Aramis —, e o senhor — acrescentou por fim, cumprimentando Athos.

— Eu sabia disso — respondeu D'Artagnan. — E por isso vim. Como não tinha nada a fazer no Palais-Royal esta noite, quis conhecer de perto a sua vida do dia a dia, e no meio do caminho encontrei o senhor conde.

Athos fez uma reverência.

— O senhor conde, que tinha acabado de deixar Sua Majestade, me deu uma ordem que precisa ser rapidamente executada. Nós estávamos perto daqui; eu quis vir, nem que fosse apenas para apertar a sua mão e lhe apresentar este cavalheiro de quem o senhor falou em termos tão elogiosos no salão do rei, na mesma noite em que...

— Sim, sim! O senhor conde de La Fère, não é mesmo?

— Exatamente.

O prédio foi construído para ser a moradia do cardeal Richelieu e, por isso, seu primeiro nome era Palais Cardinal. Richelieu, porém, morreu uns três anos após a conclusão da obra e aí o rei comprou o palácio, que, assim, virou Palácio Real (ou **Palais-Royal**, em francês).

— O senhor conde é bem-vindo.

— E jantará com vocês dois, não é mesmo? Enquanto eu, como um coitado de um cão farejador, vou correndo trabalhar. Ah, vocês, sim, são felizes mortais! — acrescentou ele suspirando, como Athos teria feito.

— Então já está saindo? — perguntaram Aramis e Baisemeaux, unidos no mesmo sentimento de surpresa alegre.

A nuance foi percebida por D'Artagnan.

— Deixo o cavalheiro no meu lugar — disse ele —, um nobre e bom comensal.

Ele tocou suavemente as costas de Athos, que também estava admirado e não conseguia esconder isso totalmente; a nuance foi percebida somente por Aramis, uma vez que o senhor de Baisemeaux não tinha a mesma perspicácia dos três amigos.

— Ah, não! Vamos ficar sem o senhor? — retornou o bom governador.

— Eu lhes peço uma hora ou uma hora e meia. Volto para a sobremesa.

— Absolutamente! Vamos esperá-lo.

— Eu não gostaria disso.

— Você volta? — indagou Athos com ar desconfiado.

— Claro — disse ele apertando-lhe de modo confidencial a mão. E acrescentou num murmúrio: — Espere por mim, Athos; fique alegre e sobretudo, pelo amor de Deus, pense bem no que você pode falar!

Nova pressão da mão reforçou para o conde a obrigação de se manter discreto e impenetrável.

Baisemeaux reconduziu D'Artagnan à porta.

Aramis, com muitos agrados, tomou conta de Athos, decidido a fazê-lo falar. Mas Athos tinha todas as virtudes no grau máximo. Quando a necessidade exigia, era o melhor orador do mundo; mas naquela circunstância ele estaria morto antes de dizer uma sílaba.

Dez minutos após a saída de D'Artagnan, os três homens se postaram diante de uma mesa larga e comprida, guarnecida com o luxo gastronômico mais substancial. As grandes postas de carne, as conservas e os vinhos mais variados apareciam sucessivamente naquela mesa servida às custas do rei e com a qual o senhor Colbert poderia ter economizado dois terços sem que ninguém na Bastilha emagrecesse por causa disso.

Baisemeaux foi o único que comeu e bebeu animadamente. Aramis não recusou nada mas apenas provava tudo; Athos, depois da sopa e dos três aperitivos, não tocou em mais nada.

A conversa transcorreu como devia entre três homens com humor e projetos tão opostos.

Aramis não cessava de se perguntar qual teria sido a circunstância singular que levara Athos a estar na casa de Baisemeaux quando D'Artagnan não estava mais ali e por que D'Artagnan não estava mais ali quando Athos tinha permanecido. Essa reflexão envolveu toda a profundidade do espírito de Aramis, que vivia de subterfúgios e intrigas; fitou o amigo atentamente e percebeu que ele estava ocupado com algum projeto importante. Depois se concentrou, também ele, nos seus próprios interesses, procurando imaginar por que D'Artagnan teria deixado a Bastilha com tão estranha rapidez, abandonando ali um prisioneiro que fora tão mal apresentado e tão mal registrado.

Mas não é sobre esses personagens que deteremos nosso exame. Vamos deixá-los consigo mesmos diante dos restos de capão, perdizes e peixes mutilados pela faca generosa de Baisemeaux.

Quem nós seguiremos é D'Artagnan, que, subindo na carruagem que o levara, disse no ouvido do cocheiro:

— Para o palácio do rei. Voando!

O **capão** é um galo jovem que é castrado para que engorde mais e mais depressa. É um prato tradicional francês, muito consumido no Natal.

O QUE ESTAVA ACONTECENDO NO LOUVRE DURANTE O JANTAR DA BASTILHA

O SENHOR DE SAINT-AIGNAN já havia levado um recado de Luís XIV à senhorita de La Vallière, mas, apesar de toda a sua eloquência, a jovem não ficara absolutamente persuadida de que tinha no rei um protetor forte o bastante e de que com o rei ao seu lado não precisava de mais ninguém no mundo.

Na verdade, quando o confidente pronunciara a primeira palavra, Louise, em lágrimas e gemendo alto, se abandonara completamente a uma dor que teria desagradado ao rei, caso em algum canto do aposento ele tivesse podido testemunhar a cena.

Então Saint-Aignan, mensageiro, ofendeu-se como se fosse o seu senhor e voltou à residência real para anunciar o que tinha visto e ouvido. É ali que nós o encontramos muito agitado na presença de Luís, ainda mais agitado.

— Mas — disse o rei ao seu cortesão quando este finalizou o relato —, o que ela concluiu? Pelo menos eu a verei logo, antes do jantar? Ela virá aqui ou será preciso que eu vá à casa dela?

— Acho, Sire, que se Vossa Majestade deseja vê-la, precisará não apenas dar os primeiros passos mas também percorrer todo o caminho.

— Para mim isso não é nada! É desse Bragelonne que ela gosta? — murmurou Luís XIV entre dentes.

Esse é Paul de Beauvilliers, duque de **Saint-Aignan**. Ele foi primeiro cavalheiro da câmara (o quarto) do rei Luís XIV — uma posição ao mesmo tempo importante e um pouco degradante, porque o cara tem que ser uma espécie de babá do rei, controlando quem entra e sai do quarto dele e, em certas cortes, até limpando o bumbum real depois de uma visita ao banheiro. Mas tanta, digamos, intimidade também tinha seu lado positivo. O rei garantiu a Paul o cargo de chefe do Conselho Real de Finanças, que era bem remunerado. Saint-Aignan também era genro do ministro das Finanças, Jean-Baptiste Colbert.

Esse **Bragelonne** se chama Raoul e é filho de Athos, um dos Três Mosqueteiros. A história do Máscara de Ferro, que é o grande enredo deste livro aqui, faz parte de um livro maior chamado *O visconde de Bragelonne*, do Alexandre Dumas. Leia ou releia a introdução deste volume, onde tudo isso está mais explicadinho em detalhes.

— Ah, Sire, isso não é possível, pois é ao senhor que a senhorita de La Vallière ama, e ama de todo o coração. Mas, o senhor sabe, o senhor de Bragelonne pertence a esse tipo difícil que age como se fosse um herói romano.

O rei esboçou um sorriso. Já estava informado. Athos acabara de deixá-lo.

— Quanto à senhorita de La Vallière — prosseguiu Saint-Aignan —, ela foi criada por uma senhora viúva, ou seja, no rigor da austeridade. Os noivos trocaram juras sob a lua e as estrelas, e o senhor sabe que hoje é muito difícil romper isso.

Saint-Aignan achou que o rei fosse rir, mas, bem ao contrário, uma expressão totalmente séria substituiu o sorriso esboçado. O rei já começava a sentir o que o conde previa: remorsos. Ele considerava que na verdade os jovens, Raoul de Bragelonne e Louise, tinham se amado e jurado fidelidade; que um dos dois mantivera a palavra e o outro era íntegro demais para ficar lamentando a quebra do juramento.

E, com os remorsos, o ciúme espicaçava o coração do rei. Ele não pronunciou uma única palavra mais, e no lugar de ir ver sua mãe ou a rainha ou Madame, para se alegrar um pouco e fazer as senhoras rirem, como costumava dizer, afundou na grande poltrona na qual durante tantos dias e anos Luís XIII, seu pai augusto, tanto se entediara no convívio com seu favorito Baradas e o marquês de Cinq-Mars.

Saint-Aignan percebeu que naquele momento o rei não se divertiria. Arriscou seu último recurso e pronunciou o nome de Louise. O rei ergueu a cabeça.

— O que Vossa Majestade fará hoje à noite? É preciso avisar à senhorita de La Vallière?

— Acho que ela já foi avisada — respondeu o rei.

— Vamos passear?

— Não — replicou o rei.

Espicaçar > afligir.

O que rola é que François **Baradas** era amante do rei Luís XIII. Baradas estava surfando uma excelente onda, com renda e *status* garantidos pelo seu *love*, mas ele andou botando chifre no rei e aí caiu em desgraça. Ficou pobre, foi-se embora da corte e se danou tanto que virou até uma expressão em francês — quando alguém tem uma fortuna por um curto espaço de tempo, que não dura, eles dizem "*la fortune de Baradas*", ou seja, "a fortuna de Baradas".

Esse **marquês** foi outra paixão do rei Luís XIII e se chamava Henri Coiffier de Ruzé. O rapaz era "mestre do guarda-roupa do rei" — um cargo de prestígio e intimidade. O problema é que **Cinq-Mars** era arrogante, extravagante e adorava uma gandaia. Ele e o cardeal Richelieu logo se desentenderam por conta de disputas de poder e influência sobre o rei, e Henri participou até de duas conspirações pra dar cabo do cardeal. Na última, no entanto, a casa caiu: o rapaz foi preso, condenado por traição à pátria e teve a cabeça decepada como castigo.

— E então, Sire?

— Então! Vamos sonhar, Saint-Aignan, cada um no seu canto; quando a senhorita de La Vallière tiver lamentado suficientemente o que ela lamenta (o remorso tendo completado a sua ação), então ela se dignará a dar notícias?

— Ah, Sire, será possível que o senhor desconheça aquele coração dedicado?

O rei se levantou, vermelho de despeito e atormentado pelo ciúme.

Saint-Aignan começava a achar difícil a situação quando o reposteiro se ergueu. O rei fez um movimento brusco. Pensou inicialmente que estava chegando um bilhete da senhorita de La Vallière, mas no lugar de um mensageiro do amor viu apenas no vão da porta, de pé e mudo, o seu capitão dos mosqueteiros.

Reposteiro > pano tipo cortina que fica no lugar de uma porta.

— Senhor D'Artagnan — disse ele. — Então?

D'Artagnan olhou para Saint-Aignan. Os olhos do rei se voltaram para a mesma direção que os do seu capitão. Esses olhares seriam claros para qualquer pessoa, e com bem mais razão o foram para Saint-Aignan. O cortesão fez uma saudação e saiu. O rei e D'Artagnan ficaram sós.

— Está feito? — indagou o rei.

— Sim, Sire — respondeu com voz grave o capitão dos mosqueteiros —, está feito.

O rei não encontrou uma única palavra para dizer. Entretanto o orgulho lhe ordenava que não ficasse em silêncio. Quando um rei toma uma decisão, mesmo se injusta, ele precisa provar para todos os que o viram tomá-la — e sobretudo para si mesmo — que estava certo ao tomá-la. Um bom modo de fazer isso, um modo quase infalível, é buscar defeitos na vítima.

Luís, criado por Mazarin e Ana da Áustria, conhecia melhor que qualquer príncipe o seu ofício de rei. Assim, tentou provar isso naquela ocasião. Depois de um momento de silêncio, durante o qual tinha considerado em voz baixa tudo o que acabamos de considerar em voz alta, retornou despreocupadamente:

— O que foi que o conde disse?

— Nada, Sire.

— Mas ele não pode ter ficado parado sem dizer nada.

— Ele disse que esperava ser preso, Sire.

O rei ergueu a cabeça com orgulho.

— Suponho que o senhor conde de La Fère não continuou fazendo o papel de rebelde — disse ele.

— Em primeiro lugar, Sire, o que o senhor chama de rebelde? — perguntou tranquilamente o mosqueteiro. — Um rebelde, na visão do rei, é o homem que não somente se deixa encerrar na Bastilha mas também se opõe àqueles que não querem conduzi-lo para lá?

— Que não querem conduzi-lo! — exclamou o rei. — O que é que eu ouvi? O senhor está louco?

— Acho que não, Sire.

— O senhor está falando de pessoas que não queriam prender o senhor de La Fère?

— Isso, Sire.

— E quem são essas pessoas?

— As pessoas que Vossa Majestade encarregou disso, aparentemente — respondeu o mosqueteiro.

— Mas quem eu encarreguei disso foi o senhor! — exclamou o rei.

— Sim, Sire, eu mesmo.

— E o senhor diz que, apesar da minha ordem, tinha a intenção de não prender o homem que me insultou?

— Era a minha intenção, sim, Sire.

— Hein?!

— Eu até lhe propus montar um cavalo que mandei preparar para ele na Barreira da Conferência.

— E com que finalidade o senhor mandou preparar esse cavalo?

— Ora, Sire, para que o senhor conde de La Fère pudesse chegar a Le Havre e de lá à Inglaterra.

— Então o senhor me traiu? — exclamou o rei, faiscante de brio selvagem.

— Perfeitamente.

A turma responsável pela coleta de impostos sobre as mercadorias que entravam em Paris achou que seria uma boa ideia construir um muro ao redor da cidade, com portões abertos aqui e ali onde as pessoas eram barradas (daí se chamarem barreiras) para conferir o entra e sai das coisas e o pagamento das taxas. Uma dessas passagens era chamada de Passy, Barreira dos Bonhommes ou **Barreira da Conferência**, e ficava à beira do rio Sena.

Le Havre é a cidade da França onde o rio Sena chega ao mar.

Não havia o que responder a articulações feitas naquele tom. O rei sentiu uma resistência tão rude que se espantou.

— Pelo menos o senhor tinha uma razão, senhor D'Artagnan, para agir assim? — interrogou o rei com majestade.

— Sempre tenho uma razão, Sire.

— Não é a razão da amizade, a única que poderia lhe ser vantajosa, a única que poderia desculpá-lo, pois nessa questão eu o deixei muito à vontade.

— Sim, Sire!

— Eu não lhe deixei a possibilidade de escolher entre prender ou não prender o senhor conde de La Fère?

— Sim, Sire, mas...

— Mas o quê? — interrompeu o rei impaciente.

— Mas advertindo-me, Sire, de que, se eu não o prendesse, o seu capitão da guarda faria isso.

— Eu não estaria melhorando as coisas para o senhor, já que não o forçava a nada?

— Para mim, sim, Sire; para o meu amigo, não.

— Não?

— Claro, pois por mim ou pelo capitão da guarda o meu amigo sempre seria preso.

— E essa é a sua dedicação, senhor! Uma dedicação que raciocina e escolhe! O senhor não é um soldado!

— Espero que Vossa Majestade me diga o que eu sou.

— Pois bem! O senhor é **frondista**.

— Como não há mais Fronda, então, Sire...

— Mas se o que o senhor diz é verdade...

— O que eu digo é sempre verdade, Sire.

— O que o senhor veio fazer aqui? Vejamos!

— Vim dizer ao rei: Sire, o senhor de La Fère está na Bastilha...

— Não por culpa sua, ao que parece.

— É verdade, Sire, mas, enfim, ele está lá, e estando ele lá é importante que Vossa Majestade saiba disso.

— Ah, senhor D'Artagnan, o senhor está afrontando o seu rei!

— Sire...

Era **frondista** quem estava do lado das revoltas contra o rei e contra Mazarin.

— Senhor D'Artagnan, eu lhe aviso que o senhor está abusando da minha paciência.

— Pelo contrário, Sire.

— Como assim, pelo contrário?

— Eu também acabo de me fazer prender.

— Fazer-se prender. O senhor!

— Isso mesmo. Meu amigo vai se aborrecer lá e eu vim propor a Vossa Majestade que me permita fazer companhia a ele. Vossa Majestade diga uma palavra e eu mesmo me prendo. Não vou precisar do capitão da guarda para isso, garanto a Vossa Majestade.

O rei se precipitou até uma mesa e pegou uma pena para escrever a ordem de prisão de D'Artagnan.

— Preste atenção: é para sempre, senhor — exclamou ele em tom de ameaça.

— Sei disso — replicou o mosqueteiro —, pois, uma vez que tiver cumprido esse ato, o senhor não ousaria mais olhar na minha cara.

O rei atirou violentamente a pena.

— Vá embora! — disse ele.

— Ah, não vou, Sire, se Vossa Majestade permitir.

— Como assim, não vai?

— Sire, eu vim aqui para falar delicadamente com o rei. O rei se zangou, o que é uma pena, mas não vou retirar uma única palavra do que tinha a dizer.

— Sua demissão! — gritou o rei. — Sua demissão!

— Sire, o senhor sabe que eu não me importo com a minha demissão, pois em Blois, no dia em que Vossa Majestade recusou ao rei Carlos o milhão que lhe deu o meu amigo conde de La Fère, eu ofereci ao rei a minha demissão.

— Muito bem, então faça isso imediatamente.

— Não, Sire, porque agora não se trata da minha demissão. Vossa Majestade tinha pegado a pena para me mandar para a Bastilha; por que mudou de ideia?

— D'Artagnan! Cabeça de gascão! Quem é o rei? O senhor ou eu?

— O senhor, infelizmente!

— Como assim, infelizmente?

— Isso mesmo, Sire, porque se fosse eu...

— Se fosse o senhor, aprovaria a rebelião do senhor D'Artagnan, não é mesmo?

— Sim, claro!

— Verdade?

E o rei deu de ombros.

— E eu diria ao meu capitão dos mosqueteiros — prosseguiu D'Artagnan —, eu lhe diria olhando para ele com olhos humanos, e não com carvões incandescentes, eu lhe diria: senhor D'Artagnan, eu esqueci que sou o rei. Desci do trono para ultrajar um fidalgo.

— Senhor! — exclamou o rei —, o senhor acha que desculpa o seu amigo superando a insolência dele?

— Ah, Sire! Eu iria mais longe que ele — disse D'Artagnan. — E a culpa seria sua. Eu lhe diria o que ele não disse, já que é a delicadeza em pessoa. Eu lhe diria: "Sire, o senhor sacrificou o filho dele, que ele defendia. O senhor sacrificou a ele próprio. Ele lhe falava em nome da honra, da religião e da virtude, e o senhor o repeliu, o perseguiu e o aprisionou". Eu seria mais duro que ele, senhor, e lhe diria: "Sire, escolha! O senhor quer amigos ou criados? Soldados ou bailarinos de reverências? Grandes homens ou polichinelos? Quer que lhe sirvam ou que lhe sejam subservientes? O senhor quer que o amem ou que o temam?". Se o senhor prefere a baixeza, a intriga, a covardia, ah!, diga logo, Sire; nós partiremos, nós, que somos os únicos remanescentes, eu diria até os únicos modelos da bravura dos tempos antigos; nós, que ao servir superamos talvez, em coragem e mérito, grandes heróis que entraram para a história da França. Escolha, Sire, e apresse-se. O que ainda lhe resta de grandes senhores, guarde; o senhor sempre terá cortesãos em número suficiente. Apresse-se e me envie à Bastilha com o meu amigo, pois se o senhor não soube escutar o conde de La Fère, que é a voz mais suave e a mais nobre da honra; se o senhor não sabe ouvir D'Artagnan, que é a voz mais franca e a mais rude da sinceridade; o senhor é um mau rei, e amanhã será um pobre rei. Ora, os maus reis são odiados; os pobres reis são destronados. Era isso

Polichinelo é um personagem de teatro de marionetes criado no século XVII. Engraçado, ele costuma usar uma máscara negra nos olhos, uma blusa larga e um chapéu tipo cone.

o que eu tinha a lhe dizer, Sire; o senhor agiu mal levando-me a dizê-lo.

O rei tornou-se frio e lívido na sua poltrona: era evidente que um raio caído aos seus pés não o deixaria tão aturdido. Parecia sem fôlego e à beira da morte. Aquela voz rude da sinceridade, como dizia D'Artagnan, atravessara seu coração como uma lâmina.

D'Artagnan havia dito tudo o que tinha a dizer. Percebendo a cólera do rei, desembainhou a espada e, aproximando-se respeitosamente de Luís XIV, pousou-a na mesa.

Mas o rei, com um gesto furioso, empurrou a espada, que caiu no chão e deslizou até os pés de D'Artagnan.

Apesar de ter pleno domínio de si, o mosqueteiro empalideceu por sua vez e, trêmulo de indignação, disse:

— Um rei pode desgraçar um soldado; pode exilá-lo, pode condená-lo à morte; mas, mesmo sendo cem vezes rei, jamais tem o direito de insultá-lo desonrando a sua espada. Sire, um rei da França jamais empurrou com desprezo a espada de um homem como eu. Essa espada desonrada, pense nisso, senhor, já não tem outra bainha que o meu coração ou o seu. Eu escolho o meu, senhor. Agradeça por isso a Deus e à minha paciência!

Então, precipitando-se sobre a espada, exclamou:

— Que o meu sangue caia sobre a sua cabeça, Sire.

E com um gesto rápido, apoiando no chão o pomo da espada, ele dirigiu a ponta para o próprio peito.

O rei arremeteu com um movimento ainda mais rápido que o de D'Artagnan, lançando o braço direito no pescoço do mosqueteiro e segurando com a mão esquerda a lâmina da espada enquanto a devolvia silenciosamente à bainha.

Imóvel, pálido e ainda trêmulo, D'Artagnan deixou o rei ir até o fim sem auxiliá-lo.

Então Luís se enterneceu, voltou à mesa, pegou a pena, escreveu algumas linhas, assinou-as e estendeu a mão para D'Artagnan.

— O que é esse papel, Sire? — indagou o capitão.

— A ordem dada ao senhor D'Artagnan para soltar imediatamente o senhor conde de La Fère.

Pomo é aquela bolinha que tem no cabo de certas espadas.

D'Artagnan tomou a mão do rei e a beijou; depois dobrou o papel, enfiou-o sob o gibão e saiu.

Nem o rei nem o capitão tinham articulado uma única sílaba.

— Ah, coração humano, bússola dos reis — murmurou Luís depois de ficar sozinho —, quando serei capaz de ler nos seus recônditos como nas folhas de um livro! Não, eu não sou um mau rei, não, não sou um pobre rei; mas ainda sou uma criança.

O **gibão** é uma camisa acolchoada que molda um pouco o corpinho do usuário e que foi moda na Europa até este século XVII — que é quando a trama deste livro se passa. Sua origem tem a ver com as armaduras: o gibão ficava debaixo daquele troço pesado e desconfortável pra dar uma aliviada na pele do usuário.

RIVAIS POLÍTICOS

TENDO PROMETIDO AO SENHOR de Baisemeaux estar de volta para a sobremesa, D'Artagnan manteve a palavra. Estavam já na altura dos vinhos finos e licores, com os quais a adega do governador da Bastilha tinha a reputação de ser admiravelmente guarnecida, quando as esporas do capitão dos mosqueteiros retiniram no corredor e ele surgiu na soleira da porta.

Athos e Aramis haviam esgrimido sem se arriscar, com o que nenhum dos dois chegou a atingir o outro. Tinham jantado, conversado bastante sobre a Bastilha, sobre a última viagem a Fontainebleau, sobre a festa que o senhor Fouquet daria em Vaux. As generalidades tinham sido prodigalizadas e ninguém, exceto Baisemeaux, tocara em assunto particular.

D'Artagnan chegou no meio da conversa, ainda pálido e emocionado pelo diálogo com o rei. Baisemeaux apressou-se a lhe oferecer uma cadeira. D'Artagnan aceitou uma taça cheia e esvaziou-a. Athos e Aramis notaram a emoção do amigo. Quanto a Baisemeaux, este viu apenas o capitão dos mosqueteiros de Sua Majestade, a quem não podia deixar de agradar. Ser próximo do rei significava ter todo o direito à deferência do senhor de Baisemeaux. Mas, embora tivesse observado a emoção de D'Artagnan, Aramis não podia saber qual seria a sua causa. Só Athos supunha ter atinado com ela. Para ele, a volta de D'Artagnan e sobretudo a perturbação em que estava esse homem impassível significavam: "Acabo de pedir ao rei algo que ele recusou". Convencido de ter adivinhado o que acontecera, Athos

---

Espora é um acessório usado na bota para cutucar o cavalo na barriga e fazer o animal acelerar o passo — e que às vezes até machuca o bicho.

Esgrimir > debater, jogar, lutar.

Vaux é o castelo do Nicolas Fouquet, que era não só marquês de Belle-Île, mas também visconde de Melun e Vaux. O palácio fica perto da cidade de Melun, na França.

Prodigalizar > dar ou usar em quantidade, em profusão.

sorriu, levantou-se da mesa e fez para o amigo um sinal, como se para lembrá-lo de que tinham outra coisa a fazer além de jantar juntos.

D'Artagnan entendeu e respondeu com outro sinal. Vendo aquela conversa muda, Aramis e Baisemeaux olhavam com expressão indagadora. Athos sentiu que cabia a ele explicar o que havia acontecido.

— A verdade, amigos — disse o conde de La Fère com um sorriso —, é que você, Aramis, acaba de jantar com um criminoso do Estado, e de Baisemeaux, com seu prisioneiro.

Baisemeaux soltou uma exclamação de surpresa e quase alegria. O estimado senhor orgulhava-se da fortaleza que dirigia. Para além do ganho material, quanto mais prisioneiros tivesse, mais feliz ele ficava; quanto mais importantes fossem, mais ele se enchia de vaidade.

E Aramis, assumindo a expressão que julgou adequada, disse:

— Ah, caro Athos, me perdoe, mas eu suspeitava que isso ia acontecer. Que afronta de Raoul e da La Vallière, hein?

— Ai, ai! — lamentou Baisemeaux.

— E — continuou Aramis —, sendo você um cavalheiro tão honrado e esquecendo-se de que hoje só há cortesãos, ao encontrar o rei disse a ele o que queria dizer?

— Adivinhou, meu amigo.

— De modo — começou Baisemeaux, trêmulo por ter jantado tão familiarmente com um homem caído em desgraça com Sua Majestade —, senhor conde...

— De modo, meu caro governador — completou Athos —, que o meu amigo senhor D'Artagnan vai nos comunicar o conteúdo deste papel que aparece na abertura do seu gibão e que certamente não é outra coisa senão a minha ordem de prisão.

Com a agilidade de sempre, Baisemeaux estendeu a mão.

D'Artagnan retirou do peito dois papéis e apresentou um deles ao governador. Baisemeaux desdobrou o papel e o leu a meia-voz ao mesmo tempo que olhava para Athos por cima do documento, interrompendo-se:

— "Ordem de deter... no meu castelo da Bastilha." Muito bem! "No meu castelo da Bastilha... o senhor conde de La Fère." Ah, para mim é uma honra dolorosa tê-lo aqui, senhor!

— O senhor terá um prisioneiro paciente — disse Athos com sua voz suave e calma.

— E um prisioneiro que não ficará nem um mês por aqui, meu caro governador — disse Aramis enquanto Baisemeaux, com a ordem na mão, copiava em seu registro de prisão a vontade do rei.

— Nem mesmo um dia, ou melhor, nem mesmo uma noite — disse D'Artagnan exibindo a segunda ordem do rei. — Agora, caro senhor de Baisemeaux, o senhor terá de copiar também esta ordem de soltar imediatamente o conde.

— Ah! — exclamou Aramis —, você me poupa trabalho, D'Artagnan. — E apertou de modo significativo a mão do mosqueteiro ao mesmo tempo que a de Athos.

— O quê?! — exclamou Athos perplexo —, o rei me dá a liberdade?

Ele pegou a ordem e leu.

— É verdade — disse ele.

— Ficou contrariado com isso? — gracejou D'Artagnan.

— Não, pelo contrário. Eu não desejo nada de mau ao rei, e o maior mal que se pode desejar aos reis é que eles cometam uma injustiça. Mas foi difícil para você, não foi? Ah, confesse, meu amigo.

— De modo algum! — protestou rindo o mosqueteiro. — O rei faz tudo o que eu quero.

Aramis fitou D'Artagnan e viu perfeitamente que ele estava mentindo. Mas Baisemeaux apenas fitava D'Artagnan, absolutamente fascinado por aquele homem que levava o rei a fazer tudo o que queria.

— E o rei exila Athos? — quis saber Aramis.

— Não; não ele precisamente. O rei não se pronunciou sobre isso — respondeu D'Artagnan —, mas eu acho que o conde não tem nada melhor a fazer, a menos que queira agradecer ao rei...

— Não, na verdade não — respondeu Athos sorrindo.

— Muito bem, eu acho que se recolher ao seu castelo é o melhor que o conde pode fazer — retomou D'Artagnan. — Mas, meu caro Athos, fale, peça: se alguma residência lhe agrada mais, eu farei o possível para consegui-la para você.

— Não, obrigado — disse Athos —, nada me pode ser mais agradável, caro amigo, do que voltar para a minha solidão, debaixo das minhas árvores copadas, na margem do Loire. Se Deus é o médico supremo dos males da alma, a natureza é o remédio soberano. Assim, senhor — prosseguiu Athos voltando-se para Baisemeaux —, estou livre?

— Sim, senhor conde, acho que sim, pelo menos é o que eu espero — disse o governador mexendo sem parar nos dois papéis —, a não ser que o senhor D'Artagnan tenha uma terceira ordem.

— Não, caro senhor Baisemeaux, não — disse o mosqueteiro —, fique com a segunda.

— Ah, senhor conde — disse Baisemeaux dirigindo-se a Athos —, o senhor não sabe o que está perdendo! Eu o poria no nível dos generais, que me custam trinta libras. Nada disso!, o senhor ficaria no nível dos príncipes, ou seja, cinquenta libras, e eu lhe daria toda noite um jantar como o que teve hoje.

— Permita-me, senhor — disse Athos —, preferir a minha mediocridade.

Em seguida, dirigindo-se a D'Artagnan:

— Vamos embora, amigo — convocou ele.

— Vamos — assentiu D'Artagnan.

— Eu terei a alegria — prosseguiu Athos — de desfrutar da sua companhia, amigo?

— Só até a porta, meu querido — respondeu D'Artagnan. — Ali eu lhe direi o que disse ao rei: Estou em serviço.

— E você, meu caro Aramis, vai me acompanhar? — sugeriu Athos sorrindo. — La Fère fica no caminho de Vannes.

— Ah, meu amigo — respondeu o prelado —, tenho um compromisso em Paris esta noite e não poderei faltar a ele sem prejudicar graves interesses.

— Então, caro amigo — disse Athos —, permita-me abraçá-lo e partir. Meu caro senhor Baisemeaux, agradeço

> O rio **Loire** é o mais longo da França. No entorno dele, no chamado Vale do Loire, existe um monte de castelos e de produtores de vinho, o que faz da região um ímã de turista.

muito a sua boa vontade e sobretudo a amostra que me deu do dia a dia da Bastilha.

E, tendo abraçado Aramis e apertado a mão do senhor de Baisemeaux, depois de receber dos dois os votos de boa viagem, Athos partiu com D'Artagnan.

Enquanto se concretizava na Bastilha o desfecho da cena do Palais-Royal, vejamos o que se passou na casa de Athos e na de Bragelonne.

Grimaud havia acompanhado seu senhor a Paris. Depois de assistir à saída de Athos, ver D'Artagnan morder o bigode e seu senhor subir na carruagem, examinou a fisionomia de ambos, e os conhecia há tempo suficiente para ter compreendido, através da máscara da sua impassibilidade, que graves acontecimentos estavam se desenrolando.

Logo que Athos partiu, ele se pôs a refletir. Então recordou o modo estranho como o patrão se despedira dele, o embaraço — imperceptível para todos menos para ele — daquele homem de ideias tão claras e vontade tão direta. Ele sabia que Athos não levara nada além da roupa do corpo, e no entanto tinha a impressão de que ele não partia apenas por uma hora, nem mesmo por um dia. No modo como ele pronunciara a palavra "adeus" havia uma longa ausência.

Tudo isso voltou à sua mente com todos os sentimentos de afeição profunda por Athos, com o horror do vazio e da solidão que sempre ocupam a imaginação das pessoas que amam; tudo isso deixou o honesto Grimaud muito triste e sobretudo bastante inquieto.

Sem se dar conta do que fazia depois da partida de Athos, Grimaud vagou pela casa inteira, procurando, por assim dizer, vestígios do patrão, tal como — tudo o que é bom se parece — o cão que não se preocupa com a ausência do dono porém se aborrece. Mas, como além do instinto do animal ele usava a razão do homem, sentia ao mesmo tempo aborrecimento e preocupação.

Não tendo encontrado nenhum indício capaz de guiá-lo, não tendo visto nada nem descoberto coisa alguma que respondesse às suas dúvidas, Grimaud começou a *imaginar* o que podia ter acontecido. Mas a imaginação é o expediente, ou, melhor dizendo, o suplício dos bons corações. De fato, nunca um bom coração imagina seu amigo feliz ou alegre. Nunca o pombo que viaja inspira ao pombo que fica em casa algo que não o terror.

Assim, Grimaud passou da inquietação ao terror. Recapitulou tudo o que havia acontecido: a carta de D'Artagnan a seu patrão, depois da qual ele parecera muito magoado; em seguida rememorou a visita de Raoul a Athos, depois da qual este pedira as suas ordens e seu traje de cerimônia; em seguida viera a entrevista com o rei, depois da qual o patrão voltara muito sombrio; em seguida a explicação entre o pai e o filho, depois da qual Athos havia abraçado Raoul com uma expressão muito triste e Raoul fora para casa muito triste. Por fim a chegada de D'Artagnan mordendo o bigode, depois da qual o senhor conde de La Fère tinha partido de carruagem com D'Artagnan. Tudo isso compunha um drama em cinco atos muito claro, sobretudo para um analista da qualidade de Grimaud.

Em primeiro lugar Grimaud recorreu aos meios mais substanciais; foi procurar no gibão deixado pelo seu chefe a carta do senhor D'Artagnan. Ela ainda estava ali, e continha o seguinte:

> Caro amigo, Raoul veio me pedir informações sobre a conduta da senhorita de La Vallière durante a estadia do nosso jovem amigo em Londres. Eu sou um pobre capitão dos mosqueteiros cujos ouvidos são bombardeados o dia inteiro por mexericos de caserna e de alcova. Se tivesse dito a Raoul o que imagino saber, o pobre rapaz teria morrido; mas como estou a serviço do rei, não posso comentar seus assuntos. Se o seu coração lhe pede isso, vá em frente! O caso lhe diz mais respeito — e a Raoul igualmente — do que a mim.

Caserna > alojamento do soldado no quartel.

Alcova > pequeno quarto de dormir.

Grimaud arrancou uma boa quantidade de fios de cabelo. Teria arrancado mais se sua cabeleira fosse mais abundante.

— Pronto! — disse ele. — A chave do mistério. A moça andou aprontando. O que se diz sobre ela e o rei é verdade. Nosso jovem patrão se enganou. Deve saber disso. O senhor conde foi ter com o rei e lhe disse o que pensava. E então o rei enviou o senhor D'Artagnan para resolver o caso. Ah, meu Deus, o senhor conde voltou sem a espada.

Essa descoberta fez o suor aflorar na testa daquele homem corajoso. Sem perder muito tempo conjeturando, pôs o chapéu na cabeça e correu para a casa de Raoul.

Depois da saída de Louise, Raoul tinha dominado a sua dor, se não o seu amor, e, forçado a encarar o perigoso caminho em que a loucura e a rebeldia o arrastavam, logo viu seu pai exposto à oposição do rei, pois Athos havia se exposto imediatamente a essa oposição.

Nesse momento de lucidez muito simpática, o infeliz jovem se lembrou justamente dos sinais misteriosos de Athos, da visita inesperada de D'Artagnan, e o resultado desse conflito entre um rei e um súdito surgiu aos seus olhos apavorados.

D'Artagnan em serviço, ou seja, pregado no seu posto, não iria até a casa de Athos apenas pelo prazer de vê-lo. Faria isso porque tinha algo a lhe dizer. Esse algo, em circunstâncias tão penosas, era uma infelicidade ou um perigo. Raoul estremeceu por ter sido egoísta, por ter esquecido seu pai e pensado somente no seu amor, por ter, resumindo, procurado o sonho ou a fruição do desespero quando talvez fosse preciso afastar o ataque iminente contra Athos. Esse sentimento o fez saltar. Tendo cingido a espada, ele correu para a casa do seu pai. No caminho, deparou com Grimaud, que, vindo do lado oposto, lançava-se com o mesmo ardor em busca da verdade. Os dois homens se abraçaram. Estavam ambos do mesmo lado da parábola descrita pela sua imaginação.

— Grimaud! — exclamou Raoul.

— Senhor Raoul! — exclamou Grimaud.

— O senhor conde está bem?

— O senhor o viu?

— Não. Onde ele está?

— Estou à sua procura.

— E o senhor D'Artagnan?

— Saiu com ele.

— Quando?

— Dez minutos depois da sua saída.

Cingir > apertar contra o corpo, envolver.

— Como foi que eles saíram?
— De carruagem.
— Aonde eles vão?
— Não sei.
— Meu pai estava com dinheiro?
— Não.
— Com uma espada?
— Não.
— Grimaud!
— Senhor Raoul!
— Acho que o senhor D'Artagnan vinha para...
— Para prender o senhor conde, não é?
— Isso, Grimaud.
— Eu poderia jurar!
— Por onde eles foram?
— Pelo caminho do cais.
— A Bastilha?
— Ah, meu Deus! Foi.
— Depressa, vamos correr!
— Sim, vamos correr!
— Mas para onde? — indagou Raoul, acabrunhado.

Acabrunhado > bem triste, chateado, abatido.

— Vamos passar na casa do senhor D'Artagnan. Talvez fiquemos sabendo de alguma coisa.

— Não; se o meu pai foi levado de casa às escondidas de mim, não estará agora num lugar tão óbvio. Vamos à casa de... Ah, meu Deus! Hoje minha cabeça não está funcionando, meu bom Grimaud!

— O que foi que aconteceu?
— Eu me esqueci do senhor Vallon.
— O senhor Porthos?
— Sim, que sempre me espera! Ah, meu Deus! Eu disse que minha cabeça não está funcionando.
— Ele está esperando onde?
— No mosteiro dos Mínimos, em Vincennes!
— Ah, meu Deus! Ainda bem que fica no caminho da Bastilha.
— Vou mandar selar os cavalos.
— Isso, meu amigo, vá.

EM QUE PORTHOS É CONVENCIDO SEM TER COMPREENDIDO

Nas partes anteriores da saga dos mosqueteiros, Raoul descobre que seu amor de infância, Louise de La Vallière, é agora dama de honra de Henriqueta, cunhada de Luís XIV, e quer se casar com ela. Mas o rei proíbe o casório, alegando que Louise está abaixo de Raoul na escala social.

Aí, o rei está de namoro com a cunhada, e a rainha não gosta. Então o parzinho trama um caso entre o soberano e a Louise pra disfarçar o rolo. Só que o rei se apaixona por Louise, e vice-versa, e despacha Raoul pra Inglaterra em missão diplomática.

Porém, dona cunhada proíbe o rei de ver Louise. Ele continua na cola da Lou e Henriqueta, a cunhada, pede ao seu irmão, o Carlos II rei da Inglaterra, que expulse Raoul de lá. Raoul volta e descobre o caso da amada com o rei. E quer duelar com Saint-Aignan, que facilitava os encontros dos dois. Athos, pai de Raoul, vai lá peitar o rei, que manda prendê-lo. **Porthos** — que é mais músculo que cabeça — não está por dentro da zorra e acha que precisa duelar com Saint-Aignan pra defender a honra de Raoul.

O VALOROSO PORTHOS, fiel a todas as leis da cavalaria antiga, tinha resolvido esperar o senhor de Saint-Aignan até o pôr do sol. E, como Saint-Aignan não viera, como Raoul tinha se esquecido de avisar seu imediato, como a espera começava a ser das mais longas e penosas, Porthos mandou o guarda de uma das portas trazer-lhe algumas garrafas de vinho e um bom pedaço de carne, para ao menos ter a distração de poder de quando em quando tomar um bom gole e comer um bom naco. Já estava quase no fim da bebida e da comida quando Raoul chegou escoltado por Grimaud, correndo a toda a brida.

Quando Porthos viu no seu caminho os dois cavaleiros tão apressados, não teve dúvida de que eram os seus homens, e, erguendo-se na relva em que se reclinara descontraído, começou a estirar as pernas e os braços, dizendo:

— Isso é que é ter bons hábitos! O engraçadinho enfim aparece. Se eu tivesse ido embora, ele não encontraria ninguém e aproveitaria.

Então ele se pôs de pé em atitude marcial, o que ressaltou sua altura colossal. Mas em vez de Saint-Aignan ele viu Raoul, que, com gestos desesperados, bradou:

— Ah, meu caro amigo! Perdão! Ah!, eu sou um infeliz!

— Raoul! — exclamou Porthos tomado de surpresa.

— O senhor se zangou comigo? — perguntou Raoul aproximando-se de Porthos para abraçá-lo.

— Eu? Mas por quê?

— Por tê-lo esquecido por completo. Mas é que a minha cabeça não está funcionando.

— Ora! Que bobagem!

— Se o senhor soubesse, meu amigo!

— O senhor o matou?

— Matei quem?

— Saint-Aignan.

— Ah, meu Deus, Saint-Aignan está metido no caso.

— O que houve com ele?

— O que houve é que a estas alturas o senhor conde de La Fère deve estar preso.

Porthos fez um movimento que poderia ter derrubado uma muralha.

— Preso!... Por quem?

— Por D'Artagnan.

— Impossível — contestou Porthos.

— Mas é a verdade — replicou Raoul.

Porthos virou-se para Grimaud como se pedisse uma segunda confirmação. Grimaud fez um sinal com a cabeça.

— E para onde o levaram? — indagou Porthos.

— Provavelmente para a Bastilha.

— Por que o senhor acha isso?

— No caminho perguntamos a pessoas que viram a carruagem passar e a outras que a viram entrar na Bastilha.

— Ah! — murmurou Porthos, e deu em seguida dois passos.

— O que é que o senhor resolveu? — interrogou Raoul.

— Eu? Nada. Só não quero que Athos continue na Bastilha.

Raoul aproximou-se do honrado Porthos.

— O senhor sabe que foi por ordem do rei que ele foi preso?

Porthos olhou para o jovem como se dissesse: "E que diferença isso faz para mim?". Essa linguagem muda pareceu a Raoul tão eloquente que ele não perguntou mais nada. Montou no cavalo. Porthos, auxiliado por Grimaud, havia feito o mesmo.

— Tracemos o nosso plano — disse Raoul.

— Sim — anuiu Porthos —, o nosso plano, isso mesmo.

Raoul deu um grande suspiro e subitamente se deteve.

— O que é que o senhor tem? — indagou Porthos. — Está fraco?

— Não. É a impotência! Será que temos a pretensão, nós três, de tomar a Bastilha?

— Ah!, se D'Artagnan estivesse aqui — respondeu Porthos —, eu não duvidaria.

Raoul foi tomado de admiração diante daquela confiança heroica promovida pela ingenuidade. Aqueles eram os homens célebres que, sendo apenas três ou quatro, enfrentavam exércitos ou atacavam castelos! Homens que tinham espantado a morte e que sobreviviam a um século inteiro de ruínas, eram mais fortes que os jovens mais robustos.

— O senhor me deu uma ideia — disse ele a Porthos. — Precisamos ver o senhor D'Artagnan, custe o que custar.

— Sem dúvida.

— Ele deve ter voltado para casa depois de levar meu pai para a Bastilha. Vamos à casa dele.

— Primeiro vamos nos informar na Bastilha — disse Grimaud, que falava pouco mas bem.

Eles se apressaram para chegar diante da fortaleza. Um desses acasos com que Deus presenteia as pessoas de vontade forte levou Grimaud a perceber imediatamente a carruagem fazendo a curva diante da grande porta da ponte levadiça. Foi o momento em que D'Artagnan, como vimos, voltava da visita ao rei.

Em vão Raoul instigou seu cavalo, querendo alcançar a carruagem e ver quem estava lá dentro. Os cavalos já tinham parado do outro lado da grande porta que se fechava, quando um guarda que estava de sentinela feriu com o mosquete o focinho do cavalo de Raoul.

Este deu meia-volta, feliz demais por saber que a carroça estava levando seu pai.

— Encontrado! — exclamou Grimaud.

— Vamos esperar um pouco. Sem dúvida ele vai sair, não é, meu amigo?

— A menos que D'Artagnan também esteja preso — replicou Porthos —, e, se assim for, tudo está perdido.

Raoul não respondeu. Tudo era possível. Ele aconselhou Grimaud a levar os cavalos para a ruazinha Jean-Beausire, a fim de despertar menos suspeitas, e com a sua visão apurada vigiava a saída de D'Artagnan ou da carruagem.

Foi uma boa decisão. De fato, passados menos de vinte minutos a porta voltou a se abrir e a carruagem reapareceu. Raoul não conseguiu distinguir que pessoas ocupavam o carro porque teve a visão ofuscada. Grimaud jurou que vira duas figuras e que seu senhor era uma delas. Porthos olhava para Raoul e para Grimaud, esperando compreender o que lhes ia pela cabeça.

— Evidentemente, se o senhor conde está na carruagem é porque o libertaram — raciocinou Grimaud —, ou então ele está sendo levado para outra prisão.

— Vamos saber isso pelo caminho que eles tomarem — disse Porthos.

— Se o libertaram, o levarão para a casa dele — afirmou Grimaud.

— É verdade — concordou Porthos.

— A carruagem não está indo nesse caminho — notou Raoul.

De fato, os cavalos acabavam de desaparecer no bairro Saint-Antoine.

— Vamos rápido — gritou Porthos. — Nós atacaremos a carruagem na estrada e diremos a Athos que fuja.

— Rebelião! — murmurou Raoul.

Porthos lançou um segundo olhar para Raoul, digno do primeiro. Raoul respondeu-lhe apertando os flancos do seu cavalo.

Alguns instantes depois, os três cavaleiros tinham alcançado a carruagem e a seguiam de tão perto que o bafo dos cavalos umedecia a traseira do veículo.

D'Artagnan, com os sentidos sempre despertos, ouviu o trote dos cavalos. Nesse momento, Raoul dizia a Porthos que ultrapassasse a carruagem para ver quem era a pessoa que acompanhava Athos. Porthos obedeceu, mas não pôde ver nada porque as cortinas estavam baixadas.

A cólera e a impaciência tomaram conta de Raoul. Ele tinha acabado de notar o mistério que cercava os companheiros de Athos e resolveu ir às vias de fato.

Por sua vez, D'Artagnan havia reconhecido perfeitamente Porthos; sob o couro das cortinas reconhecera também Raoul e comunicara ao conde o resultado da sua observação. Eles queriam ver se Raoul e Porthos levariam as coisas até o final.

E puderam ver. Raoul, de pistola na mão, atirou-se sobre o primeiro cavalo da carruagem, forçando o cocheiro a parar.

Porthos agarrou o cocheiro e o desalojou do assento.

Grimaud já se apossara da portinhola da carruagem parada.

Raoul abriu os braços gritando:

— Senhor conde!, senhor conde!

— Ah!, é você, Raoul? — disse Athos, embriagado de alegria.

— Nada mau! — acrescentou D'Artagnan, com uma explosão de riso.

E os dois abraçaram o jovem e Porthos, que estavam ao lado um do outro.

— Meu bravo Porthos, amigo excelente! — exclamou Athos. — Sempre você!

— Ele ainda tem vinte anos — disse D'Artagnan. — Bravo, Porthos!

— Céus! — desabafou Porthos, um tanto confuso —, achamos que o tinham prendido.

— Na verdade — emendou Athos —, foi apenas um passeio na carruagem do senhor D'Artagnan.

— Nós o estamos seguindo desde a Bastilha — replicou Raoul, com um tom de suspeita e censura.

— Onde tínhamos ido jantar com o bom senhor de Baisemeaux. Lembra-se de Baisemeaux, Porthos?

— Claro! Lembro-me muito bem.

— E vimos lá Aramis.

— Na Bastilha?

— Jantando.

— Ah! — exclamou Porthos, e respirou.

— Ele mandou muitas recomendações a você.

— Obrigado!

— Aonde o senhor vai? — perguntou Grimaud, que já havia sido recompensado pelo seu senhor.

— Vamos para Blois, para a nossa casa.

— Como assim? Diretamente? — indagou Raoul.

— Sem bagagens?!

— Ah, meu Deus! Raoul está encarregado de enviar as minhas coisas ou de levá-las quando voltar para a minha casa, caso ele volte.

— Se nada mais o prender a Paris — opinou D'Artagnan, com um olhar firme e penetrante como o aço e que, como o aço, foi doloroso, pois reabriu as feridas do pobre jovem.

— Nada mais me prende a Paris — disse Raoul.

— Então vamos partir — replicou Athos imediatamente.

— E o senhor D'Artagnan?

— Ah, eu? Eu acompanho Athos só até a barreira e volto com Porthos.

— Muito bem — disse Porthos.

— Venha, meu filho — acrescentou o conde, que, ainda abraçando Raoul, apertou suavemente o braço em redor do seu pescoço, num gesto que o convidava a subir na carruagem. — Grimaud — continuou o conde —, você vai voltar devagar para Paris com o seu cavalo e o do senhor de Vallon, pois Raoul e eu montamos a cavalo aqui e deixamos a carruagem para esses dois senhores regressarem a Paris; depois, assim que chegar, pegue minhas roupas e minhas cartas e remeta tudo para a nossa casa.

— Mas — observou Raoul, que procurava fazer o conde falar — quando o senhor voltar a Paris não encontrará roupa--branca nem pertences; isso será muito incômodo.

— Acho que não voltarei a Paris tão cedo, Raoul. Nossa última estadia não me animou a voltar.

Raoul baixou a cabeça e não disse mais nada.

Athos desceu da carruagem e montou no cavalo que tinha levado Porthos — e que parecia muito feliz com a troca.

> Neste contexto, fazer **protesto** é o mesmo que fazer uma promessa.

Abraçaram-se, apertaram-se as mãos e fizeram mil protestos de eterna amizade. Porthos prometeu passar um mês na casa de Athos na primeira folga que tivesse. D'Artagnan prometeu aproveitar sua licença; depois, tendo pela última vez abraçado Raoul, disse:

— Meu filho, eu vou lhe escrever.

Nessas palavras de D'Artagnan, que nunca escrevia, estava tudo dito. Raoul se comoveu até as lágrimas. Desprendeu-se das mãos do mosqueteiro e partiu.

D'Artagnan juntou-se a Porthos na carruagem.

— Muito bem! — disse ele. — Caro amigo, foi uma bela jornada!

— Foi mesmo — concordou Porthos.

— O senhor deve estar exaurido.

— Nem tanto. Mas vou dormir cedo, para amanhã estar bem.

— Por quê?

— Ora, para concluir o que comecei.

— O senhor me faz tremer, amigo; está muito assustado. O que foi que o senhor começou e não terminou?

— Então me escute: Raoul não duelou. Será preciso que eu duele!

— Com quem?... Com o rei?

— Como assim com o rei? — disse Porthos, estupefato.

— Isso mesmo, seu bebezão. Com o rei!

— Eu lhe asseguro que é com o senhor de Saint-Aignan.

— O que eu queria dizer é que duelando com esse fidalgo é contra o rei que o senhor puxa a espada.

— Ah! — exclamou Porthos arregalando os olhos. — Você tem certeza disso?

— Total!

— Muito bem! Então como a questão pode ser consertada?

— Vamos tratar de jantar muito bem, Porthos. A mesa do capitão dos mosqueteiros é agradável. Lá o senhor verá o belo Saint-Aignan e beberá à saúde dele.

— Eu? — exclamou Porthos, horrorizado.

— Como?! — disse D'Artagnan. — O senhor se recusa a beber à saúde do rei?

— Mas, que diabo!, eu não estou falando do rei. Estou falando do senhor de Saint-Aignan.

— Eu repito: é a mesma coisa.

— Ah, então muito bem — disse Porthos, vencido.

— O senhor entendeu, não é mesmo?

— Não — respondeu Porthos —, mas tanto faz.

— Sim, tanto faz — replicou D'Artagnan. — Vamos jantar, Porthos.

A SOCIEDADE DO SENHOR DE BAISEMEAUX

O LEITOR NÃO SE ESQUECEU de que, ao saírem da Bastilha, D'Artagnan e o conde de La Fère tinham deixado ali Aramis conversando com Baisemeaux.

Quando os dois comensais saíram, Baisemeaux não percebeu que a conversa se ressentia da ausência deles. Achava que o vinho da sobremesa — e o da Bastilha era excelente — era estimulante o suficiente para fazer falar um homem de bem. Ele conhecia mal Sua Grandeza, que não deixava de ser nunca mais impenetrável que na sobremesa. Mas Sua Grandeza conhecia perfeitamente o senhor de Baisemeaux, contando, para fazer falar o governador, com o meio que este considerava eficaz.

Aparentemente animada, na verdade a conversa estava frouxa, pois, além de ser quase só Baisemeaux que falava, ele não falava de outro assunto a não ser a prisão de Athos, seguida da ordem imediata para libertá-lo.

Baisemeaux, aliás, não havia observado que as duas ordens, a de prisão e a de libertação, tinham sido escritas pelo rei. Ora, o rei não se dava ao trabalho de escrever ordens se as circunstâncias não fossem especialíssimas. Tudo isso era muito interessante e sobretudo obscuro para ele; mas, como tudo isso era muito claro para Aramis, este não dava ao fato a mesma importância que lhe dava o bom governador.

Além do mais, Aramis raramente se perturbava com algo, e ele ainda não tinha dito ao senhor de Baisemeaux a razão da sua perturbação.

Assim, no momento em que Baisemeaux estava no clímax da sua exposição, Aramis o interrompeu subitamente.

— Diga-me, caro senhor de Baisemeaux, na Bastilha o senhor nunca tem outras distrações além daquelas a que eu assisti durante as duas ou três visitas que tive a honra de lhe fazer?

A pergunta foi tão inesperada que o governador ficou desorientado como um cata-vento que recebe bruscamente um impulso oposto ao do vento.

— Distrações? — indagou ele. — Eu as tenho continuamente, senhor.

— Ah! Ainda bem! E essas distrações...

— São de todo tipo.

— Visitas, certamente?

— Visitas, não. As visitas não são comuns na Bastilha.

— Como? As visitas são raras?

— Muito raras.

— Mesmo da parte da sua sociedade?

— O que é que o senhor chama de minha sociedade? Os meus prisioneiros?

— Ah, não. Os seus prisioneiros!... Eu sei que é o senhor que os visita, e não o contrário. Chamo de sua sociedade, meu caro senhor de Baisemeaux, a sociedade da qual o senhor faz parte.

Baisemeaux olhou fixamente para Aramis. Então, como se o que ele havia suposto por um instante fosse impossível, disse:

— Ah, atualmente tenho muito pouca vida social. Para ser franco, caro senhor D'Herblay, em geral a permanência na Bastilha parece selvagem e aborrecida para as pessoas mundanas. Quanto às senhoras, não é sem um certo temor que tenho todas as dificuldades do mundo para acalmá-las a fim de que elas se aproximem. Na verdade elas tremeriam, coitadinhas, vendo as tristes masmorras e pensando que são ocupadas por pobres prisioneiros que...

E, à medida que os olhos de Baisemeaux se fixavam no rosto de Aramis, a língua do bom governador ia se embaraçando cada vez mais, até paralisar por completo.

— Não, o senhor não entendeu, meu caro senhor de Baisemeaux — atalhou Aramis —, o senhor não entendeu...

Eu não estou falando da sociedade em geral, mas de uma sociedade específica, a sociedade a que o senhor é filiado, enfim.

Baisemeaux quase deixou cair a taça de vinho moscatel que estava levando à boca.

— Filiado? — espantou-se ele. — Filiado?

— Isso mesmo, filiado — repetiu Aramis com o maior sangue-frio. — Então o senhor não é membro de uma sociedade secreta, meu caro senhor de Baisemeaux?

— Secreta?

— Secreta ou misteriosa?

— Ah, senhor D'Herblay!...

— Não negue.

— Mas, creia...

— Eu creio no que sei.

— Eu lhe juro!...

— Escute, caro senhor de Baisemeaux; eu digo sim, o senhor diz não; um de nós está necessariamente com a verdade, e o outro está inevitavelmente com a mentira.

— E então?

— Então nós vamos imediatamente esclarecer as coisas.

— Sim — disse Baisemeaux —, vamos ver.

— Então beba a sua taça de moscatel, caro senhor de Baisemeaux — sugeriu Aramis. — Que diabo! O senhor parece muito assustado.

— Não, absolutamente. Não estou assustado.

— Então beba.

Baisemeaux bebeu, mas o seu aturdimento saltava aos olhos.

— Muito bem — recomeçou Aramis —, como eu estava dizendo, se o senhor não faz parte de uma sociedade secreta, misteriosa ou como quer que a chame, o que não faz nenhuma diferença, se, como eu estava dizendo, o senhor não faz absolutamente parte de uma sociedade do tipo da que eu estou querendo indicar, muito bem, o senhor não compreenderá uma única palavra do que eu vou lhe dizer. É só isso.

— Ah, tenha certeza antecipadamente de que eu não compreenderei nada.

— Maravilha, então.

— Tente. Vamos ver.

— É o que eu vou fazer. Se, ao contrário, o senhor é um dos membros dessa sociedade, me responda imediatamente sim ou não.

— Faça a pergunta — prosseguiu Baisemeaux, trêmulo.

— Pois o senhor há de concordar, caro senhor de Baisemeaux — continuou Aramis com a mesma impassibilidade —, que evidentemente não se pode fazer parte de uma sociedade, evidentemente não se pode obter vantagens que a sociedade oferece aos filiados sem estar obrigado a algumas pequenas sujeições.

— Sem dúvida — balbuciou Baisemeaux —, isso seria previsível se...

— Certo! — cortou Aramis. — Então há na sociedade de que eu lhe falava e da qual, segundo lhe parece, o senhor não faz parte...

— Permita-me — atalhou Baisemeaux —, eu não gostaria de falar absolutamente...

— Há um compromisso que é assumido por todos os governadores e capitães de fortaleza filiados à ordem.

Baisemeaux empalideceu.

— Esse compromisso — prosseguiu Aramis com voz firme — aqui está.

Baisemeaux se levantou, presa de uma emoção indizível.

— Vejamos, caro senhor D'Herblay — propôs ele —, vejamos.

Aramis então disse, ou melhor, recitou, com a mesma voz que teria se estivesse lendo um livro, o seguinte parágrafo:

— "O dito capitão ou governador de fortaleza deixará entrar quando for necessário, e a pedido do prisioneiro, um confessor filiado à ordem".

Ele parou de ler. Baisemeaux era digno de pena, tal a sua palidez e o modo como tremia.

— É assim mesmo o texto do compromisso? — indagou tranquilamente Aramis.

Com esse papo de **ordem** e sociedade secreta, Aramis está falando é na Companhia de Jesus, que é o nome oficial da ordem religiosa dos jesuítas. E também está dando uma carteirada para convencer o governador da Bastilha a permitir que ele veja um prisioneiro que o rei mandou deixar incomunicável: Aramis sabe que Baisemeaux é um irmão jesuíta leigo (ou laico) e, portanto, deve mais obediência a um superior religioso da ordem que ao próprio rei. Que Aramis vai tomar a **confissão** do preso é só um pretexto.

— Senhor!... — gemeu Baisemeaux.

— Ah, certo!, o senhor está começando a compreender, imagino.

— Senhor! — exclamou Baisemeaux. — Não brinque assim com o meu pobre espírito; eu me considero muito insignificante perto do senhor, se o seu desejo maldoso é extrair de mim os segredinhos da minha administração.

— Ah!, de modo algum, perca as suas ilusões, caro senhor de Baisemeaux. Não são os segredinhos da sua administração que eu quero, e sim os da sua consciência.

— Pois bem, que seja! Da minha consciência, caro senhor D'Herblay. Mas tenha um pouco de respeito pela minha situação, que não é nada comum.

— Ela não é nada comum, meu caro senhor — continuou o inflexível Aramis —, se o senhor é membro dessa sociedade; mas é absolutamente natural se, livre de qualquer compromisso, o senhor só tem de responder ao rei.

— Certo, senhor, certo! Não, eu só obedeço ao rei. A quem, então, meu Deus, o senhor quer que um fidalgo francês obedeça, se não for ao rei?

Aramis não moveu um músculo. Mas, com sua voz muito suave, disse:

— É muito agradável para um fidalgo francês, para um prelado da França, ouvir se expressar com tanta lealdade um homem do seu mérito, caro senhor de Baisemeaux, e, após ouvi-lo, só acreditar no senhor.

— O senhor duvidou?

— Eu? Ah, não!

— Então o senhor não duvida mais?

— Eu não duvido mais — disse Aramis com seriedade — que um homem como o senhor não sirva fielmente aos senhores a quem se entregou voluntariamente.

— Os senhores! — exclamou Baisemeaux.

— Eu disse os senhores.

— Senhor D'Herblay, o senhor ainda está brincando, não é mesmo?

— Sim, eu admito que ter muitos senhores é uma situação mais difícil do que ter só um; mas esse embaraço foi uma escolha sua, caro senhor de Baisemeaux, e eu não sou responsável por ele.

— Não, claro — respondeu o pobre governador, ainda mais embaraçado. — Mas o que é que o senhor está fazendo? Está se levantando?

— Estou.

— Está indo embora?

— Sim, já vou.

— Mas como está estranho comigo, senhor!

— Estranho? O que o senhor vê de estranho em mim?

— O senhor jurou que ia me torturar?

— Não, isso me deixaria desesperado.

— Então fique.

— Não posso.

— Por quê?

— Porque não tenho mais nada a fazer aqui e, ao contrário, tenho deveres lá fora.

— Deveres? A esta hora?

— Sim. Entenda, caro senhor de Baisemeaux, disseram-me, lá onde eu estava: "O dito governador ou capitão deixará entrar quando for necessário, e a pedido do prisioneiro, um confessor filiado à ordem". Eu vim. O senhor não sabe do que eu estou falando. Vou voltar e dizer às pessoas que elas se equivocaram e que devem me mandar para outro lugar.

— Como? O senhor é... — exclamou Baisemeaux fitando Aramis quase com pavor.

— O confessor filiado à ordem — arrematou Aramis sem alterar a voz.

Mas, por mais suaves que fossem essas palavras, elas tiveram no pobre governador o efeito de um trovão. Baisemeaux ficou lívido e lhe pareceu que os belos olhos de Aramis eram duas lâminas de fogo que mergulhavam até o fundo do seu coração.

— O confessor! — murmurou ele. — O senhor é o confessor da ordem!

— Sim, sou, mas nós não temos nada para conversar, uma vez que o senhor não é filiado.

— Senhor...

— E eu compreendo que, não sendo filiado, o senhor se recusa a seguir as ordens.

— Senhor, eu lhe suplico — tornou Baisemeaux —, digne-se me ouvir.

— Por quê?

— Senhor, eu não digo que não faço parte da ordem...

— Ah, ah!

— Não digo que me recuso a obedecer.

— No entanto, o que acaba de acontecer tem muito de resistência, senhor de Baisemeaux.

— Ah, não, senhor, não. Eu só quis ter a certeza...

— Certeza do quê? — perguntou Aramis, com ar de supremo desdém.

— De nada, senhor.

Baisemeaux baixou a voz e, inclinando-se diante do prelado, declarou:

— Estou a qualquer hora, em qualquer lugar, à disposição dos meus senhores. Mas...

— Ótimo! Gosto bem mais do senhor assim.

Aramis voltou a se sentar e estendeu seu copo a Baisemeaux, que de tanto tremer não pôde enchê-lo.

— O senhor dizia: mas... — retomou Aramis.

— Mas — completou o pobre homem —, não tendo sido alertado, eu estava longe de esperar...

— O Evangelho não diz: "Estai alertas, pois só Deus sabe o momento"? As prescrições da ordem não dizem: "Estai alertas, pois o que eu desejo é sempre o que deve ser desejado"? E como o senhor justifica o fato de não esperar o confessor, senhor de Baisemeaux?

— É que neste momento não há nenhum prisioneiro doente na Bastilha, monsenhor.

— O que o senhor sabe sobre isso? — questionou ele.

— Mas parece, no entanto...

— Senhor de Baisemeaux — disse Aramis virando-se na poltrona —, está aqui o seu criado, que quer lhe falar.

Nesse momento, de fato, o criado de Baisemeaux apareceu no limiar da porta.

— Que é que houve? — indagou rispidamente Baisemeaux.

— Senhor governador — disse o criado —, estão lhe trazendo o comunicado do médico da casa.

Aramis fitou o senhor de Baisemeaux com seus olhos claros e seguros.

— Certo! Faça o mensageiro entrar — disse ele.

O mensageiro entrou, fez uma saudação e entregou o comunicado.

Baisemeaux deu uma olhada e, erguendo a cabeça, comentou, surpreso:

— O segundo Bertaudière está doente.

— E o senhor dizia, caro senhor de Baisemeaux, que todos estavam bem de saúde no seu edifício — disse Aramis negligentemente.

Em seguida, tomou um bom gole de moscatel sem deixar de vigiar Baisemeaux com o olhar. O governador, tendo feito um sinal de cabeça para o mensageiro, depois do qual este se foi, argumentou, sempre trêmulo:

— Acho que no parágrafo se diz: "A pedido do prisioneiro".

— Sim, consta no parágrafo — respondeu Aramis. — Mas veja o que estão querendo, senhor de Baisemeaux.

De fato um sargento enfiara a cabeça pela porta entreaberta.

— De novo? Que é que há? — bradou Baisemeaux. — Não posso ter dez minutos de tranquilidade?

— Senhor governador — respondeu o sargento —, o doente da segunda Bertaudière encarregou o carcereiro de lhe pedir um confessor.

Baisemeaux quase caiu de costas.

Aramis não pensou em tranquilizá-lo, assim como não havia pensado em aterrorizá-lo.

— O que eu devo dizer? — indagou Baisemeaux.

— Ora, o que o senhor quiser — respondeu Aramis beliscando a boca. — Isso é com o senhor, eu não sou o governador da Bastilha.

— Diga! — bradou Baisemeaux —, diga ao prisioneiro que ele terá o que pede.

O sargento saiu.

— Ah, monsenhor, monsenhor! — murmurou Baisemeaux —, como eu poderia supor?!... Como eu poderia ter previsto?!

— Quem disse ao senhor para supor? Quem lhe pediu para prever? — respondeu Aramis com desdém. — A ordem supõe, a ordem diz, a ordem prevê. Isso não é suficiente?

— O que o senhor ordena? — acrescentou Baisemeaux.

— Eu? Nada. Eu sou apenas um pobre padre, um simples confessor. O senhor me ordena ir ver o doente?

— Ah, monsenhor! Eu não lhe ordeno, eu lhe peço.

— Muito bem. Então me conduza.

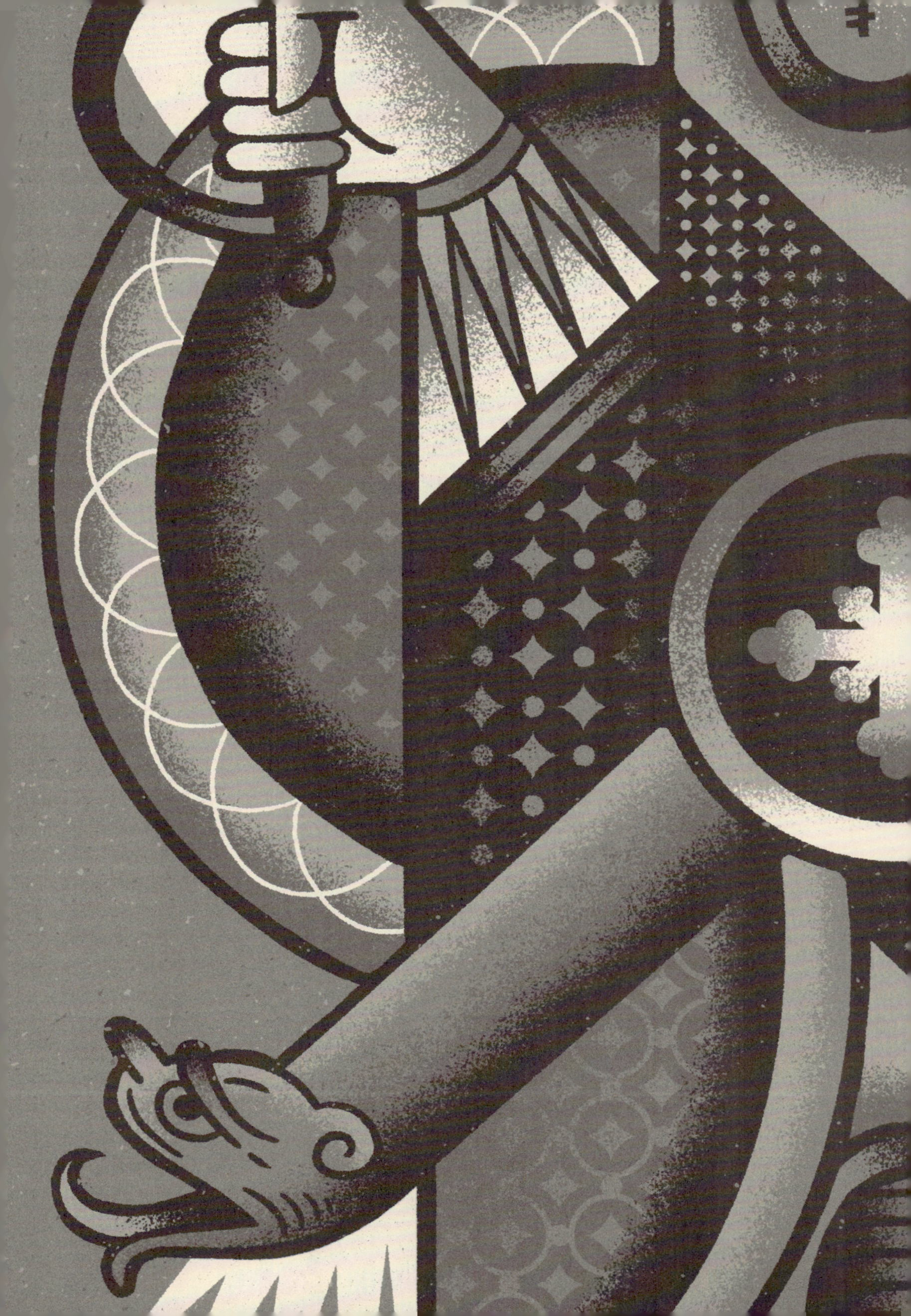

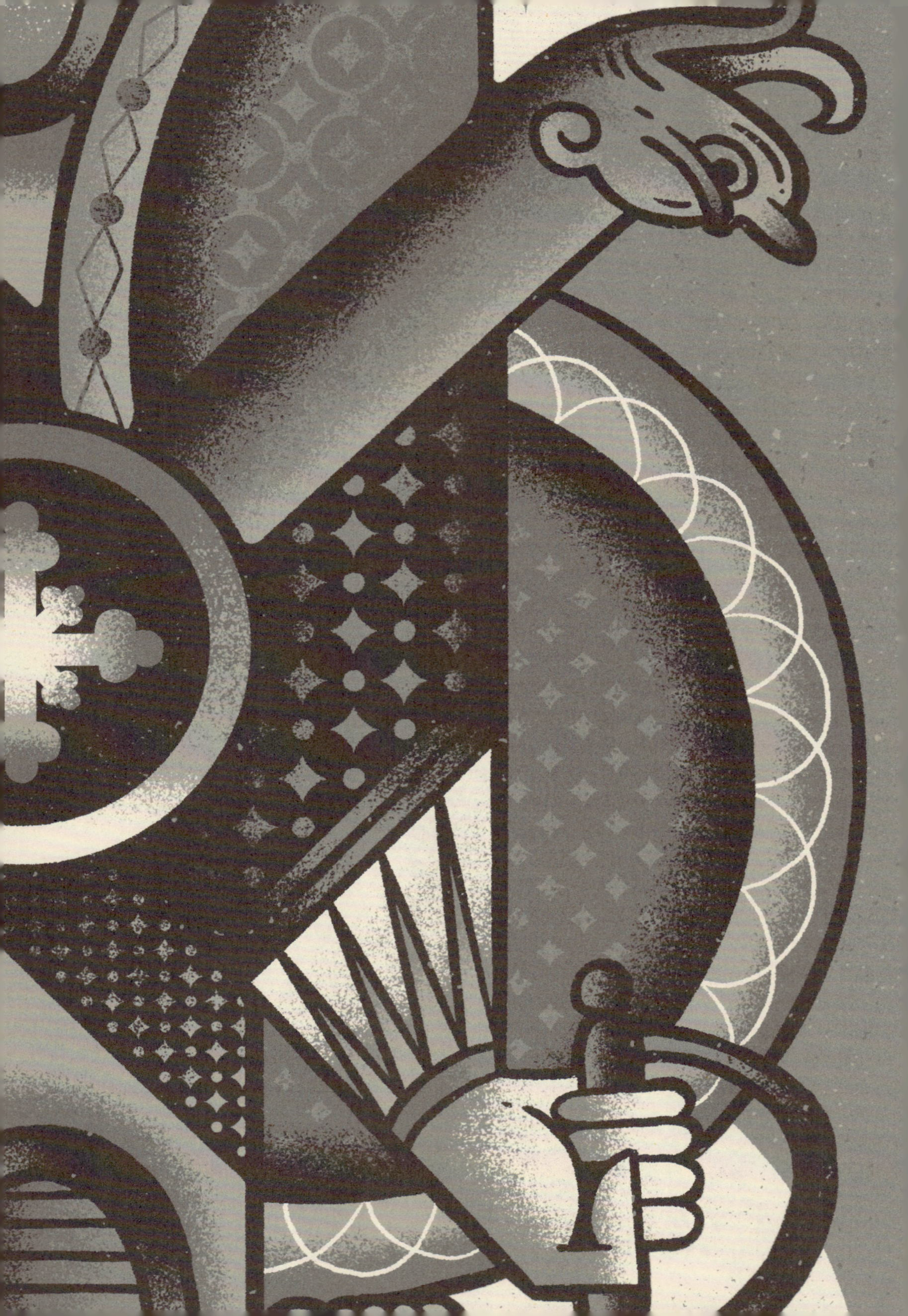

O PRISIONEIRO

DEPOIS DESSA ESTRANHA transformação de Aramis em confessor da ordem, Baisemeaux não foi mais o mesmo.

Até então Aramis tinha sido para o honrado governador um prelado a quem ele devia respeito, um amigo a quem ele devia reconhecimento; mas, a partir da revelação que acabara de confundir todas as suas ideias, passou a ser um subordinado, e Aramis, seu superior.

Ele mesmo acendeu um lampião, chamou um carcereiro e voltou-se para Aramis:

— Às ordens do monsenhor — disse ele.

Aramis se limitou a fazer com a cabeça um sinal que significava: "Certo", e com a mão um sinal que significava: "Vá na frente". Baisemeaux começou a andar. Aramis o seguiu.

A noite estava estrelada, uma bela noite; os passos dos três homens ressoavam na pedra dos terraços e o tilintar das chaves dependuradas na cintura do carcereiro subia até a altura das torres, como para lembrar aos prisioneiros que a liberdade estava fora do seu alcance.

Poderíamos dizer que a mudança operada em Baisemeaux havia se estendido até o carcereiro. Este — o mesmo que na primeira visita de Aramis se mostrara tão curioso e cheio de perguntas — tinha se tornado não só mudo mas até impassível. Baixou a cabeça e parecia temer estar com o ouvido atento.

Chegaram ao pé da Bertaudière, cujos dois andares foram escalados em silêncio e um tanto lentamente, pois Baisemeaux, embora obedecendo, estava longe de fazê-lo apressadamente.

Enfim chegaram à porta. O carcereiro não precisou procurar a chave, que já fora separada. A porta se abriu.

Baisemeaux se dispunha a entrar na cela do prisioneiro, mas deteve-se na entrada.

— Não está escrito — disse Aramis — que o governador ouvirá a confissão do prisioneiro.

Baisemeaux se inclinou e deixou passar Aramis, que pegou o lampião e entrou. Então, com um gesto, ordenou que fechassem a porta atrás de si.

Durante um instante ele se manteve de pé, apurando o ouvido para saber se Baisemeaux e o carcereiro estavam se afastando. Depois, tendo se certificado, pela diminuição do barulho, de que eles haviam deixado a torre, pousou o lampião na mesa e olhou em redor.

Em uma cama de sarja verde, semelhante a todas as camas da Bastilha porém mais nova, sob cortinas amplas e fechadas pela metade repousava o rapaz ao lado de quem já introduzimos Aramis uma vez.

Conforme o uso da prisão, não havia luz para o prisioneiro. Na hora do toque de recolher, ele precisara apagar a vela. Via-se, assim, quanto o prisioneiro era favorecido, pois tinha o raro privilégio de manter acesa a vela até o toque de recolher.

Perto da cama, roupas de um frescor admirável estavam jogadas sobre uma grande poltrona de couro de pés retorcidos. Uma mesinha sem plumas, sem livros, sem papel e sem tinta estava abandonada tristemente perto da janela. Muitas travessas ainda cheias atestavam que o prisioneiro mal havia tocado na última refeição.

Aramis viu na cama o rapaz estendido, com o rosto meio oculto sob os dois braços.

A chegada de um visitante não o fez mudar de posição; ele o esperava ou estava dormindo.

Aramis acendeu a vela com a ajuda do lampião, afastou suavemente a poltrona e se aproximou da cama com um visível misto de interesse e respeito.

O rapaz ergueu a cabeça.

— O que o senhor quer? — perguntou ele.

Plumas era a caneta dá época, feita com uma pena de ave, cuja ponta era molhada na tinta.

— O senhor não pediu um confessor? — indagou por sua vez Aramis.

— Pedi.

— Porque está doente?

— Sim.

— Muito doente?

O rapaz fixou em Aramis um olhar penetrante e disse:

— Eu lhe agradeço.

Então, depois de um momento de silêncio, observou:

— Eu já o vi.

Aramis se inclinou. Sem dúvida, pelo exame que o prisioneiro acabara de fazer, a revelação de um caráter frio, astucioso e dominador estampado na fisionomia do bispo de Vannes era pouco tranquilizador na situação do rapaz, pois ele acrescentou:

— Estou melhor.

— Então? — perguntou Aramis.

— Uma vez que estou melhor, eu já não preciso tanto de um confessor, me parece.

— E nem do cilício anunciado no bilhete que o senhor encontrou no pão?

O rapaz estremeceu. Mas, antes que ele respondesse ou negasse, Aramis prosseguiu:

— E nem tampouco do eclesiástico de cuja boca o senhor ia ouvir uma revelação importante?

— Se é assim — disse o rapaz, voltando a pousar a cabeça no travesseiro —, tanto faz, eu ouço.

Então Aramis olhou para ele com mais atenção e ficou surpreso com seu ar de majestade simples e desembaraçada, algo que nunca se obtém se não foi colocado por Deus no sangue ou no coração.

— Sente-se, senhor — disse o prisioneiro.

Aramis obedeceu, inclinando-se.

— Como está sendo para o senhor aqui na Bastilha? — quis saber o bispo.

— Estou muito bem.

— Não está sofrendo?

> O **cilício** é um cinturão cheio de pontas usado por alguns católicos devotos por baixo da roupa, para incomodar a pele (e às vezes machucar mesmo), com a ideia de lembrar que o corpo tem que seguir o que a alma manda e não o contrário. Ou seja, o usuário não pode cair em tentações. Mas aqui, na sentença, o termo é usado como metáfora — a carta devia conter a ideia de que o seu destinatário ia sofrer (ou já sofria), como se usasse um cilício no corpo.

— Não.

— O senhor não se ressente de nada?

— De nada.

— Nem mesmo da falta de liberdade?

— O que é que o senhor chama de liberdade? — indagou o prisioneiro com a entonação de um homem que se prepara para a luta.

— Chamo de liberdade as flores, o ar, o dia, as estrelas, a felicidade de correr para onde as pernas nervosas de vinte anos o levam.

O rapaz sorriu; teria sido difícil dizer se com resignação ou desdém.

— Veja — disse ele —, eu tenho ali, naquele vaso japonês, duas rosas, duas belas rosas colhidas em botão ontem à noite no jardim do governador. Elas desabrocharam hoje de manhã e abriram sob os meus olhos seu cálice vermelho; cada dobra de pétala revelou, ao se despregar, o tesouro do seu perfume: a cama está perfumada. Essas duas rosas, veja, são as mais belas de todas, e as rosas são as flores mais belas. Por que, então, o senhor quer que eu deseje outras flores, uma vez que tenho as mais belas de todas?

Aramis fitou surpreso o rapaz.

— Se as flores são a liberdade — volveu melancolicamente o prisioneiro —, eu tenho a liberdade, pois tenho as flores.

— Ah, mas o ar! — exclamou Aramis. — O ar tão necessário à vida!

— Muito bem, senhor, aproxime-se da janela — continuou o prisioneiro. — Ela está aberta. Entre o céu e a terra o vento faz revirar seus turbilhões de neve, de fogo, de vapores quentes e suaves brisas. O ar que vem de lá acaricia o meu rosto quando fico em pé na poltrona ou sentado no espaldar; com o braço enganchado na barra para me sustentar, eu me sinto nadando no vazio.

Aramis se entristecia à medida que o rapaz falava.

— O dia? — continuou ele. — O que eu tenho é melhor que o dia; tenho o sol, um amigo que vem diariamente me visitar sem a permissão do governador e sem a companhia do carcereiro. Ele entra pela janela, desenha na sela um grande quadrado que parte da própria janela e vai morder a cortina da minha cama até as franjas. Esse quadrado luminoso se amplia das dez horas até o meio-dia, e diminui da uma às três da tarde, lentamente, como se depois de ter se apressado para vir ele lamentasse me deixar. Quando o seu último raio desaparece, eu desfrutei durante quatro horas a sua presença. Isso não é suficiente? Já ouvi falar de infelizes que escavavam pedreiras, de trabalhadores que mourejavam nas minas e que nunca viam o sol.

Aramis enxugou a testa.

— Quanto às estrelas, tão adoráveis de ver — prosseguiu o rapaz —, elas se parecem umas com as outras, variando só quanto ao brilho e tamanho. Sou privilegiado, pois se o senhor não tivesse acendido a vela veria a bela estrela que eu via da minha cama antes da sua chegada, e cuja irradiação acariciava os meus olhos.

Aramis baixou a cabeça. Sentia-se afundar sob o fluxo amargo dessa sinistra filosofia que é a religião do cativeiro.

— Assim é quanto às flores, ao ar, ao dia e às estrelas — disse o rapaz, com a mesma tranquilidade. — Resta o passeio. Então eu não passeio todo dia, no jardim do governador se faz tempo bom, aqui quando chove, na sombra se faz calor, no quentinho da minha lareira se faz frio durante o inverno? Ah, acredite, senhor — acrescentou o prisioneiro, com uma expressão que não era isenta de um certo amargor —, os homens fizeram para mim tudo o que se pode esperar, tudo o que um homem pode esperar.

— Os homens, que seja! — disse Aramis erguendo a cabeça. — Mas me parece que o senhor esqueceu Deus.

— Verdade, eu esqueci Deus — concordou o prisioneiro, sem se emocionar. — Mas por que o senhor diz isso? De que serve falar de Deus aos prisioneiros?

Aramis examinou o rosto daquele rapaz singular, que tinha a resignação de um mártir com o sorriso de um ateu.

> **Mourejar** significa trabalhar muito, como os mouros — os mouros eram berberes e outros povos da Mauritânia, que, por sua vez, era uma província do Império Romano ali no norte da África. Lá pelas tantas, alguns séculos depois da saída dos romanos, um general daquelas bandas, muçulmano, conquistou o território ibérico (onde ficam Portugal e Espanha). Levou mais alguns séculos, mas os cristãos retomaram a área e expulsaram os mouros da região.

— Deus não está em todas as coisas? — murmurou ele em tom de censura.

— O senhor quer dizer no fim de todas as coisas — respondeu com firmeza o prisioneiro.

— Que seja! — concordou Aramis. — Mas vamos voltar ao ponto de onde começamos.

— É o que eu mais quero — disse o rapaz.

— Eu sou o seu confessor.

— Sim.

— Pois bem. Como meu penitente, o senhor me deve a verdade.

— É o que eu mais quero lhe falar.

— Todo prisioneiro cometeu o crime que o pôs na prisão. Que crime o senhor cometeu?

— Na primeira vez que me viu, o senhor já me perguntou isso — lembrou o prisioneiro.

— E o senhor se esquivou da minha pergunta, como hoje.

— E por que o senhor acha que hoje eu vou lhe responder?

— Porque hoje eu sou o seu confessor.

— Então, se o senhor quer que eu lhe diga que crime cometi, explique-me o que é um crime. Como não sei de nada em mim que seja reprovável, digo que não sou criminoso.

— Às vezes a pessoa é criminosa aos olhos dos grandes da terra não somente por ter cometido crimes, mas também por saber que foram cometidos crimes.

O criminoso ouvia extremamente atento.

— Sim — disse ele depois de um momento de silêncio —, eu entendi. Sim, o senhor tem razão; é bem possível que desse modo eu seja criminoso aos olhos dos grandes.

— Ah, então o senhor sabe de alguma coisa? — interrogou Aramis, que pensou ter entrevisto não a falta mas a articulação da couraça.

— Não, eu não sei nada — respondeu o rapaz —, mas às vezes penso, e nesses momentos digo comigo mesmo...

— O que o senhor diz?

— Que, se quisesse pensar mais, enlouqueceria ou adivinharia muitas coisas.

— Pois bem! E então? — indagou Aramis, impaciente.

— Então eu paro.

— O senhor para?

— Paro. A minha cabeça pesa, as minhas ideias ficam tristes. Eu sinto o desgosto tomar conta de mim; quero...

— O quê?

— Nem sei, porque não quero ser dominado pelo desejo de coisas que eu não tenho, eu, que sou uma pessoa tão satisfeita com o que tem.

— O senhor teme a morte? — arriscou Aramis com uma leve inquietação.

— Temo — respondeu o rapaz sorrindo.

Aramis sentiu o frio daquele sorriso e estremeceu.

— Ah, se o senhor tem medo da morte, deve saber mais do que me diz! — exclamou ele.

— Mas foi o senhor que me disse para chamá-lo — respondeu o prisioneiro. — Foi o senhor que, quando eu o chamei, entrou aqui prometendo-me um mundo de revelações. Por que agora é o senhor que se cala e eu que falo? Se ambos usamos uma máscara, ou ambos ficamos com ela ou ambos a tiramos.

Aramis sentiu ao mesmo tempo a força e a exatidão desse raciocínio.

"Não estou lidando com um homem comum", pensou ele. "Mas vejamos."

— O senhor tem ambição? — perguntou ele bem alto, sem ter preparado o prisioneiro com uma transição.

— O que vem a ser a ambição? — indagou o jovem.

— É um sentimento que impele o homem a desejar mais do que ele tem.

— Eu disse que estava contente, senhor; mas é possível que me engane. Eu ignoro o que seja a ambição, mas é possível que eu a tenha. Vejamos, abra o meu espírito, é o que eu mais quero.

— Um ambicioso — começou Aramis — é quem cobiça o que está além da sua situação.

— Eu não cobiço nada que esteja além da minha situação — disse o rapaz, com uma segurança que, mais uma vez, fez estremecer o bispo de Vannes.

Ele se calou. Mas, vendo os olhos ardentes, a testa enrugada, a atitude reflexiva do prisioneiro, percebia-se que ele esperava outra coisa que não o silêncio. Esse silêncio foi rompido por Aramis:

— O senhor mentiu para mim na primeira vez em que o vi.

— Menti?! — exclamou o rapaz endireitando-se na cama, com uma tal entonação na voz, com um tal brilho nos olhos, que Aramis recuou sem querer.

— Quero dizer — volveu Aramis inclinando-se — que o senhor me ocultou o que sabe sobre sua infância.

— Os segredos de um homem são dele, senhor — disse o prisioneiro —, e não de qualquer um.

— É verdade — concordou Aramis, inclinando-se mais que na primeira vez —, é verdade, me perdoe. Mas hoje eu ainda sou qualquer um para o senhor? Eu lhe suplico, me responda, Monseigneur.

Esse tratamento perturbou ligeiramente o prisioneiro, embora ele não parecesse nada admirado por tê-lo recebido.

— Eu não o conheço, senhor — disse ele.

— Ah, fosse eu mais ousado, tomaria a sua mão e a beijaria.

O rapaz fez menção de dar a mão a Aramis; mas o brilho que havia faiscado em seus olhos se extinguiu e a sua mão se retraiu fria e desconfiada.

— Beijar a mão de um prisioneiro! — disse ele balançando a cabeça. — Para que isso?

— Por que o senhor me disse — indagou Aramis — que aqui estava bem? Por que me disse que não aspirava a nada? Por que, enfim, falando assim comigo o senhor me impede também de ser sincero?

O mesmo brilho reapareceu pela terceira vez nos olhos do rapaz. Mas, como nas duas outras vezes, extinguiu-se sem ser portador de nada.

— O senhor desconfia de mim — afirmou Aramis.

— Por que acha isso, senhor?

— Ah, por uma razão muito simples: se o senhor sabe o que deve saber, precisa desconfiar de todo mundo.

— Então não se espante com a minha desconfiança, pois o senhor acha que eu sei o que eu não sei.

O título de **Monseigneur** era equivalente ao de Alteza Real e se aplicava a príncipes irmãos do rei.

Aramis estava admirado com essa resistência enérgica.

— Ah, o senhor me desespera, Monseigneur! — exclamou ele golpeando com o punho a poltrona.

— E eu não o compreendo, senhor.

— Pois bem, trate de me compreender.

O prisioneiro olhou fixamente para Aramis.

— Às vezes me parece — continuou Aramis — que eu tenho diante dos olhos o homem que procuro... e então...

— E então... esse homem desaparece, não é mesmo? — concluiu o prisioneiro sorrindo. — Melhor assim.

Aramis se levantou.

— Decididamente — disse ele —, eu não tenho nada a dizer para um homem que desconfia de mim como o senhor.

— E eu — declarou o prisioneiro no mesmo tom —, nada a dizer a um homem que não quer compreender que um prisioneiro precisa desconfiar de tudo.

— Até dos seus velhos amigos? — interrogou Aramis. — Ah, é prudência demais, Monseigneur!

— Dos meus velhos amigos? O senhor é um dos meus velhos amigos?

— Vejamos — começou Aramis —, o senhor não se lembra de ter visto há muito tempo, no vilarejo onde passou a sua primeira infância...

— O senhor sabe o nome desse vilarejo? — indagou o prisioneiro.

— Noisy-le-Sec, Monseigneur — respondeu Aramis, sem titubear.

— Continue — pediu o rapaz, sem que sua expressão concordasse ou negasse.

— Veja, Monseigneur — disse Aramis —, se quer mesmo continuar nesse jogo, paremos por aqui. Eu vim para lhe dizer muitas coisas, é verdade, mas preciso saber se o senhor quer conhecê-las. Antes de falar, antes de declarar as coisas muito importantes que guardo comigo, convenha, eu precisaria de um pouco de ajuda, senão de franqueza, de um pouco de simpatia, senão de confiança. Mas o senhor se fecha numa pretensa ignorância que me paralisa... Ah!, não pelo que está imaginando; pois, por mais que ignore a realidade ou por mais que finja ser indiferente a ela, o senhor não deixará de ser o que é, Monseigneur. E preste bem atenção: nada, nada fará o senhor não ser o que é.

— Eu prometo — respondeu o prisioneiro — escutá-lo sem impaciência. Mas me parece que tenho o direito de repetir a pergunta que já lhe fiz: quem é o senhor?

— O senhor se lembra de uns quinze ou dezoito anos atrás ter visto em Noisy-le-Sec um cavalheiro que chegou acompanhado de uma senhora com uma roupa comum de seda negra e com fitas vermelhas no cabelo?

— Sim — disse o jovem —, uma vez eu perguntei o nome desse cavalheiro e me disseram que ele se chamava abade D'Herblay. Fiquei pasmo, pois esse abade parecia um guerreiro, então me responderam que não havia nisso nada de espantoso, visto que ele era um mosqueteiro do rei Luís XIII.

— Pois bem — disse Aramis —, esse homem, que já havia sido mosqueteiro, naquela época era abade e depois foi bispo de Vannes, é hoje o seu confessor. Sou eu.

— Sei disso. Eu o reconheci.

— Pois bem, Monseigneur, se sabe disso preciso acrescentar uma coisa que o senhor não sabe. Se a presença aqui desse mosqueteiro, desse abade, desse bispo, desse confessor, chegar ao conhecimento do rei esta noite, amanhã este que arriscou tudo para vir encontrá-lo verá reluzir a machadinha do algoz no fundo de uma masmorra ainda mais escura e mais afastada que a sua.

Ao ouvir essas palavras pronunciadas com tanta firmeza, o rapaz se soergueu na cama e mergulhou um olhar ávido no olhar de Aramis.

Como resultado desse exame, o prisioneiro pareceu menos desconfiado.

— Sim — murmurou ele —, sim, eu me lembro perfeitamente. A mulher de quem o senhor fala apareceu uma vez com o senhor e duas outras vezes com a mulher...

Ele silenciou.

— Com a mulher que ia vê-lo todos os meses, não é mesmo, senhor?

— Sim. O senhor sabe quem era essa mulher?

Algoz > carrasco, pessoa que executa uma ordem de pena de morte, quem maltrata os outros.

Uma cintilação parecia querer saltar dos olhos do prisioneiro.

— Eu sei que era uma dama da corte — disse ele.

— O senhor se lembra bem dela, dessa dama?

— Ah, as minhas lembranças disso não podem ser muito confusas — respondeu o prisioneiro. — Eu vi uma vez essa dama com um homem de mais ou menos quarenta e cinco anos; vi uma vez essa dama acompanhada do senhor e da mulher vestida de preto e com fitas vermelhas. Eu a revi duas vezes posteriormente com a mesma pessoa. Essas quatro pessoas, com o meu mestre e a velha Perronnette, meu carcereiro e o governador, são as únicas com que já falei até hoje, e na verdade são quase as únicas pessoas que vi na minha vida.

— Mas então o senhor estava na prisão?

— Se aqui eu estou na prisão, lá, comparativamente, estava livre, embora a minha liberdade fosse muito restrita: uma casa da qual eu nunca saía, um grande jardim cercado de muros que não podia transpor: era essa a minha moradia. O senhor a conhece, pois foi lá. De resto, habituado a viver nos limites desses muros e dessa casa, nunca desejei sair dela. Assim, o senhor entende que, não tendo visto nada deste mundo, eu não posso desejar nada, e, se o senhor me contar alguma coisa, será forçado a me explicar tudo.

— É o que eu vou fazer, Monseigneur — disse Aramis inclinando-se —, pois é o meu dever.

— Muito bem! Então comece dizendo-me quem era o meu mestre.

— Um bom fidalgo, Monseigneur, um fidalgo honesto, sobretudo; um preceptor para o seu corpo e para a sua alma. Alguma vez o senhor teve motivo de queixa contra ele?

— Ah, não, senhor, muito pelo contrário. Mas esse fidalgo me disse várias vezes que o meu pai e a minha mãe estavam mortos. Era mentira ou esse fidalgo dizia a verdade?

— Ele era obrigado a seguir as ordens que lhe tinham sido dadas.

— Então ele mentiu?

Preceptor > mestre, mentor, pessoa que transmite ensinamentos.

— Em um ponto: o seu pai está morto.

— E a minha mãe?

— Ela morreu pelo senhor.

— Mas para os outros ela vive, não é mesmo?

— Sim.

— E eu — disse o rapaz olhando para Aramis —, eu sou condenado a viver na escuridão de uma masmorra?

— Infelizmente acho que sim.

— Isso porque a minha presença no mundo revelaria um grande segredo?

— Sim, um grande segredo.

— Para mandar encerrar na Bastilha uma criança como eu é preciso que o meu inimigo seja muito poderoso.

— Ele é.

— Mais poderoso que a minha mãe?

— Por que pergunta isso?

— Porque a minha mãe teria me defendido.

Aramis hesitou.

— Sim, mais poderoso que a sua mãe, Monseigneur.

— Para que a minha ama e o fidalgo tenham sido raptados, e para que tenham desse modo me separado deles, eu era então, ou eles eram, um perigo muito grande para o meu inimigo.

— Sim, um perigo do qual o seu inimigo se livrou fazendo desaparecer o fidalgo e a ama — respondeu Aramis com tranquilidade.

— Desaparecer? — perguntou o prisioneiro. — Mas de que modo eles desapareceram?

— Do modo mais seguro — respondeu Aramis.

O rapaz empalideceu levemente e passou a mão trêmula no rosto.

— Envenenados? — indagou ele.

— Envenenados.

O prisioneiro refletiu por um instante.

— Para que essas duas criaturas inocentes — tornou ele —, meus únicos apoios, tenham sido assassinadas no mesmo dia, é preciso que o meu inimigo seja demasiado cruel ou demasiado forçado pela necessidade, pois esse honrado fidalgo e essa pobre mulher jamais tinham feito mal a alguém.

— A necessidade é dura para com os servidores da casa do senhor. E é também uma necessidade que me faz, muito a contragosto, lhe dizer que esse fidalgo e essa ama foram assassinados.

— Ah, o senhor não está me dizendo nada de novo — revelou o prisioneiro erguendo a sobrancelha.

— Como assim?

— Eu desconfiava disso.

— Por quê?

— Vou lhe dizer.

Nesse momento, apoiando-se nos dois cotovelos, o rapaz aproximou de Aramis seu rosto, cuja expressão era de tanta dignidade, abnegação e até de desafio que o bispo sentiu a eletricidade do entusiasmo, em fagulhas devoradoras, tomar-lhe o coração desalentado e subir até o seu crânio duro como aço.

— Fale, Monseigneur. Já lhe disse que exponho a minha vida ao lhe falar. Por pequena que seja ela, eu lhe suplico que a receba como contrapartida da sua.

— Pois bem — volveu o rapaz —, veja por que eu suspeitava que tinham matado a minha ama e o meu mestre...

— Que o senhor chamava de pai...

— Sim, eu o chamava de pai, sem saber que não era seu filho.

— O que o fez desconfiar?

— Do mesmo modo que o senhor é respeitoso demais para um amigo, ele era respeitoso demais para um pai.

— Eu não pretendo me disfarçar — disse Aramis.

O rapaz fez um sinal com a cabeça e prosseguiu.

— Sem dúvida, eu não estava destinado a ficar eternamente preso — disse o prisioneiro —, e o que me faz pensar assim, sobretudo agora, é o cuidado que tiveram em fazer de mim um cavaleiro tão perfeito quanto possível. O fidalgo que estava perto de mim me ensinou tudo o que ele sabia: matemática, um pouco de geometria, astronomia, esgrima e equitação. Todas as manhãs eu esgrimia em uma sala e montava a cavalo no jardim. Pois bem: uma certa manhã, era verão, pois fazia muito calor, eu adormeci na sala de esgrima. Até então nada me havia sido evidenciado ou me despertara suspeitas, com exceção do respeito do meu mestre. Eu vivia como as crianças, como os pássaros, como as plantas, de ar e de sol. Tinha acabado de fazer quinze anos.

— Então isso foi há oito anos?

— Sim; mais ou menos. Eu perdi a noção do tempo.

— Perdão, mas o que o seu mestre dizia para incentivá-lo a trabalhar?

— Ele me dizia que um homem precisa procurar construir na terra a fortuna que Deus lhe recusou ao nascer; acrescentava que, pobre órfão, obscuro, eu só podia contar comigo mesmo e que ninguém jamais se interessaria pela minha pessoa. Pois bem, eu estava na sala e, cansado pela lição do dia, adormeci. Meu mestre estava no quarto dele, no primeiro andar, logo acima de mim. Subitamente, ouvi um grito curto dado por ele. Depois ele chamou: "Perronnette! Perronnette!". Estava chamando a ama.

— Sim, eu sei — disse Aramis. — Continue, Monseigneur, continue.

— Sem dúvida ela estava no jardim, pois o meu mestre desceu a escada precipitadamente. Eu me levantei, inquieto por vê-lo inquieto. Ele abriu a porta que do vestíbulo levava para o jardim, sempre gritando: "Perronnette! Perronnette!". As janelas da sala davam para o pátio; as venezianas dessas janelas estavam fechadas; mas, abrindo ligeiramente uma delas, vi meu mestre se aproximar de uma cisterna larga situada quase embaixo das janelas do seu escritório. Ele se debruçou no bocal da cisterna, olhou para dentro dela e gritou novamente, fazendo grandes gestos alarmados. De onde eu estava consegui não somente ver, mas até ouvir. Então eu vi e então eu ouvi.

— Continue, Monseigneur, por favor — pediu Aramis.

— A senhora Perronnette acudiu ao grito do meu mestre. Ele foi ao encontro dela, pegou em seu braço e a arrastou energicamente em direção ao bocal da cisterna; então, debruçando-se com ela na cisterna, disse-lhe: "Olhe, olhe que infelicidade!"

"— Sim, mas se acalme — dizia a senhora Perronnette. — O que é que aconteceu?

"— A carta! — gritou o meu mestre. — Está vendo a carta? — e ele estendeu a mão para dentro da cisterna.

"— Qual carta? — perguntou a ama.

"— A carta que a senhora está vendo lá; é a última carta da rainha.

"Essa palavra me fez estremecer. O meu mestre, que passava por meu pai, que a todo momento me recomendava modéstia e humildade, correspondendo-se com a rainha!

"— A última carta da rainha! — exclamou Perronnette, que parecia admirada apenas com o fato de a carta ter ir parado na cisterna. — E como foi que aconteceu isso?

"— Um azar, senhora Perronnette, um estranho azar! Eu estava voltando para casa; ao entrar, abri a porta, a janela estava aberta, fez-se um golpe de ar, eu vejo um papel voar, reconheço que esse papel é a carta da rainha, corro até a janela gritando, o papel flutua no ar por um instante e cai dentro da cisterna.

"— Pois bem — disse a senhora Perronnette, — se a carta caiu na cisterna, é a mesma coisa que ela tivesse sido queimada e, uma vez que a rainha queima todas as cartas toda vez que vem aqui...

"Toda vez que vem! Ou seja: essa mulher que vinha todos os meses era a rainha", observou o prisioneiro.

— Sim — disse Aramis fazendo um sinal de cabeça.

"— Sem dúvida, sem dúvida, mas essa carta continha instruções. Como é que vou fazer para segui-las? — continuou o velho fidalgo.

"— Escreva para a rainha, conte o caso do jeito que aconteceu, e a rainha lhe escreverá uma segunda carta para substituir essa.

"— Ah, a rainha não vai acreditar nesse acidente — disse o fidalgo balançando a cabeça. — Ela vai achar que eu quis ficar com a carta em vez de entregá-la como fiz com as outras, a fim de ter um trunfo contra ela. A rainha é muito desconfiada e o senhor de Mazarin muito... Aquele diabo de italiano é capaz de mandar nos envenenar assim que desconfiar de alguma coisa!"

Aramis sorriu com um imperceptível movimento de cabeça.

"— A senhora sabe, os dois protegem muito o esconderijo de Philippe." Philippe é o nome que me deram — o prisioneiro cortou novamente a narrativa.

"— Então não podemos hesitar — disse a senhora Perronnette. — É preciso que alguém desça na cisterna.

"— Sim, e então quem pegar o papel o lerá ao voltar.

"— Vamos escolher no vilarejo alguém que não saiba ler; assim o senhor fica tranquilo.

"— Pode ser. Mas quem descer na cisterna vai adivinhar a importância de um papel que nos fez arriscar a vida de um homem. No entanto, a senhora me deu uma ideia: alguém vai descer na cisterna, e esse alguém serei eu.

"Mas essa proposta fez a senhora Perronnette chorar e gritar de tal maneira, suplicando tanto e lastimando o velho fidalgo, que ele lhe prometeu procurar uma escada comprida o suficiente para poder descer na cisterna, enquanto ela iria até a chácara para procurar um rapaz corajoso a quem diriam que caiu uma joia na cisterna, que essa joia estava embrulhada em um papel, e, como o papel, observou o meu mestre, se desenrola na água, não será surpreendente que a carta seja encontrada completamente aberta.

"— Talvez ela já tenha tido tempo de se rasgar — disse a senhora Perronnette.

"— Isso não tem importância, o que importa é estarmos com a carta. Mandando-a para a rainha, ela verá que nós não a traímos, e consequentemente, sem termos suscitado a desconfiança do senhor de Mazarin, não haverá por que temê-lo.

"Uma vez tomada essa decisão, eles se separaram. Eu fechei a veneziana da janela e, vendo que meu mestre ia entrar apressado, me atirei na cama com um zumbido na cabeça, causado por tudo o que acabara de ouvir.

"Meu mestre entreabriu a porta poucos segundos depois de eu ter me coberto. Achando que eu estava dormindo, voltou a fechá-la suavemente.

"Assim que ela se fechou, eu me levantei e, prestando atenção, ouvi o ruído de passos afastando-se. Então voltei à veneziana da janela e vi o meu mestre e a senhora Perronnette saírem.

"Eu estava sozinho na casa.

"Mal eles fecharam a porta, sem me dar o trabalho de atravessar o vestíbulo, pulei a janela e corri para a cisterna.

"Então me debrucei, como meu mestre havia se debruçado.

"Alguma coisa branca e luminosa tremulava na água esverdeada da cisterna. O disco brilhante me fascinava e atraía; meus olhos estavam fixos, a respiração era ofegante. A cisterna me atraía com sua grande boca e seu hálito frio; eu acreditava estar lendo no fundo da água letras de fogo escritas no papel que a rainha havia tocado.

"Então, sem saber o que fazia e animado por um desses movimentos instintivos que nos empurram no alto de ladeiras fatais, enrolei no espeque do poço uma das extremidades da corda; deixei o balde descer na água até mais ou menos três pés de profundidade, tudo com a maior dificuldade para não estragar o precioso papel, cuja cor esbranquiçada começava a se tingir de verde, prova de que ele estava afundando. Depois, com um pedaço de tecido molhado nas mãos, me deixei deslizar no abismo.

Espeque > peça de madeira que serve de escora; em direito, significa amparo, suporte.

"Quando me vi suspenso sobre aquela poça de água escura, quando vi o céu diminuir sobre a minha cabeça, o frio se apossou de mim, fui tomado de vertigem e meus cabelos se eriçaram; mas a minha vontade dominou o terror e o mal-estar. Atingi a água e nela mergulhei de chofre, segurando-me com uma das mãos enquanto estendia a outra e pegava o precioso papel, que se rasgou em dois entre os meus dedos.

De chofre > de repente, de modo intenso.

"Escondi no macacão os dois pedaços e, com a ajuda dos pés nas paredes do poço, subindo com as mãos, vigoroso, ágil e sobretudo apressado, voltei à margem, inundando-a com a água que escorria da parte inferior do meu corpo.

"Uma vez fora do poço com a minha presa, comecei a correr ao sol e cheguei ao fundo do jardim, onde havia uma espécie de bosquezinho. Queria me refugiar ali.

"Assim que pus os pés no meu esconderijo, ouvi o sino que soava quando a porta grande se abria. Era o meu mestre voltando.

"Calculei que tinha ainda dez minutos antes que ele chegasse aonde eu estava, se, adivinhando onde eu estava, ele viesse direto até mim; e vinte minutos, caso se desse o trabalho de me procurar.

"Era tempo suficiente para ler aquela carta preciosa, cujos dois fragmentos me apressei a juntar. A letra estava começando a se apagar. Mas apesar disso consegui decifrar a carta."

— E o que o senhor leu, Monseigneur? — perguntou Aramis, com vivo interesse.

— O bastante para achar, senhor, que o criado era um fidalgo e que Perronnette, embora não fosse uma grande dama, era mais que uma criada; enfim, que eu tinha berço, porque a rainha Ana da Áustria e o primeiro-ministro Mazarin me recomendavam muito meticulosamente.

Emocionado, o rapaz fez uma pausa.

— E o que aconteceu? — indagou Aramis.

— Aconteceu, senhor — respondeu o prisioneiro —, que o rapaz levado pelo meu mestre não encontrou nada no poço depois de ter remexido em todas as direções; aconteceu que o meu mestre percebeu que a margem estava toda molhada; aconteceu que eu não havia me secado totalmente ao sol e a senhora Perronnette viu que as minhas roupas estavam úmidas; aconteceu, enfim, que eu tive uma febre alta causada pela friagem da água e pela emoção da minha descoberta e que essa febre se acompanhou de um delírio durante o qual eu contei tudo, de modo que, guiado pela minha própria confissão, o meu mestre encontrou sob o meu travesseiro os dois fragmentos da carta escrita pela rainha.

— Ah! — disse Aramis. — Agora estou entendendo.

— A partir de então, tudo é conjetura. Sem dúvida o pobre fidalgo e a pobre mulher, sem ousarem guardar o segredo do que havia acontecido, escreveram para a rainha contando tudo e enviaram para ela a carta rasgada ao meio.

— Depois disso — concluiu Aramis —, o senhor foi preso e trazido para a Bastilha?

— É o que o senhor pode ver.

— E depois os dois servidores da rainha desapareceram.

— Infelizmente!

— Não vamos nos ocupar dos mortos — continuou Aramis. — Vejamos o que se pode fazer com o vivo. O senhor me disse que está resignado.

— E repito isso.

— Sem se inquietar quanto à liberdade?

— Já lhe disse.

— Sem ambição, sem desgosto, sem pensamento?

O rapaz não respondeu.

— Pois bem! — disse Aramis. — O senhor se cala?

— Acho que já falei bastante — respondeu o prisioneiro — e que agora é a sua vez. Estou cansado.

— Vou lhe obedecer — disse Aramis.

Aramis se recolheu e um aspecto de profunda solenidade se espalhou por toda a sua fisionomia. Percebia-se que ele havia chegado à parte importante do papel que tinha ido exercer na prisão.

— Uma primeira pergunta — começou Aramis.

— Qual? Fale.

— Na casa onde o senhor morava não havia espelhos, não é mesmo?

— Que palavra é essa, o que ela significa? — perguntou o rapaz. — Eu não a conheço.

— Entende-se por espelho uma peça que reflete os objetos, que permite, por exemplo, ver os traços do seu próprio rosto em um vidro preparado, do mesmo modo que o senhor vê o meu a olho nu.

— Não, não havia espelho na casa — respondeu o rapaz.

Aramis olhou em redor de si.

— Nem tampouco há algum aqui — disse ele. — As mesmas precauções foram tomadas aqui e lá.

— Com que finalidade?

O rei que virou **santo** é **Luís IX**, que governou a França entre 1226 e 1270. Queridão dos súditos, ele esteve nas Cruzadas e foi canonizado em 1297. O **Francisco I** teve o trono de 1515 a 1547 e ficou famoso por ser um excelente patrono das artes e por ter de, certa forma, organizado a língua francesa. Já **Henrique IV** teve sua temporada no poder entre 1589 e 1610 e não foi muito querido em vida, tendo sofrido mais de dez tentativas de assassinato — e a última delas funcionou. Mas depois da morte ele foi reconhecido por coisas que fez aqui e ali e acabou ganhando o apelido de "o bom rei Henrique".

— Logo o senhor saberá. Agora, me perdoe, o senhor disse que lhe ensinavam matemática, astronomia, esgrima, equitação. O senhor não mencionou história.

— Algumas vezes o meu mestre me falou sobre os grandes feitos do rei São Luís, do rei Francisco I e do rei Henrique IV.

— Só isso?

— Mais ou menos.

— Pois bem. Vejo que foi tudo calculado: do mesmo modo como lhe confiscaram os espelhos que refletem o presente, assim também o deixaram ignorar a história, que reflete o passado. Desde a sua prisão os livros lhe foram proibidos, de modo que muitos fatos o senhor desconhece, fatos que poderiam ajudá-lo a reconstruir o edifício desmoronado das suas lembranças ou dos seus interesses.

— É verdade — disse o rapaz.

— Escute, eu vou lhe dizer em poucas palavras o que aconteceu nos últimos vinte e três ou vinte e quatro anos, ou seja: depois da data provável do seu nascimento, quer dizer, enfim, a partir do momento que lhe interessa.

— Diga.

E o rapaz retomou a sua atitude séria e recolhida.

— O senhor sabe quem foi o filho do rei Henrique IV?

— Sei pelo menos quem foi o seu sucessor.

— Como é que o senhor sabe isso?

— Por uma moeda datada de 1610 que representava o rei Henrique IV; por uma moeda de 1612 que representava o rei Luís XIII. Eu presumi, pois não havia mais de dois anos entre as duas moedas, que Luís XIII devia ser o sucessor de Henrique IV.

— Então — indagou Aramis — o senhor sabe que o último rei que reinou foi Luís XIII?

— Eu sei — respondeu o rapaz enrubescendo levemente.

— Pois bem, ele foi um príncipe cheio de boas ideias, cheio de grandes projetos; projetos sempre adiados pela infelicidade da época e pelas lutas que seu ministro, Richelieu, teve de sustentar com os poderosos da França. Ele, pessoalmente (estou falando do rei Luís XIII), era fraco de caráter. Morreu jovem ainda, e tristemente.

— Sei disso.

— Durante muito tempo ele se preocupou com a sua posteridade. Esse é um cuidado doloroso para os príncipes, que precisam deixar na terra mais que uma lembrança para que o seu pensamento prossiga, para que a sua obra continue.

— O rei Luís XIII morreu sem ter filhos? — interrogou sorrindo o prisioneiro.

— Não, mas foi privado por muito tempo da felicidade de tê-los; durante muito tempo ele achou que morreria sem descendentes. E esse pensamento começava a reduzi-lo a um desespero profundo quando de repente a sua mulher, Ana da Áustria...

O prisioneiro estremeceu.

— O senhor sabia — prosseguiu Aramis — que a mulher de Luís XIII se chamava Ana da Áustria?

— Continue — disse o rapaz sem responder.

— Quando de repente — recomeçou Aramis — a rainha Ana da Áustria anunciou que estava grávida. A notícia foi recebida com grande alegria e todos fizeram votos de um parto feliz. Enfim, no dia 5 de setembro de 1638 ela deu à luz um filho.

Nesse ponto Aramis olhou para o seu interlocutor, que lhe pareceu ter empalidecido.

— O senhor vai ouvir — disse Aramis — um relato que pouca gente pode fazer no momento, pois esse relato é um segredo que se acredita morto com os mortos ou sepultado no abismo da confissão.

— E o senhor vai me contar esse segredo? — indagou o rapaz.

— Ah — disse Aramis, com uma entonação inequívoca —, acho que esse segredo não corre risco se eu o confio a um prisioneiro que não tem absolutamente vontade de sair da Bastilha.

— Estou escutando, senhor.

— A rainha deu à luz um filho. Mas, quando toda a corte gritava de alegria pela notícia, quando o rei já havia mostrado o recém-nascido ao seu povo e à sua nobreza, quando ele se sentou jubiloso à mesa para festejar esse nascimento feliz, então a rainha, que ficara só em seu quarto, sentiu as dores do parto uma segunda vez e deu à luz um segundo filho.

— Ah! — disse o prisioneiro traindo uma instrução maior que a que era admitida por ele —, eu achava que Monsieur só nascera em...

Aramis ergueu o dedo.

— Espere-me continuar — disse ele.

O prisioneiro suspirou com impaciência e esperou.

— Sim — prosseguiu Aramis —, a rainha teve um segundo filho, um segundo filho, que a senhora Perronnette, a parteira, recebeu em seus braços.

— A senhora Perronnette! — murmurou o rapaz.

— Correram imediatamente até a sala onde o rei estava jantando e comunicaram-lhe em voz baixa o que acontecera. Ele se levantou e saiu da sala. Mas desta vez a expressão que havia em seu rosto não era de alegria; na verdade, o que se estampava nele era um sentimento próximo ao terror. Dois filhos gêmeos era um acontecimento que transformava em aflição a alegria dada pelo nascimento de um só, uma vez que (certamente o senhor ignora o que vou lhe dizer) na França é o filho mais velho que reina após o pai.

— Sei disso.

— E que os médicos e os jurisconsultos afirmam que há margem para dúvida na asserção de que o filho que deixa primeiro o ventre da mãe seja o mais velho pela lei de Deus e da natureza.

O prisioneiro deu um grito abafado e ficou mais branco que o lenço sob o qual ele se escondia.

— Agora o senhor entende — prosseguiu Aramis — que o rei, que tinha visto com tanta alegria a sua continuação no seu herdeiro, deve ter se desesperado ao pensar que havia dois herdeiros e que talvez aquele que acabara de nascer e que era ignorado contestaria o direito de primogenitura do outro, que nascera duas horas antes e que duas horas antes havia sido reconhecido. Assim, o segundo filho, armando-se dos interesses ou dos caprichos de um partido, poderia um belo dia semear no reino a discórdia e a guerra, destruindo, por isso mesmo, a dinastia que ele deveria consolidar.

— Ah, eu entendo, eu entendo! — murmurou o rapaz.

— Pois bem! — continuou Aramis. — Eis o que se relata, eis o que se garante. Eis por que um dos dois filhos de Ana da Áustria foi indignamente separado do seu irmão, indignamente sequestrado, reduzido à obscuridade mais profunda; eis por que esse segundo filho desapareceu, e tão completamente, que ninguém na França sabe hoje que ele existe, com exceção da sua mãe.

— Sim, a mãe que o abandonou! — exclamou o prisioneiro com a expressão do desespero.

— Com exceção — continuou Aramis — dessa dama vestida de preto e com fitas vermelhas e, enfim, com exceção...

— Com exceção do senhor, não é mesmo? O senhor, que veio me contar tudo isso, que veio despertar na minha alma a curiosidade, a ambição e, quem sabe, talvez a sede de vingança. Com exceção do senhor, que, se é o homem que eu espero, o homem que me promete o passe livre, enfim o homem que Deus deve me enviar, deve ter consigo...

— O quê? — interrogou Aramis.

— Um retrato do rei Luís XIV, que reina neste momento no trono da França.

— Aqui está o retrato — replicou o bispo dando ao prisioneiro um esmalte de impressionante delicadeza no qual se via Luís XIV orgulhoso, belo e parecendo estar vivo na própria imagem.

O prisioneiro agarrou avidamente o retrato e fixou nele os olhos como se quisesse devorá-lo.

— Agora, Monseigneur — disse Aramis —, eis um espelho.

Aramis deu tempo ao prisioneiro para renovar suas ideias.

— Tão idêntico! — murmurou o rapaz, devorando com o

O **esmalte-retrato** é uma pintura pequena, uma miniatura feita em cima de uma superfície branca e opaca com tintas metálicas. Depois o conjunto vai ao forno. Na saída, recebe uma camada de verniz e aí volta pro calorão, de maneira que, ao final, a imagem ganha um ar assim meio de vidro, bastante popular na época.

olhar o retrato de Luís XIV e a imagem dele próprio refletida no espelho.

— O que o senhor acha? — disse então Aramis.

— Eu acho que estou perdido — respondeu o prisioneiro —, que o rei jamais me libertará.

— E eu me pergunto — acrescentou o bispo dirigindo ao prisioneiro um olhar brilhante, cheio de significado — qual dos dois é o rei: o que esse retrato representa ou o que está refletido nesse espelho.

— O rei, senhor, é aquele que está no trono — replicou com tristeza o rapaz —, é aquele que não está na prisão e que, pelo contrário, manda pôr nela os outros. A realeza é o poder, e o senhor sabe perfeitamente que eu não tenho poder.

— Monseigneur — respondeu Aramis com um respeito que ainda não manifestara —, o rei, preste bem atenção, será, se assim o senhor quiser, aquele que, saindo da prisão, saberá se manter no trono onde os seus amigos o colocarão.

— Senhor, não me tente — pediu o prisioneiro com amargura.

— Monseigneur, não fraqueje — persistiu Aramis com vigor. — Eu trouxe todas as provas do seu nascimento; consulte-as, prove para si mesmo que o senhor é filho do rei, e depois disso vamos agir.

— Não, não. É impossível.

— A menos — recomeçou o bispo com ironia — que esteja no destino da sua linhagem que os irmãos excluídos do trono sejam todos príncipes sem valor nem honra, como Gastão de Orleans, seu tio, que dez vezes conspirou contra o rei Luís XIII.

— Meu tio Gastão de Orleans conspirou contra o irmão dele! — exclamou o príncipe horrorizado. — Conspirou para destroná-lo?

— Claro, Monseigneur, não foi para outra coisa.

— O que o senhor está me dizendo?

— A verdade.

— E ele tinha amigos... dedicados?

— Como eu ao senhor.

Terceiro filho de Henrique IV com Maria de Médici, o **Gastão** entrou em rota de colisão com a mãe e o cardeal Richelieu quando a dupla o forçou a se casar com Marie de Bourbon-Montpensier. Ele se revoltou com um bando de nobres e bolou um plano pra matar o cardeal. Não deu certo, cabeças rolaram e o rapaz teve de se casar. Mas daí em diante ele estava sempre na tentativa de tomar o poder. Sem sucesso.

— Muito bem! Que foi que ele fez? Fracassou?

— Ele fracassou, mas por culpa de si próprio, e para resgatar não a sua vida, pois a vida do irmão do rei é sagrada, inviolável, mas para resgatar a sua liberdade Gastão de Orleans sacrificou a vida de todos os seus amigos, um após o outro. Assim, hoje o seu tio é a vergonha da história e a execração de cem famílias nobres do reino.

— Entendo, senhor — disse o príncipe. — E foi por fraqueza ou por traição que meu tio matou os seus amigos?

— Por fraqueza, o que sempre é uma traição entre os príncipes.

— Não se pode também fracassar por ignorância, por incapacidade? O senhor acha que seria possível para um pobre prisioneiro como eu, criado não só longe da corte mas longe do mundo, ajudar os amigos que tentassem servi-lo?

E, quando Aramis ia responder, o jovem gritou de repente com uma violência que revelava a força do sangue:

— Nós estamos falando de amigos. Mas por que eu teria amigos, eu, que ninguém conhece e que para angariá-los não tenho liberdade, dinheiro ou poder?

— Parece-me que eu tenho a honra de me oferecer a Vossa Alteza Real.

— Ah, não me chame assim, senhor, é uma zombaria ou uma barbárie. Não me faça pensar em outra coisa que não sejam os muros da prisão que me encarcera. Deixe-me continuar amando, ou pelo menos suportando, a minha escravidão e a minha obscuridade.

— Monseigneur! Monseigneur! Se repetir para mim essas palavras desalentadas; se depois de haver tido a prova do seu nascimento o senhor continuar pobre de espírito, de ânimo e de vontade, eu aceitarei o seu desejo, desaparecerei, renunciarei a servir a esse senhor a quem vim dedicar tão ardentemente a minha vida e a minha ajuda.

— Senhor! — exclamou o príncipe —, antes de me dizer tudo o que o senhor diz, não seria mais válido refletir que partiu o meu coração para sempre?

— Foi o que eu quis fazer, Monseigneur.

— Senhor, para me falar de grandeza, de poder, de realeza, o senhor deveria escolher uma prisão? Quer me fazer acreditar no esplendor e nós nos escondemos na noite; louva a minha glória e nós abafamos as palavras sob as cortinas deste leito; me faz vislumbrar um poder pleno e eu ouço os passos do carcereiro no corredor, com os quais o senhor treme mais que eu. Para que eu me torne um pouco menos incrédulo, tire-me da Bastilha; dê ar aos meus pulmões, esporas aos meus pés, uma espada para o meu braço, e então começaremos a nos entender.

— Tenho a intenção de lhe dar tudo isso e ainda mais, Monseigneur. Mas o senhor quer?

— Ouça, senhor — interrompeu o príncipe. — Eu sei que há guardas em cada galeria, ferrolhos em cada porta, canhões e soldados em cada barreira. Como o senhor venceria os guardas e inutilizaria os canhões? Como romperia os ferrolhos e as barreiras?

— Monseigneur, como lhe chegou o bilhete que o senhor leu e que anunciava a minha visita?

— Corrompe-se um carcereiro para ele passar um bilhete.

— Se é possível corromper um carcereiro, podem-se corromper dez.

— Muito bem! Eu admito que seja possível tirar um pobre cativo da Bastilha, escondê-lo bem para que os servidores do rei não o alcancem e alimentar adequadamente o infeliz em um refúgio desconhecido.

— Monseigneur! — exclamou Aramis.

— Admito que quem fizesse isso por mim seria mais que um homem. Mas, já que diz que eu sou um príncipe, um irmão do rei, como o senhor me restituiria a posição e a força que minha mãe e meu irmão me arrebataram? Mas, já que eu devo passar uma vida de combates e ódios, como o senhor me faria vencer esses combates e ser invulnerável aos meus inimigos? Ah, senhor, pense nisso. Jogue-me amanhã em alguma caverna escura, no fundo de uma montanha; dê-me essa alegria de ouvir em liberdade os ruídos do rio e da planície, de ver em liberdade o sol brilhando ou o céu tempestuoso, isso já me basta. Não me prometa nada mais, pois na verdade o senhor não pode me dar mais, e seria um crime me enganar, uma vez que o senhor se diz meu amigo.

Aramis continuou escutando em silêncio.

— Monseigneur — recomeçou ele depois de refletir por um momento —, eu admiro essa visão tão reta e firme que dita as suas palavras. Estou feliz por ter descoberto o meu rei.

— O senhor insiste! Ah, por piedade — exclamou o príncipe, apertando com as mãos geladas a testa coberta de suor brilhante —, não abuse de mim. Eu não preciso ser rei, senhor, para ser o mais feliz dos homens.

— E eu, Monseigneur, preciso que o senhor seja rei para a felicidade da humanidade.

— Ah! — disse o príncipe com uma nova desconfiança inspirada por essa palavra. — O que a humanidade reprova no meu irmão?

— Esqueci-me de lhe dizer, Monseigneur, que, caso se digne deixar-se guiar por mim e consinta em se tornar o príncipe mais poderoso da Terra, terá servido aos interesses de todos os amigos que eu consagro ao sucesso da nossa causa, e esses amigos são numerosos.

— Numerosos?

— Sim, mas sobretudo poderosos.

— Explique-se.

— Isso é impossível. Eu me explicarei, juro pelo Deus que me ouve, no dia em que o senhor estiver sentado no trono da França.

— Mas e o meu irmão?

— O senhor decidirá sobre a sorte dele. O senhor se aflige por ele?

— Uma pessoa que me deixa morrer em uma masmorra? Não; não me aflijo por ele.

— Ainda bem!

— Ele poderia vir aqui a esta prisão, pegar na minha mão e me dizer: "Meu irmão, Deus nos criou para nos amarmos, não para nos combatermos. Eu vim encontrá-lo. Um preconceito bárbaro o condenou a perecer obscuramente longe de todos os homens, privado de todas as alegrias. Quero fazê-lo se sentar ao meu lado; quero prender no seu flanco a espada do nosso pai. Você aproveitará essa aproximação para me sufocar ou me coagir? Usará a espada para derramar o meu sangue?". "Ah, não!", eu teria lhe respondido. "Eu o considero meu salvador e o respeitarei como meu senhor. Você me dará muito mais do que Deus deu. Por você eu tenho a liberdade, por você tenho o direito de amar e ser amado neste mundo."

— E o senhor sustentaria a sua palavra, Monseigneur?
— Ah, pela minha honra!
— Ao passo que agora...
— Ao passo que agora, que eu tenho de punir culpados...
— De que modo, Monseigneur?
— O que é que o senhor diz dessa semelhança que Deus me deu com o meu irmão?
— Digo que havia nessa semelhança um ensinamento providencial que o rei não deveria ter negligenciado. Digo que a sua mãe cometeu um crime tornando diferentes pela felicidade e pela fortuna quem a natureza criou tão semelhantes no seu ventre, e concluo que a punição não deve ser outra coisa senão o restabelecimento do equilíbrio.
— O que significa...
— Que, se eu lhe entrego o seu lugar no trono do seu irmão, ele passa a ocupar o lugar que o senhor deixou na prisão.
— Isso é lamentável. A prisão é lugar de muito sofrimento. Sobretudo quando se bebeu a fartar da taça da vida.
— Vossa Alteza Real sempre será livre para fazer o que quiser. Perdoará, se assim o desejar, depois de ter punido.
— Muito bem. E agora o senhor quer saber de uma coisa?
— Diga, meu príncipe.
— Eu não o ouvirei dizer mais nada senão fora da Bastilha...
— Eu ia dizer a Vossa Alteza Real que não terei a honra de vê-lo mais que uma vez.
— Quando será isso?
— No dia em que o meu príncipe sair destas muralhas negras.
— Que Deus o ouça! Como é que o senhor vai me avisar?
— Virei aqui procurá-lo.
— O senhor mesmo?

— Meu príncipe, não saia desta cela com outra pessoa que não eu, ou, se o forçarem na minha ausência, lembre-se de que não será por ordem minha.

— Assim, nenhuma palavra a quem quer que seja, se não for o senhor?

— Se não for eu.

Aramis se inclinou profundamente. O príncipe estendeu-lhe a mão.

— Senhor — disse ele, com uma entonação que saía do coração —, tenho uma última palavra a lhe dizer. Se o senhor me procurou para me aniquilar, se o senhor não passa de um instrumento nas mãos dos meus inimigos, se da nossa conversa, na qual o senhor sondou o meu coração, resulta para mim algo pior que a prisão, ou seja, a morte, pois bem, eu o bendigo, pois o senhor terá terminado os meus sofrimentos e levado a calma a suceder às torturas febris que me devoram há oito anos.

— Monseigneur, espere para me julgar — pediu Aramis.

— O que eu disse é que o bendizia e o perdoava. Se, pelo contrário, o senhor veio para me levar ao lugar a que Deus me predestinou, ao sol da fortuna e da glória; se graças ao senhor eu posso viver na memória dos homens e honrar a minha linhagem por feitos ilustres ou serviços ao meu povo; se da última fileira onde eu padecia me ergo ao apogeu das honras sustentado pela sua mão generosa; muito bem, eu o bendigo e lhe agradeço, concedo-lhe metade do meu poder e da minha glória. Ainda assim o senhor será muito mal pago, a sua parte estará sempre incompleta, pois eu jamais conseguiria compartilhar com o senhor toda a felicidade que me terá dado.

— Monseigneur — disse Aramis, comovido com a palidez e o ímpeto do rapaz —, a sua nobreza de coração me enche de alegria e admiração. Não lhe cabe me agradecer; quem deve fazer isso são as pessoas que o senhor fará feliz, os seus descendentes que o senhor tornará ilustres. Sim, eu lhe darei mais que a vida; eu lhe darei a imortalidade.

O rapaz estendeu a mão a Aramis, que se curvou e a beijou.

— Ah! — protestou o príncipe com uma modéstia encantadora.

— É a primeira homenagem prestada ao nosso futuro rei — disse Aramis. — Quando voltar a vê-lo, eu direi: "Bom dia, Majestade".

— Até agora — exclamou o rapaz levando ao coração os dedos brancos e finos —, basta de sonhos, basta de choques na minha vida; ela se romperia. Ah, senhor, como a minha prisão é pequena e esta janela é baixa! Como estas portas são estreitas! Como tanto orgulho, tanto esplendor, tantas felicidades puderam passar por elas e caber aqui?

— Vossa Alteza Real me deixa orgulhoso — disse Aramis —, pois pretende que tudo isso foi trazido por mim.

Ele bateu na porta.

O carcereiro veio abrir com Baisemeaux, que, contrafeito mas devorado pela inquietação e pelo medo, começava a ouvir à porta da cela.

Felizmente nenhum dos interlocutores havia se esquecido de abafar a voz, nem mesmo nos mais audaciosos ímpetos do arrebatamento.

— Que confissão! — disse o governador tentando rir —, nunca imaginaria que um prisioneiro, um homem quase morto, tivesse cometido pecados tão numerosos e tão extensos!

Aramis manteve-se calado. Tinha pressa de sair da Bastilha, onde o segredo que o oprimia dobrava o peso dos muros.

Quando chegaram aos aposentos de Baisemeaux, Aramis finalmente disse:

— Vamos falar de negócios, meu caro governador.

— Infelizmente! — replicou Baisemeaux.

— Devo lhe entregar um recibo de cento e cinquenta mil libras? — perguntou o bispo.

— E eu devo depositar o primeiro terço da soma — acrescentou suspirando o pobre governador, que deu três passos na direção do seu armário de ferro.

— Aqui o seu recibo — disse Aramis.

— E aqui o dinheiro — tornou com um suspiro entrecortado o senhor de Baisemeaux.

— A ordem só me disse para dar um recibo de cinquenta mil libras — disse Aramis. — Não me disse para receber dinheiro. Adeus, senhor governador.

E ele se foi, deixando Baisemeaux mais que sufocado pela surpresa e pela alegria do régio presente feito com tanta generosidade pelo extraordinário confessor da Bastilha.

DE COMO MOUSTON HAVIA ENGORDADO SEM AVISAR PORTHOS E OS DISSABORES QUE ISSO CAUSOU AO HONRADO FIDALGO

DEPOIS DA PARTIDA DE ATHOS PARA BLOIS, Porthos e D'Artagnan raramente se encontravam. Um tinha feito um serviço cansativo para o rei; o outro comprara muitos móveis, que pretendia levar para as suas terras, esperando que contribuíssem para dar às suas várias residências um pouco do luxo da corte cujo deslumbrante brilho ele entrevira na companhia de Sua Majestade.

D'Artagnan, sempre fiel, em uma manhã de folga pensou em Porthos e, inquieto por não ter ouvido falar dele havia mais de quinze dias, foi visitá-lo e o surpreendeu saindo da cama.

O honrado barão parecia pensativo; mais que pensativo, melancólico. Estava sentado seminu em sua cama, com as pernas suspensas, contemplando uma multidão de roupas que entulhavam o assoalho com suas franjas, seus galões, seus bordados e suas crepitações de cores desarmoniosas.

Triste e alheado como a lebre da fábula de La Fontaine, Porthos não viu entrar D'Artagnan, que naquele momento, por sinal, estava oculto pelo senhor Mouston, cuja corpulência, mais que suficiente para ocultar um homem de outro homem, estava momentaneamente duplicada por uma vestimenta escarlate que o intendente exibia para o seu senhor segurando-
-a pelas mangas, a fim de torná-la mais claramente visível de todos os lados.

Alheado > Distraído, preso nos próprios pensamentos.

Jean de **La Fontaine** publicou 12 livros com 243 **fábulas** em versos entre 1668 e 1694. Uma delas foi "**A tartaruga e a lebre**", que, na verdade, é baseada nas fábulas de outro craque no estilo, o grego antigo Esopo. Nessa, a tartaruga quer apostar uma corrida com a lebre. Toda convencida de que vai ganhar fácil, a lebre topa, sai na frente em disparada e, tranquila total, resolve dar uma parada e tirar uma soneca. Mas, quando a lebre acorda, a tartaruga já está lá longe e é a dona do casco quem ganha a disputa.

D'Artagnan se deteve no umbral da porta e examinou Porthos em sua cisma; então, como a visão das incontáveis roupas acumuladas no chão arrancava suspiros fundos no peito do honrado fidalgo, D'Artagnan achou que já era hora de tirá-lo daquela dolorosa contemplação e tossiu para se anunciar.

— Ah, ah, ah, D'Artagnan! — exclamou Porthos, com o rosto iluminado pela alegria. — Enfim eu vou ter uma ideia!

Ao ouvir essas palavras, Mouston, pressentindo o que estava acontecendo atrás de si, pôs-se de lado sorrindo ternamente para o amigo do seu amo, que assim ficou livre do obstáculo material que o impedia de chegar até D'Artagnan.

Porthos se levantou estalando os joelhos robustos, ficou diante de D'Artagnan com dois largos passos que atravessaram o quarto e o apertou contra o coração com uma afeição que parecia se fortalecer a cada dia que se passava.

— Ah! — repetiu ele —, você é sempre bem-vindo, querido amigo, mas hoje mais que nunca.

— Vejamos, vejamos, estamos tristes hoje? — perguntou D'Artagnan.

Porthos respondeu com um olhar que exprimia abatimento.

— Pois bem, me conte isso, Porthos, meu amigo, a menos que seja um segredo.

— Em primeiro lugar, meu amigo — disse Porthos —, sabe que eu não tenho segredos para você. Vou lhe contar o que me entristece.

— Espere, Porthos, primeiro me deixe desembaraçar os pés de todos esses cetins e veludos.

— Ah, pode pisar em cima — disse lastimosamente Porthos. — Isso tudo não passa de refugo.

— Caramba! Refugo, Porthos! Um tecido de vinte libras a vara! Um cetim magnífico! Um veludo real!

— Então você acha essas roupas...

— Esplêndidas, Porthos, esplêndidas! Aposto que na França somente você tem tantas, e supondo que não mande fazer mais nenhuma

Os tecidos, de certa maneira, são até hoje vendidos na base da **vara**: você vai à loja e o vendedor usa uma vara — que atualmente é uma régua de 1 metro — pra medir e pôr preço na sua compra. A diferença é que antigamente a coisa não era em metros e a tal vara media o mesmo que 1,10 metro.

e viva cem anos, o que não me admiraria, ainda estará com roupa nova no dia da sua morte sem precisar ver o nariz de um único alfaiate de hoje até esse dia.

Porthos balançou a cabeça.

— Vejamos, meu amigo — disse D'Artagnan —, essa melancolia que não faz parte do seu caráter me assusta. Meu caro Porthos, vamos sair! Quanto antes, melhor.

— Sim, meu amigo, vamos sair — assentiu Porthos —, se isso for possível.

— Você recebeu alguma notícia ruim de Bracieux, meu amigo?

— Não. Cortaram as árvores e a quantidade de madeira superou em um terço o que tinham calculado.

— Os lagos de Pierrefonds renderam menos?

— Não, meu amigo. A sobra da pesca vendida é suficiente para suprir de peixe todos os lagos das cercanias.

— A sua propriedade em Vallon desmoronou depois de um terremoto?

— Não, meu amigo, pelo contrário, a tempestade caiu a cem passos do castelo e fez jorrar uma fonte num local totalmente desprovido de água.

— Muito bem! Então o que é que está acontecendo?

— Acontece que eu recebi um convite para a festa de Vaux — disse Porthos com uma expressão lúgubre.

— Muito bem! Pode chorar! O rei provocou nos lares da corte mais de cem brigas mortais por ter recusado convites. Ah, meu amigo, você está na caravana de Vaux? Veja só!

— Estou, sim, ah, meu Deus!

— O que você verá lá é simplesmente magnífico, meu amigo.

— Ai de mim! Não duvido disso.

— Tudo o que há de grande na França vai estar reunido lá.

— Ah! — exclamou Porthos arrancando de desespero alguns fios de cabelo.

— O que é que está acontecendo? — perguntou D'Artagnan. — Você está doente, meu amigo?

— Estou tão bem quanto a Pont-Neuf. Não é nada disso.

Porthos é o mais vaidoso de todos os mosqueteiros. E depois de abandonar seu cargo na guarda real, após o cerco a La Rochelle, ele se casa com uma dona rica, fica viúvo e se torna, aos poucos, barão de **Vallon**, de **Bracieux** e de **Pierrefonds**.

— Então qual é o problema?

— É que eu não tenho roupa.

D'Artagnan ficou estarrecido.

— Não tem roupa, Porthos?! Não tem roupa?! — bradou ele. — Estou vendo no chão mais de cinquenta peças de roupa!

— Sim, cinquenta, mas nem uma que me sirva!

— Como?! Nem uma que sirva em você? Mas não lhe tiram medidas quando fazem as suas roupas?

— Tiram — respondeu Mouston —, mas infelizmente eu engordei.

— Como?! Você engordou?

— Pois é. Fiquei mais gordo, muito mais gordo que o senhor barão. O senhor acredita?...

— Céus! Isso é visível, parece.

— Ouviu, imbecil? — disse Porthos. — É visível.

— Mas enfim, meu caro Porthos — prosseguiu D'Artagnan com uma leve impaciência —, eu não entendo por que as suas roupas não lhe servem mais pelo fato de Mouston ter engordado.

— Vou lhe explicar isso, meu amigo — disse Porthos. — Você se lembra de ter me contado a história de um general romano, Antônio, que sempre tinha sete javalis no espeto, em pontos diferentes de cozimento, para poder pedir o jantar a qualquer hora do dia em que lhe desse vontade de comer? Muito bem, eu resolvi que, como de uma hora para a outra podia ser chamado à corte e ficar lá durante uma semana, precisava ter sempre sete roupas prontas para a ocasião.

— Um raciocínio consistente, Porthos! Só que é preciso ter a sua fortuna para concretizar essas fantasias. Sem falar no tempo perdido com as medidas. As modas passam tão rapidamente!

— Pois é justamente para essa questão — disse Porthos — que eu me orgulhava de ter encontrado uma solução muito engenhosa.

— Então me conte. Por Deus, eu não duvido do seu gênio.

Marco Antônio, ou simplesmente Antônio, foi um político que existiu mesmo na Roma Antiga e que se apaixonou total por Cleópatra, a rainha do Egito. E dizem que nessa época da paixonite aguda ele ficou cheio de doidicezinhas, como essa de mandar ter esses javalis sempre lá no espeto, porque, se e quando a fome batesse, ele teria, assim, a comida no ponto certo a qualquer minuto que lhe desse na telha.

— Você se lembra de que Mouston era magro?

— Sim, no tempo em que ele se chamava Mousqueton.

— Mas você se lembra também da época em que ele começou a engordar?

— Não exatamente. Peço-lhe perdão, meu caro Mouston.

— Ah, não é por culpa sua — disse Mouston com uma expressão amável —, o senhor estava em Paris e nós estávamos em Pierrefonds.

— Enfim, meu caro Porthos, houve um momento em que Mouston começou a engordar. É isso que você quer dizer, não é mesmo?

— Sim, meu amigo, e na época eu achei isso ótimo.

— Caramba! Acredito! — disse D'Artagnan.

— Você entende — prosseguiu Porthos — o que isso me poupou de sofrimento.

— Não, meu caro amigo, eu ainda não entendo; mas se você me explicar...

— Vou fazer isso, meu amigo. Primeiro, como você mesmo disse, tirar as medidas é uma perda de tempo, mesmo que isso seja apenas de quinze em quinze dias. Depois, podemos estar viajando, e quando queremos ter sempre as roupas prontas... Enfim, meu amigo, eu tenho horror de dar as minhas medidas para alguém. Ou se é um fidalgo ou não se é, que diabo! Deixar que um patife o meça e o examine, que ele o analise com base em pés, polegadas e linhas, é humilhante. Eles acham que você está afundado demais num lugar, proeminente demais em outro; conhecem o seu forte e o seu fraco. Quando saímos das mãos de um medidor, somos como esses fortes que um espião examinou para registrar os ângulos e as espessuras.

— Na verdade, meu querido Porthos, você tem cada ideia que só você mesmo!

— Ah, você compreende... quando se é engenheiro...

— E, se fortificou Belle-Île, é natural, meu amigo.

— Então eu tive uma ideia, e sem dúvida ela teria sido boa se não fosse a negligência do senhor Mouston.

A profissão de **engenheiro** nasceu na França de maneira totalmente ligada ao exército. Os nobres que se encarregavam do ramo eram responsáveis pela construção de fortificações e também pelos cálculos que definiam como os homens e as máquinas (canhões, por exemplo) deveriam ser usados e posicionados.

D'Artagnan lançou um olhar para Mouston e este respondeu com um leve movimento de corpo que significava: "O senhor vai ver se tenho culpa nisso tudo".

— Assim, eu me felicitei — recomeçou Porthos — ao ver Mouston engordar; fiz mesmo o que pude para colaborar nessa engorda com a ajuda de uma alimentação substancial, esperando sempre que ele chegasse a ter uma circunferência igual à minha para que tirassem as medidas dele no lugar das minhas.

— Ah, verdade! — exclamou D'Artagnan —, eu entendo... Isso lhe pouparia tempo e humilhação.

— Céus! Acertou na pinta! Então imagine a minha satisfação quando, depois de um ano e meio de refeições bem calculadas, pois eu me dava ao trabalho de providenciá-las, eu mesmo, esse patife aí...

— Ah, e eu o ajudei bastante... — disse modestamente D'Artagnan.

— Isso é verdade. Então pense na minha satisfação quando vi que certa manhã Mouston foi forçado a se pôr de lado, como eu fazia, para passar pela portinha secreta que esses diabos de arquitetos puseram no quarto da finada senhora Du Vallon, no castelo de Pierrefonds. E a propósito dessa porta, meu amigo, eu lhe pergunto, a você, que sabe tudo: como esses desgraçados desses arquitetos, que por sua profissão deviam ter um compasso no olho, imaginam fazer portas pelas quais só podem passar pessoas magras?

— Essas portas — respondeu D'Artagnan — são destinadas aos amantes, e um amante geralmente é baixinho e esbelto.

— A senhora Du Vallon não tinha amante — interrompeu Porthos com majestade.

— Tem razão, meu amigo — concordou D'Artagnan —, mas os arquitetos previram a possibilidade de você voltar a se casar.

— Ah, isso é impossível — disse Porthos. — E, agora que tive a explicação das portas estreitas demais, voltemos à engorda de Mouston. Mas observe que as duas coisas se tocam, meu amigo. Assim, admire este fenômeno, D'Artagnan: eu falava de Mouston que estava gordo e nós acabamos chegando à senhora Du Vallon...

— ... que era magra.

— Hum! Isso não é incrível?

— Meu caro, um amigo meu, o sábio senhor Costar, fez a mesma observação que você, e ele dá a isso um nome grego de que não me lembro.

— Ah! Então a minha observação não é nova? — exclamou Porthos, estupefato. — Eu achava que a tinha inventado.

— Meu amigo, esse fato já era conhecido antes de Aristóteles, ou seja, mais ou menos dois mil anos atrás.

— Pois bem, nem por isso ele deixa de ser verdadeiro — disse Porthos, encantado por haver tido a mesma ideia que os sábios da Antiguidade.

— Maravilhosamente verdadeiro. Mas voltemos a Mouston. Nós o deixamos engordando a olhos vistos, me parece.

— Sim, senhor — disse Mouston.

— Volto ao ponto — disse Porthos. — Mouston engordou tanto que superou as minhas esperanças, atingindo as minhas medidas, do que pude me convencer um dia ao ver no corpo desse maroto um colete meu que ele transformou em casaco; um colete que só pelo bordado valia cem pistolas!

— Era para experimentá-lo, senhor — disse Mouston.

— A partir desse momento — tornou Porthos —, eu resolvi que Mouston entraria em comunicação com os meus alfaiates, que tomariam as medidas dele, e não de mim.

— Muito bem imaginado, Porthos, mas Mouston é um pé e meio mais baixo que você.

— Justamente! A medida era tomada até o chão e a extremidade do casaco chegava exatamente acima do meu joelho.

— Que sorte a sua, Porthos! Essas coisas só acontecem com você.

— Ah, sim. Dê-me os parabéns; eu faço jus a elas. Foi justamente nessa época, ou seja, há mais ou menos dois anos e meio, que eu parti para Belle-Île recomendando a

---

O padre Pierre **Costar** viveu entre 1603 e 1660. Sabia grego e latim e, dizem, era bem metidão em termos de conhecimento e coisas assim. Entrou em polêmicas bravas com outros escritores, batendo boca em forma de livro. Escreveu também um tratado sobre o epigrama, que é um tipo de poema.

Mouston, para ter sempre e em caso de necessidade uma amostra do que estava na moda, que mandasse fazer um casaco todos os meses.

— E Mouston negligenciou a obediência à sua recomendação? Ah, isso seria péssimo, Mouston!

— Pelo contrário, senhor, pelo contrário.

— Não, ele não se esqueceu de mandar fazer os casacos, mas se esqueceu de me avisar que estava engordando.

— Ora! Não foi culpa minha, senhor. O seu alfaiate não me disse nada.

— E, assim — continuou Porthos —, o patife ganhou em dois anos dezoito polegadas de circunferência e as minhas doze últimas roupas estão largas demais, com uma sobra que vai progressivamente de um pé a um pé e meio.

— Mas e as outras? As que se aproximam do tempo em que os senhores tinham o mesmo corpo?

— Não estão mais na moda, meu caro amigo. Se as usasse, eu pareceria ter chegado de Sião e estar fora da corte há dois anos.

Sião é o nome antigo da Tailândia.

— Entendo a sua dificuldade. Quantas roupas novas você tem? Trinta e seis? E não tem nenhuma. Muito bem! É preciso mandar fazer uma trigésima sétima; as outras trinta e seis ficarão para Mouston.

— Ah, senhor! — disse Mouston, com ar satisfeito. — A verdade é que o senhor sempre foi muito bom para mim.

— Diabo! Você acha que essa ideia não me ocorreu ou que a despesa me demoveu dela? Mas a festa de Vaux será daqui a dois dias. Recebi o convite ontem, mandei Mouston vir pela posta com o meu guarda-roupa, só hoje de manhã me dei conta da minha infelicidade, e de agora até depois de amanhã não há um alfaiate com alguma fama que aceite me confeccionar uma roupa.

Vir pela posta significa vir de cavalo, velozmente.

— Você quer dizer uma roupa coberta de ouro, não é mesmo?

— Totalmente!

— Vamos providenciar isso. Você só vai viajar daqui a três dias. Os convites são para quarta-feira e estamos na manhã de domingo.

— É verdade, mas Aramis me recomendou expressamente estar em Vaux com vinte e quatro horas de antecedência.

— Aramis? Como assim?

— Foi ele que me trouxe o convite.

— Ah, muito bem, estou entendendo. Você é convidado da parte do senhor Fouquet.

— Não! Da parte do rei, caro amigo. Está escrito com todas as letras no convite: "O senhor barão Du Vallon esteja ciente de que o rei se dignou incluí-lo na lista de convidados...".

— Certo, mas é com o senhor Fouquet que você vai viajar.

— E, quando penso — exclamou Porthos riscando o piso com um chute — que não terei roupa, eu morro de raiva! Fico com vontade de estrangular alguém ou de despedaçar alguma coisa.

— Não estrangule ninguém nem despedace nada, Porthos; eu vou resolver isso. Vista uma das suas trinta e seis roupas e venha comigo a um alfaiate.

— Ora! O meu criado percorreu todos eles hoje de manhã.

— Inclusive o senhor Percerin?

— Quem é esse senhor Percerin?

— O alfaiate do rei, diabo!

— Ah, sim, sim — disse Porthos, querendo parecer que conhecia o alfaiate, embora na verdade tivesse acabado de ouvir seu nome pela primeira vez. — Com o senhor Percerin, o alfaiate do rei, diabo! Achei que ele estaria ocupado demais.

— Sem dúvida ele estará; mas fique tranquilo, Porthos: ele fará para mim o que não faria para outra pessoa. Só que você terá de deixar tomarem as suas medidas, meu amigo.

— Ah! — lamentou Porthos com um suspiro. — É uma lástima, mas, enfim, o que se pode fazer?

— Ora, você fará como os outros, meu caro amigo; como o rei.

— Não me diga! Tomam as medidas do rei também? E ele concorda com isso?

— O rei é elegante, meu caro, e você também é, diga o que quiser.

Porthos sorriu com uma expressão vitoriosa.

— Então, ao alfaiate do rei! — disse ele. — E já que ele toma as medidas do rei, ora essa, me parece que eu posso muito bem deixar que tome as minhas.

QUEM ERA O CAVALEIRO JEAN PERCERIN

O ALFAIATE DO REI, o cavaleiro Jean Percerin, ocupava uma casa muito grande na Rue Saint-Honoré, perto da Rue de l'Arbre Sec. Era um homem que adorava os belos estofados, os belos bordados, os belos veludos, tendo herdado do pai o cargo de alfaiate do rei. Essa sucessão remontava a Carlos IX, a quem, como se sabe, remontavam tantas fantasias muito difíceis de satisfazer.

O Percerin daquela época era huguenote como Ambroise Paré e tinha sido poupado pela rainha de Navarra, a bela Margot, como se escrevia e como se dizia então, graças ao fato de ser o único alfaiate capaz de lhe confeccionar os maravilhosos trajes de montaria que ela adorava usar, por terem a particularidade de dissimular certos defeitos anatômicos que a rainha Margot escondia com muito zelo.

Salvo da perseguição, Percerin tinha feito para a mãe de Margot, a rainha Catarina, em agradecimento, lindos trajes pretos de talhe estreito, muito econômicos, e ela acabou conservando de bom grado o huguenote, para quem por muito tempo torcera o nariz. Mas Percerin era um homem prudente; tinha ouvido dizer que nada era mais perigoso para um huguenote que os sorrisos da rainha Catarina; e, tendo observado que ela lhe sorria com mais frequência que de costume, apressou-se

---

Ambroise Paré, considerado o pai da cirurgia, foi médico de quatro reis da França.

A católica Margarida de Valois, a **Margot**, foi esposa do rei Henrique IV da França, que era huguenote (protestante calvinista). Uns dias depois do casório, os católicos mataram um monte de huguenotes que tinham vindo pro enlace. Esse massacre ficou conhecido como Noite de São Bartolomeu. Segundo o livro de memórias escrito pela própria rainha, ela teria salvado a vida de vários huguenotes importantes. Alexandre Dumas escreveu um livro sobre ela: *A rainha Margot*.

Catarina de Médici foi casada com Henrique II da França, com quem teve dez filhos, entre eles a Margot e os reis Francisco II, Carlos IX e Henrique III. Muita gente a culpa pela matança da Noite de São Bartolomeu. Outros afirmam que, ao casar a filha Margot com o líder protestante, o rei Henrique de Navarra (que virou o IV do mesmo nome na França), ela queria promover a paz e o entendimento.

a se converter ao catolicismo com toda a sua família e, tornando-se irrepreensível por essa conversão, chegou à alta posição de alfaiate-mestre da coroa da França.

Durante o reinado de Henrique III, elegante como ele era, essa posição chegou à altura de um dos mais sublimes picos das cordilheiras. Percerin tinha sido um homem hábil durante toda a vida e, para conservar essa reputação até depois do túmulo, não procurou retardar a morte. Assim, ele morreu muito adequadamente e bem na época em que sua imaginação começava a declinar.

Deixou um filho e uma filha, ambos dignos do nome que ostentavam; o filho era dono de um corte intrépido e exato como um esquadro; a filha bordava e criava ornamentos.

O casamento de Henrique IV e Maria de Médici, mais os lindos trajes de luto dessa rainha, a par de algumas palavras escapadas da boca do senhor de Bassompierre, o rei dos elegantes da época, fizeram a fortuna dessa segunda geração de Percerins.

O senhor Concino Concini e sua mulher Galigai, que posteriormente brilharam na corte da França, queriam italianizar as roupas e mandaram vir alfaiates de Florença; mas Percerin, mordido no seu patriotismo e no seu amor-próprio, aniquilou os estrangeiros com as aplicações de brocatel desenhadas por ele e os inimitáveis plumetis. Com isso, Concino deixou de lado os seus compatriotas e tomou tal apreço pelo alfaiate francês que só queria ser vestido por ele; assim, quando na pontezinha do Louvre sua cabeça explodiu com um tiro de pistola disparado por Vitry, o gibão que ele usava era obra do mestre.

Foi esse gibão que saíra das oficinas de Percerin que os parisienses tiveram o prazer de estraçalhar com a carne humana que ele encerrava.

A despeito do favor que Percerin desfrutara entre os Concino Concini, o rei Luís XIII teve a generosidade de não guardar rancor do seu alfaiate e de mantê-lo no seu

> François de **Bassompierre** foi um marechal e diplomata francês que chegou a passar uma temporada preso na Bastilha por ordens do cardeal Richelieu.

> **Concino** virou ministro do Luís XIII e recebeu o título de marechal D'Ancre na França por conta da mãe do rei, a Maria de Médici, que também vinha da Itália. Esse italiano se casou com Leonora Dori **Galigai**, que era tipo uma irmã adotiva de Maria, e o casal enriqueceu e aprontou bastante. Mas chegou uma hora em que a casa caiu: Luís XIII mandou prender Concini, que resistiu e morreu por tiros disparados pela guarda real — bom, o povo atacou o cadáver também e o estraçalhou. Da mesma forma, a mulher dele foi condenada à morte por bruxaria, decapitada e queimada em 1617.

> **Brocatel** é um tecido de lã ou de seda bordado com relevos dourados ou prateados. Já **plumetis** é um tipo de bordado em alto-relevo, com bolinhas empelotadas, como o tule.

> O marechal de **Vitry** era Nicolas de L'Hôpital e foi outro capitão da guarda real. Mais tarde, Vitry caiu em desgraça, sendo trancafiado na Bastilha por uns seis anos.

serviço. Na época em que Luís, o Justo, deu esse grande exemplo de equidade, Percerin tinha criado dois filhos, um dos quais estreou no casamento de Ana da Áustria, inventando para o cardeal Richelieu a bela roupa espanhola com que ele dançou uma sarabanda, fez o figurino da tragédia de *Mirame* e pregou na capa de Buckingham as famosas pérolas desviadas do seu destino original, pois deveriam ter sido espalhadas sobre o piso do Louvre.

É fácil ficar famoso quando se é o alfaiate do senhor de Buckingham, do senhor de Cinq-Mars, da senhorita Ninon, do senhor de Beaufort e de Marion Delorme. Assim, Percerin III havia atingido o apogeu da glória quando o pai morreu.

Esse mesmo Percerin III, velho, glorioso e rico, vestia também Luís XIV e, não tendo filhos — o que era uma grande mágoa para ele, pois a sua dinastia se extinguiria quando ele morresse —, formara vários alunos muito promissores. Tinha uma carruagem luxuosa, uma propriedade rural, dois lacaios — os mais altos de Paris — e, por autorização especial de Luís XIV, uma matilha. Vestia os senhores de Lyonne e Le Tellier. Mas mesmo sendo um homem político, conhecedor de segredos de Estado, ele nunca chegou a ter êxito com uma vestimenta para o senhor Colbert. Isso não tem explicação, adivinha-se. As grandes mentes de toda espécie vivem de percepções invisíveis, inapreensíveis; agem sem saber o porquê de suas ações. O grande Percerin — pois, ao contrário do costume das dinastias, foi sobretudo o último dos Percerins que mereceu ser chamado de Grande, o grande Percerin — cortava com inspiração uma saia para a rainha ou uns calções para o rei; inventava uma capa para o cavalheiro e um reforço invisível para a meia de Madame. Mas, apesar do seu gênio supremo, não podia tirar as medidas do senhor

---

Sarabanda é uma dança das baladas francesas. Virou modinha no século XVII e escandalizou muita gente, que achou aquilo meio *sexy* demais.

Um quadro pintado em 1625 por Michiel van Miereveld mostra o George Villiers, duque de **Buckingham**, todo chique com uma jaqueta com pérolas, além de um colar de pérolas de várias voltas. Dizem que, quando foi à corte francesa, ele vestia outra peça com pérolas que, de propósito, haviam sido costuradas bem mais ou menos; quando ele fez a reverência à rainha, caiu no chão um monte de pérola e a galera delirou.

Ninon de Lenclos tinha seu próprio *salon*, onde realizava eventos legais pra discutir ideias e influenciar pessoas.

A mulherada tinha pouca liberdade, então muitas que não se encaixavam na forminha social montavam *salons*. O da **Marion** era um dos mais badalados e virou ponto dos frondistas, a turma contra o ministro do rei. Ela se deu mal com isso, morrendo pobre de todo.

Hugues de **Lyonne** foi um diplomata que entrou em rota de colisão com Richelieu, mas se deu bem quando o cardeal morreu e Mazarin veio substituí-lo. Já Michel **Le Tellier**, marquês de Barbezieux, foi um político amigo de Mazarin que se tornou ministro de Luís XIV. O seu feito mais importante talvez tenha sido a organização do exército do rei.

Colbert. "Esse homem", dizia ele frequentemente, "fica além do meu talento, e eu nunca o verei no desenho das minhas agulhas."

Não é preciso dizer que Percerin era o alfaiate do senhor Fouquet e que o senhor superintendente o estimava muito.

O senhor Percerin tinha cerca de oitenta anos mas ainda estava verde, e ao mesmo tempo tão seco, diziam os cortesãos, que era quebradiço. Seu renome e sua fortuna eram grandes o bastante para que Monsieur, o príncipe, rei dos almofadinhas, lhe desse o braço conversando com ele sobre as suas roupas, e para que os menos dispostos a pagar não ousassem jamais deixar o pagamento atrasar muito, pois o mestre Percerin fazia roupas a crédito uma vez, mas nunca uma segunda se a primeira não tinha sido paga.

Compreende-se que um alfaiate dessa estatura não precisa correr atrás de novos clientes, e na verdade era bem difícil ingressar na sua clientela. Assim, Percerin recusava vestir os burgueses ou os que haviam enobrecido muito recentemente. Inclusive corria o boato de que um belo dia o senhor Mazarin tinha feito deslizar cartas de nobreza dentro do seu bolso para ter o fornecimento desinteressado de um magnífico traje de gala completo de cardeal.

Percerin tinha inteligência e malícia. Dizia-se que era muito libertino. Aos oitenta anos, ele tomava com mão firme as medidas de busto das mulheres.

Foi para a casa desse artista grão-senhor que D'Artagnan conduziu o desolado Porthos.

Este, enquanto caminhava, dizia ao amigo:

— Tome cuidado, meu caro D'Artagnan, tome cuidado para não comprometer a dignidade de um homem como eu com a arrogância desse Percerin, que deve ser muito mal--educado. Eu o previno, caro amigo, de que se ele faltar ao respeito comigo eu o punirei.

— Sendo apresentado por mim — respondeu D'Artagnan —, não há nada a temer, caro amigo, nem mesmo se você fosse... o que você não é.

— Ah, é que...

— O que, então? Você tem alguma coisa contra Percerin? Diga, Porthos.

— Acho que tempos atrás...

— Sim! O que aconteceu tempos atrás?

— Eu mandei Mouston à casa de um patife com esse nome.

— Muito bem, e aí?

— E esse patife se recusou a fazer a minha roupa.

— Ah, sem dúvida um mal-entendido que precisa ser rapidamente corrigido. Mouston deve ter se confundido.

— Pode ser.

— Confundiu o nome com algum outro.

— É possível. Esse maroto nunca teve memória para nomes.

— Eu me encarrego de tudo.

— Ótimo.

— Mande parar a carruagem, Porthos, é aqui.

— É aqui?

— Sim.

— Mas como, aqui?! Nós estamos nos Halles, e você me disse que a casa ficava na esquina da Rue de l'Arbre-Sec.

— É verdade, mas olhe.

— Muito bem, estou olhando, e vejo...

— O quê?

— Que nós estamos nos Halles, diabo!

— Evidentemente você não quer que os nossos cavalos subam na carruagem à nossa frente.

— Não.

— Nem que a carruagem que está na frente suba na que está na frente dela.

— Menos ainda.

— Nem que a segunda carruagem passe sobre as trinta ou quarenta outras que chegaram antes de nós.

— Ah, é verdade, você tem razão.

— Ah!

— Quanta gente, meu caro, quanta gente!

— Não é?

— O que é que todas essas pessoas estão fazendo aqui?

— Muito simples. Esperam a vez delas.

> Les **Halles** foi, entre 1183 até 1969, o mercado central de Paris — um agitado ponto de distribuição de carne, peixe, frutas, verduras e legumes pra todo canto da cidade.

— Ora! Os comediantes do Hôtel de Bourgogne estão de mudança?

— Não. Elas estão esperando a vez de entrar na casa do senhor Percerin.

— E então nós vamos esperar também?

— Não. Nós vamos ser mais engenhosos e menos orgulhosos que eles.

— E vamos fazer o quê?

— Vamos descer, passar pelos pajens e os lacaios e entrar na casa. Eu respondo por isso, sobretudo se você for na frente.

— Vamos — disse Porthos.

E os dois, tendo descido, caminharam em direção à casa.

Esse embaraço tinha como causa o fato de a porta do senhor Percerin estar fechada, com um lacaio, de pé ao lado dela, explicando aos ilustres clientes do ilustre alfaiate que por ora o senhor Percerin não receberia ninguém. Lá fora repetiam — sempre de acordo com o que um grão-lacaio havia dito confidencialmente a um grão-senhor a quem ele prestava favores — que o senhor Percerin estava ocupado com cinco vestimentas para o rei e que, dada a urgência da situação, ele resolvia no seu gabinete os ornamentos, a cor e o corte dessas cinco vestimentas.

Muitas pessoas, satisfeitas com essa justificativa, voltavam felizes para relatá-la às outras, mas outras, mais tenazes, insistiam em que lhes abrissem a porta, e, entre estas últimas, três *cordons bleus* designados para um balé que sem dúvida malograria se eles não tivessem vestimentas cortadas pela mão do grande Percerin.

D'Artagnan empurrava diante de si o amigo Porthos, que desfazia os grupos. Chegaram assim aos balcões atrás dos quais os aprendizes de alfaiate esforçavam-se para atender da melhor forma de que eram capazes.

Esquecemo-nos de dizer que na porta tinham querido registrar Porthos como os demais, porém D'Artagnan deu

---

Num lugar que antes havia sido parte da casa dos duques da Borgonha (**Bourgogne**, em *français*) se instalou uma trupe de teatro, que foi durante mais ou menos um século o mais importante teatro da França. Ah, e *hôtel* nem sempre é lugar de hospedagem. Os franceses usam o termo também pra casa, prefeitura (*hôtel de ville*), delegacia (*hôtel de police*)...

Lacaio é um serviçal e **grão-lacaio** é o lacaio-chefe, o mais importante de todos os lacaios.

O rei Henrique III fundou, no último dia de 1678, um clubinho de cavaleiros. E essa turma de cem fulanos foi batizada pelo soberano como Ordem do Espírito Santo. A logomarca do clube era uma cruz de Malta com uma pombinha branca formando tipo uma medalha, que ficava dependurada numa faixa de pano azul, o ***cordon bleu***.

Malograr > fracassar, falhar.

um passo à frente e pronunciou apenas estas palavras: "Ordem do rei", sendo então introduzido com seu amigo.

Aqueles pobres-diabos tinham muita coisa a fazer e davam o melhor de si para responder às exigências dos clientes na ausência do patrão, deixando de dar um ponto para dizer uma frase, e, quando o orgulho ferido ou a expectativa frustrada os repreendia muito severamente, aquele que havia sido atacado se abaixava e desaparecia sob o balcão.

A procissão dos senhores descontentes formava um quadro cheio de detalhes curiosos.

Nosso capitão dos mosqueteiros, homem de olhar rápido e seguro, envolveu-a toda com um rápido olhar. Mas, depois de ter percorrido os grupos, esse olhar se deteve sobre um homem que estava diante dele. O homem sentara-se em um banco e sua cabeça mal despontava acima do balcão atrás do qual ele estava. Tinha cerca de quarenta anos, fisionomia melancólica, rosto pálido e olhar terno e luminoso. Mas, ao perceber e reconhecer nosso capitão, baixou o chapéu até os olhos.

Talvez tenha sido esse gesto que atraiu o olhar de D'Artagnan. Se assim foi, o homem do chapéu enterrado na cabeça alcançou um fim totalmente diferente do proposto.

Porém a roupa desse homem era simples demais e seu penteado também simples demais para que clientes pouco observadores o tomassem por um reles aprendiz de alfaiate curvado atrás do balcão e cortando com precisão o pano ou o veludo.

Além disso, esse homem passava um bom tempo com a cabeça no ar, e assim o seu trabalho com os dedos não devia render muito.

D'Artagnan não se deixou enganar, e viu que, se aquele homem trabalhava, certamente não seria acolchoando.

— Ah! — disse ele dirigindo-se ao homem. — Então o senhor se tornou aprendiz de alfaiate, senhor Molière?

— Psssiu!, senhor D'Artagnan — respondeu baixinho o homem. — Psssiu! Pelo amor de Deus, assim o senhor vai fazer que me reconheçam!

O nome real de **Molière** era Jean-Baptiste Poquelin, dramaturgo francês especializado em comédias que viveu em Paris entre 1622 e 1673, cujas peças ainda fazem sucesso.

— E daí, que mal há nisso?

— O fato é que não há mal nisso, mas...

— Mas o senhor quer dizer que tampouco não há bem, não é mesmo?

— Ai, ai! Não. Eu estava ocupado, posso afirmar, em observar uns tipos muito bons.

— Pois não, pois não, senhor Molière. Eu entendo o interesse que isso tem para o senhor e... não vou atrapalhar os seus estudos.

— Obrigado.

— Mas com uma condição: que o senhor me diga onde está o senhor Percerin.

— Ah, com prazer. Ele está no seu gabinete. Mas...

— Mas não se pode entrar lá.

— Inabordável!

— Para todos?

— Para todos. Ele me acompanhou até aqui, deixando-me à vontade para fazer as minhas observações, e depois sumiu.

— Muito bem. Senhor Molière, o senhor vai avisá-lo de que eu estou aqui, não vai?

— Eu?! — bradou Molière com o tom de um cachorro bravo de quem tentam tirar o osso legitimamente ganho. — Eu?! Senhor D'Artagnan! Como o senhor me trata mal!

— Se o senhor não for imediatamente avisar o senhor Percerin que estou aqui, meu caro senhor Molière — disse D'Artagnan em voz baixa —, eu lhe aviso uma coisa: não o deixarei ver o amigo que trago comigo.

Molière designou Porthos com um gesto imperceptível.

— Esse aí, não é mesmo? — disse ele.

— Isso.

Molière pregou em Porthos um dos seus olhares que revistavam os cérebros e os corações. Sem dúvida o exame lhe pareceu cheio de promessas, pois em seguida ele se levantou e passou para a sala ao lado.

AS AMOSTRAS

DURANTE TODO ESSE TEMPO a multidão passava lentamente, deixando em cada ângulo do balcão um murmúrio ou uma ameaça, como nos bancos de areia do oceano as ondas deixam um pouco de espuma ou de algas trituradas ao se retirarem quando baixa a maré.

Depois de dez minutos Molière voltou a aparecer, fazendo sob o reposteiro outro sinal a D'Artagnan. Este se precipitou arrastando Porthos, e por corredores bastante complicados o conduziu até o gabinete de Percerin. O velho, com as mangas enroladas, tinha nas mãos uma peça de brocado com grandes folhas douradas e a revirava para nela produzir belos reflexos. Ao perceber D'Artagnan, deixou o tecido e foi até ele, não radiante, não cortês, mas, enfim, bastante educado.

— Senhor capitão dos guardas — disse ele —, o senhor me desculpa, não é mesmo? Estou muito ocupado.

— Ah, sim! Com as roupas do rei. Fiquei sabendo, meu caro senhor Percerin. O senhor está fazendo três vestimentas, pelo que me disseram.

— Cinco, meu caro senhor, cinco.

— Três ou cinco, isso não me preocupa, mestre Percerin, e sei que o senhor as fará as mais belas do mundo.

— Isso é sabido, sim. Uma vez feitas, elas serão as mais belas do mundo. Não digo que não. Mas, para que elas sejam as mais belas do mundo, é necessário antes de mais nada que elas existam, e para isso, senhor capitão, eu preciso de tempo.

— Ora, ora! Dois dias ainda! É bem mais do que o senhor precisa, senhor Percerin — disse D'Artagnan com a maior calma.

Percerin ergueu a cabeça como um homem pouco acostumado a ser contrariado, mesmo nos seus caprichos. Mas D'Artagnan não deu importância à expressão que o ilustre alfaiate estava começando a assumir.

— Meu caro senhor Percerin — prosseguiu ele —, eu lhe trago um cliente.

— Ah! — disse Percerin com ar relutante.

— O senhor barão Du Vallon de Bracieux de Pierrefonds — continuou D'Artagnan.

Percerin tentou fazer uma saudação que nada teve de simpática para o terrível Porthos, que desde a sua entrada no gabinete olhava atravessado para o alfaiate.

— Um dos meus bons amigos — arrematou D'Artagnan.

— Eu o servirei, senhor — disse Percerin —, porém mais tarde.

— Mais tarde?! Quando?

— Quando eu tiver tempo.

— O senhor já disse isso ao meu criado — interrompeu-o Porthos, contrariado.

— É possível — concordou Percerin —, eu estou quase sempre na correria.

— Meu amigo — sentenciou Porthos —, sempre se tem tempo quando se quer.

Percerin ficou vermelho, o que nos velhos branqueados pela idade é um diagnóstico desfavorável.

— O senhor está livre — declarou ele — para procurar outra pessoa.

— Ora, ora, Percerin — acudiu D'Artagnan —, hoje o senhor não está nada amável. Muito bem, vou lhe dizer uma última palavra que vai fazê-lo cair aos nossos pés: além de ser meu amigo, este senhor é amigo do senhor Fouquet.

— Ah, isso é outra coisa! — exclamou o alfaiate. Depois, voltando-se para Porthos: — O senhor barão está à altura do senhor superintendente? — indagou ele.

— Estou à altura de mim mesmo! — explodiu Porthos justamente no momento em que o reposteiro se levantou para dar passagem a um novo interlocutor.

Molière observava. D'Artagnan ria e Porthos resmungava.

— Meu caro Percerin — disse D'Artagnan —, o senhor fará uma vestimenta para o senhor barão; quem lhe pede sou eu.

— Para o senhor eu não vou negar, senhor capitão.

— Mas isso não é tudo: o senhor fará essa vestimenta para ele sem demora.

— Impossível antes de oito dias.

— Isso é o mesmo que o senhor recusar o pedido dele, porque a vestimenta se destina a ser usada na festa de Vaux.

— Repito que é impossível — tornou o velho, obstinado.

— Não é, caro senhor Percerin, sobretudo se quem lhe pede sou eu — disse junto à porta uma voz suave, metálica, que fez D'Artagnan ficar alerta. Era a voz de Aramis.

— Senhor D'Herblay! — exclamou o alfaiate.

— Aramis! — murmurou D'Artagnan.

— Ah, o nosso bispo! — saudou Porthos.

— Bom dia, D'Artagnan; bom dia, Porthos; bom dia, caros amigos — disse Aramis. — Vamos, vamos, caro senhor Percerin, faça a roupa do cavalheiro e eu afirmo que com isso o senhor realizará uma coisa agradável ao senhor Fouquet.

E fez essas palavras serem acompanhadas de um sinal que queria dizer: "Consinta e se despeça". Aparentemente Aramis tinha sobre o mestre Percerin uma influência maior que a de D'Artagnan, pois o alfaiate se inclinou em sinal de assentimento e voltou-se para Porthos dizendo:

— Vá do outro lado para que tomem as suas medidas.

Porthos enrubesceu formidavelmente.

D'Artagnan viu a tempestade se aproximar e interpelou Molière:

— Meu caro — murmurou ele —, o homem que o senhor está vendo se sente desonrado quando medem a carne e os ossos que Deus lhe deu; estude esse tipo, mestre Aristófanes, e aproveite.

Molière não precisava ser encorajado; seus olhos estavam pousados em Porthos.

— Se o senhor fizer o favor de vir comigo — convidou ele —, mandarei tirarem as suas medidas para uma roupa sem tocarem no senhor.

Aristófanes foi um craque da comédia na Grécia Antiga. Ao chamar Molière de Aristófanes, D'Artagnan dá a entender que o dramaturgo demonstraria seu talento se fizesse do volumoso Porthos um personagem teatral.

— Ah! — exclamou Porthos —, o que é que o senhor está dizendo, meu amigo?

— Estou dizendo que nas suas costuras não se usarão as medidas comuns. É um procedimento novo que nós imaginamos para tomar as medidas de pessoas de qualidade a cuja sensibilidade repugna o se deixar tocar por gente inculta. Temos entre nós pessoas suscetíveis que não podem suportar que tomem as suas medidas, cerimônia que, na minha opinião, fere a majestade natural do homem, e se por acaso o senhor é um desses...

— Diabo! Acho que sou, sim!

— Isso é maravilhoso, senhor barão, e o senhor irá estrear a nossa invenção.

— Mas, céus! Como é que as medidas são tomadas? — indagou Porthos, encantado.

— Senhor — disse Molière inclinando-se —, se quiser me seguir, o senhor verá.

Aramis seguia essa cena com toda a atenção. Talvez ele imaginasse pela animação de D'Artagnan que este partiria com Porthos para não perder o fim de uma cena que tinha começado tão bem. Mas, mesmo com toda a sua perspicácia, ele se enganou. Porthos e Molière saíram sozinhos. D'Artagnan permaneceu com Percerin. Por quê? Apenas por curiosidade; provavelmente com a intenção de desfrutar por mais alguns instantes a presença do seu bom amigo Aramis. Quando Molière e Porthos desapareceram, D'Artagnan se aproximou do bispo de Vannes, o que pareceu contrariar particularmente este último.

— Uma roupa também para você, não é mesmo, caro amigo?

Aramis sorriu.

— Não — disse ele.

— Mas você vai a Vaux?

— Vou, mas sem roupa nova. Você esquece, caro D'Artagnan, que um bispo de Vannes não é rico o suficiente para mandar fazer uma roupa nova a cada vez que há uma festa?

— Ora! — disse o mosqueteiro rindo. — E os poemas, você não os faz mais?

— Ah, D'Artagnan — lamentou-se Aramis —, faz muito tempo que eu não penso nessas futilidades.

— Está bem — disse D'Artagnan, sem estar convencido.

Percerin tinha voltado a mergulhar na contemplação dos brocados.

— Você não vê — disse Aramis sorrindo — que estamos atrapalhando muito esse homem valoroso, meu caro D'Artagnan?

— Ah! — murmurou o mosqueteiro. — Quer dizer que eu o aborreço, caro amigo. — Depois em alta voz: — Muito bem, vamos partir. Não tenho mais o que fazer aqui e você está tão livre quanto eu, caro Aramis...

— Não, eu... eu queria...

— Ah, você tem alguma coisa particular para falar com Percerin? Por que não me disse antes?

— Particular — repetiu Aramis —, sim, mas não para você, D'Artagnan. Nunca, peço-lhe que acredite, eu terei algo particular o bastante para que um amigo como você não possa ouvir.

— Ah, não, não, eu me retiro — insistiu D'Artagnan, mas dando à voz uma entonação evidente de curiosidade, pois o embaraço de Aramis, embora muito bem dissimulado, não lhe havia escapado, e ele sabia que naquela alma impenetrável tudo, até as coisas mais fúteis em aparência, estava voltado para um fim, um fim desconhecido mas que, segundo a familiaridade que ele tinha com o caráter do amigo, o mosqueteiro achava que devia ser importante.

Aramis, por seu lado, viu que D'Artagnan não estava despreocupado e insistiu:

— Fique, por favor — disse ele. — Eis do que se trata. — Então, voltando-se para o alfaiate: — Meu caro Percerin... — disse ele. — Na realidade estou muito satisfeito com a sua presença aqui, D'Artagnan.

— Ah!, verdade?! — protestou pela terceira vez o gascão, desta vez acreditando ainda menos que das outras.

Percerin não se mexia. Aramis despertou-o violentamente arrancando-lhe das mãos o tecido objeto da sua meditação.

— Meu caro Percerin — disse ele —, tenho aqui o senhor Le Brun, um dos pintores do senhor Fouquet.

"Ah, bom", pensou D'Artagnan. "Mas por que Le Brun?"

Aramis olhava para D'Artagnan, que tinha o aspecto de quem contemplava gravuras de Marc-Antoine.

— E o senhor quer fazer para ele uma vestimenta parecida com a dos epicurianos? — indagou Percerin.

E, enquanto dizia isso de modo distraído, o honrado alfaiate tentava pegar a peça de brocado.

— Uma vestimenta de epicuriano? — perguntou D'Artagnan num tom questionador.

— Enfim — disse Aramis com o seu sorriso mais encantador —, está escrito que o querido D'Artagnan saberá todos os nossos segredos hoje. Sim, meu amigo; você já ouviu falar dos epicurianos do senhor Fouquet, não é mesmo?

— Claro. Não é uma espécie de sociedade de poetas da qual fazem parte La Fontaine, Loret, Pellisson, Molière e sei lá quem mais? E que tem a sua academia em Saint-Mandé?

— Justamente. Muito bem, nós damos um uniforme aos nossos poetas e os registramos no serviço do rei.

— Ah, claro! Eu adivinho: é uma surpresa que o senhor Fouquet faz para o rei. Ah, fique tranquilo. Se o segredo do senhor Le Brun é esse, eu não o contarei a ninguém.

— Sempre encantador, meu amigo. Não, o senhor Le Brun não tem nada a ver com isso. O segredo que concerne a ele é ainda mais importante que o outro.

— Então, se é tão importante assim, prefiro não saber — afirmou D'Artagnan esboçando uma pretensa saída.

— Entre, senhor Le Brun, entre — pediu Aramis abrindo com a mão direita uma porta lateral e com a esquerda retendo D'Artagnan.

Charles Le Brun foi um pintor queridíssimo do rei. É considerado o criador do estilo de móveis e decoração conhecido como Luís XIV, em homenagem à sua majestade.

Marc-Antoine, ou Marcantonio Raimondi, era craque na arte da gravura renascentista, com muita cena de anjo e tal. Mas acabou em desgraça e foi preso após se meter nuns trabalhos considerados pornôs.

Epicuro foi um pensador romano da Antiguidade que achava que o homem deve procurar a felicidade e que isso acontece através do prazer. Na França do século XVII, Epicuro estava na moda e chamar alguém de **epicuriano** era um elogio. Muitas vezes, os epicurianos de então eram também chamados de libertinos, mas isso *não* era o mesmo que dizer que eles eram devassos e doidões. Significava só que tinham esse interesse no prazer, nas artes, nas coisas boas da vida e na liberdade.

Poeta e escritor francês, Jean **Loret** dava notícias em versos sobre e para a elite de Paris num jornalzinho que ele mesmo publicava, a *Gazeta Burlesca*. Já o advogado Paul **Pellisson** foi secretário de Nicolas Fouquet, e por isso mesmo ficou preso na Bastilha por quatro anos.

Essa **academia** era a casa-biblioteca de Fouquet em **Saint-Mandé**, a segunda maior da França naquela época, com 27 mil volumes. A primeirona era do Mazarin, com 50 mil livros.

— Por Deus, eu não entendo mais nada — protestou Percerin.

— Meu caro senhor Percerin — disse Aramis, depois de ter feito uma pausa —, o senhor está preparando cinco roupas para o rei, não é mesmo? Uma de brocado? Uma de tecido para caça? Uma de veludo? Uma de cetim? E uma de tecido florentino?

— Sim. Mas como é que o senhor sabe isso tudo? — interrogou Percerin, perplexo.

— Muito simples, meu caro senhor. Haverá em Vaux uma caçada, um banquete, um concerto, um passeio e uma recepção; essas cinco roupas são exigidas pela etiqueta.

— O senhor sabe tudo!

— E muitas outras coisas — murmurou D'Artagnan.

— Mas — disse triunfante Percerin — o que o senhor não sabe, mesmo sendo o príncipe da Igreja, o que ninguém sabe, o que somente o rei, a senhorita de La Vallière e eu sabemos é a cor dos tecidos e o tipo de ornamento. O corte, o conjunto, tudo isso!

— Muito bem — disse Aramis —, é exatamente isso que eu vim lhe pedir para me revelar, caro senhor Percerin.

— Ora essa! — bradou o alfaiate, aterrorizado, embora Aramis tivesse pronunciado suas palavras com a voz mais suave e melíflua. Aquela pretensão pareceu ao senhor Percerin tão exagerada, tão ridícula, tão enorme, que ele riu, inicialmente muito baixinho, depois bem alto, acabando por explodir numa gargalhada.

D'Artagnan o imitou, não por achar o caso tão profundamente risível, mas para não deixar Aramis arrefecer-se. Este esperou que rissem à vontade e depois, quando se acalmaram, ponderou para o alfaiate:

— À primeira vista eu talvez pareça estar me arriscando com um absurdo, não é mesmo? Mas D'Artagnan, que é a sensatez encarnada, vai lhe dizer que não me restava outra coisa a fazer senão lhe pedir isso.

— Vejamos — começou o mosqueteiro, atento e sentindo com seu faro maravilhoso que até então só tinha havido escaramuças e que o momento da batalha se aproxima.

Melífluo é o que flui gostoso como mel.

Escaramuça é o confronto limitado, quase uma briga, menos que uma **batalha**. Aqui, as palavras estão em sentido figurado, pois não há confronto físico.

— Vejamos — disse, incrédulo, Percerin.

— Por que — prosseguiu Aramis — o senhor Fouquet vai dar uma festa para o rei? Não é para lhe agradar?

— Certamente — concordou Percerin.

D'Artagnan aprovou com um sinal de cabeça.

— Ele pretende agradar ao rei com alguma delicadeza? Com algo bem imaginado? Com uma sequência de surpresas semelhantes àquela de que falamos há pouco, a propósito do registro dos nossos epicurianos?

— Admirável.

— Muito bem! Eis a surpresa, meu bom amigo. O senhor Le Brun, que aqui está, é um homem que desenha com muita precisão.

— Sim — disse Percerin —, eu vi um quadro do senhor e observei que as roupas estavam muito bem trabalhadas. Foi por isso que aceitei imediatamente fazer uma roupa para ele, seja de acordo com as dos senhores epicurianos, seja pessoal.

— Caro senhor, nós aceitamos a sua palavra e mais tarde nos valeremos dela. Mas por ora o senhor Le Brun precisa não de roupas feitas pelo senhor, mas das que o senhor está fazendo para o rei.

Percerin saltou para trás de um modo que D'Artagnan, homem calmo e apreciador por excelência, não achou exagerado demais, uma vez que a proposição que Aramis acabava de arriscar encerrava aspectos estranhos e horripilantes.

— As roupas do rei! Dar a quem quer que seja neste mundo as roupas do rei! Ah, realmente, senhor bispo, Vossa Grandeza está louco! — exclamou o pobre alfaiate, prestes a se descontrolar.

— Ajude-me então, D'Artagnan — disse Aramis, cada vez mais sorridente e calmo —, ajude-me a persuadir este senhor, pois você compreende, não é mesmo?

— Ah, não muito, confesso.

— Como, meu amigo?! Você não sabe da surpresa que o senhor Fouquet deseja fazer para o rei, que encontrará o seu retrato ao chegar a Vaux, e que o retrato, impressionantemente semelhante, mostrará no próprio momento da sua apresentação a roupa que o rei estará usando?

— Ah, sim! — exclamou o mosqueteiro, quase convencido, de tal modo a razão era plausível. — Sim, meu caro Aramis, você tem razão, é uma bela ideia. Aposto que quem a concebeu foi você mesmo.

— Não sei — respondeu o bispo, com ar negligente. — Eu ou o senhor Fouquet... — Então, sondando a figura de Percerin depois de ter observado a hesitação de D'Artagnan:

— Muito bem, senhor Percerin — indagou ele —, o que o senhor diz?

— Digo que...

— Que o senhor é livre de recusar, sem dúvida; sei muito bem disso e não pretendo absolutamente forçá-lo, meu caro senhor. E eu diria mais: entendo os seus escrúpulos quanto a ir ao encontro da ideia do senhor Fouquet; o senhor teme parecer estar adulando o rei. Nobreza de coração, senhor Percerin! Nobreza de coração!

O alfaiate balbuciou.

— Na verdade seria uma lisonja muito apreciável ao jovem príncipe — continuou Aramis. — Mas o superintendente me disse: Se Percerin recusar, diga-lhe que eu não o reprovo por isso e que sempre o estimo. Só que...

— Só que...? — repetiu Percerin, inquieto.

— Só que — prosseguiu Aramis — eu serei forçado a dizer ao rei (meu caro senhor Percerin, o senhor sabe que quem está falando é o senhor Fouquet): Sire, eu tinha a intenção de oferecer a Vossa Majestade a sua imagem, mas com um sentimento de delicadeza exagerada, talvez, embora respeitável, o senhor Percerin se opôs a isso.

— Opôs! — bradou o alfaiate, apavorado diante da responsabilidade que pesaria sobre ele. — Eu, opor-me ao que deseja o senhor Fouquet quando se trata de agradar o rei! Ah, a palavra má que o senhor disse, senhor bispo, pelo amor de Deus! Eu o tomo como testemunha, senhor capitão dos mosqueteiros. Não é, senhor D'Artagnan? Não é verdade que eu não me oponho a nada?

D'Artagnan fez um sinal que indicava o desejo de se manter neutro. Ele sentia que havia ali uma intriga, comédia ou tragédia, não sabia qual das três, e durante o desenrolar dela preferia se abster.

Mas Percerin, perseguido pela ideia de que poderiam dizer para o rei que ele havia se oposto à surpresa que queriam fazer-lhe, tinha oferecido uma cadeira a Le Brun e tirava de um armário quatro roupas resplandecentes, quatro obras-primas — a quinta ainda estava nas mãos dos oficiais —, colocando-as sucessivamente em manequins de Bérgamo, que, vindos para a França no tempo de Concini, tinham sido dados a Percerin II pelo marechal D'Ancre depois da derrota dos alfaiates italianos arruinados na sua concorrência.

O pintor começou a desenhar e depois a pintar as roupas.

Mas Aramis, que acompanhava com o olhar todas as fases do seu trabalho e que o vigiava de perto, subitamente o fez parar.

— Acho que o senhor não está usando o tom certo, meu caro senhor Le Brun — assinalou ele. — As suas cores vão confundi-lo, e na tela essa semelhança perfeita que achamos absolutamente necessária se perderá; será preciso mais tempo para observar com atenção as nuances.

— É verdade — disse Percerin —, mas o tempo é curto, e contra isso, o senhor bispo há de convir, eu nada posso.

— Então o quadro será um fiasco — disse Aramis tranquilamente —, pela falta de verdade nas cores.

Enquanto isso, Le Brun copiava tecidos e ornamentos com a mais grave fidelidade, observado com visível impaciência por Aramis.

— Vejamos, vejamos, que diabo de *imbroglio* está acontecendo aqui? — continuava a se perguntar o mosqueteiro.

— Decididamente, isso não dará certo — sentenciou Aramis. — Senhor Le Brun, feche as suas caixas e enrole as telas.

— Mas é que, senhor — protestou o pintor despeitado —, a luz aqui é péssima.

— Eu tenho uma ideia, senhor Le Brun, uma ideia! Se tivermos uma amostra dos tecidos, por exemplo, e ele, com calma e em um dia melhor...

Imbroglio > confusão, mal-entendido. No texto está em italiano.

— Ah! Nesse caso — exclamou Le Brun —, eu me responsabilizo por tudo.

— Bom — disse D'Artagnan —, isso não será fácil: precisamos de uma amostra de cada tecido. Caramba! Percerin vai nos dar essas amostras?

Vencido nas suas últimas trincheiras, e além disso logrado pela fingida bonomia de Aramis, Percerin cortou cinco amostras, que entregou ao bispo de Vannes.

— Acho melhor assim. Não é também a sua opinião? — perguntou Aramis a D'Artagnan.

— A minha opinião, meu caro Aramis — disse D'Artagnan —, é que você continua o mesmo.

— E, portanto, continuo seu amigo — afirmou o bispo com uma voz encantadora.

— Sim, sim — disse bem alto D'Artagnan. E depois, bem baixo: — Se eu sou o palerma, jesuíta dissimulado, pelo menos não quero ser o seu cúmplice, e para não ser o seu cúmplice é hora de sair daqui. Adeus, Aramis — acrescentou ele bem alto. — Adeus, vou me reunir a Porthos.

— Então me espere — pediu Aramis pondo no bolso as amostras —, porque eu já terminei e não me aborreceria dizendo uma última palavra ao nosso amigo.

Le Brun embrulhou seus pertences, Percerin guardou novamente as roupas no armário, Aramis apalpou o bolso para ter certeza de que as amostras estavam lá e todos saíram do gabinete.

Bonomia > bondade, simplicidade.

EM QUE MOLIÈRE TEVE TALVEZ A SUA PRIMEIRA IDEIA DO *BURGUÊS FIDALGO*

D'ARTAGNAN REENCONTROU PORTHOS na sala vizinha; mas já não era o Porthos irritado, não era o Porthos desapontado, e sim um Porthos desafogado, radiante, encantador e conversando com Molière, a quem fitava com uma espécie de idolatria e como um homem que não só nunca vira algo melhor mas que nunca vira algo semelhante.

Aramis encaminhou-se diretamente a Porthos, estendeu-lhe a mão fina e branca, tragada pela mão gigantesca do seu velho amigo, operação a que Aramis nunca se arriscava sem uma certa inquietação. Mas, depois de ter recebido sem demasiado sofrimento a pressão amigável, o bispo de Vannes se voltou para Molière.

— Pois bem, senhor — disse ele —, vai comigo para Saint-Mandé?

— Irei para qualquer lugar que o senhor quiser — respondeu Molière.

— Para Saint-Mandé! — exclamou Porthos, surpreso por ver o orgulhoso bispo de Vannes familiarizado com um aprendiz de alfaiate. — Aramis, você vai levar o senhor Molière a Saint-Mandé?

— Sim — disse Aramis sorrindo —, o trabalho urge.

— E além do mais, caro Porthos — prosseguiu D'Artagnan —, o senhor Molière não é absolutamente o que parece ser.

— Como? — interrogou Porthos.

— Sim, ele é um dos primeiros assistentes do mestre Percerin e está sendo esperado em Saint-Mandé para experimentar nos epicurianos os trajes de gala que foram encomendados pelo senhor Fouquet.

— Justamente — disse Molière. — Sim, senhor.

— Então venha, meu caro senhor Molière — disse Aramis —, se o senhor já terminou seu entendimento com o senhor Du Vallon.

— Sim, nós terminamos — replicou Porthos.

— E você está satisfeito? — interrogou D'Artagnan.

— Totalmente satisfeito — replicou Porthos.

Molière despediu-se muito cerimoniosamente de Porthos e apertou a mão que de modo furtivo o capitão dos mosqueteiros lhe estendeu.

— Senhor — arrematou Porthos com um sorriso tímido —, seja sobretudo exato.

— O senhor terá a sua roupa a partir de amanhã, senhor barão — respondeu Molière, e partiu com Aramis.

Então D'Artagnan, tomando o braço de Porthos, indagou-lhe:

— O que foi que esse alfaiate lhe fez, meu caro Porthos, para você estar tão satisfeito com ele?

— O que ele fez comigo, meu amigo?! O que ele fez comigo?! — exclamou Porthos, entusiasmado.

— Isso, eu lhe pergunto o que ele fez com você.

— Meu amigo, ele soube fazer o que nenhum alfaiate jamais fez: tomou as minhas medidas sem tocar em mim.

— Ora, ora! Conte como foi isso, meu amigo.

— Primeiro, meu amigo, primeiro procuraram não sei onde um conjunto de manequins de tamanhos variados, esperando encontrar um do meu tamanho; mas o maior, que era o do tambor-maior da Guarda Suíça, era duas polegadas mais curto e meio pé mais magro.

— Verdade?

— É como eu tenho a honra de lhe contar, meu caro D'Artagnan; mas é um grande homem, esse senhor Molière, ou pelo menos um grande alfaiate. Ele não se atrapalhou nem um pouco com a questão.

— E o que foi que ele fez?

— Ah, uma coisa muito simples. É incrível, palavra, como são rudes a ponto de não terem encontrado logo esse

---

A **Guarda Suíça** é a turma que protege o papa desde o século XVI. A relação começou quando o papa Júlio II pediu proteção e 150 nobres suíços vieram acudir. Mas era também um time de soldados mercenários que lutava por quem pagasse mais. Como acontecia com vários exércitos da época, eles tinham uma banda e o líder da banda era conhecido como **tambor-maior**.

meio. Quanto sofrimento e quanta humilhação não poderiam ter sido poupados!

— Sem falar nas roupas.

— Isso, trinta vestimentas.

— Muito bem, meu caro Porthos. Vejamos. Conte-me qual é o método do senhor Molière.

— Molière? Você o chama assim, não é? Eu me esforço para me lembrar do nome dele.

— Sim, ou Poquelin, se você prefere.

— Não, prefiro Molière. Quando quiser me lembrar do seu nome vou pensar numa palavra de som parecido: *volière*.

Volière > do francês, gaiola.

— Ótimo, meu amigo. E o método dele?

— É o seguinte. Em vez de me desmembrar como fazem esses patifes, de me forçar a curvar a espinha, de me forçar a dobrar as articulações, práticas baixas que nos desonram...

D'Artagnan fez com a cabeça um sinal de aprovação.

— "Senhor", disse-me ele, "um cavalheiro deve se medir ele mesmo. Dê-me o prazer de aproximá-lo deste espelho." Então eu me aproximei do espelho. Preciso admitir que não entendia perfeitamente o que esse bom senhor Volière queria de mim.

— Molière.

— Ah, sim! Molière, Molière. E, como eu continuava dominado pelo medo de ser medido, disse-lhe: "Tome cuidado com o que o senhor vai fazer comigo; eu sou muito coceguento, preciso preveni-lo". Mas ele, com sua voz suave (pois é um rapaz educado, meu amigo, é preciso reconhecer isso), disse: "Senhor, para que a roupa caia bem, ela precisa ser feita de acordo com a sua figura. A sua figura está refletida com rigor nesse espelho. Vamos tomar a medida da imagem refletida".

— Está certo — disse D'Artagnan —, você estava se vendo no espelho. Mas como foi que encontraram um espelho em que você pôde se ver inteiro?

— Meu caro, é o próprio espelho em que o rei se olha.

— Sim, mas o rei é um pé e meio mais baixo que você.

— Não sei como foi que aconteceu isso, provavelmente é um modo de bajular o rei, mas o fato é que o espelho era grande demais para mim. Na verdade a sua altura foi obtida com três espelhos venezianos superpostos e a largura, com os mesmos espelhos justapostos.

— Ah, meu amigo, que palavras admiráveis você fala! Onde foi que as aprendeu?!

— Em Belle-Île. Aramis as usava nas explicações para o arquiteto.

— Ah, muito bem. Mas voltemos ao espelho, caro amigo.

— Então esse bom senhor Volière...

— Molière.

— Sim, Molière, está certo. Você vai ver, meu caro amigo, que agora eu vou me lembrar muito bem do nome dele. Esse bom senhor Molière começou então a traçar linhas no espelho usando um pouco de branco-da-espanha; o conjunto seguia o desenho dos meus braços e ombros. Enquanto fazia isso ele pronunciou esta máxima que eu achei prodigiosa: "Uma roupa não pode incomodar quem a usa".

— De fato — disse D'Artagnan —, essa é uma bela máxima, que infelizmente não é sempre posta em prática.

— Foi por isso que eu a achei tão extraordinária, principalmente depois que ele a desenvolveu.

— Ah, ele desenvolveu essa máxima?

— Claro que sim!

— Vejamos então o desenvolvimento.

— "Considerando", prosseguiu ele, "que podemos, em uma circunstância difícil ou em uma situação incômoda, ter a roupa no ombro e não querer mudar o lugar dela."

— Isso acontece — concordou D'Artagnan.

— "Assim", continuou o senhor Volière...

— Molière.

— Molière, isso. "Assim", continuou o senhor Molière, "o senhor tem necessidade de puxar a espada e está com a roupa nas costas. Como é que o senhor faz?" "Eu a mudo de lugar", respondi. "Pois bem! Nada disso", respondeu ele por sua vez. "Nada disso? Como?!" "Eu digo que a roupa precisa ser tão bem-feita que não o atrapalhe de nenhum modo, nem mesmo para puxar a espada."

— Ah!

Branco-da-espanha é o carbonato de cálcio, usado para fazer cal, cimento e até limpeza dos dentes. No texto, usaram esse produto como um giz no espelho.

— "Ponha-se em guarda", prosseguiu ele. Então eu me pus em guarda com uma firmeza tão maravilhosa que dois vidros da vidraça da janela saltaram. "Não foi nada. Não foi nada", disse ele. "Fique assim." Eu levantei o braço direito, o antebraço dobrado graciosamente, o franzido da manga caindo e o pulso fletido, enquanto o braço direito meio estendido resguardava a cintura com o cotovelo e o peito com o punho.

Fletido > dobrado, flexionado.

— Sim — disse D'Artagnan —, a legítima guarda, a guarda acadêmica.

— O nome é esse, meu caro amigo. — Enquanto isso, Volière...

— Molière.

— Quer saber? Decididamente, meu caro amigo, eu prefiro chamá-lo de... como você disse que é o outro nome dele?

— Poquelin.

— Prefiro chamá-lo de Poquelin.

— E como é que você vai se lembrar melhor desse nome que do outro?

— Veja... ele se chama Poquelin, não é mesmo?

— Sim.

— Eu vou me lembrar da senhora Coquenard.

— Certo.

— Eu mudo "Coc" para "Poc", "nard" para "lin" e em lugar de Coquenard terei Poquelin.

— Maravilhoso! — exclamou D'Artagnan, aturdido. — Vamos, meu amigo, eu o escuto com admiração.

— Esse Coquelin desenhou então o meu braço no espelho.

— Poquelin. Perdão.

— Como foi que eu disse?

— Você disse Coquelin.

— Ah, está certo. Então esse Poquelin desenhou o meu braço no espelho. O fato é que eu estava muito bonito. "Isso o está cansando?", perguntou ele. "Um pouco", respondi agachando-me ligeiramente, "mas sou capaz de aguentar ainda por uma hora." "Não, não, eu não admito isso! Temos aqui rapazes bonzinhos que considerarão um dever sustentar os seus braços, como noutros tempos os braços dos profetas eram sustentados quando eles invocavam o

Senhor." "Muito bem, então", respondi. "Isso não o humilhará?" "Meu amigo", disse eu, "acho que há uma grande diferença entre ser sustentado e ser medido."

— A distinção tem todo o sentido — interrompeu D'Artagnan.

— Então — continuou Porthos — ele fez um sinal. Dois rapazes se aproximaram. Um deles segurou o meu braço esquerdo, ao passo que o outro, com infinita habilidade, segurou o braço direito. "Um terceiro rapaz!", chamou ele. Um terceiro rapaz se aproximou. "Sustente a região dos rins do cavalheiro", disse ele.

— E assim você descansou? — indagou D'Artagnan.

— Totalmente, e Pocquenard me desenhou no espelho.

— Poquelin, meu amigo.

— Poquelin, você tem razão. Escute, decididamente eu prefiro chamá-lo de Volière.

— Sim, e vamos esquecer essa dificuldade.

— Durante esse tempo Volière me desenhava no espelho.

— Que gentil.

— Eu gosto muito desse método; é respeitoso e põe cada um no seu devido lugar.

— E a medição terminou...

— Sem ninguém ter me tocado, meu amigo.

— Com exceção dos três rapazes que o sustentaram.

— Sem dúvida, mas eu já lhe expus, acho, a diferença entre sustentar e medir.

— É verdade — respondeu D'Artagnan, que disse de si para si: "Palavra, ou muito me engano ou eu fui o responsável por um ganho inesperado para esse maroto desse Molière e com toda a certeza nós veremos em alguma comédia a cena que se passou aqui".

Porthos sorria.

— Por que está rindo? — perguntou D'Artagnan.

— Preciso confessar? Pois bem! Estou rindo por estar muito feliz.

Olha só que tiração de onda do Dumas, porque ele conhecia, claro, a **comédia** que Molière escreveu chamada *Le Bourgeois gentilhomme* (*O burguês fidalgo*). No enredo, há mesmo uma cena assim de um ajudante de alfaiate tendo que lidar com um sujeito que não nasceu nobre, mas que estava subindo na escala social, porque tinha acumulado uma grana e queria ser visto como aristocrata. Mas, por mais que um burguês (*bourgeois*) tentasse ser um cavalheiro (*gentilhomme*), a coisa era impossível, porque a nobreza de verdade vinha de herança. E essa nobreza era a medida deles.

— Ah, isso é verdade: eu não conheço um homem mais feliz que você. Mas que nova felicidade lhe aconteceu?

— Bom, meu caro. Felicite-me.

— Não desejo outra coisa.

— Parece que eu sou a primeira pessoa a ser medida por esse novo método.

— Tem certeza disso?

— Mais ou menos. Alguns sinais de cumplicidade trocados entre Volière e os outros rapazes me indicaram isso.

— Muito bem, meu caro amigo. Isso não me surpreende da parte de Molière.

— Volière, meu amigo.

— Ah, não, não. Por exemplo: eu quero deixar que você continue falando "Volière", mas eu falo "Molière". Eu dizia: isso não me surpreende da parte de Molière, que é um rapaz engenhoso e a quem você inspirou essa bela ideia.

— Ela lhe servirá mais tarde, tenho certeza.

— Claro que sim!, claro que ela lhe servirá! Acho que ela lhe servirá até muito, pois, veja, meu amigo: Molière é entre todos os nossos alfaiates conhecidos o que melhor veste os nossos barões, nossos condes e nossos marqueses... com as medidas deles.

Com essa afirmação, que não comentaremos nem quanto à propriedade nem quanto à profundidade, D'Artagnan e Porthos saíram da casa do mestre Percerin e subiram na carruagem. Vamos deixá-los, se o leitor consentir, e passar para Molière e Aramis em Saint-Mandé.

A COLMEIA, AS ABELHAS E O MEL

MUITO CONTRARIADO por ter encontrado D'Artagnan em casa do mestre Percerin, o bispo de Vannes voltou bastante mal-humorado para Saint-Mandé.

Molière, ao contrário, encantado por ter encontrado um tão bom esboço para desenvolver e por saber onde encontrar o original quando do esboço ele quisesse fazer um quadro, tinha o mais alegre humor ao voltar.

Todo o primeiro andar do lado esquerdo estava ocupado pelos epicurianos mais célebres de Paris, e os que mais frequentavam a casa se encontravam empregados, cada um no seu compartimento, como abelhas nos seus alvéolos produzindo um mel destinado ao bolo real que o senhor Fouquet contava servir a Sua Majestade Luís XIV durante a festa de Vaux.

Pellisson, com a mão na cabeça, escavava os alicerces do prólogo de *Os importunos*, comédia em três atos que Poquelin de Molière, como dizia D'Artagnan, ou Coquelin de Volière, como dizia Porthos, iria encenar.

Loret, em toda a ingenuidade do seu estado de comentarista da vida social da corte — em todos os tempos esses comentaristas sempre foram ingênuos —, escrevia o relato das festas de Vaux antes que elas tivessem se realizado.

La Fontaine vagava entre uns e outros, sombra errante, distraída, incomodativa, insuportável, que zumbia e sussurrava mil inépcias poéticas no ombro de cada um. Ele aborreceu tantas vezes Pellisson que este, erguendo a cabeça com humor, disse:

O Fouquet era um patrono das artes e bancava essas pessoas para que fizessem... arte. Não eram **empregados** pra valer, mas havia uma relação de faça-isso e eu pago-aquilo.

Molière encenou em 1661 a peça *Os importunos* (*Les Fâcheux*, traduzido também como *Os irritantes*), feita sob medida para a festa que Fouquet deu para entreter o rei.

— Pelo menos, La Fontaine, me arranje uma rima, já que você diz passear nos jardins do Parnaso.

— Que rima você quer? — perguntou o fabulador, como o chamava a senhora de Sévigné.

— Quero uma rima para "esplendor".

— "Quarador" — respondeu La Fontaine.

— Ah, meu caro amigo, é impossível falar em quaradores quando se proclamam as delícias de Vaux — disse Loret.

— E além disso não rima — respondeu Pellisson.

— Como assim, não rima?! — exclamou La Fontaine, surpreso.

— Sim, você tem um costume detestável, meu caro. Um costume que o impedirá sempre de ser um poeta de primeira grandeza. A sua rima é relaxada.

— Ah! Você acha isso, Pellisson?

— Sim, meu caro, eu acho. Lembre-se de que uma rima nunca é tão boa que não se possa achar uma melhor.

— Então de agora em diante só vou escrever em prosa — disse La Fontaine, que tinha levado a sério a censura de Pellisson. — Ah, eu já pensei muitas vezes que estava longe de ser um bom poeta. Sim, é a pura verdade.

— Não diga isso, meu caro; você está sendo rígido demais, e nas suas fábulas há muita coisa boa.

— E, para começar — continuou La Fontaine prosseguindo na sua ideia —, vou queimar uma centena de versos que acabei de fazer.

— Onde é que eles estão, esses versos?

— Na minha cabeça.

— Muito bem! Se estão na sua cabeça, você não pode queimá-los.

— Verdade — disse La Fontaine. — Se eu não os queimo, no entanto...

— Pois bem, o que vai acontecer se você não os queimar?

— O que vai acontecer é que eles ficarão na minha mente e eu nunca os esquecerei.

Era o próprio La Fontaine que dizia que ele era "a borboleta do **Parnaso**" — escrevendo coisas curtas, em versos, com cara de pouca importância e pulando de assunto em assunto. E isso se encaixa no perfil das fábulas dele, mas as aparências enganam: debaixo dessa fama de escrever coisa simplinha pra crianças, havia muito mais, como crítica ao rei e à nobreza. Ah, Parnaso é um monte da Grécia que nas antigas virou tipo um sinônimo de poesia e de poetas.

Marie de Rabutin-Chantal, a **marquesa de Sévigné**, virou escritora de tanto se corresponder com a filha. Foram mais de 1.700 cartas que traziam seu olhar sensível sobre os costumes da época.

— Diabo! — exclamou Loret —, isso é perigoso; leva à loucura!

— Diabo, diabo, diabo! O que fazer? — repetiu La Fontaine.

— Encontrei um meio — disse Molière, que tinha acabado de entrar e ouvido essas últimas palavras.

— Qual?

— Escreva os versos e queime-os em seguida.

— Que coisa mais simples! Muito bem! Eu não teria jamais inventado isso. Que cabeça ele tem, esse danado do Molière! — disse La Fontaine. E então, dando um tapinha na testa, acrescentou: — Ah!, você nunca passará de um asno, Jean de La Fontaine.

— O que é que você está dizendo, meu amigo? — interrompeu Molière aproximando-se do poeta, de quem ouvira o aparte.

— Eu digo que nunca passarei de um asno, meu caro confrade — respondeu La Fontaine com um grande suspiro e olhos marejados. — Sim, meu amigo — prosseguiu ele com uma tristeza crescente —, parece que a minha rima é relaxada.

— Isso é injusto.

— É verdade. Eu sou desprezível.

— Quem foi que disse isso?

— Foi Pellisson. Não foi você, Pellisson?

Pellisson, novamente mergulhado no seu trabalho, evitou responder.

— Mas, se Pellisson disse que você é desprezível — exclamou Molière —, ele o ofendeu gravemente.

— Você acha?

— Ah, meu caro, sendo você um cavalheiro, eu o aconselho a não deixar passar impunemente tal injúria.

— Ai! — fez La Fontaine.

— Você já duelou alguma vez?

— Uma vez, meu amigo, com um tenente da cavalaria ligeira.

— O que é que ele lhe fez?

É a lenda que rola: que La Fontaine chamou o sujeito que estava de mutreta com a mulher dele para um **duelo**, mas que a peleja teria rolado sem mortes. Depois disso, insistiu para que o rival continuasse seu tereteê com a mulher dele. Verdade? Mentira? Não importa — o que esse causo nos mostra é que o próprio La Fontaine não se levava muito a sério e que sua fama correu chão na França da época.

— Parece que tinha seduzido a minha mulher.

— Ah! — disse Molière empalidecendo ligeiramente.

Porém, como com a admissão feita por La Fontaine os outros tinham se voltado, Molière conservou nos lábios o sorriso de mofa que não chegara a desaparecer e continuou dando trela a La Fontaine:

Mofa > zombaria, caçoada.

— E o que foi que resultou desse duelo?

— Resultou que o meu adversário acabou me desarmando e depois me pediu desculpas, prometendo-me não voltar a pôr os pés na minha casa.

— E você se deu por satisfeito? — indagou Molière.

— Não! Pelo contrário! Eu peguei a espada e lhe disse: "Perdão, senhor, eu não duelei com o senhor porque o senhor era amante da minha mulher, e sim porque me disseram que era o que eu tinha a fazer. Ora, uma vez que eu nunca fui tão feliz quanto naqueles dias, faça-me o favor de continuar indo à minha casa como no passado. Do contrário, diabo, vamos recomeçar". E assim — concluiu La Fontaine — ele foi forçado a continuar a ser o amante da minha mulher e eu continuei a ser o marido mais feliz da terra.

Todos explodiram de rir. Somente Molière passou a mão nos olhos. Por quê? Talvez para enxugar uma lágrima, talvez para abafar um suspiro. Infelizmente, isso é sabido, Molière era moralista, mas Molière não era filósofo.

— Tanto faz — disse ele, voltando ao ponto de partida da discussão. — Pellisson o ofendeu.

— Ah, é verdade, eu já tinha esquecido isso.

— E eu vou desafiá-lo em seu nome.

— Pode fazer isso, se você considera indispensável.

— Eu considero indispensável, e já vou indo.

— Espere! — disse La Fontaine. — Eu quero ter a sua opinião.

— Sobre o quê? Sobre essa ofensa?

— Não. Você acha mesmo que "esplendor" não rima com "quarador"?

— Eu os usaria como rima.

— Diabo! Eu sabia disso!

Jean **Chapelain** foi um grande articulador pra formação da Academia Francesa de Letras. Era um homem culto e um crítico literário que chegou a publicar uns poeminhas que pegaram bem. Mas anunciou durante 25 anos que estava escrevendo um graaaande poema sobre Joana d'Arc que se chamaria *La Pucelle*. E ficou todo o mundo esperando uma coisa maravilhosa, mas, quando ele finalmente mostrou o produto do seu trabalho, a crítica foi dura e a recepção foi fria.

Sceaux era o castelo-casa de Colbert.

— Já fiz cem mil versos parecidos na minha vida.

— Cem mil! — exclamou La Fontaine. — Quatro vezes *La Pucelle*, que está ocupando o senhor Chapelain! É sobre esse assunto, também, que você fez cem mil versos, caro amigo?

— Mas ouça o que eu digo, eterno distraído — disse Molière.

— É indubitável — prosseguiu La Fontaine — que "legume", por exemplo, rima com "perfume".

— Ah, sobretudo no plural.

— Sim, sobretudo no plural, pois nesse caso a rima não é só de três letras, mas de quatro; assim como em "esplendor" e "quarador". Ponha "esplendor" e "quarador" no plural, meu caro Pellisson — disse La Fontaine indo dar um tapinha no ombro do seu confrade, de quem havia esquecido completamente a ofensa —, e as duas palavras rimarão ainda mais.

— Hein? — exclamou Pellisson.

— Diabo! Foi o que Molière disse, e Molière conhece o assunto; ele admite ter feito cem mil versos.

— Vamos — disse Molière rindo —, ele está divagando.

— É como "matagal", que rima admiravelmente com "pantanal"; eu ponho a minha mão no fogo por isso.

— Mas... — disse Molière.

— Eu lhe digo isso tudo — continuou La Fontaine — porque vocês estão preparando um entreato para Sceaux, não estão?

— Sim, *Os importunos*.

— Ah! *Os importunos*... Sim, eu me lembro. Pois bem, imaginei que um prólogo se encaixaria bem no seu entreato.

— Sem dúvida, seria ótimo.

— Ah, você também é dessa opinião?

— Tanto sou que lhe pedi para fazer esse monólogo.

— Você me pediu para fazer? A mim?

— Sim, a você, e tendo você recusado eu lhe pedi para falar com Pellisson, que o está fazendo.

— Ah, então é isso que Pellisson está fazendo? Palavra, meu caro Molière, pode ser que você tenha razão de vez em quando.

— Quando?

— Quando diz que eu sou distraído; é um feio defeito. Vou me corrigir e farei o seu prólogo.

— Mas é Pellisson que o está fazendo!

— É verdade. Ah, eu sou duas vezes estúpido. Loret tinha toda a razão ao dizer que eu sou desprezível!

— Não foi Loret que disse, meu amigo.

— Tudo bem! Quem disse, não me importa qual de vocês, tinha razão! Então o seu entreato se chama *Os importunos*? Pois bem, vocês não rimariam "importunos" com "oportunos"?

— A rigor, sim.

— E até com "hunos"?

— Ah, não! Aí não!

— Seria arriscado, não é mesmo? Mas, enfim, por que seria arriscado?

— Porque a ideia é muito diferente.

— Eu desconfio, eu — disse La Fontaine afastando-se de Molière para se aproximar de Loret —, eu desconfio...

— Do que você desconfia? — disse Loret no meio de uma frase. — Vamos, diga logo.

— É você que faz o prólogo de *Os importunos*, não é?

— Ah, não, diabo. É Pellisson!

— Ah, é Pellisson! — exclamou La Fontaine, que foi se aproximar de Pellisson. — Eu desconfiava — continuou ele — que a ninfa de Vaux...

— Ah!, que bonito! — exclamou Loret. — A ninfa de Vaux! Obrigado, La Fontaine, você acabou de me dar os dois últimos versos da minha crônica:

> E a bela ninfa de Vaux com muita emoção
> A todos agradeceu a dedicação.

— Que beleza! Veja como está rimado — disse Pellisson. — Se você rimasse assim, La Fontaine, que beleza!

— Mas parece que eu rimo assim, pois Loret diz que quem lhe deu os dois versos que ele acabou de dizer fui eu.

— Muito bem! Se você rima assim, vejamos: como começaria o meu prólogo? Diga.

— Eu diria, por exemplo: "Ó ninfa... que..." Depois eu poria um verbo na segunda pessoa do plural do presente do indicativo e continuaria assim: "esse estreito profundo".

— Mas e o verbo, o verbo? — indagou Pellisson.

— "Para vir admirar o maior rei do mundo" — prosseguiu La Fontaine.

— Mas e o verbo, o verbo? — insistiu obstinadamente Pellisson. — Essa segunda pessoa do plural do presente do indicativo?

— Tudo bem: "deixais".

> Ó ninfa, que deixais esse estreito profundo
> Para aqui admirar o maior rei do mundo.

— Você poria "estreito profundo"?

— E por que não?

— "Estreito profundo"... "estreito profundo"!

— Ah, meu caro — disse La Fontaine, você é terrivelmente pedante.

— Sem falar — completou Molière — que o segundo verso é fraco.

— Pois bem, vocês veem perfeitamente que eu não tenho nenhum mérito, sou desprezível, como você diz.

— Eu não disse isso.

— Como dizia Loret, então.

— Tampouco foi Loret, foi Pellisson.

— Pois bem! Dessa vez Pellisson tinha razão. Mas o que me aborrece mesmo, Molière, é a possibilidade de não termos as nossas roupas epicurianas.

— Você contava com a sua para a festa?

— Sim, para a festa e para depois da festa. Minha criada me avisou que a minha está meio velha.

— Que diabo! Ela tem razão: a sua roupa está mais que velha.

— Ah, o que aconteceu — tornou La Fontaine — foi que eu a esqueci no chão, no meu gabinete, e a minha gata...

— Então? A sua gata?

— A minha gata deu cria em cima dela, desgastando-a um pouco.

Molière explodiu numa gargalhada. Pellisson e Loret seguiram o seu exemplo.

Nesse momento surgiu o bispo de Vannes, tendo debaixo do braço um rolo de planos e pergaminhos.

Como se o anjo da morte houvesse gelado todas as imaginações loucas e escarnecedoras, como se aquela figura pálida tivesse assustado as Graças para quem Xenócrates fazia sacrifícios, estabeleceu-se imediatamente o silêncio na sala e cada um retomou o sangue-frio e a pena.

Aramis distribuiu convites aos assistentes e lhes dirigiu agradecimentos da parte do senhor Fouquet. O superintendente, disse ele, preso no seu gabinete de trabalho, não podia vir vê-los, mas lhes pedia que lhe enviassem um pouco do seu trabalho do dia para ajudá-lo a esquecer o cansaço do seu trabalho noturno.

Com essas palavras, todas as testas se abaixaram. Até La Fontaine pôs-se a uma mesa e fez correr sobre o pergaminho uma pena rápida; Pellisson passou a limpo o seu prólogo; Molière compôs a lápis cinquenta versos novos, inspirados pela sua visita a Percerin; Loret, o artigo sobre as festas maravilhosas que ele profetizava; e Aramis, carregado de butim como o rei das abelhas, esse grande zangão negro com ornamentos púrpura e dourados, voltou silencioso e atarefado para os seus aposentos. Mas antes de sair disse:

— Lembrem-se, caros senhores, que todos nós partimos amanhã à noite.

— Nesse caso eu preciso avisar em minha casa — disse Molière.

— Ah, sim!, pobre Molière! — disse Loret sorrindo. — *Ele gosta* de estar em casa.

— *Ele gosta*, sim — replicou Molière com o seu sorriso doce e triste. — *Ele gosta*, o que não quer dizer que lá *gostam dele*.

Xenócrates era um aluno muito sério de Platão. Daí o mestre dizia sempre: "Xenócrates, **faz um sacrifício aí pras Graças**". O mesmo que: "Faz uma forcinha aí pra rir, pra relaxar".

Butim > produto de pilhagem, de roubo.

Château-Thierry é a cidade natal de La Fontaine e fica a 90 quilômetros de Paris.

Jean Hérault nasceu pobre, mas enriqueceu e comprou o castelo de uma tal de **Gourville**, virando assim o barão de Gourville. Sua fortuna, aliás, teve muito a ver com a amizade dele com Fouquet, que lhe propiciou uns bons negócios. Mas sua boa relação com Fouquet também o meteu numa enrascada: ele foi acusado de rolos com granas, condenado à forca e, mais que depressa, fugiu pra Holanda. Anos depois conseguiu o perdão e voltou pra França.

— Quanto a mim — disse La Fontaine —, gostam de mim em Château-Thierry, tenho toda a certeza.

Nesse momento Aramis voltou depois de ter desaparecido por um instante.

— Alguém vem comigo? — perguntou ele. — Passo por Paris depois de ter falado com o senhor Fouquet por um quarto de hora. Ofereço a minha carruagem.

— Bom, eu! — disse Molière. — Eu aceito; estou com pressa.

— Eu vou jantar aqui — disse Loret. — O senhor de Gourville me prometeu lagostins.

Ele me prometeu lagostins.

Encontre a rima, La Fontaine.

Aramis saiu rindo como ele sabia rir. Molière o seguiu. Estavam no pé da escada quando La Fontaine entreabriu a porta e gritou:

Se servires lagostim,
Nós teremos um festim.

As explosões de riso dos epicurianos redobraram e quase chegaram aos ouvidos de Fouquet no momento em que Aramis abriu a porta do seu gabinete.

Quanto a Molière, ele havia sido encarregado de pedir os cavalos enquanto Aramis ia dizer ao superintendente as palavras que tinha a lhe dizer.

— Ah, como estão rindo lá em cima — disse Fouquet com um suspiro.

— O senhor não ri, meu senhor?
— Eu não rio mais, senhor D'Herblay.
— A festa se aproxima.
— O dinheiro se afasta.
— Eu não lhe disse que essa questão cabia a mim?
— Sim, o senhor me prometeu milhões.
— O senhor os terá no dia seguinte à chegada do rei a Vaux.

Fouquet dirigiu a Aramis um olhar profundo e passou a mão fria pela testa úmida. Aramis viu que o superintendente duvidava dele ou sentia a sua incapacidade de conseguir dinheiro. Como Fouquet podia supor que um pobre bispo, ex-abade, ex-mosqueteiro, o obteria?

— Por que duvidar? — disse Aramis.

Fouquet sorriu e balançou a cabeça.

— Homem de pouca fé! — acrescentou o bispo.

— Meu caro senhor D'Herblay — respondeu Fouquet —, se eu cair...

— Pois bem. Se o senhor cair?...

— Cairei de tão alto que no mínimo vou me quebrar com a queda.

Então, sacudindo-se como se para fugir de si mesmo:

— De onde o senhor vem, caro amigo?

— De Paris.

— De Paris? Ah!

— Sim, da casa de Percerin.

— E o que foi fazer na casa de Percerin? Pois não presumo que o senhor dê uma importância tão grande às roupas dos nossos poetas.

— Não. Fui encomendar uma surpresa.

— Uma surpresa?

— Sim, que o senhor fará ao rei.

— Será muito dispendiosa?

— Ah!, cem pistolas que o senhor dará a Le Brun.

— Uma pintura? Ah, melhor! E o que essa pintura vai representar?

— Eu lhe contarei isso. Depois, aproveitando a viagem, diga o senhor o que disser, fui ver as roupas dos nossos poetas.

— Ora, ora! E elas ficarão elegantes, ricas?

— Magníficas! Não haverá muitos grão-senhores com roupas da mesma categoria. A diferença entre os cortesãos da riqueza e os da amizade ficará clara.

— Sempre espirituoso e generoso, caro prelado!

— Seguindo a sua escola.

Fouquet apertou-lhe a mão.

— E aonde é que o senhor vai? — indagou ele.

— Vou a Paris, quando o senhor me der uma carta.

— Uma carta para quem?

— Uma carta para o senhor de Lyonne.

— E o que é que o senhor quer com Lyonne?

— Quero que ele assine uma carta régia.

— Uma carta régia?! O senhor quer mandar alguém para a Bastilha?

— Não, pelo contrário. Quero tirar de lá uma pessoa.

— Ah, e quem é?

— Um pobre coitado, um jovem, uma criança que está presa há dez anos por causa de dois versos em latim que compôs contra os jesuítas.

— Por causa de dois versos em latim! E por causa de dois versos em latim ele está na prisão há dez anos, o infeliz!

— Pois é.

— E ele não cometeu nenhum outro crime?

— Com exceção desses dois versos ele é tão inocente quanto o senhor ou eu.

— O senhor dá a sua palavra?

— Palavra de honra.

— Qual é o nome dele?

— Seldon.

— Ah! Mas isso é demais! E o senhor sabia e não me tinha contado!

— Somente ontem a mãe dele me procurou, senhor.

— E essa mulher é pobre?

— Está na mais profunda miséria.

— Deus comete tantas injustiças — disse Fouquet — que eu entendo quando algum infeliz duvida da existência dele! Tome, senhor D'Herblay.

E Fouquet, pegando uma pluma, escreveu rapidamente algumas linhas para o seu colega Lyonne.

Aramis pegou a carta e apressou-se a sair.

— Espere — disse Fouquet.

Ele abriu a gaveta e tirou dez notas que lá estavam. Cada uma delas valia mil francos.

— Tome — disse ele —, faça o filho sair e remeta isto à mãe; mas não lhe diga...

— O quê, senhor?

— Que ela é dez mil libras mais rica que eu. Ela diria que eu sou um triste superintendente. Vá, e eu espero que Deus abençoará os que pensam nesses pobres.

— É o que eu também espero — replicou Aramis beijando a mão de Fouquet.

E saiu rapidamente, levando a carta para Lyonne, as notas para a mãe de Seldon, e levando também Molière, que começava a se impacientar.

OUTRO JANTAR NA BASTILHA

AS SETE HORAS DA NOITE soaram no grande relógio da Bastilha, esse famoso relógio que, semelhante a todos os acessórios da prisão do Estado, cujo uso é uma tortura, lembrava aos prisioneiros o destino de cada uma das horas do seu suplício. O relógio da Bastilha, adornado com figuras como a maioria dos relógios dessa época, representava São Pedro encarcerado.

Era hora do jantar dos pobres prisioneiros. As portas das celas, ressoando sobre as enormes dobradiças, abriam passagem para travessas e cestos cheios de comida, cuja delicadeza, como o próprio senhor de Baisemeaux nos informou, correspondia à condição do prisioneiro.

Quanto a isso conhecemos as teorias do senhor de Baisemeaux, soberano distribuidor das delícias gastronômicas, cozinheiro-chefe da fortaleza real, cujos cestos repletos subiam as escadas íngremes levando algum consolo aos prisioneiros no fundo das garrafas honestamente cheias.

Essa era também a hora do jantar do governador. Ele tinha naquela noite um convidado, e o espeto girando no forno era mais pesado que de costume.

As perdizes assadas eram ladeadas de codornas e ladeavam uma lebre lardeada; o frango ao molho, o presunto frito e regado com vinho branco, os cardos de Guipúzcoa e a sopa de lagostins, fora as outras sopas e os *hors-d'œuvre*, era esse o cardápio do senhor governador.

Instalado à mesa, Baisemeaux esfregava as mãos olhando para o senhor bispo de Vannes, que com botas de cavaleiro, vestido de cinza e com a espada no flanco, não

---

São Pedro teria ficado **preso** aguardando sua execução numa cadeia de Roma chamada Cárcere Mamertino, uma masmorra onde vários presos foram deixados pra morrer de fome.

Ladear é contornar, estar ao lado. Já **lardear** é rechear com toucinho.

Cardo é uma planta com folhas espinhosas, como a alcachofra.

Hors-d'œuvre quer dizer "fora do trabalho", ou seja, fora da ordem do trabalho de servir os pratos (que em geral é entrada, prato principal e sobremesa).

parava de falar da sua fome e demonstrava a mais enérgica impaciência.

 O senhor de Baisemeaux de Montlezun não era acostumado a ter familiaridades com Sua Grandeza o monsenhor de Vannes, e naquela noite Aramis estava alegre, fazendo confidências atrás de confidências. O prelado tinha voltado a ser um pouquinho mosqueteiro. O bispo quase beirava a licenciosidade. Quanto ao senhor de Baisemeaux, com a facilidade das pessoas vulgares ele se lançou inteiramente sobre essa brecha de relaxamento do seu comensal.

 — Senhor — disse ele —, pois na verdade esta noite não ouso chamá-lo de monsenhor.

 — Não — disse Aramis —, chame-me de senhor; estou de botas.

 — Pois bem, senhor, sabe quem é que me faz lembrar esta noite?

 — Não, palavra — disse Aramis preparando-se para beber —, mas espero que eu lhe lembre um bom comensal.

 — O senhor me lembra dois. François, meu amigo, feche a janela; o vento pode incomodar Sua Grandeza.

 — Ah, deixe que ele saia! — acrescentou Aramis. — O jantar está completamente posto, nós nos serviremos bem sem a ajuda de lacaios. Gosto muito quando estou em *petit comité*, quando estou com um amigo...

 Baisemeaux inclinou-se respeitosamente.

 — Gosto muito quando posso eu mesmo me servir.

 — François, saia! — gritou Baisemeaux. — Então, eu dizia que Vossa Grandeza me lembra duas pessoas: uma delas, muito ilustre, é o finado senhor cardeal, o grande cardeal, o de La Rochelle, o que usava botas, como o senhor. É ou não é verdade?

 — Sim, é verdade — disse Aramis. — E a outra?

 — A outra é um certo mosqueteiro, muito bonito, muito corajoso, muito ousado, muito feliz, que de abade se fez mosqueteiro e de mosqueteiro, abade.

 Aramis teve a condescendência de sorrir.

 — De abade — prosseguiu Baisemeaux, encorajado pelo sorriso de Sua Grandeza — a bispo e de bispo...

> Estar em *petit comité* é se reunir com um grupo bem pequeno de pessoas.

— Ah, vamos parar por aqui, por favor — pediu Aramis.

— Eu ia dizer, senhor, que para mim o senhor parece um cardeal.

— Encerremos isso, meu caro senhor de Baisemeaux. O senhor disse que eu tenho as botas de um cavaleiro, mas apesar disso não quero nem mesmo por esta noite me indispor com a Igreja.

— No entanto, o senhor tem más intenções, monsenhor.

— Ah, admito que são más, como tudo o que é mundano.

— O senhor anda pela cidade, pelas ruelas, mascarado?

— Sim, mascarado, como diz o senhor.

— E continua esgrimindo?

— Acho que sim, mas somente quando me forçam. Faça-me o favor de chamar François.

— Acabou o seu vinho?

— Não é pelo vinho, é porque faz calor aqui e a janela está fechada.

— Eu fecho as janelas durante o jantar para não ouvir as rondas ou a chegada do correio.

— Ah, sim. Quando a janela está aberta o senhor as ouve?

— Ouço bem demais, e isso me incomoda. O senhor entende, não é?

— Mas aqui falta ar. François!

François entrou.

— Abra, por favor, mestre François — pediu Aramis. — O senhor permite, caro senhor de Baisemeaux?

— Aqui o senhor está em sua casa — respondeu o governador.

A janela foi aberta.

— O senhor vai ficar muito só — disse o senhor Baisemeaux —, agora que o senhor de La Fère regressou à casa paterna em Blois. É um amigo muito antigo, não é mesmo?

— Sabe disso tanto quanto eu, senhor Baisemeaux, pois estava conosco nos mosqueteiros.

— Ora, com os meus amigos eu não conto nem as garrafas nem os anos.

— E tem razão. Eu não só gosto do senhor de La Fère, caro senhor Baisemeaux, eu também o venero.

— Muito bem. Quanto a mim, é curioso — disse o governador —, prefiro o senhor D'Artagnan. É um homem que bebe bem e por muito tempo! Essas pessoas nos deixam ver o que pensam, pelo menos.

— Baisemeaux, embebede-me esta noite. Vamos farrear, como fazíamos, e se eu tenho uma dor no fundo do coração prometo-lhe que o senhor a verá como veria um diamante no fundo da sua taça.

— Ótimo! — disse Baisemeaux. Ele encheu uma taça grande de vinho e o tragou vibrando de alegria por estar por alguma razão inteirando-se de um pecado capital do arcebispo.

Enquanto bebia, não via com que atenção Aramis observava os ruídos do grande pátio.

Por volta das oito horas chegou um correio; François já havia trazido para a mesa cinco garrafas de vinho, e, embora o correio fizesse muito barulho, Baisemeaux nada ouviu.

— Que o diabo o carregue! — disse Aramis.

— O que foi? O quê? — indagou Baisemeaux. — Espero que não seja o vinho que o senhor está bebendo nem o anfitrião que o faz beber.

— Não, é um cavalo que sozinho no pátio faz o mesmo barulho que faria um esquadrão inteiro.

— Ora!, algum correio — replicou o governador enchendo sua taça. — Isso, o diabo que o carregue! E tão rapidamente que nós não voltemos a ouvir falar dele. A-ha!

— O senhor está se esquecendo de mim, senhor Baisemeaux! Minha taça está vazia — disse Aramis, mostrando um cristal deslumbrante.

— Palavra de honra, o senhor me encanta. François, mais vinho!

François entrou.

— Mais vinho, patife, e do melhor!

— Sim, senhor, mas... é um correio.

— Vá para o diabo!, eu já disse.

— Senhor, mas...

— Que ele deixe no arquivo; amanhã veremos. Amanhã será a tempo, amanhã vai nascer o sol — disse Baisemeaux cantarolando essas duas últimas frases.

— Ah, senhor! — resmungou o soldado François, muito contrafeito —, senhor...

— Tome cuidado — disse Aramis —, tome cuidado.

— Com o quê, caro senhor D'Herblay? — perguntou Baisemeaux, meio bêbado.

— Às vezes a carta que chega por correio para os governadores de fortalezas é uma ordem.

— Quase sempre.

— As ordens não são mandadas por ministros?

— Sim, sem dúvida, mas...

— E o que esses ministros fazem não é nada mais que referendar a assinatura do rei?

— Talvez o senhor tenha razão. Entretanto, é bastante aborrecido, quando estamos a uma boa mesa conversando com um amigo. Ah, perdão, senhor; estou esquecendo que quem lhe oferece um jantar sou eu e que estou falando com um futuro cardeal.

— Vamos deixar isso de lado, caro Baisemeaux, e voltar ao seu soldado, a François.

— Pois bem, o que foi que François fez?

— Ele resmungou.

— Fez mal.

— No entanto, ele resmungou, e o senhor entenda: isso significa que algo extraordinário está se passando. É perfeitamente possível que François não tenha feito mal em resmungar, mas que o senhor fez mal ignorando o resmungo.

— Mal? Eu agi mal com François? Isso me parece desagradável.

— Uma simples irregularidade, perdão. Mas eu achei que tinha o dever de lhe fazer uma observação que julgo importante.

— Ah, talvez o senhor tenha razão — balbuciou Baisemeaux. — Ordem do rei, isso é sagrado! Mas as ordens que vêm quando estamos jantando, repito, que o diabo...

— Se o senhor tivesse feito isso com o grande cardeal, hein, meu caro Baisemeaux, e essa ordem fosse de alguma importância...

— Faço assim para não aborrecer um bispo; isso não me desculpa, diabo?!

— Não se esqueça, Baisemeaux, que eu já fui mosqueteiro e tenho o costume de ver ordens por toda parte.

— Então o senhor quer...

— Quero que o senhor cumpra o seu dever, meu amigo. Sim, peço-lhe por favor, pelo menos diante desse soldado.

— Isso é matematicamente correto — disse Baisemeaux.

François continuava esperando.

— Que me tragam essa ordem do rei — continuou Baisemeaux empertigando-se. E acrescentou bem baixinho: — O senhor sabe o que é? Vou lhe dizer. É algo tão interessante quanto isto: "Cuidado com o fogo nas proximidades do depósito de munições"; ou então: "Vigie bem fulano, que tem muita habilidade para fugir". Ah, se o senhor soubesse, monsenhor, quantas vezes acordei sobressaltado quando estava no sono mais sereno, mais profundo, porque um ordenança chegara a galope para me dizer, ou melhor, para me entregar um papel contendo estas palavras: "Senhor de Baisemeaux: alguma novidade?"... Vê-se bem que quem perde tempo escrevendo ordens como essas nunca dormiu na Bastilha. Conheceriam melhor a espessura das minhas muralhas, a vigilância dos meus oficiais, a diversidade e a profusão das minhas rondas. Enfim, o que o senhor quer, monsenhor? O ofício deles é escrever para me atormentar quando estou tranquilo, para me perturbar quando estou feliz — acrescentou Baisemeaux inclinando-se diante de Aramis. — Então deixemos que eles exerçam o seu ofício.

— E exerça o seu — acrescentou sorrindo o bispo, cujo olhar fixo ordenava, apesar desse agrado.

François voltou. Baisemeaux pegou da mão dele a ordem enviada pelo Ministério, abriu-a lentamente e lentamente a leu. Aramis fingiu que bebia, para observar seu anfitrião através do cristal. Depois, quando Baisemeaux terminou a leitura:

— O que foi que eu disse agora mesmo?! — exclamou ele.

— O que é? — indagou o bispo.

— Uma ordem de soltura. Ora!, que bela ordem para vir nos perturbar!

— Bela notícia para aquele a que ela se refere, o senhor tem de concordar comigo, senhor governador.

— E às oito da noite!

— É um ato de caridade.

— Caridade, ótimo, mas para esse esquisito que se aborrece, não para mim enquanto me divirto! — protestou Baisemeaux, exasperado.

— É uma perda para o senhor. E o prisioneiro que vão tirar do senhor estava bem situado no registro?

— Ora essa! Um zé-ninguém, um rato, de cinco francos!

— Deixe-me ver — pediu o senhor D'Herblay. — Sou indiscreto?

— Não. Leia.

— Na folha está escrito "Urgente!". O senhor viu, não é?

— É incrível! "Urgente!"... Um homem que está aqui há dez anos! E têm pressa de tirá-lo, hoje à noite mesmo, às oito horas!

E Baisemeaux, erguendo os ombros com uma expressão de desdém, jogou a ordem na mesa e começou a comer.

— Eles fazem essas coisas — disse ele com a boca cheia. — Um belo dia pegam um homem, alimentam-no durante dez anos e nos escrevem: "Vigie bem esse patife!", ou então: "Guardem-no rigorosamente". E depois, quando já nos acostumamos a ver o prisioneiro como um homem perigoso, de repente, sem nenhuma causa, sem precedente, eles nos escrevem: "Libertem-no". E acrescentam na carta: "Urgente!". O senhor tem de admitir, monsenhor, que é para ignorar.

— O que se há de fazer?! É protestar, como o senhor está fazendo — disse Aramis —, e executar a ordem.

— Bom!, bom! Executar a ordem!... Ah, paciência!... Não vá imaginar que eu sou um escravo.

— Meu Deus, meu muito querido senhor, quem foi que disse isso? Todos sabem da sua independência.

— Graças a Deus!

— Mas sabe-se também que o senhor tem bom coração.

— Não vamos ficar falando nisso!

— E que obedece aos seus superiores. Veja, Baisemeaux: quem foi soldado não deixa de sê-lo pelo resto da vida.

— Assim, vou obedecer rigorosamente e amanhã de manhã, ao raiar do dia, o prisioneiro designado será libertado.

— Amanhã?

— Ao raiar do dia.

— Por que não esta noite, já que a carta de libertação traz no sobrescrito e no interior: "Urgente!"?

— Porque esta noite nós estamos jantando e também temos pressa.

— Caro Baisemeaux, mesmo calçando botas eu me sinto padre, e a caridade é para mim um dever mais imperioso que a fome e a sede. Esse infeliz já sofreu por tempo demais, pois o senhor acabou de me dizer que ele é seu pensionista há dez anos. Abrevie o sofrimento dele. Um bom minuto o espera; dê-o a ele bem depressa. No paraíso Deus lhe dará anos de felicidade.

— É isso que o senhor quer?

— Eu lhe peço.

— Assim, no meio da refeição?

— Eu lhe suplico. Essa ação valerá dez *Benedicite*.

— Que seja feito como o senhor deseja. Mas nosso jantar vai esfriar.

— Ah, isso não é importante.

Baisemeaux inclinou-se para trás a fim de chamar François e com um movimento muito natural encaminhou-se para a porta.

A ordem tinha ficado na mesa. Aramis aproveitou o momento em que Baisemeaux não estava olhando para substituir o papel por um outro, dobrado do mesmo modo e que ele tirou do bolso.

— François — disse o governador —, mande fazerem subir aqui o senhor major com os carcereiros da Bertaudière.

François saiu inclinando-se e os dois comensais ficaram sozinhos.

> ***Benedicite***, do latim, remonta à tradição de se fazer uma oração agradecendo o "pão de cada dia" antes de cada refeição.

O GERAL DA ORDEM

FEZ-SE UM INSTANTE de silêncio entre os dois comensais, durante o qual Aramis não perdeu de vista nem por um instante o governador. Este não parecia totalmente decidido a se deixar perturbar no meio do jantar, e era evidente que procurava uma razão qualquer, boa ou ruim, para retardar o cumprimento da ordem pelo menos até depois da sobremesa. Essa razão ele pareceu tê-la encontrado subitamente.

— Ora! — exclamou ele —, mas isto é impossível!

— Impossível como? — perguntou Aramis. — Vejamos, meu amigo, o que é impossível.

— É impossível pôr em liberdade o prisioneiro numa hora como esta. Aonde ele irá, ele, que não conhece Paris?

— Ele irá para onde puder ir.

— Veja, é o mesmo que libertar um cego.

— Eu tenho uma carruagem; posso levá-lo para onde ele quiser que o leve.

— O senhor tem resposta para tudo. François! Mande dizer ao senhor major que vá abrir a prisão do senhor Seldon, número 3, Bertaudière.

— Seldon? — repetiu Aramis, com simplicidade. — O senhor disse Seldon, me parece.

— Eu disse Seldon. É o nome do libertado.

— Ah, o senhor quer dizer Marchiali — corrigiu Aramis.

— Marchiali? Ora essa! Não, não. Seldon.

— Acho que o senhor está enganado, senhor Baisemeaux.

— Eu li a ordem.

— Eu também li.

— E eu vi Seldon em letras grandes assim.

E o senhor de Baisemeaux mostrou seu dedo.

— Eu li Marchiali em letras grandes assim.

E Aramis mostrou os dois dedos.

— Temos a prova, vamos esclarecer o caso — propôs Baisemeaux, seguro de si. — O papel está ali, basta lê-lo.

— Eu leio Marchiali — confirmou Aramis desdobrando o papel. — Tome.

Baisemeaux olhou e seus braços caíram.

— Sim, sim — disse ele, aterrado —, sim. Marchiali.

— É o que está escrito. Marchiali! É verdade!

— Ah!

— Como? O homem de quem tanto falamos? O homem que todo dia me recomendam tanto?

— No papel está "Marchiali" — repetiu mais uma vez o inflexível Aramis.

— Preciso admitir, monsenhor. Mas não entendo absolutamente nada disso.

— No entanto, temos de acreditar nos nossos olhos.

— Palavra de honra! É mesmo "Marchiali" que está no papel!

— E com boa letra, ainda por cima.

— Isso é fenomenal. Eu ainda vejo essa ordem e o nome de Seldon, irlandês. Estou vendo. Ah, e até lembro que embaixo do nome havia um borrão de tinta.

— Não; não há tinta. Não, não há borrão.

— Mas havia, sim! Tanto havia que eu esfreguei o pó que estava sobre o borrão.

— Enfim, de qualquer forma, caro senhor de Baisemeaux — disse Aramis —, e independentemente do que o senhor tenha visto, está aqui uma ordem assinada para soltar Marchiali com ou sem borrão.

— A ordem de soltar Marchiali está assinada — repetiu mecanicamente Baisemeaux, que tentava retomar a sobriedade.

— E o senhor vai soltar esse prisioneiro. Se o seu coração lhe pede para soltar também Seldon, eu declaro que não me oporia absolutamente.

Aterrado > cheio de terror, apavorado.

Aramis pontuou essa frase com um sorriso cuja ironia acabou de esclarecer a mente de Baisemeaux e o encorajou.

— Monsenhor — disse ele —, esse Marchiali é o mesmo prisioneiro que um dia destes foi visitado muito imperiosamente e muito secretamente por um padre, confessor da *nossa ordem*.

> Como já vimos, a **ordem deles** é a dos jesuítas, na qual Aramis (na ficção) alcançou a posição mais importante. Mas aqui fica disfarçando e agindo como se nada tivesse acontecido, para enredar Baisemeaux melhor e o plano dar certo.

— Não sei nada disso, senhor — replicou o bispo.

— Mas não faz muito tempo, caro senhor D'Herblay.

— Certo, mas entre nós, senhor, é bom que o homem de hoje já não saiba o que fez o homem de ontem.

— Em todo caso — disse Baisemeaux —, a visita do confessor jesuíta trouxe felicidade a esse homem.

Aramis não respondeu, e voltou a comer e beber.

Baisemeaux, sem tocar mais em coisa alguma que estava à mesa, pegou novamente a ordem e escrutinou-a em todos os sentidos.

Esse exame, em circunstâncias comuns, teria feito subir o vermelho às orelhas do pouco paciente Aramis, mas o bispo de Vannes não se agastou por tão pouco, sobretudo quando havia dito bem baixo que seria perigoso se agastar.

— O senhor vai soltar Marchiali? — indagou. — Ah, isso sim é um xerez suave e perfumado, meu caro governador!

> O **xerez** é um vinho branco típico da região de Jerez, na Espanha.

— Monsenhor — respondeu Baisemeaux —, eu vou soltar o prisioneiro Marchiali quando tiver chamado o portador do correio que trouxe a ordem e sobretudo quando, depois de interrogá-lo, me certificar de que...

— As ordens são lacradas e o portador ignora o seu conteúdo. Do que o senhor se certificaria então, por favor?

— Que seja, monsenhor, mas eu me dirigirei ao Ministério e lá o senhor de Lyonne retirará a ordem ou a aprovará.

— Mas para que tudo isso? — indagou Aramis com frieza.

— Para quê?

— Sim, eu pergunto para que serve isso.

— Serve para nunca se enganar, monsenhor, para nunca faltar ao respeito que todo subalterno deve aos seus superiores, para nunca infringir os deveres do serviço que se aceitou.

— Muito bem; o senhor falou com tanta eloquência que eu o admirei. É verdade que um subalterno deve respeito aos seus superiores; é culpado quando se engana e será punido se infringir os deveres ou as leis do seu serviço.

Baisemeaux olhou perplexo para o bispo.

— Disso resulta — prosseguiu Aramis — que o senhor vai fazer essa consulta para ficar com a consciência tranquila?

— Sim, monsenhor.

— E que, se um superior lhe ordena, o senhor obedecerá?

— Não tenha dúvida, monsenhor.

— O senhor conhece bem a assinatura do rei, senhor de Baisemeaux?

— Sim, monsenhor.

— Ela não está nessa ordem de soltura?

— Sim, mas pode...

— Ser falsa, não é mesmo?

— Isso já aconteceu, monsenhor.

— O senhor tem razão. E a do senhor de Lyonne?

— Ela me parece estar certa, mas do mesmo modo que se pode falsificar a assinatura do rei pode-se, com mais razão, falsificar a do senhor de Lyonne.

— O senhor avança na lógica a passos de gigante, senhor de Baisemeaux — disse Aramis —, e a sua argumentação é irretorquível. Mas para acreditar que essas assinaturas são falsas o senhor se baseia particularmente em que causas?

— Nesta: a ausência dos signatários. Nada controla a assinatura de Sua Majestade e o senhor de Lyonne não está aqui para me dizer que assinou.

— Muito bem, senhor de Baisemeaux — disse Aramis, com seu olhar de águia pousado no governador —, eu adoto tão sinceramente as suas dúvidas e a sua maneira de esclarecê-las que vou pegar uma pluma, se o senhor me der uma.

Baisemeaux lhe deu a pluma.

— Uma folha branca qualquer — acrescentou Aramis.

Baisemeaux lhe deu o papel.

— E o que eu vou escrever, eu também, eu presente, eu incontestável, não é mesmo? Uma ordem à qual, tenho certeza, o senhor dará crédito, por mais incrédulo que seja.

Baisemeaux ficou pálido em face dessa segurança glacial. Parecia que a voz de Aramis, antes tão sorridente e alegre, se tornara fúnebre e sinistra, que a cera das tochas se transformara em círios de câmara mortuária e que o vinho das taças se transformara em cálice de sangue.

Aramis pegou a pena e escreveu. Atrás do seu ombro, Baisemeaux lia aterrorizado:

"A.M.D.G.", escreveu o bispo, e subscreveu uma cruz abaixo das quatro letras, que significavam *ad majorem Dei gloriam*. E continuou:

> Que a ordem levada ao senhor de Baisemeaux de Montlezun, governador do castelo da Bastilha de parte do rei, seja por ele considerada boa e válida, e executada imediatamente.
> **Assinado: D'Herblay,**
> **Geral da Ordem, pela Graça de Deus.**

Baisemeaux foi tão profundamente atingido que seus traços tornaram-se contraídos, a boca escancarada, os olhos fixos. Ele não se mexia, não articulava um único som. Na vasta sala ouvia-se apenas o zumbido de uma mosca que voejava em torno das tochas.

Aramis, sem mesmo se dignar a olhar o homem que ele reduzia a um estado tão miserável, tirou do bolso um estojinho que guardava cera negra, lacrou a carta, pôs sobre o lacre um selo suspenso no seu peito atrás do colete e, sempre silenciosamente, quando a operação terminou, apresentou a carta ao senhor de Baisemeaux.

Este, cujas mãos tremiam a ponto de dar pena, passeou pelo lacre um olhar terno e tolo. Um último lampejo de emoção manifestou-se nos seus traços e ele desmoronou numa cadeira como se fulminado.

— Vamos, vamos — disse Aramis depois de um longo silêncio, durante o qual o governador da Bastilha havia recuperado pouco a pouco os sentidos —, não me faça achar, caro Baisemeaux, que a presença do geral da ordem é terrível como a de Deus e que quem o vê pode morrer. Coragem; levante-se, dê-me a mão e obedeça.

Círio > vela grande de cera ou parafina.

É o lema dos jesuítas em latim: **"Para maior glória de Deus"**. E, pegando a primeira letra de cada palavra pra fazer um acrônimo, temos o A.M.D.G.

O chefe megatudo dos jesuítas do mundo todo é chamado de **Geral**, ou Superior-Geral, **da Ordem**.

As cartas eram fechadas com um lacre de **cera** derretida. O **selo** era o desenho que ficava gravado depois de o sinete (tipo um carimbo) ser martelado ali e, assim, autenticar o escrito.

Baisemeaux, tranquilizado, senão satisfeito, obedeceu, beijou a mão de Aramis e se levantou.

— Imediatamente? — murmurou ele.

— Ah!, sem exagero, meu anfitrião. Vamos voltar ao nosso lugar e honrar essa bela sobremesa.

— Monsenhor, eu não me recuperarei desse golpe. Eu, que ri, brinquei com o senhor! Eu, que ousei tratá-lo em pé de igualdade!

— Não diga nada, meu velho camarada — replicou o bispo, que sentia quanto a corda estava esticada e quanto teria sido perigoso rompê-la —, não diga nada. Vivamos cada um de nós a sua vida: eu lhe dou a minha proteção e a minha amizade, e você me dá a sua obediência. Com esses dois tributos rigorosamente pagos, vivamos com alegria.

Baisemeaux refletiu e percebeu depois de um rápido exame as consequências dessa extorsão de um prisioneiro com a ajuda de uma ordem falsa, mas contrapondo a ela a garantia que lhe oferecia a ordem oficial do geral não sentiu seu peso.

Aramis adivinhou isso.

— Meu caro Baisemeaux — disse ele —, o senhor é um simplório. Assim, perca o hábito de refletir quando eu me dou ao trabalho de pensar pelo senhor.

E, com outro gesto que ele fez, Baisemeaux inclinou-se novamente.

— Como é que eu devo agir no caso? — indagou ele.

— Como é que o senhor faz para libertar um prisioneiro?

— Tenho o regulamento.

— Então siga o regulamento, meu caro.

— Eu vou com o meu primeiro-sargento à cela do prisioneiro e o conduzo quando é uma pessoa importante.

— Mas esse Marchiali não é uma pessoa importante — disse Aramis, negligentemente.

— Não sei — replicou o governador, como se querendo dizer: Quem pode me dizer isso é o senhor.

— Então, se o senhor não sabe é porque eu tenho razão. Assim, aja com esse Marchiali como o senhor age com os que não são ninguém.

— Certo. O regulamento indica isso.

— Ah!

— O regulamento diz que o carcereiro ou um dos funcionários inferiores conduzirá o prisioneiro ao governador, no arquivo.

— Muito bem! Isso é bastante sensato. E depois?

— Depois são entregues ao prisioneiro os objetos de valor que ele tinha consigo no dia da prisão: as roupas e os papéis, caso a ordem do ministro não tenha disposto de outra forma.

— O que diz a ordem do ministro a propósito desse Marchiali?

— Nada, pois o infeliz chegou aqui sem joias, sem papéis, quase sem roupa.

— Veja como tudo é simples! Na verdade, Baisemeaux, o senhor vê monstros onde eles não existem. Fique aqui e mande trazer o prisioneiro ao governador.

Baisemeaux obedeceu. Chamou seu tenente e lhe deu uma ordem, que este transmitiu sem nenhuma emoção a quem de direito.

Meia hora depois se ouviu uma porta fechar-se no pátio; era a porta da masmorra que acabava de entregar ao ar livre a sua presa.

Aramis soprou todas as velas que iluminavam a sala. Deixou acesa apenas uma que estava atrás da porta. Essa luz tremulante não permitia que os olhares se fixassem nos objetos. Incerta e móvel, ela decuplicava os aspectos e as nuances de tudo.

Os passos se aproximaram.

— Vá na frente dos seus homens — disse Aramis a Baisemeaux.

O governador obedeceu.

O sargento e os carcereiros desapareceram.

Baisemeaux entrou, seguido de um prisioneiro.

Aramis estava na sombra; via sem ser visto.

Baisemeaux, com voz emocionada, deu conhecimento ao jovem da ordem que o libertava.

O prisioneiro ouviu sem fazer um gesto nem pronunciar uma palavra.

Decuplicar > multiplicar por dez.

— O senhor jurará, é o regulamento que assim determina — acrescentou o governador —, que nunca irá revelar o que quer que tenha visto ou ouvido na Bastilha.

O prisioneiro distinguiu um Cristo. Estendeu a mão e jurou com os lábios.

Cristo aqui é o crucifixo.

— A partir de agora, o senhor está livre. Para onde pretende ir?

O prisioneiro virou a cabeça, como se quisesse procurar atrás de si uma proteção com que pudesse contar.

Foi então que Aramis saiu da sombra.

— Estou aqui — disse ele — para prestar ao senhor o serviço que quiser me pedir.

O prisioneiro enrubesceu ligeiramente, foi até Aramis, sem hesitar, e passou o braço por debaixo do dele.

— Deus o tenha na sua santa guarda! — disse ele, com uma voz que pela firmeza fez ficar sobressaltado o governador, tanto quanto a fórmula o fez ficar pasmado.

Aramis, apertando as mãos de Baisemeaux, disse-lhe:

— Minha ordem o incomoda? O senhor teme que a encontrem aqui, se vierem fazer a revista?

— Quero guardá-la, monsenhor — disse Baisemeaux. — Se a encontram comigo, isso significaria sem dúvida que eu estaria perdido, e nesse caso o senhor seria para mim um auxiliar poderoso a quem eu apelaria em última instância.

— Sendo o seu cúmplice, o senhor quer dizer? — respondeu Aramis, dando de ombros. — Adeus, Baisemeaux — disse ele.

Os cavalos esperavam, balançando a carruagem na sua impaciência.

Baisemeaux levou o bispo até o pé da escadaria.

Aramis deixou seu companheiro entrar primeiro na carroça, depois subiu e não deu outra ordem ao cocheiro além desta:

— Vamos.

O veículo avançou ruidosamente no pavimento dos pátios. Um funcionário com uma tocha seguia à frente dos cavalos e dava a cada corpo de guarda ordem de deixar passar.

O **riacho** aqui deve ser o fosso de 24 metros de largura que existia em torno do prédio principal, antes do portão da Bastilha, que era acessado passando em cima de uma ponte levadiça.

Postilhão > cocheiro, motorista da carruagem.

Durante o tempo levado para abrir todas as barreiras, Aramis não respirou, e era possível ouvir seu coração bater contra as paredes do peito.

Mergulhado em um canto da carruagem, o prisioneiro não dava mais nenhum sinal da sua existência.

Enfim, um solavanco mais forte que os outros anunciou que o último riacho fora transposto. Atrás da carruagem fechou-se a última porta, a da Rue Saint-Antoine. Não havia mais paredes nem à esquerda nem à direita; por todo lado o céu, por todo lado a liberdade, por todo lado a vida.

Os cavalos, contidos por mão vigorosa, seguiram lentamente até o meio do bairro. A partir dali passaram a trotar.

Pouco a pouco, fosse por terem se aquecido fosse porque os instigavam, eles ganharam rapidez, e na altura de Bercy a carruagem parecia estar voando, tamanho era o entusiasmo dos corcéis. Eles correram assim até Villeneuve-Saint-Georges, onde a muda estava preparada. Então quatro cavalos, em vez de dois, levaram o veículo na direção de Melyn e pararam no meio da floresta de Sénart. A ordem, sem dúvida, já fora dada ao postilhão, pois Aramis não precisou fazer nem mesmo um sinal.

— O que aconteceu? — perguntou o prisioneiro, como se tivesse saído de um longo sonho.

— Acontece, Monseigneur — disse Aramis —, que antes de irmos até mais longe precisamos conversar, Vossa Alteza Real e eu.

— Vou esperar a ocasião, senhor — respondeu o jovem príncipe.

— Não poderia haver melhor ocasião, Monseigneur. Estamos no meio da mata, ninguém pode nos ouvir.

— E o cocheiro?

— O cocheiro é surdo e mudo, Monseigneur.

— Estou à sua disposição, senhor D'Herblay.

— Quer ficar na carruagem?

— Sim, estamos bem à vontade aqui e eu gosto dela: foi a que me trouxe para a liberdade.

— Espere, Monseigneur. Ainda temos de tomar uma precaução.

— Qual?

— Estamos na estrada principal; podem passar cavaleiros ou carruagens que viajam como nós e que, vendo-nos parados, suporão que estamos em dificuldade. Precisamos evitar os préstimos que nos atrapalhariam.

— Dê ordem ao cocheiro de esconder a carruagem em uma aleia lateral.

— É exatamente o que eu queria fazer, Monseigneur.

Aramis cutucou o mudo e lhe fez um sinal. O cocheiro desceu, pegou pela rédea os cavalos da frente e os arrastou pelas urzes aveludadas até a relva musgosa de uma sinuosa aleia no fundo da qual, na noite sem lua, as nuvens formavam uma cortina mais negra que manchas de tinta.

Feito isso, o homem se deitou num talude perto dos cavalos, que devoravam as bolotas encontradas à sua volta.

— Estou ouvindo — disse o jovem príncipe a Aramis. — Mas o que é que o senhor está fazendo?

— Estou desarmando pistolas; não precisamos mais delas, Monseigneur.

Aleia > caminho ou trilha com árvores enfileiradas; pequena alameda.

Urzes são plantas que têm porte de pequenos arbustos.

Talude > inclinação no terreno.

Bolota é o fruto do carvalho. Dentro ela tem uma semente que certos animais apreciam.

Pistola aqui é o revólver mesmo, e não o nome do dinheiro já citado antes.

O TENTADOR

— **MEU PRÍNCIPE** — disse Aramis voltando-se para o seu companheiro ao lado, na carruagem —, mesmo sendo eu uma criatura tão fraca, tão medíocre de espírito, tão inferior na ordem dos seres pensantes, jamais me ocorreu discutir com um homem sem penetrar o seu pensamento através da máscara viva lançada sobre a nossa inteligência a fim de resguardar a expressão dele. Mas hoje, na sombra onde estamos, na reserva em que o vejo, nada poderei ler nos seus traços, e algo me diz que terei dificuldade em lhe arrancar uma palavra sincera. Assim, não por amor a mim, pois as pessoas não devem ter nenhum peso na balança usada pelos príncipes, mas por amor a si próprio, eu lhe suplico que guarde todas as minhas sílabas, todas as minhas inflexões, que, nas graves circunstâncias em que estamos, terão, todas elas, um sentido e um valor tão importantes como jamais foram pronunciados neste mundo.

— Estou ouvindo — repetiu o jovem príncipe com decisão — sem nenhuma ambição, sem temer nada do que o senhor vai me dizer.

E ele mergulhou ainda mais profundamente nas grossas almofadas da carruagem, tentando privar seu companheiro não somente da visão mas também da própria suposição da sua pessoa.

A sombra negra se estendia, grande e opaca, do alto das árvores entrelaçadas. Fechada por uma grande cobertura, a carruagem não teria recebido a menor porção de luz, mesmo se um átomo luminoso tivesse se introduzido entre as colunas de bruma que se levantavam na aleia da mata.

— Monseigneur — tornou Aramis —, o senhor conhece a história do governo que hoje dirige a França. O rei teve uma infância cativa como a sua, obscura como a sua, limitada como a sua. Com a diferença de que, em vez de ter como Vossa Alteza Real a escravidão do aprisionamento, a obscuridade da solidão, a limitação da vida escondida, ele teve de sofrer todas as suas misérias, todas as suas humilhações, todas as suas dificuldades em pleno dia, sob o sol impiedoso da realeza, um lugar inundado de luz onde qualquer mancha parece uma imundície sórdida, onde toda glória parece uma mancha. O rei sofreu, está rancoroso e se vingará. Será um mau rei. Não digo que fará derramar sangue como Luís XI ou Carlos IX, uma vez que não há danos mortais a serem vingados, mas ele devorará o dinheiro e a subsistência dos seus súditos, pois sofreu danos de interesse e de dinheiro. Assim, antes de tudo eu desobrigo a minha consciência quando considero os méritos e os defeitos desse príncipe e, se o condeno, minha consciência me absolve.

Luís XI foi rei da França entre 1461 e 1483, depois da morte do pai dele, Carlos VII, com quem o filhote, aliás, teve altos desentendimentos. Esse Luís era inteligente e complicado, além de cruel e supersticioso. Porque centralizava tudo e estava sempre tramando confusões, ganhou o apelido de "Universelle Aragne" (rei Aranha Universal). Já o **Carlos IX**, também rei da França, entrou pra história como quem autorizou (talvez a mando de mamãe Catarina de Médici) o massacre de protestantes na tal Noite de São Bartolomeu. Ele reinou de 1560 a 1574.

Aramis fez uma pausa. Não para escutar se o silêncio da mata continuava igual, e sim para retomar o pensamento do fundo da sua mente, para dar a esse pensamento tempo de se incrustar no fundo da mente do seu interlocutor.

— Deus faz bem tudo o que faz — prosseguiu o bispo de Vannes —, e tenho tanta convicção disso que me felicito há muito tempo por ter sido escolhido por ele como depositário do segredo que o ajudei a descobrir. O Deus de justiça e previdência precisava de um instrumento agudo, perseverante, convicto, para realizar uma grande obra. Esse instrumento sou eu. Tenho agudeza, perseverança, convicção; governo um povo misterioso que escolheu como divisa a divisa de Deus: *Patiens quia æternus!*

O príncipe fez um movimento.

— Imagino, Monseigneur — disse Aramis —, por que o senhor levantou a cabeça, e imagino também que as

Divisa é uma frase curtinha e que vira tipo um *slogan* de um grupo ou de uma instituição. Em geral, serve pra ir de cara dizendo e reafirmando o ideal e/ou a conduta dessa turma.

Do latim, **"Ele é paciente porque é eterno"**. Frase de Santo Agostinho, que quer dizer que Deus é paciente e espera pela hora certa de fazer justiça.

pessoas que eu comando o assustam. Vossa Alteza Real não sabia que tratava com um rei. Ah, Monseigneur, rei de um povo muito humilde, rei de um povo muito deserdado; humilde porque só tem força rastejando; deserdado porque nunca, quase nunca neste mundo, meu povo colhe o que semeou ou come o fruto que cultiva. Ele trabalha para uma abstração, reúne todas as moléculas da sua potência para com ela formar um homem, e para esse homem, com o produto das suas gotas de suor, ele compõe uma nuvem com a qual o gênio desse homem deve por sua vez fazer uma auréola, dourada com raios de todas as coroas da cristandade. É esse o homem que o senhor tem do seu lado, Monseigneur. Ele o tirou do abismo com um grande desígnio e quer, nesse desígnio magnífico, elevá-lo acima dos poderes da terra, acima dele mesmo.

O príncipe tocou de leve o braço de Aramis.

— O senhor me fala — disse ele — da ordem religiosa da qual é chefe. De suas palavras resulta para mim que no dia em que o senhor puder derrubar quem o senhor pôs no alto a sua vontade se cumprirá, e o senhor terá nas mãos a sua criatura do dia anterior.

— Engano seu, Monseigneur — replicou o bispo —, eu não me daria ao trabalho de jogar esse jogo terrível com Vossa Alteza Real se não tivesse um duplo interesse em ganhar a partida. No dia em que o senhor for elevado, será elevado para sempre. Ao subir, o senhor derrubará o banquinho em que se apoiou, e ele irá parar tão longe que, como não o verá mais, não se lembrará do direito dele ao seu reconhecimento.

— Ah, senhor!

— A sua reação, Monseigneur, provém de um caráter excelente. Obrigado! Acredite que eu aspiro a mais que o reconhecimento. Tenho certeza de que chegado ao ápice o senhor me julgará mais digno ainda de ser seu amigo, e então nós dois, Monseigneur, faremos coisas tão grandiosas que pelos séculos afora falarão delas.

— Diga, senhor, diga sem dissimulações, o que eu sou hoje e o que o senhor pretende que eu seja amanhã.

— O senhor é filho do rei Luís XIII, é irmão do rei Luís XIV, é o herdeiro natural e legítimo do trono da França. Conservando-o perto dele, como foi conservado o seu irmão mais novo, o rei se reservava o direito de ser soberano legítimo. Somente os médicos e Deus poderiam disputar a legitimidade dele. Os médicos preferem o rei que é ao rei que não é. Deus agiria mal se prejudicasse um príncipe que é um homem honesto. Mas Deus quis que o perseguissem, e essa perseguição o sagra hoje rei da França. O senhor teria assim o direito de reinar, uma vez que lhe contestam esse direito; teria assim o direito de ser declarado, porque lhe sequestram esse direito; o senhor tem assim sangue divino, pois não ousaram verter o seu sangue como fizeram com o casal que o servia. Agora veja o que lhe fez o Deus que Monseigneur tantas vezes acusou de ter feito tudo contra o senhor. Ele lhe deu os traços, a estatura, a idade e a voz do seu irmão, e todas as causas da sua perseguição se converterão nas causas da sua ressurreição triunfal. Amanhã, depois de amanhã, no primeiro momento, fantasma real, sombra viva de Luís XIV, o senhor se sentará no trono dele, de onde a vontade de Deus, confiada na execução de um braço humano, o terá derrubado sem retorno.

— Entendo — disse o príncipe. — O sangue do meu irmão não será derramado.

— O senhor será o único árbitro do destino dele.

— O segredo com o qual me prejudicaram...

— O senhor o usará com ele. O que ele fazia para escondê-lo? Imagem viva dele mesmo, o senhor denunciaria o complô de Mazarin e Ana da Áustria. O senhor, meu príncipe, terá o mesmo interesse em ocultar aquele que, preso, se parecerá com Monseigneur, assim como o senhor, rei, se parecerá com ele.

— Volto ao que eu lhe disse antes. Quem o guardará?

— Quem guardava Monseigneur.

— O senhor conhecia esse segredo e fez uso dele para mim. Quem mais sabe dele?

— A rainha-mãe e a senhora de Chevreuse.

— O que elas farão?

— Nada, se o senhor assim decidir.
— Como?
— De que maneira elas o reconheceriam, se o senhor agir de modo a que não o reconheçam?
— É verdade, há dificuldades mais sérias.
— Diga, príncipe.
— Meu irmão é casado; eu não posso tomar como esposa a mulher do meu irmão.
— Eu cuidarei para que a Espanha consinta num repúdio; é o interesse da sua nova política, é a moral humana. Tudo o que há de verdadeiramente nobre e verdadeiramente útil neste mundo será compensador.
— O rei, sequestrado, falará.
— Para quem o senhor quer que ele fale? Para as paredes?
— O senhor chama de paredes os homens em que tem confiança.
— Se necessário, sim, Alteza; por outro lado...
— Por outro lado...
— Eu queria dizer que os desígnios de Deus não se detêm num caminho tão lindo. Todo plano dessa envergadura é completado pelos resultados, como um cálculo geométrico. O rei sequestrado não será para o senhor o embaraço que o senhor foi para o rei reinante. Deus fez essa pessoa orgulhosa e impaciente por natureza. Além disso, ela se enfraqueceu, desarmou-se pelo uso das honras e pelo hábito do poder soberano. Deus, que queria que o cálculo geométrico de que tive a honra de lhe falar se encerrasse com a sua subida ao trono e a destruição do que lhe é danoso, resolveu que os sofrimentos do vencido acabarão logo, juntamente com os seus. Assim, ele preparou essa alma e esse corpo para a brevidade da agonia. Posto em prisão simples particular, sequestrado com as suas dúvidas, privado de tudo, com o hábito de uma vida sólida, o senhor resistiu. Mas o seu irmão cativo, esquecido, restringido, não suportará a ofensa, e Deus tomará de volta a sua alma no tempo devido, ou seja: logo.

O rei Luís XIV era casado com uma prima, a Maria Teresa da Espanha, desde 1660. Se fosse pra evitar qualquer encontro amoroso com ela nesta situação de substituir o rei pelo seu irmão desconhecido, aí Aramis apelaria para a **Espanha**, para a família de Maria Teresa, que governava por lá.

Nesse momento da sombria análise de Aramis, um pássaro noturno emitiu do fundo da mata o seu pio ululante, triste e prolongado que impressiona todas as criaturas.

— Eu exilarei o rei deposto — pronunciou-se Filipe estremecendo. — Será uma medida mais humana.

— O que aprouver ao rei decidirá a questão — disse Aramis. — Eu expus bem o problema? Encaminhei satisfatoriamente a solução segundo os desejos ou as previsões de Vossa Alteza Real?

— Sim, senhor, sim. O senhor não esqueceu nada, com exceção de duas coisas.

— A primeira?

— Falemos agora com a mesma franqueza que imprimimos à nossa conversa. Falemos dos motivos que podem levar à dissolução das esperanças que nós alimentamos. Falemos dos perigos que nós corremos.

— Seriam imensos, infinitos, aterrorizantes, invencíveis, se, como já lhe disse, tudo não os levasse a se tornarem absolutamente nulos. Não há perigo nem para o senhor nem para mim, se a constância e a intrepidez de Vossa Alteza Real igualam a perfeição dessa semelhança com o rei que lhe foi dada pela natureza. Repito: não há perigos; há apenas obstáculos. Essa palavra, que encontro em todas as línguas, eu nunca a entendi bem, e se eu fosse rei mandaria eliminá-la como absurda e inútil.

— Certamente, senhor, há um obstáculo muito grave, um perigo invencível de que o senhor se esquece.

— Ah! — exclamou Aramis.

— Há a consciência que grita, há o arrependimento que dilacera.

— Sim, é verdade — concordou o bispo. — Há a fraqueza de coração, de que o senhor me lembra. Ah, o senhor tem razão, é um imenso obstáculo, é verdade. O cavalo que teme o fosso erra o salto e morre. O homem que, trêmulo, cruza sua espada com a do inimigo deixa contra a lâmina inimiga brechas pelas quais a morte passa. É verdade! É verdade!

— O senhor tem um irmão? — perguntou o jovem a Aramis.

— Sou só no mundo — respondeu Aramis com voz seca e nervosa como o gatilho de uma pistola.

— Mas o senhor ama alguém na terra? — acrescentou Filipe.

— Ninguém! Mas certamente eu amo Vossa Alteza Real.

O jovem mergulhou num silêncio tão profundo que o barulho da sua própria respiração converteu-se num tumulto para Aramis.

— Monseigneur — tornou ele —, eu não disse tudo o que tinha a dizer a Vossa Alteza Real. Não ofereci ao meu príncipe tudo o que tenho para ele de conselhos saudáveis e recursos úteis. Não se trata de fazer brilhar um relâmpago aos olhos de quem gosta da sombra; não se trata de fazer ressoar as magnificências do canhão nos ouvidos do homem suave que gosta do repouso e do campo. Monseigneur, eu tenho pronta na minha mente a sua felicidade; vou deixá-la cair dos meus lábios, recolha-a preciosamente para o senhor, que tanto amou o céu, os prados verdejantes e o ar puro. Conheço um lugar de delícias, um paraíso ignorado, um canto do mundo onde sozinho, livre, desconhecido, na mata, em meio às flores, nas águas, o senhor esquecerá toda a miséria que a loucura humana, tentadora de Deus, acaba de lhe entregar. Ah!, escute-me, meu príncipe, eu não estou zombando. Tenho uma alma, adivinho o abismo da sua. Eu não o recolhi incompleto para lançá-lo no cadinho da minha vontade, do meu capricho ou da minha ambição. Tudo ou nada. O senhor está machucado, doente, quase aniquilado pelo excesso de fôlego que precisou dar nesta hora de liberdade. Vejo isso como um sinal seguro de que o senhor não há de querer continuar respirando fundo, longamente. Assim, vamos nos ater a uma vida mais humilde, mas adequada às nossas forças. Deus é testemunha da minha vontade de que dessa provação a que o conduzi resulte a sua felicidade.

— Fale, fale! — disse o príncipe, com uma vivacidade que levou Aramis a refletir.

— Eu conheço — continuou o prelado — no Bas-Poitou um cantão de cuja existência ninguém desconfia na França. São vinte léguas, uma imensidão, não é mesmo? Vinte léguas,

Cadinho > vasilha usada para derreter ferro, ouro e prata, resistente a altas temperaturas.

Bas-Poitou é uma pequena região da França, pouco ao norte da cidade de La Rochelle, junto ao oceano Atlântico.

Monseigneur, completamente cobertas de água, pastagens e juncos; por toda a extensão, ilhas entulhadas de mato. Esses grandes pântanos, vestidos de junco como uma capa espessa, dormem silenciosos e profundos sob o sorriso do sol. Algumas famílias de pescadores os percorrem preguiçosamente em suas grandes jangadas de carvalho e de amieiro, assoalhadas com um leito de junco e cuja cobertura é trançada de canas sólidas. Esses barcos, essas casas flutuantes, seguem ao acaso, sob o sopro do vento. Quando tocam um rio, é por casualidade, e tão suavemente que o pescador adormecido não acorda com a sacudidela. Se ele quis atracar, é porque viu grandes grupos de francolins ou de pavoncinos, de patos ou de tarambolas, de rangedeiras ou de narcejas que ele caça com armadilha ou com o chumbo do mosquete. Os sáveis prateados, as enguias monstruosas, os lúcios nervosos, as percas rosadas e cinzentas caem em profusão nas suas redes. Só é preciso escolher os exemplares mais gordos e deixar escapar o resto. Nunca um homem da cidade, nunca um soldado, nunca ninguém penetrou nesse lugar. Ali o sol é suave. Alguns maciços de terra retêm videiras e nutrem com um suco generoso os seus belos cachos negros e brancos. Uma vez por semana um barco vai procurar no forno comum o pão morno e amarelo cujo odor atrai e acaricia desde longe. Ali se vive como um homem dos tempos antigos. Senhor poderoso dos seus cães de água, das suas linhas, dos seus fuzis e da sua bela casa de junco, ali o senhor viverá na opulência da caça, na plenitude da segurança. Assim o senhor passará alguns anos, depois dos quais, irreconhecível, transformado, terá forçado Deus a mudar o seu destino. Nesta sacola há mil pistolas, Monseigneur; é mais que o necessário para comprar todo o pântano de que lhe falei; é mais que o necessário para ali viver o tanto de vida que o senhor tem pela frente; é mais que o necessário para ser o mais rico, o mais livre e o mais feliz do condado. Aceite assim como eu lhe ofereço, sinceramente, alegremente. Agora mesmo, da carruagem que aqui está, iremos separar

---

Dumas está falando de uma série de **aves**.

Agora é a vez de ele falar de uma série de **peixes**.

Cães de água são raças de cachorros que nadam muito bem e eram muito queridos e úteis aos pescadores. Esses cães levavam bilhetes entre barcos, vigiavam cardumes em redes para que nenhum peixe escapulisse e ainda recuperavam objetos que caíssem no mar. Também eram ótimos pra pegar peixes que escapavam da linha. Com a modernização da pesca, os chamados cães de água foram sendo deixados de lado.

dois cavalos; meu servidor mudo o conduzirá, andando de noite e dormindo de dia, até o lugar de que lhe falo, e pelo menos eu terei a satisfação de me dizer que prestei ao meu príncipe o serviço que ele quis. Terei feito a felicidade de um homem. Isso agradará mais a Deus do que se eu tiver tornado poderoso um homem. É muito mais difícil. Pois bem, o que o senhor responde, Monseigneur? Aqui está o dinheiro. Ah, não hesite. No Poitou o senhor não corre nenhum risco, fora o de contrair as febres. E, nesse caso, os curandeiros do lugar poderão curá-lo em troco das suas pistolas. Se for disputar o outro jogo, que o senhor sabe qual é, correrá o risco de ser assassinado num trono ou estrangulado numa prisão. Pela minha alma, eu lhe digo, pesei os dois e, juro, eu hesitaria.

— Senhor — replicou o jovem príncipe —, antes de me decidir, deixe-me descer da carruagem, andar de pés no chão e consultar a voz que Deus faz falar na natureza livre. Dez minutos e eu respondo.

— Certo, Monseigneur — disse Aramis inclinando-se respeitosamente, impressionado com a solenidade e reverência que havia naquela voz.

> É a peste negra — também chamada de Grande Peste, ou simplesmente peste, praga ou **febres** —, que se alastrou pela Europa matando a rodo no século XVII.

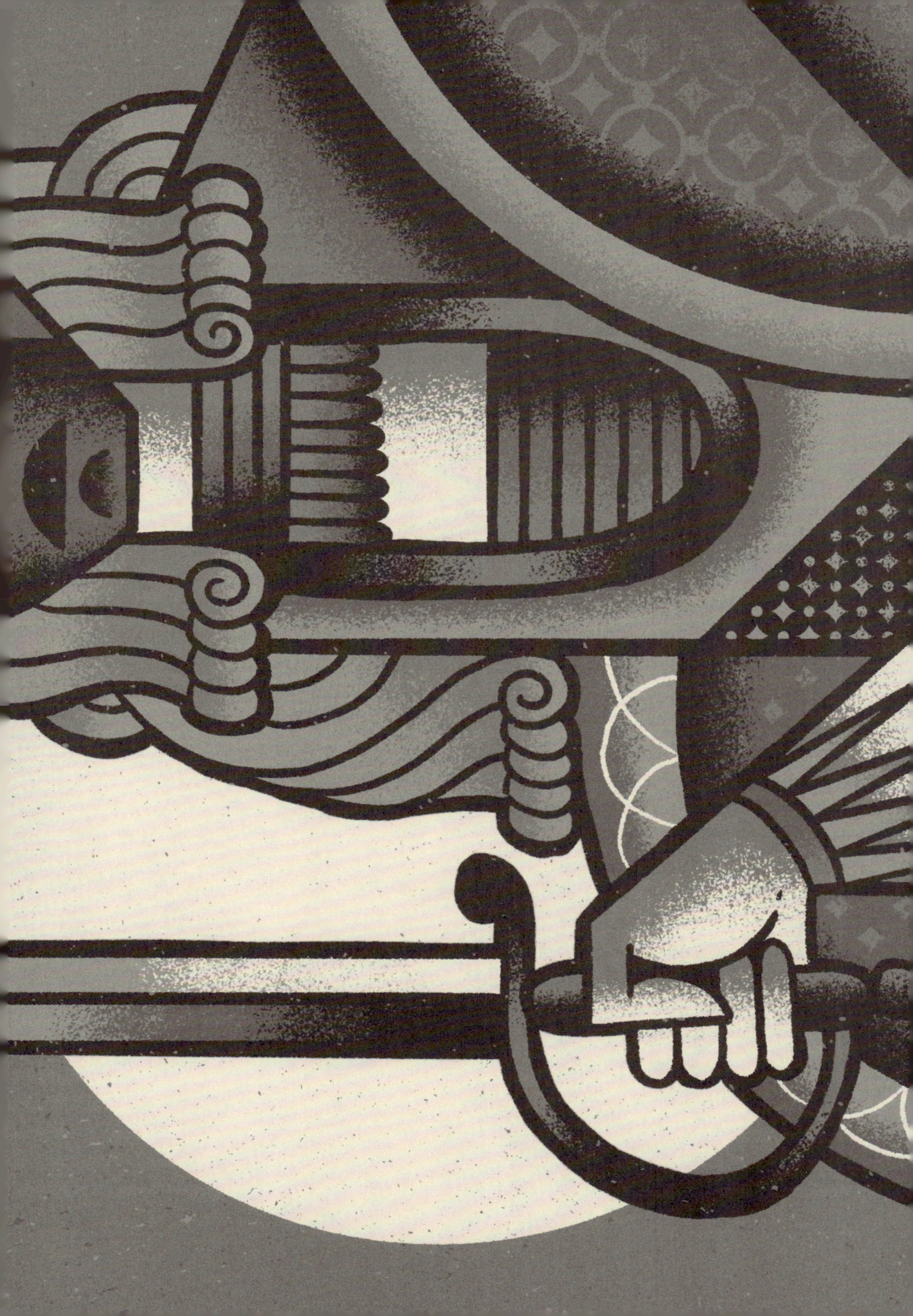

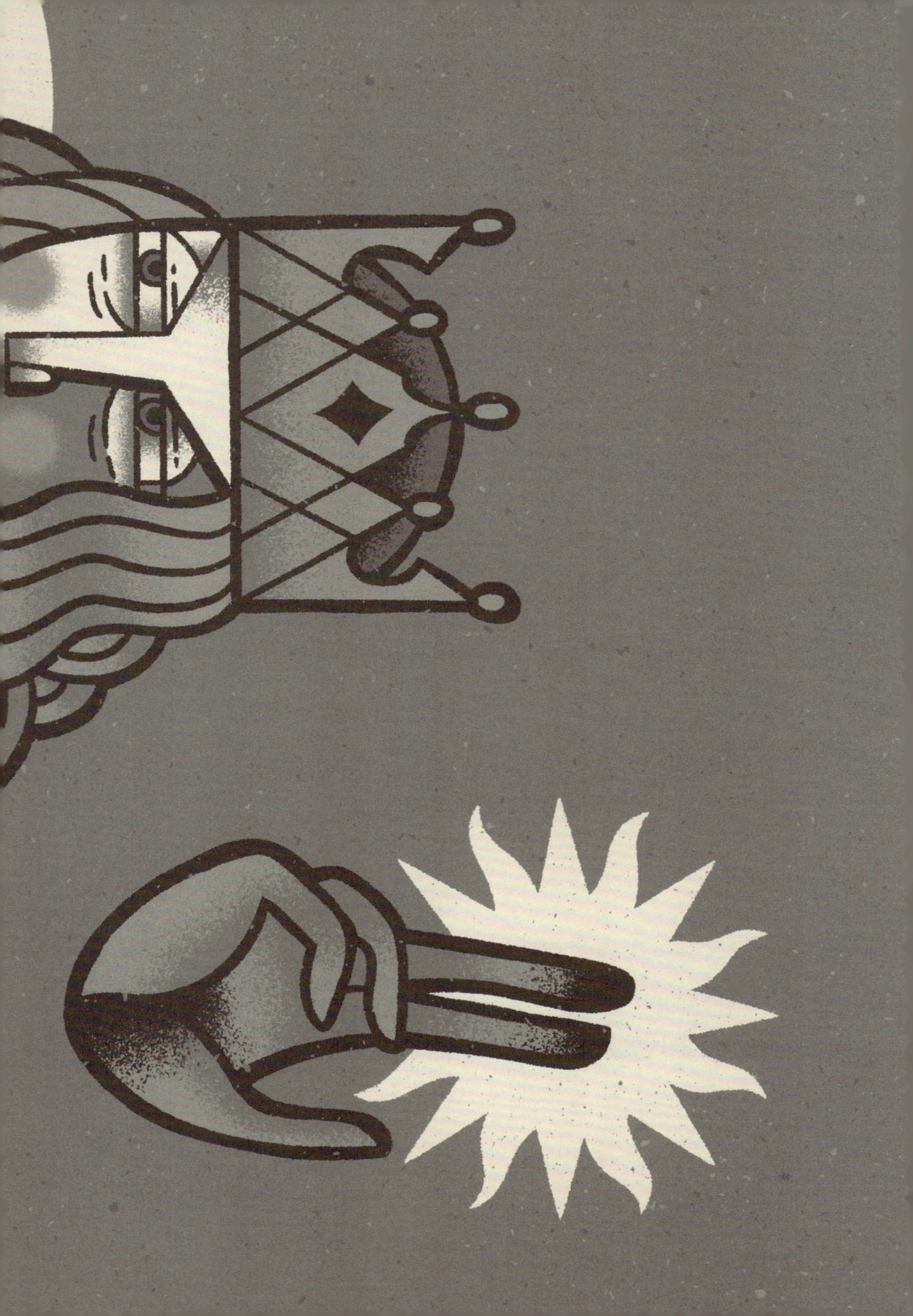

COROA E TIARA

ARAMIS HAVIA DESCIDO antes do jovem e abriu a porta para ele. Viu-o pousar o pé no musgo com um estremecimento de todo o corpo e dar em torno da carruagem alguns passos vacilantes, quase cambaleantes. Dir-se-ia que o pobre prisioneiro estava mal habituado a caminhar na terra dos homens.

 O dia era 15 de agosto, por volta das onze horas da noite. Grandes nuvens que prenunciavam tempestade tinham invadido o céu e sob as suas dobras roubavam toda a luz e toda a perspectiva. As extremidades das aleias se destacavam da mata apenas por uma penumbra de um cinza opaco que depois de algum tempo de observação se tornava visível no meio da escuridão completa. Mas os perfumes que sobem da relva, os mais penetrantes e mais frescos exalados pela essência dos carvalhos, a atmosfera tépida e untuosa que pela primeira vez em muitos anos o envolvia completamente, a inefável alegria da liberdade em pleno campo, falavam uma linguagem tão sedutora para o príncipe que, apesar da sua reserva, quase dissimulação, diríamos, da qual tentamos dar uma ideia, ele se deixou tomar pela emoção e deu um suspiro de alegria.

 Pouco a pouco, ele ergueu a cabeça pesada e respirou as diferentes camadas de ar à medida que, carregadas de aromas, elas se ofereciam ao seu rosto radiante. Cruzando os braços no peito, como se para impedi-lo de explodir com a invasão dessa nova felicidade, aspirou deliciosamente esse ar misterioso que corre à noite sob o domo das altas florestas. O céu que ele contemplava, as águas que ouvia

Domo > teto de forma arredondada, abóbada ou cúpula.

sussurrar, as criaturas que via se agitar, isso não era a realidade? Aramis não era tolo de achar que neste mundo há outra coisa com que sonhar?

As imagens inebriantes da vida no campo, sem preocupações, sem temores e sem embaraços, esse oceano de dias sempre felizes que cintila incessantemente diante das imaginações jovens, eis a verdadeira isca com que se poderá prender um infeliz prisioneiro consumido pela pedra do cárcere, enfraquecido no ar tão raro da Bastilha. Tinha sido ela, lembramo-nos, que Aramis lhe havia apresentado ao lhe oferecer as mil pistolas que estavam na carruagem e o éden encantado que os desertos do Bas-Poitou escondiam dos olhos do mundo.

Eram essas as reflexões de Aramis enquanto seguia, com ansiedade impossível de descrever, a marcha silenciosa das alegrias de Filipe, que ele via penetrar gradualmente nas profundezas da sua meditação.

Com efeito, o jovem príncipe, absorto, tinha apenas os pés na terra, e sua alma, que voara até os pés de Deus, lhe suplicava um raio de luz para essa hesitação da qual devia sair a sua morte ou a sua vida.

Esse momento foi terrível para o bispo de Vannes. Ele ainda não havia estado na presença de uma infelicidade tão grande. Sua alma de aço, acostumada a se lançar na vida entre obstáculos sem solidez, não se achando jamais inferior nem vencida, iria fracassar num plano tão amplo por não ter previsto a influência de algumas folhas de árvores regadas com alguns litros de ar?

Preso no mesmo lugar pela angústia da dúvida, Aramis contemplou a agonia dolorosa de Filipe, que sustentava sua luta contra os dois anjos misteriosos. Esse suplício durou os dez minutos que o jovem havia pedido. Durante essa eternidade, Filipe não parou de contemplar o céu com um olhar suplicante, triste e humilde. Aramis não parou de fitar Filipe com um olhar ávido, inflamado, devorador.

De repente, a cabeça do jovem se inclinou. Seu pensamento voltou a descer para a terra. Seu olhar endureceu, a testa se franziu, a boca armou-se de uma coragem bravia;

depois esse olhar voltou a se fixar, mas desta vez refletia a chama dos esplendores mundanos; desta vez se parecia com o olhar de Satanás na montanha quando passava em revista os reinos e os poderes da terra para com eles seduzir Jesus.

    O olhar de Aramis voltou a ser tão suave quanto fora sombrio. Então Filipe pegou a sua mão com um movimento rápido e nervoso:

— Vamos — disse ele —, vamos aonde está a coroa da França.

— É a sua decisão, meu príncipe? — perguntou Aramis.

— É a minha decisão.

— Irrevogável?

Filipe não se dignou responder. Fitou com resolução o bispo, como se lhe perguntasse se era possível um homem recuar de algo que resolvera.

— Esses olhares são dardos de fogo que o caráter lima — disse Aramis inclinando-se sobre a mão de Filipe. — O senhor será grande, Monseigneur, eu respondo por isso.

— Retomemos, por favor, a conversa do ponto em que a interrompemos. Eu lhe tinha dito, me parece, que queria discutir com o senhor dois pontos: os perigos ou os obstáculos. Esse ponto foi resolvido. O outro são as condições que o senhor me coloca. É a sua vez de falar, senhor D'Herblay.

— As condições, meu príncipe?

— Sem dúvida. O senhor não me parou no caminho para uma bagatela dessa, e não me faria a ofensa de supor que eu o considero sem interesse no caso. Assim, sem rodeios e sem temor, revele-me todo o seu pensamento.

— Farei isso, Monseigneur. Quando for rei...

— Quando será isso?

— Amanhã à tarde; ou melhor: à noite.

— Explique-me como.

— Quando tiver feito uma pergunta a Vossa Alteza Real.

— Faça.

— Eu enviei para Vossa Alteza um homem dos meus, encarregado de lhe entregar um caderno de notas redigidas com segurança numa fina escrita, notas que permitiam a

Vossa Alteza conhecer a fundo todas as pessoas que compõem e comporão a sua corte.

— Eu li todas elas.

— Atentamente?

— Sei-as de cor.

— E as compreendeu? Perdão, é razoável eu perguntar isso ao pobre abandonado da Bastilha. Nem preciso dizer que dentro de oito dias não terei mais nada a pedir a uma inteligência como a sua, desfrutando a sua liberdade no exercício do pleno poder.

— Então me interrogue; quero ser o estudante a quem o sábio mestre manda repetir a lição combinada.

— Sobre a sua família, para começar, senhor.

— Minha mãe Ana da Áustria? Todas as mágoas, a sua triste doença. Ah, eu a conheço, eu a conheço!

— Seu segundo irmão? — perguntou Aramis inclinando-se.

— O senhor juntou às notas retratos tão maravilhosamente traçados, desenhados e pintados, que por essas pinturas eu reconheci as pessoas cujo caráter as notas me expuseram, seus costumes e sua história. O senhor meu irmão é um moreno bonito, de rosto pálido; não gosta da mulher, Henriqueta, de quem eu, eu, Luís XIV, gostei um pouco, de quem ainda gosto, embora ela tenha me feito chorar no dia em que quis expulsar a senhorita de La Vallière.

— Cuidado com os olhos da senhorita de La Vallière — disse Aramis. — Ela gosta sinceramente do rei atual. É difícil enganar os olhos de uma mulher que ama.

— Ela é loira, tem olhos azuis cuja ternura me revelará a sua identidade. Manca um pouco, escreve todo dia uma carta, cuja resposta eu mando pelo senhor de Saint-Aignan.

— E esse, o senhor conhece?

— Como se o visse, e sei os últimos versos que ele me fez, assim como os que compus em resposta aos dele.

— Muito bem. Os seus ministros, o senhor os conhece?

— Colbert, um rosto feio e sombrio, mas inteligente; cabelos caídos na testa, cabeça grande, pesada, cheia. Inimigo mortal do senhor Fouquet.

— Quanto a esse, não nos preocupemos.

— Não, porque fatalmente o senhor me pedirá para exilá-lo, não é mesmo?

Aramis, admirado, limitou-se a dizer:

— O senhor será muito grande.

— O senhor vê — acrescentou o príncipe — que eu sei a minha lição às mil maravilhas e, se Deus ajudar, e também o senhor, não vou errar nada.

— O senhor tem ainda um par de olhos que incomodam muito, Monseigneur.

— Sim, o capitão dos mosqueteiros, senhor D'Artagnan, seu amigo.

— Meu amigo, preciso dizer isso.

— Aquele que acompanhou La Vallière a Chaillot, que entregou Monck numa caixa ao rei Carlos II, que serviu tão bem minha mãe, a quem tanto deve, melhor dizendo, a quem tudo deve a coroa da França. O senhor também vai me pedir para exilá-lo?

— Jamais, Sire. D'Artagnan é um homem a quem, no devido momento, eu me encarrego de contar tudo, mas acautele-se, porque, se ele desconfiar de alguma coisa antes dessa conversa que teremos, o senhor ou eu seremos pegos ou mortos. É um homem corajoso e decidido.

— Estarei atento. Fale-me sobre o senhor Fouquet. O que o senhor quer fazer com ele?

— Mais um momento, por favor, Monseigneur. Perdão se eu pareço faltar ao respeito fazendo-lhe tantas perguntas.

— O seu dever é fazê-las, e é também o seu direito.

— Antes de passar para o senhor Fouquet, não me perdoaria se me esquecesse de outro amigo meu.

— O senhor Du Vallon, o hércules da França. Quanto a ele, a sua sorte está garantida.

— Não, não é dele que eu queria falar.

— Do conde de La Fère, então?

— E do filho dele, do filho de nós quatro.

— Esse rapaz que morre de amores pela senhorita de La Vallière, deslealmente arrebatada pelo meu irmão? Fique

---

Em 1662, a Louise de La Vallière (que tinha sido *crush* de Raoul, filho de Athos, lembra?) se desentendeu com o amante, o rei Luís XIV — que já tinha se engraçado com outra mulher. Então, a Lou, que era catolicona séria, fugiu pra um convento num lugar chamado **Chaillot**.

George **Monck** foi um político e militar inglês que teve papel fundamental na volta da monarquia por lá, na posse de novo de Carlos II na Inglaterra depois de um período republicano no século XVII. Mas na trama de Dumas tudo isso teria rolado por influência de D'Artagnan, que teria raptado Monck e o convencido a fazer um acordo com Carlos — o qual, naquela altura, estava exilado na França.

tranquilo, eu saberei recuperá-la para ele. Diga-me uma coisa, senhor D'Herblay: nós esquecemos as ofensas quando amamos? Perdoamos a mulher que nos traiu? Esse é um costume dos franceses? É uma das leis do coração humano?

— Um homem que ama profundamente, como Raoul de Bragelonne, acaba esquecendo o crime da sua amante; mas não sei se Raoul esquecerá.

— Farei o que puder. Isso é tudo o que o senhor queria me dizer sobre o seu amigo?

— É tudo.

— Agora tratemos do senhor Fouquet. O que o senhor espera que eu faça dele?

— Superintendente, como foi até agora, por favor.

— Sim, mas hoje ele é primeiro-ministro.

— Não exatamente.

— Um rei ignorante e embaraçado como eu serei vai precisar muito de um primeiro-ministro.

— Vossa Majestade precisará de um amigo.

— Só tenho um, que é o senhor.

— Mais tarde o senhor terá outros; nunca tão dedicados, nunca tão zelosos da sua glória.

— O senhor será meu primeiro-ministro.

— Não imediatamente, Monseigneur. Isso despertaria muitas suspeitas e muita estranheza.

— O senhor de Richelieu, primeiro-ministro da minha avó Maria de Médici, era apenas bispo de Luçon, como o senhor é bispo de Vannes.

— Vejo que Vossa Alteza Real aproveitou bem as minhas notas. Essa perspicácia milagrosa me enche de alegria.

— Eu sei que o senhor de Richelieu, pela proteção da rainha, tornou-se rapidamente cardeal.

— Será melhor — disse Aramis inclinando-se — eu me tornar primeiro-ministro somente depois que Vossa Alteza Real tiver me nomeado cardeal.

— O que acontecerá antes de dois meses, senhor D'Herblay. Mas isso é muito pouco. O senhor não me ofenderia se me pedisse mais e me afligiria limitando-se a isso.

— Sim, tenho outra coisa que espero do senhor.

— Diga, diga!

— O senhor Fouquet não ficará para sempre como superintendente; ele envelhecerá rapidamente. Gosta do prazer, o que hoje é compatível com o seu trabalho graças ao resto de juventude que ele tem. Mas essa juventude se sustenta até o primeiro desgosto ou a primeira doença que se abater sobre ele. Nós o pouparemos do desgosto, porque ele é um homem agradável e um nobre coração. Não poderemos livrá-lo da doença. Assim está decidido. Quando o senhor tiver pagado todas as dívidas do senhor Fouquet, recuperado as finanças da França, o senhor Fouquet poderá continuar sendo rei na sua corte de poetas e pintores; nós o teremos feito rico. Então, tornado primeiro-ministro de Vossa Alteza Real, eu poderei pensar nos meus interesses e nos do senhor.

O rapaz olhou para o seu interlocutor.

— O senhor de Richelieu, de quem nós falávamos — disse Aramis —, cometeu o grande erro de se atribuir a tarefa de governar a França sozinho. Deixou dois reis, o rei Luís XIII e ele, reinarem no mesmo trono, sendo que os poderia ter instalado mais comodamente em dois tronos diferentes.

— Em dois tronos? — indagou o jovem pensando.

— Sim — prosseguiu Aramis tranquilamente —, um cardeal primeiro-ministro da França, ajudado pelo favor e o apoio do rei muito cristão, um cardeal a quem o rei seu superior oferece seus tesouros, seu exército, seu conselho, esse homem faria um emprego duplamente deplorável desses recursos se os aplicasse somente à França. O senhor, por outro lado — acrescentou Aramis mergulhando fundo nos olhos de Filipe —, não será um rei como o seu pai: delicado, lento e cansado de tudo. O senhor será um rei que governará com a cabeça e a espada; não se cansará dos seus Estados: eu seria um empecilho a isso. Ora, a nossa amizade não deve nunca ser alterada, digo melhor, roçada, por um pensamento secreto. Eu lhe terei dado o trono da França; o senhor me dará o trono de São Pedro. Quando a sua mão real, firme e armada, tiver como mão gêmea a mão de um

Carlos V foi imperador do Sacro Império Romano-Germânico e rei da Espanha (onde ele era Carlos I) e, nessa condição, dominou grande parte da Europa no começo do século XVI. Seu território englobava o leste da França, Luxemburgo, Alemanha, Áustria, parte da Itália, Tchecoslováquia, Holanda, Bélgica, Hungria, Croácia, Polônia, o lado oeste da Ucrânia e, claro, a Espanha e toda a América espanhola, além de outros cantinhos pelo mundo afora.

Carlos Magno viveu entre 768 e 814 e foi o bambambã do Reino Franco, que deu origem à França de hoje. Com suas conquistas, formou um império que englobava a França, parte da Espanha, um pedaço da Alemanha e boa parte da Itália. Mais tarde, a parte alemã desses domínios foi chamada Sacro Império Romano-Germânico, um país que durou mil anos.

papa tal como eu serei, nem Carlos V, que possuiu dois terços do mundo, nem Carlos Magno, que o possuiu inteiro, chegarão à altura da sua cintura. Eu não tenho alianças, não faço juízos antecipados, não o lançaria nas perseguições dos hereges, não o lançaria nas guerras de família. Eu diria: Para nós dois o universo; para mim as almas, para Vossa Alteza os corpos. E, como vou morrer primeiro, o senhor ficará com a minha herança. O que acha desse plano, Monseigneur?

— Digo que o senhor me faz feliz e orgulhoso pelo simples fato de tê-lo compreendido. Senhor D'Herblay, o senhor será cardeal; cardeal, será meu primeiro-ministro. E, depois que me disser o que é preciso fazer para que o elejam papa, eu farei como o senhor me instruir. Peça-me garantias.

— Isso é dispensável. Eu nunca agirei se não for para Vossa Alteza Real ganhar alguma coisa. Jamais subirei sem tê-lo alçado ao patamar superior. Ficarei sempre longe o bastante para escapar à sua inveja e perto o bastante para manter o seu proveito e zelar pela sua amizade. Todos os contratos deste mundo se rompem porque os interesses que enfeixam tendem a pender para um único lado. Entre nós jamais será assim. Eu não preciso de garantias.

— Então... meu irmão... desaparecerá?

— Simplesmente. Nós o tiraremos da cama com a ajuda de um alçapão que cede à pressão de um dedo. Tendo dormido coroado, ele acordará cativo. Sozinho, o senhor comandará a partir desse momento, e não terá interesse mais caro que o de me conservar ao seu lado.

— Certo! Aperte a minha mão, senhor D'Herblay.

— Permita-me muito respeitosamente ajoelhar-me diante do senhor, Sire. Nós nos abraçaremos no dia em que na sua cabeça houver uma coroa e na minha, uma tiara.

— Abrace-me agora e seja mais que grande, mais que

hábil, mais que sublime gênio: seja bom para mim, seja meu pai.

Aramis esteve a ponto de se enternecer ao ouvir isso. Pareceu-lhe sentir no coração um movimento até então desconhecido. Mas essa impressão se desfez muito rapidamente.

"Seu pai!", pensou ele. "Sim, Santo Padre."

E eles voltaram à carruagem, que percorreu rapidamente a estrada para Vaux-le-Vicomte.

O CASTELO DE VAUX-LE-VICOMTE

O arquiteto barroco Louis de **Le Vau** é considerado um dos responsáveis pela criação do estilo Luís XIV quando, com um time de decoradores, escultores, jardineiros e pintores, deu uma repaginada total no Palácio de Versalhes. Entre outras obras suas de peso, se encontra também o grande castelo de Nicolas Fouquet, o Vaux-le-Vicomte. Já o André **Le Nôtre** ficou responsável pelos jardins da megamansão de Fouquet. A obra impressionou tanto o Luís XIV que o rei logo convidou o cara pra fazer os jardins do Palácio de Versalhes, e o resultado ficou mesmo de arrasar quarteirão. André fez outros trabalhos de peso em diversos pontos da Europa, e até hoje o seu estilo influencia novas criações em vários cantos do mundo. Quanto ao Charles **Le Brun**, já apareceu bastante na história e falamos dele numa outra nota, lá atrás.

Proverbial > muito conhecido, bem sabido.

O CASTELO DE VAUX-LE-VICOMTE, localizado a uma légua de Melun, foi construído por Fouquet em 1653. Na época não havia muito dinheiro na França. Mazarin tinha se apossado de tudo e Fouquet ia gastando o resto. Mas, como alguns homens têm os defeitos fecundos e os vícios úteis, Fouquet, ao semear os milhões nesse palácio, encontrou um meio de reunir três homens ilustres: Le Vau, arquiteto do edifício; Le Nôtre, paisagista dos jardins, e Le Brun, decorador do castelo.

Se o Castelo de Vaux tinha um defeito que poderíamos censurar, era o seu caráter grandioso e sua graciosa magnificência. Até hoje é proverbial fazer o cálculo da extensão do seu teto, cuja manutenção arruína as fortunas atualmente encolhidas, assim como toda a época.

Vaux-le-Vicomte, depois de transpormos um magnífico portal sustentado por cariátides, revela o seu edifício principal no vasto pátio de honra circundado por fossos profundos guarnecidos por um magnífico balaústre de pedra. Nada poderia ser mais nobre que a saliência na frontaria do meio, erguida sobre o seu patamar como um rei no trono, com quatro pavilhões em torno de si formando os ângulos, cujas imensas colunas jônicas se erguem majestosamente até o alto do prédio. Os frisos adornados de arabescos, os frontões que coroam as pilastras, dão riqueza e graça ao conjunto. Os muitos domos lhe conferem amplitude e majestade.

Essa residência, construída por um súdito, parece bem mais uma grande mansão real que as mansões reais com que Wolsey achava necessário presentear o rei, temendo a sua inveja.

Mas, se a magnificência e o bom gosto explodem num lugar especial desse palácio, se algo pode ser preferido à esplêndida disposição dos interiores, ao luxo das douraduras, à profusão de pinturas e estátuas, é o jardim, são os jardins de Vaux. Os repuxos, maravilhosos em 1653, são maravilhas ainda hoje; as cascatas eram admiradas por todos os reis e todos os príncipes; e quanto à famosa gruta, tema de tantos versos famosos, morada da ilustre ninfa de Vaux que Pellisson fez conversar com La Fontaine, seremos dispensados de descrever todas as suas belezas, pois não gostaríamos de suscitar críticas como as que fez Boileau:

> São apenas festões, são apenas astrágalos.
> ....
> E eu a custo me safo através do jardim.

Faremos como Despréaux: entraremos no jardim, que está com oito anos apenas e cujos cimos já soberbos se expandem avermelhando-se aos primeiros raios de sol. Le Nôtre cuidara de reduzir para o mecenas a espera do prazer: os viveiros tinham acelerado o crescimento das árvores, graças à cultura e aos eficazes estercos. Todas as árvores da vizinhança que pareciam promissoras eram arrancadas com as raízes e plantadas imediatamente no jardim. Fouquet podia muito bem dispor das árvores para enfeitar o seu jardim, pois para ampliá-lo tinha comprado três aldeias com tudo o que havia nelas.

Thomas **Wolsey** nasceu em 1475 e trinta e poucos anos depois estava numa carreira meteórica rumo ao poder na Inglaterra de Henrique VIII. O cara foi assumindo cada vez mais importância no governo e surfou na crista da onda até surgir o problema da anulação do casamento do rei. Wolsey não conseguiu convencer o papa a anular aquele matrimônio e aí a relação dele com Henrique foi de mal a pior. Dentre seus vários casarões, o Hampton Court Palace foi dado de presente pro rei quando o seu prestígio estava indo pelas cucuias. Henrique adorou o mimo, mas nem por isso liberou a barra do ex-amigo.

Douraduras é quando se reveste qualquer coisa de dourado.

Nicolas **Boileau**-Despréaux foi um poeta e crítico literário de respeito. No seu livro *L'Art poétique*, ele revisita um livro (que vai ser citado já, já no texto) de autoria de Scudéry. No seu *A arte poética*, Boileau critica a descrição sem fim que Scudéry faz desse e de outros castelos — Alexandre Dumas jura que não vai fazer o mesmo com a gente, os seus leitores.

O **astrágalo** é um detalhe da arquitetura das pilastras, lá no topo.

O senhor de Scudéry disse sobre esse palácio que para regar o seu jardim o senhor Fouquet tinha dividido um rio em mil fontes e reunido mil fontes em torrentes. Esse senhor de Scudéry disse em sua *Clélie* muitas outras coisas sobre o Palácio de Valterre, cujos prazeres ele descreve minuciosamente. Seremos mais sensatos enviando a Vaux os leitores curiosos do que se os enviarmos a *Clélie*. Entretanto há tantas léguas de Paris até Vaux quanto há volumes em *Clélie*.

Essa esplêndida casa estava pronta para receber "o maior rei do mundo". Os muitos amigos do senhor Fouquet tinham transportado para lá seus atores e cenários, suas equipes de escultores e pintores, e ainda suas penas delicadamente aparadas. Tencionava-se fazer muito improviso.

As cascatas, pouco dóceis embora ninfas, faziam jorrar uma água mais brilhante que o cristal; espalhavam sobre os tritões e as nereidas de bronze jorros espumantes que se irisavam ao fogo do sol.

Um exército de servidores corria aos pelotões nos pátios e nos vastos corredores, enquanto Fouquet, que só havia chegado de manhã, passeava calmo e previdente para dar as últimas ordens, depois que seus intendentes tinham passado tudo em revista.

Como já dissemos, o dia era 15 de agosto. O sol descia verticalmente sobre os ombros dos deuses de mármore e bronze, esquentava a água das conchas e amadurecia nos pomares os magníficos pêssegos dos quais cinquenta anos depois o rei sentia saudade, pois em Marly, nos seus jardins que tinham custado à França o dobro do que custaram em Vaux, não havia boas espécies, o que fez o grande rei dizer para alguém: "O senhor é muito jovem para ter comido os pêssegos do senhor Fouquet".

Esse senhor é, na verdade, uma senhora, a Madeleine de **Scudéry**, que foi uma escritora francesa superlida no século XVII, mas que costumava publicar seus livros usando o nome do seu irmão Georges de Scudéry. Entre as obras de Madeleine, há um looongo romance chamado *Clélie*, que fala das pessoas da sua época e do seu meio, mas usando como despiste um enredo e um cenário tipo Roma Antiga. A obra tem no total dez volumes!

Na obra de Madeleine, Fouquet aparece com o nome de Cléomine, o Castelo de Vaux ganha o nome de Castelo de **Valterre** — e é descrito por páginas e páginas no último livro da coleção.

Um **tritão** é uma espécie de sereia da mitologia grega, mas masculina — a parte de cima é homem e a de baixo é cauda de peixe. É também um semideus. Já as **nereidas** são criaturas da mesma mitologia que vivem no fundo do mar. Dizem que elas ajudam os marinheiros a se dar bem. Aqui, ambos são estátuas que fazem parte da belezura luxuosa do castelo.

Anos mais tarde, Luís XIV mandou erguer um castelinho mimoso pra ele, o **Marly**-le-Roi. A novidade ficava a apenas 7 quilômetros de distância do Palácio de Versalhes e funcionava como casa de descanso do rei. O jardim desse endereço, no entanto, não dava frutas tão boas quanto as de Vaux, e o rei mandou arrancar as árvores de lá pra trazer pra Marly.

Ó lembrança!, ó trombetas da fama!, ó glória deste mundo! Aquele que era um grande conhecedor do mérito, aquele que tinha ficado com a herança de Nicolas Fouquet, aquele que lhe roubara Le Nôtre e Le Brun, aquele que o mandara para uma prisão do Estado onde ele passaria o resto da vida, essa pessoa somente se lembrava dos pêssegos do inimigo vencido, sufocado, esquecido! Em vão Fouquet jogou trinta milhões nos seus lagos, nos cadinhos dos seus escultores, nos escritórios dos seus poetas, nas carteiras dos seus pintores; ele acreditou em vão que com isso seria lembrado. Um pêssego maduro, vermelho e carnudo entre os losangos de uma grade, sob as línguas verdejantes das folhas pontiagudas, essa porção de matéria vegetal que um arganaz roeria indiferente, seria suficiente para o grande rei ressuscitar na sua memória a sombra lamentável do último superintendente da França.

O **arganaz** é um roedor de pequeno porte e até que bonitinho (mais charmoso que uma ratazana).

Claro que Aramis tinha distribuído a massa de criados e cuidara de mandar guardar as entradas e preparar os aposentos. Fouquet ocupava-se apenas do conjunto. Aqui, Gourville lhe mostrava as disposições dos fogos de artifício; ali, Molière o conduzia até o teatro; e enfim, depois de ter visitado a capela, os salões, as galerias, Fouquet voltou a descer, esgotado, quando viu Aramis na escada. O prelado lhe fez um sinal.

O superintendente se reuniu ao amigo e este o fez parar diante de um grande quadro que mal acabara de ser concluído. Esgrimindo-se diante da tela, o pintor Le Brun, coberto de suor, sujo de tinta, pálido de cansaço e de inspiração, lançava rápido os últimos toques do seu pincel. Era o retrato do rei que se aguardava, com a roupa de gala que Percerin tinha condescendido em mostrar antecipadamente ao bispo de Vannes.

Fouquet se postou diante do quadro, cuja figura parecia estar viva, na sua carne fresca e no seu calor úmido. Ele observou a imagem, calculou o trabalho, admirou e, não encontrando outra recompensa digna desse trabalho de Hércules, passou os braços pelo pescoço do pintor e abraçou-o. O senhor superintendente acabava de estragar um traje de mil pistolas, mas tinha tranquilizado Le Brun.

Foi um belo momento para o artista, foi um momento doloroso para o senhor Percerin, que, também ele, andava atrás de Fouquet e admirava na pintura de Le Brun a roupa que fizera para Sua Majestade: um objeto de arte, dizia ele, que só tinha equivalente no guarda-roupa do senhor superintendente.

Sua dor e suas exclamações foram interrompidas pelo sinal dado do alto da casa. Mais além de Melun, na planície já nua, os sentinelas de Vaux tinham visto o cortejo do rei e das rainhas: Sua Majestade entrava em Melun com uma longa fila de carruagens e cavaleiros.

— Dentro de uma hora — disse Aramis a Fouquet.

— Dentro de uma hora — repetiu este suspirando.

— E esse povo que se pergunta para que servem as festas reais — continuou o bispo de Vannes rindo do seu riso falso.

— Ai, ai. Eu, que não sou povo, também me pergunto.

— Vou lhe responder daqui a vinte e quatro horas, meu senhor. Fique com boa cara, porque é dia de alegria.

— Pois bem, acredite-me se quiser, D'Herblay — disse, expansivo, o superintendente apontando para o cortejo de Luís no horizonte. — Ele não gosta nada de mim, eu não gosto muito dele, mas quando ele se aproxima de minha casa não sei o que acontece que...

— Então? O quê?

— Pois bem, depois que ele se aproxima, ele é para mim mais sagrado, ele é para mim o rei, ele quase chega a ser caro para mim.

— Caro? Sim — disse Aramis brincando com a palavra do mesmo modo como mais tarde o abade Terray faria com Luís XV.

— Não ria, D'Herblay. Sinto que, se ele realmente quisesse, eu gostaria desse jovem.

— Não é a mim que o senhor precisa dizer isso — prosseguiu Aramis —, é ao senhor Colbert.

— Ao senhor Colbert?! — exclamou Fouquet. — Por quê?

Joseph-Marie **Terray** foi ministro da França durante os últimos anos do reinado de Luís XV e implantou uma reforma financeira que, dizem, se tivesse sido mantida pelo rei seguinte (o de número XVI), talvez poderia ter evitado a Revolução Francesa. Terray dizia que o rei era um querido (caro), mas também um sujeito gastador (caro).

— Porque, quando for superintendente, ele fará com que o senhor tenha uma pensão no cofrinho do rei.

Tendo lançado esse dardo, Aramis fez uma saudação.

— Aonde o senhor vai? — indagou Fouquet, com expressão sombria.

— Para os meus aposentos. Vou me trocar, meu senhor.

— Onde é que está instalado, senhor D'Herblay?

— No quarto azul do segundo andar.

— O que fica acima do quarto do rei?

— Exatamente.

— Que sujeição será para o senhor! Condenar-se a não se deslocar!

— Durante a noite, meu senhor, eu durmo ou leio na cama.

— E o seu pessoal?

— Ah, tenho comigo apenas uma pessoa.

— Tão pouco!

— Meu leitor é o bastante. Adeus, meu senhor. Não se canse demais. Conserve-se bem para a chegada do rei.

— Vamos vê-lo? Veremos o nosso amigo Du Vallon?

— Eu o instalei perto de mim. Ele está se trocando.

E Fouquet, fazendo um cumprimento com a cabeça e sorrindo, passou como um general que visita postos avançados quando lhe assinalam um inimigo.

> Gente importante tinha isso: uma **pessoa que lia** pra eles em voz alta.

O VINHO DE MELUN

O REI TINHA ENTRADO EM MELUN com a intenção de somente atravessar a cidade. O jovem monarca estava ávido de prazer. Durante toda a viagem ele vira La Vallière apenas duas vezes e, adivinhando que só poderia falar com ela à noite, nos jardins, depois da cerimônia, tinha pressa de se instalar nos seus aposentos em Vaux. Mas não contava com o seu capitão dos mosqueteiros nem com o senhor Colbert.

Da mesma forma que Calipso não podia se conformar com a partida de Ulisses, o nosso gascão não podia se conformar com o fato de não ter adivinhado por que Aramis havia pedido a Percerin que lhe mostrasse as roupas novas do rei.

— De qualquer maneira — disse aquele espírito inflexível na sua lógica —, o bispo de Vannes, meu amigo, fez isso pensando em alguma coisa.

E muito inutilmente ele dava tratos à bola.

D'Artagnan, que tanta familiaridade tinha com todas as intrigas da corte, D'Artagnan, que conhecia a situação de Fouquet melhor que o próprio Fouquet, havia concebido as suspeitas mais estranhas quando lhe anunciaram aquela festa que teria arruinado um homem rico e que se tornava um feito impossível, insensato, para um homem arruinado. Além disso, a presença de Aramis, vindo de Belle-Île e nomeado organizador-geral pelo senhor Fouquet, sua ingerência perseverante em todas as questões do superintendente, as visitas do senhor de Vannes a Baisemeaux, todas essas

---

Na *Odisseia* de Homero, Ulisses naufraga e vai parar na ilha onde **Calipso** mora sozinha. Ela fica doida por ele e oferece ao cara a imortalidade se eles se casarem. Calipso mantém Ulisses lá por sete anos e, quando ele vai-se embora, ela não aguenta o tranco, não se conforma, e morre de tristeza.

coisas obscuras vinham atormentando profundamente D'Artagnan havia algumas semanas.

"Com homens da têmpera de Aramis", dizia ele para si próprio, "só se é mais forte com a espada na mão. Enquanto Aramis era homem de guerra havia a esperança de vencê-lo. Depois que sobre a couraça pôs uma estola, no entanto, estamos perdidos. Mas o que é que Aramis quer?"

E D'Artagnan pensava.

"O que me importa, afinal de contas, se ele só quer derrubar o senhor Colbert?... Que outra coisa ele pode querer?"

D'Artagnan coçava a testa, essa terra fértil de onde a relha das suas unhas havia escavado tantas ideias bonitas e boas.

Ele teve a ideia de se reunir com o senhor Colbert, mas a amizade, o juramento feito, o ligavam demais a Aramis. E ele recuou. Além do mais, ele detestava o financista.

Quis se abrir com o rei. Mas o rei não entenderia nada das suas suspeitas, que de realidade não tinham nem mesmo uma sombra.

Então resolveu se dirigir diretamente a Aramis na primeira vez em que o visse.

"Vou falar com ele diretamente, bruscamente", disse o mosqueteiro para si mesmo. "Porei a mão dele no coração e ele me dirá... O que ele me dirá? Sim, ele me dirá qualquer coisa, pois, diabo!, há alguma coisa ali!"

Mais tranquilo, D'Artagnan preparou-se para a viagem e tomou os cuidados necessários para que o pessoal da casa militar do rei, ainda muito pouco considerável, fosse, nas suas proporções medíocres, bem comandado e devidamente remunerado. O resultado dessas tentativas do capitão foi que, quando chegou à entrada de Melun, o rei se pôs à frente dos mosqueteiros, dos seus guardas suíços e de um pequeno destacamento de guardas franceses. Era praticamente um pequeno exército. O senhor Colbert olhava com muita alegria os homens de espada. Ele queria um aumento de um terço no número deles.

Depois que Aramis virou religioso, vestiu um item clássico do uniforme dos religiosos: a **estola**, que é uma faixa de seda em volta do pescoço que cai até os joelhos. **Couraça** é armadura, mas, como os mosqueteiros não usavam todo aquele metal em cima do corpo, serve para significar o traje de militar.

Relha > parte do arado que fura a terra, que faz os sulcos.

Brie é uma região da França, onde fica Melun. Essa área é famosa hoje pela produção do queijo brie, que é dividido em dois tipos oficiais: o brie de Meaux e o brie de Melun.

Surriada é uma chuva de tiros, mas também uma tirada de onda, gozação pra cima de alguém.

Peroração > parte final do discurso, arenga, discurso chato.

Um **ataque de apoplexia** é uma hemorragia súbita no cérebro, um AVC, que pode causar paralisia repentina, desmaio e até coma ou morte.

— Por quê? — perguntou o rei.

— Para homenagear mais o senhor Fouquet — respondeu Colbert.

"Para arruiná-lo mais rapidamente", pensou D'Artagnan.

O exército chegou a Melun. As chaves da cidade foram entregues ao rei pelos notáveis da cidade, que também o convidaram a entrar na prefeitura para tomar o vinho de honra.

O rei, que esperava passar rapidamente pela cidade e chegar logo a Vaux, enrubesceu de contrariedade.

— Quem foi o tonto que me causou esse atraso? — grunhiu ele entre dentes enquanto o senhor magistrado discursava.

— Não fui eu — replicou D'Artagnan —, mas acho que foi o senhor Colbert.

Tendo ouvido o seu nome, Colbert perguntou:

— O que o senhor D'Artagnan deseja?

— Desejo saber se foi o senhor que mandou convidarem o rei para tomar o vinho de Brie.

— Sim, senhor, fui eu.

— Então é ao senhor que o rei deu um nome.

— Qual, senhor?

— Não sei bem... espere... imbecil... não, não... tolo, tolo, estúpido, foi o que Sua Majestade disse sobre o responsável por essa prova do vinho de Melun.

Depois dessa surriada, D'Artagnan acariciou tranquilamente o seu cavalo. A cabeçorra do senhor Colbert parecia ter se dilatado.

Vendo como a cólera o enfeava, D'Artagnan não se deteve no meio do caminho. O orador continuava a sua peroração e o rei ia ficando visivelmente vermelho.

— Diabo! — disse, fleumático, o mosqueteiro. — O rei vai sofrer um ataque apoplético. De onde lhe veio essa ideia, senhor Colbert? O senhor não tem possibilidade de êxito.

— Senhor — disse o financista empertigando-se —, o que me inspirou foi o meu zelo pelo serviço do rei.

— Ora!

— Senhor, Melun é uma cidade, uma boa cidade que paga bem e que é inútil desagradar.

— Está vendo? Eu, que não sou financista, tinha visto só uma ideia na sua ideia.

— Qual, senhor?

— A de arreliar um pouco o senhor Fouquet, que se esfalfa nos torreões de Vaux à nossa espera.

> **Arreliar >** fazer passar raiva, irritar.
>
> **Esfalfar >** exaurir, cansar.

O golpe foi preciso e rude. Colbert ficou desconcertado. Retirou-se de orelhas murchas. Felizmente o discurso havia acabado. O rei bebeu e depois todos retomaram o avanço pela cidade.

O rei se atormentava, pois estava chegando a noite e toda a esperança de passeio com La Vallière ia desaparecendo.

Para entrar na casa do rei em Vaux restavam ainda quatro horas, pelo menos, em virtude das muitas ordens a serem recebidas pelo caminho. Assim, o rei, fervendo de impaciência, pedia pressa, para chegar antes da noite. Mas no momento de reiniciarem a viagem surgiram as dificuldades.

— O rei não vai dormir em Melun? — cochichou Colbert para D'Artagnan.

O senhor Colbert estava com péssima inspiração naquele dia, para dirigir-se assim ao chefe dos mosqueteiros. Este havia adivinhado que o rei não desejava ficar ali. D'Artagnan queria que ele entrasse em Vaux bem acompanhado, com toda a sua escolta. Por outro lado, sentia que os atrasos irritavam aquele caráter impaciente. Como conciliar as duas dificuldades? D'Artagnan repetiu para o rei as palavras ditas por Colbert.

— Sire — disse ele —, o senhor Colbert pergunta se Vossa Majestade não irá dormir em Melun.

— Dormir em Melun! E por que eu faria isso?! — exclamou Luís XIV. — Dormir em Melun! Quem pensaria nisso, diabo, sendo que o senhor Fouquet está nos esperando à noite?

— Sire — retomou energicamente Colbert —, foi o temor de atrasar Vossa Majestade, que, segundo a etiqueta, não pode entrar em outro lugar fora a sua moradia antes que os alojamentos tenham sido marcados pelo seu furriel e a guarnição tenha sido distribuída.

> **Furriel** é o posto militar das forças armadas de alguns países. No Brasil, existiu até o século XIX. Na França daquela época, era o encarregado da logística.

D'Artagnan ouvia com atenção, mordendo o bigode.

As rainhas também ouviam. Estavam cansadas; queriam dormir; e, sobretudo, impedir o rei de passear à noite com a senhora de Saint-Aignan e as damas. Pois, se a etiqueta trancava em casa as princesas, as damas de honra, depois de terem se desincumbido das suas tarefas, tinham toda a liberdade de passear.

Percebe-se que todos esses interesses acumulando-se em vapores deviam produzir nuvens, e as nuvens uma tempestade. O rei não tinha bigode para morder: mascava avidamente o cabo do seu chicote. Como sair daquela situação? D'Artagnan tinha o olhar tranquilo e Colbert denotava irritação. Sobre quem ele iria despejar a sua fúria?

— Vamos consultar a rainha — disse Luís XIV saudando as damas.

E esse gesto elegante penetrou no coração de Maria Teresa, que era boa e generosa, e que, deixada ao seu livre-arbítrio, respondeu respeitosamente:

— Farei sempre com prazer a vontade do rei.

— Quanto tempo levaremos para chegar a Vaux? — indagou Ana da Áustria escandindo todas as sílabas e apoiando a mão no peito dolorido.

— Uma hora para as carruagens de Vossas Majestades — disse D'Artagnan —, passando por paisagens muito bonitas.

O rei olhou para ele.

— Um quarto de hora para o rei — apressou-se a acrescentar.

— Chegaremos de dia? — perguntou Luís XIV.

— Mas os alojamentos da casa militar — objetou suavemente Colbert — farão o rei perder todo o tempo ganho na viagem, por mais rápido que ele seja.

"Sua besta quadrada!", pensou D'Artagnan. "Se tivesse interesse em acabar com o seu crédito, eu faria isso em dez minutos."

— No lugar do rei — acrescentou ele, em voz alta —, apresentando-me na moradia do senhor Fouquet, que é um homem gentil, eu deixaria minha casa e iria como amigo; entraria somente com o meu capitão de guardas, e assim seria mais nobre e mais sagrado.

A alegria brilhou nos olhos do rei.

— Eis um bom conselho, senhoras — disse ele. — Vamos à casa de um amigo como amigo. Vão com calma, os que vão nas carruagens, e nós, senhores, em frente!

E levou atrás de si todos os cavaleiros.

Colbert ocultou o carão carrancudo atrás do pescoço do seu cavalo.

"Ficarei livre", disse D'Artagnan para si, enquanto galopava, "para conversar já esta noite com Aramis. E de resto o senhor Fouquet é um bom homem. Diabo!, eu falei, é preciso acreditar."

E foi assim que, mais ou menos às sete horas da noite, sem trompetas e sem guardas avançadas, sem batedores nem mosqueteiros, o rei se apresentou diante da grade de Vaux, onde Fouquet, avisado, esperava fazia meia hora, de cabeça descoberta, no meio de sua casa e dos seus amigos.

NÉCTAR E AMBROSIA

Néctar e ambrosia eram a bebida e a comida dos deuses da mitologia grega — hoje, a gente usa essas duas palavras para dizer que um goró ou um rango é divino, maravilhoso. Segundo a lenda, lá no monte Olimpo, onde os deuses viviam, todo dia umas pombas faziam o *delivery* desses dois itens, fonte da eternidade da turma. Se um deles ficasse sem tomar ou comer aquilo por um tempo, sua força ia devagarinho pelo ralo afora (ou adentro).

Estribo é a peça de apoio para o pé, para subir e descer do cavalo.

Feérico > fantástico, mágico, deslumbrante

O SENHOR FOUQUET segurou o estribo do rei, que, pondo um pé no chão, se ergueu graciosamente e ainda mais graciosamente estendeu a mão, que Fouquet, apesar de um leve esforço do rei, levou respeitosamente aos lábios.

O rei quis esperar no primeiro pátio a chegada das carruagens. Não esperou muito tempo. A estrada tinha sido verificada por ordem do superintendente. Desde Melun até Vaux não se encontrou uma única pedra do tamanho de um ovo. Assim, as carruagens, rodando como sobre um tapete, sem solavancos nem cansaço, levaram todas as senhoras e chegaram às oito horas. A senhora superintendente as recebeu, e no momento em que elas apareceram, uma luz viva como a do dia jorrou de todas as árvores, de todos os vasos, de todos os mármores. Esse encantamento durou até Suas Majestades se perderem no interior do palácio.

Todas essas maravilhas que o cronista amontoou ou, melhor, conservou na sua narrativa, arriscando rivalizar com um romancista, esses esplendores da noite vencida, da natureza corrigida, de todos os prazeres, de todos os luxos combinados para a satisfação dos sentidos e do espírito, Fouquet os ofereceu realmente ao seu rei, naquele refúgio encantado que outro soberano na Europa não poderia se orgulhar de ter igual.

Não falaremos do grande festim que reuniu Suas Majestades, não falaremos dos concertos nem das metamorfoses feéricas. Vamos nos contentar em pintar o rosto do rei, que, a princípio alegre, aberto, feliz, não demorou a ficar sombrio, constrangido, irritado. Ele se lembrava da sua casa e do seu luxo pobre, que não passava de utensílio da realeza, sem ser propriedade do homem-rei. Os grandes vasos do Louvre, os móveis antigos e a baixela de Henrique II, de Francisco I, de Luís XI eram apenas monumentos históricos. Eram apenas objetos artísticos, um refúgio do ofício real. Na casa de Fouquet, o valor estava no trabalho assim como na matéria. Fouquet comia num ouro que seus artistas tinham fundido e cinzelado para ele. Fouquet tomava vinhos cujo nome o rei da França nunca vira; tomava-os numa taça mais preciosa que toda a adega real.

> **Baixela** é o conjunto de utensílios de mesa, como pratos, travessas, molheiras, sopeiras etc.

E o que dizer das salas, das tapeçarias, dos quadros, dos servidores, dos criados de toda espécie? O que dizer da orientação do serviço, em que a etiqueta era substituída pela ordem, a formalidade era trocada pelo bem-estar, o prazer e a satisfação do convidado tornavam-se a lei suprema para todos os que obedeciam ao anfitrião?

> Vamos inverter a ordem aqui pra ficar mais cronológico. Do **Luís XI** já falamos, lembra? Foi aquele que colocou ponto-final na Guerra dos Cem Anos, travada entre franceses e ingleses. O **Francisco I** teve o trono de 1515 a 1547 e ficou famoso por ser um excelente patrono das artes e por ter, de certa forma, organizado a língua francesa. Ele foi substituído por **Henrique II**, seu filho, que reinou entre 1547 a 1559. Os livros de história dizem que esse Henrique foi um administrador competente.

Aquele enxame de pessoas que trabalhavam silenciosamente, a multidão de convidados — menos numerosos, no entanto, que os serviçais —, a profusão de iguarias, de vasos de ouro e de prata, aquelas ondas de luz, a abundância de flores desconhecidas, das quais as estufas deviam ter sido privadas por julgarem que ali elas estavam em excesso, pois sua beleza era ainda viçosa, aquele todo harmonioso, que era apenas o prelúdio da festa prometida, deslumbrou todos os assistentes, que testemunharam sua admiração repetidas vezes, não pela voz ou pelo gesto, mas pelo silêncio e pela atenção, as duas linguagens do cortesão que não respeita mais o freio do seu senhor.

Quanto ao rei, seus olhos incharam; ele não ousou mais olhar para a rainha. Ana da Áustria, sempre superior em orgulho a qualquer criatura, esmagou seu anfitrião pelo desprezo que votava a tudo o que lhe era servido.

Juno é uma deusa da mitologia romana. Representada por um pavão, porta um escudo e uma lança, prontinha pra batalha. Era a equivalente da Hera da mitologia grega.

Juno era casada com **Júpiter**, o deus máximo da mitologia romana — o equivalente a Zeus da mitologia grega. Ele é identificado com a águia e costuma aparecer com relâmpagos nas mãos. Ter **amuos**, por sua vez, é o mesmo que ficar chateado, emburrado ou... amuado!

Dizem que a rainha adorava comer biscoitos tipo aqueles *biscotti* italianos meio duros molhando as delícias num copo de **vinho**. No caso aqui, a bebida era da cidade de **Sanlúcar** de Barrameda, que fica na Espanha, à beira-mar, e que produz um tradicional xerez conhecido como Manzanilla.

A rainha jovem, boa e ávida de vida, louvou Fouquet, comeu com muito apetite e quis saber o nome de muitas frutas que apareceram na mesa. Fouquet respondia que ignorava esses nomes. As frutas saíam das suas reservas, muitas vezes ele mesmo as havia cultivado, sendo na verdade um conhecedor de agronomia exótica. O rei notou a delicadeza, que o fez sentir-se ainda mais humilhado. Ele achava a rainha um pouco vulgar e Ana da Áustria um pouco Juno. Cuidava apenas de se conservar frio, no limite do extremo desdém ou da simples admiração.

Mas Fouquet havia previsto isso, pois era um desses homens que tudo preveem.

O rei tinha declarado expressamente que, enquanto estivesse na casa do senhor Fouquet, desejava não submeter as suas refeições à etiqueta, o que incluía jantar com todo o mundo; mas graças aos cuidados do superintendente o jantar do rei era servido à parte, se assim se pode dizer, no meio da mesa geral. Esse jantar, maravilhoso pelo seu cardápio, oferecia tudo de que o rei gostava, tudo o que normalmente ele escolhia. Luís não tinha desculpas, ele, o maior glutão do seu reino, para dizer que não tinha fome.

O senhor Fouquet fez até melhor: embora instalado num lugar à mesa para obedecer à ordem do rei, levantou-se quando as sopas foram servidas e começou, ele próprio, a servir o rei, enquanto a senhora superintendente se mantinha atrás da cadeira da rainha-mãe. O desdém de Juno e os amuos de Júpiter nada puderam contra esse excesso de agrados. A rainha-mãe comeu um biscoito com vinho de Sanlúcar e o rei comeu de tudo, dizendo ao senhor Fouquet:

— É impossível, senhor superintendente, um jantar melhor.

O que levou toda a corte a começar a se banquetear com tal entusiasmo que parecia uma nuvem de gafanhotos do Egito abatendo-se sobre o centeio verde.

Isso não impediu que, depois de saciado, o rei ficasse triste: triste em relação ao bom humor que ele julgara dever manifestar, triste sobretudo pela satisfação que seus cortesãos tinham demonstrado para com Fouquet.

D'Artagnan, que comia bem, e bebia ainda melhor sem que isso se notasse, não perdeu um prato, o que não o impediu de fazer um grande número de observações importantes.

Terminado o jantar, o rei não queria perder o passeio. O jardim estava iluminado. A lua, como se seguisse ordens do senhor de Vaux, prateava as árvores e os lagos com seus diamantes e seu fósforo. Sentia-se um suave frescor. As aleias sombreadas tinham uma areia tão macia que os pés eram acariciados. A festa foi completa, pois o rei, encontrando a senhorita de La Vallière numa volta do jardim, pôde apertar a sua mão e dizer "Eu a amo" sem que ninguém ouvisse, com exceção do senhor D'Artagnan, que ia logo atrás dele, e do senhor Fouquet, que ia logo à frente.

A noite de encantamento seguia. O rei perguntou pelo seu quarto. Imediatamente tudo se pôs em movimento. As rainhas se dirigiram aos seus aposentos ao som de tiorbas e flautas. Ao subir a grande escada externa o rei encontrou os seus mosqueteiros, que o senhor Fouquet mandara virem de Melun e convidara para jantar.

D'Artagnan perdeu toda a desconfiança. Estava cansado e tinha jantado bem; queria, uma vez na vida, desfrutar uma festa na casa de um verdadeiro rei.

— O senhor Fouquet — disse ele — é o meu homem.

O rei foi conduzido com grande cerimônia até o quarto de Morfeu, sobre o qual precisamos dizer umas poucas palavras aos leitores. Era o quarto maior e mais bonito do palácio. Le Brun tinha pintado na cúpula os sonhos felizes e os sonhos tristes que Morfeu suscita nos reis como nos homens. O pintor havia enriquecido seus afrescos com tudo o que o sono gera de gracioso, tudo o que ele verte de mel e de perfumes, de flores e de néctar, de voluptuosidades ou de repouso dos sentidos. Era uma composição tão suave numa parte quanto sinistra e terrível na outra. Taças que derramam veneno, o ferro que brilha sobre a cabeça

A **tiorba** é tipo um alaúde gigante — tem um braço longo, que pode dar bem o tamanho de uma pessoa adulta em pé. Seu som é mais pro grave e bem bonito.

Um dos deuses da vasta coleção que os gregos cultivavam e que é relacionado aos sonhos e ao sono. Quando alguém diz "caí nos braços de **Morfeu**", está dizendo que dormiu bem.

Afresco > técnica de pintura em que a obra é pintada em cima de uma superfície de gesso que ainda está molhado.

de quem está ali dormindo, feiticeiras e fantasmas com máscaras horrendas, penumbras mais aterrorizantes que a chama ou a noite profunda, tudo isso ele havia feito acompanhar seus graciosos quadros.

O rei, tendo entrado naquele quarto magnífico, teve um calafrio. Fouquet perguntou o porquê dessa reação.

— Estou com sono — replicou Luís, muito pálido.

— Vossa Majestade quer que chame os seus criados imediatamente?

— Não. Só preciso conversar com algumas pessoas — disse o rei. — Avise o senhor Colbert.

Fouquet inclinou-se e saiu.

PARA GASCÃO, GASCÃO E MEIO

D'ARTAGNAN NÃO TINHA PERDIDO TEMPO; isso não estava entre os seus hábitos. Depois de se informar sobre Aramis, ele havia corrido para encontrá-lo. Mas Aramis se retirara para o seu quarto assim que o rei entrara em Vaux e pensava sem dúvida em oferecer mais uma atração prazenteira para Sua Majestade.

D'Artagnan se fez anunciar e encontrou no segundo pavimento, num belo quarto que por causa das suas tapeçarias chamavam "o quarto azul", o bispo de Vannes na companhia de Porthos e de vários epicurianos modernos.

Aramis foi abraçar o amigo, oferecer-lhe a melhor poltrona, e, como viram que o mosqueteiro se retraía, sem dúvida a fim de conversar reservadamente com Aramis, os epicurianos se retiraram.

Porthos não se mexeu. Na verdade, tendo jantado muito, dormia na sua poltrona. A conversa não foi perturbada por esse terceiro cavalheiro. Porthos tinha um ronco harmonioso, e podia-se falar tendo como fundo essa espécie de baixo como se fosse uma melopeia antiga.

Melopeia > fundo musical que acompanha um poema.

D'Artagnan sentiu que lhe cabia começar a conversa. O compromisso que tinha ido buscar era rude; assim, abordou diretamente a questão.

— Muito bem, então estamos em Vaux — disse ele.
— Sim, D'Artagnan. Você gosta deste lugar?
— Muito, e também gosto do senhor Fouquet.
— Ele é mesmo encantador.
— Impossível ser mais que ele.

— Comenta-se que o rei começou malhando-o com ferro frio e acabou abrandando-se.

— Então você não viu, já que diz "comenta-se"?

— Não, eu estava ocupado com esses senhores que acabam de sair, o pessoal da apresentação teatral e do torneio de amanhã.

— Ah, sim! Você é organizador das festas daqui?

— Como você sabe, eu sou amigo dos prazeres da imaginação; fui sempre, em qualquer lugar, um poeta.

— Eu me lembro dos seus versos. Eram encantadores.

— Eu não me lembro deles, mas gosto de conhecer os versos dos outros, quando os outros se chamam Molière, Pellisson, La Fontaine etc.

— Você sabe que ideia me ocorreu esta noite enquanto comia, Aramis?

— Não. Conte para mim, do contrário não a adivinharei. Você tem tantas ideias!

— Pois bem. A ideia que me ocorreu é que o verdadeiro rei da França não é Luís XIV.

— Hein?! — exclamou Aramis, com os olhos involuntariamente postos nos olhos do mosqueteiro.

— Não; é o senhor Fouquet.

Aramis respirou e sorriu.

— Você está como os outros: com inveja — disse ele. — Aposto que foi o senhor Colbert que disse essa frase.

Para amansar Aramis, D'Artagnan contou-lhe as desventuras de Colbert a propósito do vinho de Melun.

— Que tipo infame é esse Colbert! — disse Aramis.

— Palavra! É mesmo.

— Quando pensamos — acrescentou o bispo — que esse patife será o seu ministro dentro de quatro meses.

— Ora!

— E que você servirá a ele como a Richelieu, como a Mazarin.

— Como você serve a Fouquet — disse D'Artagnan.

— Com a diferença, meu caro amigo, de que o senhor Fouquet não é o senhor Colbert.

— É verdade.

E D'Artagnan fingiu se entristecer.

— Mas — prosseguiu ele um minuto depois — por que me diz que o senhor Colbert será ministro dentro de quatro meses?

— Porque o senhor Fouquet deixará de sê-lo — replicou Aramis.

— Você acha que ele vai se arruinar, não é mesmo? — disse D'Artagnan.

— Completamente.

— Então por que dar festas? — indagou o mosqueteiro, com um tom de benevolência tão natural que por um momento o bispo ficou sem ação. — Por que você não o dissuadiu disso?

Essa última parte da frase foi um excesso. Aramis voltou a desconfiar.

— É uma questão — disse ele — de comprazer ao rei.

— Arruinando-se.

— Arruinando-se por ele, sim.

— Que cálculo singular.

— A necessidade.

— Eu não a vejo, caro Aramis.

— Mas é! Você notou o antagonismo que começa a despontar no senhor Colbert?

— Ah, sim!

— E que o senhor Colbert pressiona o rei para que ele se desfaça do superintendente?

— Isso salta aos olhos.

— E que há um conluio contra o senhor Fouquet?

— Isso é notório.

— Que aparentemente o rei se coloca contra um homem que gastou tudo para agradar a ele?

— É verdade — disse pausadamente D'Artagnan, pouco convencido e querendo abordar um outro aspecto do tema da conversa.

— Há loucuras e loucuras — retomou D'Artagnan. — Eu não gosto de todas as que você faz.

— Quais?

— O jantar, o baile, o concerto, a comédia, os torneios, as cascatas, as fogueiras e os fogos de artifício, as iluminações e os presentes, muito bem, eu concordo com você; mas essas despesas de circunstância não são suficientes? Precisava...

— O quê?

— Precisava pôr tudo novo na casa inteira, por exemplo?

— Ah, é verdade. Eu disse isso ao senhor Fouquet; ele me respondeu que se fosse rico o bastante ofereceria ao rei um castelo todo novo, dos cata-ventos até as adegas; novo com tudo o que ele abriga, e que quando o rei fosse embora ele queimaria tudo para que nada servisse para outros.

— Está parecendo um legítimo espanhol!

— Eu disse isso a ele. E ele acrescentou: "Será meu inimigo aquele que me aconselhar a poupar".

— Isso é demência, eu lhe digo, assim como esse retrato.

— Que retrato? — perguntou Aramis.

— O do rei. A surpresa.

— A surpresa?

— Sim, para a qual você pegou amostras com Percerin.

D'Artagnan se calou. Ele havia lançado a flecha. Tratava-se apenas de medir o alcance dela.

— É uma amabilidade — respondeu Aramis.

D'Artagnan foi até o amigo, tomou-lhe as duas mãos e lhe disse, olhando-o nos olhos:

— Aramis, você ainda gosta um pouco de mim?

— Se eu gosto de você!

— Bom, então por favor: por que pegou com Percerin amostras da roupa do rei?

— Venha comigo perguntar para o pobre Le Brun, que trabalhou lá em cima durante dois dias e duas noites.

— Aramis, todo o mundo acha que essa é a verdade, mas para mim...

— D'Artagnan, você está me surpreendendo!

— Seja bom para mim. Diga-me a verdade: você não iria querer que me acontecesse algo desagradável, não é mesmo?

— Caro amigo, você está se tornando incompreensível. Que diabo de desconfiança é essa?

— Você acredita nos meus instintos? Antes acreditava. Muito bem! Um instinto me diz que você está escondendo um projeto.

— Eu? Um projeto!

— Não posso garantir.

— Céus!

— Eu não posso garantir, mas juraria que sim.

— Muito bem! D'Artagnan, você me dá pena. Se eu tenho um projeto que preciso esconder de você, eu o esconderei, não é? Se tenho um que preciso revelar a você, já teria feito isso.

— Não, Aramis, não; alguns projetos só se revelam nos momentos favoráveis.

— Então, meu bom amigo — tornou o bispo rindo —, é que o momento favorável ainda não aconteceu.

D'Artagnan balançou a cabeça, melancólico.

— Amizade, amizade! — disse ele —, palavra vã! Eis aqui um homem que, se eu lhe pedisse, se deixaria esquartejar por mim.

— É verdade — disse nobremente Aramis.

— E esse homem que me daria todo o sangue das veias não abrirá para mim um cantinho do seu coração. A amizade, eu repito, não passa de uma sombra e um engodo, como tudo o que brilha no mundo.

— Não fale assim da nossa amizade — protestou o bispo, com firmeza e convicção. — Ela não é do gênero dessas de que você fala.

— Olhe para nós, Aramis. De nós quatro, três estão aqui. Você me engana, eu desconfio de você e Porthos dorme. Que belo trio de amigos, não é mesmo? Bela relíquia!

— Só posso lhe dizer uma coisa, D'Artagnan, e isso eu lhe afirmo com a mão sobre a Bíblia: gosto de você como no passado. Se alguma vez desconfio de você é por causa dos outros, não por sua ou minha causa. Em tudo o que eu fizer e que der certo você encontrará a sua parte. Prometa-me o mesmo favor, vamos!

— Talvez seja ilusão minha, Aramis, mas as suas palavras, no momento em que as pronuncia, estão cheias de generosidade.

— É possível.

— Você conspira contra o senhor Colbert. Se não é assim, diabo!, diga o que é. Eu tenho o instrumento, arranco o dente.

Aramis não pôde apagar um sorriso de desdém, que perpassou pelo seu rosto nobre.

— E, se eu conspirasse contra Colbert, onde estaria o mal?

— É pouco demais para você, e não foi para derrubar Colbert que você pediu amostras para Percerin. Ah, Aramis, nós não somos inimigos, somos irmãos. Diga-me o que quer fazer, e, palavra de D'Artagnan, se não puder ajudá-lo eu juro que ficarei neutro.

— Não quero fazer nada — disse Aramis.

— Aramis, uma voz me fala, ela esclarece as coisas para mim. Essa voz nunca me enganou. Você quer mal ao rei.

— Ao rei? — exclamou o bispo simulando descontentamento.

— A sua fisionomia não me convencerá. Ao rei, repito.

— Você me ajudará? — perguntou Aramis, sempre com a ironia do seu riso.

— Aramis, eu farei mais que ajudá-lo, farei mais que ficar neutro; eu o salvarei.

— Você está louco, D'Artagnan.

— Sou o mais ajuizado de nós dois.

— Desconfiar que eu quero assassinar o rei!

— Quem foi que disse isso? — perguntou o mosqueteiro.

— Escute, vamos nos entender: eu não vejo o que se pode fazer para um rei legítimo como o nosso, se não for assassinato.

D'Artagnan não contestou.

— Então você está com os seus guardas e os seus mosqueteiros aqui — disse o bispo.

— Sim, estou.

— Você não está em casa do senhor Fouquet, está em sua casa.

— Sim, estou.

— Você acha que agora é Colbert que aconselha o rei contra Fouquet, tudo o que você talvez gostaria de aconselhar, se não fosse por mim.

— Aramis! Aramis!, por favor, uma palavra de amigo.

— A palavra dos amigos é a verdade. Se eu penso em encostar o dedo no filho de Ana da Áustria, o verdadeiro rei deste país; se não tenho a firme intenção de me prostrar diante do seu trono; se nas minhas ideias, amanhã, aqui em Vaux, não deve ser o mais glorioso dos dias do meu rei, que um raio me aniquile. Seria justo.

Aramis havia pronunciado essas palavras com o rosto voltado para a alcova do seu quarto. D'Artagnan, que inclusive estava de costas para a alcova, não podia suspeitar que ali havia uma pessoa escondida. A unção daquelas palavras, sua lentidão estudada, a solenidade da declaração, deram ao mosqueteiro a mais plena satisfação. Ele tomou as mãos de Aramis e apertou-as cordialmente.

Aramis havia suportado as censuras sem empalidecer, mas enrubesceu ao ouvir os elogios. D'Artagnan equivocado o honrava, D'Artagnan confiante o envergonhava.

— Você está indo embora? — indagou ele abraçando o amigo para esconder o rubor.

— Sim, minha obrigação me chama. Preciso pegar a palavra de ordem desta noite.

— Onde é que você vai dormir?

— Na antecâmara do rei, me parece. Mas e Porthos?

— Leve-o; pois o ronco dele é como um canhão.

— Ah... ele não está no mesmo quarto que você? — indagou D'Artagnan.

— De modo algum. Ele tem um quarto não sei onde.

— Muito bem — disse o mosqueteiro, a quem essa separação dos dois afastava as últimas suspeitas.

E ele tocou bruscamente o ombro de Porthos. Este respondeu com o rosto vermelho:

— Venha! — disse D'Artagnan.

— Ah, D'Artagnan, caro amigo! Que coincidência! Não! É verdade, eu estou na festa de Vaux.

— Com a sua bela roupa.

— Foi gentil da parte do senhor Coquelin de Volière, não é mesmo?

— Chhh! — fez Aramis. — Do jeito que você está andando, vai acabar afundando o piso.

— É verdade — disse o mosqueteiro. — Este quarto fica em cima do domo.

— E eu não fiquei com ele para usá-lo como sala de esgrima — acrescentou o bispo. — O quarto do rei tem por teto as doçuras do sono. Não esqueça que o meu piso é a cobertura deste teto. Boa noite, meus amigos; dentro de dez minutos estarei dormindo.

E Aramis os conduziu, rindo carinhosamente. Quando eles já estavam fora, depois de rapidamente fechar os ferrolhos e tampar as fendas das janelas, ele chamou:

— Monseigneur! Monseigneur!

Filipe saiu da alcova empurrando uma porta corrediça colocada atrás da cama.

— O senhor D'Artagnan está bastante desconfiado — disse ele.

— Ah, então o senhor reconheceu D'Artagnan?

— Mesmo antes de o senhor pronunciar o nome dele.

— É o seu capitão dos mosqueteiros.

— Ele é muito dedicado a *mim* — observou Filipe enfatizando o pronome pessoal.

— Fiel como um cachorro, e às vezes morde. Se D'Artagnan não o reconhecer antes que o *outro* tenha desaparecido, conte com esse homem para toda a eternidade; pois, se nada viu, ele conservará a sua fidelidade. Se viu tarde demais, ele é gascão e nunca irá admitir que se enganou.

— Eu achei isso. E agora o que faremos?

— Vossa Alteza Real ficará no seu posto de observação para ver, quando o rei for se deitar, como isso se faz com cerimônia.

— Muito bem. Onde é que vou ficar?

— Sente-se neste banco. Vou fazer o chão deslizar. O senhor vai olhar por essa abertura, que se encaixa nas janelas falsas existentes no domo do quarto do rei. Está vendo?

— Estou vendo o rei.

E Filipe estremeceu como se tivesse visto o inimigo.

— O que é que ele está fazendo?

— Quer que um homem se sente perto dele.

— O senhor Fouquet?

— Não, não é ele. Espere...

— As notas, meu príncipe. Os retratos!

— O homem que o rei quer que se sente diante dele é o senhor Colbert.

— Colbert diante do rei! — exclamou Aramis. — Isso é impossível!

— Olhe.

Aramis mergulhou o olhar na fenda do piso.

— Sim — disse ele —, é Colbert. Ah, Monseigneur, o que iremos ouvir, e o que vai resultar dessa intimidade?

— Nada de bom para o senhor Fouquet, quanto a isso não há dúvida.

O príncipe não se enganava. Vimos que Luís XIV tinha mandado avisar Colbert e que este havia chegado. A conversa entre eles começou com um dos mais altos favores que o rei jamais havia concedido. É verdade que o rei estava sozinho com seu súdito.

— Colbert, sente-se.

Transbordante de alegria, o intendente, que temia ser demitido, recusou essa insigne honra.

Insigne > ilustre.

— Ele aceitou? — quis saber Aramis.

— Não. Continua em pé.

— Vamos escutar, meu príncipe.

O futuro rei e o futuro papa escutaram avidamente aqueles simples mortais que estavam sob os seus pés e que eles poderiam esmagar, se quisessem.

— Colbert — disse o rei —, hoje o senhor me contrariou muito.

— Sire... eu sabia.

— Muito bem! Gosto dessa resposta. Se o senhor sabia, precisou de coragem para fazer o que fez.

— Corria o risco de contrariar Vossa Majestade, mas também corria o risco de esconder-lhe o seu verdadeiro interesse.

— Qual? O senhor temia algo para mim?

— No mínimo uma indigestão, Sire — disse Colbert —, pois só se oferecem ao seu rei semelhantes festins para sufocá-lo sob o peso da boa comida.

E, tendo lançado esse comentário grosseiro, Colbert ficou esperando deliciado o seu efeito. Luís XIV, o homem

275

mais vaidoso e mais melindroso do seu reino, perdoou a Colbert esse outro gracejo.

— De fato — disse ele —, o senhor Fouquet me deu uma refeição boa demais. Diga-me, Colbert, onde é que ele arranja todo o dinheiro necessário para arcar com essas enormes despesas? O senhor sabe?

— Sim, eu sei, Sire.

— Então me dê uma ideia da questão.

— Facilmente, até o último vintém.

— Eu sei que o senhor é preciso em suas contas.

— Essa é a primeira qualidade que se deve exigir de um intendente de finanças.

— Nem todos a têm.

— Eu agradeço a Vossa Majestade um elogio tão lisonjeiro partindo do senhor.

— Então o senhor Fouquet é rico, muito rico, e isso, senhor, todo o mundo sabe.

— Todo o mundo, tanto os vivos quanto os mortos.

— O que quer dizer com isso, senhor Colbert?

— Os vivos veem a riqueza do senhor Fouquet, admiram um resultado e o aplaudem; mas os mortos, que sabem mais que nós, conhecem as causas e acusam.

— Muito bem! O senhor Fouquet deve a sua riqueza a que causas?

— O ofício de intendente favorece frequentemente quem o exerce.

— O senhor deve me falar mais confidencialmente; não tema nada, pois nós estamos absolutamente sozinhos.

— Eu não temo nada, jamais, sob a égide da minha consciência e sob a proteção do meu rei, Sire.

E Colbert se inclinou.

— Então os mortos, se falassem...

— Às vezes eles falam, Sire. Leia.

— Ah — murmurou Aramis na orelha do príncipe, que, ao seu lado, escutava sem perder uma única sílaba —, uma vez que Vossa Alteza Real está aqui para aprender o seu ofício de rei, escute uma infâmia verdadeiramente real. Será uma cena que só pode ser concebida e execu-

A **égide** era o escudo da deusa grega Palas Atena. Significa algo que protege.

tada por Deus ou então pelo diabo. Escute bem; isto lhe será proveitoso.

O príncipe redobrou a atenção e viu Luís XIV pegar na mão de Colbert uma carta que este lhe estendera.

— A letra do finado cardeal! — disse o rei.

— Vossa Majestade tem boa memória — replicou Colbert inclinando-se —, reconhecer uma letra à primeira vista é uma aptidão maravilhosa para um rei que se propõe a trabalhar.

O rei leu uma carta de Mazarin, que não apresentaria nada de novo se a reproduzíssemos aqui.

— Não entendo direito — disse o rei, vivamente interessado.

— Vossa Majestade ainda não tem o hábito das contas da intendência.

— Vejo que se trata de dinheiro que foi dado ao senhor Fouquet.

— Treze milhões! Uma bela soma!

— Sim, mas... Esses treze milhões faltaram no total das contas? É isso que eu não entendo muito bem, como disse. Por que e como esse déficit seria possível?

— Possível eu não digo; real, eu digo.

— O senhor diz que estão faltando treze milhões nas contas?

— Não sou eu que digo, é o registro.

— E essa carta do senhor de Mazarin indica o emprego dessa soma e o nome do depositário?

— Como Vossa Majestade pode julgar por si mesmo.

— Sim, de fato. E o resultado é que o senhor Fouquet ainda não teria devolvido os treze milhões.

— Isso se conclui do exame das contas. Sim, Sire.

— Muito bem! E então?

— Muito bem! Então, Sire, se o senhor Fouquet não devolveu os treze milhões, isso significa que ele se apropriou desse dinheiro, e treze milhões são quatro vezes e um pouco mais que a despesa e magnificência que Vossa Majestade não pôde fazer em Fontainebleau; ali foram gastos apenas três milhões no total, se o senhor se lembra.

Para um desajeitado, foi uma perversidade muito jeitosa invocar essa lembrança da festa em que o rei tinha, graças a uma palavra de Fouquet, percebido pela primeira vez a sua própria inferioridade. Colbert recebia em Vaux o que Fouquet lhe havia feito em Fontainebleau, e, como bom homem de finanças, tivera lucro nessa devolução. Depois de com isso inclinar a seu favor a disposição de espírito do rei, Colbert não tinha muita coisa a fazer. Ele sentiu que o rei ficara soturno. Então, esperou a primeira palavra dele com tanta impaciência quanto Filipe e Aramis, no alto do observatório onde estavam.

— O senhor sabe o que resulta de tudo isso, senhor Colbert? — disse o rei, depois de pensar um pouco.

— Não, Sire, não sei.

— É que o fato da apropriação dos treze milhões, se for provado...

— Mas foi.

— Quero dizer: se for declarado, senhor Colbert.

— Acho que será declarado a partir de amanhã, se Vossa Majestade...

— ... não estivesse em casa do senhor Fouquet — completou o rei com muita dignidade.

— O rei está em sua própria casa em qualquer lugar, Sire, e sobretudo nas casas pagas com o dinheiro dele.

— Acho — sussurrou Filipe para Aramis — que o arquiteto que construiu este domo, imaginando o uso que se faria dele, deveria ter previsto a possibilidade de retirá-lo, para se poder jogá-lo na cabeça dos tratantes que têm um caráter tão terrível quanto esse senhor Colbert.

— Eu também pensei nisso — disse Aramis —, mas o senhor Colbert está muito perto do rei neste momento.

— É verdade, isso provocaria uma sucessão.

— Da qual o senhor seu irmão mais novo colheria todos os frutos, senhor. Vamos ficar quietos e continuar a escutar.

— Não escutaremos por muito tempo — disse o jovem príncipe.

— Por quê, Monseigneur?

— Porque, se eu fosse rei, não responderia mais nada.

— E faria o quê?

— Esperaria até amanhã de manhã para refletir.

Luís XIV ergueu enfim os olhos e, encontrando Colbert atento à espera da sua primeira palavra, disse mudando bruscamente a conversa:

— Senhor Colbert, vejo que está tarde. Vou dormir.

— Ah! — exclamou Colbert —, eu gostaria...

— Amanhã. Amanhã de manhã eu já terei tomado uma decisão.

— Muito bem, Sire — concluiu Colbert, transtornado, embora contendo-se na presença do rei.

O rei fez um gesto e o intendente dirigiu-se à porta sem lhe dar as costas.

— Meus criados! — gritou o rei.

Os criados do rei entraram no quarto.

Filipe fez menção de deixar seu posto de observação.

— Um momento — disse-lhe Aramis, com sua brandura habitual. — O que acabou de se passar não é mais que um detalhe, e amanhã nós não nos preocuparemos mais com isso. Mas o serviço da noite, a etiqueta que o rei segue ao preparar-se para dormir, ah, meu senhor, isso sim é importante. Aprenda, aprenda como ir para a cama, Sire. Observe bem.

COLBERT

A HISTÓRIA NOS DIRÁ, ou melhor: a história nos mostrou os acontecimentos do dia seguinte, as festas esplêndidas dadas pelo superintendente ao rei. Dois grandes escritores mostraram a grande disputa que ali aconteceu entre a Cascata e o Fio-d'Água, a luta travada entre A Fonte da Coroa e os Animais, para saber qual deles mais agradava. Assim, houve no dia seguinte diversões e alegria; e houve passeio, banquete, comédia; comédia na qual, para sua grande surpresa, Porthos reconheceu o senhor Coquelin de Volière fazendo parte da "farsa de *Os importunos*". Era assim que o senhor de Bracieux de Pierrefonds chamava o entreato.

La Fontaine sem dúvida não pensava assim, pois escreveu ao seu amigo senhor Maucroix:

> François de **Maucroix** foi advogado, poeta e tradutor de Platão, Demóstenes e outros pesos-pesados do grego e do latim. Foi também um influenciador de La Fontaine (e vice-versa). No entanto, a relação deles era mais profissional do que de amizade verdadeira. Maucroix era defensor de Mazarin na treta das Frondas e apadrinhado de Nicolas Fouquet.

De Molière, a pecinha exemplar.
A todos por certo vai agradar.
A corte inteira está se derretendo.
De ver como o seu nome vai correndo,
Deve ter transposto o Mediterrâneo.
É o meu eleito e não tem sucedâneo.

Percebe-se que La Fontaine aproveitou a advertência de Pellisson e cuidou bem das rimas.

De resto, Porthos era da mesma opinião que La Fontaine, e teria dito como ele: "Por Deus, esse Molière é o meu eleito! Mas somente por causa das roupas". Quanto ao teatro, já dissemos, para o senhor de Bracieux de Pierrefonds, Molière não passava de um *farsante*.

> **Farsante**, aqui, é quem escreve farsas, peças cômicas de teatro que usam e abusam de personagens e situações exageradas.

Preocupado com a cena da véspera, mas acalmando o veneno derramado por Colbert, o rei, durante todo o dia tão brilhante, tão acidentado, tão imprevisto, em que todas as maravilhas das *Mil e uma noites* pareciam nascer sob os seus passos, o rei — dizíamos — se mostrou frio, reservado, taciturno. Nada podia alegrá-lo; parecia agitar-se na sua alma um profundo ressentimento vindo de longe, que crescera pouco a pouco, como a fonte se torna rio graças aos mil fios de água que o alimentam. Somente por volta do meio-dia ele começou a ter um pouco de serenidade. Sem dúvida, a sua resolução já fora tomada.

Aramis, que o seguia passo a passo, no seu pensamento tanto quanto no seu andar, concluiu que o acontecimento aguardado não se faria esperar.

Nesse dia, Colbert parecia estar em harmonia com o bispo de Vannes e, se tivesse recebido uma ordem de Aramis para cada espinho que fincou no coração do rei, seu ataque não teria sido melhor.

Durante todo o dia, o rei, que sem dúvida precisava afastar um pensamento sombrio, pareceu procurar a companhia da senhorita de La Vallière com o mesmo empenho que empregava em evitar a do senhor Colbert ou a do senhor Fouquet.

Anoiteceu. O rei pretendia passear somente depois do jogo. Assim, entre o jantar e o passeio, jogou-se. O rei ganhou mil pistolas, e ao ganhá-las colocou-as na bolsa e se levantou dizendo: "Vamos, senhores, ao jardim".

No jardim, ele encontrou as damas. O rei tinha ganhado mil pistolas e as guardara na bolsa, como dissemos. Mas o senhor Fouquet conseguira perder dez mil, e assim, entre os cortesãos, havia ainda cento e noventa mil libras de benefício, circunstância que fazia dos rostos dos cortesãos e dos criados da casa real os mais alegres da terra.

Mas não se podia dizer o mesmo do rosto do rei, no qual, apesar desse ganho a que ele não era insensível, permanecia sempre um farrapo de nuvem. No canto de uma aleia, Colbert o esperava. Sem dúvida, o intendente estava ali em virtude de um encontro marcado, pois Luís XIV, que o tinha evitado ou que dera a impressão de evitá-lo, lhe fizera um sinal e tinha se embrenhado com ele no jardim.

Mas La Vallière também notara o rosto sombrio e o olhar flamejante do rei; ela notara, e como nada do que havia latente naquela alma era impenetrável ao seu amor, compreendera que aquela cólera contida ameaçava alguém. Ela se postou no caminho da vingança como o anjo da misericórdia.

Muito triste, muito confusa, quase louca por ter ficado tanto tempo separada do seu amante, inquieta com a emoção interior que adivinhara, ela inicialmente se mostrou para o rei com um aspecto embaraçado, que no seu mau humor ele interpretou desfavoravelmente.

Então, como estavam sós ou quase sós, uma vez que Colbert, percebendo a jovem, tinha se detido e mantinha-se a dez passos de distância, o rei se aproximou de La Vallière e tomou-lhe a mão.

— Senhorita — disse-lhe ele —, posso sem ser indiscreto perguntar-lhe o que está acontecendo? Seu peito arqueja e seus olhos estão úmidos.

— Ah, Sire, se o meu peito arqueja e meus olhos estão úmidos, se, enfim, eu estou triste, é pela tristeza de Vossa Majestade.

— Minha tristeza? Ah, a senhorita percebe mal. Não é absolutamente tristeza o que eu sinto.

— Então o que o senhor sente, Sire?
— Humilhação.
— Humilhação? O que é que o senhor está dizendo?
— Digo, senhorita, que ninguém mais deveria ser o senhor no lugar onde eu estou. Pois bem, veja se diante do rei deste domínio eu não sou eclipsado. Ah! — prosseguiu ele entre dentes e contraindo os punhos. — Ah!... E quando eu penso que esse rei...

— E então? — indagou, assustada, La Vallière.

— Que esse rei é um servidor infiel, orgulhoso com o dinheiro que roubou de mim! Assim, vou transformar a festa desse ministro insolente num luto do qual a ninfa de Vaux, como dizem os seus poetas, conservará a lembrança por muito tempo.

— Ah, Majestade...

— Muito bem, a senhorita vai apoiar o senhor Fouquet? — disse Luís XIV, impaciente.

— Não, Sire, eu só lhe perguntaria se o senhor está bem informado. Vossa Majestade por mais de uma vez pôde saber o valor que têm as acusações da corte.

Luís XIV fez um sinal a Colbert para que se aproximasse.

— Fale, senhor Colbert — disse o jovem rei —, pois na verdade estou achando que a senhorita de La Vallière precisa da sua palavra para acreditar na palavra do rei. Conte para a senhorita o que o senhor Fouquet fez. E a senhorita por favor escute; não demorará muito.

Por que Luís XIV insistia assim? Por uma razão muito simples: seu coração não estava tranquilo, seu espírito não estava totalmente convencido. Ele pressentia uma intriga sombria, obscura, tortuosa, na história dos treze milhões, e queria que o coração puro de La Vallière, revoltado em face da ideia de um roubo, aprovasse com uma única palavra essa resolução que ele tomara e que todavia hesitava em concretizar.

— Fale, senhor — disse La Vallière para Colbert, que tinha se aproximado. — Fale, pois o rei quer que eu o escute. Vejamos, diga, qual é o crime do senhor Fouquet?

— Ah, nada muito grave, senhorita — disse o personagem funesto —, um simples abuso de confiança...

Funesto > sinistro, cruel.

— Diga, diga, Colbert, e quando tiver dito nos deixe e vá avisar ao senhor D'Artagnan que tenho ordens para lhe dar.

— Senhor D'Artagnan! — exclamou La Vallière. — E por que mandar avisar ao senhor D'Artagnan, Sire? Suplico-lhe que me diga.

— Ora essa! Para prender esse titã orgulhoso que, fiel à sua divisa, ameaça escalar o meu céu.

— Prender o senhor Fouquet, foi o que o senhor disse?

— Ah, isso a deixa pasma?

— Em casa dele?!

— E por que não? Se ele é culpado, é culpado em sua casa tanto quanto em qualquer outro lugar.

— O senhor Fouquet, que neste momento se arruína para honrar o seu rei?

— Parece-me na verdade que a senhorita está defendendo esse traidor.

Colbert começou a rir baixinho. O rei voltou-se ao ouvir o sibilo daquele riso.

— Sire — disse La Vallière —, não é o senhor Fouquet que eu defendo, é o senhor.

— Eu!... A senhorita está me defendendo?

— Sire, o senhor se desonra dando uma ordem assim.

— Eu me desonro? — murmurou o rei, pálido de raiva. — Na verdade, a senhorita está pondo uma estranha paixão no que diz.

— Eu ponho paixão não no que digo, Sire, mas em servir a Vossa Majestade — respondeu a nobre jovem. — Poria, se preciso fosse, a minha vida, e isso com a mesma paixão, Sire.

Colbert quis resmungar. Então La Vallière, meigo cordeiro, voltou-se para ele e com um olhar inflamado impôs-lhe silêncio.

— Senhor — disse ela —, quando o rei age bem, se o rei me prejudica, a mim ou aos meus, eu me calo; mas se o rei me serve, a mim ou aos que eu amo, agindo mal, eu lhe digo isso.

— Contudo me parece, senhorita — arriscou Colbert —, que também eu amo o rei.

— Sim, senhor, nós dois o amamos, cada um à sua maneira — replicou La Vallière com uma entonação tal que penetrou no coração do jovem rei. — Só que eu o amo com tanta intensidade que todos sabem disso, com tanta pureza que o próprio rei não duvida do meu amor. Ele é o meu rei e o meu senhor; eu sou sua humilde serva; mas se alguém atenta contra a honra dele atenta contra a minha vida. Ora, repito que desonrou o rei quem o aconselhou a prender o senhor Fouquet em sua casa.

Colbert baixou a cabeça, pois se sentia abandonado pelo rei. Entretanto, enquanto baixava a cabeça murmurou:

— Senhorita, eu só tenho uma palavra a dizer.

— Não a diga, senhor, pois essa palavra eu não a escutaria. O que me diria, aliás? Que o senhor Fouquet cometeu crimes? Eu sei disso, porque o rei falou; e, uma vez que o rei falou: "Eu acredito", não preciso que outra boca diga: "Eu afirmo". Mas, se o senhor Fouquet fosse o pior dos homens, eu diria em alto e bom som que o senhor Fouquet é sagrado para o rei, porque o rei é seu hóspede. Fosse a sua casa um antro de ladrões, fosse Vaux uma caverna de moedeiros falsos ou de bandidos, sua casa é santa, seu castelo é inviolável, pois abriga sua mulher e é um retiro que os carrascos não violarão.

Moedeiro > quem faz moeda.

La Vallière se calou. A despeito de si próprio, o rei a admirava; ele foi vencido pelo calor daquela voz, pela nobreza daquela causa. Colbert cedeu, derrotado pela desigualdade da luta. Enfim, o rei respirou, balançou a cabeça e estendeu a mão a La Vallière.

— Senhorita — disse ele amavelmente —, por que se opõe a mim? A senhorita sabe o que fará esse miserável se eu o deixar respirar?

— Ah, meu Deus, ele não é uma presa que estará sempre ao seu alcance?

— E se ele escapar, se fugir? — exclamou Colbert.

— Pois bem, senhor, será a glória eterna do rei ter deixado o senhor Fouquet fugir; e, quanto mais ele tiver sido culpado, maior será a glória do rei comparada a essa miséria, a essa vergonha.

Luís beijou a mão de La Vallière enquanto deslizava até os joelhos dela.

"Estou perdido", pensou Colbert. Então, de repente, o seu rosto se iluminou. "Ah, não, não! Ainda não", disse para si mesmo.

E, enquanto o rei, protegido por uma enorme tília, estreitava La Vallière com o ardor de um amor inefável, Colbert remexeu tranquilamente na sua carteira, de onde puxou um papel dobrado em forma de carta, um papel um pouco amarelado, talvez, mas que devia ser muito precioso, pois ao vê-lo ele sorriu. Depois, dirigiu seu olhar rancoroso para o encantador grupo que a jovem e o rei desenhavam na sombra, grupo que a luz de tochas se aproximando começava a iluminar.

Tília > árvore comum na Europa.

Luís viu o clarão das tochas se refletir na veste branca de La Vallière.

— Saia daqui, Louise — disse ele —, porque há gente vindo para cá.

— Senhorita, senhorita, estão chegando! — acrescentou Colbert, para apressar a partida da jovem.

Louise desapareceu rapidamente entre as árvores. Depois, quando o rei, que tinha se posto aos joelhos da moça, se levantava, Colbert avisou-o:

— Ah, a senhorita de La Vallière deixou cair alguma coisa.

— O quê? — perguntou o rei.

— Um papel, uma carta, alguma coisa branca. Ali, Sire.

O rei se abaixou rapidamente e pegou a carta, comprimindo-a entre seus dedos.

Nesse momento as tochas chegaram, inundando de luz aquela cena escura.

CIÚME

A LUZ VERDADEIRA, a diligência de todos, a nova aclamação feita ao rei por Fouquet, tudo isso levou à suspensão de uma resolução que La Vallière já havia abalado no coração de Luís XIV.

Ele olhou para Fouquet com uma espécie de reconhecimento por este ter fornecido a La Vallière a ocasião de se mostrar tão generosa, com um poder tão grande sobre o coração dele.

Era o momento das últimas maravilhas. Mal Fouquet havia conduzido o rei para o castelo, uma massa de fogo, aurora deslumbrante, que escapou do domo de Vaux com um estrondo majestoso, clareou até os menores detalhes dos canteiros.

Os fogos de artifício tinham começado. Colbert, a vinte passos do rei que os senhores de Vaux cercavam e festejavam, tentava com a obstinação do seu pensamento funesto conduzir a atenção de Luís para ideias que a magnificência do espetáculo afastava.

De repente, quando ia estender a mão para Fouquet, o rei sentiu nela o papel que, segundo as aparências, La Vallière deixara cair aos seus pés quando saiu fugindo.

O ímã mais forte do amor atraiu o jovem príncipe para a lembrança da amante.

Sob a luz dos fogos de crescente beleza e que provocavam gritos de admiração nas aldeias vizinhas, o rei leu o bilhete, que supunha ser uma carta de amor destinada a ele por La Vallière.

À medida que lia, a palidez subia ao seu rosto, e essa

Diligência > presteza, cuidado.

cólera surda iluminada pelos fogos de mil cores compunha um espetáculo terrível, ao qual todos teriam estremecido se cada um tivesse podido ler naquele coração devastado pelas paixões mais sinistras. Para ele, não havia mais trégua no ciúme e na raiva. A partir do momento em que descobriu a verdade sombria, tudo desapareceu: compaixão, bondade, a religião da hospitalidade.

Por muito pouco, na dor aguda que lhe torcia o coração ainda fraco demais para dissimular o seu sofrimento, por muito pouco ele não deu um grito de alarme e não chamou seus guardas para perto de si.

A carta* atirada aos seus pés por Colbert era a que desaparecera com o porteiro Tobie em Fontainebleau, depois da tentativa de Fouquet de conquistar o coração de La Vallière.

Fouquet via a palidez e não adivinhava qual seria o mal. Colbert via a cólera e se rejubilava com a aproximação da tempestade.

A voz de Fouquet tirou o jovem príncipe do seu devaneio enfurecido.

— O que está acontecendo, Sire? — perguntou atenciosamente o superintendente.

Luís fez um esforço sobre si mesmo, um violento esforço.

— Nada — disse ele.

— Temo que Vossa Majestade esteja sofrendo.

— Eu estou sofrendo, é verdade, já lhe disse isso, mas não é nada.

Em trechos anteriores da grande saga dos mosqueteiros que Dumas picotou em vários volumes, há um momento em que Aramis chega a ditar uma **cartinha** de amor para a senhorita de La Vallière, que Fouquet, por sua vez, escreve e assina. Logo depois, eles descobrem que o bilhete jamais chegou às mãos da moça: **Tobie**, um criado que Fouquet imaginava superfiel, jamais a tinha entregado à Louise. Aliás, Tobie dá é no pé — ou, melhor, dá nas quatro patas, porque foge a cavalo quando confrontado. E tudo lá atrás já indicava que a tal cartinha (assinada, mas sem data) havia parado nas mãos de Colbert.

---

* Conteúdo da carta: "Eu a vi, e a senhorita não ficará surpresa ao saber que a achei de uma beleza sem par. Noto, porém, que lhe falta uma posição à sua altura na corte, em que, no momento, desperdiça a si e ao seu tempo. Saiba, no entanto, que a devoção de um homem de honra, caso uma ambição de qualquer natureza a inspire, pode lhe servir como caminho para que seus talentos e sua beleza deem flores. Pois coloco minha devoção a seus pés; mas, como uma afeição, por mais reservada e despretensiosa que seja, pode às vezes comprometer o objeto de seu culto, sei que o destino desta afeição correria um risco tolo de se comprometer sem que seu futuro estivesse assegurado. Porém, caso a senhorita se dignar aceitar e responder ao meu carinho, meu carinho demonstrará sua gratidão ao fazê-la livre e independente para sempre". (N. da E.)

E o rei, sem esperar o final dos fogos de artifício, dirigiu-se ao castelo.

Fouquet acompanhou o rei. Todos seguiram atrás deles.

Os últimos foguetes queimaram tristemente só para si mesmos.

O superintendente ainda tentou interrogar Luís XIV, mas não recebeu nenhuma resposta. Supôs que teria havido no jardim uma discussão entre Luís e La Vallière, que evoluíra para uma briga, que o rei, pouco amuado por natureza mas totalmente entregue à raiva quando se tratava de amor, passara a odiar todo o mundo depois que sua amante se aborrecera com ele. Essa ideia foi suficiente para consolá-lo; ele até sorriu amigavelmente para o jovem rei quando se despediram, tentando consolá-lo.

Mas para o rei os aborrecimentos ainda não haviam acabado. Era preciso suportar o serviço da noite, feito com grande etiqueta. No dia seguinte, iriam todos embora. Os hóspedes deviam agradecer ao seu anfitrião e lhe fazer uma cortesia em retribuição pelos seus doze milhões.

> Dumas fala aqui em **12 milhões**. De alguma forma inexplicável, sumiu um dos 13 milhões tão propalados anteriormente.

A única amabilidade que Luís encontrou para Fouquet ao se despedir dele foram estas palavras:

— Senhor Fouquet, o senhor saberá notícias minhas. Por favor, mande vir o senhor D'Artagnan.

E o sangue de Luís XIII, que tanto havia dissimulado, fervia nas suas veias. Ele estava disposto a mandar decapitar Fouquet, como seu predecessor mandara assassinar o marechal d'Ancre. Mas essa terrível resolução foi disfarçada sob um desses sorrisos reais que são relâmpagos de golpes de Estado.

> O **marechal**, que havia chegado a ministro, foi condenado à prisão pelo rei **Luís XIII**, mas resistiu e morreu crivado de balas. O cara era italiano, de nome Concino Concini, e a gente já falou dele em notinhas daqui pra trás.

Cinco minutos depois, D'Artagnan, a quem tinham transmitido a ordem real, entrava no aposento de Luís XIV.

Aramis e Filipe estavam nos seus respectivos quartos, sempre atentos, sempre à escuta.

O rei não deixou ao seu capitão dos mosqueteiros nem mesmo o tempo de chegar até a poltrona. Correu ao encontro dele.

— Cuide para que ninguém entre aqui! — exclamou ele.

— Tudo bem, Sire — replicou o soldado, cujo olhar já havia captado a alteração na fisionomia do rei.

Ainda à porta, ele deu a ordem, e voltou-se para o rei:

— Aconteceu alguma coisa com Vossa Majestade? — indagou.

— Quantos homens o senhor tem aqui? — perguntou o rei, sem responder à pergunta que lhe fora feita.

— Para fazer o quê, Sire?

— Quantos homens o senhor tem? — repetiu o rei batendo o pé.

— Tenho os mosqueteiros.

— E depois?

— Tenho vinte guardas e treze suíços.

— Quantas pessoas são necessárias para...

— Para... — disse o mosqueteiro com seus grandes olhos calmos.

— Para prender o senhor Fouquet.

D'Artagnan deu um passo atrás.

— Prender o senhor Fouquet! — disse ele, admirado.

— O senhor também vai me dizer que é impossível! — exclamou o rei, com uma raiva fria e odienta.

— Eu nunca digo que alguma coisa é impossível — replicou D'Artagnan, profundamente ferido.

— Pois bem! Aja.

D'Artagnan girou sobre os calcanhares e se dirigiu à porta.

O espaço a percorrer era curto; ele o transpôs em seis passos. Então, parou.

— Perdão, Sire — disse ele.

— Que foi? — perguntou o rei.

— Para fazer essa prisão, eu preciso de uma ordem escrita.

— Por quê? Desde quando a palavra do rei não é suficiente?

— Porque uma palavra do rei, originada por um sentimento de cólera, pode mudar quando muda o sentimento.

— Chega de frases, senhor! O senhor está pensando em outra coisa.

— Ah, eu sempre tenho pensamentos, e são pensamentos

que os outros não têm, infelizmente — replicou com impertinência D'Artagnan.

O rei, no ímpeto da sua exaltação, dobrou-se diante daquele homem como o cavalo dobra os jarretes sob a mão forte do domador.

— Em que é que o senhor está pensando? — indagou o rei.

— É no seguinte, Sire — respondeu D'Artagnan. — O senhor manda prender um homem quando ainda está em casa dele: isso é cólera. Quando não estiver mais encolerizado, o senhor se arrependerá. Então, eu quero poder lhe mostrar a sua assinatura. Se isso não conserta nada, pelo menos mostrará que o rei não está certo encolerizando-se.

— Não está certo encolerizando-se! — urrou o rei, frenético. — Será que o rei meu pai, o meu avô, não se encolerizavam? Pelo amor de Deus!

— O rei seu pai, o rei seu avô, só se encolerizavam quando estavam em casa deles.

— O rei é o senhor em qualquer parte tanto quanto em casa dele.

— Essa é uma frase de bajulador e que deve ter sido dita pelo senhor Colbert, mas não é a pura verdade. O rei está em sua casa em qualquer casa somente quando ele expulsou o proprietário.

Luís mordeu o lábio.

— Como! — disse D'Artagnan. — O homem se arruína para agradar Vossa Majestade e o senhor quer prendê-lo! Céus, Sire, se eu me chamasse Fouquet e me fizessem isso eu engoliria de uma só vez todos os fogos de artifício e queimaria os pavios para ser levado pelos ares, eu e todo o mundo! Mas tanto faz; se o senhor quer, eu vou.

— Vá! — disse o rei. — Mas o senhor tem pessoal suficiente?

— Não vou levar comigo nem mesmo um anspeçada, Sire. Prender o senhor Fouquet é tão fácil que poderia até ser tarefa para uma criança. Prender o senhor Fouquet? É beber uma taça de absinto. Fazemos uma careta e pronto.

> Tecnicamente, **jarrete** é a parte de trás do joelho, mas na prática é quase um sinônimo de joelho.

> A patente de **anspeçada** era bem chinfrim, bem nível baixo na hierarquia de um exército ou uma guarda. Abaixo do anspeçada, só o soldado raso.

> O **absinto** é mais conhecido como uma bebida alcoólica verde, forte e amarga que foi uma mania total na França do século seguinte a esta trama, o XVIII. Mas aqui, nesta altura, era ainda uma coisinha mais fraquejada — mas nem por isso menos amarga —, feita com as folhas de uma planta, a *Artemisia absinthium*, que, em francês, é conhecida como absinto.

— Se ele se defender?...

— Ele?! Ora, defender-se quando um tal rigor o torna rei e mártir! Veja, se lhe resta um milhão, o que eu duvido, aposto que ele o doaria para ter esse fim. Bem, Sire, eu já vou.

— Espere — disse o rei.

— Sim, o que foi?

— Não torne pública a sua prisão.

— Isso já é mais difícil.

— Por quê?

— Porque nada é mais simples que ir, no meio de mil pessoas entusiastas que o cercam, dizer ao senhor Fouquet: "Em nome do rei, senhor, eu o prendo!". Mas ir até ele, levá-lo daqui para ali, colocá-lo em algum ponto do campo de batalha, de modo que ele não fuja; roubá-lo de todos os seus convidados e mantê-lo preso sem que um dos seus ais seja ouvido, eis uma dificuldade real, verdadeira, suprema, e eu a entrego para os mais hábeis, sem limite de tempo para acharem a solução.

— Seria bem mais rápido dizer: "É impossível". Ah, meu Deus, meu Deus! Será que todos à minha volta me impedem de fazer o que eu quero?!

— Eu não o impeço de fazer nada. Está decidido?

— Vigie o senhor Fouquet até amanhã, quando terei tomado uma resolução.

— Assim será feito, Sire.

— E volte quando eu me levantar, para receber minhas novas ordens.

— Eu voltarei.

— Agora quero ficar sozinho.

— O senhor não precisa nem mesmo do senhor Colbert? — disse o mosqueteiro atirando essa última flecha no momento de sair.

O rei estremeceu. Totalmente voltado para a vingança, ele havia se esquecido do corpo de delito.

— Não, ninguém — disse ele —, ninguém aqui! Deixe-me!

Nas leis que tratam de crimes e punições, o **corpo de delito** foi, primeiro, um exame físico de uma pessoa ou objeto que teria sofrido danos em função da ação de outra pessoa. Mas o corpo de delito também pode ser, de maneira mais geral, simplesmente a verificação de que um crime foi cometido e como isso aconteceu.

D'Artagnan deixou o quarto. O rei fechou, ele próprio, a porta e começou a dar voltas furiosas pelo cômodo, como um touro ferido que arrasta atrás de si as bandarilhas e as farpas. Enfim, começou a desabafar gritando.

— Ah, o miserável! Além de roubar as minhas finanças, com esse ouro ele corrompe meus secretários, amigos, generais, artistas, e até leva a minha amante!... Ah, por isso aquela falsa o defendeu tão bravamente!... Era o reconhecimento!... Quem sabe, talvez, até amor!

Ele se perdeu por um instante nessas reflexões dolorosas.

"Um sátiro!", pensou com a raiva profunda que a juventude dedica aos homens maduros que ainda pensam no amor. "E que nunca encontrou resistência! Um homem de mulheres frágeis, que dá florzinhas de ouro e de diamante, e que tem pintores para fazer o retrato das suas amantes em vestimentas de deusas!"

O rei tremia de desespero.

— Ele suja tudo! — continuou. — Ele arruína tudo! Ele vai me matar! Esse homem é demais para mim! É o meu inimigo mortal! Esse homem vai cair! Eu o odeio!... odeio!... odeio!

E, dizendo essas palavras, golpeava freneticamente o braço da poltrona em que se sentava e da qual se levantava como um epiléptico.

— Amanhã! Amanhã... Ah, o grande dia — murmurou. — Quando o sol se levantar, tendo só a mim por rival! Esse homem cairá tão baixo que ao verem as ruínas feitas pela minha cólera reconhecerão enfim que eu sou maior que ele!

Incapaz de se dominar por mais tempo, o rei derrubou com um murro uma mesa colocada perto da sua cama e, sentindo muita dor, quase chorando, sufocando, atirou-se, todo vestido como estava, sobre os lençóis, para mordê-los e para ali encontrar o repouso do corpo.

A cama gemeu sob o seu peso, e, fora alguns suspiros escapados do peito arquejante do rei, não se ouviu mais nada no quarto de Morfeu.

Bandarilhas e **farpas** são dois tipos de varas pontiagudas, de ferro, que servem para torturar e machucar os bichos nas touradas. Elas aparecem, em geral, disfarçadas de beleza, porque são cobertas por pedaços coloridos de papel para enfeitá-las.

Sátiro > abusado, cínico.

A epilepsia é uma doença não contagiosa que já viveu rodeada de muito preconceito. Ela é uma coisa parecida com um curto-circuito no cérebro, que, de repente, dispara impulsos elétricos fora do padrão. O **epiléptico** pode ter sintomas leves ou bem fortes. Os mais parrudos podem envolver convulsões, que é quando o corpo se agita fortemente, sem controle muscular. Dá pra entender por que dava um susto maluco nas pessoas do passado, né? Mas hoje em dia já se sabe que, com tratamento adequado, a maioria das pessoas com epilepsia consegue viver uma vida normal.

LESA-MAJESTADE

Lesa-majestade é um crime cometido contra o rei e/ou a família dele — e é previsto em lei. Tem também o lesa-humanidade, ou crime contra a humanidade (perseguição racial, religiosa ou política; extermínio em massa, escravidão...), o lesa-pátria, que é contra a soberania, a existência de um país (espionagem, traição, sabotagem...), e até um lesa-moralidade (que é sobre avacalhar o seu dever moral, por exemplo, ao exercer um cargo público).

Prometeu era um titã da mitologia grega que deu aos humanos dois presentes muito maneiros: o fogo e a capacidade de derreter e produzir coisas de metal. Mas Zeus, o deus *top* de linha na Grécia de então, não gostou nem um bocadinho disso. Ele amarrou Prometeu numa rocha e colocou uma águia pra ir lá todo dia comer o **fígado** do cara. Aí, o fígado voltava inteiraço no dia seguinte e a águia também, numa tortura sem fim.

O FUROR EXALTADO que tomara conta do rei ao ver e ler a carta de Fouquet para La Vallière se fundiu pouco a pouco a um cansaço doloroso.

A juventude, plena de saúde e vida, tendo necessidade de restaurar imediatamente o que perde, a juventude não conhece as insônias sem fim que para os infelizes tornam realidade a fábula do fígado de Prometeu sempre se regenerando. Onde o homem maduro com sua força ou o velho com seu esgotamento encontram uma contínua alimentação da dor, o jovem surpreso pela revelação súbita do mal se enerva em gritos, em lutas diretas, e se faz derrubar mais rápido pelo inflexível inimigo que ele combate. Uma vez derrubado, não sofre mais.

Luís foi domado depois de um quarto de hora; então deixou de crispar os punhos e de queimar com olhares os objetos invisíveis do seu ódio; deixou de acusar com palavras violentas o senhor Fouquet e La Vallière; passou do furor ao desespero e do desespero à prostração.

Depois de ter se contorcido e se esticado durante alguns instantes na cama, seus braços inertes caíram ao longo do corpo. A cabeça esmoreceu sobre o travesseiro de renda, os membros esgotados estremeceram, agitados por leves contrações musculares, o peito já deixava filtrar apenas alguns raros suspiros.

O deus Morfeu, que reinava soberano no quarto ao qual dera o nome, e para quem Luís voltava os olhos que a cólera tornava pesados e as lágrimas avermelhavam, o deus Morfeu derramou sobre ele as papoulas que tinha nas mãos, e assim o rei fechou suavemente os olhos e adormeceu.

Então lhe pareceu, como acontece frequentemente no primeiro sono, tão sereno e tão leve, que eleva o corpo acima da cama e a alma acima da terra, pareceu-lhe que o deus Morfeu pintado no teto olhava para ele com seus olhos totalmente humanos; que algo brilhava e se agitava no domo; que os enxames de sonhos sinistros, uma vez afastados, deixavam a descoberto um rosto de homem, a mão apoiada na boca e parecendo em meditação contemplativa. E, coisa estranha, esse homem se assemelhava tanto ao rei que Luís acreditava ver o seu próprio rosto refletido num espelho. Mas o rosto estava entristecido por um sentimento de profunda compaixão.

Depois ele teve a impressão de que o domo fugia pouco a pouco, saindo da sua visão, e que as figuras e os atributos pintados por Le Brun se obscureciam num afastamento progressivo. Um movimento suave, igual, cadenciado, como o de uma nau em mergulho descendente, tinha sucedido à imobilidade da cama. O rei estava sonhando, sem dúvida, e no seu sonho a coroa de ouro que prendia as cortinas se distanciava, assim como o domo ao qual ela continuava suspensa, de modo que o gênio alado que com as duas mãos sustinha essa coroa parecia chamar inutilmente o rei, que ia caindo para longe dela.

A cama continuava a afundar. Luís, de olhos abertos, deixava-se iludir por aquela cruel alucinação. Enfim, com a luz do quarto real escurecendo, algo frio, sombrio, inexplicável, invadiu o ar. Nada de pinturas, ouro, cortinas de veludo, mas sim paredes de um cinza pálido que ia ficando cada vez mais escuro. No entanto, a cama continuava descendo, e depois de um minuto que ao rei pareceu um século atingiu uma camada de ar negro e gelado. Ali, ela parou.

O rei já via a luz do seu quarto tão reduzida e longínqua quanto a luz do dia vista do fundo de um poço.

A **papoula** é a planta que dá o ópio e que tem o nome científico de *Papaver somniferum*. O ópio é um depressor do sistema nervoso central, ou seja, deixa o cérebro mais devagar, mais lerdo.

"Estou tendo um sonho horrível", pensou ele. "Já é hora de acordar. Vamos, acordemos!"

Todo o mundo já experimentou o que dissemos agora; não há quem não tenha se dito no meio de um pesadelo sufocante, com a ajuda dessa luz que fica acesa no fundo do cérebro quando toda a luz humana está apagada, não há pessoa, repetimos, que não tenha dito: "Isso não é nada, estou sonhando".

Foi o que disse Luís XIV. Mas com a palavra "Acordemos!" ele percebeu que não só estava acordado como também tinha os olhos abertos. Então os lançou em redor.

À sua direita e à sua esquerda estavam dois homens armados, ambos envergando uma grande capa e com o rosto coberto por uma máscara.

Um desses homens tinha na mão um pequeno lampião cuja luz vermelha clareava o quadro mais triste que um rei podia ver.

Luís disse para si próprio que seu sonho continuava, mas que, se ele mexesse os braços ou ouvisse a própria voz, aquilo acabaria. Pulou da cama e se viu sobre um chão úmido. Então se dirigiu ao homem que tinha o lampião.

— O que é isso, senhor? — disse ele. — E o que significa essa brincadeira?

— Não é de modo algum uma brincadeira — respondeu em voz baixa o homem mascarado que segurava o lampião.

— Estão a mando do senhor Fouquet? — indagou o rei, um tanto perturbado.

— Pouco importa a mando de quem nós estamos! — disse o fantasma. — Mas o senhor obedecerá ao nosso mando, isso é tudo.

O rei, mais impaciente que intimidado, voltou-se para o segundo mascarado.

— Se é uma comédia — disse ele —, digam ao senhor Fouquet que eu a acho inconveniente e ordeno que ela termine.

O segundo mascarado a quem o rei se dirigia era um homem muito alto e com uma vasta circunferência. Ele se mantinha empertigado e imóvel como um bloco de mármore.

— Muito bem! — acrescentou o rei batendo o pé —, o senhor não me responde!

— Nós não lhe respondemos, meu senhorzinho — disse o gigante com uma voz de estentor —, porque não há nada para lhe responder, senão que o senhor é o primeiro *importuno* e que o senhor Coquelin de Volière se esqueceu de incluí-lo entre os dele.

Estentor > voz forte, potente.

Lembra do título da peça que o Molière fez para a festa de Fouquet para o rei? Era justamente *Os importunos* (ou *Os irritantes*).

— Mas, enfim, o que é que os senhores querem? — gritou Luís, encolerizado, cruzando os braços.

— O senhor vai saber mais tarde — respondeu o homem do lampião.

— Enquanto espero: onde é que estou?

— Olhe.

Luís olhou; mas sob a luz do lampião que o mascarado ergueu só distinguiu paredes úmidas, sobre as quais brilhava aqui e ali o rastro prateado de lesmas.

— Ah! Ah! Um cárcere? — disse o rei.

— Não, uma passagem subterrânea.

— Que leva...

— Queira nos seguir.

— Eu não saio daqui! — gritou o rei.

— Se o senhor se rebelar, meu jovem amigo — respondeu o mais robusto dos dois homens —, vou pegá-lo e enrolá-lo na minha capa, e se com isso se sufocar será pior para o senhor.

E, dizendo essas palavras, aquele que as dizia tirou a mão de baixo da capa com que ameaçava o rei, e sua mão era tão grande que Mílon de Crotona gostaria de tê-la no dia em que lhe ocorreu a infeliz ideia de partir o seu último carvalho.

Mílon de Crotona foi um grande atleta grego que ficou famoso pelo desempenho fantástico como lutador nos Jogos Olímpicos da Antiguidade. Dizem que Mílon, que era da cidade de Crotona, conseguia carregar um touro nas costas, mas que morreu de uma coisa tola. Ao tentar rachar um tronco de carvalho ao meio, a mão dele ficou presa na madeira e ele, sem defesa, foi devoradíssimo por lobos (ou leões, dependendo da versão da lenda).

O rei sentiu horror de que pudesse ocorrer uma violência, pois compreendia que aqueles dois homens sob cujo poder estava não tinham chegado até ali para recuar, e, consequentemente, levariam o caso até o fim. Ele balançou a cabeça.

— Parece que eu caí nas mãos de dois assassinos — disse ele. — Vamos.

Anne Radcliffe (no livro aparece a forma afrancesada, "Anne" com "e", mas o nome da moça, na língua dela, é Ann). Ann foi uma autora inglesa de romances góticos, uma pioneira do terror que fez grande sucesso nas décadas finais dos 1700 e começo dos 1800.

Peremptório > de maneira decisiva.

Minos foi um rei semideus da ilha de Creta, segundo a mitologia grega. Posêidon mandou pra ele um touro que deveria ser sacrificado. Mas Minos se apaixonou pelo touro e salvou a vida dele, matando outro em seu lugar. Ainda por cima sua esposa teve um filho com o bicho, que é o Minotauro — um cara que tem cabeça de touro e corpo de gente. Daí escondeu esse filhote num labirinto e, porque estava pê da vida com os atenienses que haviam matado um outro filho dele, Minos baixou uns **decretos** vingativos que sete meninos e sete meninas lá de Atenas deveriam ser dados como rango pro Minotauro, que só comia gente e mais nada.

Suplício da roda era um método de tortura também conhecido como roda de quebramento. Muito usado na França da Idade Média, o método funcionava assim: a pessoa era amarrada em uma roda de carruagem e o carrasco vinha com um pau de ferro e descia a ripa no condenado, com força, pra quebrar pernas, braços, e causar uma morte lenta. Ao final, eles erguiam a roda pra exibir a sua brutalidade pro povo.

Nenhum dos dois homens respondeu a essa palavra. O que tinha o lampião caminhou na frente; o rei o seguiu; o segundo mascarado ficou por último. Atravessaram assim uma galeria longa e sinuosa, com tantas escadas quantas encontramos nos misteriosos e sombrios palácios de Anne Radcliffe. Todas aquelas voltas, durante as quais o rei ouviu muitas vezes o barulho da água na cabeça, terminaram enfim num longo corredor fechado por uma porta de ferro. O homem com o lampião abriu a porta com chaves que trazia penduradas no cinto, onde, durante todo o trajeto, o rei as tinha ouvido ressoar.

Quando a porta se abriu e deu passagem ao ar, Luís reconheceu o perfume de bálsamo que exala das árvores depois de um dia quente de verão. Ele parou, hesitante, mas o robusto guardião que o seguia empurrou-o para fora da passagem subterrânea.

— Mais uma vez — disse o rei voltando-se para o homem que acabava de se entregar ao audacioso ato de tocar o seu soberano —, o que o senhor quer fazer com o rei da França?

— Trate de esquecer essa palavra — respondeu o homem do lampião de forma tão peremptória que, como os famosos decretos de Minos, não deixava possibilidade de réplica.

— O senhor merecia o suplício da roda pelas palavras que acaba de pronunciar — acrescentou o gigante, apagando a luz que seu companheiro lhe entregava —, mas o rei é humano demais.

Com essa ameaça, Luís fez um movimento tão brusco que se podia pensar numa tentativa de fuga, mas a mão do gigante se apoiou no seu ombro e o fixou no lugar.

— Mas, enfim, aonde estamos indo? — perguntou o rei.

— Venha — respondeu o primeiro dos dois homens com uma espécie de respeito e conduzindo seu prisioneiro para uma carruagem que parecia à espera deles.

Essa carruagem estava inteiramente oculta sob as folhagens. Dois cavalos com peias nas patas estavam presos por um cabresto aos ramos baixos de um grande carvalho.

— Suba — disse o mesmo homem abrindo a portinha da carruagem e abaixando o estribo.

O rei obedeceu e se sentou no fundo da carruagem, cuja portinha acolchoada e com fechadura foi trancada no mesmo instante, deixando a ele e ao cocheiro presos dentro do veículo. Quanto ao gigante, ele cortou as peias e os laços dos cavalos, atrelou-os e montou no banco, que não estava ocupado. A carruagem partiu imediatamente a galope, tomou a estrada de Paris e na floresta de Sénart encontrou novos cavalos presos a árvores para a troca. O homem do banco procedeu à substituição na atrelagem e continuou rapidamente seu caminho em direção a Paris, onde entrou às três horas da madrugada. A carruagem seguiu pelo bairro de Saint-Antoine e, depois de ter gritado para o sentinela: "Ordem do rei!", o cocheiro guiou os cavalos pela muralha circular da Bastilha, chegando ao pátio do governador. Ali, os cavalos pararam extenuados ao lado dos degraus da escadaria. Um sargento da guarda acorreu.

— Acordem o senhor governador! — disse o cocheiro com voz de trovão.

Afora essa voz, que se podia ouvir na entrada do bairro de Saint-Antoine, tudo permaneceu calmo na carruagem assim como no castelo. Dez minutos depois, o senhor de Baisemeaux apareceu em *robe de chambre* no limiar da porta.

— Que é que está acontecendo? — indagou ele. — E o que o senhor me traz aí dentro?

O homem da lanterna abriu a portinhola da carruagem e disse duas palavras ao cocheiro. Este logo desceu do seu banco, pegou um mosquetão que mantinha sob os pés e apoiou o cano da arma no peito do prisioneiro.

— E abra fogo se ele falar! — acrescentou em voz muito alta o homem que descia da carruagem.

A **peia** é tipo uma corda que se amarra às patas do cavalo para ele não fugir, enquanto o **cabresto** é um conjunto de tiras de couro colocado na cabeça do equino para guiar o bicho.

— Sim — replicou o outro, sem qualquer comentário.

Feita essa recomendação, o condutor do rei subiu a escadaria, no alto da qual o governador estava à espera.

— Senhor D'Herblay! — exclamou ele.

— Chh! — fez Aramis. — Vamos entrar.

— Ah, meu Deus! E o que é que traz o senhor aqui a esta hora?

— Um erro, meu caro senhor de Baisemeaux — respondeu tranquilamente Aramis. — Parece que naquele dia o senhor tinha razão.

— Mas razão quanto a quê? — perguntou o governador.

— Quanto àquela ordem de soltura, meu amigo.

— Explique-me isso, senhor... não: monsenhor — disse o governador, sufocado ao mesmo tempo pela surpresa e pelo terror.

— Muito simples: o senhor se lembra, caro senhor de Baisemeaux, de que lhe enviaram uma ordem de soltura?

— Sim, para Marchiali.

— Isso! Todos nós achamos que era para Marchiali, não é mesmo?

— Sem dúvida. No entanto, o senhor deve se lembrar de que eu tive as minhas dúvidas, que eu não queria, que foi o senhor que me forçou.

— Ah, que palavra o senhor está empregando, caro Baisemeaux! Digamos que... que eu o levei a aceitar.

— Sim, a aceitar que o levasse; e o senhor o levou na sua carruagem.

— Isso, meu caro senhor de Baisemeaux, foi um erro. Reconheceram o rapaz no Ministério, e assim eu estou lhe trazendo uma ordem do rei, para pôr em liberdade... Seldon, o pobre coitado desse escocês.

— Seldon. O senhor está seguro desta vez?

— Meu Deus! Leia o senhor mesmo — acrescentou Aramis entregando-lhe a ordem.

— Mas — disse Baisemeaux — essa é a ordem que eu já tive em mãos.

— Verdade?

— É a que naquela noite eu lhe afirmei ter visto. Palavra! Eu a reconheço pela mancha de tinta.

— Não sei se é aquela, mas é a que eu lhe trago.

— Mas e o outro?
— Que outro?
— Marchiali.
— Eu o trouxe.
— Mas isso não é suficiente. Para prendê-lo novamente eu preciso de outra ordem.
— Não diga essas coisas, meu caro Baisemeaux! O senhor fala como uma criança. Onde está a ordem que o senhor recebeu, referente a Marchiali?

Baisemeaux correu até o seu cofre e a retirou de lá. Aramis pegou-a, rasgou-a friamente em quatro pedaços, aproximou do lampião os pedaços e os queimou.

— O que é que o senhor está fazendo?! — exclamou Baisemeaux, no auge do pavor.
— Considere um pouco a situação, meu caro governador — disse Aramis, com a sua imperturbável tranquilidade —, e o senhor verá quanto ela é simples. O senhor não tem mais ordem que justifique a saída de Marchiali.
— Ah, meu Deus, eu sou um homem perdido!
— Não, absolutamente, pois eu estou lhe trazendo Marchiali. Uma vez que o trago, é como se ele não tivesse saído.
— Ah! — exclamou o governador, aturdido.
— Sem dúvida. O senhor vai trancafiá-lo imediatamente.
— Acho mesmo que vou.
— E me dará esse Seldon que a nova ordem liberta. Desse modo a sua contabilidade fica certinha. Entende?
— Eu... eu...
— O senhor entende — disse Aramis. — Muito bem.

Baisemeaux juntou as mãos.

— Mas, enfim, por que, depois de ter me levado Marchiali, o senhor o traz de volta? — perguntou o infeliz governador, num paroxismo de dor e perturbação.
— Para um amigo como o senhor — disse Aramis —, para um servidor como o senhor, não há segredos.

E Aramis aproximou sua boca da orelha de Baisemeaux.
— O senhor sabe — prosseguiu Aramis em voz baixa — que semelhança havia entre esse infeliz e...
— E o rei. Sim.

Paroxismo > cúmulo, auge da intensidade.

— Pois bem. O primeiro uso que Marchiali fez da sua liberdade foi sustentar o quê? Adivinhe.

— Como é que o senhor quer que eu adivinhe?

— O primeiro uso que ele fez da sua liberdade foi sustentar que o rei da França era ele.

— Ah, o infeliz! — exclamou Baisemeaux.

— Vestiu-se com roupas semelhantes às do rei e pretendia usurpar o trono.

— Meu Deus do céu!

— É por isso que eu o trouxe, caro amigo. Ele é louco e deixa que todo o mundo veja a sua loucura.

— E o que temos de fazer?

— Muito simples: não permitir que ele se comunique com ninguém. Entenda: quando a sua loucura chegou aos ouvidos do rei, que se condoía com a infelicidade dele, mas viu sua bondade ser assim recompensada, essa terrível ingratidão o deixou furioso. De modo que agora, guarde bem isto, caro senhor de Baisemeaux, pois isto lhe diz respeito, de modo que agora há pena de morte para quem permitir que ele se comunique com outras pessoas que não sejam eu ou o próprio rei. Entendeu, Baisemeaux? Pena de morte!

— Sim, eu entendo, diabo!

— E, agora, desça e reconduza esse pobre coitado à sua masmorra, a menos que o senhor prefira que ele suba até aqui.

— Para quê?

— Tem razão, é melhor prendê-lo já, não é mesmo?

— Muito bem, então vamos.

Baisemeaux mandou rufar o tambor e tocar o sino, num aviso de que todos deviam se recolher a fim de evitar o encontro com um prisioneiro misterioso. Depois, quando as passagens ficaram livres, ele foi pegar na carruagem o prisioneiro, em cuja garganta Porthos, fiel à ordem recebida, mantinha sempre encostado o mosquetão.

— Ah, infeliz! O senhor está aqui! — exclamou Baisemeaux ao ver o rei. — Que bom, que bom!

E logo, fazendo o rei descer da carruagem, ele o conduziu, sempre acompanhado de Porthos, que não tinha tirado a máscara, e de Aramis, que voltara a colocar a dele, até a segunda Bertaudière, e ali abriu a porta da cela onde durante seis anos Filipe havia gemido.

O rei entrou na cela sem pronunciar uma única palavra. Estava pálido e com o olhar esgazeado.

Esgazeado > inquieto, agitado.

Baisemeaux fechou a porta atrás de si, deu, ele próprio, duas voltas de chave na fechadura e sussurrou para Aramis:

— Palavra de honra, é verdade que ele se parece com o rei, mas não tanto quanto o senhor disse.

— De modo que — completou Aramis — o senhor não se deixaria enganar na substituição?

— Essa é boa!

— O senhor é um homem precioso, meu caro Baisemeaux — disse Aramis. — Agora, ponha Seldon em liberdade.

— Correto. Estava me esquecendo... Vou dar a ordem.

— Ora, amanhã. O senhor tem tempo.

— Amanhã! Não, não, agora mesmo. Deus me livre de esperar um segundo!

— Então volte às suas tarefas, eu vou para as minhas. Mas está entendido, não é mesmo?

— O que é que está entendido?

— Que só entrará na cela do prisioneiro quem tiver uma ordem do rei, ordem essa que eu mesmo trarei.

— Está claro. Adeus, monsenhor.

Aramis voltou para o lado do seu companheiro.

— Vamos, vamos, amigo Porthos, para Vaux! E muito rápido!

— Ficamos leves quando servimos fielmente ao nosso rei e, ao servi-lo, salvamos o seu país — disse Porthos. — Os cavalos não precisarão se esforçar. Partamos.

E a carruagem, liberada de um prisioneiro que na verdade podia parecer muito pesado para Aramis, transpôs a ponte levadiça da Bastilha, que voltou a ser levantada atrás dele.

UMA NOITE NA BASTILHA

O SOFRIMENTO NESTA VIDA é proporcional às forças do ser. Não estamos pretendendo dizer que Deus sempre mede com base nas forças da criatura a angústia que a faz suportar: isso não seria exato, pois Deus permite a morte, que às vezes é o único refúgio das almas demasiado oprimidas no corpo. O sofrimento vem em proporção com as forças, o que significa que o fraco sofre mais, no máximo o mesmo tanto que o forte. Agora: de quantos elementos a força humana é composta? Não é sobretudo do exercício, do hábito, da experiência? Isso nós nem nos daremos o trabalho de demonstrar; é um axioma tanto da moral quanto da física.

Quando o jovem rei, atordoado, destruído, se viu conduzido a uma cela da Bastilha, pareceu-lhe inicialmente que a morte era como um sono, que ela tinha sonhos, que a cama havia afundado no assoalho de Vaux, que a isso se seguira a morte e que Luís XIV finado, perseguindo o seu sonho de rei, sonhava um desses horrores, impossíveis na vida, que chamamos de destronamento, encarceramento e ultraje de um rei que pouco antes era onipotente.

Assistir, fantasma palpável, à sua paixão dolorosa; nadar num mistério incompreensível entre a semelhança e a realidade; ver tudo, ouvir tudo, sem embaralhar nenhum detalhe da agonia: isso não era, dizia o rei de si para si, um suplício ainda mais medonho por ser eterno?

— É a isso que chamam eternidade, inferno? — murmurou Luís XIV no momento em que a porta se fechou para ele, empurrada pelo próprio Baisemeaux.

Axioma > afirmação (ou negação) considerada correta e evidente, sem necessidade de demonstração.

Paixão tem a ver com amor, mas também com dor, sofrimento, como quando falamos Paixão de Cristo ao nos referirmos à tortura pela qual Ele passou antes de ser morto.

Luís não olhou nem mesmo à sua volta, e nessa cela, encostado numa parede, deixou-se levar pela terrível suposição da sua morte, fechando os olhos para evitar ver algo ainda pior.

— Como foi que eu morri? — perguntou-se, meio desvairado. — Será que não usaram algum artifício para fazer a cama descer? Não, não é isso; não me lembro de ter me contundido, de nenhum choque. Talvez tenham me envenenado na refeição ou com fumaça de cera, como fizeram com Joana d'Albret, minha bisavó.

> Alexandre Dumas fala disso no livro que ele escreveu sobre a rainha Margot, que **Joana III**, rainha de Navarra de 1555 a 1572, teria morrido repentinamente depois de Catarina de Médici ter mandado pra ela um par de luvas perfumadas. A fofoca era que o perfume havia sido misturado com um **veneno** matador.

Subitamente o frio da cela caiu como uma capa sobre os ombros de Luís.

— Eu vi — disse ele — meu pai morto, exposto na cama em seu traje real. O rosto pálido tão calmo e tão encovado; as mãos tão hábeis e agora insensíveis; as pernas rígidas; nada disso denotava um sono povoado de sonhos. E no entanto quantos sonhos Deus devia enviar a esse morto!... a esse morto a quem tantos outros tinham precedido, precipitados por ele na morte eterna!!! Não, o rei era ainda ele; reinava ainda no seu leito fúnebre como na cadeira de veludo. Não abdicara da sua majestade. Deus, que não o puniu, não pode me punir, a mim, que nada fiz.

Um ruído estranho atraiu a atenção do jovem. Ele olhou e viu na lareira, sob o enorme Cristo de um afresco grosseiro, um rato de tamanho monstruoso, ocupado em roer um resto de pão duro ao mesmo tempo em que fixava no novo hóspede um olhar inteligente e curioso.

O rei, amedrontado e repugnado, recuou gritando na direção da porta. E, como se tivesse precisado do grito escapado de seu peito para reconhecer a si próprio, Luís se percebeu vivo, em pleno gozo da razão e da sua consciência natural.

— Prisioneiro! — gritou. — Eu, eu, prisioneiro!

Ele procurou com o olhar uma sineta para chamar.

"Não há sinetas na Bastilha, e é na Bastilha que me prenderam. Mas como eu fui feito prisioneiro? Fatalmente uma conspiração do senhor Fouquet. Eu fui atraído a Vaux para uma armadilha. O senhor Fouquet não pode estar sozinho nesta ação. Ele teve um auxiliar... Aquela voz... Eu a reconheci. Era o senhor D'Herblay! Colbert tinha razão. Mas o que é que Fouquet pretende com isso? Reinar no meu lugar? Impossível! Quem sabe...", pensou o rei com aspecto soturno. "Meu irmão mais novo, o duque de Orleans, provavelmente faz contra mim o que durante toda a sua vida o meu tio quis fazer contra o meu pai. Mas e a rainha, minha mãe? E La Vallière? Ah, La Vallière será entregue a Madame. Pobre criança! Sim, é isso, eles a confinarão como fizeram comigo. Estamos eternamente separados!

E a essa ideia de separação o amante explodiu em suspiros, soluços e gritos.

— A prisão tem um governador — voltou a gritar o rei, enfurecido. — Quero falar com ele. Chamem o governador.

Ele gritou. Sua voz não foi respondida.

Então pegou a sua cadeira e usou-a para bater na maciça porta de carvalho. A madeira soou na madeira e fez ressoar muitos ecos lúgubres na escada; mas nenhuma criatura respondeu.

Isso foi para o rei uma nova prova da pouca estima que lhe dedicavam na Bastilha. Então, depois da primeira cólera, tendo observado uma janela gradeada por onde passava um losango dourado que devia ser a aurora luminosa, Luís começou a gritar, calmamente a princípio, depois com força. Ninguém lhe respondeu.

Vinte outras tentativas feitas sucessivamente tiveram igual resultado.

O sangue começou a se agitar no corpo do rei e subiu-lhe à cabeça. Sua natureza, acostumada a mandar, tremia em face de uma desobediência. Pouco a pouco a cólera aumentou. O prisioneiro quebrou a cadeira, pesada demais para as suas mãos, e se serviu da madeira como um aríete para forçar a porta. Bateu com

---

O **irmão mais novo** dele, que vivia solto e era conhecido de todos, era o Filipe, o **duque de Orleans**. E o rei aqui o comparava ao seu tio, Gastão de Orleans, que, de fato, havia tentado mesmo tomar o trono de Luís XIII e acabar com a raça do cardeal Richelieu, como vimos.

O **aríete** era uma geringonça usada em tempos antigos para arrombar portas ou jogar muralhas no chão. O equipamento era basicamente uma viga comprida, grossa, pesada, de madeira e que costumava ter uma cabeça de carneiro esculpida numa ponta. Um cara forçudo carregava aquilo e socava o cabeção do aríete com força e várias vezes contra o alvo, pra ver se abria passagem pra uma invasão.

tanta força que o suor começou a escorrer na sua testa. O barulho tornou-se imenso e contínuo. Alguns gritos abafados respondiam aqui e ali.

Esse barulho produziu no rei um estranho efeito. Ele parou para ouvir. Eram as vozes dos prisioneiros que tinham sido suas vítimas e agora eram companheiros. Essas vozes subiam como vapor através de tetos maciços e grossas paredes. Elas acusavam o autor do barulho, como, sem dúvida, os suspiros e as lágrimas acusavam baixinho o responsável pela prisão delas. Depois de ter tirado a liberdade de tantas pessoas, o rei vinha até elas tirar-lhes o sono.

Essa ideia quase o enlouqueceu. Dobrou-lhe as forças, ou, melhor, a vontade de obter uma informação ou uma conclusão. O pedaço de cadeira recomeçou o seu ofício. Ao cabo de uma hora, Luís ouviu algo no corredor atrás da porta e um golpe violento, respondido nessa mesma porta, o fez parar.

— Ah, o que é isso? Você está louco? — disse uma voz rude e grosseira. — O que deu em você esta manhã?

"Esta manhã!", pensou o rei surpreso.

Depois, educadamente:

— Senhor — disse ele —, o senhor é o governador da Bastilha?

— Meu amigo, você está ruim da cabeça — replicou a voz —, mas isso não é razão para fazer tanto barulho. Fique quieto, diabo!

— O senhor é o governador? — repetiu o rei.

Uma porta se fechou. O carcereiro acabara de sair, sem se dignar responder.

Quando o rei viu que ficara sozinho novamente, sua fúria não teve limites. Ágil como um tigre, ele saltou da mesa para a janela e começou a bater nas grades. Quebrou um vidro, cujos estilhaços caíram no pátio com mil tinidos harmoniosos. Chamou, já enrouquecendo: — O governador! O governador! — Esse acesso durou uma hora, durante a qual ele ardeu de febre.

Com os cabelos em desordem e colados à testa, a vestimenta rasgada, empoeirada, a camisa em farrapos, o rei apenas se aquietou quando suas forças se esgotaram, e somente então percebeu a largura impiedosa daquelas muralhas, a impenetrabilidade daquele cimento, invencível a qualquer outra tentativa além do tempo, tendo por única ferramenta o desespero.

Apoiou a testa na porta e deixou o coração se acalmar pouco a pouco; mais um batimento e ele teria explodido.

— Ele virá quando me trouxerem a comida que dão a todos os prisioneiros — disse. — Então eu verei alguém, vou falar, me responderão.

E o rei rebuscou na memória a que horas era servida a refeição dos prisioneiros na Bastilha. Ele ignorava esse detalhe. Foi como um soco cruel e surdo, o remorso por ter vivido vinte e cinco anos, rei e feliz, sem pensar em tudo o que sofre um desgraçado injustamente privado da liberdade. Ele ficou rubro de vergonha. Sentia que Deus, ao permitir aquela humilhação terrível, estava fazendo a um homem a tortura infligida por esse homem a tantos outros.

Nada podia ser mais eficaz para levar à religião aquela alma abatida pelo sentimento das dores. Mas Luís não ousou nem sequer se ajoelhar para rezar a Deus pedindo o fim daquela provação.

"Deus faz o certo", disse ele, "Deus tem razão. Eu seria covarde se pedisse a Deus o que recusei muitas vezes aos meus semelhantes."

Ele chegara a esse ponto nas suas reflexões, melhor dizendo, na sua agonia, quando o mesmo barulho se ouviu atrás da porta, seguido dessa vez do rangido de chaves e do ruído de correntes deslizando contra o ferro.

Deu um salto para a frente a fim de se aproximar do homem que ia entrar, mas de repente lhe ocorreu que esse movimento era indigno de um rei e estancou, assumiu uma postura nobre e calma, o que lhe era fácil, e esperou virado para a janela, a fim de dissimular um pouco a sua agitação.

Era apenas um carcereiro com uma cesta cheia de comida.

Inquieto, o rei observou o homem. Esperou que ele falasse.

— Ah — disse o carcereiro —, você quebrou a cadeira. Eu falei que era isso. Mas você tinha de estar com muita raiva!

— Senhor — disse o rei —, no seu interesse, tenha cuidado com tudo o que o fala.

O carcereiro pôs a cesta na mesa e olhou para o seu interlocutor.

— Hein? — disse ele, surpreso.

— Diga ao governador para vir aqui — acrescentou nobremente o rei.

— Vejamos, meu filho — disse o carcereiro —, você sempre foi muito bonzinho, mas a loucura torna as pessoas más, e nós queremos preveni-lo: você quebrou a cadeira e fez barulho; isso é um delito que se pune com a solitária. Prometa para mim que não vai recomeçar e eu não conto nada ao governador.

— Eu quero ver o governador — respondeu o rei sem pestanejar.

— Ele vai mandá-lo para a solitária, cuidado.

— Eu quero! Está entendendo?

— Ah, os seus olhos estão voltando a ficar agitados. Bem, vou retirar a sua faca.

E o carcereiro fez o que disse, trancou a porta e partiu, deixando o rei mais perplexo, mais infeliz, mais sozinho que nunca.

Em vão ele recomeçou a bater com o pedaço de cadeira; em vão atirou pela janela os pratos: não havia resposta.

Duas horas depois, não era mais um rei, um fidalgo, um homem, um cérebro: era um louco que arranhava as portas com as unhas, tentava arrancar as pedras do piso e dava gritos tão horríveis que a velha Bastilha parecia tremer até as raízes por ter ousado se revoltar contra o seu senhor.

Já o governador não havia se perturbado. O carcereiro e os sentinelas o tinham informado, mas que diferença fazia aquilo? Os loucos não eram uma coisa corriqueira na fortaleza e as paredes não eram mais fortes que os loucos?

O senhor de Baisemeaux, compenetrado de tudo o que Aramis lhe havia dito e em perfeita conformidade com a ordem do rei, só pedia que o louco Marchiali fosse louco

> Também chamado de baldaquino, o **baldaquim** é uma estrutura que na Idade Média servia para cobrir o altar e os celebrantes da missa e que depois foi ganhando outros usos, cobrindo tronos, santos, esculturas... É um telhadinho erguido em cima de quatro postes, às vezes com as laterais cobertas por cortinas. E aqui a esperança deles era que o prisioneiro se enforcasse.

o suficiente para se amarrar por um tempo no baldaquim ou numa das grades.

Na verdade esse prisioneiro não lhe trazia nada, e estava se tornando insuportavelmente incômodo. As complicações de Seldon e Marchiali, as complicações de soltura e reaprisionamento e as complicações de semelhança teriam encontrado um desfecho muito conveniente. Baisemeaux achava até que, pelo que observara, isso não desagradaria ao senhor D'Herblay.

— Além do mais — disse Baisemeaux ao seu major —, na verdade um prisioneiro comum já é infeliz demais por ser prisioneiro; esse sofrimento é o suficiente para que lhe desejemos a morte. Com mais razão ainda quando o prisioneiro enlouqueceu e pode morder o carcereiro e fazer barulho na Bastilha. Nesse caso, palavra de honra, é um ato de caridade desejar a sua morte; seria uma boa obra suprimi-lo mansamente.

E o bom governador fez a sua segunda refeição.

A SOMBRA DO SENHOR FOUQUET

ATORDOADO PELA CONVERSA que acabara de ter com o rei, D'Artagnan se perguntava se estava em seu juízo perfeito; se eles estavam mesmo em Vaux; se ele, D'Artagnan, era o capitão dos mosqueteiros e o senhor Fouquet era o proprietário do castelo no qual Luís XIV estava usufruindo a sua hospitalidade. Essas reflexões não eram de um embriagado. No entanto, os banquetes em Vaux tinham sido ótimos e os vinhos do senhor superintendente haviam figurado com honra na festa. Mas o gascão era um homem de sangue-frio; para as grandes ocasiões, ele sabia, ao tocar a espada de aço, levar ao seu ânimo o frio desse aço.

"Cá estou eu", disse ele deixando os aposentos do rei, "lançado historicamente no destino do rei e do ministro. Escreverão que o senhor D'Artagnan, da Gasconha, prendeu o senhor Nicolas Fouquet, superintendente das Finanças da França. Meus descendentes, se eu os tiver, ganharão fama com essa prisão, como os senhores de Luynes ganharam fama com o espólio do pobre marechal d'Ancre. Trata-se de executar devidamente as vontades do rei. Qualquer um saberá dizer ao senhor Fouquet: 'A sua espada, senhor!'. Mas não saberá prender o senhor Fouquet sem fazer ninguém gritar. Então como se deve fazer para que o senhor superintendente passe do favor extremo à pior desgraça, para que ele saia de Vaux para ficar numa masmorra, para que depois de ter fruído o incenso de Assuero ele suba ao patíbulo de Hamã

O duque de **Luynes** fez de tudo até conseguir que Luís XIII ficasse contra Concini, que era o **marechal d'Ancre**. E depois a família dele foi recompensada pelo esforço e pelo sucesso.

De acordo com o *Livro de Ester*, que faz parte do Antigo Testamento na Bíblia, o grão-vizir **Hamã** estava furioso com um primo da Esterzinha, o Mordecai, e mandou matar o cara, além de ter planos de usar aquilo como fase 1 para depois matar todos os judeus dali. Ester era judia, mas era também imperatriz da Pérsia por conta do casório dela com **Assuero**, o imperador. Então, ela arriscou a sua vida e peitou aquela treta do Hamã. E saiu vitoriosa: Assuero acabou condenando Hamã à morte.

Patíbulo > cadafalso, a estrutura onde se enforca uma pessoa.

Enguerrand Marigny foi primeiro-ministro do rei Filipe e mandou construir um negócio muito esquisito, que era um monte de postes de madeira formando uma espécie de varal onde eles colocavam os corpos de gente enforcada por ordem do soberano. O cara podia morrer ali mesmo, na forca que estava à disposição no local, ou era levado para ser exposto lá, depois de ter sido executado noutros cantos. O senhor Enguerrand Marigny, por exemplo, ficou mortinho da silva quarando ali à vista de todos por uns dois anos após ter sido considerado um traidor corrupto. E aí vêm a ironia e a comparação com **Hamã**: os dois agiram pra matar outras pessoas e se deram muito mal, sendo meio que vítimas dos seus próprios métodos.

Pérfido > traidor, infiel.

ou, melhor dizendo, de Enguerrand Marigny?"

A essa altura o rosto de D'Artagnan se obscureceu. O mosqueteiro tinha escrúpulos. Entregar assim à morte (pois não havia dúvida de que Luís XIV odiava Fouquet) aquele em que todos tinham acabado de reconhecer um fidalgo era um verdadeiro caso de consciência.

"Parece-me que", continuou a dizer D'Artagnan para si próprio, "se não sou um vilão, devo contar para o senhor Fouquet a opinião do rei sobre ele. Mas se traio o segredo do meu senhor, sou um pérfido e um traidor, crime perfeitamente previsto pelas leis militares; e, por sinal, nas guerras já vi umas vinte vezes enforcarem infelizes que tinham feito em ponto pequeno o que o meu escrúpulo me aconselha a fazer em ponto grande. Não; acho que um homem engenhoso deve sair dessa dificuldade com muito mais habilidade. E admitamos que eu tenha esse engenho. Isso é duvidoso, pois há quarenta anos eu o consumo tanto, que se ainda me resta o equivalente a uma pistola será uma felicidade."

D'Artagnan segurou a cabeça com as mãos, arrancou alguns fios do bigode e considerou: "Por que razão o senhor Fouquet cairia em desgraça? Por três razões. A primeira, por não ser apreciado pelo senhor Colbert; a segunda, por ter querido amar a senhorita de La Vallière; a terceira, pelo fato de o rei gostar do senhor Colbert e da senhorita de La Vallière. Ele é um homem perdido! Mas eu lhe daria um chute na cabeça, eu, um homem, quando ele sucumbe às intrigas de mulheres e de funcionários? Se ele é perigoso, eu o abaterei; se é apenas perseguido, verei. Cheguei a essa conclusão e nem rei nem homem mudará a minha opinião. Athos, se estivesse aqui, faria o mesmo. Assim, em vez de ir abordar com brutalidade o senhor Fouquet, de prendê-lo e isolá-lo, vou tratar de me conduzir como um homem de bons modos. Falarão disso, concordo, mas falarão bem".

E D'Artagnan, levantando o talabarte no ombro com um gesto muito dele, foi diretamente para a casa do senhor Fouquet, que depois de se despedir das damas preparava-se para dormir tranquilamente, embalado pelos triunfos do dia.

> Cinturão que se usava à época por cima do ombro, como se fosse uma faixa de *miss* ou de presidente, o **talabarte** servia para sustentar o cinto, que carregava uma ou mais espadas e outros objetos. Era geralmente de couro.

O ar ainda estava perfumado — ou infectado, como preferirem — pelo odor dos fogos de artifício. As velas lançavam sua claridade pálida, das guirlandas caíam flores desprendidas, os grupos de dançarinos e de cortesãos se desfaziam nos salões.

Cercado pelos amigos, que o cumprimentavam e recebiam cumprimentos, o superintendente semicerrava os olhos cansados. Ansiava pelo repouso; caía sobre o leito de louros que vinham se amontoando há tantos dias. Parecia baixar a cabeça sob o peso das novas dívidas contraídas para fazer honra àquela festa.

> Na Antiguidade, era comum colocar nos vencedores uma coroa feita de **folhas de louro**. Nos Jogos Olímpicos gregos, o ganhador de cada prova recebia isso no lugar de medalha. E um general romano voltando pra casa depois de uma vitória em batalha desfilava por Roma também com uma coroa de louros no cabeção.

Fouquet acabava de se retirar ao seu quarto, sorrindo e já meio morto. Não escutava mais, não via mais. A cama o atraía e o fascinava. O deus Morfeu, que dominava o domo pintado por Le Brun, havia estendido seu poder aos quartos vizinhos e lançado as suas papoulas mais eficazes sobre o dono da casa.

Fouquet já estava sendo ajudado pelo criado de quarto quando o senhor D'Artagnan apareceu no limiar da porta.

O capitão dos mosqueteiros não conseguiu jamais se vulgarizar na corte, e, sendo visto por toda parte e sempre, deixava boa impressão por toda parte e sempre. É o privilégio de algumas naturezas, que nisso se parecem com o relâmpago ou com o trovão. Todos as conhecem; mas nos admiramos com elas, e quando as encontramos a última impressão é sempre a que julgamos a mais forte.

— Ora vejam, o senhor D'Artagnan! — disse Fouquet, que já despira a manga direita.

— Para servi-lo — replicou o mosqueteiro.

— Então entre, caro senhor D'Artagnan.

— Obrigado!

— Veio fazer alguma crítica sobre a festa? O senhor é um espírito engenhoso.

— Ah, não!

— O seu serviço o aborrece?

— Não, absolutamente.

— Talvez o senhor esteja mal acomodado.

— Está tudo maravilhoso.

— Pois bem, eu lhe agradeço tanta amabilidade e me declaro reconhecido por tudo o que o senhor me diz de lisonjeiro.

Essas palavras significavam incontestavelmente: "Meu caro D'Artagnan, vá se deitar, porque o senhor tem uma cama, e me deixe fazer a mesma coisa".

D'Artagnan não pareceu ter entendido.

— O senhor já vai dormir? — perguntou ele ao superintendente.

— Sim. O senhor tem alguma coisa para me comunicar?

— Nada, nada. Então o senhor dorme aqui?

— Como o senhor pode ver.

— O senhor deu uma festa muito bonita para o rei.

— Acha?

— Ah, soberba!

— O rei está contente?

— Encantado.

— Ele lhe pediu para me comunicar isso?

— Ele não escolheria um mensageiro tão pouco digno, meu senhor.

— O senhor está se depreciando, senhor D'Artagnan.

— Esta é a sua cama?

— Sim. Por que pergunta? O senhor não está satisfeito com a sua?

— Devo falar com franqueza?

— Claro.

— Pois bem: não.

Fouquet estremeceu.

— Senhor D'Artagnan — disse ele —, fique com o meu quarto.

— Privá-lo dele, meu senhor? Jamais!

— Então o que faremos?

— Permita-me dividi-lo com o senhor.

Fouquet olhou fixamente para o mosqueteiro.

— Ah! O senhor deixou agora o quarto do rei?

— Sim, meu senhor.

— E o rei quer que o senhor durma no meu quarto?

— Senhor...

— Muito bem, senhor D'Artagnan, muito bem. Aqui, o senhor manda.

— Asseguro-lhe, meu senhor, que não quero de modo algum abusar...

Fouquet voltou-se para o criado de quarto.

— Deixe-nos — disse ele.

O criado saiu.

— O senhor tem algo para me dizer? — indagou Fouquet.

— Eu?

— Um homem com a sua inteligência não vem conversar com um homem como eu a esta hora sem um grave motivo.

— Não me interrogue.

— Pelo contrário. O que o senhor quer de mim?

— Nada além da sua companhia.

— Vamos para o jardim — disse de súbito o superintendente —, no parque?

— Não — respondeu enfaticamente o mosqueteiro —, não.

— Por quê?

— O frio...

— Vejamos: confesse então que o senhor está me prendendo — disse o superintendente ao capitão.

— Jamais! — protestou este.

— Então vai me vigiar?

— Pela sua honra, sim, meu senhor.

— Pela minha honra?... Isso é outra coisa. Ah, estão me prendendo na minha casa?

— Não diga isso!

— Não vou dizer, vou gritar.

— Se o senhor gritar, serei forçado a obrigá-lo ao silêncio.

— Muito bem! Violência na minha casa. Ah, isso é ótimo!

— Não estamos nos entendendo. Veja, o senhor tem ali um tabuleiro de xadrez; vamos jogar, por favor, meu senhor.

— Senhor D'Artagnan, então eu caí em desgraça?

— De modo algum, mas...

— Mas estou proibido de escapar aos seus olhares?

— Não entendo uma palavra do que o senhor diz. Se quer que eu me retire, diga.

— Caro senhor D'Artagnan, seus modos vão me enlouquecer. Eu estava caindo de sono e o senhor me despertou.

— Não me perdoarei jamais por isso, e se o senhor quiser que eu me reconcilie comigo mesmo...

— Então?

— Então durma aí, diante de mim. Ficarei encantado.

— Vigilância?...

— Eu vou embora.

— Não o estou entendendo.

— Boa noite, meu senhor.

E D'Artagnan fingiu que se retirava.

Então, Fouquet correu atrás dele.

— Não vou me deitar — disse ele. — Falo a sério: uma vez que o senhor se recusa a me tratar como homem e quer ser esperto comigo, vou acuá-lo, como se faz com o javali.

— Ora! — exclamou D'Artagnan afetando um sorriso.

— Eu peço meus cavalos e vou a Paris — disse Fouquet, sondando o capitão dos mosqueteiros.

— Ah, se é assim, meu senhor, é diferente.

— O senhor me prende?

— Não, mas vou com o senhor.

— Chega, senhor D'Artagnan — retornou Fouquet num tom frio. — Não é à toa que o senhor tem a reputação de homem inteligente e com muitos recursos. Mas comigo isso tudo é supérfluo. Vamos direto ao que interessa. Preste-me um serviço. Por que o senhor está me prendendo? O que foi que eu fiz?

— Ah, eu não sei de nada do que o senhor fez. Mas não vou prendê-lo... esta noite...

— Esta noite?! — exclamou Fouquet empalidecendo. — Mas e amanhã?

— Ah, ainda não estamos no amanhã, meu senhor. Quem é que pode responder pelo amanhã?

— Quero falar com o senhor D'Herblay. E bem rápido, capitão!

— Ai, ai! Isso é impossível, meu senhor. Tenho ordem de cuidar para que o senhor não converse com ninguém.

— Com o senhor D'Herblay, capitão, o seu amigo!

— Senhor, e se por acaso o senhor D'Herblay, meu amigo, for o único com quem eu devesse impedi-lo de se comunicar?

Fouquet enrubesceu e, assumindo um ar resignado, disse:

— O senhor tem razão. Estou recebendo uma lição que não deveria ter provocado. O homem que caiu não tem direito a nada, nem mesmo da parte daqueles que devem a ele a sua fortuna, e por uma razão mais forte da parte daqueles a quem ele jamais teve a felicidade de servir.

— Meu senhor!

— É verdade, senhor D'Artagnan. O senhor sempre se colocou comigo numa boa situação, na situação que convém ao homem destinado a me prender. O senhor nunca me pediu nada.

— Meu senhor — respondeu o gascão, tocado por aquela dor eloquente e nobre —, peço-lhe o favor de me dar a sua palavra de homem honesto de que não sairá deste quarto.

— De que adiantaria, caro senhor D'Artagnan, uma vez que o senhor está me vigiando? O senhor está receando que eu lute contra a espada mais valorosa do reino?

— Não é isso, meu senhor. É que eu vou procurar o senhor D'Herblay e, consequentemente, o deixarei sozinho.

Fouquet deu um grito de alegria e surpresa.

— Procurar o senhor D'Herblay! Deixar que eu fique aqui sozinho! — exclamou ele, juntando as mãos.

— Onde é que ficou instalado o senhor D'Herblay? No quarto azul?

— Sim, meu amigo, isso.

— Seu amigo! Obrigado pela palavra, meu senhor. Se já não a ganhei do senhor antes, hoje ganho.

— Ah, o senhor me salva!

— Para ir daqui até o quarto azul e voltar serão uns bons dez minutos, não é mesmo? — tornou D'Artagnan.

— Mais ou menos.

— E para acordar Aramis, que dorme bem quando dorme, e falar com ele, mais cinco minutos: um quarto de hora de ausência. Agora, meu senhor, me dê a sua palavra de que não vai procurar nenhum jeito de fugir, e que ao entrar aqui de volta eu o encontrarei.

— Dou-lhe a minha palavra — respondeu Fouquet apertando a mão do mosqueteiro com um afetuoso reconhecimento.

D'Artagnan desapareceu.

Fouquet o viu afastar-se, esperou com visível impaciência a porta ser fechada atrás dele e, quando isso aconteceu, se precipitou para as chaves, abriu algumas gavetas secretas, escondidas em móveis; procurou em vão alguns papéis que sem dúvida tinham ficado em Saint-Mandé e que ele pareceu contrariado por não encontrar ali. Então, pegando apressadamente cartas, contratos, escrituras, fez com tudo uma grande bola e a queimou sobre a placa de mármore da lareira, em cujo interior havia muitos potes de flores que ele não perdeu tempo em retirar.

Depois, terminada essa operação, como um homem que acaba de escapar de um enorme perigo e que a força abandona quando esse perigo já não precisa ser temido, ele se deixou cair aniquilado na poltrona.

D'Artagnan voltou e encontrou Fouquet na mesma posição. O honrado mosqueteiro não tinha dúvida de que Fouquet, tendo dado a sua palavra, não pensaria em faltar a ela, mas considerara que ele aproveitaria a sua ausência para se livrar de todos os seus papéis, notas e contratos que poderiam tornar mais perigosa a situação já demasiado grave em que se encontrava. Assim, levantando a cabeça como o cão que recebe o vento, ele sentiu no ar o cheiro de fumaça que esperava encontrar ao voltar e, tendo-o sentido, fez um movimento de cabeça em sinal de satisfação.

Fouquet havia, por sua vez, erguido a cabeça quando D'Artagnan entrou, e não perdeu nenhum dos movimentos do mosqueteiro.

Então os olhares dos dois homens se encontraram; viram ambos que tinham tudo entendido sem trocar uma única palavra.

— E então? — perguntou Fouquet. — O senhor D'Herblay?

— Palavra de honra, meu senhor — respondeu D'Artagnan —, o senhor D'Herblay deve adorar passear à noite e compor versos ao luar no parque de Vaux em companhia dos poetas que o senhor tem aqui. O fato é que ele não estava no quarto.

— Como?! Não está no quarto? — exclamou Fouquet vendo escapar a sua última esperança, pois, sem perceber de que modo o bispo de Vannes poderia socorrê-lo, entendia ser ele a única pessoa capaz de ajudá-lo.

— Ou, então, se ele está lá — prosseguiu D'Artagnan —, tem razões para não responder.

— Mas então o senhor não o chamou de modo que ele ouvisse?

— O senhor não iria supor que, transgredindo as ordens de não deixá-lo por um único instante, eu seria tolo o bastante para acordar a casa inteira e me exibir no corredor do bispo de Vannes, dando ao senhor Colbert a certeza de que com isso eu lhe permitiria queimar os seus papéis.

— Meus papéis?

— Sem dúvida. Pelo menos é o que eu teria feito se estivesse no seu lugar. Quando me abrem uma porta, eu aproveito.

— Pois bem, obrigado. Eu aproveitei.

— E fez bem, diabo! Todos têm os seus segredinhos que não dizem respeito aos outros. Mas voltemos a Aramis, meu senhor.

— Muito bem, eu lhe digo: o senhor chamou baixo demais e ele não ouviu.

— Por mais baixo que se chame Aramis, meu senhor, ele sempre ouve quando está interessado em ouvir. Assim, repito a minha frase: Aramis não estava no quarto dele, meu senhor, ou então teve, para não reconhecer a minha voz, motivos que eu ignoro e que talvez o senhor também ignore, embora ele seja seu servidor fiel.

Fouquet deu um suspiro, levantou-se, deu três ou quatro voltas pelo quarto e acabou indo se sentar, com expressão de profundo abatimento, em sua soberba cama adornada de veludo e esplêndidas rendas.

D'Artagnan olhou para Fouquet com um sentimento de profunda compaixão.

> Em 1642, **Cinq-Mars** foi executado por traição. O conde de **Chalais** (Henri de Talleyrand) foi decapitado em 1626. O príncipe de **Condé** (Louis de Bourbon) foi pra cadeia por causa das Frondas, assim como o cardeal **Retz** (Paul de Gondi), enquanto a prisão de Pierre **Broussel** foi o estopim da revolta das Barricadas.

— Na minha vida eu vi prenderem muitas pessoas — disse o mosqueteiro, num tom melancólico. — Vi prenderem o senhor de Cinq-Mars, vi prenderem o senhor de Chalais. Eu era muito jovem. Vi prenderem o senhor de Condé com os príncipes, vi prenderem o senhor de Retz, vi prenderem o senhor Broussel. Veja, meu senhor, é desagradável falar isso, mas entre todos esses homens o que mais me faz lembrar o senhor neste momento é Broussel. Falta pouco para, como ele, o senhor pôr o guardanapo na carteira e limpar a boca com os seus papéis. Diabo!, senhor Fouquet, um homem como o senhor não pode ficar abatido assim. Se os seus amigos o vissem!...

— Senhor D'Artagnan — volveu o superintendente, com um sorriso triste —, o senhor não me compreende. É justamente porque meus amigos não me veem que eu estou como o senhor me vê. Sozinho, eu não vivo; sozinho, eu não sou nada, absolutamente. Note bem que eu levei toda a minha existência fazendo amigos que, esperava eu, me apoiariam. Na prosperidade, todas essas vozes felizes, e felizes por mim, me ofereciam um concerto de louvores e de ações de graças. Quando em descrédito, por menor que fosse, as vozes mais humildes acompanhavam harmoniosamente os murmúrios da minha alma. Isolamento é algo que eu jamais conheci. A pobreza, fantasma que algumas vezes entrevi com farrapos no final da minha estrada, era o fantasma com o qual muitos dos meus amigos brincam depois de tantos anos, que eles poetizam, que eles acariciam, de que me fazem gostar! A pobreza! Mas eu a aceito, a reconheço, a acolho como uma irmã deserdada; pois a pobreza não é a solidão, não é o exílio, não é a prisão! Eu posso ser pobre com amigos como Pellisson, como La Fontaine, como Molière? Com uma amante como... Ah, mas a solidão, para mim, homem da agitação, para mim, homem do prazer, para mim, que só existo porque os outros existem!... Ah, se o senhor soubesse como me sinto só neste momento! E como o senhor me parece ser, o senhor que me separa de tudo de que eu gosto, a imagem da solidão, da aniquilação e da morte!

— Mas eu já lhe disse, senhor Fouquet — respondeu D'Artagnan, tocado até o fundo da alma —, que o senhor exagera as coisas. O rei gosta do senhor.

— Não — disse Fouquet balançando a cabeça. — Não!

— O senhor Colbert o odeia.

— O senhor Colbert? Tanto faz.

— Ele vai arruiná-lo.

— Ah, quanto a isso eu o desafio, pois já estou arruinado.

Essa estranha confissão do superintendente levou D'Artagnan a passar um olhar expressivo ao redor de si. Embora não tivesse aberto a boca, Fouquet o entendeu tão bem que acrescentou:

— O que fazer com essas magnificências quando não se é mais magnífico? O senhor sabe de que serve para nós, os ricos, a maioria das nossas posses? Serve para nos desagradarmos, pelo seu próprio esplendor, de tudo o que não iguala esse esplendor. Vaux!, o senhor me dirá, as maravilhas de Vaux, não é mesmo? Pois bem, e daí? O que fazer com essa maravilha? Com o que, se estou arruinado, despejarei água nas urnas das minhas náiades, porei fogo nas entranhas das minhas salamandras, ar no peito dos meus tritões? Para ser rico o bastante, senhor D'Artagnan, é preciso ser demasiado rico.

> Aqui, Fouquet se refere às estátuas que enfeitam o castelo, todas da mitologia grega. As **náiades** são ninfas aquáticas, que protegem rios e fontes, e as **salamandras**, que parecem um lagarto, são seres que controlam o fogo. Dos tritões já falamos em outra notinha.

D'Artagnan meneou a cabeça.

— Ah, eu sei bem o que o senhor pensa — disse vivamente Fouquet. — Se fosse dono de Vaux, o senhor o venderia e compraria uma terra na província. Essa terra teria madeira, pomares e campos; essa terra alimentaria o seu dono. Com quarenta milhões o senhor faria...

— Dez milhões — interrompeu D'Artagnan.

— Nem um milhão, meu caro capitão. Ninguém na França é rico o suficiente para comprar Vaux por dois milhões e custear a sua manutenção. Ninguém poderia.

— Ora! — exclamou D'Artagnan —, de qualquer maneira um milhão...

— Um milhão...

— Não é miséria.

— É quase, meu caro senhor.

— Como?

— Ah, o senhor não entende. Não, eu não quero vender a minha casa de Vaux. Dou-a ao senhor, se quiser.

E Fouquet acompanhou essas palavras com um inexprimível movimento de ombros.

— Doe-a ao rei, seria melhor negócio.

— O rei não precisa que eu a doe — disse Fouquet. — Ele poderá perfeitamente se apossar dela se ela lhe agrada. E por isso eu prefiro que Vaux desapareça. Sabe, senhor D'Artagnan, se o rei não estivesse sob o meu teto eu pegaria essa vela, iria para o domo pôr fogo em duas caixas de foguetes e de fogos de artifício que ficaram lá de reserva e reduziria o meu palácio a cinzas.

— Ora! — exclamou negligentemente o mosqueteiro. — Em todo caso, o senhor não queimaria os jardins. É o que há de melhor aqui.

— Mas o que foi que eu disse, meu Deus! — volveu Fouquet quase gritando. — Queimar Vaux! Destruir o meu palácio! Vaux não me pertence, mas estas riquezas, estas maravilhas, quanto ao desfrute elas pertencem a quem as pagou, é verdade, mas quanto ao tempo de duração elas pertencem a quem as criou. Vaux é de Le Brun, Vaux é de Le Nôtre, Vaux é de Pellisson, de Le Vau, de La Fontaine; Vaux é de Molière, que encenou *Os importunos*; Vaux é da posteridade, enfim. Como pode ver, então, senhor D'Artagnan, eu não possuo nem mesmo a minha casa.

— Ainda bem... — disse D'Artagnan. — Essa é uma ideia de que eu gosto, e nela reconheço o senhor Fouquet. Essa ideia me afasta do coitado do Broussel, e não reconheço nela as lamúrias do velho frondista. Se está arruinado, meu senhor, leve a questão como se deve. Diabo!, o senhor também pertence à posteridade e não tem o direito de se depreciar. Olhe para mim, para mim que pareço exercer uma superioridade sobre o senhor porque o prendo; a sorte, que distribui os papéis para os comediantes deste mundo, me deu um menos bonito, menos agradável de desempenhar que o do senhor; eu estou entre os que acham que os papéis de rei ou de poderoso valem mais que os de mendigos ou de lacaios. Em cena vale mais, num outro teatro, não o do mundo, vale mais, repito, vestir uma roupa bonita e falar elegantemente do que arrastar um chinelo pelo assoalho ou ter o lombo acariciado com uma estopa amarrada na ponta de um cabo. Resumindo, o senhor abusou do ouro, o senhor mandou, o senhor desfrutou. Eu arrastei a minha corda; eu obedeci; eu labutei. Muito bem! Por pouco que eu valha perto do senhor, eu lhe declaro, a lembrança do que fiz é para mim um aguilhão que me impede de curvar cedo demais a minha velha cabeça. Serei até o fim um bom cavalo de esquadrão e cairei ereto, inteiriço, vivo, depois de ter escolhido bem o meu lugar. Faça como eu, senhor Fouquet; assim, o senhor não se achará pior. Isso só acontece uma vez com homens como o senhor. O essencial é se sair bem quando isso acontece. Existe um provérbio latino, cujas palavras eu esqueci mas do qual lembro o sentido, pois mais de uma vez meditei sobre ele. Diz o seguinte: "O fim coroa a obra".

Fouquet se levantou, enlaçou o ombro de D'Artagnan e estreitou-o contra o peito enquanto com a outra mão apertava a mão dele.

— Foi um bom sermão — disse, após uma pausa.

— Sermão de mosqueteiro, senhor.

— O senhor gosta de mim, se me diz tudo isso.

— Talvez.

Fouquet voltou a ficar pensativo; então, depois de um instante, perguntou:

— Mas o senhor D'Herblay, onde ele pode estar? Não ouso lhe pedir para mandar que o procurem.

— Se me pedisse eu não faria isso, senhor Fouquet. É imprudente. Ficariam sabendo, e Aramis, que não tem nada a ver com isso tudo, poderia ficar comprometido e envolvido na sua desgraça.

— Vou esperar o dia — disse Fouquet.

O **aguilhão** é uma vara com a ponta afiada usada para tocar boi em pasto, mas aqui aparece como uma metáfora de incentivo — um incômodo que faz seguir em frente.

— Sim, é melhor.
— O que nós faremos de dia?
— Não sei, meu senhor.
— Faça-me um favor, senhor D'Artagnan.
— De muito bom grado.
— O senhor está me vigiando, eu fico aqui. O senhor está cumprindo ordens que recebeu, não é mesmo?
— Sim, isso mesmo.
— Pois bem, passe a ser a minha sombra. Gosto mais dessa sombra que de alguma outra.

D'Artagnan se curvou.

— Mas esqueça que é o senhor D'Artagnan, capitão dos mosqueteiros; esqueça que eu sou o senhor Fouquet, superintendente das Finanças, e conversemos sobre questões minhas.
— Ah, isso é difícil.
— É mesmo?
— Sim. Mas para o senhor, que é o senhor Fouquet, eu farei o impossível.
— Obrigado. O que o rei lhe disse?
— Nada.
— Ah, é assim que o senhor conversa?
— Diabo!
— O que o senhor acha da minha situação?
— Nada.
— No entanto, a menos que esteja de má vontade...
— A sua situação é difícil.
— Por quê?
— Porque o senhor está na sua casa.
— Por mais difícil que ela seja, eu a compreendo bem.
— Meu Deus! O senhor por acaso acha que eu teria sido tão franco se fosse com outra pessoa?
— Como?! Tão franco! O senhor usou de franqueza comigo? O senhor, que se recusou a me dizer o mínimo que fosse?
— Há muitas maneiras, neste caso.
— Ainda bem!
— Veja, meu senhor, ouça como eu agiria se fosse com

outro qualquer. Eu chegaria à sua porta quando todas as pessoas tivessem ido embora, ou, se elas não tivessem ido embora, eu as esperaria onde elas fossem sair e as pegaria uma a uma como coelhos saindo da toca; então, as prenderia sem barulho, me estenderia sobre o tapete do seu corredor e, de um modo que o senhor não perceberia, eu o vigiaria até o café da manhã do rei. Assim, não haveria escândalo, não haveria defesa, não haveria barulho; mas tampouco haveria aviso para o senhor Fouquet, não haveria reserva, não haveria as concessões delicadas que entre pessoas educadas se fazem no momento decisivo. Esse plano lhe agrada?

— Ele me faz estremecer.

— Não é mesmo? Teria sido triste se eu aparecesse amanhã, sem nenhuma preparação, e lhe pedisse a sua espada.

— Ah, meu senhor, isso me mataria de vergonha e de raiva!

— O seu reconhecimento se exprime de modo muito eloquente, mas eu não fiz o bastante para merecê-lo, acredite-me.

— Com toda a certeza o senhor nunca me fará confirmar isso.

— Muito bem! Agora, se o senhor está contente comigo, se já se refez do abalo que eu suavizei o mais que pude, deixemos o tempo bater asas. O senhor está cansado, tem reflexões a fazer; sugiro que durma ou faça de conta que dorme, em cima ou embaixo das colchas. Vou dormir nesta poltrona, e, quando eu adormeço, meu sono é tão pesado que um canhão não me acordaria.

Fouquet sorriu.

— A única exceção, no entanto — prosseguiu o mosqueteiro —, seria se abrissem uma porta, seja secreta, seja visível, seja de saída ou seja de entrada. Ah, para isso a minha orelha é vulnerável ao extremo. Um estalido me faz sobressaltar. É uma questão de antipatia natural. Então vá, então venha, passeie pelo quarto; escreva, apague, rasgue, queime; nada disso me impedirá de dormir e até de roncar; mas não encoste na chave da fechadura, não mexa na alça da porta, pois assim o senhor me fará despertar sobressaltado, e isso irritaria horrivelmente os meus nervos.

— Decididamente, senhor D'Artagnan — disse Fouquet —, o senhor é o homem mais espirituoso e mais cortês que eu conheço, e me deixa apenas um pesar: o de o ter conhecido tão tarde.

D'Artagnan deu um suspiro que significava: "Ai! Talvez o senhor me tenha conhecido cedo demais!". Depois, ele afundou na poltrona enquanto Fouquet, recostado na cama e apoiado no cotovelo, pensava na sua aventura.

E os dois, deixando queimar as velas, esperaram assim a aurora, e, quando Fouquet suspirava muito alto, D'Artagnan roncava mais forte.

Nenhuma visita, nem mesmo a de Aramis, perturbou a sua quietude; nenhum barulho se ouviu na vasta mansão.

Lá fora as rondas de honra e as patrulhas de mosqueteiros faziam a areia gemer sob seus passos; era uma tranquilidade a mais para os que dormiam. Juntem-se a isso o barulho do vento e das fontes que cumprem sua função eterna sem se preocuparem com os barulhinhos e as pequenas coisas de que se compõem a vida e a morte do homem.

A MANHÃ

AO LADO DO DESTINO lúgubre do rei trancado na Bastilha e sacudindo desesperadamente os ferrolhos e as barras, a retórica dos cronistas antigos não deixaria de contrapor a antítese de Filipe dormindo sob o dossel real. Não é que a retórica seja sempre má e sempre semeie sem razão as flores com que quer colorir a história; mas nós vamos polir cuidadosamente a antítese e desenhar com simpatia o outro quadro destinado a acompanhar o primeiro.

O jovem príncipe desceu do quarto de Aramis como o rei havia descido do quarto de Morfeu. O domo baixou lentamente sob a pressão do senhor D'Herblay e Filipe se viu diante da cama real, que tinha voltado a subir depois de depositar seu prisioneiro nas profundezas dos subterrâneos.

Sozinho na presença daquele luxo, sozinho diante de todo o seu poder, sozinho diante do papel que seria forçado a desempenhar, Filipe sentiu pela primeira vez sua alma se abrir às mil emoções que são os batimentos vitais de um coração de rei.

Mas ele empalideceu ao observar a cama vazia e ainda amarrotada pelo corpo de seu irmão.

Aquele cúmplice mudo havia voltado depois de ter servido à consumação da obra. Voltava com o vestígio do crime; falava ao culpado com a linguagem franca e brutal que o cúmplice jamais teme usar com seu comparsa. Dizia a verdade.

Filipe, abaixando-se para ver melhor, percebeu o lenço ainda úmido com o suor frio que havia brotado na testa de Luís XIV. Esse suor o apavorou como o sangue de Abel apavorou Caim.

No livro do Gênesis, lá da Bíblia, tem essa história dos dois primeiros filhos de Adão e Eva, que eram **Abel** e **Caim**. Um dia, Caim, doido de ciúme do mano, foi lá e matou Abel.

"Estou face a face com o meu destino", disse Filipe, com os olhos vermelhos e o rosto lívido. "Ele será aterrorizante na mesma medida em que a minha prisão foi dolorosa? Forçado a seguir a cada instante as usurpações do pensamento, terei sempre de escutar os escrúpulos do meu coração? Muito bem: sim, o rei repousou nesta cama; sim, foi a cabeça dele que cavou esse afundamento no travesseiro, foi a amargura das suas lágrimas que molhou este lenço, e eu hesito em me deitar nesta cama, em apertar na mão este lenço bordado com as armas que são do rei! Vamos, imitemos o senhor D'Herblay, para quem a ação deve estar sempre um grau acima do pensamento; imitemos o senhor D'Herblay, que sempre pensa em si e que se diz homem honesto quando só desgostou ou traiu os seus inimigos. Esta cama, eu a ocuparia se pelo crime de nossa mãe Luís XIV não me tivesse impedido de fazê-lo. Este lenço bordado com as armas da França, só a mim caberia o seu uso se, como observou o senhor D'Herblay, eu tivesse sido deixado no meu lugar no berço real. Filipe, o único rei da França, recupere o seu brasão! Filipe, único herdeiro presuntivo de Luís XIII, seu pai, não tenha compaixão do usurpador que neste momento não tem remorso por tudo o que você sofreu!"

> **Armas** aqui está como sinônimo de brasão — as famílias importantes e os reinos tinham essa coisa de ter um símbolo delas, um desenho que os identificava. E hoje os países ainda têm isso. O Brasil, por exemplo, tem o brasão dele, que é tipo uma logomarca oficial e que aparece em documentos e tal.

Dito isso, Filipe, apesar da repugnância instintiva do corpo, apesar dos calafrios e do terror domados pela vontade, deitou-se no leito real e forçou os músculos a apertarem a colcha ainda morna de Luís XIV enquanto encostava na testa abrasada o lenço úmido de suor.

Quando a sua cabeça inclinou-se para trás e afundou no travesseiro macio, ele viu acima de si a coroa da França, sustida, como já dissemos, pelo anjo de grandes asas douradas.

Imaginemos esse intruso real, de olhar sombrio e corpo trêmulo. Ele se parece com o tigre perdido numa noite de tempestade que, caminhando em meio aos juncos pela ravina desconhecida, acaba por se deitar na caverna do leão ausente. O odor felino o atraiu, o vapor tépido da habitação ordinária. Ele encontrou uma cama de relva seca, de ossos quebrados e pastosos como uma medula. Chega, passeia na sombra seu olhar que arde e que vê; agita os membros gotejantes, o pelo sujo de lama, agacha-se pesadamente e apoia o grande focinho sobre as patas enormes, pronto para o sono mas também para o combate. De tempos em tempos o relâmpago que brilha e cintila nas fendas do antro, o barulho dos ramos entrechocando-se, das pedras que gritam ao cair, a vaga apreensão do perigo, tiram-no da letargia causada pelo cansaço.

Pode-se pretender dormir na toca do leão, mas não se deve esperar que o sono seja tranquilo.

Filipe aguçou o ouvido a todos os ruídos. Deixou o coração oscilar ao sopro de todos os terrores, mas, confiante na sua força, redobrada pela amplificação da sua resolução suprema, esperou sem fraqueza que uma circunstância decisiva lhe permitisse se julgar. Esperou que um grande perigo lhe fosse revelado, como quando as luzes fosfóricas da tempestade mostram aos navegadores a altura das ondas contra as quais eles lutam.

Mas nada aconteceu. Durante toda a noite, o silêncio, esse inimigo mortal dos corações inquietos, esse inimigo mortal dos ambiciosos, envolveu num espesso vapor o futuro rei da França, abrigado sob a sua coroa roubada.

Já amanhecendo, uma sombra, mais que um corpo, deslizou no quarto real. Filipe a esperava e não se espantou.

— Senhor D'Herblay? — perguntou ele.
— Tudo bem, Sire. Caso encerrado.
— Como?
— Tudo o que nós esperávamos.
— Resistência?
— Encarniçada. Choros, gritos.
— E depois?
— Depois, estupor.
— Mas por fim?
— Por fim, vitória completa e silêncio absoluto.
— O governador da Bastilha desconfiou?
— Não desconfiou de nada.
— E a semelhança?

— É a causa do sucesso.

— Mas o prisioneiro não pode deixar de se explicar. Pense bem. Eu pude fazer isso, eu, que precisava combater um poder muito mais forte que o meu.

— Eu previ tudo. Dentro de alguns dias, talvez até antes se for necessário, tiraremos de lá o prisioneiro e o levaremos para um exílio tão distante...

— As pessoas voltam do exílio, senhor D'Herblay.

— Tão distante, eu dizia, que as forças materiais do homem e a duração da sua vida não serão suficientes para o retorno.

Mais uma vez, o olhar do jovem rei e o de Aramis se cruzaram com um frio entendimento.

— E o senhor Du Vallon? — perguntou Filipe, para mudar de assunto.

— Ele lhe será apresentado hoje e, confidencialmente, o cumprimentará por ter saído ileso do perigo que esse usurpador o fez correr.

— O que se fará em relação a ele?

— Ao senhor Du Vallon?

— Ele será duque, não é mesmo?

— Sim, ele será duque — repetiu Aramis, com um sorriso singular.

— Por que está rindo, senhor D'Herblay?

— Rio da ideia previdente de Vossa Majestade.

— Previdente? O que é que o senhor quer dizer com isso?

— Sem dúvida, Vossa Majestade teme que o coitado do Porthos se torne uma testemunha incômoda e quer se desfazer dele.

— Tornando-o duque?

— Certamente. O senhor o matará; ele vai morrer de alegria e o segredo morrerá com ele.

— Ah, meu Deus!

— E eu — disse Aramis fleumaticamente —, eu perderei um amigo muito bom.

Nesse momento, e no meio de tais conversas fúteis com que os dois conspiradores escondiam a alegria e o orgulho do sucesso, Aramis ouviu algo que o fez ficar alerta.

— O que foi? — indagou Filipe.

— O dia, Sire.

— E o que tem isso?

— Pois bem, ontem, antes de se deitar nessa cama, o senhor provavelmente resolveu fazer alguma coisa pela manhã.

— Eu disse para o meu capitão dos mosqueteiros — respondeu prontamente o jovem — que o esperaria.

— Se o senhor lhe disse isso, ele certamente virá; é um homem cumpridor.

— Ouço passos no vestíbulo.

— É ele.

— Vamos, comecemos o ataque — disse o jovem rei, com resolução.

— Em guarda! — exclamou Aramis. — Começar o ataque, e por D'Artagnan, seria loucura. D'Artagnan não sabe nada, D'Artagnan não viu nada, D'Artagnan está muito longe de desconfiar do nosso mistério. Mas, se for o primeiro a entrar aqui esta manhã, ele irá farejar que aconteceu algo com que deve se preocupar. Veja, Sire, antes de permitir a entrada de D'Artagnan aqui, nós devemos arejar muito o quarto ou fazer entrar tantas pessoas que o melhor cão farejador deste reino fique desorientado com vinte cheiros diferentes.

— Mas como fazer, então? — indagou o príncipe, impaciente para se medir com um adversário tão temido. — Eu combinei com ele.

— Eu tomo conta disso — replicou o bispo —, e, para começar, vou dar um golpe que deixará aturdido o nosso homem.

— Ele também dá um golpe — acrescentou, alerta, o príncipe.

Com efeito, um golpe soou fora do quarto.

Aramis não tinha se enganado: era D'Artagnan que se anunciava assim.

Nós o vimos passar a noite filosofando com o senhor Fouquet, mas D'Artagnan estava muito cansado, tendo fingido dormir, e, assim que a aurora iluminou com a sua auréola azulada as suntuosas cornijas do quarto do superintendente, ele se levantou da poltrona, corrigiu a posição

Na esgrima, estar **em guarda** é ficar em alerta para se proteger dos golpes do adversário.

As **cornijas** são detalhes, formando quase uma moldura que fica logo acima da lareira, tipo uma faixa, e que costuma ser de madeira ou pedra.

da espada, alisou a roupa com a manga e esfregou o chapéu de feltro como um soldado de guarda antes de fazer a inspeção no seu anspeçada.

— O senhor está saindo? — perguntou Fouquet.

— Sim, meu senhor. E o senhor?

— Fico aqui.

— Palavra de honra?

— Palavra de honra.

— Bom. Só estou saindo para ir procurar a resposta.

— A sentença, o senhor quer dizer.

— Veja, eu tenho um pouco do antigo romano. Esta manhã, ao me levantar, vi que minha espada não se enganchou em nenhum atacador e o talabarte deslizou bem. É um sinal infalível.

— De prosperidade?

— Sim, o senhor acertou. Toda vez que esse diabo de couro se engancha nas minhas costas é uma punição do senhor de Tréville ou uma recusa de dinheiro do senhor de Mazarin. Toda vez que a espada se engancha no próprio talabarte é uma incumbência difícil, e já tive inúmeras na minha vida. Toda vez que a espada dança na bainha é um duelo bem-sucedido. Toda vez que ela balança nas minhas panturrilhas é uma ferida leve. Toda vez que ela sai completamente da bainha eu vou para o campo de batalha e fico lá por dois ou três meses assistido por cirurgião e trocando compressas.

— Ah, eu não sabia que o senhor era tão bem informado pela sua espada — disse Fouquet, com um sorriso pálido que revelava a luta que ele travava contra as próprias fraquezas. — É uma lâmina fada ou feiticeira?

— Minha espada é um membro que faz parte do meu corpo. Já ouvi dizer que alguns homens são avisados pela sua perna ou por um batimento da têmpora. Quanto a mim, sou avisado pela minha espada. Pois bem, esta manhã ela não me disse nada. Ah, claro!... ela acaba de cair sozinha no último furo do talabarte. Sabe o que isso pressagia?

— Não.

— Muito bem, isso me pressagia uma prisão para hoje.

Jean-Arnaud du Peyrer, conde de Troisville (ou **Tréville**), havia sido chefe dos mosqueteiros, mas foi tascado pra fora do cargo em 1625.

— Ah, mas — disse o superintendente, mais espantado que zangado com essa franqueza —, se nada de triste a sua espada lhe previu, isso significa que não é triste para o senhor me prender?

— Prender o senhor?

— Sem dúvida. O presságio...

— Não lhe diz respeito, pois o senhor já está preso desde ontem. Então não será o senhor que eu irei prender. Por isso me alegro, por isso digo que o meu dia será feliz.

E com essas palavras, pronunciadas com uma elegância natural e muito afetuosamente, o capitão pediu licença a Fouquet para ir encontrar o rei.

Ele já ia transpor a soleira da porta quando Fouquet lhe disse:

— Uma derradeira mostra da sua benevolência.

— Sim, meu senhor.

— O senhor D'Herblay. Deixe-me ver o senhor D'Herblay.

— Vou tentar trazê-lo aqui.

D'Artagnan não sabia que tinha acertado tanto no que dissera. Estava escrito que as previsões que a manhã lhe havia feito se realizariam ao longo do dia.

Ele bateu à porta do rei. A porta se abriu. O capitão imaginara que o rei iria abri-la. Essa suposição não era admissível, levando-se em conta o estado de agitação em que o mosqueteiro deixara Luís XIV na véspera. Mas, no lugar da figura real que ele se preparava para saudar respeitosamente, D'Artagnan viu a figura comprida e impassível de Aramis. Faltou pouco para ele dar um grito, tal foi a sua surpresa.

— Aramis! — disse ele.

— Bom dia, caro D'Artagnan — respondeu friamente o prelado.

— Aqui?! — balbuciou o mosqueteiro.

— Sua Majestade lhe pede — disse o bispo — para anunciar que está repousando, depois de ter ficado muito cansado durante toda a noite.

— Ah! — exclamou D'Artagnan, que não entendia como o bispo de Vannes, que na véspera tinha posição tão baixa entre os favoritos, tinha se tornado, em seis horas, o mais

> Os franceses usam muito a ideia do crescimento rápido dos **cogumelos** para expressar coisas que acontecem de repente, de maneira inesperada.

avantajado e afortunado cogumelo que até então nascera num quarto real.

De fato, para transmitir, à porta do quarto do monarca, as vontades deste, para servir de intermediário de Luís XIV, para dar ordens em nome dele estando ele a seu lado, era preciso ser mais que Richelieu com Luís XIII.

O olhar expressivo de D'Artagnan, sua boca entreaberta e o bigode eriçado diziam isso na mais estrondosa das linguagens ao orgulhoso favorito, que não mostrou nenhuma reação a ele.

— Além disso — continuou o bispo —, por favor, senhor capitão dos mosqueteiros, esta manhã só por alguma razão sumamente importante o senhor permitirá a entrada no quarto. Sua Majestade ainda quer dormir.

— Mas, senhor bispo — objetou D'Artagnan, prestes a se revoltar e, sobretudo, a deixar explodirem as suspeitas que o silêncio do rei lhe inspirava —, Sua Majestade me concedeu uma entrevista para esta manhã.

— Mais tarde, mais tarde — disse do fundo do quarto a voz do rei, que fez correr um calafrio nas veias do mosqueteiro.

Ele se inclinou, surpreso, estupefato, estonteado pelo sorriso com que Aramis o esmagou quando essas palavras foram ditas.

— E então — prosseguiu o bispo —, para responder ao que veio perguntar ao rei, meu caro D'Artagnan, eis aqui uma ordem da qual o senhor tomará conhecimento imediatamente. Essa ordem diz respeito ao senhor Fouquet.

D'Artagnan pegou a ordem que ele lhe estendeu.

— Soltar? — murmurou ele. — Ah!

E ele disse um segundo "Ah!", mais inteligente que o primeiro.

É que a ordem lhe explicava a presença de Aramis no quarto do rei; é que Aramis, para ter obtido o perdão para Fouquet, devia estar em muito boa posição no favor do rei; é que esse favor explicava, por sua vez, a incrível firmeza com que o senhor D'Herblay dava as ordens em nome de Sua Majestade.

Para D'Artagnan, bastava compreender qualquer coisa para compreender tudo. Ele fez uma saudação e deu dois passos para ir embora.

— Vou acompanhá-lo — disse o bispo.

— Aonde?

— Ao quarto do senhor Fouquet. Quero compartilhar o contentamento dele.

— Ah, Aramis, você muito me intrigou agora há pouco — disse D'Artagnan.

— Mas está tudo entendido?

— Por Deus! Se eu entendo! — disse ele em voz alta. Depois, bem baixinho: — Muito bem: não! — sibilou entre dentes. — Não entendo. Mas tanto faz, estou com a ordem. — E acrescentou: — O senhor primeiro.

D'Artagnan conduziu Aramis aos aposentos de Fouquet.

O AMIGO DO REI

FOUQUET ESPERAVA ANSIOSO, já tendo dispensado vários dos seus servidores e amigos que, antecipando-se à sua hora habitual de atender, tinham ido procurá-lo. A cada um deles, silenciando sobre o perigo suspenso sobre a sua cabeça, ele apenas perguntava onde se poderia encontrar Aramis.

Quando ele viu D'Artagnan voltar, quando percebeu que atrás do capitão dos mosqueteiros estava o bispo de Vannes, sua alegria foi às alturas de modo proporcional à sua inquietação. Ver Aramis era, para o superintendente, uma compensação pela infelicidade de estar preso.

O prelado estava silencioso e grave. D'Artagnan estava perturbado pelo acúmulo de acontecimentos incríveis.

— Muito bem, capitão, o senhor me trouxe o senhor D'Herblay?

— E também uma coisa ainda melhor, meu senhor.

— O quê?

— A liberdade.

— Eu estou livre!

— Está. Ordem do rei.

Fouquet reassumiu toda a sua serenidade para interrogar Aramis com o olhar.

— Ah, sim! Pode agradecer ao senhor bispo de Vannes — prosseguiu D'Artagnan —, pois é a ele que o senhor deve a mudança do rei.

— Ah — disse Fouquet, mais humilhado pelo serviço que reconhecido pelo sucesso.

— Mas o senhor, que protege o senhor Fouquet —

continuou D'Artagnan dirigindo-se a Aramis —, faria uma coisa para mim?

— Tudo o que o senhor quiser, meu amigo — respondeu o bispo, com sua voz calma.

— Uma coisa apenas, e eu me declararei satisfeito. Como foi que o senhor se tornou o favorito do rei, o senhor, que só tinha falado com ele duas vezes na vida?

— A um amigo como o senhor — retornou Aramis cortesmente — não se esconde nada.

— Ótimo, diga!

— Muito bem. O senhor acha que eu só vi o rei duas vezes, mas na verdade eu o vi mais de cem vezes. Apenas nos escondíamos. É só isso.

E, sem procurar um modo de fazer desaparecer o novo rubor que essa revelação levou ao rosto de D'Artagnan, Aramis voltou-se para o senhor Fouquet, que estava tão surpreso quanto o mosqueteiro.

— Meu senhor — volveu ele —, o rei me encarregou de lhe dizer que mais que nunca é seu amigo e que a sua festa tão bela, tão generosamente oferecida, tocou-lhe o coração.

Tendo dito isso, ele saudou Fouquet com tamanha reverência que este, incapaz de entender uma diplomacia tão rigorosa, ficou sem voz, sem ideia e sem movimento.

D'Artagnan achou que aqueles dois homens tinham algo para se dizer e ia obedecer ao impulso de delicadeza que faz precipitar para a porta aquele cuja presença incomoda os outros, mas sua viva curiosidade, fustigada por tantos mistérios, aconselhou-o a ficar.

Então Aramis voltou-se para ele e disse com suavidade:

— Meu amigo, o senhor não se esqueceu, não é mesmo, da ordem do rei sobre a entrada das pessoas no quarto?

Essas palavras eram muito claras. O mosqueteiro as cumpriu. Saudou Fouquet, depois Aramis, com um matiz de respeito irônico, e desapareceu.

Então Fouquet, que de tão impaciente a custo esperava esse momento, lançou-se para a porta, fechou-a e voltou para perto do bispo.

— Meu caro D'Herblay — disse ele —, acho que já é tempo de o senhor me explicar o que está acontecendo. Na verdade eu não estou entendendo mais nada.

— Vamos explicar-lhe tudo — disse Aramis sentando-se e fazendo Fouquet se sentar. — Começamos por onde?

— Por isto: diante de todos os outros interesses, por que o rei me deu a liberdade?

— Seria melhor o senhor me perguntar por que ele mandou prendê-lo.

— Desde que fui preso, eu tive tempo de pensar, e acho que se trata de um pouco de inveja. A minha festa contrariou o senhor Colbert e o senhor Colbert urdiu algum plano contra mim, o plano de Belle-Île, por exemplo.

— Não, não se tratava ainda de Belle-Île.

— Então o que foi?

— O senhor se lembra dos recibos de treze milhões que o senhor de Mazarin o fez roubar?

— Ah, sim. E então?

— Com isso o senhor já fica declarado ladrão.

— Meu Deus!

— Mas isso não é tudo. O senhor se lembra da carta que escreveu a La Vallière?

— Ai, ai! É verdade.

— Pronto: o senhor está declarado traidor e subornador.

— Então por que ele me perdoou?

— Ainda não chegamos a esse ponto na nossa argumentação. Eu quero que o senhor perceba bem o fato. Atente para o seguinte: o rei sabe que o senhor é culpado de desvio de fundos. Ah, por favor!, eu não ignoro que o senhor não desviou absolutamente nada, mas, enfim, o rei não viu os recibos e só pode mesmo achar que o senhor é criminoso.

— Desculpe, mas eu não vejo...

— Ainda vai ver. O rei, além do mais, tendo lido o seu bilhete amoroso e tomado conhecimento do que o senhor ofereceu a La Vallière, não pode ter nenhuma dúvida sobre as suas intenções com relação a essa bela jovem, não é mesmo?

Já faz um tempo que Aramis e Fouquet vinham **planejando** fortificar a propriedade lá de **Belle-Île**.

Mazarin, como administrador dos dinheiros do reino, havia conseguido um lucro de 13 milhões com uma concessão de terras em litígio, mas não colocou essa entrada de grana no livro de receitas, não fez a contabilidade direitinho. O que ele fez foi mandar esse valor para Fouquet, que foi obrigado, então, a mandá-lo de volta para Mazarin como se aquilo fosse uma verba destinada aos esforços de guerra franceses. Aí o cardeal deu a Fouquet um **recibo** daquela dinheirama. O problema é que a grana desapareceu e o recibo também sumiu lá da papelada da contabilidade do Fouquet, o que fez parecer que ele havia roubado o dindim quando, na verdade, o ladrão era Mazarin.

— Certamente. Mas conclua...

— Estou chegando lá. O rei é, portanto, seu inimigo capital, implacável, eterno.

— Concordo. Mas eu sou tão poderoso a ponto de ele não ter ousado me destruir apesar do ódio, com todos os meios que a minha fraqueza ou a minha infelicidade lhe põe à disposição para me prender?

— Constata-se, sem dúvida — prosseguiu Aramis, com frieza —, que o rei está irreconciliavelmente indisposto com o senhor.

— Mas ele me absolveu...

— O senhor acha? — disse o bispo com um olhar escrutinador.

— Sem acreditar na sinceridade do coração, eu acredito na verdade do fato.

Aramis ergueu levemente os ombros.

— Por que então Luís XIV o teria encarregado de me dizer o que o senhor me comunicou?

— O rei não me encarregou de nada para o senhor.

— De nada! — disse o superintendente, estupefato. — Pois bem! Então, a ordem...

— Ah, sim, há uma ordem, tem razão.

E essas palavras foram pronunciadas por Aramis com uma entonação tão estranha que Fouquet não pôde deixar de estremecer.

— Escute — disse ele —, o senhor está me escondendo alguma coisa, eu vejo isso.

Aramis acariciou o queixo com seus dedos muito brancos.

— O rei está me exilando?

— Não faça como nesse jogo em que as crianças adivinham a presença de um objeto escondido contando com a ajuda de uma campainha que soa quando elas se aproximam ou se afastam.

— Então fale.

— Adivinhe.

— O senhor me assusta.

— Ora! Então o senhor não adivinhou.

— O que foi que o rei lhe disse? Em nome da nossa amizade, não me dissimule.

— O rei não me disse nada.

— O senhor vai me matar de impaciência, D'Herblay. Eu continuo sendo superintendente?

— Enquanto quiser.

— Mas que domínio singular o senhor adquiriu de uma hora para a outra sobre o espírito de Sua Majestade!

— Ah, pronto!

— O senhor o faz agir conforme a sua vontade.

— Acho que sim.

— Isso é inverossímil.

— É o que vão dizer.

— D'Herblay, pela nossa aliança, pela nossa amizade, por tudo o que o senhor tem de mais caro no mundo, me diga, eu lhe suplico! A que o senhor deve o fato de ter se insinuado perante Luís XIV? Ele não gostava do senhor, eu sei disso.

— Agora, o rei vai gostar de mim — disse Aramis, enfatizando a primeira palavra.

— O senhor teve algo de particular com ele?

— Sim.

— Um segredo, talvez.

— Isso, um segredo.

— Um segredo do tipo que muda os interesses de Sua Majestade?

— O senhor é um homem superior. Adivinhou exatamente. Eu, de fato, descobri um segredo do tipo que muda os interesses da França.

— Ah — disse Fouquet, com a reserva de um homem de bem que não quer questionar.

— E o senhor vai julgar o caso — continuou Aramis. — O senhor vai me dizer se eu estou enganado quanto à importância desse segredo.

— Estou ouvindo, pois aprecio a sua bondade em fazer confidências comigo. Apenas, meu amigo, note que eu não solicitei nada indiscreto.

Aramis se recolheu durante um momento.

— Pense bem se o senhor deve mesmo falar.

— Lembra-se — disse de olhos baixos o bispo — do nascimento de Luís XIV?

Como se fosse hoje.

— O senhor ouviu falar alguma coisa diferente sobre esse nascimento?

— Não, fora que o rei não era verdadeiramente filho de Luís XIII.

— Isso não tem a menor importância para o nosso interesse nem para o interesse do reino. Segundo a lei francesa, é filho do seu pai aquele que tem um pai confirmado pela lei.

— É verdade; mas isso é grave quando se trata da qualidade das raças.

— Questão secundária. Então, o senhor não soube de nada diferente?

— Nada.

— É aí que começa o meu segredo.

— Ah!

— A rainha, em vez de dar à luz um filho, deu à luz dois bebês.

Fouquet levantou a cabeça.

— E o segundo morreu? — indagou ele.

— O senhor vai ver. Esses gêmeos deviam ser o orgulho de sua mãe e a esperança da França, mas a fraqueza do rei, sua superstição, o levou a temer conflitos entre os dois filhos que tinham o mesmo direito; então ele suprimiu um dos gêmeos.

— Suprimiu, disse o senhor?

— Espere. Esses dois filhos cresceram: um no trono, o senhor é ministro dele; o outro na sombra e no isolamento.

— E esse?

— É meu amigo.

— Meu Deus!, o que o senhor está dizendo, senhor D'Herblay! E o que é que esse pobre príncipe faz?

— Pergunte primeiro o que é que ele fez.

— Sim, sim.

— Ele foi criado no campo e depois sequestrado numa fortaleza que chamamos de Bastilha.

— Será possível! — exclamou o superintendente com as mãos juntas.

Luís XIII e Ana da Áustria estavam casados fazia 23 anos quando, finalmente, tiveram um pimpolho. E o rebento chegou ao mundo envolto em fofocas. Diziam que o **filho** não era dele.

— Um era o mais afortunado dos homens; o outro, o mais infeliz dos miseráveis.

— E a mãe dele ignora isso?

— Ana da Áustria sabe de tudo.

— E o rei?

— Ah, o rei não sabe de nada.

— Melhor assim! — disse Fouquet.

Essa exclamação pareceu impressionar intensamente Aramis. Ele observou seu interlocutor com um olhar preocupado.

— Perdão, eu o interrompi — disse Fouquet.

— Eu dizia então — volveu Aramis — que o pobre príncipe era o mais infeliz dos homens, quando Deus, que pensa em todas as criaturas, cuidou de vir em seu socorro.

— Ah! Como foi isso?

— O senhor vai ver. O rei reinante... O senhor sabe por que eu digo rei reinante?

— Não. Por quê?

— Porque ambos, beneficiando-se do seu nascimento, deveriam ser reis. O senhor também acha?

— É o que eu penso.

— Sem dúvida?

— Sem dúvida. Os gêmeos são uma pessoa em dois corpos.

— Gosto de saber que um jurisconsulto com a sua competência e com a sua autoridade avalia assim. Então está estabelecido para nós que os dois tinham os mesmos direitos, não é?

— Está estabelecido. Mas, meu Deus, que aventura!

— O senhor não chegou ao final. Paciência...

— Ah, sim, eu terei.

— Deus quis enviar para o oprimido um vingador, um apoio, se assim o senhor prefere. Acontece que o rei reinante, o usurpador... O senhor é da mesma opinião que eu, não é? Não é usurpação desfrutar tranquilamente e assumir egoisticamente o direito sobre uma herança à qual se tem direito de apenas metade?

— A palavra é usurpação.

Jurisconsulto > pessoa que não só é formada em direito como é também craque no assunto, sendo consultada para dar pareceres sobre as leis.

— Então vou prosseguir. Deus quis que o usurpador tivesse por primeiro-ministro um homem de talento e de coração grande, e, sobretudo, um espírito superior.

— Tudo bem, tudo bem — exclamou Fouquet. — Estou entendendo: o senhor contou comigo para ajudá-lo a reparar o mal que fizeram ao pobre irmão de Luís XIV? Pensou acertadamente: eu o ajudarei. Obrigado, D'Herblay, obrigado!

— Não é isso, absolutamente. O senhor não me deixa concluir — disse Aramis, impassível.

— Vou me calar.

— O senhor Fouquet, eu estava dizendo, sendo ministro do rei reinante, passou a ser repudiado pelo rei e a sofrer uma grave ameaça à sua fortuna, à sua liberdade e talvez à sua vida, pela intriga e pelo ódio, a que o rei facilmente dava ouvidos. Mas Deus permitiu, para salvar o príncipe sacrificado, que o senhor Fouquet tivesse um amigo dedicado que sabia o segredo de Estado e teve a força de revelar esse segredo depois de ter tido a força de guardá-lo em seu coração durante vinte anos.

— Não prossiga — disse Fouquet, cheio de ideias generosas. — Eu entendi e adivinho tudo. O senhor foi encontrar o rei quando soube da notícia da minha prisão, suplicou-lhe, ele se recusou a ouvi-lo, também ele; então o senhor usou a ameaça do segredo, a ameaça da revelação, e Luís XIV, apavorado, precisou conceder, em face do terror da sua indiscrição, o que ele recusava à sua intercessão generosa. Eu compreendo, eu compreendo!

— O senhor não compreende absolutamente nada — respondeu Aramis —, e mais uma vez me interrompeu, meu amigo. E, além disso, permita que eu lhe diga, o senhor negligencia demais a lógica e não usa devidamente a memória.

— Como?

— O senhor sabe em que eu me baseei no começo da nossa conversa?

— Sim, no ódio de Sua Majestade por mim, um ódio invencível. Mas nenhum ódio resistiria à ameaça de uma revelação como essa.

— Uma revelação como essa! Ora, é aí que a sua lógica falha. O que é isso? O senhor acha que, se tivesse feito uma revelação como essa ao rei, eu ainda estaria vivo neste momento?

— Apenas dez minutos atrás o senhor estava com o rei.

— Que seja! Ele não teria tido tempo de mandar me matar, mas teria tido tempo de me amordaçar e me jogar numa masmorra. Vamos!, um raciocínio consistente, pelas barbas de Deus!

E, por essa exclamação tão mosqueteira, distração de um homem que nunca se distraía, Fouquet compreendeu o grau de exaltação a que havia chegado o calmo, impenetrável bispo de Vannes. Isso o fez estremecer.

— Além disso — retomou Aramis depois de se controlar —, eu seria o homem que sou, seria um amigo verdadeiro se o expusesse, sendo que o rei já o odeia, a um sentimento ainda mais temível do jovem rei? Tê-lo roubado não é nada; ter cortejado a sua amante é pouco, mas arrebatar-lhe a coroa e a honra é demais. Ele lhe arrancaria o coração com as próprias mãos, antes de qualquer coisa.

— O senhor não deixou que ele soubesse do segredo?

— Eu teria gostado mais de devorar todos os venenos que Mitridates bebeu durante vinte anos para tentar não morrer.

— Então o que foi que o senhor fez?

— Ah, chegamos ao ponto, meu senhor. Acho que vou despertar-lhe algum interesse. O senhor continuará me escutando, não é?

— Sim, estou escutando. Fale.

Aramis deu uma volta pelo quarto, pra ter certeza de que estavam sós, de que tudo estava em silêncio, e voltou a se colocar ao lado da poltrona em que Fouquet esperava as suas revelações com profunda ansiedade.

— Eu me esqueci de lhe dizer — volveu ele dirigindo-se a Fouquet, que o escutava com atenção extrema — que os gêmeos têm uma particularidade notável: Deus os fez tão semelhantes um ao outro que somente Ele, se os chamar

---

Mitridates foi rei de um lugar chamado Ponto — um Estado que fazia parte do conglomerado grego lá nas antiguidades. Mitridates morria de medo de ser envenenado e por isso resolveu tomar pequenas doses constantes de venenos variados ao longo de muitos anos pra — segundo a lenda — ficar imune a tudo. Depois, quando perdeu uma batalha pra Pompeu, lá de Roma, Mitridates quis se matar e apelou pro quê? Veneno! Aí dizem que o treco não deu efeito nenhum e ele teve de pedir pra um soldado sentar a espada nele.

ao seu tribunal, saberia distinguir um do outro. A mãe deles não conseguiria.

— Será possível? — exclamou Fouquet.

— A mesma nobreza de traços, o mesmo andar, a mesma altura, a mesma voz.

— Mas e o pensamento?, mas e a inteligência?, mas e a ciência da vida?

— Ah, a desigualdade está aí, meu senhor. Sim, pois o prisioneiro da Bastilha é incontestavelmente superior ao irmão, e se da prisão essa pobre vítima passasse para o trono não se encontraria na França, talvez desde os seus primórdios, um soberano mais poderoso pelo gênio e pela nobreza de caráter.

Fouquet deixou cair nas mãos sua cabeça, que o imenso segredo tornava pesada. Aramis aproximou-se dele.

— Ainda há outra desigualdade entre os gêmeos filhos de Luís XIII — disse ele, prosseguindo no seu trabalho de tentação —, uma desigualdade para o senhor: o que nasceu por último não conhece o senhor Colbert.

Fouquet levantou-se imediatamente, com o rosto pálido e alterado. O golpe o havia atingido, não em pleno coração, mas em plena mente.

— Entendo — disse ele a Aramis. — O senhor está me propondo uma conspiração.

— Mais ou menos.

— Uma dessas tentativas que, como o senhor disse no início desta conversa, mudam o destino dos impérios.

— E do superintendente. Sim, meu senhor.

— Numa palavra, o senhor me propõe trocar o filho de Luís XIII que hoje é prisioneiro pelo filho de Luís XIII que está dormindo no quarto de Morfeu neste momento?

Aramis sorriu com o brilho sinistro do seu pensamento sinistro.

— Isso! — disse ele.

— Mas — retomou Fouquet depois de um silêncio penoso — o senhor não considerou que essa obra política é capaz de perturbar todo o reino e que, para arrancar com as raízes infinitas essa árvore a que chamamos rei e substituí-lo por outro, a terra jamais estará suficientemente compactada a ponto de o novo rei ficar protegido contra o vento remanescente da tempestade que passou e contra as oscilações do seu próprio corpo?

Aramis continuou a sorrir.

— Considere então — prosseguiu Fouquet, aquecendo-se com essa força de talento que concebe um projeto e o amadurece em alguns segundos, e com tal largueza de visão que prevê todas as suas consequências e abraça todos os seus resultados — que precisamos reunir a nobreza, o clero e o terceiro estado; depor o príncipe reinante, perturbar por um terrível escândalo o túmulo de Luís XIII, perder a vida e a honra de uma mulher, Ana da Áustria, a vida e a paz de outra mulher, Maria Teresa, e concluído tudo isso, se nós concluirmos...

— Não estou entendendo — disse friamente Aramis. — Não há uma única palavra útil em tudo o que o senhor acabou de dizer.

— Como?! — disse, surpreso, o superintendente. — O senhor não discute a prática, um homem como o senhor! O senhor se limita às alegrias infantis de uma ilusão política e negligencia as possibilidades da execução, ou seja, da realidade. É possível isso?

— Meu amigo — disse Aramis enfatizando a palavra com uma espécie de familiaridade desdenhosa. — Como faz Deus para substituir um rei por outro?

— Deus! — exclamou Fouquet. — Deus dá uma ordem ao seu agente, que pega o condenado, o leva e faz sentar-se o triunfador no trono que ficou vazio. Mas o senhor esquece que esse agente se chama morte. Ah, meu Deus, senhor D'Herblay, o senhor teria ideia...

— Não se trata disso, meu senhor. Na verdade, o senhor está indo além do objeto visado. Quem está falando em morte do rei Luís XIV? Quem está falando em seguir o exemplo de Deus na estrita prática das suas obras? Não. Eu queria lhe dizer que Deus faz as coisas sem perturbação, sem escândalo, sem esforços, e que os homens inspirados por Deus têm sucesso como Ele no que realizam, no que tentam, no que fazem.

— O que é que o senhor quer dizer?

— Eu queria lhe dizer, meu amigo — volveu Aramis, com a mesma entonação que tinha dado à palavra "amigo" quando a pronunciou pela primeira vez —, é que, se houve perturbação, escândalo e até mesmo esforço na substituição do prisioneiro pelo rei, eu o desafio a me provar isso.

— O que o senhor está dizendo?! — exclamou Fouquet, mais lívido que o lenço com que enxugava as têmporas. — O senhor está dizendo...

— Vá até o quarto do rei — continuou tranquilamente Aramis —, e o senhor, que sabe o mistério, eu o desafio a perceber que é o prisioneiro da Bastilha que está deitado na cama do seu irmão.

— Mas e o rei? — balbuciou Fouquet, tomado de horror por essa notícia.

— Que rei? — disse Aramis com seu tom mais suave. — O que o odeia ou o que gosta do senhor?

— O rei... de ontem.

— O rei de ontem? Tranquilize-se: ele foi ocupar na Bastilha o lugar que a sua vítima ocupou durante uma enormidade de tempo.

— Justiça divina! E quem o levou?

— Eu.

— O senhor!

— Sim, e do modo mais simples. Eu o levei esta noite, e, enquanto ele descia para a sombra, o outro subia para a luz. Não acho que isso tenha feito barulho. Um relâmpago sem trovão não acorda ninguém.

Fouquet deu um grito abafado, como se tivesse sido atingido por um golpe invisível, e segurou a cabeça com as mãos crispadas.

— O senhor fez isso? — murmurou ele.

— Muito habilmente. O que acha?

— O senhor destronou o rei? O senhor o aprisionou?

— Sim.

— E a ação se deu aqui, em Vaux?

— Aqui, em Vaux, no quarto de Morfeu. Não lhe parece que ele foi construído prevendo essa ação?

— E quando foi isso?

— Esta noite.

— Esta noite!

— Entre meia-noite e uma hora.

Fouquet fez um movimento como se para se jogar sobre Aramis, mas se deteve.

— Em Vaux! Em minha casa! — disse ele com uma voz abafada.

— Sim, acho que sim. É a sua casa, sobretudo depois que o senhor Colbert não pode mais roubá-la do senhor.

— Então a execução desse crime foi na minha casa!

— Esse crime! — disse Aramis, perplexo.

— Esse crime abominável! — continou Fouquet exaltando-se cada vez mais. — Esse crime mais execrável que um assassinato! Esse crime que desonra para sempre o meu nome e me entrega ao horror da posteridade!

— Ora, o senhor está delirando — respondeu Aramis, com voz pouco segura. — O senhor está falando alto demais, tome cuidado.

— Vou gritar bem alto para o universo me ouvir!

— Senhor Fouquet, cuidado!

Fouquet voltou-se para o prelado e o encarou.

— Sim — disse ele —, o senhor me desonrou cometendo essa traição, essa perversidade, com o meu hóspede, com aquele que repousava em paz sob o meu teto. Ah, que infelicidade!

— Infelicidade para aquele que, sob o seu teto, pensava em arruinar a sua fortuna, a sua vida. O senhor se esqueceu disso?

— Era o meu hóspede, era o meu rei!

Aramis se levantou; tinha os olhos injetados de sangue e os lábios trêmulos.

— Estou tratando com um maluco? — disse ele.

— O senhor está tratando com um homem honesto.

— Louco!

— Com um homem que prefere morrer, que prefere matar o senhor a deixá-lo consumar a sua desonra.

E Fouquet, precipitando-se até o leito, pegou a espada que D'Artagnan havia posto na cabeceira.

Aramis franziu as sobrancelhas, deslizou a mão sobre o peito, como se procurasse uma arma. Esse movimento não passou despercebido a Fouquet. Assim, nobre e orgulhoso na sua magnanimidade, ele atirou para longe de si a espada e, aproximando-se de Aramis de modo a tocar com a mão desarmada o seu ombro, disse:

— Eu gostaria de morrer aqui para não sobreviver à minha vergonha, e, se o senhor ainda tem alguma amizade por mim, eu lhe suplico: dê-me a morte.

Aramis ficou imóvel, em silêncio.

— O senhor não responde nada?

Aramis ergueu lentamente a cabeça e mais uma vez se viu nos seus olhos o clarão da esperança.

— Reflita — disse ele —, meu senhor, sobre tudo o que nos espera. Com esse ato de justiça, o rei continua vivo e a prisão dele salva a sua vida.

— Sim — replicou Fouquet —, o senhor agiu no meu interesse, mas eu não aceito o seu serviço. Contudo, não quero de modo algum destruí-lo. O senhor vai sair desta casa.

Aramis domou o relâmpago que faiscou no seu coração partido.

— Eu sou hospitaleiro para todos — prosseguiu Fouquet com majestade inexprimível. — O senhor não será mais sacrificado do que aquele de quem consumou a perda.

— O senhor será — disse Aramis com uma voz baixa e profética. — O senhor será, o senhor será!

— Aceito o augúrio, senhor D'Herblay, mas nada me deterá. O senhor vai deixar Vaux, vai deixar a França. Eu lhe dou quatro horas para ficar fora do alcance do rei.

> Na Roma dos tempos muito bem passados, os áugures eram uns sacerdotes que liam o futuro e faziam previsões por meio da observação dos voos e dos barulhos que as aves faziam. Daí vem a ideia de **augúrio** como um pressentimento, um sinal, uma indicação de que algo está pra acontecer.

— Quatro horas? — disse Aramis, incrédulo e com escárnio.

— Palavra de Fouquet. Ninguém o seguirá antes desse prazo. São, portanto, quatro horas de dianteira sobre todos aqueles que o rei quiser mandar atrás do senhor.

— Quatro horas! — repetiu Aramis rugindo.

— É mais que o necessário para o senhor embarcar e chegar a Belle-Île, que eu lhe dou para se refugiar.

— Ah — murmurou Aramis.

— Belle-Île é minha para o senhor, como Vaux é minha para o rei. Vá, D'Herblay, vá. Enquanto eu viver, não cairá um fio de cabelo da sua cabeça.

— Obrigado — disse Aramis com uma ironia lúgubre.

— Então vá, e me dê a mão para corrermos os dois; o senhor para a salvação da sua vida, eu para a salvação da minha honra.

Aramis tirou do peito a mão que escondera ali. Estava vermelha com o seu sangue; ele tinha arranhado o peito com as unhas, como se para punir a carne por ter criado tantos projetos mais vãos, mais tolos, mais perecíveis que a vida do homem. Fouquet sentiu horror, sentiu compaixão, e abriu os braços para Aramis.

— Eu não vim armado — murmurou o bispo de Vannes, feroz e terrível como a sombra de Dido.

Depois, sem tocar a mão de Fouquet, desviou o olhar e deu dois passos para trás. Sua última palavra foi uma imprecação; seu último gesto foi a execração desenhada por aquela mão ao manchar o rosto de Fouquet com algumas gotinhas do seu sangue.

E os dois saíram do quarto precipitadamente pela escada secreta que dava para os pátios internos.

Fouquet pediu seus melhores cavalos e Aramis parou ao pé da escada que levava ao quarto de Porthos.

Ele refletiu por muito tempo, enquanto a carruagem de Fouquet deixava em galope acelerado o pátio principal.

"Partir sozinho?", considerou Aramis. "Avisar o príncipe?... Ah, fúria!... Avisar o príncipe e fazer o quê?!... Partir com ele?... Arrastar por aí essa testemunha de acusação?... A guerra?... A guerra civil, implacável?... Sem recurso, ai!... Impossível!... O que ele fará sem mim?... Ah, sem mim ele vai desabar como eu... Quem sabe?... Que o destino se

---

Dido é a rainha de Cartago que se matou quando ficou sabendo que seu amor, Eneias, havia picado a mula de volta pra Roma. Essa lenda é contada por Virgílio na *Eneida*, um poema épico em que, lá pelas tantas, o herói encontra a **sombra**, quer dizer, a alma da ex no mundo subterrâneo, e se apavora com o estado da moçoila, ainda cheia de feridas das facadas que ela havia dado no próprio corpo. Quando a Dido vê seu antigo *crush*, dá um berro aterrador e vai-se embora, deixando o rapaz por lá.

Imprecação > maldição, praga, vociferação.

Execração > aversão, nojo.

cumpra... Ele era condenado; que continue condenado... Deus!... Diabo! Força sombria e escarnecedora que chamamos de gênio do homem, você não passa de um sopro mais incerto e mais inútil que o vento na montanha; você se chama acaso, você não é nada; envolve tudo com o seu bafejo, levanta rochas e até a montanha, e de repente se despedaça diante da cruz de madeira morta, atrás da qual vive outra potência invisível... que talvez você negasse e que se vinga de você, e que o esmaga sem nem mesmo lhe dar a honra de dizer o seu nome... Perdido!... Estou perdido... O que fazer?... Ir para Belle-Île?... sim. E Porthos, que vai ficar aqui e falar, e contar tudo para todos. Porthos sofre. É um dos meus membros. A sua dor é minha. Porthos parte comigo, Porthos seguirá o meu destino. É preciso."

Temendo encontrar alguém que suspeitasse de tanta pressa, Aramis subiu a escada sem ser percebido.

Porthos, que acabara de chegar de Paris, já dormia o sono dos justos. Seu corpo enorme ignorava o cansaço, assim como a sua mente ignorava o pensamento.

Aramis entrou, leve como uma sombra, e pôs no ombro do gigante sua mão nervosa.

— Vamos! — exclamou ele. — Vamos, Porthos, vamos!

Porthos obedeceu, levantou-se, abriu os olhos antes de ter aberto sua inteligência.

— Estamos indo embora — disse Aramis.

— Ah — disse Porthos.

— Vamos a cavalo, e precisamos correr como nunca.

— Ah — repetiu Porthos.

— Vista-se, amigo.

E Aramis ajudou o gigante a se vestir, e pôs nos bolsos dele o seu ouro e os seus diamantes.

Enquanto se ocupava dessa operação, um leve ruído atraiu o seu pensamento.

D'Artagnan os olhava do vão da porta.

Aramis estremeceu.

— Que diabo vocês fazem aqui com tanta agitação? — perguntou o mosqueteiro.

— Chhh! — assobiou Porthos.

— Vamos partir em missão — acrescentou o bispo.

— Felizes de vocês — disse o mosqueteiro.

— Felizes, hein?! — resmungou Porthos. — Eu estou cansado, teria preferido dormir. Mas o serviço do rei...

— Viu o senhor Fouquet? — perguntou Aramis para D'Artagnan.

— Sim, numa carruagem, agora mesmo.

— E o que foi que ele lhe disse?

— Ele me disse adeus.

— Só isso?

— O que mais o senhor queria que ele me dissesse? Eu já não conto para nada desde que todos vocês viraram favoritos.

— Escute — disse Aramis abraçando o mosqueteiro —, os seus bons tempos voltaram; você não terá mais inveja de ninguém.

— Ah, ora!

— Eu prevejo para hoje um acontecimento que irá melhorar muito a sua posição.

— É verdade?

— Você sabe que essas notícias eu fico sabendo antes.

— Ah, sim!

— Vamos, Porthos, está pronto? Vamos embora.

— Vamos embora.

— E abracemos D'Artagnan.

— Claro!

— Os cavalos?

— Aqui eles estão sobrando. Quer pegar o meu?

— Não, Porthos tem a sua cavalariça. Adeus, adeus!

Os dois fugitivos montaram nos cavalos, observados pelo capitão dos mosqueteiros, que segurou o estribo para Porthos e acompanhou os amigos com o olhar até eles desaparecerem da sua vista.

"Em qualquer outra ocasião", pensou o gascão, "eu diria que vai dar tudo certo para esses dois; contudo, a política está tão mudada hoje em dia que isso se chama sair em missão. Mas vamos cuidar da vida."

E entrou filosoficamente em seus aposentos.

COMO A ORDEM FOI RESPEITADA NA BASTILHA

FOUQUET CAMINHOU RAPIDAMENTE, estremecendo de horror ante a ideia do que acabara de saber.

— O que foi então — pensava ele — a juventude desses homens prodigiosos que na idade já fraca ainda sabem maquinar planos como esse e executá-los sem piscar?

Às vezes, ele se perguntava se tudo o que Aramis lhe confiara não passava de um sonho, se a fábula não seria uma cilada e se, ao chegar à Bastilha, ele, Fouquet, não iria encontrar uma ordem de prisão que o faria se juntar ao rei destronado.

Com essa ideia, enquanto atrelavam os cavalos, ele deu algumas ordens sigilosas sobre o seu destino. As ordens se dirigiam ao senhor D'Artagnan e a todos os que estavam em posição de comando e cuja fidelidade não poderia ser suspeita.

"Desse modo", pensou Fouquet, "prisioneiro ou não, eu terei prestado o serviço que devo à causa da honra. As ordens só chegarão depois de mim se eu voltar livre, e assim não as terão aberto. Eu as pegarei de volta. Se demorar, é porque me ocorreu uma infelicidade, e nesse caso eu terei socorro para mim e para o rei."

Assim preparado, ele chegou diante da Bastilha. O superintendente havia feito cinco léguas e meia por hora.

Tudo o que não tinha acontecido com Aramis aconteceu na Bastilha com o senhor Fouquet. Ele precisou dar seu nome, precisou ser reconhecido, não pôde entrar.

Depois de solicitar, de ameaçar, de ordenar, ele conseguiu que um sentinela avisasse a um funcionário subalterno, que avisou ao seu superior. Quanto ao governador, não ousaram perturbá-lo com aquilo.

Fouquet, na sua carruagem, na porta da fortaleza, fazia o possível para se conter enquanto esperava a volta daquele funcionário subalterno, que apareceu por fim com uma expressão muito desagradável.

— Então! — disse Fouquet, impaciente —, que foi que o seu superior disse?

— Então, senhor — replicou o soldado —, ele riu na minha cara. Disse que o senhor Fouquet está em Vaux, e que se estivesse em Paris não se levantaria a esta hora.

— Pelas barbas de Deus!, vocês são um bando de patifes! — gritou o ministro precipitando-se para fora da carruagem.

E, antes que o funcionário subalterno tivesse tempo de fechar a porta, o superintendente se introduziu pela abertura e correu, apesar dos gritos do soldado, que pedia ajuda.

Fouquet ganhava terreno, sem se preocupar com os gritos do homem, que, tendo por fim emparelhado com ele, repetia para o sentinela da segunda porta:

— Atenção, atenção, sentinela!

O sentinela barrou a passagem do ministro, mas este, robusto e ágil, e além do mais tomado de cólera, arrancou a lança das mãos do soldado e com ela lhe fez um rude carinho nos ombros. O funcionário subalterno, que havia se aproximado demais, teve a sua parte na distribuição: os dois gritaram furiosos, o que fez surgir todo o primeiro corpo de guarda da entrada.

Entre esses homens, houve um que reconheceu o superintendente e gritou:

— Meu senhor! Ah, meu senhor!... Parem, vocês aí!

E ele efetivamente reteve os guardas, que se preparavam para vingar seus companheiros.

Fouquet mandou que abrissem a grade de ferro, mas lhe pediram a ordem.

Ele ordenou que avisassem o governador; este, porém, já havia sido informado de tudo pelo barulho da porta. Encabeçando um grupo de vinte homens, ele acorreu, seguido do seu major, suspeitando que estivesse havendo um ataque contra a Bastilha.

Baisemeaux também reconheceu Fouquet, e deixou cair a espada que já vinha brandindo.

— Ah, meu senhor! — balbuciou ele —, eu lhe peço desculpas.

— Senhor — disse o superintendente, vermelho de calor e todo suado —, eu o cumprimento: o seu serviço está esplêndido.

Baisemeaux empalideceu, achando que essas palavras eram apenas uma ironia, presságio de alguma cólera furiosa. Mas Fouquet havia recobrado o fôlego e chamou com um gesto o sentinela e o funcionário subalterno, que estavam um ao lado do outro.

— Tenho vinte pistolas para o sentinela — disse ele — e cinquenta para o funcionário. Meus parabéns, senhores, falarei com o rei sobre isso. Agora vamos conversar, senhor de Baisemeaux.

Baisemeaux já tremia de vergonha e inquietação. A visita matinal de Aramis lhe parecia agora ter consequências que com toda a razão um funcionário podia temer.

Mas foi algo ainda muito diferente que surgiu quando Fouquet lhe disse, sucintamente e com um olhar imperioso:

— O senhor viu o senhor D'Herblay de manhã.

— Sim, meu senhor.

— Muito bem, o senhor não se horroriza com o crime do qual se tornou cúmplice?

"Ora essa!", pensou Baisemeaux, e então acrescentou em voz alta: — Mas que crime, meu senhor?

— Isso é passível de esquartejamento, senhor, pense bem! Mas agora não é o momento de me irritar. Conduza-me imediatamente até o prisioneiro.

— Que prisioneiro? — indagou Baisemeaux tremendo.

— Está se fazendo de ignorante? É o melhor que o senhor pode fazer. De fato, se confessar cumplicidade será o seu fim. Por isso quero parecer acreditar na sua ignorância.

— Por favor, meu senhor...

— Tudo bem. Leve-me até o prisioneiro.

— Até Marchiali?

— Quem é esse Marchiali?

— É o preso trazido hoje de manhã pelo senhor D'Herblay.

— Disseram que ele se chama Marchiali? — indagou o superintendente, perturbado em suas convicções pela segurança inocente de Baisemeaux.

— Sim, meu senhor, foi com esse nome que o registraram aqui.

Fouquet olhou bem no fundo do coração de Baisemeaux. Viu ali, com esse hábito conferido pelo uso do poder, uma sinceridade absoluta. Aliás, observando por um minuto aquela fisionomia, não era possível acreditar que Aramis tivesse conspirado com um homem como aquele.

— É o prisioneiro que o senhor D'Herblay tinha trazido anteontem? — perguntou ele então ao governador.

— Sim, meu senhor.

— E que ele trouxe de volta esta manhã? — emendou Fouquet, que logo entendeu o mecanismo do plano de Aramis.

— Isso mesmo, meu senhor.

— E ele se chama Marchiali?

— Marchiali. Se meu senhor veio aqui para levá-lo, melhor, pois eu até ia escrever sobre isso.

— O que é que ele faz?

— Desde esta madrugada ele me contraria extremamente; tem acessos de raiva que me levam a temer o desmoronamento da Bastilha.

— Vou mesmo desembaraçar o senhor desse preso — disse Fouquet.

— Ah, melhor assim!

— Leve-me à cela dele.

— O senhor precisa me dar a ordem...

— Que ordem?

— A ordem do rei.

— Espere que eu lhe assino uma.

— Isso não resolveria, meu senhor; eu preciso da ordem do rei.

Fouquet assumiu um ar irritado.

— O senhor, que é tão escrupuloso — disse ele — na hora de soltar os prisioneiros, mostre-me então a ordem com a qual soltaram esse homem.

Baisemeaux mostrou a ordem de libertar Seldon.

— Muito bem! — disse Fouquet —, Seldon não é Marchiali.

— Mas Marchiali não foi libertado, meu senhor, ele está aqui.

— Mas o senhor disse que o senhor D'Herblay o levou e o trouxe de volta.

— Eu não disse isso.

— Disse, sim; parece até que estou ouvindo o senhor falar.

— Eu me atrapalhei na hora de falar.

— Senhor de Baisemeaux, cuidado!

— Eu não tenho nada a temer, meu senhor, ajo conforme o regulamento.

— O senhor ousa dizer isso?

— Eu diria isso diante de um apóstolo. O senhor D'Herblay me trouxe uma ordem de libertar Seldon e Seldon foi libertado.

— Eu lhe digo que Marchiali saiu da Bastilha.

— É preciso me provar isso, meu senhor.

— Deixe-me vê-lo.

— Meu senhor, quem governa este reino sabe até bem demais que ninguém chega perto de um prisioneiro sem uma ordem expressa do rei.

— Mas o senhor D'Herblay entrou.

— Isso precisaria ser provado, meu senhor.

— Senhor de Baisemeaux, mais uma vez, cuidado com as suas palavras.

— As provas estão aqui.

— O senhor D'Herblay foi derrotado.

— Derrotado, o senhor D'Herblay?! Impossível!

— Veja como ele o influenciou.

— O que me influencia, meu senhor, é o serviço do rei. Eu faço o meu dever. Dê-me a ordem e o senhor entrará.

— Escute, senhor governador, eu lhe dou a minha palavra de que, se o senhor me deixar ir até o prisioneiro, eu lhe darei a ordem do rei assim que chegar lá.

— Eu preciso da ordem agora, meu senhor.

— E que, se o senhor me negar o que estou pedindo, eu mandarei prendê-lo agora mesmo, juntamente com os seus subordinados.

— Antes de praticar essa violência, meu senhor, reflita — disse Baisemeaux, lívido — que nós só obedecemos a uma ordem do rei e que tanto faz o senhor ter uma para ver o senhor Marchiali ou ter uma para me prejudicar, a mim, que estou inocente.

— É verdade! — exclamou Fouquet, furioso. — É verdade! Pois bem, senhor Baisemeaux — acrescentou ele com voz sonora, puxando para si o infeliz. — O senhor sabe por que eu quero tanto falar com esse prisioneiro?

— Não, meu senhor, e por favor veja como o senhor me apavora: eu estou tremendo, a ponto de desmaiar.

— Daqui a pouco o senhor terá mais razão para desmaiar, senhor Baisemeaux, quando eu voltar aqui com dez mil homens e trinta canhões.

— Meu Deus! O senhor está ficando louco!

— Quando eu sublevar contra o senhor e as suas malditas torres todo o povo de Paris, forçar os seus portões e mandar enforcá-lo nas ameias da torre do canto!

— Meu senhor, meu senhor, por favor!

— Dou-lhe dez minutos para o senhor resolver — acrescentou Fouquet, com voz calma. — Eu me sento aqui, nesta poltrona, e espero. Se dentro de dez minutos o senhor persistir, eu saio e o senhor verá!

Baisemeaux bateu o pé como um homem desesperado, mas não respondeu.

Diante disso, Fouquet pegou uma pena e tinta, e escreveu:

Ordem ao senhor preboste dos comerciantes para reunir a Guarda Burguesa e marchar sobre a Bastilha para o serviço do rei.

Baisemeaux deu de ombros. Fouquet escreveu:

Ordem ao senhor duque de Bouillon e ao senhor príncipe de Condé que assumam o comando dos Suíços e da Guarda e marchem sobre a Bastilha para o serviço de Sua Majestade.

Ameia é o parapeito, tipo um recorte, uns dentes, na parte superior das muralhas.

Preboste é um cargo próximo de um presidente de sindicato, com uma pitada de juiz e outra de prefeito porque o cara representa o coletivo dos comerciantes, tem lá quase que uma minipolícia sua (a Guarda Burguesa) e, ao mesmo tempo, tem o poder de decidir sobre disputas que envolvam a navegação no rio Sena em Paris e também outros trelelês que tenham a ver com acordos comerciais em geral.

O **duque de Bouillon** foi um diplomata e soldado de nome Henri de la Tour d'Auvergne.

Luís II de Bourbon foi o 4º **príncipe de Condé** e depois de ser líder frondista virou a casaca e foi um dos grandes generais de Luís XIV.

Baisemeaux refletiu. Fouquet escreveu:

Ordem a todos os soldados, burgueses ou nobres, de prender, em qualquer lugar onde se encontrem, o senhor D'Herblay, bispo de Vannes, e seus cúmplices, que são: 1º) o senhor de Baisemeaux, governador da Bastilha, suspeito dos crimes de traição, rebelião e lesa-majestade...

— Pare, senhor! — exclamou Baisemeaux. — Eu não compreendo absolutamente nada disso. Mas, se tantos males, embora desencadeados pela loucura, podem acontecer aqui dentro de duas horas, o rei, que me julgará, verá se eu errei ao contrariar a ordem diante de tantas catástrofes iminentes. Vamos até a masmorra, meu senhor. O senhor verá Marchiali.

Fouquet precipitou-se para fora da sala e Baisemeaux o seguiu enxugando o suor frio que brotava na sua testa.

— Que manhã terrível! — disse ele. — Que desgraça!

— Ande logo! — respondeu Fouquet.

Baisemeaux fez sinal ao carcereiro para precedê-los. Tinha medo do seu companheiro, o que foi percebido por ele.

— Chega de infantilidades — disse ele rudemente. — Deixe o homem aqui, pegue as chaves o senhor mesmo e me mostre o caminho. Ninguém, ninguém absolutamente, deve saber o que vai acontecer aqui.

— Ah! — disse Baisemeaux, indeciso.

— Outra vez! — exclamou Fouquet. — Diga logo "Não" e eu saio da Bastilha para levar, eu mesmo, as minhas ordens.

Baisemeaux baixou a cabeça, pegou as chaves e subiu apenas com o ministro a escada da torre.

À medida que eles avançavam naquela espiral turbilhonante, alguns murmúrios abafados iam se tornando gritos nítidos e horríveis imprecações.

— O que é isso? — perguntou Fouquet.

— É o seu Marchiali — disse o governador. — Veja como urram os loucos.

Com essa resposta, ele dirigiu ao visitante um olhar mais cheio de alusões ofensivas que de delicadeza.

Fouquet estremeceu. Um grito mais terrível que os outros o levou a reconhecer a voz do rei.

Ele parou no patamar e pegou na mão de Baisemeaux o molho de chaves. Este achou que o novo louco ia partir a sua cabeça com uma das chaves.

— Ah! — exclamou ele. — O senhor D'Herblay não tinha me falado disso.

— As chaves! — disse Fouquet arrebatando-as. — Qual é a da porta que eu quero abrir?

— Esta aqui.

Um grito medonho, seguido de um golpe terrível na porta, ecoou na escada.

— Retire-se! — disse Fouquet para Baisemeaux, com voz ameaçadora.

— É o que eu mais quero — murmurou Baisemeaux. — Aí estão dois possessos que vão se encontrar cara a cara. Um vai comer o outro, tenho certeza.

— Vá-se embora! — repetiu Fouquet. — Se puser o pé nesta escada antes de eu o chamar, lembre-se de que o senhor ficará no lugar do mais infeliz dos prisioneiros da Bastilha.

— Isso será a minha morte — tartamudeou Baisemeaux, retirando-se com andar vacilante.

Os gritos do prisioneiro tornavam-se cada vez mais formidáveis. Fouquet se certificou de que Baisemeaux havia chegado ao pé da escada. Pôs a chave na primeira fechadura.

Então se ouviu claramente a voz sufocada do rei, que dizia, raivoso:

— Socorro! Eu sou o rei. Socorro!

A chave da segunda porta não era a mesma da primeira. Fouquet foi obrigado a procurar no molho.

Mas o rei, exaltado, louco, furioso, berrava:

— O senhor Fouquet me pôs aqui! Salvem-me do senhor Fouquet! Eu sou o rei! Salvem o rei do senhor Fouquet!

Essas vociferações dilaceraram o coração do ministro. Seguiram-se a elas golpes assustadores, desferidos na porta com a cadeira quebrada de que o rei se servia como um aríete. Fouquet conseguiu encontrar a chave. O rei chegara ao fim das suas forças: não mais articulava; rugia.

Tartamudear > gaguejar.

— Morte a Fouquet! — urrava ele. — Morte ao celerado Fouquet!

A porta se abriu.

Celerado > malvado, cruel, criminoso.

O RECONHECIMENTO DO REI

OS DOIS HOMENS que iam se precipitar um para o outro pararam subitamente ao se perceberem e deram um grito de horror.

— O senhor veio aqui para me assassinar? — perguntou o rei ao reconhecer Fouquet.

— O rei nesse estado! — murmurou o ministro.

Na verdade, não havia nada mais aterrorizante que o aspecto do jovem príncipe no momento em que Fouquet o surpreendeu. Suas roupas eram farrapos; a camisa, aberta e rasgada, estava ensopada com o suor e o sangue que saía do seu peito e dos braços feridos.

Feroz, pálido, espumando de raiva, cabelos eriçados, Luís XIV era a mais verdadeira imagem do desespero, da fome e do medo reunidos numa única figura. Fouquet ficou tão tocado, tão perturbado, que correu para o rei de braços abertos e com lágrimas nos olhos.

Luís ergueu para Fouquet o pedaço de madeira de que havia feito uso tão furiosamente.

— Pois bem! — disse Fouquet com voz trêmula —, o senhor não reconhece o seu amigo mais fiel?

— Um amigo, o senhor! — repetiu Luís, com um ranger de dentes em que soavam o ódio e a sede de uma rápida vingança.

— Um servidor respeitoso — acrescentou Fouquet precipitando-se de joelhos.

O rei deixou cair o braço. Fouquet, aproximando-se, beijou-lhe os joelhos e o tomou ternamente entre os braços.

— Meu rei, meu filho — disse ele. — O que o senhor sofreu!

Luís, mais calmo pela mudança da situação, olhou para si próprio e, envergonhado da sua desordem, envergonhado da sua loucura, envergonhado da proteção que recebia, recuou.

Fouquet não entendeu absolutamente esse movimento. Ele não percebia que o orgulho do rei jamais lhe perdoaria o fato de ter sido testemunha de tamanha fraqueza.

— Venha, Sire, o senhor está livre — disse ele.

— Livre? — repetiu o rei. — Ah, o senhor me liberta depois de ter ousado levantar a mão para mim!

— O senhor não acredita nisso! — exclamou Fouquet, indignado. — O senhor acha que eu sou culpado nesse caso?

E rapidamente, calorosamente, ele lhe contou toda a intriga de cujos detalhes estamos a par.

Luís suportou as mais terríveis angústias enquanto durou o relato, e ao cabo dele a magnitude do perigo que correra atingiu-o bem mais que a importância do segredo sobre o seu irmão gêmeo.

— Senhor — disse ele subitamente a Fouquet —, esse duplo nascimento é uma mentira; é impossível que o senhor tenha sido vítima dela.

— Sire!

— É impossível, eu lhe digo, que se suspeite da honra e da virtude da minha mãe. E o senhor, meu primeiro-ministro, ainda não puniu os criminosos?

— Reflita bem, Sire, antes de se transtornar — respondeu Fouquet. — O nascimento do seu irmão...

— Eu só tenho um irmão: o duque de Orleans. O senhor sabe disso tanto quanto eu. Existe um complô, eu lhe digo, que começa pelo governador da Bastilha.

— Cuidado, Sire: esse homem foi enganado como todo o mundo pela sua semelhança com o príncipe.

— Semelhança?! Ora!

— Mas é preciso que esse Marchiali seja parecido demais com Vossa Majestade para que todos os olhos se enganem — insistiu Fouquet.

— Loucura!

— Não diga isso, Sire. As pessoas que se dispõem a

encarar os seus ministros, a sua mãe, os seus funcionários, a sua família, essas pessoas devem estar seguras da semelhança.

— Realmente — murmurou o rei. — Onde estão essas pessoas?

— Em Vaux.

— Em Vaux?! E o senhor tolera que elas fiquem lá!

— O mais urgente, me parece, era libertar Vossa Majestade. Eu cumpri esse dever. Agora façamos o que o rei ordenar. Eu espero.

Luís refletiu por um momento.

— Reunamos as tropas em Paris — disse ele.

— Todas as ordens foram dadas nesse sentido — replicou Fouquet.

— O senhor deu ordens! — exclamou o rei.

— Para isso, sim, Sire. Dentro de uma hora Vossa Majestade estará à frente de dez mil homens.

Como única resposta, o rei tomou a mão de Fouquet com tal efusão que foi fácil perceber quanta desconfiança do ministro ele havia conservado até então, apesar da intervenção deste.

— E com essas tropas — continuou o rei — nós iremos sitiar em sua casa os rebeldes, que já devem ter tomado conta dela e se entrincheirado.

— Isso me espantaria — replicou Fouquet.

— Por quê?

— Porque, uma vez que o chefe deles, a alma da empreitada, foi desmascarado por mim, o plano inteiro me parece abortado.

— O senhor desmascarou esse falso príncipe?

— Não, eu não o vi.

— Quem, então?

— O chefe da empreitada não é o infeliz. Este é apenas um instrumento, destinado à infelicidade por toda a sua vida, percebo bem isso!

— Certamente.

— O chefe é o senhor abade D'Herblay, o bispo de Vannes.

— O seu amigo!

— Era meu amigo, Sire — replicou nobremente Fouquet.

— Que infelicidade para o senhor — disse o rei, num tom menos generoso.

— Amizades como essa nada tinham de desonroso enquanto eu ignorava o crime, Sire.

— Que precisava ter sido previsto.

— Se eu sou culpado, entrego-me às mãos de Vossa Majestade.

— Ah, senhor Fouquet, não é isso que eu quero dizer — tornou o rei, aborrecido por ter demonstrado daquele modo a amargura do seu pensamento. — Pois bem, eu lhe digo: apesar da máscara com que o miserável cobria o rosto, eu tive uma vaga desconfiança de que podia ser ele. Mas com esse chefe da empreitada havia um ajudante. Quem é o homem que me ameaçava com sua força hercúlea?

— Deve ser o seu amigo barão de Vallon, o ex-mosqueteiro.

— Amigo de D'Artagnan?, amigo do conde de La Fère? Ah! — exclamou o rei —, não nos esqueçamos da relação entre os conspiradores e o senhor de Bragelonne.

— Sire, Sire, não vá longe demais. O senhor de La Fère é o homem mais honesto da França. Satisfaça-se com o que eu lhe entrego.

— Com o que o senhor me entrega? Bom, então o senhor me entrega os culpados, não é mesmo?

— O que Vossa Majestade quer dizer? — indagou Fouquet.

— Quero dizer — replicou o rei — que nós vamos chegar a Vaux com forças, que nós vamos exterminar esse ninho de víboras e que não haverá de escapar nada, não é?

— Vossa Majestade vai mandar matar esses homens?! — exclamou Fouquet.

— Até o último!

— Ah, Sire!

— Vamos deixar claro, senhor Fouquet — disse o rei, com altivez. — Eu já não vivo num tempo em que o assassinato é a única, a última razão dos reis. Não, felizmente. Eu tenho parlamentos que julgam em meu nome e forcas onde são cumpridas as minhas vontades supremas.

Fouquet empalideceu.

— Vou tomar a liberdade — disse ele — de observar a Vossa Majestade que todo processo sobre essas questões é um escândalo mortal para a dignidade do trono. O augusto nome de Ana da Áustria não pode ir para a boca do povo em meio a sorrisos maliciosos.

— É preciso fazer justiça, senhor.

— Certo, Sire; mas o sangue real não pode correr num patíbulo.

— O sangue real! O senhor acredita nisso! — exclamou o rei, furioso e batendo o pé no chão. — Esse duplo nascimento é uma invenção. É sobretudo nisso, nessa invenção, que eu vejo o crime do senhor D'Herblay. É esse crime que eu quero punir, bem mais que a violência, que o insulto cometido.

— E punir com a morte?

— Com a morte, sim, senhor.

— Sire — disse com firmeza o superintendente, que há muito baixara a cabeça e naquele momento a ergueu soberba —, Vossa Majestade mandará cortar a cabeça, se assim quiser, de Filipe da França, seu irmão; isso lhe diz respeito, e Vossa Majestade consultará Ana da Áustria, sua mãe. O que ela ordenar será bem ordenado. Eu não quero mais me meter nisso, nem mesmo pela honra da sua coroa, mas tenho um favor a lhe pedir, e o peço.

— Fale — disse o rei, muito perturbado pelas últimas palavras do ministro. — De que o senhor precisa?

— Do perdão ao senhor D'Herblay e ao senhor Du Vallon.

— Meus assassinos!

— Dois rebeldes, Sire, é só isso.

— Ah, eu entendo que o senhor peça o perdão para os seus amigos.

— Meus amigos! — disse Fouquet, profundamente ferido.

— Seus amigos, sim; mas a segurança do meu Estado exige uma punição exemplar dos culpados.

— Eu não chamarei a atenção de Vossa Majestade para o fato de que acabo de lhe devolver a liberdade, de salvar a sua vida.

— Senhor!

— Não chamarei a sua atenção para o fato de que, se o senhor D'Herblay tivesse querido pôr em prática suas tendências assassinas, ele poderia simplesmente ter matado Vossa Majestade esta manhã na floresta de Sénar e tudo estaria terminado.

O rei estremeceu.

— Um golpe de pistola na cabeça dele — continuou Fouquet —, e o rosto irreconhecível de Luís XIV seria para sempre a absolvição do senhor D'Herblay.

O rei empalideceu de medo ao pensar no perigo de que havia escapado.

— Se fosse um assassino — prosseguiu Fouquet —, o senhor D'Herblay não teria necessidade de me contar o seu plano para ter sucesso. Desembaraçado do rei verdadeiro, ele faria que fosse impossível reconhecer o rei falso. Caso Ana da Áustria o reconhecesse, sempre continuava sendo para ela um filho. O usurpador, para a consciência do senhor D'Herblay, era sempre um rei do sangue de Luís XIII. Além disso, o conspirador tinha a segurança, o segredo, a impunidade. Um tiro de pistola lhe daria tudo isso. Perdão para ele em nome da sua salvação, Sire!

O rei, em vez de se emocionar com essa pintura tão verdadeira da generosidade de Aramis, sentiu-se cruelmente humilhado. Seu orgulho indomável não podia se acostumar com a ideia de que um homem havia mantido suspenso na ponta do dedo o fio de uma vida real. Cada uma das palavras que Fouquet achava eficazes para obter o perdão para os seus amigos acrescentava uma gota de veneno no coração já ferido de Luís XIV. Assim, nada pôde dobrá-lo, e ele se dirigiu impetuosamente a Fouquet.

— Eu não sei, na verdade — disse ele —, por que o senhor me pede o perdão para essas pessoas. De que adianta pedir o que podemos ter sem solicitar?

— Não o estou entendendo, Sire.

— Mas é fácil. Onde eu estou?

— Na Bastilha, Sire.

— Sim, num calabouço. Sou tomado por um louco, não é mesmo?

— É verdade, Sire.

— E aqui todos só conhecem Marchiali?

— É verdade.

— Pois bem, não mude em nada a situação. Deixe o louco apodrecer num calabouço da Bastilha e os senhores D'Herblay e Du Vallon não precisam do meu perdão. O novo rei deles os absolverá.

— Vossa Majestade está me ofendendo, Sire, e se equivoca — replicou secamente Fouquet. — Eu não sou tão criança, o senhor D'Herblay não é tão inepto para ter se esquecido de pensar em tudo isso, e, se eu tivesse querido fazer um novo rei, como diz o senhor, não teria nenhuma necessidade de vir forçar os portões da Bastilha para libertá-lo. Isso é evidente. Vossa Majestade tem a mente perturbada pela cólera. Do contrário, não ofenderia sem razão aquele dos seus servidores que lhe prestou o serviço mais importante.

Luís percebeu que tinha ido longe demais, que os portões da Bastilha ainda estavam fechados para ele enquanto se abriam pouco a pouco as comportas contra as quais o generoso Fouquet continha a sua cólera.

— Eu não disse isso para humilhá-lo. Longe de mim, senhor! — replicou ele. — O senhor se dirige a mim para obter um favor e eu lhe respondo segundo a minha consciência. Ora, seguindo a minha consciência, os culpados de que falamos não são dignos de consideração nem perdão.

Fouquet nada respondeu.

— O que eu faço no caso — acrescentou o rei — é tão generoso quanto o que o senhor fez, pois eu estou em seu poder. Direi mesmo que é mais generoso, levando em conta que o senhor me coloca em face de condições das quais podem depender a minha liberdade, a minha vida, e que recusar é sacrificá-las.

— Eu errei, de fato — respondeu Fouquet. — Sim, eu parecia extorquir um perdão. Estou arrependido e peço desculpas a Vossa Majestade.

— E está desculpado, meu caro senhor Fouquet — disse o rei, com um sorriso que acabou de restaurar no seu rosto a serenidade que tantos acontecimentos tinham alterado desde a véspera.

— Eu tenho o meu perdão — tornou obstinadamente o ministro —, mas e os senhores D'Herblay e Du Vallon?

— Jamais obterão o deles, enquanto eu viver — replicou, inflexível, o rei. — Faça-me o favor de não falar mais nisso.

— Vossa Majestade será obedecido.

— E o senhor não guardará rancor de mim?

— Ah, não, Sire, pois eu havia previsto o caso.

— O senhor havia previsto que eu recusaria o perdão a esses senhores?

— Claro, e por isso tomei todas as medidas.

— O que significa isso? — disse o rei, surpreso.

— O senhor D'Herblay se entregou às minhas mãos, por assim dizer. O senhor D'Herblay me deixou a felicidade de salvar o meu rei e o meu país. Eu não podia condenar à morte o senhor D'Herblay. Não podia tampouco expô-lo à ira muito justificada de Vossa Majestade. Isso não seria diferente de matá-lo eu mesmo.

— Muito bem. O que foi que o senhor fez?

— Sire, eu dei ao senhor D'Herblay os meus melhores cavalos e quatro horas de dianteira sobre os que Vossa Majestade poderá enviar para alcançá-lo.

— Pois seja — murmurou o rei. — Mas o mundo é grande o suficiente para que os meus corredores ganhem sobre os seus cavalos as quatro horas de dianteira que deu ao senhor D'Herblay.

— Dando-lhe essas quatro horas, Sire, eu sabia que lhe dava a vida. Ele terá a vida.

— De que modo?

— Depois de ter galopado a toda a pressa, sempre com a dianteira de quatro horas em relação aos seus mosqueteiros, ele chegará ao meu castelo de Belle-Île, onde eu lhe dei asilo.

— Pois seja. Mas o senhor esquece que me deu Belle-Île.

— Não para nela prender meus amigos.

— Então o senhor a está pegando de volta?

— Para isso, sim, Sire.

— Os meus mosqueteiros a retomarão e o caso será encerrado.

— Nem os seus mosqueteiros nem mesmo o seu exército, Sire — disse Fouquet friamente. — Belle-Île é inexpugnável.

O rei ficou lívido e em seus olhos fulgurou uma cintilação. Fouquet se sentiu perdido, mas não era um homem que recua diante da voz da honra. Ele sustentou o olhar envenenado do rei. Este engoliu a raiva e depois de um silêncio disse:

— Vamos para Vaux?

— Estou às ordens de Vossa Majestade — respondeu Fouquet inclinando-se profundamente. — Mas acho que Vossa Majestade não pode deixar de mudar de roupa antes de aparecer diante da corte.

— Passaremos pelo Louvre — disse o rei. — Vamos.

E eles saíram diante do assombrado Baisemeaux, que mais uma vez olhou Marchiali sair e arrancou os poucos fios de cabelo que ainda lhe restavam.

É verdade que Fouquet lhe entregou a ordem de soltura do prisioneiro e que o rei escreveu embaixo: *"Visto e aprovado:* LUÍS". Uma loucura que Baisemeaux, incapaz de juntar duas ideias, acolheu com um murro heroico no próprio queixo.

Inexpugnável > invencível, inconquistável.

O FALSO REI

EM VAUX, o rei usurpador continuava a desempenhar bravamente o seu papel.

Filipe ordenou que entrassem em seu quarto para a audiência íntima os cortesãos mais graduados, que já estavam prontos para aparecer diante do rei. Ele resolveu dar essa ordem apesar da ausência do senhor D'Herblay, que não voltava e os leitores sabem por quê. Mas o príncipe, achando que essa ausência não iria se prolongar, quis, como todos os espíritos temerários, experimentar o seu valor e a sua sorte longe de qualquer proteção, de qualquer conselho.

> **Temerário >** ousado, destemido, audacioso.

Outra razão o impelia. Ana da Áustria ia aparecer. A mãe tão culpada ia se ver na presença do filho sacrificado. Filipe não queria, se fraquejasse, que fosse testemunha disso o homem diante do qual ele teria, a partir daquele dia, de manifestar muita força.

Filipe abriu a porta de par em par e muitas pessoas entraram silenciosamente. Ele não se mexeu enquanto seus criados de quarto o vestiam. Vira na véspera como agia seu irmão. Fez o papel de rei, sem despertar nenhuma suspeita.

Assim, foi completamente vestido, com roupa de caça, que ele recebeu os visitantes. Sua memória e as anotações de Aramis lhe anunciaram inicialmente Ana da Áustria, a quem Monsieur dava a mão, depois Madame acompanhada do senhor de Saint-Aignan.

Ele sorriu ao ver aqueles rostos e estremeceu ao reconhecer a mãe.

Aquela figura nobre e imponente, arruinada pela dor, deixou seu coração propenso a acolher a famosa rainha

Imolar > sacrificar.

que tinha imolado um filho à razão de Estado. Ele viu que a mãe era bonita. Sabia que Luís XIV gostava dela, e prometeu a si próprio que também a amaria e não seria um castigo cruel na sua velhice.

Filipe considerou o irmão com uma ternura fácil de compreender. Seu irmão não tinha usurpado nada, não tinha estragado nada na sua vida. Ramo separado, ele deixava crescer seu talo, sem se preocupar com a elevação e com a majestade da sua vida. Filipe prometeu a si próprio ser um bom irmão para esse príncipe a quem bastava o ouro, que dá os prazeres.

Ele saudou com expressão afetuosa Saint-Aignan, que não se cansava de sorrir e fazer reverências, e estendeu a mão trêmula a Henriqueta, sua cunhada, cuja beleza o impressionou. Mas viu nos olhos dessa princesa um resquício de frieza que lhe agradou, pela facilidade das suas relações futuras.

"Será muito mais fácil para mim", pensou ele, "ser irmão dessa mulher que seu amante, se ela me demonstra uma frieza que meu irmão não podia ter com ela e que me é imposta como um dever."

A única visita que ele temia naquele momento era a da rainha. Seu coração e sua mente haviam acabado de ser abalados por uma prova tão violenta que, apesar da sua têmpera forte, talvez não suportassem outro choque. Felizmente a rainha não compareceu. Então começou da parte de Ana da Áustria uma exposição política sobre a acolhida dada à realeza pelo senhor Fouquet. Ela entremeava suas hostilidades com cumprimentos dirigidos ao rei, perguntas sobre a saúde dele, lisonjas maternais e artifícios diplomáticos.

— Então, meu filho — disse ela —, como estão as coisas com o senhor Fouquet?

— Saint-Aignan — disse Filipe —, por favor, vá ver como está a rainha.

A essas palavras, as primeiras que Filipe pronunciou bem alto, a leve diferença que havia entre a sua voz e a de Luís XIV foi perceptível aos ouvidos maternos, e Ana da Áustria olhou fixamente para o filho.

Saint-Aignan saiu. Filipe continuou.

— Senhora, eu não gosto que falem mal do senhor Fouquet para mim, a senhora sabe disso, e a senhora mesma já falou bem dele para mim.

— É verdade. Mas eu apenas quis saber o estado dos seus sentimentos quanto a ele.

— Sire — disse Henriqueta —, eu sempre gostei do senhor Fouquet. É um homem de bom gosto, um homem corajoso.

— Um superintendente que nunca é mesquinho — acrescentou Monsieur —, e que paga com ouro todos os vales que tenho com ele.

— Cada um está pensando em si — disse a velha rainha. — Ninguém pensa no Estado. O senhor Fouquet está arruinando o Estado, isso é fato.

— Vamos, minha mãe — tornou Filipe falando um pouco mais baixo —, será que também a senhora está protegendo o senhor Colbert?

— Como? — disse a velha rainha, surpresa.

— É que na verdade — volveu Filipe — a senhora falou como a sua velha amiga, a senhora de Chevreuse.

Ao ouvir esse nome, Ana da Áustria empalideceu e mordeu o lábio. Filipe havia irritado a leoa.

— Por que está falando da senhora de Chevreuse? — exclamou ela. — E por que está com essa disposição contra mim hoje?

Filipe prosseguiu:

— A senhora de Chevreuse não faz sempre uma aliança contra alguém? A senhora de Chevreuse não lhe fez uma visita, minha mãe?

— O senhor está falando de tal modo — disse a velha rainha — que me pareceu ouvir o rei seu pai.

— Meu pai não gostava da senhora de Chevreuse, e tinha razão — observou o príncipe. — Eu tampouco gosto dela, e, se ela se atrever a vir, como vinha no passado, semear divisões e ódios sob o pretexto de mendigar dinheiro, então...

Lembra dela? Foi a **senhora de Chevreuse** que contou a Aramis, quando tinha um teretetê com ele, o segredo do irmão gêmeo de Luís XIV preso na Bastilha. Além disso, a Chevreuse, que também era duquesa, teve com outro mosqueteiro, Athos, um filho: Raoul, o visconde de Bragelonne.

— Então? — perguntou, orgulhosa, Ana da Áustria, ela mesma provocando a tempestade.

— Então — prosseguiu com resolução o jovem —, eu expulsarei do reino a senhora de Chevreuse e, com ela, todos os artesãos de segredos e mistérios.

Ele não havia calculado o alcance dessa palavra terrível, ou talvez tivesse querido julgar o efeito dela, como as pessoas que, sofrendo com uma dor crônica e procurando dar fim à monotonia desse sofrimento, se apoiam sobre a sua ferida para conseguir uma dor aguda.

Ana da Áustria quase desmaiou. Seus olhos abertos mas vazios deixaram de enxergar por um momento; ela estendeu os braços para o seu outro filho, que logo a abraçou sem hesitar e sem temer irritar o rei.

— Sire — murmurou ela —, o senhor trata cruelmente a sua mãe.

— Mas por quê, senhora? — replicou ele. — Eu estou falando apenas da senhora de Chevreuse, e minha mãe prefere a senhora de Chevreuse à segurança do meu Estado e à segurança da minha pessoa? Muito bem, eu lhe digo que a senhora de Chevreuse veio para a França a fim de pegar dinheiro emprestado, que ela não conseguiu nada, que ela se dirigiu ao senhor Fouquet para lhe vender um certo segredo.

— Um certo segredo! — exclamou Ana da Áustria.

— Relativo a supostos roubos que o superintendente teria praticado, o que é falso — acrescentou Filipe. — O senhor Fouquet a expulsou indignado, preferindo a estima do rei a qualquer cumplicidade com intrigantes. Então a senhora de Chevreuse vendeu o segredo ao senhor Colbert e, sendo ela insaciável, e não lhe bastando haver extorquido cem mil escudos desse funcionário, foi procurar mais alto, tentando encontrar fontes mais profundas... É verdade, senhora?

— O senhor sabe tudo, Sire — disse a rainha, mais inquieta que irritada.

— Ora — prosseguiu Filipe —, eu tenho todo o direito de querer mal a essa fúria que vem tramar no meu pátio a desonra de uns e a ruína de outros. Se Deus tolerou que alguns crimes fossem cometidos e os escondeu na sombra da sua clemência, eu não admito que a senhora de Chevreuse tenha o poder de se opor aos desígnios de Deus.

Essa última parte do discurso de Filipe tinha agitado de tal maneira a rainha-mãe, que seu filho se compadeceu: tomou-lhe a mão e a beijou ternamente. Ela não suspeitou que nesse beijo dado apesar das revoltas e dos rancores do coração havia um perdão por oito anos de terríveis sofrimentos.

Filipe deixou um instante de silêncio tragar as emoções que acabavam de ser produzidas. Depois, com uma espécie de alegria, disse:

— Não vamos embora hoje; eu tenho um plano.

E virou-se para a porta, esperando ver ali Aramis, cuja ausência começava a pesar para ele.

A rainha-mãe quis sair.

— Fique, minha mãe — disse ele —, eu quero que a senhora faça as pazes com o senhor Fouquet.

— Mas eu não desgosto dele. Apenas temia as suas prodigalidades.

— Poremos ordem em tudo e ficaremos somente com as boas qualidades do superintendente.

— O que Vossa Majestade está procurando? — indagou Henriqueta vendo o rei ainda a olhar para a porta. Ela quis alfinetar-lhe o coração, pois achava que ele esperava La Vallière ou uma carta dela.

— Minha irmã — disse o jovem, que acabava de adivinhar a intenção da cunhada graças a essa maravilhosa perspicácia que de agora em diante a sorte lhe permitiria exercer —, eu espero um homem extremamente ilustre, um conselheiro dos mais hábeis que quero apresentar a todos, recomendando-o à sua benevolência. Ah!, entre, D'Artagnan.

D'Artagnan apareceu.

— O que deseja Sua Majestade?

— Onde está o senhor bispo de Vannes, seu amigo?

— Mas, Sire...

— Eu o espero e não o estou vendo chegar. Procurem-no para mim.

Por um instante D'Artagnan ficou estupefato. Mas logo, lembrando que Aramis tinha deixado Vaux secretamente com uma missão do rei, concluiu que o rei queria guardar o segredo.

— Sire — respondeu ele —, Vossa Majestade quer que o senhor D'Herblay lhe seja trazido impreterivelmente?

— Impreterivelmente não é o termo — replicou Filipe. — Não preciso tanto dele. Mas, se vocês o encontrassem...

"Adivinhei", pensou D'Artagnan.

— Esse senhor D'Herblay — disse Ana da Áustria — é o bispo de Vannes?

— Sim, senhora.

— Amigo do senhor Fouquet?

— Sim, senhora, um antigo mosqueteiro.

Ana da Áustria enrubesceu.

— Um dos quatro corajosos que fizeram tantas maravilhas no passado.

A velha rainha se arrependeu de ter querido morder. Cortou a conversa para conservar o resto dos dentes.

— Qualquer que seja a sua escolha, Sire — disse ela —, eu a considero excelente.

Todos se inclinaram.

— Os senhores verão: a profundidade do senhor de Richelieu sem a avareza do senhor de Mazarin.

— Um primeiro-ministro, Sire? — perguntou Monsieur, temeroso.

— Eu lhe contarei isso, meu irmão. Mas é estranho que o senhor D'Herblay não esteja aqui.

Ele chamou.

— Avisem ao senhor Fouquet — disse ele — que eu preciso falar com ele... ah, na presença de vocês; não se retirem.

O senhor de Saint-Aignan voltou trazendo notícias satisfatórias da rainha, que estava acamada apenas por precaução e cuidando de ter boa disposição para seguir todas as vontades do rei.

Enquanto procuravam por toda parte o senhor Fouquet e Aramis, Filipe continuava tranquilamente as suas provas e todos, família, funcionários, criados, reconheciam o rei pelo aspecto, pela voz e pelos hábitos.

Filipe, por sua vez, aplicando a todos a anotação e o desenho fiéis fornecidos por seu cúmplice Aramis, conduzia-se de modo a não despertar desconfiança no espírito dos que o cercavam.

Daquela hora em diante, nada poderia inquietar o usurpador. Com que estranha facilidade a Providência havia destruído a maior fortuna do mundo para substituí-la pela mais humilde!

Filipe admirava a bondade de Deus para consigo e a ajudava com todos os recursos da sua admirável natureza. Mas às vezes sentia uma sombra deslizar sobre os raios da sua nascente glória. Aramis não aparecia.

A conversa tinha se estendido na família real. Filipe, preocupado, esqueceu-se de liberar seu irmão e Madame Henriqueta. Estes se espantavam e perdiam pouco a pouco a paciência. Ana da Áustria debruçou-se sobre o filho e lhe dirigiu algumas palavras em espanhol.

Filipe ignorava completamente esse idioma. Empalideceu diante desse obstáculo inesperado. Mas, como se o espírito do imperturbável Aramis o tivesse coberto de infalibilidade, em vez de se desconcertar o que ele fez foi se levantar.

— Então, me responda — disse Ana da Áustria.

— Que barulho é esse? — perguntou Filipe voltando-se para a porta da escada oculta.

E então se ouviu uma voz que gritava:

— Por aqui!, por aqui! Mais alguns degraus, Sire.

— A voz do senhor Fouquet — disse D'Artagnan, postado perto da rainha-mãe.

— O senhor D'Herblay não pode estar longe — acrescentou Filipe.

Mas ele viu então o que não imaginara que veria tão perto de si.

Todos os olhos estavam voltados para a porta pela qual ia entrar o senhor Fouquet; mas não foi ele que entrou.

Um grito horrível partiu de todos os cantos do quarto, grito doloroso dado pelo rei e pelos presentes.

Nem mesmo os homens que têm o destino mais profuso em elementos estranhos e acidentes maravilhosos jamais contemplaram um espetáculo semelhante ao que oferecia o quarto real naquele momento.

As venezianas meio fechadas deixavam penetrar apenas uma luz incerta, filtrada por grandes cortinas de veludo com forro de seda espessa.

Nessa penumbra macia, os olhos tinham pouco a pouco se dilatado e as pessoas viam umas às outras mais com a confiança que com a vista. No entanto, nessas circunstâncias se chega a não deixar escapar nenhum dos detalhes circundantes, e o novo objeto que se apresenta aparece luminoso como se banhado de sol.

Foi o que aconteceu em relação a Luís XIV quando, pálido e de sobrancelhas franzidas, apareceu na porta da escada secreta.

Fouquet deixou ver, atrás de Luís, seu rosto carregado de severidade e tristeza.

A rainha-mãe, que viu Luís XIV e segurava a mão de Filipe, deu o grito de que falamos, como se estivesse vendo um fantasma.

Monsieur fez um movimento de ofuscação e virou a cabeça, deixando de olhar o rei que tinha diante de si para se fixar no que estava ao seu lado.

Madame deu um passo para a frente, acreditando ver seu cunhado refletido num espelho.

E, de fato, a ilusão era possível.

Os dois príncipes, desfigurados tanto um quanto o outro — pois nós deixamos de retratar o horroroso pasmo de Filipe —, e ambos trêmulos e crispando convulsivamente a mão, se olharam de alto a baixo e mergulharam os olhos como punhais na alma um do outro. Mudos, ofegantes, curvados, pareciam prontos para desabar sobre um inimigo.

Inaudito > novo, inédito.

Essa **inaudita** semelhança de rosto, de gestos, de tamanho, e até uma semelhança de traje, por puro acaso, pois Luís XIV tinha ido ao Louvre para pegar uma roupa de veludo violeta, essa perfeita analogia dos dois príncipes acabou de transtornar o coração de Ana da Áustria.

No entanto, ela ainda não havia atinado com a verdade.

Algumas infelicidades ninguém quer aceitar na vida. Prefere-se acreditar no sobrenatural, no impossível.

Luís não havia contado com esses obstáculos. Ele esperava somente entrar e ser reconhecido. Sol vivo, não suportava a suspeita de uma paridade com quem quer que fosse. Não admitia que alguma chama não se tornasse treva no instante em que ele fazia luzir o seu raio vencedor.

Assim, entre os presentes quem mais se aterrorizou com o aspecto de Filipe foi Luís XIV, e o seu silêncio, a sua imobilidade, foram como esses momentos de recolhimento e calma que precedem as violentas explosões de cólera.

Mas Fouquet! Quem seria capaz de descrever a sua surpresa e o seu estupor diante da presença daquele retrato vivo do seu rei. Ele pensou que Aramis tinha razão, que aquele recém-chegado era um rei tão puro na sua linhagem como o outro, e que, por ter repudiado qualquer participação naquele golpe de Estado tão habilmente dado pelo geral dos jesuítas, ele era um tolo entusiasta, indigno para sempre de se lançar numa obra política.

E, além disso, era o sangue de Luís XIII que Fouquet sacrificava ao sangue de Luís XIII; era por uma ambição egoísta que ele sacrificava uma ambição nobre; era pelo direito de conservar que ele sacrificava o direito de ter.

Toda a extensão do seu erro lhe foi revelada pelo simples aspecto do pretendente.

Nada do que se passou no espírito de Fouquet foi apreendido pelos presentes. Ele teve cinco minutos para concentrar seu pensamento na questão do caso de consciência; cinco minutos, ou seja, cinco séculos, durante os quais os dois reis e sua família mal encontraram tempo suficiente para respirar depois de um choque tão terrível.

Encostado na parede diante de Fouquet, o punho sobre o rosto, o olhar fixo, D'Artagnan se perguntava a razão de tão maravilhoso prodígio. Ele não pôde dizer imediatamente por que duvidava, mas sabia, com certeza, que havia tido razão para duvidar e que naquele encontro dos dois Luís XIV residia toda a dificuldade que nos últimos dias havia apresentado a conduta de Aramis, que lhe parecera tão suspeita.

Todavia, essas ideias estavam envoltas em espessos véus. Os atores daquela cena pareciam nadar nos vapores de um despertar pesado.

De repente, Luís XIV, mais impaciente e mais habituado a comandar, correu até uma das venezianas para abri-la e rasgou a cortina. Um jato de luz viva entrou no quarto e fez Filipe recuar até a alcova.

Luís aproveitou esse movimento e, exaltado, dirigiu-se à rainha indagando-lhe:

— Minha mãe, não reconhece o seu filho? Porque todos aqui deixaram de reconhecer o seu rei!

Ana da Áustria estremeceu e levou os braços ao céu, sem poder articular uma única palavra.

— Minha mãe — disse Filipe com voz calma —, não reconhece o seu filho?

E então foi a vez de Luís recuar.

Ana da Áustria perdeu o equilíbrio, com a cabeça e o coração atingidos pelo remorso. Como ninguém a ajudasse, pois estavam todos petrificados, ela caiu sobre a poltrona dando um suspiro débil.

Luís não pôde suportar aquele espetáculo e aquela afronta. Precipitou-se para D'Artagnan, que começava a ser dominado pela vertigem e cambaleou roçando a porta, seu ponto de apoio.

— Para mim! Diga, mosqueteiro! Olhe para nós dois, olhe-nos no rosto e veja quem está mais pálido, se ele ou eu.

Esse grito reanimou D'Artagnan e fez acordar no seu coração a disposição para a obediência. Ele agitou o rosto e, sem mais hesitação, caminhou para Filipe, apoiou a mão em seu ombro e disse:

— O senhor é meu prisioneiro.

Filipe não ergueu os olhos para o céu, não saiu do lugar, como se estivesse grudado ao chão, os olhos profundamente fixos no rei seu irmão. Ele o censurava, num silêncio sublime, por todas as infelicidades passadas, por todas as suas torturas futuras. Em face dessa linguagem da alma, o rei não se sentiu mais com forças: baixou os olhos e arrastou para fora, precipitadamente, seu irmão e sua irmã, esquecendo-

-se da mãe estendida, inerte, a três passos do filho que pela segunda vez ela deixava ser condenado à morte.

Filipe se aproximou de Ana da Áustria e lhe disse com voz suave e nobremente emocionada:

— Se eu não fosse seu filho a amaldiçoaria, minha mãe, por ter me tornado tão miserável.

D'Artagnan sentiu um arrepio passar pela sua espinha. Ele saudou respeitosamente o jovem príncipe e lhe disse, inclinando-se:

— Perdoe-me, senhor, eu sou apenas um soldado, e os meus juramentos são para aquele que saiu deste quarto.

— Obrigado, senhor D'Artagnan. Mas o que aconteceu com o senhor D'Herblay?

— O senhor D'Herblay está em segurança, senhor — disse uma voz atrás deles, e ninguém, esteja eu vivo ou morto, arrancará um fio de cabelo da sua cabeça.

— Senhor Fouquet! — exclamou o príncipe sorrindo tristemente.

— Perdoe-me, senhor — disse Fouquet ajoelhando-se —, mas este que acabou de sair daqui era meu hóspede.

— Vocês são amigos valorosos e bons corações — murmurou Filipe, com um suspiro. — Fazem-me lamentar deixar este mundo. Vá, senhor D'Artagnan, eu o sigo.

No momento em que o capitão dos mosqueteiros ia sair, Colbert apareceu, entregou a D'Artagnan uma ordem do rei e se retirou.

D'Artagnan a leu e, com um gesto raivoso, amassou o papel.

— O que está escrito? — indagou o príncipe.

— Leia, senhor — respondeu o mosqueteiro.

Filipe leu as palavras escritas apressadamente por Luís XIV:

> O senhor D'Artagnan conduzirá o prisioneiro às ilhas Sainte-Marguerite. Ele cobrirá os seus olhos com uma viseira de ferro, que o prisioneiro não poderá tirar sem ameaçar a sua vida.

Sabe o mais famoso festival de cinema do mundo, o de Cannes? Pois essa ilha de Sainte-Marguerite fica bem ali, em frente à praia mais famosa de Cannes. Na ilha (que é a maior de um grupo de quatro ilhas que, no conjunto, atendem pelo nome de ilhas Lérins e que Dumas chamou de **ilhas Sainte-Marguerite**), existia mesmo uma prisão que foi muito usada nessa época para receber prisioneiros considerados "perigosos". O tal homem da máscara de ferro de fato esteve preso por lá.

— Está certo — disse Filipe, com resignação. — Estou pronto.

— Aramis tinha razão — sussurrou Fouquet ao mosqueteiro. — Este aqui é tão rei quanto o outro.

— É mais! — replicou D'Artagnan. — Só lhe faltam a mim e ao senhor.

EM QUE PORTHOS ACREDITA ESTAR CORRENDO ATRÁS DE UM DUCADO

Ducado é o domínio de um duque, as terras dele.

TENDO APROVEITADO o tempo concedido por Fouquet, Aramis e Porthos estavam honrando com a sua rapidez a cavalaria francesa.

Porthos não compreendia bem que tipo de missão poderia forçá-los a desenvolver tamanha velocidade, mas, como via Aramis instigar com raiva o cavalo, ele instigava o seu com furor.

Assim, logo deixaram Vaux doze léguas para trás, depois foi preciso mudar de cavalos e organizar uma espécie de serviço de posta. Foi durante uma muda que Porthos arriscou discretamente fazer perguntas a Aramis.

— Chh! — replicou o bispo de Vannes —, saiba apenas que a nossa fortuna depende da nossa rapidez.

Como se fosse ainda o mosqueteiro de 1626, sem um tostão furado, Porthos arremeteu. Essa palavra mágica, "fortuna", sempre significa algo para o ouvido humano. Quer dizer "bastante" para quem nada tem; quer dizer "demais" para quem tem bastante.

— Eu serei duque — disse Porthos bem alto. Falava consigo mesmo.

— Isso é possível — replicou sorrindo Aramis, ao passar pelo cavalo de Porthos.

Contudo, a cabeça de Aramis estava pegando fogo; a atividade do corpo ainda não havia sobrepujado a da mente. Tudo o que há de cóleras estridentes, de dores de dente lancinantes, de ameaças mortais, se torcia, mordia e troava no pensamento do prelado vencido.

Sua fisionomia oferecia os traços bem visíveis do rude

combate. Livre, na grande estrada, para se abandonar pelo menos às impressões do momento, Aramis não se privava de blasfemar a cada salto do cavalo, a cada desigualdade do pavimento. Pálido, às vezes inundado por suores quentes para depois ficar seco e enregelado, ele chicoteava os cavalos e lhes ensanguentava os flancos.

Porthos gemia ao ver aquilo, ele cujo defeito dominante não era a sensibilidade. Assim, eles correram durante oito longas horas e chegaram a Orleans.

Eram quatro horas da tarde. Aramis, consultando suas lembranças, achou que nada indicava ser possível a perseguição.

> Hoje em dia a gente viaja de carro ou de ônibus e para pra abastecer o tanque, a barriga, matar a sede, fazer xixi. Mas a cavalo não tem conversa: chega uma hora que o bicho não aguenta mais. Precisa descansar. Nesse momento, se a pressa exige que se siga adiante, a única solução é trocar, **mudar** de cavalo.

Seria fato inédito que uma tropa fosse capaz de prender Porthos naquelas condições, ainda que provida de mudas suficientes para fazer quarenta léguas em oito horas. Mesmo admitindo que houvesse perseguição — da qual não, ele não tinha recebido notícia —, os fugitivos tinham cinco boas horas de dianteira sobre os perseguidores.

Aramis pensou que descansar não era uma imprudência, mas continuar garantiria a chegada segura. Com efeito, mais vinte léguas percorridas àquela velocidade, vinte léguas devoradas, e ninguém, nem mesmo D'Artagnan, poderia alcançar os inimigos do rei.

Assim, Aramis impôs a Porthos a infelicidade de montar novamente o cavalo. Correram até as sete horas da noite, e a essa altura faltava apenas uma posta para chegar a Blois.

Porém, ali, um contratempo diabólico alarmou Aramis. Não havia cavalos na posta.

> E é essa justamente a grande treta de Aramis: tentar **fazer um rei**, tirando o outro do trono.

O prelado se perguntou por que maquinação infernal os seus inimigos tinham chegado a lhe tirar o meio de ir mais longe, ele, que não reconhecia o acaso como a um deus, ele, que para todo resultado achava uma causa; ele gostava mais de acreditar que a recusa do chefe da posta, àquela hora, num lugar como aquele, era resultado de uma ordem dada do alto; uma ordem que visava a parar de repente em sua fuga o fazedor de majestade.

Mas, no momento em que ia saltar para obter um cavalo ou uma explicação, ocorreu-lhe uma ideia. Ele se lembrou de que o conde de La Fère morava por ali.

— Eu não viajo — disse ele — e não faço posta inteira. Dê-me dois cavalos para ir visitar um senhor meu amigo que mora perto daqui.

— Que senhor? — perguntou o chefe da posta.

— O senhor conde de La Fère.

— Ah! — respondeu o homem respeitosamente, tirando o chapéu —, um senhor digno. Mas, apesar do meu desejo de lhe agradar, não posso lhe dar dois cavalos; todos os animais da minha posta foram solicitados pelo senhor duque de Beaufort.

O **duque de Beaufort** da época se chamava François de Bourbon-Vendôme e era primo-irmão do rei. Por ser neto de rei, também era príncipe além de duque.

— Ah — disse Aramis, desapontado.

— Mas, se o senhor quiser usar uma carrocinha que eu tenho — prosseguiu o chefe da posta —, posso mandar atrelar um cavalo velho e cego que só tem as pernas e que os levará até o senhor conde de La Fère.

— Isso vale um luís — disse Aramis.

— Não, senhor, nunca será mais que um escudo, que é o preço pago pelo senhor Grimaud, intendente do conde, todas as vezes que ele se serve da minha carroça, e eu não quero que o senhor conde venha me repreender por eu ter feito um dos seus amigos pagar caro demais.

— Seja, então, como o senhor quer — disse Aramis —, e sobretudo como quer o conde de La Fère, a quem eu não gostaria de desagradar. O senhor terá o seu escudo, mas eu tenho o direito de lhe dar um luís pela ótima ideia.

— Claro — replicou, felicíssimo, o chefe da posta.

Durante esse tempo, Porthos observava curioso. Imaginava ter descoberto o segredo. Não estava contrariado; em primeiro lugar, porque a visita a Athos lhe agradava particularmente e, depois, porque tinha esperança de ali encontrar um bom jantar e uma boa cama.

O chefe, tendo acabado de atrelar o cavalo, propôs que um dos seus criados poderia conduzir os desconhecidos até La Fère.

Porthos sentou-se no fundo com Aramis e lhe disse ao pé do ouvido:

— Eu entendi.

— Ah, ah! — respondeu Aramis. — E o que foi que o senhor entendeu, caro amigo?

— Nós estamos indo, da parte do rei, fazer a Athos alguma proposta importante.

— Ora! — disse Aramis.

— Não diga nada — acrescentou o bom Porthos tentando fazer contrapeso de tal forma a evitar solavancos. — Não diga nada; eu vou adivinhar.

— Pois bem, isso mesmo, meu amigo; adivinhe, adivinhe.

Por volta das nove horas da noite, sob um luar magnífico, eles chegaram à casa de Athos.

A claridade admirável dava a Porthos uma alegria inexprimível; mas a Aramis ela incomodava quase com a mesma intensidade. Ele falou algo sobre isso a Porthos, que lhe respondeu:

— Certo! Continuo adivinhando. A missão é secreta.

Essas foram as suas últimas palavras na carroça.

O condutor interrompeu-os:

— Senhores, chegamos.

Porthos e seu companheiro desceram diante da porta do pequeno castelo.

Lá, vamos reencontrar Athos e Bragelonne, desaparecidos desde a descoberta da infidelidade de La Vallière.

Se há um dito cheio de verdade, é este: as grandes dores encerram em si próprias o germe do seu consolo.

De fato, a ferida dolorosa feita em Raoul tinha levado seu pai a se aproximar dele, e Deus sabe como eram doces os consolos que saíam da boca eloquente e do coração generoso de Athos.

A ferida ainda não havia cicatrizado; mas Athos, de tanto conversar com o filho, de tanto misturar sua vida com a do jovem, acabara por fazê-lo entender que essa dor da infidelidade é necessária a toda existência humana e que ninguém que tenha amado escapou de conhecê-la. Raoul ouvia, muitas vezes sem escutar. Nada substitui no coração profundamente apaixonado a lembrança e a ideia do objeto amado. Raoul então respondia ao pai:

Louise de **La Vallière** era amiga de infância do filho de Athos, Raoul, e apaixonada por ele. Ficaram noivos, mas ela **deixou o rapazinho na mão** porque foi conquistada pelo rei Luís XIV.

— Tudo o que o senhor me diz é verdade. Acho que ninguém sofreu por amor tanto quanto o senhor, mas o senhor é um homem que a inteligência engrandeceu magnificamente e que foi demasiado posto à prova pelas desgraças para não admitir a fraqueza ao soldado que sofre pela primeira vez. Eu pago um tributo que não pagaria duas vezes; permita-me afundar tanto na minha dor que possa nela me esquecer de mim, que afogue nela até a minha razão.

— Raoul! Raoul!

— Escute, senhor, eu jamais me acostumarei com essa ideia de que Louise, a mais casta e a mais ingênua das mulheres, pôde ter enganado de maneira tão baixa um homem tão honesto e que tanto a ama; nunca conseguirei ver essa máscara doce e boa se transformar numa figura hipócrita e lasciva. Louise perdida! Louise infame! Ah, senhor, é bem mais cruel para mim que Raoul abandonado, que Raoul infeliz.

Athos então usava o remédio heroico: defendia Louise contra Raoul e justificava com o amor a perfídia dela.

— Uma mulher que tivesse cedido ao rei porque ele é o rei — disse ele — mereceria ser chamada de infame. Mas Louise ama Luís. Os dois são jovens; os dois esqueceram: ele, a sua posição, e ela, as juras feitas. O amor absolve tudo, Raoul. Os dois jovens se amam sinceramente.

E, quando dava essa punhalada, Athos via suspirando Raoul se afundar na cruel ferida e fugir para o bosque mais fechado ou refugiar-se no seu quarto, de onde uma hora depois saía pálido, trêmulo mas controlado. Então, voltando para Athos com um sorriso, ele lhe beijava a mão, como o cão que acaba de apanhar acaricia um bom dono para redimir-se da sua falta. Raoul só se redimia da sua fraqueza e só confessava a sua dor.

Assim se passaram os dias que se seguiram à cena em que Athos havia perturbado tão violentamente o orgulho indomável do rei. Jamais, conversando com o filho, ele aludiu àquela cena, jamais lhe deu detalhes daquela vigorosa repressão, embora isso talvez tivesse consolado o jovem mostrando-lhe seu rival humilhado. Athos não queria absolutamente que o amante ofendido esquecesse o respeito devido ao rei.

E, quando Bragelonne ardente, furioso, sombrio, falava com desprezo das palavras reais, da fé equivocada que alguns tolos depositam na promessa vinda do trono; quando, atravessando dois séculos com a rapidez de um pássaro que cruza um estreito para ir de um mundo a outro, Raoul concluía prevendo o tempo em que os reis pareceriam menores que os homens, Athos lhe dizia com sua voz serena e persuasiva:

— Você tem razão, Raoul; tudo o que diz vai acontecer: os reis perderão seu prestígio, como as estrelas perdem sua luz quando completaram o seu tempo. Mas, quando chegar esse tempo, Raoul, nós já estaremos mortos, e sempre se lembre bem do que eu lhe digo: neste mundo é preciso que todos, homens, mulheres e rei, vivam no presente; só para Deus devemos viver segundo o futuro.

Era sobre isso que conversavam, como sempre, Athos e Raoul, percorrendo a longa alameda de tílias do parque, quando de repente soou a sineta que servia para anunciar ao conde a hora das refeições ou a chegada de uma visita. Mecanicamente e sem dar importância, Athos voltou com o filho, e ao fim da alameda os dois se viram na presença de Porthos e Aramis.

OS ÚLTIMOS ADEUSES

RAOUL DEU UM GRITO de alegria e apertou ternamente Porthos nos braços. Aramis e Athos se abraçaram como anciãos. Aramis tomou esse abraço como uma pergunta e se apressou a dizer:

— Amigo, nós não ficaremos muito tempo com vocês.

— Ah — disse o conde.

— O tempo — interrompeu Porthos — de lhes contar a minha felicidade.

— Ah! — exclamou Raoul.

Athos olhou em silêncio para Aramis, cujo ar sombrio já lhe parecera pouco em harmonia com as boas notícias de que falava Porthos.

— Que felicidade é essa? — indagou Raoul sorrindo.

— O rei vai me fazer duque — disse o bom Porthos, de modo misterioso, debruçando-se para ficar na altura da orelha do jovem.

Mas os apartes de Porthos tinham sempre a potência suficiente para serem ouvidos por todos. Seus murmúrios eram no diapasão de um rugido comum.

Athos ouviu, e exclamou tão alto que Aramis estremeceu.

O bispo de Vannes pegou no braço de Athos e, depois de ter pedido a Porthos permissão de falar em particular por um momento com o anfitrião, confidenciou-lhe:

— Meu caro Athos, estou com o coração dilacerado pela dor.

— Pela dor! — exclamou o conde. — Ah, meu querido amigo!

— Vou lhe contar em duas palavras. Fiz uma conspiração

contra o rei; essa conspiração fracassou e a esta hora estão atrás de mim, sem dúvida.

— Estão atrás de você!... Uma conspiração!... Ah, meu amigo, o que é que você está me dizendo!

— Uma triste verdade. Eu estou perdido.

— Mas Porthos... esse título de duque... o que é isso?

— Esse é o motivo da minha dor mais intensa; essa é a minha ferida mais profunda. Com certeza do êxito, eu arrastei Porthos para a minha conspiração. Ele se entregou com todas as suas forças à tarefa, você sabe que ele é assim, ignorando do que se tratava. E, então, ele se comprometeu tanto comigo que está perdido como eu.

— Meu Deus!

E Athos voltou-se para Porthos, que sorria, prazenteiro, para eles.

— É preciso que você entenda tudo. Ouça o que eu vou lhe falar — prosseguiu Aramis.

E contou a história que nós conhecemos.

Durante o relato, Athos sentiu várias vezes sua testa se molhar de suor.

— É uma grande ideia — disse ele —, mas foi um grande erro.

— Pelo qual fui punido, Athos.

— Não vou lhe dizer tudo o que penso.

— Diga.

— É um crime.

— Punível com a pena capital, eu sei disso. Lesa-majestade.

— Porthos! Coitado!

— O que você quer que eu faça? O êxito, já lhe disse, era garantido.

— O senhor Fouquet é um homem honesto.

— E eu sou um tolo por julgá-lo tão mal — disse Aramis. — Ah, a sabedoria dos homens! Ah, mó imensa que mói um mundo e que um dia é parada por um grão de areia que caiu, não se sabe como, numa roda!

— Diga "por um diamante", Aramis. Enfim: o mal está feito. O que você pensa em fazer agora?

Os moinhos usados para triturar os grãos e fazer farinha tinham duas pedras circulares. O nome de cada uma dessas pedras é **mó**. As mós, ao girarem e se chocarem uma contra a outra, é que amassavam, moíam os grãos. Mas às vezes dava pau na engenhoca. Um grão de areia, ou uma pedrinha pequena mas muito dura, travava o movimento das mós.

— Vou levar Porthos. O rei jamais se disporá a acreditar que esse homem digno tenha agido ingenuamente. Jamais ele se disporá a acreditar que Porthos pensou servir ao rei agindo como agiu. Ele pagaria por um erro meu. Não quero isso.

— Você o leva para onde?

— Para Belle-Île, inicialmente. É um refúgio inexpugnável. Depois, o mar e um navio para ir à Inglaterra, onde tenho muitas relações...

— Você? Na Inglaterra?

— Sim. Ou então para a Espanha, onde elas são ainda mais numerosas.

— Exilando Porthos você o arruinará, pois o rei irá confiscar os bens dele.

— Tudo está previsto. Eu poderei, chegado à Espanha, me reconciliar com Luís XIV e fazer Porthos ser perdoado.

— Você tem crédito, pelo que estou vendo, Aramis — observou Athos, com discrição.

— Muito, e à disposição dos meus amigos, amigo Athos.

Essas palavras foram acompanhadas de uma sincera pressão de mão.

— Obrigado — replicou o conde.

— E, já que estamos falando nisso — retomou Aramis —, você também parece descontente. Você e Raoul também; os dois têm desgostos devidos ao rei. Imitem o meu exemplo. Vamos para Belle-Île. Depois, veremos. Eu lhe dou a minha palavra: dentro de um mês terá eclodido a guerra entre a França e a Espanha por causa desse filho de Luís XIII, que também é um infante e que a França prende de modo desumano. Ora, uma vez que Luís XIV não vai querer uma guerra feita por esse motivo, eu lhe garanto uma transação cujo resultado dará a Porthos e a mim a grandeza, e um ducado na França a você, que já é grande na Espanha. O que acha?

— Não. Eu gosto mais de ter alguma coisa a censurar ao rei; é um orgulho próprio da minha linhagem pretender a superioridade sobre as linhagens reais. Fazendo o que você me propõe, eu deveria obrigação ao rei. Certamente eu ganharia nesta terra, mas perderia na minha consciência. Obrigado.

— Então me dê duas coisas, Athos: a sua absolvição...

— Ah, eu a dou, se você quis realmente vingar o fraco e o oprimido contra o opressor.

— Isso me basta — respondeu Aramis, com um rubor que a noite ocultava. — E, agora, dê-me os seus dois melhores cavalos para ganhar a segunda posta, já que me recusaram fornecê-los, pretextando uma viagem que o senhor de Beaufort faz a estas paragens.

— Você terá os meus melhores cavalos, Aramis, e eu lhe recomendo Porthos.

— Ah, fique tranquilo. Mais uma palavra: você acha que estou agindo com ele como convém?

— Uma vez que o mal está feito, sim, pois o rei não o perdoaria, e além disso você sempre terá um apoio no senhor Fouquet, independentemente do que ele disser sobre a questão. Ele nunca o abandonará, estando, também ele, muito comprometido, apesar de ter agido heroicamente.

— Você tem razão. É por isso que, em vez de ir imediatamente para o mar, o que declararia o meu medo e me confirmaria como culpado, permaneço em solo francês. Mas Belle-Île será para mim o solo que eu quiser: inglês, espanhol ou romano; o essencial para mim é escolher a bandeira que desfraldarei.

— Como?

— Quem fortificou Belle-Île fui eu, e ninguém tomará Belle-Île enquanto eu a defender. E além disso, como você disse há pouco, há o senhor Fouquet. Ninguém atacará Belle-Île sem a autorização dele.

— Tem razão. Contudo, seja prudente. Além de astuto, o rei é forte.

Aramis sorriu.

— Eu lhe recomendo Porthos — repetiu o conde com uma espécie de insistência fria.

— O que eu me tornar, conde — replicou Aramis no mesmo tom —, nosso irmão Porthos também se tornará.

Athos se inclinou para apertar a mão de Aramis e foi abraçar Porthos efusivamente.

— Eu nasci com sorte, não é mesmo? — murmurou Porthos, arrebatado, envolvendo-se em sua capa.

— Venha, meu querido — disse Aramis.

Raoul se antecipara a fim de dar ordens e mandar selar os dois cavalos.

O grupo já se dividira. Athos via seus dois amigos prestes a partir. Algo como uma névoa passou diante dos seus olhos e pesou-lhe no coração.

"Estranho", pensou ele. "De onde vem essa vontade de abraçar Porthos mais uma vez?"

Porthos havia voltado e vinha de braços abertos ao encontro do velho amigo.

Esse último abraço foi terno como na juventude, como nos tempos de coração ardente e vida feliz.

E então Porthos montou em seu cavalo. Aramis voltou para envolver com seus braços o pescoço de Athos.

Este os viu no caminho, alongando-se na sombra com as capas brancas. Como fantasmas, os dois cresciam ao se distanciar, e não foi na bruma nem num declive da estrada que desapareceram. No limite da visibilidade, os dois pareceram dar com o pé um impulso que os fez desaparecer evaporados nas nuvens.

Então Athos, com o coração apertado, voltou para casa dizendo a Bragelonne:

— Raoul, algo me diz que eu vi esses dois pela última vez.

— Não me admira que o senhor tenha esse pensamento — respondeu o jovem —, porque eu também pensei isso exatamente agora, e penso, também eu, que não voltarei a ver os senhores Du Vallon e D'Herblay.

— Ah, você me diz isso entristecido por outra coisa — retomou o conde. — Está vendo tudo enevoado. Mas você é jovem, e, se acontecer não mais ver esses velhos amigos, é porque eles já não estarão no mundo em que passará ainda muitos anos. Eu, contudo...

Raoul balançou de leve a cabeça e se apoiou no ombro do conde sem que nenhum dos dois encontrasse uma única palavra no coração prestes a transbordar.

De repente, um barulho de cavalos e vozes na extremidade da estrada para Blois atraiu a atenção de ambos naquela direção.

Montados em cavalos, alguns homens agitavam tochas alegremente entre as árvores da estrada e a intervalos voltavam, para não se distanciarem dos cavaleiros que os seguiam.

No meio da noite, as chamas, o barulho e a poeira de uma dúzia de cavalos ricamente ataviados contrastavam estranhamente com o desaparecimento silencioso e fúnebre das duas sombras de Porthos e Aramis.

Athos voltou para casa. Mas não havia chegado ainda ao pátio quando o portão de entrada pareceu esbraseado; todas aquelas tochas haviam parado e incendiavam a estrada. Um grito ressoou:

— O senhor duque de Beaufort!

E Athos se precipitou para a porta da casa.

O duque já havia desmontado e olhava à sua volta.

— Estou aqui, meu senhor — disse Athos.

— Ah, boa noite, caro conde — respondeu o príncipe, com a cordialidade sincera que conquistava todos os corações. — Muito tarde para um amigo?

— Ah, meu príncipe, entre — disse o conde.

Com o senhor de Beaufort apoiando-se no braço de Athos, entraram na casa seguidos de Raoul, que caminhava respeitosa e modestamente ao lado dos acompanhantes do príncipe, entre os quais ele tinha muitos amigos.

Ataviado > enfeitado, todo ornamentado.

O SENHOR
DE BEAUFORT

O PRÍNCIPE VIROU-SE para Athos no momento em que Raoul, a fim de deixá-los a sós, fechava a porta e se preparava para passar com os acompanhantes a uma sala vizinha.

— É esse o jovem que tantas vezes ouvi Monsieur, o príncipe, louvar? — indagou o senhor de Beaufort.

— Sim, é ele, senhor.

— É um perfeito soldado! Mas ele não é demais aqui, deixe que fique conosco.

— Fique, Raoul, pois Monseigneur lhe permite — disse Athos.

— Ele é alto e bonito, palavra! — prosseguiu o duque. — O senhor me daria o seu filho se eu o requisitasse?

— O que o senhor quer dizer? — perguntou Athos.

— Eu vim aqui para me despedir.

— Despedir-se, senhor?

— É verdade. O senhor não tem ideia do que vou me tornar?

— O que o senhor sempre foi, Monseigneur, um príncipe valoroso e excelente fidalgo.

— Vou me tornar um príncipe da África, um fidalgo beduíno. O rei ordena que eu parta para fazer conquistas entre os árabes.

— O que o senhor está dizendo, Monseigneur?

— É estranho, não é mesmo? Eu, essencialmente parisiense, eu, que reinei nos arrabaldes e a quem chamavam de Rei dos Mercados, eu passo da Place Maubert para

> Uma praça de Paris que durante muito tempo foi ponto de execução, de enforcamento. E, depois de ter participado ativamente da Fronda, o duque tinha razão mesmo de pensar que havia corrido o risco de virar atração na **Place Maubert**, morrendo com o pescoço apertado ali.

A igreja dos muçulmanos a gente chama de mesquita. Ela tem uma torre usada para chamar os fiéis para rezar. Essas torres, os **minaretes**, pipocam na paisagem de **Djidjelli**, na Argélia, país na costa da África. Luís XIV estava boladão com os ataques dos piratas daquela região contra navios franceses, e veio com esse plano de invadir e tomar a vila de Djidjelli. A liderança do empreendimento ficou com o duque de Beaufort, que, de fato, conseguiu conquistar o local, mas uns três meses depois teve de sair, derrotado.

Os **turcos** não eram os habitantes originais da atual Turquia. Eles vieram da Ásia Central lá no século X. Durante 600 anos, o Império Otomano, dos turcos, dominou várias regiões, entre elas a Síria e o Líbano. Já os **sarracenos** foram um povo nômade que batia perna pelos desertos entre a Arábia e a Síria muito antes de a religião muçulmana existir. Os **mouros** eram aquilo que a gente explicou lá atrás: berberes e outros povos da Mauritânia, que fica logo abaixo do Marrocos e do Saara Ocidental no mapa. E os europeus usavam tudo isso meio que como sinônimo: turco, sarraceno, mouro, muçulmano... Tudo na mesma embalagem em que se lia por fora, com letras pintadas com ódio mortal: "INIMIGOS".

Bom, o duque de Beaufort era **rei de Paris** só de brincadeira, né, porque Paris nem reino era — era só uma cidade. É que os parisienses odiavam Mazarin e curtiam muito o duque. Por conta disso, ele tinha esse apelido aí carinhoso de rei de Paris.

os minaretes de Djidjelli, de frondista passo a ser aventureiro.

— Ah, Monseigneur, se eu não estivesse ouvindo isso dito pela sua boca...

— O senhor não acreditaria, não é mesmo? Mas pode acreditar, e vamos nos despedir. É isso que se chama recuperar o favor real.

— O favor real!

— Isso. O senhor sorri? Ah, meu caro conde, quer saber por que eu aceitei? Quer, mesmo?

— Porque Vossa Alteza preza a glória antes de tudo o mais.

— Ah, não, não é glorioso puxar a espada contra aqueles selvagens. Eu não entendo assim a glória, e mais provavelmente classificaria isso como outra coisa... Mas eu quis e quero, ouça bem, meu caro conde, que a minha vida tenha essa última faceta depois das exibições extravagantes que me vi fazendo há cinquenta anos. Pois, enfim, o senhor vai admitir, é muito estranho ser filho de rei, ter feito a guerra a reis, ter figurado entre os poderes do século, ter mantido uma conduta adequada à sua posição, ter se sentido um Henrique IV, ser um grande almirante da França e ir se deixar matar em Djidjelli, entre todos aqueles turcos, sarracenos e mouros.

— Monseigneur, por que a estranha insistência nesse assunto? — disse Athos, desconcertado. — Por que o senhor supõe que um destino tão brilhante irá se perder naquele miserável matadouro?

— O senhor, homem justo e simples, acha que, se eu vou para a África por esse motivo ridículo, não tentaria sair de lá sem ridículo? Eu não faria que falassem de mim? Para fazer falarem de mim hoje, quando há Monsieur, o príncipe, o senhor de Turenne e muitos outros meus contemporâneos, eu, o rei de Paris, não tenho outra coisa a fazer além de me deixar matar? Meu Deus!, falarão disso, eu lhe digo! Eu serei morto com tudo e contra tudo. Se não for lá, será em outro lugar.

— Ora vamos, Monseigneur — respondeu Athos —, isso é exagero, e até agora o senhor só mostrou exagero na bravura.

— Caramba! Amigo querido, é bravura ir para o escorbuto, para as disenterias, para os gafanhotos, para flechas envenenadas, como São Luís, meu ancestral. O senhor sabe que aqueles patifes de lá ainda têm flechas envenenadas? E, além do mais, o senhor me conhece; eu penso nisso há muito tempo, e o senhor sabe: quando quero uma coisa, eu quero, de fato.

— O senhor quis sair de Vincennes, Monseigneur.

— Ah, o senhor me ajudou nisso. E, a propósito, eu ando por toda parte e não encontro o meu velho amigo, o senhor Vaugrimaud. Como vai ele?

— O senhor Vaugrimaud continua sendo um servidor muito respeitoso de Vossa Alteza — disse Athos sorrindo.

— Tenho aqui cem pistolas para ele; trago como herança. Meu testamento já foi feito, conde.

— Ah, Monseigneur!, Monseigneur!

— E o senhor compreenderá que, se vissem Grimaud no meu testamento...

O duque começou a rir; depois se dirigiu a Raoul, que desde o início da conversa havia se alheado num devaneio profundo.

— Jovem — disse ele —, eu sei que aqui há um vinho de Vouvray, acho que...

Raoul saiu apressadamente para mandar servir o duque. Então o senhor de Beaufort tomou a mão de Athos.

— O senhor tem algo em vista para ele? — indagou o duque.

Doença que matou muito marinheiro, soldado e navegador, o **escorbuto** é uma falta violenta de vitamina C que pode acabar em morte lenta. A pessoa fica fraca, cansadaça, com a pele amarelada, tem gangrena, perde os dentes, sofre hemorragias... Os donos de navios calculavam que 50% da tripulação ia morrer de escorbuto nas grandes viagens.

Nuvens de **gafanhotos** dando rasante e comendo tudo o que pinta pela frente acabam fazendo muita gente morrer de fome. Isso acontece por conta de desequilíbrios no meio ambiente. E aonde o duque ia era cheio de gafanhoto.

Desde muito cedo o bicho homem aprendeu a pôr um **venenozinho** na ponta de uma **flecha** para caçar e guerrear.

Em 1643, Mazarin prendeu o duque de Beaufort no Castelo de **Vincennes**. Mas o cara escapou de lá cinco anos depois. Em um trecho anterior da longa saga dos mosqueteiros criada pelo Alexandre Dumas, essa fuga teria sido possível porque havia contado com a ajuda de Athos e seu fiel escudeiro, o Grimaud.

— Nada por enquanto, meu senhor.

— Ah, sim, eu sei. Depois da paixão do rei por... pela Vallière.

— É isso, meu senhor.

— Então é verdade tudo aquilo?... Eu conheci, acho, essa menina Vallière. Ela não é bonita, me parece...

— Não, Monseigneur — disse Athos.

— Sabe quem ela me lembra?

— Ela lembra alguém a Vossa Alteza?

— Ela me lembra uma jovem muito agradável cuja mãe morava em Les Halles.

— Ah — disse Athos sorrindo.

— Bons tempos! — acrescentou o senhor de Beaufort. — É isso mesmo, La Vallière me lembra aquela moça.

— Que teve um filho, não é?

— Acho que sim — respondeu o duque com uma ingenuidade despreocupada, um esquecimento, cujo tom, e também o valor vocal, ninguém saberia traduzir. — Ora, então o pobre Raoul é o seu filho, hein?

— Sim, é o meu filho, Monseigneur.

— O rei desalojou o coitado e vocês agora estão lhe demonstrando frieza.

— Melhor que isso, Monseigneur, nós nos afastamos.

— O senhor vai deixar esse rapaz estagnar? Isso é um erro. Permita que ele vá comigo.

— Quero que ele fique comigo, meu senhor. Eu só tenho a ele no mundo e, se ele quiser ficar...

— Certo, certo — respondeu o duque. — No entanto, eu poderia rapidamente consertar as coisas. Eu lhe garanto que ele é feito do material com que se fazem os marechais da França, e já vi mais de um ser produzido a partir de um material parecido.

— É possível, meu senhor, mas é o rei que faz os marechais da França, e Raoul jamais aceitará alguma coisa do rei.

A volta de Raoul interrompeu a conversa. Ele precedia Grimaud, cujas mãos ainda firmes seguravam a bandeja com uma taça e uma garrafa do vinho predileto do senhor duque.

Vendo o seu velho protegido, o duque deu uma exclamação de prazer.

— Grimaud! Boa noite, Grimaud — disse ele. — Como você está?

O criado inclinou-se profundamente, tão feliz quanto o seu nobre interlocutor.

— Dois amigos! — disse o duque sacudindo vigorosamente o ombro do honesto Grimaud.

Outra saudação mais profunda e ainda mais alegre veio de Grimaud.

— Mas o que estou vendo, conde? Só uma taça?

— Eu só bebo com Vossa Alteza se Vossa Alteza me convida — disse Athos, com nobre humildade.

— Deus do céu! O senhor acertou mandando trazer só uma taça; nós beberemos nela, os dois, como dois irmãos de armas. O senhor primeiro, conde.

— Faça-me o favor completo — disse Athos afastando suavemente a taça.

— O senhor é um amigo encantador — replicou o duque de Beaufort, que bebeu e passou a taça de ouro para o companheiro. — Mas não é só isso — prosseguiu ele —, eu ainda tenho sede, e quero fazer honra a esse belo rapaz que está ali de pé. Eu trago felicidade, visconde — disse ele a Raoul —, deseje alguma coisa ao beber na minha taça e quero que o diabo me carregue se não acontecer o que o senhor desejar.

Ele estendeu a taça a Raoul, que molhou precipitadamente os lábios e disse com a mesma presteza:

— Eu desejei uma coisa, Monseigneur.

Seus olhos brilhavam com um fogo sombrio e o sangue subira-lhe às faces. Seu sorriso assustou Athos.

— E o que foi que o senhor desejou? — volveu o duque deixando-se ficar na poltrona, enquanto com uma das mãos devolvia a Grimaud a garrafa acompanhada de uma bolsa.

— Monseigneur, o senhor quer me prometer que concederá o que eu desejei?

— Ora!, foi o que eu disse.

— Eu desejei, senhor duque, acompanhá-lo a Djidjelli.

Athos empalideceu, e não conseguiu esconder a perturbação.

O duque olhou para o amigo como se quisesse ajudá-lo a se desviar daquele golpe imprevisto.

— É difícil, meu caro visconde, bem difícil — acrescentou ele em voz um pouco baixa.

— Perdão, meu senhor, eu fui indiscreto — retomou Raoul com voz firme —, mas, como o senhor mesmo havia me convidado a fazer um desejo...

— O desejo de me deixar... — disse Athos.

— Ah, senhor... é mesmo isso.

— Muito bem, pelas barbas de Deus! — exclamou o duque. — Ele tem razão, o jovem visconde; o que ele fará aqui? Vai apodrecer de mágoa.

Raoul enrubesceu.

— A guerra é uma destruição — prosseguiu o exaltado príncipe. — Tudo se ganha nela e só se perde uma coisa: a vida. Assim, tanto pior.

— Quer dizer: a memória — concluiu Raoul avidamente. — Quer dizer: tanto melhor.

Ao ver Athos levantar-se e ir abrir a janela, ele se arrependeu de ter falado tão precipitadamente.

O gesto de Athos escondia, sem dúvida, uma emoção. Raoul se precipitou para o conde. Mas este já havia consumido o seu desgosto, pois reapareceu sob a luz com uma fisionomia serena e impassível.

— Pois bem! — disse o duque —, vejamos. Ele parte ou não parte? Se parte, conde, será meu ajudante de campo, será meu filho.

— Monseigneur! — exclamou Raoul dobrando o joelho.

— Monseigneur! — exclamou o conde tomando a mão do duque. — Raoul fará o que quiser.

— Ah, não, senhor. O que o senhor quiser — interrompeu o jovem.

— Céus! — disse o príncipe, por sua vez —, não será o conde nem o visconde que fará a sua vontade, serei eu. Eu o levo. A marinha é um futuro soberbo, meu amigo.

Raoul sorriu, mas com tanta tristeza que dessa vez Athos ficou com o coração dilacerado e lhe respondeu com um olhar severo.

Raoul compreendeu tudo. Acalmou-se e se observou tão bem que não deixou escapar nem mais uma palavra.

O duque se levantou, ao ver o avançado da hora, e disse muito rapidamente:

— Tenho pressa, mas, se me disserem que perdi meu tempo conversando com um amigo, responderei que fiz um bom recruta.

— Perdão, senhor duque — interrompeu Raoul —, não diga isso para o rei, porque não será a ele que eu irei servir.

— Ah, meu amigo, então a quem o senhor servirá? Hoje em dia não se diz mais: "Estou com o senhor de Beaufort". Não, hoje em dia estamos todos com o rei. Grandes e pequenos. Por isso, se você servir nos meus navios, meu caro visconde, será ao rei que servirá.

Athos esperava com certa impaciência a resposta que Raoul, o intratável inimigo do rei, o rival do rei, daria àquela pergunta embaraçosa. O pai esperava que o obstáculo arruinasse o desejo. Ele quase agradeceu ao senhor de Beaufort, cuja irreflexão ou generosa reflexão acabava de pôr em dúvida a partida do filho, sua única alegria.

Mas Raoul, sempre firme e tranquilo, disse:

— Senhor duque, essa objeção que o senhor me faz eu já resolvi em minha mente. Servirei nos seus navios, já que faz o favor de me levar; mas ali estarei servindo a um senhor mais poderoso que o rei: servirei a Deus.

— A Deus! Como? — disseram ao mesmo tempo Athos e o príncipe.

— Minha intenção é professar e me tornar cavaleiro de Malta — acrescentou Bragelonne, que deixou caírem uma a uma essas palavras, mais geladas que as gotas tombadas das árvores negras depois de uma tempestade de inverno.

Com esse último golpe, Athos cambaleou e o próprio príncipe se abalou.

Grimaud deu um gemido abafado e deixou cair a garrafa, que se quebrou no tapete sem que ninguém prestasse atenção.

A Ordem Militar e Hospitalária de São João foi fundada lá pelo ano 1000 em Jerusalém. Era uma sociedade de **cavalaria** católica que mantinha ali um hospital pra cuidar de peregrinos visitantes da Terra Santa. Uns 400 anos depois, a associação recebeu de presente do rei espanhol as ilhas maltesas e vem daí o "apelido" de **ordem de Malta**. Essas ilhas ficam no mar Mediterrâneo, em posição estratégica para as rotas de comércio, e foram muito atacadas pelo exército do Império Otomano, mas se defenderam legal: afinal de contas, os integrantes eram monges-soldados especializados em matar sem dó os inimigos — e cuidar bem dos seus próprios feridos e doentes. Eles são, inclusive, a semente da atual Cruz Vermelha. A propósito: **professar** tem o sentido de entrar para uma ordem religiosa.

O senhor de Beaufort olhou para Raoul e viu nos seus traços, embora o jovem estivesse de olhos semicerrados, o fogo de uma resolução diante da qual tudo deveria se curvar.

Quanto a Athos, conhecia aquela alma terna e inflexível; não esperava fazê-la se desviar do caminho fatal que acabava de escolher. Ele apertou a mão que o duque lhe estendia.

— Conde, parto dentro de dois dias para Toulon — disse o senhor de Beaufort. — O senhor irá me encontrar em Paris para que eu saiba o que resolveu?

— Terei a honra de ir lá agradecer-lhe todas as bondades feitas, meu príncipe — replicou o conde.

— E sempre me traga o visconde, quer ele vá me seguir ou não — acrescentou o duque. — Ele tem a minha palavra e eu só peço ao senhor a sua.

E, tendo assim jogado um pouco de bálsamo na ferida daquele coração paterno, o duque puxou a orelha do velho Grimaud, que piscava mais que o normal, e foi se juntar à sua escolta no pátio.

Os cavalos, descansados e refrescados naquela noite linda, haviam logo criado uma distância entre o castelo e o senhor deles. Athos e Bragelonne voltaram a ficar sós face a face.

Soaram as onze horas.

Pai e filho mantinham um diante do outro um silêncio que todo observador inteligente teria adivinhado cheio de gritos e soluços.

Mas aqueles dois homens tinham uma têmpera tal que qualquer emoção era sujeitada, perdida para sempre, quando tomavam a resolução de sufocá-la no coração.

Assim, passaram silenciosamente e quase ofegantes a hora que precede a meia-noite. Quando o relógio soou, apenas lhes indicou quantos minutos havia durado aquela viagem dolorosa que sua alma fizera pela imensidão das lembranças do passado e dos temores do futuro.

Athos se levantou primeiro, dizendo:

— Está tarde... Até amanhã, filho.

Raoul se levantou por sua vez e abraçou o pai.

Este o reteve contra o peito e lhe disse, com voz alterada:

Bálsamo é uma substância vegetal que alivia dores, mas está aqui no sentido de consolo, alívio.

— Dentro de dois dias você já terá me deixado para sempre, Raoul.

— Senhor — replicou o jovem —, eu havia feito o projeto de enterrar a espada no meu coração, mas o senhor acharia que eu teria sido covarde. Então, renunciei a esse projeto, mesmo porque teríamos de nos separar.

— Partindo, você vai me deixar, Raoul.

— Ouça-me, senhor, eu lhe suplico. Se eu não partir, morrerei aqui de dor e de amor. Eu sei quanto tempo viverei assim. Deixe-me ir rápido, ou o senhor me verá expirar letárgico sob os seus olhos, em sua casa. É mais forte que a minha vontade, mais forte que as minhas forças; o senhor verá que passado um mês eu vivi trinta anos e estarei no fim da vida.

— Então — disse Athos friamente —, você parte com a intenção de ser morto na África? Ah, diga... não minta para mim.

Raoul empalideceu e se calou durante dois segundos, que para o pai foram duas horas de agonia. Então, de repente, disse:

— Senhor, eu prometi me entregar a Deus. Em troca do sacrifício da minha juventude e da minha liberdade, só lhe pediria uma coisa: que Ele me conserve para o senhor, pois o senhor é o único vínculo que ainda me liga a este mundo. Só Deus pode me dar a força para não esquecer que eu devo tudo ao senhor, que para mim deve ficar antes de tudo o mais.

Athos abraçou ternamente o filho e lhe disse:

— Você acaba de me responder com a palavra de um homem honesto. Dentro de dois dias estaremos na casa do senhor de Beaufort, em Paris. E então você fará o que lhe convier. Você é livre, Raoul. Boa noite.

E se encaminhou lentamente para o seu quarto.

Raoul desceu sozinho para o jardim e passou a noite na alameda das tílias.

> Vai morrer (**expirar**) ali bem paralisado, dormente, na **letargia**, indiferente ao que rola ao seu redor.

PREPARATIVOS PARA A PARTIDA

ATHOS NÃO PERDEU MAIS TEMPO combatendo aquela resolução. Pôs-se com muita dedicação a providenciar os preparativos, durante os dois dias que o duque lhe havia concedido, de tudo o que Raoul precisaria levar. Esse trabalho competia ao bom Grimaud, que se aplicou a ele imediatamente.

Athos ordenou a esse digno servidor que pegasse a estrada para Paris quando tudo estivesse pronto e, para não correr o risco de fazer o duque esperar ou, no mínimo, atrasar Raoul, seguiu com o filho para Paris no dia seguinte à visita do senhor de Beaufort.

Foi para o pobre jovem uma emoção muito compreensível voltar a Paris, para o meio de todas as pessoas que o tinham conhecido e o amavam.

Cada rosto lembrava um sofrimento àquele que tanto havia sofrido, uma circunstância àquele que tanto havia amado. Ao se aproximar de Paris, Raoul sentiu-se morrer. Uma vez lá, ele não existia mais, na verdade. Quando chegou à casa de Guiche, explicaram-lhe que o senhor de Guiche estava na casa de Monsieur.

Raoul tomou o caminho do Luxembourg e, quando chegou, sem saber que ia para um lugar onde La Vallière tinha vivido, escutou tanta música e respirou tantos perfumes, ouviu tantos risos alegres e viu tantas sombras dançantes que, não fosse por uma mulher caridosa que o percebeu triste e pálido no vão de uma porta, teria ficado ali alguns momentos e depois partiria para nunca mais voltar.

Foi Maria de Médici quem mandou construir o Palácio de **Luxembourg**. A mansão virou sua moradia, e depois da sua morte ficou nas mãos do seu segundo filho, Gastão de Orleans. O palácio fica no Jardim de Luxembourg (em português também se diz Luxemburgo), em Paris — e não é pra confundir com o país chamado Luxemburgo.

Mas, como já dissemos, nas primeiras antessalas ele detivera seus passos unicamente para não se misturar a todas as existências felizes que sentia se agitarem nas salas vizinhas.

E, como um criado de Monsieur, ao reconhecê-lo, perguntou se ele esperava ver Monsieur ou Madame, Raoul mal lhe respondeu e se deixou cair num banco perto da porta de veludo, olhando para um relógio que parara uma hora antes.

O criado havia saído e outro chegou, este com mais conhecimento de Raoul, e lhe perguntou se queria que avisasse o senhor de Guiche.

Esse nome não tinha despertado a atenção do pobre Raoul. Insistente, o criado começou a contar que Guiche acabava de inventar um novo jogo de loteria e o ensinava às damas.

Abrindo os grandes olhos como o distraído de Teofrasto, Raoul não lhe respondeu, mas com aquilo a sua tristeza havia aumentado.

Com a cabeça jogada para trás, as pernas bambas, a boca entreaberta para deixar passar os suspiros, Raoul estava assim esquecido naquela antessala quando de repente um vestido transpôs farfalhando a porta de um salão lateral que dava para aquela galeria.

Uma mulher jovem, bela e sorridente chegava ali exprimindo-se com vivacidade ao repreender um funcionário. Este respondia com frases calmas mas firmes, no que mais parecia um debate de amantes que uma altercação de pessoas da corte e que se encerrou com um beijo nos dedos da mulher.

Subitamente, ao perceber Raoul, a dama se calou e disse ao funcionário, enquanto o afastava:

— Retire-se, Malicorne, eu não sabia que havia alguém aqui. Ai de você se alguém tiver nos ouvido ou visto.

As **loterias**, mais ou menos como a gente conhece hoje, foram criadas aí, na França, no século XV, quando algumas cidades resolveram ficar criativas na arrecadação de fundos para construir sistemas de defesa mais caprichados ou para dar uma mãozinha pros mais pobres. Mas quem levou o troço a fazer sucesso foram os italianos, que, apesar da resistência da Igreja Católica, viraram mestres na coisa.

O filósofo grego **Teofrasto** (que quer dizer "escritor com talento divino") é o autor de um livro que se chama *Os caracteres*, em que ele faz a descrição de trinta tipos de pessoas. Um dos tipos é um distraído meio complicado, porque é, na verdade, um irresponsável, que parece não se dar conta do que faz.

Hoje se sabe que **Malicorne** foi amante de Ana da Áustria por um tempo, mas cá neste livro o seu papel é mais o de interessado na Montalais — ele também é um cara que quer muito fazer parte da roda dos grã-finos, da corte do rei. E lá atrás nós já conversamos, nestas notas, sobre a senhorita de Montalais — que, por sua vez, é a melhor amiga de Louise de la Vallière e uma falsiane tipo *top* de linha, mestra das mestras. A Lou — você se lembra — é a mulher que roubou e jogou fora o coração de Raoul ao se apaixonar pelo rei. Aliás, a Montalais e o Malicorne bem ajudaram nesse rolê da Lou com o rei, viu?

Malicorne desapareceu imediatamente. A jovem aproximou-se de Raoul pelas costas e, esticando o rosto alegre, lhe disse:

— O senhor é um bom homem e, sem dúvida...

Ela se interrompeu e, enrubescendo, gritou:

— Raoul!

— Senhorita de Montalais! — disse Raoul, mais pálido que a morte. Ele se levantou cambaleante e quis começar a caminhar sobre o mosaico escorregadio, mas ela havia percebido a dor selvagem e cruel, sentia que na fuga de Raoul havia uma acusação ou pelo menos uma desconfiança em relação a ela. Mulher vigilante, achou que não devia deixar passar a ocasião de uma explicação; mas Raoul, detido por ela no meio da galeria, não parecia disposto a se render sem combate.

Ele reagiu de forma tão fria e embaraçada que, se fossem surpreendidos assim, toda a corte não mais teria dúvidas sobre a atitude da senhorita de Montalais.

— Ah, senhor — disse ela, com desdém —, é pouco digno de um fidalgo o que está fazendo. Meu coração me leva a lhe falar: o senhor me compromete com essa acolhida quase descortês. O senhor está errado e confunde seus inimigos com os seus amigos. Adeus.

Raoul tinha jurado que jamais falaria de Louise, que jamais olharia para aqueles que poderiam ter visto Louise; passava para outro mundo para não encontrar nele nada que Louise tivesse visto, nada que ela tivesse tocado. Mas, depois do primeiro choque do seu orgulho, depois de ter visto Montalais, companheira de Louise, Montalais, que lhe lembrava a torrezinha de Blois e as alegrias da juventude, toda a sua razão deixou de existir.

— Perdão, senhorita, mas não entra, não pode entrar no meu pensamento, ser descortês.

— Quer falar comigo? — disse ela, com o sorriso de outrora. — Pois bem, vamos para outro lugar, porque aqui podemos ser surpreendidos.

— Sim — disse ele.

Ela consultou o relógio com indecisão e, depois de refletir, disse:

— Nos meus aposentos. Temos uma hora para conversar.

E, saindo rapidamente, mais leve que uma fada, subiu ao quarto. Raoul a seguiu.

Lá, fechando a porta e pondo nas mãos da camareira a capa que até então havia mantido sob o braço, ela perguntou:

— Está procurando o senhor de Guiche?

— Sim, senhorita.

— Logo que tivermos conversado vou pedir a ele que suba aqui imediatamente.

— Faça isso, senhorita.

— O senhor me culpa?

Raoul olhou para ela e então, baixando os olhos, respondeu:

— Sim.

— O senhor acha que eu cooperei na ruptura de vocês?

— Ruptura! — disse ele com amargura. — Ah, senhorita, não há ruptura onde jamais houve amor.

— O senhor está errado — replicou Montalais. — Louise o amava.

Raoul estremeceu.

— Ela não estava apaixonada, eu sei, mas gostava do senhor, e o senhor deveria ter se casado com ela antes de partir para Londres.

Raoul riu sinistramente, provocando um calafrio em Montalais.

— A senhorita se sente muito à vontade para me dizer isso! Então nos casamos com quem queremos? A senhorita se esquece de que o rei já a queria como amante.

— Escute — retomou a jovem tomando entre as suas as mãos frias de Raoul —, o senhor fez tudo errado; um homem da sua idade não deve deixar sozinha a sua mulher.

— Então já não há fidelidade no mundo — disse Raoul.

— Não, visconde — replicou tranquilamente Montalais. — Entretanto, eu devo lhe dizer que, se em vez de amá-la fria e filosoficamente, o senhor a tivesse despertado para o amor...

— Basta, eu lhe peço, senhorita — disse Raoul. — Vejo que todos vocês, homens e mulheres, são de um século que não o meu. Vocês sabem rir e zombam prazerosamente. Eu, eu amava a senhorita de... — Raoul não pôde pronunciar o nome. — Eu a amava e acreditava nela. Hoje estou livre para não mais amá-la.

— Ah, visconde! — disse Montalais mostrando-lhe um espelho.

— Eu sei o que a senhorita quer dizer; estou muito mudado, não é mesmo? Pois bem, sabe qual a razão? É que o meu rosto é o espelho do meu coração: o interior mudou como o exterior.

— O senhor está consolado? — perguntou acidamente Montalais.

— Não. Não me consolarei jamais.

— Ninguém o entenderá absolutamente, senhor de Bragelonne.

— Isso não me preocupa. Eu me entendo muito bem.

— O senhor nem mesmo tentou falar com Louise?

— Eu! — exclamou o jovem, com olhos faiscantes. — Eu! Na verdade, por que a senhorita não me aconselha a me casar com ela? Hoje o rei talvez consentisse!

E ele se levantou, encolerizado.

— Eu vejo — disse Montalais — que o senhor não se curou e que Louise tem mais um inimigo.

— Mais um inimigo?

— Sim, as favoritas não são apreciadas na corte da França.

— Enquanto lhe restar seu amante para defendê-la, isso não é o suficiente? Ela escolheu um de tamanha condição que nenhum inimigo prevalecesse contra ele.

Mas, calando-se de repente:

— E, depois, ela a tem como amiga, senhorita — acrescentou ele, com uma nuance de ironia que não chegou a atravessar a couraça.

— Eu? Ah, não, eu não estou mais entre aquelas que se dignam olhar para a senhorita de La Vallière. Mas...

Esse "mas" tão prenhe de ameaças e de tempestades; esse "mas" que fez bater o coração de Raoul por pressagiar dores àquela que ele tanto havia amado; esse terrível "mas", significativo numa mulher como Montalais,

---

Estar **prenhe** é estar grávida e, por extensão, o que está cheio, repleto.

foi interrompido por um ruído muito forte que os dois ouviram no quarto, atrás da parede revestida de madeira.

Montalais apurou o ouvido e Raoul já se levantava quando uma mulher entrou muito tranquila pela porta secreta, que fechou atrás de si.

— Senhora! — exclamou Raoul ao reconhecer a cunhada do rei.

— Ah, infeliz! — murmurou Montalais atirando-se, tarde demais, diante da princesa. — Eu me enganei quanto à hora.

Entretanto, ela teve tempo de avisar Madame, que vinha na direção de Raoul.

— O senhor de Bragelonne, senhora.

Ao ouvir essas palavras, a princesa recuou, dando por sua vez um grito.

— Vossa Alteza Real — disse Montalais, com volubilidade — é boa o suficiente para pensar nessa loteria e...

A princesa começou a se atrapalhar.

Raoul apressou-se a sair. Ainda não adivinhava tudo, mas sentia que incomodava.

Madame preparava uma palavra de transição para se recompor, quando o armário se abriu na frente do quarto e o senhor de Guiche surgiu radiante nesse armário. O mais pálido dos quatro, é preciso dizer, era ainda Raoul. No entanto, a princesa quase desmaiou e se apoiou no pé da cama.

Ninguém ousou segurá-la. Essa cena se prolongou por alguns minutos, num silêncio terrível.

Raoul rompeu-o. Foi até o conde, que tinha os joelhos trêmulos pela emoção inexprimível, e tomando-lhe a mão disse:

— Caro conde, diga a Madame que eu estou muito infeliz para não merecer o perdão. Diga-lhe também que eu amei na minha vida e que o horror da traição que me fizeram me torna implacável para outra traição cometida à minha volta. — Ele sorriu para Montalais. — Eis por que eu jamais divulgarei o segredo das visitas do meu amigo à senhorita. Obtenha de Madame, que é tão clemente e tão generosa, que ela perdoe também à senhorita, ela, que a

Clemente > bondoso, que julga de maneira branda.

surpreendeu ainda agora. Estão ambos livres. Amem-se, sejam felizes.

A princesa teve um momento de desespero impossível de expressar; repugnava-a, apesar da delicadeza elegante que Raoul acabava de demonstrar, sentir-se à mercê de uma indiscrição.

Repugnava-a igualmente aceitar a escapatória oferecida por aquele embuste. Viva, nervosa, ela se debatia contra a dupla mordida dessas duas feridas.

Raoul a compreendeu e veio, mais uma vez, em seu socorro. Curvando o joelho diante dela, disse-lhe baixinho:

— Senhora, dentro de dois dias eu estarei longe de Paris, em quinze dias eu estarei longe da França, e não os verei nunca mais.

— O senhor vai partir? — disse ela, alegre.

— Com o senhor de Beaufort.

— Para a África! — exclamou Guiche, por sua vez. — O senhor, Raoul! Ah, meu amigo, na África as pessoas morrem!

E, esquecendo tudo, esquecendo que o seu próprio esquecimento comprometia a princesa mais eloquentemente que a sua presença ali, ele disse:

— Ingrato, o senhor nem mesmo me consultou! — E o abraçou.

Entrementes, Montalais tinha feito Madame desaparecer, e ela própria desaparecera.

Raoul passou a mão na testa e disse sorrindo:

— Eu sonhei.

Depois se dirigiu vivamente a Guiche, que o absorvia pouco a pouco:

— Amigo, eu não me escondo do senhor, que é o eleito do meu coração: vou morrer lá. O seu segredo não ficará comigo mais de um ano.

— Ah, Raoul!, um homem!

— Sabe o que eu penso, Guiche? É isto: deitado sob a terra vou viver mais do que estou vivendo há um mês. Somos cristãos, meu amigo, e se um sofrimento como esse continuasse eu não responderia mais pela minha alma.

Guiche quis fazer uma objeção.

— Não diga nem mais uma palavra sobre mim — disse Raoul. — Dou-lhe um conselho, caro amigo; o que eu quero lhe dizer é bem mais importante.

— Como?

— Sem dúvida arrisca muito mais que eu, porque gostam do senhor.

— Ah!

— É para mim uma alegria muito grata poder lhe falar assim! Pois bem, Guiche, desconfie de Montalais.

— É uma boa amiga.

— Ela era amiga da... da que o senhor sabe... e a arruinou pelo orgulho.

— O senhor está enganado.

— E, agora que a perdeu, ela quer lhe tirar a única coisa que torna aquela mulher desculpável aos meus olhos.

— O que é?

— O seu amor.

— O que o senhor quer dizer?

— Quero dizer que há um complô formado contra aquela que é a amante do rei, complô formado na própria casa de Madame.

— O senhor acredita nisso?

— Tenho certeza.

— Por Montalais?

— Considere-a a menos perigosa das inimigas a quem eu temo por... pela outra!

— Explique-se direito, meu amigo, e se eu puder entender...

— Em duas palavras: Madame ficou enciumada do rei.

— Eu sei...

— Ah, não tema nada, o senhor é amado; o senhor é amado, Guiche. Sente todo o valor dessas duas palavras? Elas significam que o senhor pode erguer a cabeça, que pode dormir tranquilo, que pode agradecer a Deus a cada minuto da sua vida. O senhor é amado; isso significa que pode ouvir tudo, até o conselho de um amigo que quer cuidar da sua felicidade. O senhor é amado, Guiche, o senhor é amado! Não passará as noites atrozes, as noites sem fim que com os olhos secos e o coração devorado atravessam as pessoas que vão morrer. O senhor viverá muito se fizer como o avarento que, bocado a bocado, migalha a migalha, acaricia e embolsa diamantes e ouro. O senhor é amado! Permita que eu lhe diga o que precisa fazer para ser sempre amado.

Guiche olhou por algum tempo o infeliz jovem meio louco de desespero e passou-lhe pela alma um remorso pela sua felicidade.

Raoul dominou sua exaltação febril e assumiu a voz e a fisionomia de um homem impassível.

— Farão sofrer — disse ele — aquela cujo nome eu gostaria de poder pronunciar. Jure para mim que não somente não contribuirá para isso, mas também que a defenderá quando for possível, como eu teria feito.

— Juro — replicou Guiche.

— E — disse Raoul —, um dia em que o senhor lhe tiver prestado um grande favor, um dia em que ela lhe agradecer, prometa-me dizer a ela estas palavras: "Eu lhe fiz isso, senhorita, por recomendação do senhor de Bragelonne, a quem a senhorita fez tanto mal".

— Eu juro! — murmurou Guiche, enternecido.

— É só isso. Adeus. Parto amanhã ou depois para Toulon. Se o senhor dispuser de algumas horas, eu gostaria de tê-las.

— Todas!, todas! — exclamou o jovem.

— Obrigado.

— E o que o senhor vai fazer agora?

— Vou encontrar o senhor conde na casa de Planchet, onde esperamos ver o senhor D'Artagnan.

— O senhor D'Artagnan?

— Quero abraçá-lo antes de partir. É um bom homem, que gosta de mim. Vá lá, amigo querido, sem dúvida o esperam. O senhor me encontrará quando quiser na residência do conde. Adeus.

Os dois jovens se abraçaram. Quem os tivesse visto assim não teria deixado de dizer, apontando para Raoul:

— Aquele é que é o homem feliz.

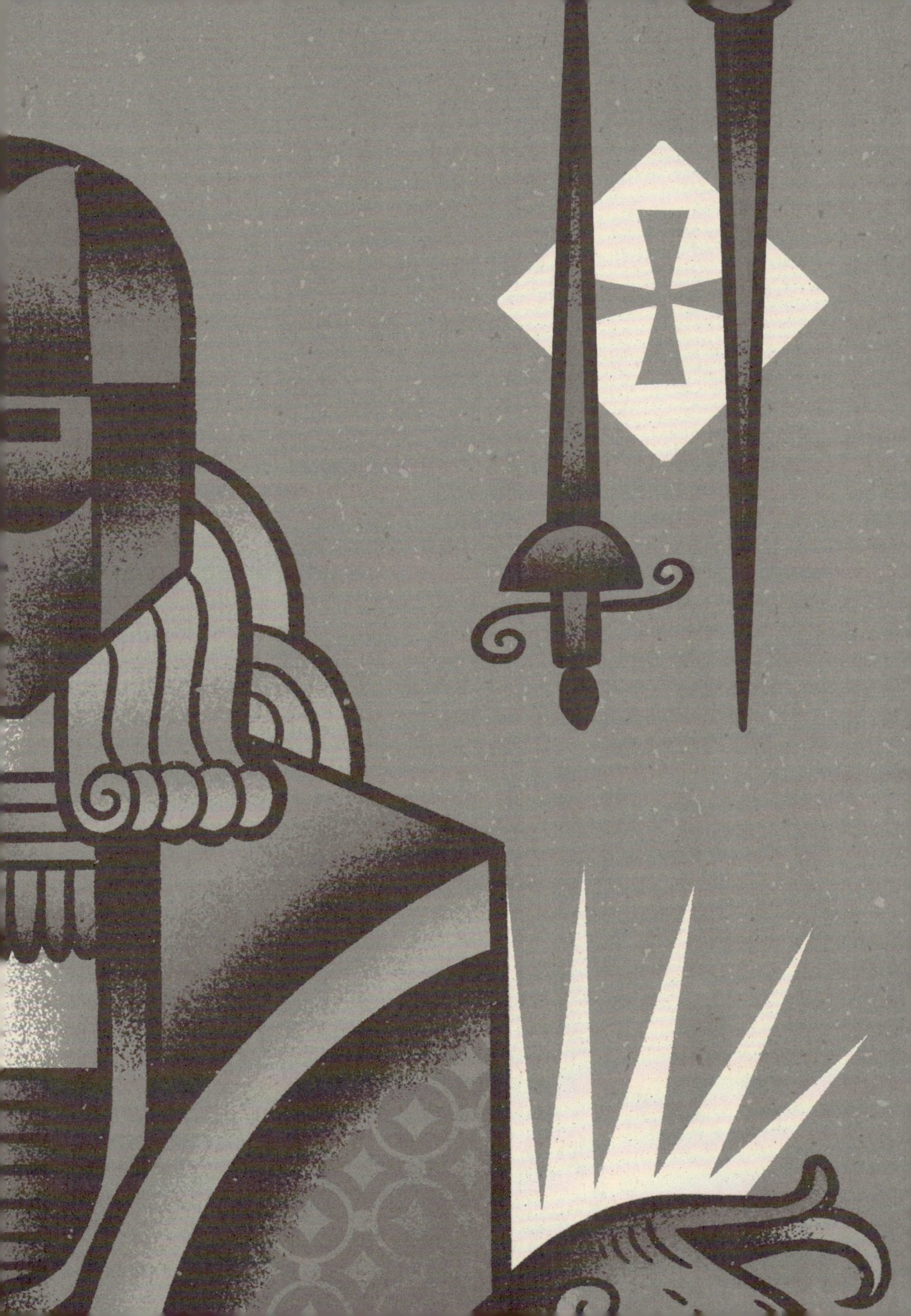

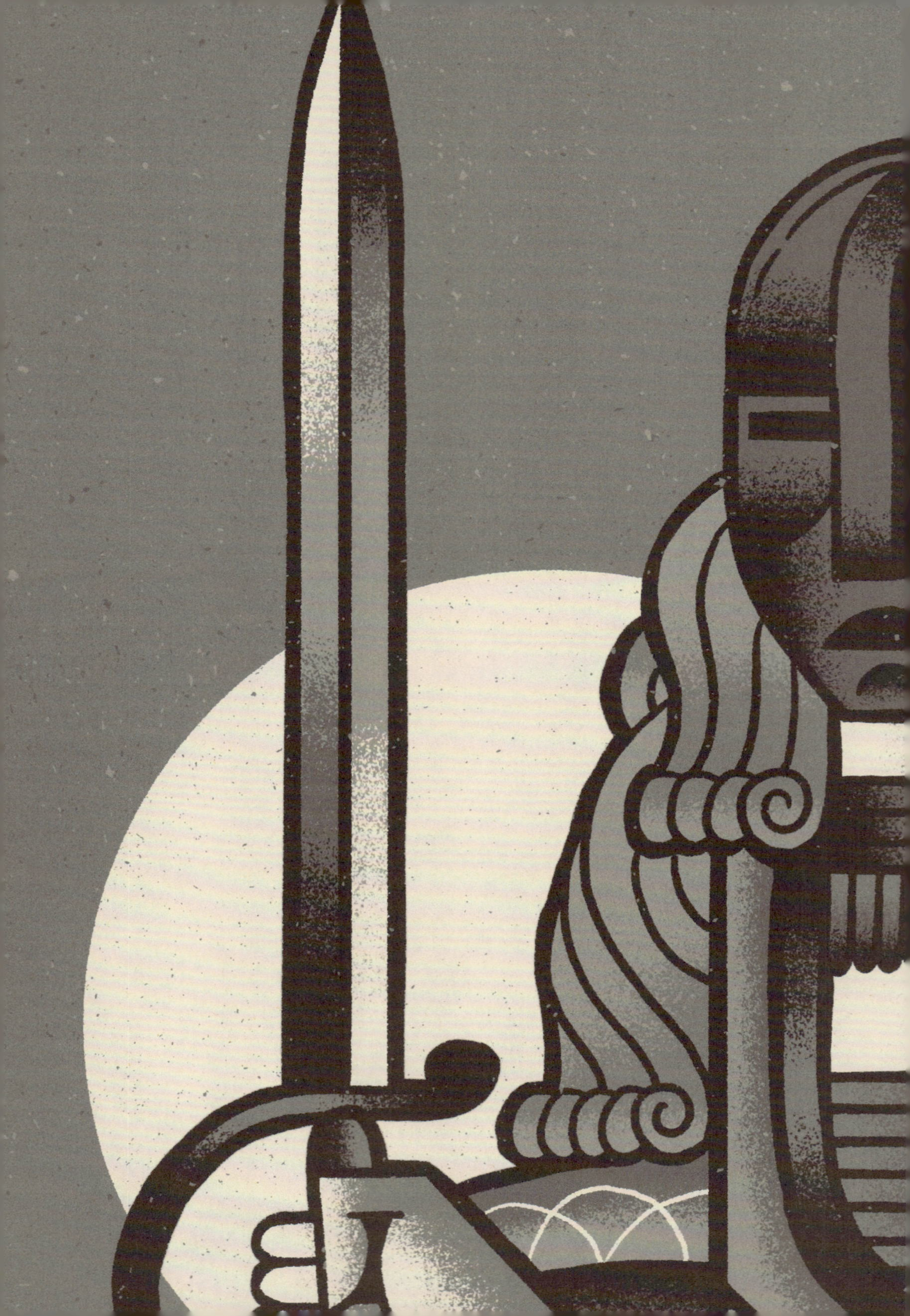

O INVENTÁRIO DE PLANCHET

DURANTE A VISITA feita por Raoul ao Luxembourg, Athos tinha ido à casa de Planchet para saber notícias de D'Artagnan.

Ao chegar à Rue des Lombards, o fidalgo encontrou grande movimentação no estabelecimento do merceeiro; mas não era a movimentação de uma grande venda ou da chegada de mercadorias.

Planchet não estava instalado no trono de sacos e barris como era seu hábito. Um rapaz com uma pena na orelha e outro com o livro de contas na mão registravam muitos números, enquanto um terceiro contava e pesava.

Tratava-se de um inventário. Athos, que não era comerciante, sentia-se um pouco embaraçado pelos obstáculos materiais e pela majestade dos que estavam trabalhando.

Ele via muitos clientes serem dispensados e se perguntava se, já que não ia comprar nada, não seria com mais razão importuno. Assim, perguntou muito educadamente aos rapazes como seria possível falar com o senhor Planchet.

A resposta bastante negligente foi que o senhor Planchet estava terminando de fazer as malas.

Essas palavras surpreenderam Athos.

— Malas?! — disse ele. — O senhor Planchet vai viajar?

— Sim, senhor, logo mais.

— Então, senhores, por favor avisem a ele que o senhor conde de La Fère deseja lhe falar por um momento.

Ao ouvir o nome do conde de La Fère, um dos rapazes, sem dúvida acostumado a ouvi-lo pronunciado com respeito, saiu para avisar Planchet.

Planchet é o ex-assistente tipo faz-tudo de D'Artagnan e que agora tinha uma confeitaria, um comércio próprio e, portanto, havia se tornado um pequeno-burguês.

Foi nesse momento que Raoul, livre enfim, depois da cruel cena com Montalais, chegou à mercearia.

Planchet, avisado pelo rapaz, deixou sua tarefa e acorreu.

— Ah, senhor conde — disse ele —, que alegria!, e que boa estrela o traz aqui?

— Meu caro Planchet — disse Athos enquanto apertava as mãos do filho, cujo ar entristecido ele havia observado furtivamente —, nós viemos para saber notícias suas... Mas cheguei num momento muito impróprio, o senhor está branco como um moleiro. Onde o senhor se enfiou?

— Ah, diabo! Tenha cuidado, senhor, e não se aproxime, porque eu não troquei de roupa.

— Mas por quê? Farinha ou pó não fazem nada além de embranquecer.

— De modo algum! O que o senhor está vendo nos meus braços é arsênico.

— Arsênico!

— Sim. Eu estou fazendo as minhas provisões para os ratos.

— Ah, num estabelecimento como este os ratos têm papel de destaque.

— Não é deste estabelecimento que estou me ocupando, senhor conde; o que os ratos comeram aqui não comerão mais.

— O que o senhor quer dizer?

— O senhor viu, senhor conde, estão fazendo o meu inventário.

— O senhor está deixando o comércio?

— Ah, meu Deus, sim, estou deixando o estabelecimento com um dos rapazes.

— Ora!, então o senhor está muito rico!

— Senhor, eu peguei aversão pela cidade. Não sei se é porque estou envelhecendo, e que, como disse D'Artagnan certa vez, ao envelhecermos nós pensamos com mais frequência nas coisas da juventude; mas há algum tempo me sinto arrastado para o campo e a jardinagem. Eu já fui camponês.

E Planchet pontuou essa confissão com um risinho um tanto pretensioso para um homem que tinha feito profissão de humildade.

Moleiro > quem trabalha num moinho ou é dono dele.

Um veneno dos mais famosos, o trióxido de arsênio ou **arsênico** branco é um velho conhecido, tendo sido usado por chineses e indianos como pesticida, um matador de ratos.

Athos aprovou com um gesto.

— O senhor comprou uma propriedade? — disse ele em seguida.

— Comprei, senhor.

— Ah, que bom.

— Uma casinha em Fontainebleau e vinte arpentos de terra em torno dela.

Arpento é uma antiga unidade francesa de medida de área; 1 arpento equivalia a 1,11484 metro quadrado.

— Muito bem, Planchet, parabéns.

— Mas, senhor, estamos muito mal aqui. A minha maldita poeira está lhe provocando tosse. Diabo! Eu não me preocupo por estar envenenando o fidalgo mais digno deste reino.

Athos não sorriu a essa brincadeira, com a qual Planchet se experimentava nos gracejos mundanos.

— Sim — disse ele —, vamos conversar em outro lugar. Em sua casa, por exemplo. O senhor tem casa, não tem?

— Claro, senhor conde.

— Em cima, talvez?

E Athos, vendo Planchet constrangido, quis desembaraçá-lo passando na frente.

— É que... — disse Planchet, hesitante.

Athos se equivocou quanto ao sentido daquela hesitação, atribuindo-a a um receio do merceeiro de oferecer uma hospitalidade medíocre.

— Não importa, não importa — disse ele continuando a avançar. — A casa de um comerciante neste bairro tem o direito de não ser um palácio. Vamos lá.

Raoul o precedeu agilmente e entrou.

Dois gritos foram ouvidos simultaneamente. Poder-se-ia dizer três. Um deles dominou os demais; era o grito de uma mulher. O outro saiu da boca de Raoul; foi uma exclamação de surpresa. Quase simultaneamente, ele fechou a porta. O terceiro grito foi de pavor; fora dado por Planchet.

— Desculpe — disse ele —, é que a senhora está se vestindo.

Raoul vira que, sem dúvida, Planchet dizia a verdade, pois deu um passo para voltar a descer.

— A senhora... — disse Athos. — Ah, perdão, meu caro, eu não sabia que em cima o senhor tinha...

— É Trüchen — acrescentou Planchet, um pouco vermelho.

— Faça o que quiser, meu bom Planchet. Perdoe-nos a nossa indiscrição.

— Não, não. Subam agora, senhores.

— Nós não faremos nada lá — disse Athos.

— Ah! A senhora estando prevenida, terá tempo...

— Não, Planchet. Adeus.

— Ah, os senhores não vão querer me dar o desgosto de ficar na escada ou de sair de minha casa sem ter se sentado.

— Se soubéssemos que o senhor tinha uma senhora lá em cima — respondeu Athos, com seu habitual sangue-frio —, teríamos pedido para cumprimentá-la.

Planchet ficou tão desconcertado por essa impertinência requintada que forçou a passagem e abriu ele próprio a porta para que o conde e seu filho entrassem.

Trüchen estava totalmente vestida: traje de comerciante rica e elegante; olho de alemã brigando com olhos franceses. Ela deixou o lugar depois de duas reverências e desceu para a loja. Mas, chegada ali, grudou o ouvido à porta para saber o que os visitantes fidalgos diriam sobre ela a Planchet.

Athos sabia que isso iria acontecer e não levou a conversa para esse tema. Mas Planchet estava ansioso para dar explicações, embora Athos fugisse delas.

Assim, como algumas tenacidades são mais fortes que todas as outras, Athos foi forçado a ouvir Planchet contar seus idílios de felicidade traduzidos numa linguagem mais casta que a de Longo. Ele contou que Trüchen havia trazido encanto para a sua idade madura e felicidade para os seus negócios, como Rute a Boaz.

— Só falta a vocês dois um herdeiro da sua prosperidade — disse Athos.

— Se eu tivesse um herdeiro, ele ficaria com cem mil libras — replicou Planchet.

— É preciso tê-lo — disse Athos fleumaticamente —, nem que seja apenas para não deixar que a sua pequena fortuna se perca.

Lá na Grécia bem antiga, um sujeito chamado **Longo** escreveu o romance *Dafne e Cloé*, que era bem lido e querido no século XVII.

Na Bíblia, o marido de **Rute** havia morrido e ela estava na peleja da sobrevivência, enquanto ainda cuidava da sogra. Lá pelas tantas, as duas se mandaram pra Israel porque a sogra da Rutinha era de lá. Só que muita gente não curtia estrangeiros naquelas bandas. Um israelita chamado **Boaz**, no entanto, achou lindinho que Rute não tivesse abandonado a sogra — a qual, por sua vez, não tinha mais filhos nem nada, era sozinha na vida. Aí ele deu abrigo pra ela, empregou a moça pra trabalhar na colheita das suas terras. E eles acabaram casando.

As palavras "pequena fortuna" colocaram Planchet no seu lugar, como outrora a voz do sargento quando Planchet era apenas soldado raso no regimento de Piémont, onde Rochefort o havia colocado.

Athos percebeu que o merceeiro se casaria com Trüchen e que, de bom grado ou a contragosto, teria uma descendência. Isso lhe pareceu ainda mais evidente quando soube que o rapaz a quem Planchet estava vendendo a loja era primo de Trüchen.

Athos se lembrava de que esse rapaz era espadaúdo e tinha a pele vermelha como um goiveiro e cabelos crespos. Sabia tudo o que é possível, tudo o que é preciso saber sobre o ofício de merceeiro. As belas roupas de Trüchen não pagavam apenas o aborrecimento que ela teria ocupando-se da natureza campestre e de jardinagem na companhia de um marido que envelhecia.

Athos entendeu, como dissemos, e sem transição perguntou:

— O que faz o senhor D'Artagnan? Nós não o encontramos no Louvre.

— Ah, senhor conde, o senhor D'Artagnan desapareceu.

— Desapareceu? — repetiu Athos, surpreso.

— Ah, senhor, nós sabemos o que isso quer dizer.

— Mas eu não sei.

— Quando o senhor D'Artagnan desaparece é sempre por causa de alguma missão ou alguma questão importante.

— Ele falou com você?

— Ele nunca me fala sobre essas coisas.

— Mas você soube da sua ida para a Inglaterra?

— Por causa da especulação — disse Planchet, aturdido.

— A especulação?

— Quer dizer... — e Planchet, pouco à vontade, não concluiu.

— Bom, bom, as suas questões, não mais que as do nosso amigo, não estão em jogo. Só

Rochefort foi o braço direito do cardeal Richelieu e entrou firme na trama do começo da saga dos mosqueteiros, até com uma treta implicante rolando entre ele e D'Artagnan — mas o desentendimento depois vira pó e eles ficam amigos. Mais tarde, já no livro *Vinte anos depois*, o caldo, porém, engrossa feio. Rochefort tenta matar Luís XIV durante a Fronda, mas é ele quem acaba defunto e é D'Artagnan quem o mata em defesa do rei.

Espadaúdo > de espáduas largas. As espáduas são os ombros.

Goiveiro > arbusto que dá flores bonitinhas, típico da região do Mediterrâneo.

O esforço de D'Artagnan em ajudar a família real inglesa a voltar ao poder contava com o apoio financeiro das economias do próprio mosqueteiro mais um **investimento** de Planchet, que achava que aquilo podia lhe render bons frutos no futuro.

lhe perguntei pelo interesse que temos por ele. Uma vez que o capitão dos mosqueteiros não está aqui, uma vez que não podemos obter do senhor nenhuma informação sobre o lugar onde poderíamos encontrá-lo, vamos embora.

— Senhor conde, eu queria poder lhe dizer...

— De modo algum, de modo algum. Não serei eu a repreender um servidor pela sua discrição.

A palavra "servidor" atingiu rudemente o quase milionário Planchet; mas o respeito e a bonomia naturais prevaleceram sobre o orgulho.

— Não há nada de indiscreto em lhe dizer, senhor conde, que o senhor D'Artagnan veio aqui dias atrás.

— Ah!

— E ficou horas consultando um mapa.

— O senhor tem razão, amigo, não diga mais nada.

— E esse mapa, ei-lo aqui como prova — acrescentou Planchet, que foi pegar o mapa na parede vizinha, onde ele estava suspenso por um cordão que formava um triângulo com a trave da janela em que estava pregado; era o que fora consultado pelo capitão quando da sua visita a Planchet.

Ele trouxe um mapa da França, sobre o qual o olho treinado do conde de La Fère descobriu um itinerário pontilhado com tachinhas; nos pontos onde faltavam tachas, os furos atestavam que eles haviam estado lá.

Athos, seguindo com o olhar as tachinhas e os furos, viu que D'Artagnan teria pego a direção do sul do país e ido até o Mediterrâneo, perto de Toulon. Era ao lado de Cannes que as marcas e os lugares pontilhados cessavam.

O conde de La Fère quebrou a cabeça por alguns instantes tentando adivinhar o que o mosqueteiro iria fazer em Cannes e que motivo ele poderia ter para ir observar as margens do Var.

As reflexões de Athos não lhe sugeriram nada. Sua perspicácia falhou. Raoul tampouco adivinhou alguma coisa.

— Não tem importância — disse o jovem ao conde, que, silenciosamente e deslizando o dedo, o fizera perceber a marcha de D'Artagnan —, podemos confessar que há uma providência sempre ocupada em aproximar do nosso des-

---

O rio **Var** se situa na região da Provença, no sul da França.

tino o do senhor D'Artagnan. Ele está perto de Cannes, e o senhor me levará pelo menos até Toulon. Pode ter certeza de que o encontraremos no nosso caminho com muito mais facilidade que nesse mapa.

Depois, despedindo-se de Planchet, que repreendia seus rapazes, inclusive o primo de Trüchen, seu sucessor, os fidalgos se puseram a caminho para ir visitar o senhor duque de Beaufort.

Ao sair da mercearia, eles viram um coche, depositário futuro dos encantos da senhorita Trüchen e dos sacos de dinheiro do senhor Planchet.

— Cada um toma o caminho da felicidade pela estrada que escolhe — disse tristemente Raoul.

— Vamos para Fontainebleau — exclamou Planchet ao cocheiro.

O INVENTÁRIO DO SENHOR DE BEAUFORT

TER CONVERSADO SOBRE D'ARTAGNAN com Planchet e ter visto Planchet deixar Paris para se enterrar no seu retiro foi para Athos e o filho como um último adeus a todo o burburinho da capital, à sua vida de outros tempos.

De fato, o que deixavam atrás de si aquelas pessoas, uma das quais havia esgotado na glória todo o último século e a outra toda a idade presente na infelicidade? Evidentemente, nem um nem o outro desses dois homens tinha algo para pedir aos seus contemporâneos.

Faltava apenas fazer uma visita ao senhor de Beaufort e combinar com ele as condições da partida.

O duque estava magnificamente instalado em Paris. Tinha o soberbo modo de vida das grandes fortunas que alguns dos mais idosos se lembravam de ter visto florescer no tempo das liberalidades de Henrique III.

Nessa época alguns grandes senhores eram mais ricos que o rei. Eles sabiam humilhar um pouco Sua Majestade Real, usavam esse saber e não se privavam do prazer que isso lhes dava. Fora essa aristocracia egoísta que Richelieu tinha obrigado a contribuir com seu sangue, seu dinheiro e suas reverências para o serviço do rei.

Desde Luís XI, o terrível ceifeiro dos grandes, até Richelieu, quantas famílias tinham erguido a cabeça! Quantas, desde Richelieu até Luís XIV, a haviam baixado para não a erguer mais! Porém o senhor de Beaufort tinha nascido príncipe, e de um sangue que não se espalha sobre os cadafalsos, a menos que seja pela sentença do povo.

Esse príncipe tinha, portanto, conservado um modo de vida grandioso. Como pagava ele os seus cavalos, os seus criados e a sua mesa? Ninguém sabia, e ele menos que os demais. Na época havia privilégio apenas para os filhos do rei, de quem ninguém recusava ser credor, por respeito, por devoção ou pela convicção de que um dia seria pago.

Athos e Raoul encontraram na casa do príncipe a mesma movimentação vista em casa de Planchet.

O duque também fazia o seu inventário, quer dizer: distribuía aos amigos, seus credores, todos os valores um tanto consideráveis da sua casa.

Devendo cerca de dois milhões, o que era então uma soma enorme, o senhor de Beaufort tinha calculado que não podia partir para a África sem uma bela soma, e para encontrar essa soma ele distribuía aos antigos credores baixelas, armas, joias e móveis, o que, além de ser mais pomposo que vendê-los, lhe renderia o dobro.

De fato, como um homem a quem devemos dez mil libras se recusa a levar um presente de seis mil, com o valor aumentado pelo mérito de ter pertencido ao descendente de Henrique IV, e como, depois de ter levado esse presente, ele recusaria outras dez mil libras a esse senhor generoso?

Foi o que aconteceu. O príncipe já não tinha casa, algo inútil para o almirante cuja residência é o seu navio. Ele não tinha armas supérfluas desde que se colocava no meio dos seus canhões, mais joias do que o mar teria podido devorar, mas tinha nos seus cofres trezentos ou quatrocentos mil escudos.

E por toda a casa havia um movimento alegre de pessoas que pensavam estar pilhando o proprietário.

O príncipe dominava no grau máximo a arte de tornar felizes os credores que mais inspiravam compaixão. Quem quer que estivesse desesperado pela falta de dinheiro encontrava nele paciência e compreensão pela sua situação.

A uns ele dizia:

— Eu gostaria muito de ter o que o senhor tem; se tivesse, lhe daria.

E a outros:

— Só tenho esta caneca de prata; ela vale bem umas quinhentas libras. Fique com ela.

Desse modo, ele sempre conseguia renovar seus credores — pois a cordialidade é um pagamento corrente.

Dessa vez ele agiu sem a menor cerimônia, e se poderia dizer que acontecia uma pilhagem. Ele deu tudo.

Uma fábula oriental fala de um pobre árabe que leva da pilhagem de um palácio uma panela em cujo fundo está escondido um saco de ouro; todos o deixam passar livremente, sem cobiça. Essa fábula tinha se tornado realidade na casa do príncipe. Muitos fornecedores eram pagos com as riquezas do duque.

Os saqueadores das roupas e das selarias atribuíam àquelas "velharias" um valor muito inferior ao que pagariam por elas os seleiros ou os alfaiates.

Pressurosos de entregar à mulher os doces dados pelo proprietário, eles saltavam felizes sob o peso das terrinas ou das garrafas gloriosamente estampadas com as armas do príncipe.

O senhor de Beaufort acabou dando seus cavalos e o feno que havia nos celeiros.

Ele fez a felicidade de mais de trinta pessoas com seu equipamento de cozinha e de outras trezentas com a sua adega.

E mais: todas essas pessoas saíram de lá com a convicção de que o senhor de Beaufort agia assim prevendo uma nova fortuna escondida sob as tendas árabes.

Repetia-se, enquanto sua residência era devastada, que ele tinha sido enviado pelo rei a Djidjelli para recuperar a sua riqueza perdida; que os tesouros da África seriam divididos meio a meio entre o almirante e o rei da França; que esses tesouros se compunham de minas de diamantes ou outras pedras fabulosas; as minas de prata e de ouro do Atlas não tiveram nem mesmo a honra de uma menção.

Além das minas a explorar, o que só aconteceria depois da campanha, haveria o butim feito pela esquadra.

Pressuroso > apressado, ansioso, impaciente.

Terrina > vasilha de servir sopa.

A cadeia de montanhas chamada **Atlas** corta o Marrocos e a Argélia, ali no norte da África.

Esquadra é, na Marinha, um time de navios de guerra, um conjunto.

O senhor de Beaufort meteria a mão em tudo o que os ricos corsários tinham roubado da cristandade desde a Batalha de Lepanto. Já nem se contava mais o número dos milhões.

Ora, por que iria poupar os utensílios pobres da sua vida pregressa aquele que ia em busca dos tesouros mais raros?

E, reciprocamente: por que se poupariam os bens de alguém que os poupou tão pouco?

A situação era essa. Athos, com seu olhar investigador, percebeu tudo ao primeiro relance.

> Em 1571, rolou um megamata-mata naval entre católicos e muçulmanos do Império Otomano, e dessa vez a **batalha** foi nas águas próximas a **Lepanto**, na Grécia. No ano anterior os turcos (otomanos) tinham invadido a ilha de Chipre, e aquilo fez a galera do outro time se mobilizar pra combater mais esse avanço inimigo. Os cristãos levaram a melhor e conseguiram, assim, barrar o avanço dos otomanos na Europa.

Ele achou que o almirante da França estava um pouco aturdido, pois saía da mesa, uma mesa para cinquenta pessoas onde haviam bebido por muito tempo à prosperidade da expedição; onde, à sobremesa, tinham abandonado os restos aos criados e as travessas vazias aos curiosos.

O príncipe estava exaltado por se ver arruinado, mas também por se ver tão popular. Tinha bebido o seu vinho velho à saúde do seu vinho futuro.

Quando viu Athos com Raoul, ele exclamou:

— Pronto!, chegou o meu ajudante de campo. Venha por aqui, conde; venha por aqui, visconde.

Athos procurou uma passagem entre as roupas e as baixelas entulhadas no chão.

— Ah, sim, passem por cima.

E ele ofereceu uma taça de vinho a Athos.

Athos aceitou; Raoul apenas molhou os lábios.

— Eis a sua incumbência — disse o príncipe a Raoul. — Eu a preparei porque contava com a sua vinda. O senhor vai sair para Antibes antes de mim.

— Sim, Monseigneur.

— A ordem está aqui.

E Beaufort entregou a ordem a Bragelonne.

— O senhor conhece o mar? — indagou ele.

— Sim, Monseigneur, eu viajei com Monsieur, o príncipe.

— Bom. Todos esses lanchões e todos esses alijos ficarão à minha espera para me fazer uma escolha e carregar as

> Cidade francesa entre Cannes e Nice, **Antibes** fica à beira do mar Mediterrâneo.

> **Lanchões** e **alijos** são tipos de barcos usados para ajudar a descarregar embarcações maiores, e não para viajar. Eles não têm nada a ver com as lanchas de hoje.

minhas provisões. É preciso que a esquadra possa embarcar em quinze dias no máximo.

— Será feito, Monseigneur.

— Essa ordem lhe dá o direito de visita e exploração em todas as ilhas ao longo da costa; o senhor fará os alistamentos e recrutamentos à força que quiser fazer para mim.

— Sim, senhor duque.

— E, como o senhor é um homem ativo, como o senhor trabalha muito, irá precisar de muito dinheiro.

— Espero que não, Monseigneur.

— Sei que irá. Meu intendente preparou ordens de pagamento de mil libras saldáveis nas cidades do Sul. O senhor receberá cem. Vá, caro visconde.

Athos interrompeu o príncipe.

— Conserve o seu dinheiro, Monseigneur; na guerra, entre os árabes, ele será tão necessário quanto o chumbo.

— Eu quero tentar o contrário — retrucou o duque. — E o senhor conhece minhas ideias sobre a minha expedição: muito barulho, muito fogo, e eu desapareço na fumaça, se for preciso.

Tendo dito isso, o senhor de Beaufort quis rir, mas logo percebeu que a reação de Athos e Raoul não foi entusiasmada.

— Ah — disse ele, com o egoísmo cortês que a posição social e a idade lhe conferiam —, os senhores são pessoas que não podem ser vistas depois do jantar: frias, rígidas e secas, quando eu sou todo fogo, todo maleável e todo vinho. Não, o diabo que me carregue, eu quero vê-lo sempre em jejum, visconde; e o senhor, conde, se me faz essa figura, o senhor não me verá mais.

Ele disse isso apertando a mão de Athos, que lhe respondeu sorrindo:

— Monseigneur, não faça esse estardalhaço, porque o senhor tem muito dinheiro. Eu prevejo que antes de um mês o senhor estará seco, rígido e frio diante do seu cofre, e que então, tendo Raoul ao seu lado, em jejum, ficará sur-

---

A **ordem de pagamento** era um papel que mandava que se entregasse um certo montante de dinheiro a quem apresentasse a dita-cuja. Aquele valor era pagável, quer dizer, **saldável**, porque saldar é pagar. Quando você olha o extrato da sua conta bancária, sempre dá uma espiada no saldo, certo? Que é o saldável, o tanto que o banco lhe "deve" e tem que lhe pagar quando você quiser, já que você colocou essa grana sua lá.

preso por vê-lo alegre, animado e generoso, porque ele terá escudos novos para lhe oferecer.

— Que Deus o ouça! — exclamou o duque, encantado. — Fique comigo, conde.

— Não, eu vou partir com Raoul, pois a missão que ele recebeu é penosa, difícil. Sozinho, ele sofrerá demais para cumpri-la. O senhor não percebe, Monseigneur, que acabou de lhe dar um comando de primeira ordem!

— Ora!

— E na marinha!

— É verdade. Mas um homem como ele não pode fazer tudo o que quiser?

— O senhor não encontrará em nenhum lugar tanto zelo e inteligência, tanta bravura verdadeira quanto em Raoul. Mas, se o seu embarque não acontecer, o senhor terá o que merece.

— Olhe só: ele me censura!

— Monseigneur, para aprovisionar uma frota, para reunir uma flotilha e para recrutar o seu serviço marítimo, um almirante precisaria de um ano. Raoul é capitão de cavalaria e o senhor lhe dá quinze dias.

> Os dois termos são coletivos de embarcações, mas **frota** é uma palavra mais usada para um grupo de navios maiores, enquanto **flotilha** designa um time de barcos de menor porte. Geralmente uma frota era acompanhada por uma flotilha, porque há lugares e momentos em que é preciso ter agilidade e capacidade de navegar em águas menos profundas, por exemplo. A flotilha também ajudava com os **víveres** — o que ia ser consumido pela tripulação.

— Eu lhe digo que ele vai conseguir.

— Eu acredito nisso. Mas vou ajudá-lo.

— Eu contava com o senhor, e conto até mesmo que chegados a Toulon não o deixará prosseguir sozinho.

— Ah! — disse Athos balançando a cabeça.

— Paciência, paciência.

— Monseigneur, permita que nos retiremos.

— Vão, e que a minha sorte os ajude!

— Adeus, Monseigneur, e que a sua sorte o ajude também.

— A expedição começou bem — disse Athos ao filho. — Sem víveres, sem reservas, sem flotilha de carga. Desse modo, o que poderemos fazer?

— Bom — murmurou Raoul —, se todos forem fazer o que eu farei, lá não haverá falta de víveres.

— Não seja injusto e tolo no seu egoísmo ou na sua dor, como preferir — replicou Athos, com severidade. — Uma vez que está partindo para essa guerra com a intenção de lá morrer, você não precisa de ninguém, e não valeria a pena recomendá-lo ao senhor de Beaufort. Uma vez que você se aproxima do príncipe comandante, uma vez que aceita a responsabilidade de um cargo na esquadra, não se trata mais de você, mas de todos os pobres soldados que, como você, têm um coração e um corpo, que chorarão pela sua pátria e sofrerão todas as necessidades da condição humana. Saiba, Raoul, que o oficial é um ministro tão útil quanto um padre e que deve ser mais caridoso que um padre.

— Senhor, eu sei, e pratiquei isso. Teria continuado a praticar... mas...

— Você também esquece que é de um país orgulhoso da sua glória militar. Vá morrer, se é o que quer, mas não morra sem honrar e sem beneficiar a França. Vamos, Raoul, não se entristeça com as minhas palavras; eu o amo e gostaria que você fosse perfeito.

— Eu aprecio as suas repreensões, senhor — disse o jovem, suavemente. — Elas me curam, me provam que alguém ainda me ama.

— E agora partamos, Raoul. O tempo está tão bonito, o céu está tão puro; esse céu que você verá ainda mais puro em Djidjelli e que ali lhe falará de mim, como aqui ele me fala de Deus.

Depois de chegar a um acordo sobre essa questão, os dois fidalgos divertiram-se com o jeito maluco do duque, concordaram em que a França seria servida de um modo incompleto no espírito e na prática da expedição, e, tendo resumido essa política com a palavra "vaidade", puseram-se a caminho para obedecer à própria vontade mais ainda que ao destino.

O sacrifício estava consumado.

A TRAVESSA DE PRATA

A VIAGEM FOI AMENA. Athos e o filho atravessaram toda a França vencendo quinze léguas por dia e, às vezes, quando dobrava a intensidade da dor de Raoul, até mais de quinze.

Eles levaram meio mês para chegar a Toulon, e perderam totalmente as pistas de D'Artagnan em Antibes.

Certamente o capitão dos mosqueteiros tinha querido ficar incógnito naquelas paragens, pois Athos colheu das suas informações a certeza de que tinham visto o cavaleiro que ele descreveu trocar seus cavalos por um veículo bem fechado a partir de Avignon.

Raoul se desesperava por não encontrar D'Artagnan. Seu coração sensível lamentava o não ter havido uma despedida e, também, a falta do consolo dado por aquele coração de aço.

Athos sabia, por experiência, que D'Artagnan se tornava impenetrável quando se ocupava de uma questão séria, fosse relativa a si próprio fosse a serviço do rei.

Ele temia até ofender o amigo ou prejudicá-lo pedindo tantas informações. Entretanto, quando Raoul começou o trabalho de organização da flotilha e reuniu os lanchões e alijos a fim de enviá-los a Toulon, um pescador disse ao conde que o seu barco estava sendo consertado, depois da viagem que ele havia feito, para um fidalgo com muita pressa de embarcar.

Athos, achando que o homem mentia para ficar livre e ganhar mais dinheiro pescando quando todos os seus companheiros tivessem partido, insistiu em saber detalhes.

> A distância que a dupla percorria entre Paris e Antibes é de mais de mil quilômetros; então, era natural que fossem parando aqui e ali. Entre **Avignon** e Antibes havia ainda uns 250 quilômetros.

Já falamos aqui das ilhas Lérins, ou, mais especificamente, de uma delas, a ilha de Sainte-Marguerite. A de **Saint-Honorat** é outra **ilha** que faz parte desse arquipélago.

O **síndico** aqui era o chefe da guilda (ou sindicato) dos pescadores ou transportadores de mercadorias e pessoas em barcos.

Recalcitrante > obstinado, desobediente, teimoso.

Escolho é um recife, rochedo ou qualquer obstáculo que torne a passagem de barco complicada, porque pode danificar o casco dele.

O pescador lhe informou que, cerca de seis dias antes, um homem alugara o seu barco durante a noite para fazer uma visita à ilha de Saint-Honorat. O preço já fora combinado, mas o fidalgo chegara com uma grande carroçaria de carruagem que ele queria embarcar, apesar das dificuldades de toda ordem apresentadas por essa operação. O pescador tinha querido voltar atrás. Ele havia ameaçado, mas a ameaça só lograra lhe acarretar um grande número de golpes de bengala rudemente aplicados por esse fidalgo, que batia com força e demoradamente. Praguejando, o pescador tinha recorrido ao síndico de seus colegas de Antibes, que entre eles fazem justiça e se protegem. Mas o fidalgo havia exibido um papel e, ao vê-lo, o síndico, fazendo uma reverência até o chão, tinha ordenado expressamente ao pescador que obedecesse, repreendendo-o por ser recalcitrante. Então, eles partiram com o carregamento.

— Mas nada disso explica — tornou Athos — como foi que o barco se estragou.

— Já conto. Eu ia para Saint-Honorat, como o fidalgo me havia dito, mas ele mudou de ideia e afirmou que eu não poderia passar ao sul da abadia.

— Por quê?

— Porque, senhor, defronte à torre quadrada dos beneditinos, do lado da ponte do sul, fica o banco dos Moines.

— Um escolho? — perguntou Athos.

— Na superfície e debaixo da água; passagem perigosa, mas que eu já transpus mil vezes; o fidalgo disse que iria desembarcar em Sainte-Marguerite.

— E então?

— Então, senhor — exclamou o pescador, com seu sotaque provençal —, ou se é ou não se é marinheiro; ou conhecemos a nossa travessia ou é a nossa primeira viagem. Eu insisti em atravessar. O fidalgo me pegou pelo colarinho e disse tranquilamente que ia me estrangular. Meu ajudante armou-se com uma machadinha e eu fiz o mesmo. Tínhamos de nos vingar da afronta. Mas o fidalgo desembainhou a espada com movimentos muito rápidos e a aproximação entre nós ficou impossível. Eu ia descer a machadinha na cabeça dele, e estava no meu direito, não é mesmo?, pois um marinheiro no seu barco é o senhor, como o burguês no seu quarto. Então, para me defender, eu ia cortar o fidalgo em dois, mas nisso, de repente, o senhor acredite se quiser, a carruagem se abriu, não sei como, e saiu de dentro dela uma espécie de fantasma com elmo preto e máscara preta. Uma coisa terrível de ver. Ele nos ameaçava com o punho.

Elmo > capacete.

— Quem era? — indagou Athos.

— Era o diabo, senhor, pois o fidalgo, feliz, exclamou ao vê-lo: "Ah, obrigado, Monseigneur!"

— Que estranho! — murmurou o conde olhando para Raoul.

— O que foi que o senhor fez? — perguntou este ao pescador.

— O senhor compreende: dois pobres coitados como nós, já era muita desvantagem contra dois fidalgos, mas contra o diabo! Ah, não! Nós não nos consultamos, eu e o meu companheiro, mas pulamos no mar: estávamos a setecentos ou oitocentos pés da costa.

— E então?

— Então, senhor, como havia um ventinho de sudoeste, o barco prosseguiu e foi se lançar nas areias de Sainte-Marguerite.

Hoje a gente conhece mais a medida britânica de distância chamada **pé**, que equivale a 30,48 centímetros. Mas a França, que desde 1795 usa oficialmente o sistema métrico, tinha uma medida que era o "pé do rei" e que valia 32,48 centímetros. Então, esses dois marinheiros estavam a mais de 200 metros da terra firme.

— Ah!... mas e os dois viajantes?

— Ah, não se preocupe. Ficou provado que um deles era o diabo e protegia o outro, pois quando recuperamos o barco, em vez de encontrar essas duas criaturas em pedaços depois do choque, não encontramos mais nada, nem mesmo a carruagem.

— Estranho! Que estranho! — repetiu o conde. — Mas e depois, meu amigo, o que o senhor fez?

— Fui me queixar ao governador de Sainte-Marguerite, que encostou o dedo no meu nariz e anunciou que, se eu continuasse contando aquelas bobagens, me daria uma surra de correia.

— O governador?

— Sim, senhor, e no entanto o meu barco estava avariado, muito avariado, pois a proa ficou na ponta de Sainte-

-Marguerite e o carpinteiro está me pedindo cento e vinte libras para consertá-la.

— Está bem — replicou Raoul —, o senhor será dispensado do serviço. Pode ir.

— Nós vamos a Sainte-Marguerite, você quer ir? — disse em seguida Athos a Bragelonne.

— Sim, senhor, pois é preciso esclarecer algumas coisas, e esse homem não me parece estar dizendo a verdade.

— Eu também acho, Raoul. Essa história do fidalgo mascarado e da carruagem desaparecida me parece uma forma de esconder a violência que esse rústico talvez tenha cometido em pleno mar com o seu passageiro para puni-lo pela insistência dele em embarcar.

— Eu desconfiei disso. E a carruagem devia conter valores, além de um homem.

— Veremos isso, Raoul. Sem dúvida, esse fidalgo faz pensar em D'Artagnan; eu reconheço o jeito dele. Ai, ai, nós não somos mais os jovens invencíveis de outrora. Quem sabe se a machadinha ou a barra de ferro desse barqueiro malvado não logrou fazer o que as espadas mais hábeis da Europa, os mosquetes e os canhões não conseguiram fazer em quarenta anos.

Naquele mesmo dia, os dois partiram para Sainte-Marguerite a bordo de uma embarcação de pequeno porte que mandaram vir de Toulon.

A impressão que eles sentiram ao desembarcar foi de um bem-estar singular. A ilha estava repleta de flores e frutos; na sua parte cultivada, ela servia de jardim ao governador. As laranjeiras, romãzeiras e figueiras vergavam sob o peso dos frutos dourados e azuis. Ao redor desse jardim, na sua parte inculta, perdizes vermelhas corriam em grupos entre sarças e tufos de zimbro, e a cada passo dado por Raoul e pelo conde um coelho assustado deixava as manjeronas e as urzes para voltar à toca.

Essa ilha bem-aventurada era desabitada. Plana, oferecendo apenas uma baía para a chegada das embarcações e a proteção do governador, que dividia tudo com eles, os contrabandistas se serviam dela como entreposto provisório,

---

Inculta, aqui, é a terra sem cultivo de nada; sem cultura de flores, frutas, vegetais...

A **sarça** é tipo um mato, o **zimbro** é meio famosinho porque entra na fabricação da bebida chamada gim, a **manjerona** é muito usada como tempero de carne, peixes e aves, e a **urze** dá uma flor bem popular por lá.

com a condição de não matar os animais de caça e não devastar o jardim. Com esse compromisso, ao governador bastava uma guarnição de oito homens para guardar a sua fortaleza, na qual mofavam doze canhões. Tal governador era, assim, um feliz rendeiro, produzindo vinhos, figos, óleo e laranjas, secando limões e sidras ao sol das suas casamatas.

A fortaleza, circundada por um fosso profundo, seu único guardião, erguia-se como três cabeças sobre três torrezinhas ligadas uma à outra por terraços cobertos de musgo.

Athos e Raoul circundaram durante algum tempo os muros do jardim sem encontrar alguém que os apresentasse na casa do governador. Acabaram entrando no jardim. Era a hora mais quente do dia.

Nessa hora tudo se esconde sob a relva e sob a pedra. O céu estende seus véus de fogo como se para abafar todos os ruídos, para envolver todas as existências. As perdizes sob as giestas, a mosca sob a folha, dormem como a onda sob o céu.

Athos só percebeu no terraço, entre o segundo pátio e o terceiro, um soldado que tinha na cabeça um cesto de provisões. Esse homem voltou muito rapidamente sem o cesto e desapareceu na sombra da guarita.

Athos compreendeu que o homem havia levado a refeição de alguém e que, depois de ter cumprido sua tarefa, voltara para fazer a sua própria refeição.

De repente, ele ouviu chamarem-no e, levantando a cabeça, percebeu no enquadramento das grades de uma janela alguma coisa branca, como uma mão se agitando, algo ofuscante como uma arma tocada pelos raios solares.

E, antes que se desse conta do que acabara de ver, um rastro luminoso vindo do torreão, acompanhado de um assobio no ar, chamou a sua atenção.

Um segundo barulho surdo se fez ouvir no fosso e Raoul correu para pegar uma travessa de prata que acabara de rolar até a areia seca.

A mão que havia atirado a travessa fez um sinal para os dois fidalgos e depois desapareceu.

Então, Raoul e Athos, aproximando-se um do outro, puseram-se a examinar atentamente a travessa coberta

Rendeiro > pessoa que aluga uma terra pra plantar.

Casamata > abrigo subterrâneo usado para guardar munição ou proteger os soldados.

Giesta > arbusto comum em partes da Europa.

de poeira e descobriram no seu fundo caracteres traçados com a ponta de uma faca:

"Eu sou", dizia a inscrição, "irmão do rei da França, prisioneiro hoje, louco amanhã. Fidalgos franceses e cristãos, rezem a Deus pela alma e pela razão do filho do seu senhor!"

A travessa caiu das mãos de Athos enquanto Raoul tentava penetrar o sentido misterioso daquelas palavras lúgubres.

No mesmo instante, um grito se ouviu do alto do torreão. Raoul, rápido como o relâmpago, curvou a cabeça e forçou o pai a se curvar igualmente. Um cano de mosquete acabava de brilhar no alto da parede. Uma fumaça branca saiu como um penacho do orifício do mosquete e uma bala veio se achatar sobre uma pedra bem perto dos dois fidalgos. Outro mosquete apareceu e desceu.

— Diabo! — exclamou Athos —, assassinam as pessoas aqui? Desça, covarde!

— Sim, desça — disse Raoul, furioso, mostrando o punho para o castelo.

Um dos dois atacantes, o que ia dar o tiro de mosquete, respondeu a esses gritos com uma exclamação de surpresa, e, como o seu companheiro queria continuar o ataque e voltara a pegar o mosquete carregado, o que tinha gritado levantou a arma e o tiro partiu no ar.

Vendo que disparavam da plataforma, Athos e Raoul pensaram que viriam enfrentá-los e esperaram firmes.

Não haviam se passado cinco minutos quando uma batida de tambor chamou os oito soldados da guarnição, que apareceram com seus mosquetes na outra borda do fosso. À frente desses homens estava um oficial, que o visconde de Bragelonne reconheceu como sendo o que havia dado o primeiro disparo de mosquete.

Esse homem ordenou aos soldados que preparassem as armas.

— Seremos fuzilados! — exclamou Raoul. — Empunhemos a espada, pelo menos, e saltemos o fosso. Mataremos todos esses patifes quando seus mosquetes estiverem descarregados.

E, transformando palavras em ação, Raoul se arremessou, seguido de Athos, mas uma voz bem conhecida soou atrás deles.

— Athos! Raoul! — gritou essa voz.

— D'Artagnan! — responderam os dois fidalgos.

— Baixar armas, pelas barbas de Deus! — exclamou o capitão para os soldados. — Eu tinha certeza do que dizia!

Os soldados baixaram os mosquetes.

— O que é que está acontecendo conosco? — perguntou Athos. — Ora!, nos fuzilam sem avisar!

— Era eu que ia fuzilar vocês — replicou D'Artagnan —, e, se o governador não acertou, eu não teria errado, caros amigos. Que felicidade eu ter como hábito apontar durante muito tempo em vez de atirar por instinto enquanto aponto. Achei que eram vocês. Ah, meus caros amigos, que felicidade!

— Como! — disse o conde —, esse senhor que atirou em nós é o governador da fortaleza?

— Em pessoa.

— E por que ele atirou em nós? O que foi que nós lhe fizemos?

— Por Deus! Vocês pegaram o que o prisioneiro lhes jogou.

— É verdade.

— A travessa... O prisioneiro escreveu alguma coisa nela, não é mesmo?

— Sim.

— Eu desconfiava disso. Ah, meu Deus!

E D'Artagnan, com todas as marcas de uma inquietude mortal, pegou a travessa para ler a inscrição. Quando fez isso, a palidez cobriu o seu rosto.

— Ah, meu Deus! — repetiu ele.

— Então é verdade? — perguntou Athos a meia-voz —, então é verdade?

— Silêncio! O governador está vindo para cá.

— E o que ele fará conosco? É culpa nossa?

— Silêncio!, estou pedindo: silêncio! Se acharem que vocês sabem ler, se supuserem que vocês compreenderam, eu gosto muito de vocês, queridos amigos, morreria por vocês... mas...

— Mas... — disseram Athos e Raoul.

— Mas não os salvaria da prisão perpétua, caso conseguisse salvá-los da morte. Silêncio, então! Silêncio!

O governador chegou, depois de transpor o fosso por uma pontezinha de tábua.

— Muito bem! — disse ele a D'Artagnan —, o que está nos detendo?

— Os senhores são espanhóis, não sabem uma única palavra de francês — apressou-se o capitão a dizer em voz baixa aos seus amigos. E, em seguida, dirigindo-se ao governador: — Muito bem! Eu estava certo, esses senhores são dois capitães espanhóis que eu conheci em Ypres no ano passado. Eles não sabem uma palavra de francês.

— Ah — disse o governador, muito atento, e tentou ler a inscrição da travessa.

D'Artagnan tomou de suas mãos a travessa, cobrindo as letras com a ponta da espada.

— Como! O que o senhor está fazendo? Então eu não posso ler?

— É um segredo de Estado — replicou diretamente D'Artagnan —, e, como o senhor sabe que, segundo a ordem do rei, a pena de morte deve ser aplicada a quem quer que o conheça, eu vou, se o senhor preferir, deixá-lo ler e mandarei fuzilá-lo logo depois.

Durante essa ameaça, meio séria e meio irônica, Athos e Raoul mantiveram um silêncio fleumático.

— Mas é impossível — disse o governador — que esses senhores não compreendam pelo menos algumas palavras.

— Deixe-os! Mesmo se compreenderem o que nós falamos, eles não lerão o que está escrito. Eles não sabem ler nem em espanhol. Um nobre espanhol, lembre-se o senhor, não deve nunca saber ler.

Era preciso que o governador se contentasse com essas explicações, mas ele persistia.

— Convide esses senhores a virem ao forte — disse ele.

— Eu gostaria muito, e ia lhe sugerir isso — replicou D'Artagnan.

Ypres é uma cidade da Bélgica próxima à fronteira do nordeste da França.

O fato é que o capitão tinha em vista algo bem diferente e queria ver seus amigos a cem léguas dali. Mas foi preciso concordar. Ele fez um convite em espanhol aos dois fidalgos, que o aceitaram.

O grupo se dirigiu à entrada do forte e, estando o incidente resolvido, os oito soldados voltaram ao seu tranquilo lazer que essa aventura inaudita havia perturbado por um momento.

CATIVO E CARCEREIROS

UMA VEZ DENTRO DO FORTE, o governador foi fazer alguns preparativos para receber seus hóspedes, e então Athos pediu a D'Artagnan:

— Rápido, diga uma palavra de explicação enquanto estamos sós.

— Vou dizer em poucas palavras — respondeu o mosqueteiro. — Eu conduzi à ilha um prisioneiro que o rei proíbe que seja visto; vocês chegaram, ele lhes jogou alguma coisa pela janela. Eu estava jantando com o governador e vi o objeto atirado, vi Raoul pegá-lo. Não precisei de muito tempo para compreender isso; compreendi e supus que vocês estivessem se entendendo com o meu prisioneiro. Então...

— Então você ordenou que nos fuzilassem.

— Palavra de honra... eu confesso; mas, se fui eu o primeiro a pegar um mosquete, felizmente fui o último a fazer pontaria.

— Se você tivesse me matado, D'Artagnan, eu teria a felicidade de morrer pela casa real da França e a insigne honra de morrer pela mão do defensor mais nobre e mais leal dessa casa.

— Bom, Athos, o que você está me contando da casa real! — balbuciou D'Artagnan. — Como? O senhor conde, um homem sensato e bem informado, acredita nas loucuras escritas por um insensato?

— Eu acredito.

— Com mais razão ainda, meu caro cavaleiro, pelo fato de você ter ordem de matar aqueles que acreditem — prosseguiu Raoul.

— Porque toda calúnia — replicou o capitão dos mosqueteiros —, se é muito absurda, tem probabilidade quase total de se tornar popular.

— Não, D'Artagnan — tornou Athos em voz bem baixa —, porque o rei não quer que o segredo da sua família chegue ao povo e cubra de infâmia os algozes do filho de Luís XIII.

— Ora, ora!, não diga essas criancices, Athos, ou eu deixo de considerá-lo um homem sensato. Aliás, me explique como foi que Luís XIII teve um filho nas ilhas Sainte-Marguerite.

— Um filho que você trouxe para cá mascarado, no barco de um pescador — disse Athos —, por que não?

D'Artagnan estacou.

— Ah — disse ele —, de onde vocês sabem que um barco de pescador...

— ... levou você a Sainte-Marguerite com a carruagem que escondia o prisioneiro; com o prisioneiro a quem você trata de "Monseigneur"? Ah, eu sei — disse o conde.

D'Artagnan mordeu o bigode.

— Mesmo se fosse verdade — disse ele — que eu trouxe aqui num barco e escondido dentro de uma carruagem um prisioneiro mascarado, nada prova que esse prisioneiro seja um príncipe... um príncipe da casa da França.

— Ah, pergunte isso a Aramis — respondeu Athos friamente.

— A Aramis?! — exclamou o mosqueteiro, perturbado. — Você esteve com Aramis?

— Depois da sua má sorte em Vaux, sim, eu vi Aramis fugitivo, perseguido, perdido, e Aramis me contou o suficiente para eu acreditar nas queixas que esse infeliz escreveu na travessa de prata.

D'Artagnan deixou cair a cabeça, vencido.

— Assim — disse ele —, Deus brinca com os homens que se julgam sensatos! Que segredo é esse, do qual neste momento doze ou quinze pessoas já conhecem vários fragmentos! Athos, maldito seja o acaso que o pôs diante de mim nessa questão, porque agora...

— Muito bem — disse Athos com sua suavidade severa —, o seu segredo está perdido porque eu sei dele? Eu não guardei outros tão graves quanto esse na minha vida? Puxe pela memória, meu caro.

— Você não guardou jamais um segredo tão perigoso — volveu D'Artagnan com tristeza. — Eu tenho uma ideia sinistra de que todos os que tocarem nesse segredo morrerão, e morrerão mal.

— Que seja feita a vontade de Deus, D'Artagnan! Mas o governador está chegando.

D'Artagnan e seus amigos voltaram imediatamente a encarnar seu papel.

Esse governador desconfiado e duro tinha para com D'Artagnan uma cortesia que beirava a obsequiosidade. Ele se limitou a fazer boa cara para os viajantes e a observá-los bem. Athos e Raoul notaram que ele tentava frequentemente embaraçá-los com ataques súbitos ou surpreendê-los desatentos; mas nem um nem outro se atrapalhou. O que D'Artagnan tinha falado pôde parecer verossímil ao governador, se este não acreditou que era verdade.

Eles deixaram a mesa para ir descansar.

— Como se chama esse homem? Ele tem cara de mau — disse Athos, em espanhol, para D'Artagnan.

— De Saint-Mars — replicou o capitão.

— Ele será o carcereiro do jovem príncipe?

— Ah, e eu sei? Talvez eu tenha de ficar em Sainte-Marguerite pelo resto da minha vida.

— Ora! Você?!

— Meu amigo, eu estou na situação do homem que encontra um tesouro no meio de um deserto; ele gostaria de levá-lo consigo mas não pode; gostaria de deixá-lo mas não ousa. O rei não autorizará a minha volta, temendo que outro não seja tão bom vigia como eu; ele lamenta não me ter mais por perto, sentindo que ninguém o servirá ao seu lado tão bem quanto eu. De resto, será como Deus quiser.

— Mas — observou Raoul — exatamente por não ter nada como certo é que a sua situação aqui é provisória e o senhor retornará a Paris.

Esse cara de fato existiu. Seu nome completo era Bénigne d'Auvergne **de Saint-Mars** e ele foi governador de várias prisões francesas: a Pignerol entre 1665 e 1682, depois a Exilles até 1687, as tais ilhas Lérins (cenário desta parte do enredo do livro) pelo ano seguinte e, finalmente, a Bastilha de 1698 até a sua morte em 1708. Alguns documentos da época mostram que o Homem da Máscara de Ferro esteve mesmo trancafiado na prisão de Pignerol e também na de Exilles. E que ele teria chegado com Saint-Mars quando Bénigne assumia o comando da Bastilha. Detalhe: Pignerol e Exilles são cidades que hoje ficam na Itália, mas que passaram por períodos de ocupação francesa.

— Pergunte a esses senhores — interrompeu Saint-Mars — o que foi que eles vieram fazer em Sainte-Marguerite.

— Eles vieram sabendo que em Saint-Honorat havia um convento de beneditinos que valia uma visita e que em Sainte-Marguerite a caça era boa.

— Está à disposição — replicou Saint-Mars —, deles e do senhor.

D'Artagnan agradeceu.

— Quando é que eles vão partir? — acrescentou o governador.

— Amanhã — respondeu D'Artagnan.

O senhor de Saint-Mars foi fazer a sua ronda e deixou D'Artagnan sozinho com os pretensos espanhóis.

— Ah! — exclamou o mosqueteiro —, a vida aqui e essa sociedade não me convêm. Eu comando esse homem e ele me incomoda, pelas barbas de Deus! Escutem, vocês querem dar uns tiros nos coelhos? O passeio será bonito e pouco cansativo. A ilha só tem uma légua e meia de comprimento e meia légua de largura; é um verdadeiro parque. Vamos nos divertir.

— Iremos aonde você quiser, D'Artagnan, não para nos divertirmos, mas para conversarmos livremente.

D'Artagnan fez um sinal para um soldado, que o compreendeu e trouxe fuzis de caça para os fidalgos, voltando em seguida para o forte.

— E, agora — disse o mosqueteiro —, respondam à pergunta feita por esse funesto Saint-Mars: o que foi que vocês vieram fazer nas ilhas Lérins?

— Viemos lhe dar adeus.

— Adeus? Como? Raoul vai partir?

— Vai.

— Com o senhor de Beaufort, imagino.

— Com o senhor de Beaufort. Ah, você sempre adivinha, caro amigo.

— É o hábito...

Enquanto os dois amigos começavam a conversar, Raoul, que tinha a cabeça pesada e o coração carregado, havia se sentado sobre uma pedra musgosa, com o mosquete nos joelhos; olhando para o mar, olhando para o céu, escutando a voz da sua alma, ele deixava pouco a pouco se afastarem os caçadores.

D'Artagnan notou a sua ausência.

— Ele continua ferido, não é? — disse ele a Athos.

— De morte!

— Ah, eu acho que você está exagerando. Raoul é de boa têmpera. Em todos os corações nobres como o dele há um segundo envoltório que forma uma couraça. O primeiro sangra e o segundo resiste.

— Não — respondeu Athos —, Raoul vai morrer por isso.

— Pelas barbas de Deus! — disse D'Artagnan, sombrio.

E não acrescentou uma única palavra a essa exclamação. Mas, logo depois:

— Por que você o deixa partir?

— Porque ele quer.

— E por que você não vai com ele?

— Porque eu não quero vê-lo morrer.

D'Artagnan encarou o amigo.

— Sabe de uma coisa? — continuou o conde, apoiando-se no braço do capitão. — Na minha vida, eu tenho medo de muito poucas coisas. Pois bem: eu tenho um medo incessante, corrosivo, insuperável; tenho medo de chegar um dia em que tomarei nos braços o cadáver desse filho.

— Ah! — respondeu D'Artagnan. — Ai!

— Ele vai morrer, eu sei, tenho convicção disso, e não quero vê-lo morrer.

— Como, Athos, você vem se pôr na presença do homem mais corajoso que, nas suas palavras, já conheceu, do seu D'Artagnan, desse homem sem igual, como você o chamava outrora, e vem lhe dizer, cruzando os braços, que tem medo de ver seu filho morto, você, que viu tudo o que se pode ver neste mundo? Muito bem: por que teme isso, Athos? O homem que está nesta terra deve esperar tudo, afrontar tudo.

— Escute, meu amigo, depois de ter me consumido nesta terra de que você fala, eu só conservei duas religiões: a da vida, minhas amizades, meu dever de pai; e a da eternidade, o amor e o respeito a Deus. Agora eu tenho em mim a revelação de que se pela vontade de Deus um amigo ou meu filho desse o último suspiro... Ah, não; não quero nem mesmo lhe dizer isso, D'Artagnan.

— Diga!

— Eu sou forte contra tudo, menos contra a morte de quem amo. Só para isso não há remédio. Quem morre ganha, quem vê morrer perde. Não. Saber que eu nunca mais voltarei a ver na terra aquele que eu via com alegria; saber que em nenhum lugar haverá D'Artagnan, não haverá Raoul, ah!... Eu estou velho, veja, não tenho mais coragem. Peço a Deus que me poupe na minha fraqueza, mas, se Ele me batesse na cara, e desse modo, eu O amaldiçoaria. Um fidalgo cristão não deve amaldiçoar seu Deus, D'Artagnan; já é o suficiente ter amaldiçoado um rei!

— Hum... — fez D'Artagnan, um tanto perturbado por essa impetuosa tempestade de dores.

— D'Artagnan, meu amigo, você, que gosta de Raoul, olhe para ele — acrescentou o conde mostrando o filho. — Olhe para essa tristeza que não o deixa nunca. Você conhece algo mais terrível do que assistir, minuto após minuto, à agonia incessante desse pobre coração?

— Vou falar com ele, Athos. Quem sabe?

— Tente. Mas estou convencido de que você não terá êxito.

— Não vou lhe dar consolo; vou lhe prestar um serviço.

— Você?

— Sem dúvida. É a primeira vez que uma mulher se arrepende de uma infidelidade? Vou ter com ele, estou lhe dizendo.

Athos balançou a cabeça e continuou sozinho o passeio. D'Artagnan, cortando caminho pelas sarças, chegou aonde estava Raoul e lhe estendeu a mão.

— Então — disse D'Artagnan a Raoul —, você quer falar comigo?

— Quero lhe pedir um favor — replicou Bragelonne.

— Peça.

— Algum dia você vai voltar para a França?

— Assim espero.

— Eu preciso escrever para a senhorita de La Vallière?

— Não, não precisa.

— Tenho muitas coisas para falar com ela.

— Então vá dizê-las.

— Jamais.

— Muito bem. Que virtude ausente na sua palavra dita você atribui a uma carta?

— O senhor tem razão.

— Ela ama o rei — disse brutalmente D'Artagnan. — É uma moça honesta.

Raoul estremeceu.

— E ama também a você, que ela abandona. Talvez ame a você mais do que ao rei, mas de outro modo.

— D'Artagnan, o senhor acha que ela ama o rei?

— Ela ama você até a idolatria. É um coração inacessível a qualquer outro sentimento. Continuando ao lado dela, você seria o seu melhor amigo.

— Ah — disse Raoul, com um ímpeto apaixonado em face dessa esperança dolorosa.

— Você quer?

— Isso seria vil.

— Eis uma palavra absurda e que me levaria a desprezar o seu espírito. Raoul, entenda, nunca é vil fazer o que é imposto por uma força maior. Se o seu coração lhe diz: "Vá lá ou morra", vá, Raoul. Ela foi vil ou corajosa, ela, que o amava, ao preferir o rei, que o coração dela mandava imperiosamente preferir? Não, ela foi a mais corajosa de todas as mulheres. Então faça como ela, obedeça a si próprio. Sabe que eu tenho certeza de uma coisa, Raoul?

— O quê?

— Que vendo-a de perto, com os olhos de um homem ciumento...

— Então?

— Você deixaria de amá-la.

— O senhor me fez decidir, meu caro D'Artagnan.

— Vai partir para revê-la?

— Não. Vou partir para não revê-la nunca mais. Quero amá-la sempre.

— Francamente — tornou o mosqueteiro —, eis uma conclusão que eu estava longe de esperar.

— Veja, meu amigo, o senhor vai revê-la, e então lhe entregue esta carta, que, se julgar apropriada, explicará a ela, assim como ao senhor, o que se passa no meu coração. Leia-a: eu a preparei ontem à noite. Algo me dizia que eu o veria hoje.

Ele estendeu a carta a D'Artagnan, que a leu:

Senhorita, não foi um erro, aos meus olhos, não me amar. A senhorita só é culpada de um erro: o de me ter feito acreditar que me amava. Esse erro me custará a vida. Eu a perdoo, mas não me perdoo. Diz-se que os amantes felizes são surdos às queixas dos amantes desprezados. Não será assim com a senhorita, que não me amava, a não ser com ansiedade. Tenho certeza de que, se eu estivesse perto para transformar a amizade em amor, a senhorita teria cedido por temer fazer-me morrer ou diminuir a estima que eu lhe tinha. Para mim é muito melhor morrer sabendo que está livre e satisfeita.

Então, a senhorita me amará, quando não mais temer o meu olhar ou as minhas censuras. A senhorita me amará porque, embora um novo amor possa lhe parecer encantador, Deus não me fez em nada inferior ao seu escolhido, e porque a minha dedicação, o meu sacrifício e o meu fim doloroso me garantirão, aos seus olhos, uma superioridade garantida sobre ele. Deixei escapar, na ingênua credulidade do meu coração, o tesouro que eu tinha. Muitas pessoas me dizem que a senhorita teria me amado bastante para chegar a me amar muito. Essa ideia me tira todo o amargor e me leva a considerar apenas a mim mesmo como meu inimigo.

Aceite este último adeus, e me bendiga por ter me recolhido no refúgio inviolável onde se extingue todo ódio, onde dura todo amor.

Adeus, senhorita. Se fosse preciso comprar com todo o meu sangue a sua felicidade, eu lhe daria todo o meu sangue. De bom grado o sacrificaria à minha miséria.

Raoul, visconde de Bragelonne.

— A carta está boa — disse o capitão. — Só faço restrição a uma coisa.

— Diga o que é! — exclamou Raoul.

— É que ela diz tudo, a não ser o que exala como um veneno mortal dos seus olhos, do seu coração; a não ser o amor insensato que ainda o queima.

Raoul empalideceu e se calou.

— Por que você não escreveu apenas isto:

> Senhorita,
> em vez de maldizê-la, eu a amo e morro.

— É verdade — disse Raoul, com uma alegria sinistra.

E, rasgando a carta que acabara de pegar de volta, ele escreveu estas linhas:

> Para ter a felicidade de lhe dizer ainda uma vez que a amo, cometo a vileza de escrever-lhe e, para me punir por essa vileza, eu morro.

E assinou.

— O senhor lhe entregará isto, não é mesmo, capitão? — disse ele a D'Artagnan.

— Quando? — indagou este.

— No dia — respondeu Bragelonne mostrando a última frase — em que o senhor escrever a data sob estas palavras.

Ele saiu abruptamente e correu ao encontro de Athos, que regressava a passos lentos.

Depois que voltaram do passeio, o mar se encapelou e, com a veemência impetuosa das rajadas de vento que agitam o Mediterrâneo, o mau humor do elemento se tornou uma tempestade.

Alguma coisa informe e inquieta apareceu à frente deles, próximo à costa.

— O que é aquilo? — perguntou Athos. — Um barco quebrado?

— Não é um barco — disse D'Artagnan.

— Perdão — disse Raoul —, é um barco que está chegando rapidamente ao porto.

— De fato há um barco na baía, um barco que faz bem em se abrigar aqui. Mas o que Athos está mostrando na areia... encalhado...

— Sim, sim, eu estou vendo.

— É a carruagem que eu joguei no mar ao desembarcar com o prisioneiro.

— Muito bem — disse Athos —, acredite em mim, D'Artagnan: queime a carruagem para que não reste nenhum vestígio dela, do contrário os pescadores de Antibes, para os quais ela tinha a ver com o diabo, vão procurar provar que o seu prisioneiro não era nada mais que um homem.

— Eu aprovo o seu conselho, Athos, e hoje à noite vou mandar que o atendam, ou, melhor: eu mesmo irei atendê-lo. Mas entremos, pois a chuva vai cair e os relâmpagos são aterrorizantes.

Passando sobre a muralha numa galeria cuja chave estava com D'Artagnan, eles viram o senhor de Saint-Mars se dirigir para o quarto em que ficava o prisioneiro.

A um sinal de D'Artagnan, eles se esconderam no ângulo da escada.

— O que houve? — perguntou Athos.

— Vocês vão ver. Olhem. O prisioneiro volta da capela.

E à luz dos relâmpagos vermelhos, na bruma violeta que o vento esfumava no fundo do céu, viram passar gravemente, seis passos atrás do governador, um homem vestido de preto e mascarado com uma viseira de aço polido soldada a um elmo do mesmo material, que envolvia toda a sua cabeça. O fogo do céu lançava reflexos fulvos sobre a superfície polida, e esses reflexos, adejando caprichosamente, pareciam ser os olhares enfurecidos que aquele infeliz lançava no lugar de imprecações.

No meio da galeria, o prisioneiro parou por um momento para contemplar o horizonte infinito, respirar os perfumes sulfurosos da tempestade, beber avidamente a chuva quente, e então deu um suspiro que se parecia com um rugido.

— Venha, senhor! — disse Saint-Mars bruscamente para o prisioneiro, pois já se inquietava por vê-lo olhar tão longamente para além das muralhas. — Senhor, venha!

— Diga "Monseigneur"! — gritou Athos para Saint-Mars com uma voz tão solene e terrível, que o governador se arrepiou dos pés à cabeça.

Athos queria que o respeito pela majestade caída fosse mantido.

O prisioneiro virou-se.

— Quem foi que falou? — indagou Saint-Mars.

— Eu — respondeu D'Artagnan, que imediatamente se mostrou. — O senhor sabe que a ordem é essa.

— Não me chame de senhor nem de Monseigneur — disse, por sua vez, o prisioneiro, com uma voz que tocou o coração de Raoul —, chame-me de Maldito!

E o prisioneiro passou.

A porta de ferro rangeu atrás dele.

— Esse é um homem infeliz! — murmurou o mosqueteiro, mostrando a Raoul o quarto ocupado pelo príncipe.

AS PROMESSAS

D'ARTAGNAN MAL ENTRARA com os amigos nos seus aposentos quando um dos soldados do forte veio lhe avisar que o governador o procurava.

O barco que Raoul tinha percebido no mar, e que parecia muito apressado para chegar ao porto, vinha a Sainte-Marguerite com uma carta importante para o capitão dos mosqueteiros.

Ao abrir o envelope, D'Artagnan reconheceu a letra do rei.

> Acho que deve ter executado as minhas ordens, senhor D'Artagnan. Volte imediatamente a Paris e me encontre no Louvre.

— Pronto! Meu exílio acabou! — exclamou com alegria o mosqueteiro. — Deus seja louvado: vou deixar de ser carcereiro!

E mostrou a carta a Athos.

— Então você vai nos deixar? — replicou o conde com tristeza.

— Para depois nos revermos, caro amigo, uma vez que Raoul já é adulto o suficiente para partir sozinho com o senhor de Beaufort e achará melhor seu pai retornar na companhia do senhor D'Artagnan em vez de forçá-lo a percorrer sozinho duzentas léguas para voltar a La Fère. Não é mesmo, Raoul?

— Certamente — balbuciou este, com a expressão de um pesar terno.

— Não, meu amigo — interrompeu Athos —, eu só deixarei Raoul no dia em que o navio dele tiver desaparecido no horizonte. Enquanto ele estiver na França, não se separará de mim.

— Como quiser, caro amigo, mas pelo menos nós deixaremos Sainte-Marguerite juntos. Aproveite o barco que vai me levar a Antibes.

— Com muito prazer. Isso permitirá nos distanciarmos prontamente desse forte e do espetáculo que acabou de nos entristecer.

Assim, depois de se despedirem do governador, os três amigos deixaram a ilhazinha e, com os derradeiros clarões da tempestade que se afastava, viram pela última vez clarearem as muralhas do forte.

D'Artagnan se despediu dos amigos naquela noite, depois de ter visto na costa de Sainte-Marguerite o fogo da carruagem que, por recomendação que ele lhe fizera, o senhor de Saint-Mars mandara incendiar.

Antes de montar em seu cavalo e desprendendo-se do abraço em Athos, ele disse:

— Amigos, vocês parecem dois soldados que estão desertando. Algo me adverte que Raoul precisará ser auxiliado por você no posto dele, Athos. Desejam que eu peça que passe na África e leve para lá cem bons mosquetes? O rei não me recusará isso, e eu levarei vocês comigo.

— Senhor D'Artagnan — replicou Raoul apertando-lhe a mão efusivamente —, agradecemos pela oferta, que nos dará mais do que queremos, o senhor conde e eu. Como sou jovem, preciso de um trabalho da mente e de um cansaço do corpo; o senhor conde precisa do mais rigoroso descanso. O senhor é o melhor amigo dele, por isso eu o recomendo aos seus cuidados. Zelando por ele, terá em suas mãos as nossas almas.

— Preciso ir; meu cavalo está impaciente — disse D'Artagnan, que tinha como sinal mais manifesto de uma viva emoção a mudança de ideia no meio de uma conversa. — Vejamos, conde: quantos dias Raoul ainda precisa ficar aqui?

— Três dias, no máximo.

— E quanto tempo você espera levar para voltar para casa?

— Ah, bastante tempo — respondeu Athos. — Não quero me separar muito rapidamente de Raoul. O tempo se encarregará de empurrá-lo rápido demais para que eu o ajude a distância. Vou fazer somente meias etapas.

— Mas por que isso, meu amigo? A marcha lenta nos entristece e a vida das hospedarias não é boa para um homem como você.

— Meu amigo, eu vim em montarias de posta, mas quero comprar dois bons cavalos. Ora, para que eles cheguem bem, seria imprudente fazê-los percorrer mais de sete a oito léguas por dia.

— Onde está Grimaud?

— Ele chegou com os petrechos de Raoul ontem de manhã e eu o deixei dormir.

— Ah, então vocês não voltam mais — D'Artagnan deixou escapar. — Até logo, caro Athos, e, se você se apressar, eu o abraçarei antes.

Dito isso, pôs o pé no estribo, que Raoul acabara de segurar.

— Adeus — despediu-se o jovem abraçando-o.

— Adeus — disse D'Artagnan, que saltou para a sela.

Seu cavalo fez um movimento que afastou o cavaleiro dos seus amigos.

Essa cena aconteceu diante da casa escolhida por Athos na entrada de Antibes e para onde D'Artagnan, depois do jantar, tinha pedido que lhe mandassem os cavalos.

A estrada começava ali e se estendia branca e ondulada nos vapores da noite. O cavalo respirava com força o áspero perfume marinho que exalam os pântanos.

D'Artagnan pôs o cavalo a trotar e Athos começou a voltar tristemente com Raoul.

De súbito, eles ouviram aproximar-se o ruído das patas do cavalo e, a princípio, acharam que seria uma das repercussões singulares que iludem o ouvido a cada volta da estrada.

Mas era o cavaleiro voltando. D'Artagnan vinha a galope ao encontro dos amigos. Estes deram um grito de alegre surpresa e o capitão, saltando do cavalo como um jovem, tomou nos braços as cabeças queridas de Athos e Raoul.

Ele manteve o abraço por longo tempo, sem nada dizer, sem deixar escapar o suspiro que arrebentava seu peito. Depois, tão rapidamente quanto chegara, partiu cravando os dois esporões nos flancos do cavalo fogoso.

— Ah, meu Deus — disse baixinho o conde.

"Mau presságio", disse D'Artagnan para si próprio, recuperando o tempo perdido. "Mau presságio... Não pude sorrir para eles. Mau presságio!"

No dia seguinte, Grimaud estava recuperado. O serviço ordenado pelo senhor de Beaufort havia sido executado, felizmente. A flotilha que Raoul mandara que fosse para Toulon tinha partido, rebocando em minúsculos botes as mulheres e os amigos dos pescadores e dos contrabandistas requisitados para o serviço dos barcos.

O tempo tão curto que restava ao pai e ao filho para ficarem juntos parecia correr duas vezes mais, assim como aumenta a velocidade de tudo o que está para cair no abismo da eternidade.

Athos e Raoul voltaram a Toulon, onde reinava o barulho das carruagens, o barulho das armas, o barulho dos cavalos relinchantes. As trombetas executavam suas marchas soberbas, os tambores mostravam o seu vigor, as ruas regurgitavam de soldados, criados e comerciantes.

O duque de Beaufort estava por toda parte, dirigindo o embarque com o zelo e o interesse de um bom capitão. Agradava seus companheiros, até os mais humildes. Repreendia com aspereza seus tenentes, até os mais importantes.

Ele quis ver tudo pessoalmente: artilharia, provisões, bagagens; examinou o equipamento de cada soldado, certificou-se da saúde de cada cavalo. Percebia-se que, pouco sério, bravateador, egoísta em sua casa, o fidalgo se tornava soldado, o grande senhor virava capitão, diante da responsabilidade que tinha aceitado.

Entretanto, é preciso dizer, apesar do cuidado que presidia aos preparativos da partida, reconhecia-se neles a precipitação imprudente e a ausência de todas as precauções que fazem do soldado francês o primeiro soldado do mundo, porque ele é o mais abandonado aos seus próprios recursos, físicos e morais.

Com todas as coisas estando ou parecendo-lhe satisfatórias, o almirante cumprimentou Raoul e lhe deu as últimas ordens para a partida, que foi fixada para o dia seguinte, ao raiar da aurora.

Ele convidou o conde e seu filho para o jantar. Eles pretextaram uma necessidade relativa ao serviço e se afastaram. Chegando à hospedagem, situada sob as árvores da grande praça, jantaram apressadamente. Athos levou Raoul para as rochas que dominam a cidade, vastas montanhas cinzentas de onde a vista é infinita e abarca um horizonte líquido que parece, distante como está, no mesmo nível das próprias rochas.

Era uma noite bonita, como é sempre a noite nesses climas afortunados. A lua, subindo atrás das rochas, desenrolava um lençol prateado sobre o tapete azul do mar. Na enseada manobravam silenciosamente os navios que iam se postar para facilitar o embarque.

O mar, carregado de fósforo, se abria sob a quilha dos barcos que levavam para bordo as bagagens e as munições; cada solavanco da proa revirava o turbilhão de chamas brancas, e de cada remo escorriam os diamantes líquidos.

Ouviam-se os marinheiros, alegres com as generosidades do almirante, murmurando suas canções lentas e ingênuas. Às vezes o rangido das correntes se misturava ao barulho surdo das balas de canhão tombando nos porões. Esse espetáculo e essas harmonias oprimiam o coração como o medo e o dilatavam como a esperança. Toda aquela vida falava de morte.

Athos sentou-se com o filho sobre o musgo e a urze do promontório. Acima de suas cabeças, passavam e retornavam grandes morcegos, empolgados no aterrorizante turbilhão da sua caça às cegas. Os pés de Raoul ultrapassavam a aresta da falésia e se banhavam no vazio que a vertigem povoa e que incita à aniquilação.

A **quilha** do navio parece a espinha central de um peixe: é uma grande peça embaixo do barco que vai da ponta da frente até a de trás. Nela ficam presas as outras peças que sobem formando a estrutura do navio.

Um **promontório** é o mesmo que um cabo, ou seja, é uma parte do continente que se projeta no oceano. Essa definição também se encaixa para a palavra península, só que o cabo é menor.

As **falésias** são paredões íngremes esculpidos pelo mar, por meio de erosão contínua, ao longo de milhões e milhões de anos.

Quando a lua já estava alta, acariciando com sua luz os cumes próximos; quando a superfície da água já se iluminara em toda a extensão e pequenos fogos vermelhos surgiram nas aberturas das grandes massas negras dos navios, Athos, reunindo todas as suas ideias, toda a sua coragem, disse ao filho:

— Deus fez tudo o que nós vemos, Raoul; ele fez também a nós, pobres átomos misturados a este grande universo. Nós brilhamos como esses fogos e essas estrelas, suspiramos como essas ondas, sofremos como esses grandes navios que se consomem sulcando as ondas, obedecendo ao vento que os impulsiona em direção a um destino como o sopro de Deus nos impulsiona para um porto. Tudo ama viver, Raoul, e tudo é bonito nas coisas vivas.

— Senhor — replicou o jovem —, nós temos aqui um belo espetáculo.

— Como D'Artagnan é bom! — interrompeu Athos —, e que rara felicidade é se apoiar durante toda a vida num amigo como esse. Foi o que você não teve, Raoul.

— Um amigo! — exclamou o jovem. — Eu não tive um amigo!

— O senhor de Guiche é um companheiro encantador — tornou o conde, friamente —, mas acho que na época em que você vive os homens se preocupam mais com as questões deles e os prazeres deles que no nosso tempo. Você procurou a vida isolada. Isso é uma felicidade, mas o fez perder a força. Nós, um pouco privados dessas delicadezas abstratas que fazem a sua alegria, nós quatro encontramos muito mais resistência quando surgia a infelicidade.

— Não o interrompi, senhor, para dizer que eu tinha um amigo e que esse amigo é o senhor de Guiche. Claro, ele é bom e generoso, e gosta de mim. Eu vivi sob a tutela de outra amizade, senhor, tão preciosa, tão forte quanto essas de que o senhor fala, pois é a sua amizade.

— Eu não era um amigo para você, Raoul — disse Athos.

— Ah, senhor, por quê?

— Porque o fiz pensar que a vida tem apenas uma face, porque, ai, ai, triste e severo, sempre extirpei para você, sem querer, os rebentos alegres que brotavam incessantemente da árvore da juventude. Numa palavra, porque agora eu me arrependo de não ter feito de você um homem mais expansivo, menos regrado, mais vibrante.

— Eu sei por que o senhor me diz isso. Não, o senhor está enganado, não foi o senhor que me fez ficar assim; foi esse amor que veio no momento em que as crianças têm apenas inclinações; é a constância natural ao meu caráter, que entre as outras criaturas é somente um hábito. Eu achei que sempre seria como era então; acreditei que Deus tinha me posto numa estrada já desbravada, com tudo certo, orlada de frutos e flores. Tinha sobre mim a sua vigilância, a sua força. Acreditei-me vigilante e forte. Nada me preparou; eu caí uma vez, e essa queda me tirou a coragem por toda a vida. É certo dizer que isso me quebrou. Ah, não, o senhor está no meu passado unicamente para a minha felicidade; está no meu futuro unicamente como uma esperança. Não, não tenho nada a censurar à vida que o senhor me proporcionou; eu o bendigo e o amo fervorosamente.

— Meu caro Raoul, as suas palavras me fazem bem. Elas me provam que você agirá um pouco para mim no tempo que virá.

— Eu só ajo para o senhor.

— Raoul, o que nunca fiz em relação a você, farei de agora em diante. Serei seu amigo, não mais o seu pai. Vamos viver de modo mais expansivo, em vez de viver mantendo-nos prisioneiros, quando você voltar. Isso não demorará, não é mesmo?

— Sim, senhor, pois uma expedição desse tipo não pode ser longa.

— Então logo, Raoul, logo, em vez de viver modicamente com a minha renda, eu lhe darei o capital das minhas terras. Isso será suficiente para você se lançar no mundo até a minha morte, e você me dará, assim espero, antes desse tempo, o consolo de não deixar se extinguir a minha descendência.

— Farei tudo o que o senhor mandar — tornou Raoul, muito agitado.

— Não deixe que o seu serviço de ajudante de campo o leve a ações muito perigosas. Você passou por provas, é notoriamente bom na luta. Lembre-se de que a guerra dos árabes é uma guerra de armadilhas, emboscadas e assassinatos.

— É o que dizem, senhor.

— Não há glória em cair numa cilada. É uma morte que denota um pouco de temeridade ou imprudência. Muitas vezes nem sequer se chora quem assim sucumbiu. Aqueles que não são pranteados, Raoul, são mortos inúteis. Além do mais, o vencedor ri, e nós não devemos suportar que infiéis estúpidos triunfem graças às nossas faltas. Você compreende bem o que eu quero dizer, Raoul? A Deus não agradaria se eu o exortasse a se manter longe dos combates.

— Eu sou prudente por natureza, senhor, e tenho muita sorte — disse Raoul, com um sorriso que gelou o coração do pobre pai. Porém, então, se apressou a completar: — Pois nos vinte combates a que fui levado tive apenas um arranhão.

— E há também o clima — disse Athos —, que é preciso temer: é um mau fim, o da febre. O rei São Luís rezava pedindo a Deus que lhe enviasse uma flecha ou a peste no lugar da febre.

— Ah, senhor, com sobriedade, com um exercício razoável...

— Já soube pelo senhor de Beaufort — interrompeu Athos — que a correspondência dele virá quinzenalmente para a França. Como seu ajudante de campo, você será encarregado de remetê-la; não se esquecerá de mim, não é mesmo?

— Não, senhor — disse Raoul com voz sufocada.

— Enfim, Raoul, como você é um bom cristão e eu também, devemos contar com uma proteção especial de Deus ou dos nossos anjos da guarda. Prometa-me que, se lhe acontecer uma infelicidade em algum momento, você pensará em mim em primeiro lugar.

— Em primeiro lugar, ah, sim!

— E me chamará.

— Imediatamente!

— Você às vezes sonha comigo, Raoul?

— Todas as noites, senhor. Anos atrás eu o via no sonho, calmo e bondoso, com a mão estendida sobre a minha cabeça, e por isso sempre dormia bem... *em outros tempos.*

— Nós nos amamos demais — disse o conde — para que a partir deste momento em que nos separamos uma parte de nossa alma não viaje com o outro e não habite onde nós habitaremos. Quando você estiver triste, Raoul, eu sinto que o meu coração se afogará de tristeza e, quando você sorrir pensando em mim, saiba que me enviará de longe um raio da sua alegria.

— Não prometo ficar alegre — respondeu o jovem —, mas tenha a certeza de que não passarei uma hora sem pensar no senhor; nem uma hora, juro, a menos que eu esteja morto.

Athos não se conteve mais; passou o braço pelo pescoço do filho e o manteve abraçado com todas as forças do seu coração.

A lua tinha substituído o crepúsculo; uma faixa dourada subia no horizonte, anunciando a aproximação do dia.

Athos jogou sua capa sobre os ombros de Raoul e o conduziu para a cidade, onde fardos e carregadores, tudo se mexia como um vasto formigueiro.

Na extremidade da planura que deixavam, Athos e Bragelonne viram uma sombra negra se balançando com indecisão e como que envergonhada por ser vista. Era Grimaud, que, inquieto, havia seguido seu patrão e os esperava.

— Ah, bom Grimaud! — exclamou Raoul —, o que você quer? Veio nos dizer que é preciso partir, não é mesmo?

— Sozinho? — indagou Grimaud, mostrando Raoul a Athos com um tom de censura que mostrava a que ponto o velho servidor estava perturbado.

— Ah, você tem razão! — exclamou o conde. — Não, Raoul não partirá sozinho. Não, ele não ficará numa terra estrangeira sem nenhum amigo que o console e lhe lembre tudo o que ele amava.

— Eu! — disse Grimaud.

— Você? Sim, sim! — exclamou Raoul, tocado no fundo do coração.

— Ai! — fez Athos —, você está bem velho, meu bom Grimaud.

— Melhor ainda — replicou Grimaud, com uma profundidade de sentimento e de inteligência inexprimível.

— Mas o embarque já está acontecendo — observou Raoul — e você não está absolutamente preparado.

— Estou, sim — disse Grimaud mostrando as chaves das suas arcas misturadas com as do seu jovem senhor.

> As malas de antigamente eram sempre baús, **arcas**.

— Mas — voltou a objetar Raoul — você não pode deixar o senhor conde sozinho; o senhor conde, que você nunca deixou.

Grimaud dirigiu para Athos seu olhar obscurecido, como se para medir a força de um e do outro.

O conde não deu nenhuma resposta.

— O senhor conde achará melhor assim — disse Grimaud.

— Sim — concordou Athos com a cabeça.

Nesse momento, todos os tambores soaram simultaneamente e os clarins encheram o ar de cantos alegres.

Viram-se sair da cidade os regimentos que iam fazer parte da expedição.

Eles avançavam em número de cinco, compostos cada um de quarenta companhias. O Navio Real ia em primeiro lugar, reconhecível pelo uniforme branco ornamentado de azul. As bandeiras de ordenança, esquarteladas em cruz, nas cores violeta e folha morta, semeadas de flores de lis douradas, eram dominadas pela bandeira coronel branca com a cruz enfeitada de flores de lis.

> **Piques** são lanças longas com ponta de metal, usadas como arma principal ainda no tempo das armas de fogo complicadinhas de disparar e de mira pouco certeira. Os soldados que levavam os piques pras batalhas eram os piqueiros, e só desapareceram dos exércitos depois da chegada da baioneta, que tem uma espécie de faca que se encaixa no cano de fuzis e mosquetes, transformando a arma de fogo em um equipamento 2 em 1 com esta versão mais leve e prática dos piques acoplada.

Mosqueteiros nas alas, empunhando seus bastões em forma de forquilha e trazendo ao ombro os mosquetes; ao centro, soldados armados de pique, com suas lanças de catorze pés, marchavam alegremente em direção aos barcos de transporte que os levavam para os navios.

Os regimentos da Picardia, Navarra, Normandia e do Navio Real vinham em seguida. O senhor de Beaufort soubera escolher.

Ele podia ser visto ao longe fechando a marcha com o seu estado-maior. Uma hora inteira devia transcorrer antes que pudesse singrar o mar.

> Singrar > navegar.

Lentamente, Raoul se dirigiu com Athos para a margem, a fim de ocupar o seu lugar no momento da passagem do príncipe.

Grimaud, inflamado com um ardor de jovem, mandava levarem para a nau capitânia as bagagens de Raoul.

Athos, de braço dado com o filho que ia perder, estava absorto na mais dolorosa meditação, aturdido com o barulho e o movimento.

Subitamente, um oficial do senhor de Beaufort foi ao encontro deles para informar que o duque manifestara o desejo de ver Raoul ao seu lado.

— Queira dizer ao príncipe, senhor — pediu o jovem —, que eu lhe solicito esta hora para desfrutar a presença do senhor conde.

— Não, não — interrompeu Athos —, um ajudante de campo não pode deixar o seu general. Queira dizer ao príncipe, senhor, que o visconde irá se pôr ao lado dele.

O oficial partiu a galope.

— Aqui ou ali — acrescentou o conde —, a despedida será sempre uma separação.

Enquanto caminhava, ele bateu a poeira da roupa do filho e passou-lhe a mão pelos cabelos.

— Olhe, Raoul — disse ele —, você vai precisar de dinheiro; o senhor de Beaufort tem um estilo de vida opulento e eu estou certo de que você vai querer comprar cavalos e armas, que por lá são coisas preciosas. Ora, como você não serve ao rei nem ao senhor de Beaufort, e como está indo por sua livre vontade, não deve contar com soldo nem pensar em grandes despesas. Mas eu quero que não lhe falte nada em Djidjelli. Aqui você tem duzentas pistolas. Gaste-as, Raoul, se quer me agradar.

Raoul apertou a mão do pai, e na curva de uma rua eles viram o senhor de Beaufort montado num estupendo ginete branco, que respondia com graciosas reverências aos aplausos das mulheres da cidade.

O duque chamou Raoul e estendeu a mão para o conde. Falou-lhe por muito tempo e com palavras tão ternas que o coração do pobre pai se reconfortou um pouco.

No entanto, parecia a ambos, pai e filho, que sua marcha os levava ao suplício. Houve um momento terrível, quando, para deixar a areia da praia, os soldados e os marinheiros trocaram com a família e os amigos os últimos beijos: momento supremo em que, malgrado a pureza do céu, o calor do sol, malgrado os perfumes do ar e a doce vida que circula nas veias, tudo pareceu cinzento, tudo pareceu amargo, tudo fez duvidar de Deus, falando pela própria boca de Deus.

De acordo com o costume, o almirante embarcava por último com a sua comitiva; para lançar a sua voz formidável, o canhão esperava que o chefe pusesse um pé na prancha do seu navio.

Athos, esquecendo-se do almirante e da frota, e da sua própria vaidade de homem forte, abriu os braços para o filho e o estreitou convulsivamente contra o seu peito.

— Acompanhe-nos a bordo — sugeriu o duque, emocionado —, o senhor ganhará uma boa meia hora.

— Não — disse Athos —, não; o meu adeus já foi dado. Não quero dizê-lo uma segunda vez.

— Então, visconde, embarque, embarque rápido! — acrescentou o príncipe querendo poupar as lágrimas àqueles dois homens prestes a chorar.

E, paternalmente, ternamente, forte como teria sido Porthos, ele ergueu Raoul nos braços e o colocou na chalupa, cujos remos começaram a se movimentar imediatamente obedecendo a um sinal.

Ele mesmo, esquecendo o cerimonial, saltou sobre o rebordo da amurada do bote e vigorosamente o empurrou para o mar com o pé.

— Adeus! — gritou Raoul.

Athos respondeu apenas com um sinal, mas sentiu algo ardente na sua mão: era o beijo respeitoso de Grimaud, o último adeus daquele homem fiel como um cão.

Dado o beijo, Grimaud saltou do degrau do molhe para

Malgrado > apesar de.

Chalupa é um barco movido tanto a vela quanto a remo e que um navio grande costumava trazer consigo para embarcar e desembarcar as pessoas.

É comum o pessoal construir um paredão pra dentro do mar bem ali na entrada de um porto, para dar um chega pra lá nas ondas e mais segurança às embarcações. O **molhe** também é chamado de quebra-mar.

a proa de um bote de dois remos que veio se fazer rebocar por um lanchão com doze remos de galés.

Athos se sentou no molhe, perdido, surdo, abandonado.

Cada segundo lhe levou um dos traços, uma das nuances da pele clara do filho. De braços pendentes, olhar fixo, boquiaberto, ele ficou confundido com Raoul no mesmo olhar, num mesmo pensamento, num mesmo estupor.

Pouco a pouco, o mar levou as chalupas e as figuras até a distância em que os homens não passam de pontos, os amores não passam de lembranças.

Athos viu o filho subir a escada da nau capitânia e o viu firmar-se com os cotovelos na amurada e se postar de modo a ser sempre um ponto de mira para o olhar do pai. Em vão o canhão troou, em vão se lançou dos navios um longo rumor respondido em terra por imensas aclamações, em vão o barulho quis atordoar o ouvido do pai e a fumaça afogar o fim querido de todas as suas aspirações: Raoul apareceu para ele até o último momento, e o imperceptível átomo que passou do negro ao pálido, do pálido ao branco, do branco ao nada, desapareceu para Athos, desapareceu muito tempo depois que para todos os olhos dos circunstantes tinham desaparecido portentosos navios e velas enfunadas.

Por volta do meio-dia, quando o sol já devorava o espaço e apenas a extremidade dos mastros dominava a linha incandescente do mar, Athos viu se elevar uma sombra suave, aérea, que se desfez tão rápido quanto apareceu; era a fumaça de um tiro de canhão que o senhor de Beaufort acabara de mandar atirar para saudar pela última vez a costa da França.

A ponta dos mastros se enterrou sob o céu, e Athos voltou a custo para a sua estalagem.

Galé é uma embarcação cheia de remos que era muito comum no Mediterrâneo. Também chamada de galera.

ENTRE MULHERES

D'ARTAGNAN NÃO TINHA PODIDO esconder dos amigos seus sentimentos tão bem quanto havia desejado.

O soldado estoico, o impassível homem de armas, vencido pelo temor e pelos pressentimentos, havia cedido por alguns minutos à fraqueza humana.

Assim, depois de ter feito calar o seu coração e acalmado o tremor dos músculos, voltando-se para o seu lacaio, silencioso servidor sempre à escuta para obedecer mais rapidamente, ele disse:

— Rabaud, eu preciso fazer trinta léguas por dia.

— Certo, meu capitão — respondeu Rabaud.

E, a partir desse momento, D'Artagnan, acomodando-se à velocidade do cavalo, como um verdadeiro centauro, não se ocupou de mais nada, ou seja, ocupou-se de tudo.

Ele se perguntava por que o rei o chamara, por que o Máscara de Ferro havia jogado um prato de prata aos pés de Raoul.

Quanto à primeira questão, a resposta foi negativa: ele sabia perfeitamente que se o rei o chamava era por necessidade; sabia também que Luís XIV devia ter uma necessidade imperiosa de conversar particularmente com aquele que, por ter conhecimento de um segredo tão grande, se colocava no nível dos mais altos poderes do reino. Mas, quanto a precisar o desejo do rei, D'Artagnan não se via capaz disso.

O mosqueteiro não tinha dúvidas sobre a razão que havia levado o infeliz Filipe a revelar o seu caráter e o seu nascimento. Filipe, oculto para sempre sob a sua máscara de ferro, exilado num lugar onde os homens pareciam

---

Estoico > firme, que não se abala, que sofre sem reclamar.

Centauro é uma criatura mitológica grega que é cavalo da cintura pra baixo e ser humano da cintura pra cima.

servir aos elementos, Filipe, privado até da companhia de D'Artagnan, que o tinha cumulado de honras e delicadezas, agora só veria espectros e dores neste mundo, e, com o desespero começando a roê-lo, se desafogava em queixas, acreditando que as revelações lhe trariam um vingador.

O modo como o mosqueteiro quase matou seus dois melhores amigos, o destino que de maneira tão estranha levara Athos a participar do segredo de Estado, a despedida de Raoul, a obscuridade daquele futuro que terminaria numa triste morte, tudo isso levava D'Artagnan incessantemente a previsões lamentáveis que a rapidez da marcha não dissipava como outrora.

D'Artagnan passava dessas considerações à lembrança de Porthos e Aramis proscritos. Via-os fugitivos, perseguidos, arruinados um e o outro, arquitetos laboriosos de uma fortuna que iriam perder, e, como o rei chamava seu homem de execução num momento de vingança e rancor, D'Artagnan tremia pensando que poderia receber alguma ordem que faria seu coração sangrar.

Às vezes, subindo as colinas quando o cavalo arquejante dilatava as narinas e estufava os flancos, o capitão dos mosqueteiros, mais livre para pensar, devaneava sobre o gênio prodigioso de Aramis, gênio de astúcia e de intriga, como se fossem dois gênios produzidos pela Fronda e pela guerra civil. Soldado, padre e diplomata, galante, ambicioso e astuto, Aramis só se servira das coisas boas da vida como escada para se elevar às más. Espírito generoso, coração de elite, jamais fazia o mal se não fosse para brilhar um pouco mais. Perto do final da sua carreira, no momento de chegar ao ápice, ele havia dado, como o patrício Fiesque, um passo em falso sobre uma tábua e caíra no mar.

Mas Porthos, o bom e ingênuo Porthos! Ver Porthos faminto, ver seu lacaio Mousqueton sem dourados, prisioneiro talvez; ver o barão de Pierrefonds e Bracieux destituído de pedras e sem seus bosques eram dores igualmente pungentes para D'Artagnan, e toda vez que uma

Elementos, aqui, significam a natureza, o meio ambiente e o clima.

Proscrito > exilado, banido.

O sentido de **patrício** aqui é de aristocrata. Charles-Léon, conde de **Fiesque**, foi um fidalgo condenado à morte pela sua participação na Fronda, mas conseguiu dar no pé: fugiu pra Espanha.

O moscardo é um tipo de mosca-varejeira, daquelas que parecem ter pintura metalizada de carro, em azul ou verde. Elas depositam os ovos em qualquer feridinha que encontram na pele de uma pessoa ou no couro de um bicho. Dali a umas 12, 24 horas, o ovo vira larva de varejeira, que usa a gente, ou o bicho, como uma geladeira bem estocada, cheia de coisas gostosas pra larventa (a larva nojenta) devorar. Essas minigodzillas comem até osso e cartilagem.

Meudon é uma cidade nos subúrbios de Paris.

Se você cozinha, talvez já tenha dado de cara com um **caruncho** — ou, pior, um bando deles, porque gostam de invadir pacotes de farinha, macarrão, arroz... Mas o nome é meio que usado pra vários insetos da mesma família, porque também chamamos de caruncho um serzinho de apetite voraz que traça madeira.

dessas dores o atingia ele saltava como o seu cavalo quando picado pelo moscardo sob as abóbadas de folhagem.

O homem de espírito jamais se aborrece se tem o corpo ocupado pelo cansaço; o homem são de corpo não deixa de achar a vida leve se algo cativou o seu espírito. D'Artagnan, sempre correndo, sempre pensando, chegou a Paris descansado e com os músculos flexíveis, como o atleta que está preparado para o ginásio.

O rei não o esperava tão cedo, e acabara de sair; fora caçar para os lados de Meudon. D'Artagnan não correu atrás do rei como faria em outros tempos, tirou as botas, tomou um banho e esperou que Sua Majestade voltasse bem empoeirado e bem cansado. Aproveitou as cinco horas de intervalo para tomar os ares da casa e se proteger contra todas as más sortes.

Ficou sabendo que nos últimos quinze dias o rei estava taciturno, que a rainha-mãe estava doente e muito abatida, que Monsieur, irmão do rei, se tornara piedoso, que Madame sofria com gases e que o senhor de Guiche tinha partido para uma de suas terras.

Soube que o senhor Colbert estava radiante, que o senhor Fouquet consultava a cada dia um novo médico, que não lograva curá-lo, e que a sua principal doença não era do tipo curável por médicos, a não ser os médicos políticos.

O rei, disseram a D'Artagnan, fazia a melhor das caras para o senhor Fouquet e estava sempre com ele, mas o superintendente, tocado no coração como uma bela árvore que tivesse sido atacada por carunchos, murchava apesar do sorriso real, esse sol das árvores da corte.

D'Artagnan soube que a companhia da senhorita de La Vallière tornara-se indispensável ao rei; que este, durante suas caçadas, se não a levava escrevia-lhe várias vezes, não mais versos, e sim, o que era muito pior, prosa, e várias páginas.

Assim, via-se o "primeiro rei do mundo", como dizia a plêiade poética de então, apear do cavalo "com ardor ímpar" e rabiscar sobre a copa do chapéu frases bombásticas, que o senhor de Saint-Aignan, seu ajudante de campo vitalício, levava a La Vallière quase arrebentando os cavalos.

Nessa ocasião, os veados e os faisões folgavam, perseguidos com tão pouco entusiasmo que, dizia-se, a arte da caça corria o risco de degenerar na corte da França.

Então, D'Artagnan pensou nas recomendações do pobre Raoul, naquela carta desesperada destinada a uma mulher que passava a vida esperando, e, como gostava de filosofar, resolveu aproveitar a ausência do rei para conversar um pouco com a senhorita de La Vallière.

Isso foi fácil: Louise, durante a caçada real, passeava com algumas damas numa galeria do Palais-Royal, onde precisamente o capitão dos mosqueteiros precisava inspecionar alguns guardas.

D'Artagnan não duvidava de que, se pudesse encaminhar a conversa para Raoul, Louise lhe daria assunto para escrever uma boa carta ao pobre exilado; ora, a esperança ou algum consolo para Raoul, na disposição de coração em que o vimos, era o sol, era a vida de dois homens muito queridos ao nosso capitão.

Ele se encaminhou para o lugar onde sabia que encontraria a senhorita de La Vallière.

Encontrou-a no centro de um círculo com muitas damas. Na sua aparente solidão, a favorita do rei recebia, como uma rainha, talvez até mais que a rainha, uma homenagem da qual Madame tinha se orgulhado tanto quando todos os olhares do rei eram para ela e comandavam todos os olhares dos cortesãos.

D'Artagnan, que não era presumido, nem por isso deixava de receber apenas agrados e gentilezas das damas; era cortês como um valente, e a sua reputação terrível lhe havia granjeado a amizade dos homens e a admiração das mulheres.

Assim, ao vê-lo entrar, as damas lhe dirigiram a palavra. Começaram fazendo-lhe perguntas:

> As **Plêiades** são uma constelação; daí, também se diz de uma coleção de gente talentosa ou cheia de títulos de nobreza.

> **Presumido** > presunçoso, metido, arrogante.

Onde ele havia estado? O que fora feito dele? Por que não era visto fazendo com o seu belo cavalo aqueles volteios que maravilhavam os curiosos no balcão do rei?

Ele respondeu que estava chegando do país das laranjas.

As moças começaram a rir. Naquela época, todo o mundo viajava, e no entanto uma viagem de cem léguas era um problema que muitas vezes se resolvia com a morte.

— Do país das laranjas? — exclamou a senhorita de Tonnay-Charente. — Da Espanha?

— Eh! Eh! — disse o mosqueteiro.

— De Malta? — perguntou Montalais.

— Estão chegando perto, senhoritas.

— É uma ilha? — indagou La Vallière.

— Senhorita — disse D'Artagnan —, não quero fazê-la procurar: é do lugar onde o senhor de Beaufort está embarcando para a Argélia.

— O senhor viu a esquadra? — indagaram várias belicosas.

— Assim como as vejo — replicou D'Artagnan.

— E a frota?

— Eu vi tudo.

— Nós temos amigos lá? — disse friamente a senhorita de Tonnay-Charente, de modo a atrair a atenção para uma pergunta que tinha um fim calculado.

— Sim — replicou D'Artagnan —, temos o senhor de La Tulliotière, o senhor de Mouchy, o senhor de Bragelonne.

La Vallière empalideceu.

— O senhor de Bragelonne? — exclamou a pérfida Athénaïs. — Ora, ele foi para a guerra?... Ele?!

Montalais cutucou-a com o pé, mas em vão.

— Sabe o que eu acho? — prosseguiu ela sem compaixão, dirigindo-se a D'Artagnan.

— Não, senhorita, e gostaria muito de saber.

— A minha ideia é que todos os homens que vão para essa guerra estão desesperados porque o amor os tratou mal, e que vão procurar negras menos cruéis que as brancas.

Algumas mulheres começaram a rir; La Vallière se

Françoise-**Athénaïs** de Rochechouart de Mortemart nasceu no Castelo de **Tonnay-Charente**. Ela é uma amiga falsiane da Louise e que, depois já de casada com o marquês de Montespan, passa a ser chamada de senhora de Montespan e vira a nova amante do rei. Dumas também se refere a ela simplesmente como Athénaïs.

Belicoso quer dizer pronto pra guerra — aqui, são as fuxiqueiras doidas pra bater palma e se divertirem vendo o parquinho pegar fogo.

descompôs; Montalais tossia de tal modo que poderia acordar um morto.

— A senhorita está equivocada — interrompeu D'Artagnan — ao falar das negras de Djidjelli; as mulheres de lá não são negras; é verdade que não são brancas: são amarelas.

— Amarelas!

— Ah, não as deprecie; nunca vi uma cor tão bonita para combinar com os olhos negros e uma boca de coral.

— Melhor para o senhor de Bragelonne — disse a senhorita de Tonnay-Charente com insistência. — Ele se consolará. Pobre rapaz!

Fez-se um silêncio profundo depois dessas palavras. D'Artagnan teve tempo de pensar que as mulheres, essas meigas pombinhas, se tratam entre elas muito mais cruelmente que os tigres e os ursos.

Não foi suficiente para Athénaïs ter feito La Vallière empalidecer; ela queria fazê-la enrubescer.

Retomando a conversa, sem consideração, ela disse:

— Sabe, Louise, que esse é um grande pecado para a sua consciência?

— Que pecado, senhorita? — balbuciou a infeliz procurando à sua volta um apoio, mas sem encontrá-lo.

— É que — prosseguiu Athénaïs — esse rapaz era seu noivo. Ele a amava. A senhorita o rechaçou.

— É um direito que se tem quando se é uma mulher honesta — tornou Montalais afetadamente. — Quando sabemos que não faremos a felicidade de um homem é melhor rechaçá-lo.

Louise não foi capaz de saber se devia uma censura ou um agradecimento àquela que assim a defendia.

— Rechaçar! Rechaçar! Está certo — disse Athénaïs —, mas não é esse o pecado de que a senhorita de La Vallière deve se repreender. O verdadeiro pecado é mandar o pobre Bragelonne para a guerra, para a guerra onde está a morte.

Louise passou a mão pela testa gelada.

— E, se ele morrer — continuou a impiedosa —, quem o matou foi a senhorita. Seu pecado é esse.

As cores do preconceito estão enraizadas, né, não? Aqui a questão tem a ver com as etnias que compõem a população da Argélia, um país do norte da África que tem a maior parte do território dominado pelo deserto do Saara. Ali é terra de berberes e de árabes, mas com a marca também dos invasores turcos otomanos (asiáticos, "**amarelos**") e, mais tarde, até dos franceses, que também ocuparam o lugar, como Portugal fez com o Brasil.

Louise, meio morta, foi cambaleante até o capitão dos mosqueteiros e o tomou pelo braço. O rosto de D'Artagnan mostrava uma emoção insólita.

Insólito > pouco comum, raro.

— O senhor tem algo para me dizer — disse ela, com a voz alterada pela cólera e pela dor. — O que é, senhor D'Artagnan?

D'Artagnan deu muitos passos na galeria com Louise pelo braço; depois, quando já estavam suficientemente longe dos demais, começou:

— Senhorita, o que eu tinha a lhe dizer a senhorita de Tonnay-Charente acabou de exprimir brutalmente, mas completamente.

Ela deu um gritinho e, trespassada por aquela nova ferida, começou a andar como esses pobres pássaros feridos de morte que procuram a sombra da sarça para morrer.

Ela desapareceu por uma porta no momento em que o rei entrava por outra.

O primeiro olhar do príncipe foi para o lugar vazio de sua amante. Sem ver La Vallière, ele franziu as sobrancelhas; mas logo viu D'Artagnan, que o saudava.

— Ah, senhor — disse ele. — Veio muito rápido, e estou contente por vê-lo.

Era a máxima expressão da satisfação real. Muitos homens se matariam para obter do rei essa frase.

As donzelas de honra e os cortesãos, que tinham feito um círculo respeitoso em redor do rei quando ele entrou, afastaram-se ao ver que ele queria falar em particular com seu capitão dos mosqueteiros.

O rei tomou a dianteira e conduziu D'Artagnan para fora da sala, depois de ter mais uma vez procurado com os olhos La Vallière, cuja ausência ele não entendia.

Uma vez fora do alcance dos ouvidos curiosos, ele começou:

— Muito bem, senhor D'Artagnan, e o prisioneiro?

— Na sua prisão, Sire.

— O que foi que ele disse no caminho?

— Nada, Sire.

— O que ele fez?

— Houve um momento em que o pescador que me levava para Sainte-Marguerite se rebelou e quis me matar. O... o prisioneiro me defendeu em vez de tentar fugir.

O rei empalideceu.

— Basta! — disse ele.

D'Artagnan se inclinou.

Luís andou de um lado para o outro no gabinete.

— O senhor estava em Antibes — disse ele — quando o senhor de Beaufort chegou lá?

— Não, Sire, eu parti quando o duque estava chegando.

— Ah!

Novo silêncio.

— O que foi que o senhor viu lá?

— Muita gente — replicou D'Artagnan, friamente.

O rei percebeu que D'Artagnan não queria falar.

— Eu mandei que viesse, senhor capitão, para lhe ordenar que vá preparar a minha instalação em Nantes.

— Em Nantes? — exclamou D'Artagnan.

— Na Bretanha.

— Sim, Sire, na Bretanha. Vossa Majestade vai fazer essa longa viagem até Nantes?

— Os Estados vão se reunir lá — respondeu o rei. — Tenho dois pedidos a fazer-lhes. Quero estar lá.

— Quando partirei? — perguntou o capitão.

— Esta noite... Amanhã... amanhã à noite, porque o senhor precisa descansar.

— Estou descansado, Sire.

— Ótimo. Então entre esta noite e amanhã, como quiser.

D'Artagnan fez uma reverência como se fosse sair; depois, vendo o rei muito embaraçado, disse dando dois passos à frente:

— O rei vai levar a corte?

— Ah, sim.

— Então o rei irá precisar de mosqueteiros, claro.

E o olho penetrante do capitão fez baixar o olhar do rei.

— Leve uma brigada — replicou Luís.

A cidade de **Nantes** fica a quase 400 quilômetros de Paris, no rumo oeste da capital, numa região conhecida como **Bretanha**.

Durante essa época a sociedade francesa estava dividida em três classes, que eles chamavam de **Estados**: a nobreza, o clero (o pessoal da Igreja Católica) e o povo (os pagantes de impostos que mantinham a vida boa dos outros dois grupos). Aqui no caso, a Bretanha ia reunir esses três Estados pra resolver pendengas de imposto — mas dos pobres não havia representação. Porque o "povo" aqui eram os burgueses.

— É só isso? O rei não tem outras ordens para me dar?

— Não... Ah, sim, tenho!...

— Estou ouvindo.

— No castelo de Nantes, que é muito mal distribuído, segundo dizem, ponha mosqueteiros à porta de cada um dos principais dignitários que eu vou levar.

— Dos principais?

— Sim.

— Por exemplo, na porta do senhor de Lyonne?

— Sim.

— Do senhor Le Tellier?

— Sim.

— Do senhor de Brienne?

— Sim.

— E do senhor superintendente?

— Sem dúvida.

— Muito bem, Sire. Parto amanhã de manhã.

— Ah, mais uma palavra, senhor D'Artagnan. O senhor encontrará em Nantes o senhor duque de Gesvres, capitão dos guardas. Cuide para que seus mosqueteiros se coloquem em seus postos antes da chegada dos guardas dele. O lugar é de quem chega primeiro.

— Sim, Sire.

— E se o senhor de Gesvres questioná-lo?

— Ora, Sire! E por que o senhor de Gesvres me questionaria?

E, cavalheirescamente, o mosqueteiro girou sobre os calcanhares e desapareceu.

— Para Nantes! — disse ele descendo os degraus. — Por que ele não ousou dizer logo para Belle-Île?

Quando chegava ao grande portão, um funcionário do senhor de Brienne correu ao seu encalço.

— Senhor D'Artagnan — disse ele —, desculpe...

— Diga, senhor Ariste.

— É um vale que o rei me encarregou de lhe entregar.

— Descontado na sua caixa? — indagou o mosqueteiro.

— Não, senhor, na caixa do senhor Fouquet.

Antes de virar **duque**, o marquês **de Gesvres**, Léon Potier, foi nomeado chefe da Guarda Real. (Ah, dá uma espiada aqui na ordem básica — do maior para o menor — dos títulos de nobreza: duque, marquês, conde, visconde, barão.)

Surpreso, D'Artagnan leu o vale, com a letra do rei e no valor de duzentas pistolas.

"Ora!", pensou ele, depois de ter agradecido graciosamente ao funcionário do senhor de Brienne, "é pelo senhor Fouquet que essa viagem será paga! Pelas barbas de Deus!, isso é puro Luís XIV. Por que essa ordem não foi descontada na caixa do senhor Colbert? Ele teria pago com a maior satisfação!"

E D'Artagnan, fiel ao seu princípio de não deixar esfriar um vale à vista, foi à casa do senhor Fouquet para pegar as suas duzentas pistolas.

A CEIA

O SUPERINTENDENTE HAVIA, sem dúvida, recebido um aviso sobre a partida iminente para Nantes, pois oferecia aos amigos um jantar de despedida.

Por toda a casa, a azáfama dos criados que levavam travessas e a atividade dos escriturários fechando registros atestavam a aproximação de um transtorno na caixa e na cozinha.

Azáfama > confusão, atropelo causado por pressa.

D'Artagnan, tendo na mão o seu vale, apresentou-se no escritório, onde lhe disseram que era tarde demais para cobrar, pois a caixa estava fechada.

Ele assim respondeu:

— Serviço do rei.

O escriturário, um tanto perturbado pela expressão grave do capitão, replicou que a razão era respeitável mas os hábitos da casa também eram respeitáveis, e que, consequentemente, ele lhe pedia que voltasse no dia seguinte.

Grave > sério, respeitoso.

D'Artagnan disse que precisava ver o senhor Fouquet.

O escriturário respondeu que o senhor superintendente não se ocupava com esse tipo de detalhe e, bruscamente, fechou a última porta no nariz do solicitante.

Ei, não confunda o verbo alisar (com S) com o substantivo **alizar** (com Z), que tem a ver com construção. Na parede onde a porta é instalada, existe tipo uma caixa, que é chamada de marco ou batente e que serve pra dar suporte à porta. Essa caixa tem um acabamento que dá pra fora e que é como uma moldura pro conjunto todo (porta e batente). Pois essa moldura aí é que é conhecida como guarnição ou alizar.

D'Artagnan havia previsto isso e pôs a bota entre a porta e o alizar; assim, a fechadura não funcionou e o escriturário voltou a ficar cara a cara com seu interlocutor. Com isso, ele mudou de tema para dizer a D'Artagnan, com uma polidez aterrorizada:

— Se o senhor quer falar com o senhor superintendente, vá às antessalas; aqui são os escritórios, onde o meu senhor nunca vem.

— Ainda bem! Por que o senhor não diz logo isso? — replicou D'Artagnan.

— Do outro lado do pátio — disse o escriturário, contente por se ver livre dele.

D'Artagnan atravessou o pátio dando encontrões com os criados.

— Meu senhor não recebe a esta hora — respondeu-lhe um rapaz que levava três faisões e doze codornizes numa bandeja de prata folheada a ouro.

— Fale para ele — disse o capitão, segurando a ponta da travessa para fazê-lo parar — que eu sou o senhor D'Artagnan, capitão-tenente dos mosqueteiros de Sua Majestade.

O criado deu um grito de surpresa e desapareceu.

D'Artagnan o seguiu a passos lentos. Chegou a tempo de encontrar na antecâmara o senhor Pellisson, que, um pouco pálido, vinha da sala de jantar e se apressava a informar-se.

D'Artagnan sorriu.

— Nada de desagradável, senhor Pellisson, somente um valezinho que eu vim receber.

— Ah! — disse o amigo de Fouquet, aliviado, e, pegando pela mão o capitão, puxou-o atrás de si e o fez entrar na sala, onde um bom número de amigos íntimos cercava o superintendente, enterrado numa poltrona com almofadas.

Ali estavam reunidos os epicurianos que antes, em Vaux, faziam as honras da casa, do espírito e do dinheiro do senhor Fouquet.

Amigos alegres, quase todos afetuosos, eles não tinham abandonado o seu protetor quando a tempestade se aproximava, e apesar das ameaças do céu, apesar do tremor na terra, mantinham-se ali sorridentes, atenciosos, dedicados no infortúnio como tinham sido na prosperidade.

À esquerda do superintendente, estava a senhora de Bellière; à direita, a senhora Fouquet:

> Suzanne de Bruc de Monplaisir casou-se com Jacques de Rougé, que era o marquês de Plessis-Bellière, e vem daí ela ser chamada de **Bellière**. A Su era famosa na época como organizadora de baladas e eventos sociais. Ela era chegadíssima do Fouquet — nível amante —, ao ponto de ficar presa em domicílio por quatro anos depois de ele ter ido parar atrás das grades.

como se, afrontando a lei do mundo e fazendo calar toda a razão das conveniências vulgares, os dois anjos protetores daquele homem se reunissem ali para lhe prestar, num momento de crise, o apoio dos seus braços entrelaçados.

A senhora de Bellière estava pálida, trêmula e cheia de atenções respeitosas para com a esposa do superintendente, que, com uma das mãos sobre a mão do marido, olhava ansiosamente para a porta pela qual Pellisson traria D'Artagnan.

O capitão entrou inicialmente muito cortês e logo depois admirado, pois com sua visão infalível adivinhou ao primeiro olhar o significado de todas as fisionomias.

Fouquet levantou-se da poltrona e o saudou:

— Perdão, senhor D'Artagnan, por não ter ido recebê-lo como enviado do rei.

E acentuou as últimas palavras com uma espécie de firmeza triste que levou o terror ao coração dos seus amigos.

— Senhor — replicou D'Artagnan —, eu só venho à sua casa enviado pelo rei para reclamar o pagamento de um vale de duzentas pistolas.

Todas as caras se desanuviaram; apenas a de Fouquet permaneceu sombria.

— Ah — disse ele —, o senhor também vai para Nantes?

— Não sei para onde devo partir, meu senhor.

— Mas — disse a senhora Fouquet, tranquilizada — o senhor não vai partir tão rapidamente, senhor capitão, que não possa nos dar a honra de se sentar conosco.

— Seria uma honra muito grande para mim, senhora; mas estou tão apressado que, como vê, precisei me permitir interromper o seu jantar para que me pagassem o meu vale.

— Que será trocado por ouro — disse Fouquet fazendo um sinal ao seu intendente, que logo saiu com o vale que lhe foi estendido por D'Artagnan.

— Ah — disse o capitão —, eu não estava preocupado com o pagamento: a casa é boa.

Um sorriso doloroso se esboçou nos traços pálidos de Fouquet.

— O senhor não está bem? — perguntou a senhora de Bellière.

— É o seu acesso? — perguntou a senhora Fouquet.

— Não é nada, obrigado — respondeu o superintendente.

— O seu acesso? — disse D'Artagnan, por sua vez. — O senhor está doente?

— Tenho uma febre intermitente desde a festa em Vaux.

— O frio nas grotas à noite?

— Não, não; uma emoção, só isso.

— O senhor entregou demais seu coração para receber o rei — opinou La Fontaine, tranquilamente, sem suspeitar que estava cometendo um sacrilégio ao dizer isso.

— Nunca se poderia entregar demasiado o coração para receber o rei — disse Fouquet, suavemente, ao seu poeta.

— O senhor de La Fontaine quis dizer empregar demasiado ardor — interrompeu D'Artagnan, com uma franqueza perfeita e muita amenidade. — O fato é, meu senhor, que a hospitalidade nunca foi tamanha quanto em Vaux.

A senhora Fouquet deixou seu rosto exprimir claramente que, se Fouquet tinha se conduzido bem em relação ao rei, este não se comportara do mesmo modo para com o ministro.

Mas D'Artagnan sabia do terrível segredo. Somente ele e Fouquet sabiam; desses dois homens, um não tinha a coragem de lamentar o outro e o outro não tinha o direito de acusar.

O capitão, a quem entregaram as duzentas pistolas, ia se retirar quando Fouquet, levantando-se, pegou uma taça e mandou que dessem outra a D'Artagnan.

— Senhor — disse ele —, à saúde do rei, *aconteça o que acontecer*.

— E à sua saúde, meu senhor, *aconteça o que acontecer* — disse D'Artagnan ao beber.

Com essas palavras de mau presságio, ele saudou todos os presentes, que haviam se levantado no momento do brinde, e em seguida se ouviu o barulho das suas esporas e das suas botas até as profundezas da escada.

— Eu achei por um momento que era a mim e não ao meu dinheiro que ele queria — disse Fouquet tentando rir.

— Ao senhor?! — exclamaram os seus amigos —, e por quê, meu Deus?

— Ah — disse o superintendente —, meus caros irmãos em Epicuro, não nos enganemos; eu não quero comparar o pecador mais humilde da terra com o Deus que nós adoramos, mas, vejam, um dia ele deu aos seus amigos uma refeição a que chamamos Ceia e que não era outra coisa senão um jantar de despedida como este que estamos tendo neste momento.

Um grito de dolorosa discordância partiu de todos os cantos da mesa.

— Fechem as portas — disse Fouquet. E os criados desapareceram.

— Meus amigos — continuou Fouquet baixando a voz —, o que eu era tempos atrás? O que eu sou hoje? Pensem e respondam. Um homem como eu cai pelo simples fato de não estar mais subindo; o que se dirá, então, quando ele realmente cai? Eu não tenho mais dinheiro; não tenho mais crédito; só tenho inimigos poderosos e amigos sem poder.

— Rápido! — exclamou Pellisson levantando-se —, uma vez que o senhor se explica de modo tão franco, também devemos ser francos. Sim, o senhor está perdido; sim, o senhor está correndo para a sua ruína. Pare. E para começar: o que nos resta de dinheiro?

— Setecentas mil libras — disse o intendente.

— Pão — murmurou a senhora Fouquet.

— Mudas de cavalos — disse Pellisson —, providencie mudas de cavalos e fuja.

— Para onde?

— Para a Suíça, para a Saboia, mas fuja.

— Se meu senhor fugir — observou a senhora de Bellière —, dirão que ele era culpado e ficou com medo.

— Dirão mais: dirão que eu levei comigo vinte milhões.

— Escreveremos apologias para justificá-lo — disse La Fontaine. — Fuja.

— Vou ficar — disse Fouquet —, e, aliás, isso de nada me adianta.

— O senhor tem Belle-Île! — exclamou o abade Fouquet.

Região da França que fica ali na fronteira com a Suíça e a Itália, a **Saboia** tem como ponto mais famoso as estações de esqui da montanha chamada Mont Blanc em francês.

— E, naturalmente, vou lá de passagem para Nantes — respondeu o superintendente. — Paciência, então, paciência.

— Antes de Nantes há que viajar muito — disse a senhora Fouquet.

— Sim, eu sei disso — replicou Fouquet. — Mas que fazer? O rei me convoca para os Estados. Eu sei perfeitamente que é para me arruinar; mas recusar partir é mostrar apreensão.

— Pois bem! Eu encontrei o jeito de conciliar tudo — exclamou Pellisson. — O senhor vai partir para Nantes.

Fouquet olhou-o com uma expressão de surpresa.

— Mas com amigos, na sua carruagem até Orleans, na sua barcaça até Nantes; sempre pronto a se defender se for atacado, a escapar se o ameaçarem; em uma palavra, para qualquer eventualidade o senhor levará o seu dinheiro, e fugindo não terá feito outra coisa senão obedecer ao rei. Depois, chegando ao mar quando quiser, o senhor embarcará para Belle-Île, e de Belle-Île irá para onde quiser, como a águia que sai e ganha o espaço quando a tiraram do seu ninho.

Uma aprovação unânime recebeu as palavras de Pellisson.

— Sim, faça isso — disse a senhora Fouquet ao marido.

— Faça isso — disse a senhora de Bellière.

— Faça, faça! — gritaram todos os amigos.

— Farei — replicou Fouquet.

— Esta noite.

— Dentro de uma hora.

— Imediatamente.

— Com setecentas mil libras, o senhor recomeçará uma fortuna — disse o abade Fouquet. — Quem nos impede de armar corsários em Belle-Île?

— E, se for preciso, iremos descobrir um novo mundo — acrescentou La Fontaine, tomado de entusiasmo pelos projetos.

Uma batida à porta interrompeu essa combinação de alegria e esperança.

A ideia era de que Fouquet juntasse fortuna de novo bancando as atividades de **corsários** — ou seja: piratas que atacariam navios, roubando tudo e depois dividindo os despojos, o saque, com os homens de bem. No mar Mediterrâneo, os navios corriam risco de ser atacados tanto por corsários cristãos quanto por muçulmanos, como já vimos em outra nota.

— Um correio do rei! — exclamou o mestre de cerimônias.

Fez-se então silêncio profundo, como se a mensagem que o correio trazia não fosse senão uma resposta a todos aqueles projetos gerados um instante antes.

Todos esperaram para ver o que faria o senhor, cuja testa brilhava de suor e que, de fato, sofria então com a febre.

Fouquet passou para o seu gabinete, a fim de receber a mensagem de Sua Majestade.

Havia, dissemos já, tal silêncio nos aposentos que se ouviu da sala de jantar a voz de Fouquet respondendo:

— Está bem, senhor.

Essa voz era, no entanto, abatida pelo cansaço, aterrada pela emoção.

Um instante depois, Fouquet chamou Gourville, que atravessou a galeria em meio à expectativa de todos.

Enfim ele próprio reapareceu entre os convidados, mas não era mais o mesmo rosto, pálido e desfeito, visto antes de sua saída; de pálido, ele se tornara lívido e, de desfeito, descomposto. Espectro vivo, ele veio de braços estendidos, a boca seca, como a sombra que saúda amigos de outrora.

Ao ver isso, todos exclamaram, todos correram para Fouquet.

Este, olhando Pellisson, apoiou-se no superintendente e apertou a mão gelada da marquesa de Bellière.

— E então? — disse ele, com uma voz que já não tinha nada de humano.

— O que aconteceu, meu Deus? — perguntaram-lhe.

Fouquet abriu a mão direita, que estava crispada, úmida, e viu-se um papel sobre o qual Pellisson se lançou, aterrado.

Ele leu as linhas seguintes com a caligrafia do rei:

Caro e amado senhor Fouquet, dê-nos, do que é nosso e lhe resta, uma soma de setecentas mil libras, de que precisamos hoje para a nossa partida.

E, como sabemos que a sua saúde não está boa, pedimos a Deus que o restabeleça e o tenha sob a Sua santa e digna guarda.

Luís.

A presente carta serve como recibo.

Um murmúrio de terror circulou na sala.

— Muito bem! — exclamou Pellisson, por sua vez —, o senhor tem essa carta?

— Sim, eu a recebi.

— E, então, o que o senhor fará?

— Nada, uma vez que eu a recebi.

— Mas...

— Se a recebi, Pellisson, significa que eu paguei — disse o superintendente, com uma simplicidade que arrancou o coração dos seus ouvintes.

— O senhor pagou! — exclamou a senhora Fouquet, desesperada. — Então estamos perdidos!

— Vamos, vamos, chega de palavras inúteis — interrompeu Pellisson.— Depois do dinheiro, a vida. Meu senhor, a cavalo, a cavalo!

— Vai deixar-nos! — exclamaram as duas mulheres, transtornadas de dor.

— Ah, meu senhor, salvando-se, o senhor nos salva a todos. A cavalo!

— Mas ele mal pode se manter em pé...

— Ah!, se formos pensar!... — disse o intrépido Pellisson.

— Ele tem razão — murmurou Fouquet.

— Meu senhor, meu senhor — gritou Gourville, subindo a escada de quatro em quatro degraus. — Meu senhor!

— O que foi?

— Eu acompanhei, como o senhor sabe, o correio do rei com o dinheiro.

— Sim.

— Muito bem. Ao chegar ao Palais-Royal, eu vi...

— Respire, meu pobre amigo, respire; você está sufocando.

— O que foi que o senhor viu? — perguntaram os amigos, impacientes.

— Eu vi os mosqueteiros montarem a cavalo — disse Gourville.

— Vejam só! — exclamaram todos. — Vejam só! Não há tempo a perder.

A senhora Fouquet se precipitou pelas escadas pedindo seus cavalos.

A senhora de Bellière a abraçou e lhe disse:

— Senhora, em nome da salvação dele, não demonstre nada, não manifeste nenhum alarme.

Pellisson correu para mandar atrelar as carruagens.

E, durante esse tempo, Gourville recolheu no chapéu o que os amigos, chorando e assustados, puderam jogar nele de ouro e prata, última oferenda, esmola compadecida que a pobreza fazia à desgraça.

O superintendente, arrastado por uns e levado por outros, foi posto dentro da carruagem. Gourville subiu ao banco e pegou as rédeas. Pellisson segurou a senhora Fouquet, que desmaiara.

A senhora de Bellière, mais forte, foi bem paga por isso: recolheu o último beijo de Fouquet.

Pellisson explicou facilmente essa partida precipitada por uma ordem do rei que chamava os ministros a Nantes.

NA CARRUAGEM
DO SENHOR COLBERT

COMO GOURVILLE JÁ VIRA, os mosqueteiros do rei haviam montado nos cavalos e seguiam o seu capitão.

Este, que não queria ter aborrecimentos no trajeto, deixou sua brigada às ordens de um lugar-tenente e partiu em cavalos de posta, recomendando aos seus homens a maior diligência.

Por muito que corressem, eles não conseguiriam chegar antes do seu capitão.

Ele teve tempo, ao passar diante da Rue Croix-des-Petits-Champs, de ver uma coisa que o fez pensar muito. O senhor Colbert saía de sua casa para entrar numa carruagem que estacionava diante da porta.

Na carruagem, D'Artagnan viu toucas femininas, e, como estava curioso, quis saber o nome das mulheres ocultas sob as toucas.

Para chegar a vê-las, pois elas procuravam não se mostrar, ele aproximou tanto o cavalo que sua bota de boca larga raspou na capota e agitou tudo, continente e conteúdo.

Capota aqui é a carroceria da carruagem.

As damas se assustaram: uma delas deu um gritinho, no qual D'Artagnan reconheceu uma jovem, e a outra soltou uma imprecação, na qual ele reconheceu o vigor e o atrevimento conferidos por meio século.

As toucas se afastaram: uma das mulheres era a senhora Vanel, a outra era a duquesa de Chevreuse.

A **Vanel** tinha um cacho com o Colbert.

D'Artagnan foi mais rápido que as damas. Reconheceu-as, elas não o reconheceram e, apertando-se afetuosamente as mãos, riram do susto que tinham levado.

"Bom", disse D'Artagnan para si próprio. "A velha duquesa já não é tão difícil quanto em outros tempos quando se trata de amizades. Desfaz-se em agrados à amante do senhor Colbert! Pobre senhor Fouquet. Isso não lhe pressagia nada de bom."

Ele se afastou. O senhor Colbert se instalou na carruagem e aquele nobre trio começou uma peregrinação muito lenta em direção ao bosque de Vincennes.

No caminho, a senhora de Chevreuse deixou a senhora Vanel na casa onde ela morava com o marido e, sozinha com Colbert, prosseguiu o passeio falando sobre negócios. A fonte de assuntos daquela cara duquesa era inesgotável, e, como ela falava sempre mal dos outros e bem de si própria, sua conversa divertia o interlocutor e, para ela, não deixava de ser um benefício.

Ela contou a Colbert, ignorante disso, quanto ele era um grande ministro e como Fouquet ia se tornar um nada.

Prometeu-lhe que, quando ele fosse o superintendente, ela lhe angariaria o apoio de toda a antiga nobreza do reino, e lhe pediu sua opinião sobre a preponderância que seria conveniente deixar que La Vallière tivesse.

Ela o louvou, ela o censurou, ela o aturdiu. Mostrou-lhe o segredo de um tão grande número de segredos que por um momento Colbert temeu estar tratando com o diabo.

Ela lhe provou que tinha na mão o Colbert de hoje, como havia tido o Fouquet de ontem.

E, como ingenuamente ele lhe perguntou a razão daquele ódio ao superintendente, ela replicou:

— Por que o senhor, por sua vez, o odeia?

— Senhora, em política — respondeu ele — as diferenças de sistema podem levar a discórdias entre os homens. O senhor Fouquet praticava um sistema oposto aos verdadeiros interesses do rei, na minha opinião.

Ela o interrompeu.

— Eu não lhe falo mais do senhor Fouquet — disse ela. — A viagem que o rei faz a Nantes nos dará razão. O senhor Fouquet, para mim, é um homem ultrapassado. Para o senhor também.

Colbert não respondeu.

— Ao voltar de Nantes — continuou a duquesa —, o rei, que só está procurando um pretexto, opinará que os Estados estão se comportando mal, que eles fizeram muito poucos sacrifícios. Os Estados dirão que os impostos são pesados demais e que a Superintendência os pôs a perder. O rei responsabilizará o senhor Fouquet, e então...

— E então? — perguntou Colbert.

— Ah, ele estará perdido. O senhor não acha isso?

Colbert dirigiu à duquesa um olhar que queria dizer: "Se Fouquet cair em desgraça, não será por causa da senhora".

— É preciso — apressou-se a dizer a senhora de Chevreuse — que o seu lugar esteja bem demarcado, senhor Colbert. Acha que haverá alguém entre o rei e o senhor depois da queda do senhor Fouquet?

— Não estou entendendo — disse ele.

— O senhor vai entender. Até onde vão as suas ambições?

— Eu não tenho ambições.

— Então seria inútil derrubar o superintendente, senhor Colbert. É ocioso.

— Eu tive a honra de lhe dizer, senhora...

— Ah, sim, o interesse do rei, eu sei; mas, enfim, falemos do seu.

— O meu é me desincumbir das incumbências que Sua Majestade me confere.

— Enfim, o senhor arruína ou não arruína o senhor Fouquet? Responda sem rodeios.

— Senhora, eu não arruíno ninguém.

— Então eu não entendo por que o senhor me comprou a preço tão alto as cartas do senhor de Mazarin sobre o senhor Fouquet. Não posso conceber tampouco por que o senhor mostrou essas cartas ao rei.

Colbert, perplexo, olhou para a duquesa e com ar constrangido lhe disse:

— Senhora, eu concebo ainda menos como a senhora, que ficou com o dinheiro, é capaz de me censurar por isso.

— É que — disse a velha duquesa — é preciso querer o que podemos, a menos que não possamos o que queremos.

— Aí está — disse Colbert, confuso com essa lógica brutal.

— O senhor não pode, não é mesmo? Diga.

— Eu não posso, confesso, destruir algumas influências próximas ao rei.

— Que trabalham para o senhor Fouquet? Quais? Espere; vou ajudá-lo.

— Faça isso, senhora.

— La Vallière?

— Ah, pouca influência, nenhum conhecimento dos negócios e nenhuma energia. O senhor Fouquet lhe fez a corte.

— Defendê-lo seria se acusar, não é mesmo?

— Acho que sim.

— Há ainda outra influência? O que o senhor diz?

— Considerável!

— A rainha-mãe, talvez?

— Sua Majestade a rainha-mãe tem pelo senhor Fouquet uma fraqueza muito prejudicial ao seu filho.

— Não acredite nisso — disse a velha sorrindo.

— Ah — disse Colbert com incredulidade —, eu a presenciei tantas vezes!

— No passado?

— Mesmo recentemente, senhora, em Vaux. Foi ela que impediu o rei de mandar prender o senhor Fouquet.

— Não se tem sempre a mesma opinião, caro senhor. O que a rainha pôde ter querido recentemente ela talvez não queira mais hoje.

— Por quê? — indagou Colbert, surpreso.

— Pouco importa a razão.

— Pelo contrário, importa muito; pois, se eu estivesse certo de não desgostar a Sua Majestade a rainha-mãe, todos os meus escrúpulos deixariam de existir.

— Pois bem, o senhor não ouviu falar de um certo segredo?

— Um segredo?

— Chame-o como o senhor quiser. Resumindo: a rainha-mãe tomou horror por todos os que de algum modo participaram da descoberta desse segredo, e o senhor Fouquet, acredito, é um deles.

— Então — disse Colbert — podemos ter certeza da aprovação da rainha-mãe?

— Deixei há pouco Sua Majestade, que me garantiu isso.

— Sim, senhora.

— E há outra coisa: o senhor talvez conheça um homem que era amigo íntimo do senhor Fouquet, o senhor D'Herblay, um bispo, me parece.

— Bispo de Vannes.

— Pois bem, esse senhor D'Herblay, que também conhecia o segredo, a rainha-mãe mandou que o perseguissem com furor.

— Verdade?

— Uma perseguição tão feroz que, no caso de ele ser morto, querem sua cabeça para se ter certeza de que ela não falará mais.

— É o desejo da rainha-mãe?

— Uma ordem.

— Procuraremos esse senhor D'Herblay, senhora.

— Ah, nós sabemos onde ele está.

Colbert olhou para a duquesa.

— Diga, senhora.

— Ele está em Belle-Île-en-Mer.

— Em casa do senhor Fouquet?

— Em casa do senhor Fouquet.

— Vamos pegá-lo.

Foi a vez de a duquesa sorrir.

— Não ache que isso será feito com tanta facilidade — disse ela —, e não o prometa com tanta irreflexão.

— Por quê, senhora?

— Porque o senhor D'Herblay não é uma pessoa que prendemos quando queremos.

— Um rebelde, então!

— Ah, senhor Colbert, nós passamos toda a nossa vida nos fazendo de rebeldes e no entanto, veja bem, longe de sermos presos, prendemos os outros.

Colbert fixou na velha duquesa um dos seus olhares ferozes cuja expressão era indizível e, com uma segurança à qual não faltava majestade, afirmou:

— Já não estamos no tempo em que os súditos ganhavam ducados para fazer a guerra ao rei da França. O senhor D'Herblay, se conspira, morrerá no cadafalso. Se isso agrada ou não aos seus inimigos, pouco nos importa.

E esse "nos", estranho na boca de Colbert, por um instante fez a duquesa pensar. Ela se pegou contando interiormente com aquele homem.

Colbert havia recuperado a superioridade na conversa; quis conservá-la.

— A senhora me pede — disse ele — que mande prender esse senhor D'Herblay?

— Eu? Eu não lhe peço nada.

— Assim eu entendi, senhora. Mas, uma vez que eu me enganei, esqueçamos isso. O rei ainda não disse nada.

A duquesa mordeu as unhas.

— Aliás — prosseguiu Colbert —, que prisão ridícula seria a desse bispo! Caça de rei, um bispo! Ah, não, não, eu não vou me ocupar disso.

O ódio da duquesa se revelou.

— Caça de mulher — disse ela —, e a rainha é mulher. Se ela quer que prendam o senhor D'Herblay, ela tem suas razões. Aliás, o senhor D'Herblay não é amigo desse que vai cair em desgraça?

— Ah, não importa — disse Colbert. — Se não for inimigo do rei, esse homem será poupado. Isso a desgosta?

— Não digo nada.

— Sim... A senhora quer vê-lo na prisão, na Bastilha, por exemplo.

— Eu acho que um segredo fica mais bem escondido atrás dos muros da Bastilha que atrás dos muros de Belle-Île.

— Vou falar isso com o rei, que esclarecerá a questão.

— Enquanto se espera o esclarecimento, senhor, o bispo de Vannes pode fugir. Eu fugiria.

— Fugir?! Ele?! Para onde? A Europa é nossa, de vontade, se não de fato.

— Ele sempre encontrará um abrigo, senhor. Percebe-se que o senhor não sabe com quem está lidando. O senhor não conhece o senhor D'Herblay, não conheceu Aramis.

Era um dos quatro mosqueteiros que, sob o finado rei, fizeram tremer o cardeal de Richelieu e que, durante a Regência, tanto preocuparam o senhor de Mazarin.

— Mas, senhora, como ele fará se não tiver um reino seu?

— Ele tem, senhor.

— Um reino seu! O senhor D'Herblay?

— Eu repito, senhor, que se ele precisa de um reino, ele o tem ou o terá.

— Enfim, uma vez que a senhora tem interesse tão grande em que ele não escape, eu lhe garanto que esse rebelde não escapará.

— Belle-Île é fortificada, senhor Colbert, e fortificada por ele.

— Belle-Île, mesmo sendo fortificada por ele, não é inexpugnável, e, se o senhor bispo de Vannes está fechado em Belle-Île, muito bem, senhora: faremos um cerco e o prenderemos.

— O senhor pode ter certeza de que o zelo empregado para os interesses da rainha-mãe tocará intensamente Sua Majestade e que o senhor terá uma recompensa magnífica; mas o que eu direi a ela sobre os seus projetos quanto a esse homem?

— Que, quando for pego, será encerrado numa fortaleza de onde o segredo dela jamais sairá.

— Muito bem, senhor Colbert, e nós podemos dizer que a partir deste momento nós dois fizemos uma aliança sólida, o senhor e eu, e que eu estou ao seu serviço.

— Sou eu, senhora, que me ponho ao seu serviço. Esse cavaleiro D'Herblay é espião da Espanha, não é?

— Mais que isso.

— Um embaixador secreto?

— Suba mais.

— Espere... O rei Filipe IV é devoto. É... o confessor de Filipe IV?

— Continue subindo.

— Diabo! — exclamou Colbert, alheado a ponto de praguejar na presença daquela grande dama, daquela velha amiga da rainha-mãe, da duquesa de Chevreuse, enfim. — Então é o geral dos jesuítas?

— Acho que o senhor adivinhou — respondeu a duquesa.

— Ah, senhora, então esse homem nos arruinará, a todos nós, caso não o arruinemos. E precisamos ser rápidos.

— Era o que eu pensava, senhor, mas não ousava lhe dizer.

— E nós tivemos sorte por ele ter atacado o trono, e não a nós.

— Mas atente para isto, senhor Colbert: o senhor D'Herblay nunca desanima, e se não consegue o que quer tenta outra vez. Se ele deixou escapar a ocasião de fazer um rei para si, cedo ou tarde fará outro, do qual, com toda a certeza, o senhor não será o primeiro-ministro.

Colbert franziu a sobrancelha com uma expressão ameaçadora.

— Estou certo de que a prisão resolverá esse caso de modo satisfatório para nós dois, senhora.

A duquesa sorriu.

— Se o senhor soubesse — disse ela — quantas vezes Aramis saiu da prisão!

— Ah — tornou Colbert —, cuidaremos para que desta vez ele não saia.

— Mas o senhor não ouviu o que eu lhe disse há pouco? Não se recorda de que Aramis era um dos quatro invencíveis que Richelieu temia? E naquela época os quatro mosqueteiros não tinham o que têm hoje: dinheiro e experiência.

Colbert mordeu o lábio.

— Vamos desistir da prisão — disse ele, em voz mais baixa. — Encontraremos um retiro de onde o invencível não possa sair.

— Ainda bem, nosso aliado — respondeu a duquesa. — Mas já está tarde; vamos voltar?

— Com prazer, senhora, mesmo porque preciso fazer os preparativos para a viagem com o rei.

— Para Paris! — gritou a duquesa ao cocheiro.

E a carruagem voltou para o bairro Saint-Antoine depois da conclusão desse tratado, que entregava à morte o último amigo de Fouquet, o último defensor de Belle-Île, o antigo amigo de Marie Michon, o novo inimigo da duquesa.

AS DUAS BARCAÇAS

D'ARTAGNAN TINHA PARTIDO. Fouquet também tinha partido, e numa rapidez que ultrapassava o terno interesse dos seus amigos.

Os primeiros momentos dessa viagem, ou, melhor dizendo, dessa fuga, foram perturbados pelo temor incessante suscitado por todos os cavalos, por todas as carruagens que surgiam atrás do fugitivo.

De fato, não era natural que Luís XIV, querendo mal a essa presa, a deixasse escapar. O jovem leão já sabia caçar e tinha sabujos ávidos o suficiente para poder confiar neles.

Mas, sem que os viajantes se dessem conta disso, todos os temores desapareceram; o superintendente, correndo muito, conseguiu atingir tal distância dos seus perseguidores que, razoavelmente, ninguém poderia alcançá-lo. Quanto à compostura, seus amigos haviam encontrado uma excelente explicação: uma vez que ele viajava para se reunir ao rei em Nantes, tal pressa apenas testemunhava o seu zelo.

Ele chegou cansado, mas tranquilo, a Orleans, onde encontrou, graças aos cuidados de um correio que o tinha precedido, uma bela barcaça com oito remadores.

Essas barcaças, em forma de gôndola, um pouco largas e um pouco pesadas, contendo uma pequena câmara coberta a modo de convés e uma câmara de popa formada por uma tenda, faziam então o serviço de Orleans a Nantes pelo Loire, e o trajeto, hoje considerado longo, parecia então mais agradável e mais conveniente que a grande estrada com seus cavalos de posta ou as suas carruagens ordinárias que quase roçavam o chão. Fouquet embarcou

Um cão **sabujo** é um bom rastreador. No caso, figuradamente, pode ser um bajulador, um puxa-saco.

na barcaça, que partiu imediatamente. Os remadores, sabendo que tinham a honra de conduzir o superintendente das Finanças, davam o melhor de si, e esta palavra mágica, "finanças", lhes prometia uma boa gratificação, da qual queriam se mostrar dignos.

A barcaça voou sobre as ondas do Loire. Um tempo magnífico, uma dessas auroras que tingem de púrpura a paisagem, dava ao rio toda a sua serenidade límpida. A correnteza e os remadores levavam Fouquet como as asas levam o pássaro. Ele chegou diante de Beaugency sem que nenhum acidente tivesse marcado a viagem.

Fouquet esperava chegar antes dos demais a Nantes. Ali, ele veria os notáveis e conseguiria apoio entre os principais membros dos Estados. Ele se mostraria necessário, coisa fácil para um homem do seu mérito, e adiaria a catástrofe, se não chegasse a evitá-la totalmente.

— Aliás — dizia-lhe Gourville —, em Nantes o senhor adivinhará ou nós adivinharemos as intenções dos seus inimigos. Teremos os cavalos prontos para ganhar o inextricável Poitou, uma barca para ganhar o mar, e, uma vez no mar, Belle-Île é o porto inviolável. O senhor vê, além do mais, que ninguém o observa e ninguém o segue.

Mal ele acabara de falar isso, descobriu-se ao longe, atrás de um cotovelo formado pelo rio, o mastro de uma grande barcaça que descia.

Os remadores do barco de Fouquet deram um grito de surpresa ao ver essa barca.

— O que está acontecendo? — indagou Fouquet.

— Acontece, meu senhor — respondeu o chefe dos remadores da barca —, uma coisa verdadeiramente extraordinária: uma barcaça que vem como um furacão.

Gourville estremeceu e subiu ao convés para ver melhor.

Fouquet não subiu, mas disse a Gourville, com uma suspeita contida:

— Então veja o que é, meu caro.

A barcaça acabara de ultrapassar o cotovelo. Sua velocidade era tamanha que atrás dela se via tremer o rastro branco da sua esteira, iluminada pelo resplendor do dia.

Inextricável é um algo complicado de ser esclarecido, entendido. E o **Poitou** era uma antiga província francesa bem próxima à Bretanha.

— Olhe só como eles vêm — disse o chefe. — Parece que o pagamento é bom. Eu não achava que os remos de madeira pudessem se comportar melhor que os nossos. Mas o que estou vendo me prova o contrário.

— Acho que eles são doze e nós somos só oito — exclamou um dos remadores.

— Doze! — disse Gourville. — Doze remadores!... Impossível!

O total de oito remadores para uma barcaça nunca havia sido ultrapassado, nem mesmo pelo rei.

Essa honra tinha sido feita ao senhor superintendente muito mais por pressa que por respeito.

— O que significa isso? — perguntou Gourville tentando distinguir, sob a tenda já visível, os viajantes que o olhar mais afiado ainda não era capaz de reconhecer.

— Eles devem estar muito apressados, porque não é o rei — disse o chefe.

Fouquet se arrepiou.

— Como é que o senhor sabe que não é o rei? — disse Gourville.

— Em primeiro lugar, porque não tem a bandeira branca com flores de lis que sempre se vê na barcaça real.

— E, depois — completou Fouquet —, porque é impossível que seja o rei, Gourville, já que o rei estava em Paris ontem.

Gourville respondeu ao superintendente com um olhar que significava: "O senhor também estava lá".

— E como é que o senhor vê que eles estão com pressa? — acrescentou ele, para ganhar tempo.

— Porque — disse o chefe — essas pessoas devem ter partido muito tempo depois de nós e nos alcançaram, ou quase.

— Ora! — disse Gourville —, como é que o senhor sabe que eles não partiram de Beaugency, ou mesmo de Niort?

— Barcaça grande assim nós só vimos em Orleans. Ela vem de Orleans, senhor, e vem com pressa.

Fouquet e Gourville trocaram um olhar.

O pessoal saiu de Paris, percorrendo cerca de 135 quilômetros a cavalo até chegar a Orleans, onde eles embarcaram no rumo oeste nas águas do rio Loire. De Orleans pra **Beaugency** são outros trinta e poucos quilômetros ainda a oeste. Já **Niort** é uma cidade que nem à beira do rio Loire fica e que está a bem uns 260 quilômetros de distância de Beaugency e ao sul de Nantes.

O chefe notou a inquietude. Gouville apressou-se a desviar a atenção:

— Algum amigo apostou que nos pegaria. Vamos ganhar a aposta; não podemos deixar que eles nos alcancem.

O chefe abriu a boca para responder que isso era impossível, quando Fouquet, com altivez, disse:

— Se é alguém que quer se reunir conosco, vamos deixá-lo vir.

— Podemos tentar, senhor — disse o chefe, timidamente.

— Vamos, vocês, força! Remem!

— Não — disse Fouquet —, é o contrário: parem imediatamente.

— Meu senhor, que loucura! — disse Gourville ao pé do seu ouvido.

— Imediatamente! — repetiu Fouquet. Os oito remos pararam e, resistindo à água, imprimiram à barcaça um movimento retrógrado. Ela parou.

Os doze remadores da outra barcaça não perceberam logo essa manobra, pois continuaram a remar com tal vigor que logo estavam ao alcance de um mosquete.

Fouquet enxergava mal; Gourville se atrapalhava com o sol; apenas o chefe, com o hábito e a clareza dada pela luta contra os elementos, percebeu distintamente os viajantes da barcaça vizinha.

— Estou vendo! — exclamou ele. — São dois.

— Eu não vejo nada — disse Gourville.

— O senhor não vai demorar a distingui-los. Com vinte remadas, eles estarão a vinte passos de nós.

Mas o que o chefe anunciou não aconteceu. A barcaça imitou a ação ordenada por Fouquet e, em vez de se juntar aos seus pretensos amigos, parou completamente no meio do rio.

— Não estou entendendo mais nada — disse o chefe.

— Nem eu — disse Gourville.

— O senhor, que vê tão bem as pessoas da barcaça — tornou Fouquet —, descreva-as para nós, chefe, antes de nos distanciarmos demais.

— Acho que vi dois — respondeu o barqueiro —, mas só estou vendo um sob a tenda.

— Como ele é?

— É um homem moreno, de ombros largos e pescoço curto.

Uma nuvenzinha passou no azul do céu e nesse momento cobriu o sol. Então Gourville, que continuava olhando, a mão sobre os olhos, pôde ver o que procurava e imediatamente saltou do convés para a câmara onde Fouquet o esperava.

— Colbert! — disse ele, com a voz alterada pela emoção.

— Colbert! — repetiu Fouquet. — Que estranho! Mas é impossível!

— Eu o reconheci, estou lhe dizendo, e ele me reconheceu tão bem que acabou de passar para a câmara de popa. Talvez o rei o tenha enviado para nos mandar voltar.

— Nesse caso, ele nos encontraria em vez de ficar parado. O que é que ele faz lá?

— Está nos vigiando, sem dúvida.

— Eu não gosto de incerteza — exclamou Fouquet. — Vamos para lá.

— Ah, meu senhor, não faça isso, a barcaça está cheia de gente armada.

— Então ele me prenderia, Gourville? E por que ele não vem?

— Meu senhor, não é próprio da sua dignidade ir ao encontro da sua ruína.

— Mas suportar que me vigiem como a um malfeitor!

— Nada nos diz que o senhor está sendo vigiado, seja paciente.

— Então o que faremos?

— Não pare; o senhor só está indo tão depressa para parecer que obedece zelosamente às ordens do rei. Dobre a velocidade. Quem viver verá!

— Está certo. Vamos! — exclamou Fouquet. — Já que param lá, seguimos nós.

O chefe deu o sinal, e os remadores de Fouquet retomaram seu exercício com todo o resultado que se podia esperar de pessoas descansadas.

Mal a barcaça havia feito cem braças, a outra, dos doze remadores, também se pôs em movimento.

Braça > medida antiga de comprimento que dava 2,20 metros.

Equipagem > tripulação do navio.

Essa corrida durou o dia inteiro, sem que aumentasse ou diminuísse a distância entre as duas equipagens.

Já perto da noite, Fouquet quis experimentar as intenções do seu perseguidor. Ordenou aos remadores que se dirigissem a terra como se para fazer um desembarque.

A barcaça de Colbert imitou essa manobra e singrou para terra obliquando.

No lugar onde Fouquet fez parecer que ia desembarcar, graças à maior das casualidades, um criado da cavalariça do castelo de Langeais seguia a ribanceira florida conduzindo três cavalos presos a uma corda. Sem dúvida as pessoas da barcaça com doze remadores acharam que Fouquet se dirigia aos cavalos preparados para a sua fuga, pois se viu que quatro ou cinco homens, armados de mosquetes, saltaram da barcaça para terra e caminharam pela ribanceira, como se pretendessem ganhar terreno sobre os cavalos e o cavaleiro.

Fouquet, satisfeito por ter forçado o inimigo a uma demonstração, considerou-se avisado e ordenou que a barcaça voltasse a avançar.

O pessoal de Colbert entrou logo na sua barcaça, e a corrida entre as duas equipagens recomeçou com renovada perseverança.

Ao ver o que viu, Fouquet se sentiu ameaçado de perto e disse com voz baixa e profética:

— Muito bem, Gourville, o que foi que eu disse na nossa última refeição em minha casa? Estou ou não estou indo para a minha ruína?

— Ah, meu senhor!

Emulação > competição exacerbada, rivalidade.

— Esses dois barcos que se seguem com tanta emulação, como se disputássemos, o senhor Colbert e eu, um prêmio de velocidade no Loire, não representam bem as nossas duas sortes? E você não acha, Gourville, que um de nós dois naufragará em Nantes?

— Pelo menos — objetou Gourville — ainda não há certeza; o senhor aparecerá nos Estados, mostrará que homem o senhor é; a sua eloquência e o seu gênio nos negócios são o escudo e a espada que lhe servirão para se defender, se não para vencer. Os bretões não o conhecem, e, quando o conhecerem, a sua causa terá vencido. Ah, que o senhor Colbert se cuide, pois a barcaça dele está tão exposta a afundar quanto a do senhor. As duas vão depressa, a dele mais que a sua, é verdade; veremos qual delas chegará primeiro ao naufrágio.

Fouquet pegou na mão de Gourville.

— Amigo — disse ele —, tudo está julgado; lembre-se do provérbio: "Os primeiros vão na frente". Pois bem: Colbert cuida de não me ultrapassar. É um homem prudente esse Colbert.

Ele tinha razão: as duas barcaças remaram até Nantes, vigiando-se mutuamente. Quando o superintendente abordou, Gourville esperou que ele pudesse procurar imediatamente o seu refúgio e mandar preparar mudas. Mas, ao desembarcar, a segunda barcaça juntou-se à primeira e Colbert, então, se aproximou de Fouquet e o saudou no cais com as marcas do mais profundo respeito.

Marcas tão significativas, tão estrepitosas, que tiveram como resultado fazer acorrer um grande número de pessoas a Fosse.

Fouquet estava completamente senhor de si. Sentia que nos últimos momentos de grandeza tinha obrigações em relação aos inimigos.

Colbert estava ali; tanto pior para Colbert.

Assim, o superintendente, aproximando-se dele, respondeu com aquele piscar de olhos arrogante que lhe era peculiar:

— Ora!, é o senhor, senhor Colbert?

— Para lhe prestar as minhas homenagens, senhor — disse ele.

— O senhor estava nessa barcaça?

Ele apontou para a famosa barca de doze remadores.

— Sim, meu senhor.

— Com doze remadores! — disse Fouquet. — Que luxo, senhor Colbert! Houve um momento em que achei que seria a rainha-mãe ou o rei.

— Meu senhor...

E Colbert enrubesceu.

Estrepitoso > barulhento, com ostentação.

É um cais na cidade de Nantes — **Quai La Fosse** —, um lugar onde pessoas e mercadorias embarcam e desembarcam do rio Loire.

— Essa viagem vai custar caro para quem a paga, senhor intendente — disse Fouquet. — Mas, enfim, o senhor chegou. Veja bem — acrescentou ele um momento depois — que eu, com apenas oito remadores, cheguei antes do senhor.

E ele lhe deu as costas, deixando-o sem saber de fato se todas as tergiversações da segunda barcaça tinham escapado à primeira.

Pelo menos não lhe deu a satisfação de mostrar que sentira medo.

Colbert, tão deploravelmente atingido, não desanimou, e respondeu:

— Eu não fui veloz, meu senhor, porque parava toda vez que o senhor parava.

— Mas isso por quê, senhor Colbert? — exclamou Fouquet, irritado com a audácia vergonhosa. — Por que, com uma equipagem superior à minha, o senhor não emparelhou conosco ou não nos ultrapassou?

— Por respeito — disse o intendente, que fez uma reverência até o chão.

Fouquet montou numa carruagem, que a cidade lhe enviara não se sabe por que nem como, e foi até a Casa de Nantes, escoltado por uma grande multidão que desde vários dias fervia de expectativa pela convocação dos Estados.

Mal tinha se instalado e Gourville saiu para mandar preparar os cavalos na estrada de Poitiers e de Vannes, e um barco em Paimbœuf.

Executou com tanto mistério, atividade e generosidade essas diversas operações que Fouquet, então sofrendo o seu acesso de febre, nunca esteve tão perto da salvação, não fosse a cooperação deste enorme agitador dos projetos humanos: o acaso.

Espalhou-se na cidade o boato de que o rei vinha a toda a velocidade dos cavalos de posta, e que chegaria dentro de dez a doze horas.

O povo, esperando o rei, alegrava-se muito em ver os mosqueteiros, que acabavam de chegar com o senhor D'Artagnan, seu capitão, e já estavam aquartelados no castelo, onde ocupavam todos os lugares na qualidade de guarda de honra.

Tergiversação > rodeio, desconversa, enrolação.

Maison de Nantes em francês, a **Casa de Nantes** era uma residência temporária dos reis.

Paimbœuf é uma cidade a cerca de 50 quilômetros a oeste de Nantes, já ali nas beiras do encontro do rio Loire com o oceano Atlântico.

O senhor D'Artagnan, que era muito polido, apresentou-se por volta das dez horas na casa do superintendente para lhe prestar suas homenagens respeitosas, e, mesmo estando o ministro com febre, mesmo sofrendo e molhado de suor, ele quis receber o capitão dos mosqueteiros, que se encantou com essa honra, como veremos pela conversa que os dois tiveram.

CONSELHOS DE AMIGO

FOUQUET ESTAVA DEITADO, como um homem que se apega à vida e economiza ao máximo o fino tecido da existência, do qual os choques e os ângulos deste mundo gastam tão rapidamente a irreparável tenuidade.

D'Artagnan apareceu na soleira da porta do quarto e foi saudado pelo superintendente de maneira muito afável.

— Bom dia, meu senhor — respondeu o mosqueteiro —, como está depois dessa viagem?

— Muito bem, obrigado.

— E a febre?

— Muito mal. Eu bebo, como o senhor vê. Mal cheguei e já impus a Nantes uma contribuição de tisana.

— Antes de mais nada é preciso dormir, senhor.

— Ah, diabo! Onde está o senhor D'Artagnan, eu dormiria bem mais satisfeito...

— Quem o impede?

— Em primeiro lugar, o senhor.

— Eu! Ah, meu senhor!...

— Sem dúvida. Em Nantes, como em Paris, o senhor não vem em nome do rei?

— Por Deus, meu senhor — replicou o capitão —, deixe o rei em paz! No dia em que vier da parte do rei para isso que o senhor quer me dizer, tenha a minha palavra, eu lhe prometo não fazê-lo padecer. O senhor me verá pôr a mão na espada, segundo a ordem recebida, e me ouvirá dizer

---

Tenuidade > delicadeza, suavidade, fragilidade.

É o que a gente, no dia a dia, chama de chá. Mas tecnicamente há uma diferença entre os dois termos. Na **tisana**, a gente mergulha cascas (canela, por exemplo), sementes/especiarias (ex.: erva-doce), frutas (ex.: framboesa), raízes (ex.: gengibre) ou folhas (ex.: hortelã) em água quente e depois bebe aquela água com o sabor emprestado do ingrediente. Já o chá usa o mesmo truque da água quente pra roubar o gostinho de um pedaço de uma planta chamada *Camellia sinensis* — embora popularmente se costume chamar qualquer tisana de chá também.

com a minha voz de cerimônia: "Senhor, em nome do rei, eu o prendo!".

Fouquet estremeceu sem querer, de tal forma o sotaque do espirituoso gascão havia sido natural e vigoroso. A representação do fato era quase tão aterrorizante quanto o próprio fato.

— O senhor me promete essa franqueza? — disse o superintendente.

— Palavra de honra! Mas não é o caso agora, acredite.

— O que o faz pensar assim, senhor D'Artagnan? Quanto a mim, eu acho o contrário.

— Não ouvi falar de nada disso — replicou D'Artagnan.

— Ah! — disse Fouquet.

— Mas, não, o senhor é um homem agradável, apesar da febre. O rei não pode, não deve se impedir de amá-lo do fundo do coração.

Fouquet fez uma careta.

— Mas e o senhor Colbert? — disse ele. — O senhor Colbert gosta de mim tanto quanto o senhor diz?

— Não digo nada sobre o senhor Colbert — tornou D'Artagnan. — É um homem excepcional, esse! Não gosta do senhor, é possível, mas, pelas barbas de Deus, o esquilo pode se defender da víbora, por mais que a tema.

— O senhor sabe que me fala como amigo — replicou Fouquet — e que, juro pela minha vida, eu nunca encontrei um homem com a sua mente e o seu coração?

— Muito gentil da sua parte — disse D'Artagnan. — O senhor esperou até hoje para me fazer um cumprimento como esse!

— Somos uns cegos! — murmurou Fouquet.

— O senhor está ficando rouco — disse D'Artagnan. — Beba, senhor, beba.

E, com a mais cordial amizade, lhe ofereceu uma taça de tisana. Fouquet pegou a taça e lhe agradeceu com um sorriso amável.

— Essas coisas só acontecem comigo — disse o mosqueteiro. — Passei dez anos sob as suas barbas quando o senhor contava o ouro por toneladas e todo ano tinha quatro milhões de pensão; o senhor nunca me observou. E acontece que o senhor percebe que eu estou no mundo precisamente no momento...

— ... em que eu vou cair — interrompeu Fouquet. — É verdade, caro senhor D'Artagnan.

— Não estou dizendo isso.

— Mas está pensando, o que dá no mesmo. Muito bem!, se eu cair, saiba que digo a verdade, não haverá um dia em que eu não vá dizer batendo na testa: "Idiota!, idiota!, estúpido mortal, você tinha D'Artagnan à mão e não se serviu dele! E você não o enriqueceu!"

— O senhor me honra — disse o capitão. — Gosto muito do senhor.

— Mais um homem que não pensa como o senhor Colbert — disse o superintendente.

— Esse Colbert amarga a sua vida! É pior que a febre!

— Ah, eu tenho as minhas razões — disse Fouquet. — Julgue-as.

E ele lhe contou os detalhes da corrida das barcaças, com a hipócrita perseguição de Colbert.

— Não é o maior sinal da minha ruína?

D'Artagnan ficou sério.

— Tem razão — disse ele. — Sim, isso cheira mal, como dizia o senhor de Tréville.

E fixou em Fouquet o seu olhar inteligente e significativo.

— Não é verdade, capitão, que eu estou bem marcado? Não é verdade que o rei me manda a Nantes para me isolar de Paris, onde eu tenho tantas crias, e para tomar Belle-Île?

— Onde está o senhor D'Herblay — acrescentou D'Artagnan.

Fouquet ergueu a cabeça.

— Quanto a mim, meu senhor — prosseguiu D'Artagnan —, posso lhe garantir que o rei não me disse nada contra o senhor.

— Verdade?

— O rei me ordenou partir para Nantes, é verdade; e não falar nada para o senhor de Gesvres.

— Meu amigo.

— Para o senhor de Gesvres, seu amigo, sim, meu senhor — continuou o mosqueteiro, cujos olhos não cessavam de falar uma linguagem oposta à linguagem dos lábios. — O rei também ordenou que eu trouxesse uma brigada de mosqueteiros, o que me parece supérfluo, pois o país está em calma.

— Uma brigada? — exclamou Fouquet soerguendo-se com o cotovelo.

— Noventa e seis cavaleiros, sim, meu senhor, o mesmo número que levamos para prender os senhores de Chalais, de Cinq-Mars e Montmorency.

Fouquet apurou o ouvido ao escutar essas palavras, pronunciadas sem valor aparente.

— E então? — indagou ele.

— E depois outras ordens insignificantes, como por exemplo: guardar o palácio, guardar todos os alojamentos, não deixar ficar de sentinela nenhum guarda do senhor de Gesvres... do senhor de Gesvres, seu amigo.

— E, quanto a mim — exclamou Fouquet —, quais são as ordens?

— Para o senhor, meu senhor, nem uma única palavrinha.

— Senhor D'Artagnan... trata-se de salvar a minha honra e talvez a minha vida. O senhor não me enganaria, não é mesmo?

— Eu?!... e para quê? O senhor está ameaçado? É verdade que há, sim, uma ordem referente às carruagens e aos barcos...

— Uma ordem?

— Sim, mas que não tem relação com o senhor. É uma simples medida de polícia.

— Que ordem, capitão, que ordem?

— Impedir que algum cavalo ou barco saia de Nantes sem salvo-conduto assinado pelo rei.

— Meu Deus! Mas...

— Isso só valerá depois da chegada do rei a Nantes. Assim, como o senhor pode ver, meu senhor, a ordem não lhe diz respeito.

Fouquet ficou pensativo, e D'Artagnan fingiu não ter notado a sua preocupação.

Salvo-conduto é um documento que autoriza uma pessoa a transitar livre, leve e solta, com a garantia de que não será presa por conta das suas idas ou vindas.

— Para que eu lhe confie assim o teor das ordens que me deram, é preciso que eu goste do senhor e que eu faça questão de lhe provar que nenhuma delas é dirigida contra o senhor.

— Sem dúvida — disse Fouquet, distraído.

— Recapitulemos — tornou o capitão, com o olhar carregado de insistência. — Guarda especial e severa no castelo em que o senhor está instalado, não é mesmo?... O senhor conhece esse castelo?... Ah, meu senhor, é uma verdadeira prisão! Ausência total do senhor de Gesvres, que tem a honra de ser seu amigo. Fechamento dos portões da cidade e do rio, a não ser que se apresente um salvo-conduto, mas somente quando o rei tiver chegado. Sabe, senhor Fouquet, que, se ao falar para um homem como o senhor, que está entre os principais do reino, eu estivesse falando com a consciência perturbada, inquieta, me comprometeria para sempre? Que boa ocasião para alguém que quisesse ficar livre! Sem polícia, sem guardas, sem ordens; o rio livre, a estrada franqueada, o senhor D'Artagnan obrigado a emprestar seus cavalos se lhe pedirem! Tudo isso deve tranquilizá-lo, senhor Fouquet, pois o rei não teria me deixado tão independente se estivesse com maus desígnios. Na verdade, senhor Fouquet, peça-me tudo o que poderá lhe ser agradável: estou à sua disposição; e somente, se o senhor não se opuser, me faça um favor: transmita as minhas saudações a Aramis e a Porthos, caso vá embarcar para Belle-Île, já que tem o direito de fazê-lo, agorinha mesmo, imediatamente, em *robe de chambre*, como o senhor está.

Depois dessas palavras, e com uma profunda reverência, o mosqueteiro, cujos olhares não tinham absolutamente perdido a sua benevolência inteligente, saiu do aposento e desapareceu.

Ele não estava ainda nos degraus do vestíbulo, quando Fouquet, fora de si, alcançou a campainha e gritou:

— Meus cavalos! Minha barcaça!

Interessante o uso da palavra **franqueada** aqui. Os francos eram um povo que habitava o que é hoje a Alemanha, mas que, durante um período da Idade Média, esteve no topo do poder na França e que, no final das contas, deu seu nome ao país. Os francos acabaram se misturando com os gauleses e romanos que também moravam ali, e o nome foi deixando de se referir a um grupo étnico, passando a significar qualquer homem daquelas quebradas que não fosse escravo nem servo. Ou seja, o termo "franco" virou sinônimo de liberado, livre. Daí vem, por exemplo, a zona franca de Manaus, onde a indústria está liberada de certos impostos.

Ninguém respondeu.

O superintendente se muniu de tudo o que encontrou ao alcance da mão.

— Gourville!... Gourville!... — gritou ele colocando o relógio no bolso.

E a sineta soou novamente, enquanto Fouquet repetia:

— Gourville!... Gourville!...

Gourville apareceu, ofegante, pálido.

— Vamos partir!, vamos partir! — exclamou o superintendente assim que o viu.

— Tarde demais! — disse o amigo do pobre Fouquet.

— Tarde demais? Por quê?

— Ouça.

Ouviram-se as trombetas e um barulho de tambores diante do castelo.

— O que é, Gourville?

— O rei chegando, meu senhor.

— O rei!

— O rei, que queimou etapas e mais etapas; o rei, que rebentou cavalos e chegou oito horas antes do seu cálculo.

— Estamos perdidos! — murmurou Fouquet. — Valoroso D'Artagnan, você me avisou tarde demais.

De fato, o rei chegava à cidade. Logo se ouviu o canhão da muralha e o de um navio, que respondeu mais abaixo no rio.

Fouquet cerrou as sobrancelhas, chamou seus criados de quarto e se vestiu com roupas de cerimônia.

Da sua janela, atrás das cortinas, ele viu a agitação das pessoas e o movimento de uma grande tropa que tinha seguido o príncipe sem que se pudesse saber como.

O rei foi conduzido ao castelo em grande pompa, e Fouquet o viu pisar na grade do portão abaixado e falar ao pé do ouvido de D'Artagnan, que segurava o estribo.

Assim que o rei passou sob a abóbada da entrada, D'Artagnan se dirigiu aos aposentos de Fouquet, mas fez isso tão lentamente, tão lentamente, parando várias vezes para falar com os seus mosqueteiros, dispostos como uma cerca, que parecia contar os segundos ou os passos antes de transmitir a sua mensagem.

Fouquet abriu a janela para lhe falar no pátio.

— Ah! — gritou D'Artagnan ao vê-lo —, o senhor ainda está em casa?

E esse "ainda" terminou de provar a Fouquet quantos ensinamentos e conselhos úteis encerrara a primeira visita do mosqueteiro.

O superintendente limitou-se a suspirar.

— Meu Deus, sim, senhor — respondeu ele —, a chegada do rei me interrompeu nos projetos que eu tinha.

— Ah, o senhor está sabendo que o rei acabou de chegar?

— Eu o vi, sim; desta vez o senhor vem em nome dele?

— Saber notícias suas, meu senhor, e, se a sua saúde não estiver muito ruim, lhe pedir que vá se apresentar ao rei.

— Imediatamente, senhor D'Artagnan, imediatamente.

— Ora! — disse o capitão —, com a chegada do rei não há mais passeios para ninguém, não há mais livre-arbítrio. As instruções valem tanto para mim quanto para o senhor.

Fouquet suspirou uma última vez, montou na carruagem, pois estava muito fraco, e se dirigiu aos aposentos reais, escoltado por D'Artagnan, cuja polidez era agora aterrorizante na mesma medida em que no passado fora consoladora e alegre.

COMO O REI LUÍS XIV REPRESENTOU SEU PEQUENO PAPEL

ENQUANTO FOUQUET DESCIA da carruagem para entrar, um homem do povo se aproximou dele com mostras de grande respeito e lhe entregou uma carta.

D'Artagnan quis impedir o homem de falar com Fouquet e o afastou, mas a mensagem já fora entregue ao superintendente. Fouquet abriu o envelope e leu a carta; nesse momento, um vago temor — que não escapou a D'Artagnan — desenhou-se no rosto do primeiro-ministro.

Fouquet pôs o papel na carteira que tinha sob o braço e continuou o caminho em direção aos aposentos do rei.

Enquanto subia atrás de Fouquet, D'Artagnan viu, pelas janelinhas que havia em cada patamar da escada do torreão, o homem da carta olhar em torno de si na praça e fazer sinais a muitas pessoas que então desapareciam nas ruas próximas, mas não antes de terem, por sua vez, repetido aqueles mesmos sinais feitos pela pessoa que indicamos.

Fizeram Fouquet esperar um momento naquele terraço de que falamos, que terminava no pequeno corredor além do qual tinham instalado o gabinete do rei.

D'Artagnan passou à frente do superintendente, que até aquele momento ele tinha acompanhado respeitosamente, e entrou no gabinete real.

— E então? — perguntou-lhe Luís XIV, que, ao percebê-lo, jogou sobre a mesa coberta de papéis um grande tecido verde.

— A ordem foi executada, Sire.

— E Fouquet?

— O senhor superintendente me segue — replicou D'Artagnan.

— Dentro de dez minutos, ele será apresentado aqui, a mim — disse o rei dispensando D'Artagnan com um gesto.

D'Artagnan saiu e, mal havia chegado ao corredor em cuja extremidade Fouquet o esperava, foi chamado pela sineta do rei.

— Ele não pareceu assustado? — indagou o rei.

— Quem, Sire?

— *Fouquet* — repetiu o rei sem dizer "senhor", particularidade que confirmou as suspeitas do capitão dos mosqueteiros.

— Não, Sire — replicou ele.

— Certo.

E, pela segunda vez, Luís despachou D'Artagnan.

Fouquet não havia saído do terraço onde fora deixado pelo seu guia. Estava lendo o bilhete, assim concebido:

> Algo está sendo tramado contra o senhor. Talvez não ousem agir no castelo; seria na sua volta para casa. O alojamento já está cercado pelos mosqueteiros. Não entre lá; um cavalo branco o espera atrás da esplanada.

Fouquet havia reconhecido a letra e o zelo de Gourville. Para evitar que, caso lhe acontecesse alguma infelicidade, o bilhete pudesse comprometer um amigo fiel, o superintendente o rasgou em mil pedacinhos espalhados ao vento sobre o balaústre do terraço.

D'Artagnan o surpreendeu olhando os últimos papeizinhos esvoaçarem no espaço.

— Senhor — disse ele —, o rei o espera.

Fouquet caminhou com passo decidido no pequeno corredor onde trabalhavam os senhores de Brienne e Rose, enquanto o duque de Saint-Aignan, sentado numa cadeirinha, também no corredor, parecia esperar ordens e, impacientemente, fazia dançar sua espada entre as pernas.

Fouquet estranhou o fato de os senhores de Brienne, Rose e de Saint-Aignan, que normalmente lhe eram tão atentos, tão obsequiosos, mal terem reagido à sua presença quando ele passou. Mas aquele a que o rei chamava apenas de Fouquet não poderia esperar encontrar outra recepção entre cortesãos.

Ele ergueu a cabeça e, resolvido a encarar tudo, entrou nos aposentos do rei depois que uma sineta conhecida o anunciou a Sua Majestade.

O rei, sem se levantar, fez-lhe um sinal com a cabeça e disse, com interesse:

— Ah, como vai, senhor Fouquet?

— Estou no meu acesso de febre — replicou o superintendente —, mas a serviço do rei.

— Bem, os Estados se reúnem amanhã. O senhor tem um discurso pronto?

Fouquet olhou espantado para o rei.

— Não tenho, Sire — disse ele —, mas improvisarei um. Conheço os negócios suficientemente a fundo para não ficar embaraçado. Tenho apenas uma pergunta; Vossa Majestade me permite fazê-la?

— Faça.

— Por que Vossa Majestade não deu ao seu primeiro-ministro a honra de avisá-lo em Paris?

— O senhor estava doente; não quero cansá-lo.

— Jamais um trabalho, jamais uma explicação me cansa, Sire, e, já que tenho a oportunidade de pedir ao meu rei uma explicação...

— Ah, senhor Fouquet, uma explicação sobre o quê?

— Sobre as intenções de Vossa Majestade em relação a mim.

O rei ficou vermelho.

— Eu fui caluniado — tornou rapidamente Fouquet —, e devo sugerir à justiça do rei que investigue.

— O senhor me diz isso muito inutilmente, senhor Fouquet: eu sei o que eu sei.

— Vossa Majestade só pode saber as coisas que lhe disseram, e eu não lhe disse nada, eu mesmo, ao passo que outros falaram muitas e muitas vezes...

— O que o senhor quer dizer? — aparteou o rei, impaciente por encerrar aquela conversa constrangedora.

— Vou direto ao ponto, Sire, e acuso um homem de me prejudicar junto a Vossa Majestade.

— Ninguém o prejudica, senhor Fouquet.

— Essa resposta, Sire, me prova que eu tinha razão.

— Senhor Fouquet, eu não gosto de acusações.

— Quando se é acusado!...

— Já falamos demais sobre essa questão.

— Vossa Majestade não quer que eu me justifique?

— Repito: eu não o acuso.

Fouquet deu um passo atrás fazendo uma meia saudação.

"É claro que ele tomou partido", pensou Fouquet. "Somente quem não pode retroceder se mostra tão obstinado. Não ver o perigo neste momento seria ser cego; não evitá-lo seria ser estúpido."

Ele voltou a falar:

— Vossa Majestade me chamou por causa de um trabalho?

— Não, senhor Fouquet, por causa de um conselho que eu quero lhe dar.

— Estou esperando respeitosamente, Sire.

— Descanse, senhor Fouquet; não prodigalize as suas forças; a sessão dos Estados será breve, e, quando os meus secretários a tiverem encerrado, eu não quero que se fale de negócios durante quinze dias na França.

— O rei não tem nada a me dizer sobre essa assembleia dos Estados?

— Não, senhor Fouquet.

— A mim, superintendente das Finanças?

— Descanse, eu lhe peço. É só isso que eu tenho a lhe dizer.

Fouquet mordeu o lábio e baixou a cabeça. Estava evidentemente ruminando algum pensamento inquieto.

Essa inquietação chegou ao rei.

— O senhor está aborrecido por ter de descansar, senhor Fouquet? — disse ele.

— Vossa Majestade me falou sobre um discurso que devo fazer amanhã.

O rei não respondeu. A pergunta brusca o desconcertara.

Fouquet sentiu o peso daquela hesitação. Pensou ter lido nos olhos do jovem príncipe um perigo que precipitaria a sua suspeita.

"Se parecer que eu tenho medo", pensou ele, "eu estou perdido."

O rei, de seu lado, só se inquietava por causa dessa suspeita de Fouquet. "Ele farejou alguma coisa", pensou ele.

"Se a sua primeira palavra é dura", pensou Fouquet, "se ele se irrita ou finge se irritar para ter um pretexto, como vou sair disso? Vamos suavizar o declive; Gourville tinha razão."

— Sire — disse ele de repente —, já que a bondade do rei zela pela minha saúde a ponto de me dispensar de qualquer trabalho, eu não poderia estar liberado do conselho amanhã? Eu passaria o dia na cama e pediria ao rei que me cedesse o seu médico para tentar um remédio contra essas malditas febres.

— Que seja como o senhor deseja, senhor Fouquet. O senhor terá uma licença amanhã, terá o médico, terá a saúde.

— Obrigado — disse Fouquet inclinando-se.

Depois, decidindo-se:

— Eu não terei — disse ele — a felicidade de levar o rei a Belle-Île, a minha casa?

E encarou Luís para observar o efeito da sua proposta.

O rei enrubesceu novamente.

— O senhor sabe — replicou ele tentando sorrir — que acabou de dizer: "A Belle-Île, a minha casa".

— É verdade, Sire.

— Muito bem! O senhor não se lembra mais — continuou o rei no mesmo tom jovial — de que me deu Belle-Île?

— É verdade, Sire. Só que, como o senhor não tomou posse dela, pode fazer isso agora.

— Eu gostaria muito.

— Por sinal que essa era a intenção de Vossa Majestade, assim como a minha, e eu não saberia dizer a Vossa Majestade quanto ficaria feliz e orgulhoso de ver toda a casa militar do rei chegar de Paris para a tomada de posse.

O rei balbuciou que não tinha trazido seus mosqueteiros só para isso.

— Ah, de fato — disse vivamente Fouquet. — Mas Vossa Majestade sabe perfeitamente que lhe basta chegar sozinho, com um bastão na mão, para fazer caírem todas as fortificações de Belle-Île.

— Diabo! — exclamou o rei —, eu não quero que elas caiam, aquelas belas fortificações que tão caro custaram. Não! Que elas continuem lá, contra os holandeses e os ingleses. O que eu quero ver em Belle-Île, o senhor não adivinhará, senhor Fouquet, são as belas camponesas, moças e mulheres dos campos ou das praias, que dançam muito bem e são muito sedutoras, com suas saias escarlate. Elas me foram bastante exaltadas pelos seus vassalos, senhor superintendente. Faça que eu as veja.

— Quando Vossa Majestade quiser.

— O senhor tem algum meio de transporte? Poderia ser amanhã, se o senhor quiser.

O superintendente sentiu o golpe, que não era hábil, e respondeu:

— Não, Sire. Eu ignorava o desejo de Vossa Majestade, ignorava sobretudo a sua pressa em ver Belle-Île, e não me preparei para isso.

— O senhor não tem um barco?

— Tenho cinco, mas estão todos no porto, em Paimbœuf, e para ir até eles ou para fazê-los vir até aqui são necessárias pelo menos vinte e quatro horas. Devo pedir um correio? Preciso fazer isso?

— Espere. Deixe a febre passar. Espere até amanhã.

— É verdade. Quem sabe se amanhã não teremos outras mil ideias? — replicou Fouquet, já sem nenhuma dúvida e muito pálido.

O rei estremeceu e estendeu a mão para a sineta, mas Fouquet antecipou-se a ele:

— Sire — disse ele —, estou com a febre; tremo de frio. Se permanecer aqui mais um pouco, sou capaz de me desfazer. Peço a Vossa Majestade permissão de ir para ficar debaixo das cobertas.

— É verdade, o senhor está tiritando. Fico aflito de ver. Vá, senhor Fouquet, vá! Depois mando saber notícias do senhor.

A vassalagem era aquela relação pesada entre nobres (os senhores) e servos ou **vassalos** (os trabalhadores). Os vassalos eram muito explorados.

— Vossa Majestade me honra. Dentro de uma hora, já estarei melhor.

— Quero que alguém o leve — disse o rei.

— Como quiser, Sire. De bom grado eu darei o braço a alguém.

— Senhor D'Artagnan! — gritou o rei, ao mesmo tempo em que fazia soar a sua sineta.

— Ah, senhor — interrompeu Fouquet, rindo com uma expressão que enregelou o príncipe —, o senhor me cede um capitão dos mosqueteiros para me levar ao meu alojamento? Essa é uma honra muito equivocada, Sire! Um simples lacaio, eu lhe peço.

— E por quê, senhor Fouquet? O senhor D'Artagnan me conduz bem!

— Sim, mas quando ele o conduz, Sire, é para obedecer-lhe, ao passo que comigo...

— Então?

— Comigo, se preciso voltar para casa com o seu chefe dos mosqueteiros, todos dirão que o senhor está me prendendo.

— Prendendo! — repetiu o rei, que ficou mais pálido que o próprio Fouquet. — Prendendo! Ah!

— Ah!, o que não dizem! — prosseguiu Fouquet, sempre rindo —, e eu aposto que se encontrariam pessoas suficientemente maldosas para rir disso.

Essa investida desconcertou o monarca. Fouquet foi hábil o bastante ou feliz o suficiente para fazer Luís XIV recuar diante da aparência do fato que ele meditava.

Quando apareceu, o senhor D'Artagnan recebeu a ordem de designar um mosqueteiro para acompanhar o superintendente.

— É inútil — disse Fouquet, respondendo à ordem. — Espada por espada, eu prefiro Gourville, que está me esperando lá embaixo. Mas isso não me impedirá de desfrutar a companhia do senhor D'Artagnan. Agrada-me muito que ele veja Belle-Île, ele, que é um grande conhecedor de fortificações.

D'Artagnan se inclinou, sem entender absolutamente a cena.

Fouquet fez outra saudação e saiu, afetando a lentidão de um homem que passeia.

Assim que deixou o castelo, disse para si próprio, aliviado: "Estou salvo! Ah, sim, você verá Belle-Île, rei desleal, mas quando eu não estiver mais lá".

E desapareceu.

D'Artagnan ficou com o rei.

— Capitão — disse-lhe Sua Majestade —, o senhor vai seguir o senhor Fouquet a uma distância de cem passos.

— Sim, Sire.

— Ele voltou para casa. O senhor irá para a casa dele.

— Sim, Sire.

— O senhor o prenderá em meu nome e o fechará numa carruagem.

— Numa carruagem. Certo.

— De tal modo que no caminho ele não poderá conversar com ninguém nem atirar bilhetes às pessoas que encontrar.

— Ah, isso é difícil, Sire.

— Não.

— Perdão, Sire; eu não posso asfixiar o senhor Fouquet; se ele pede para respirar, não posso impedi-lo de respirar fechando vidros e venezianas. Ele lançará pelas portinholas todos os gritos e bilhetes possíveis.

— Isso foi previsto, senhor D'Artagnan; uma carruagem com treliças impedirá os dois inconvenientes que o senhor mencionou.

— Uma carruagem com treliças de ferro! — exclamou D'Artagnan. — Mas não se faz uma treliça de ferro para carruagem em meia hora, e Vossa Majestade está me recomendando toda a pressa para ir à casa do senhor Fouquet.

— A carruagem em questão está pronta.

— Ah, então é diferente — disse o capitão. — Se a carruagem está pronta, muito bem, só é preciso fazê-la andar.

— Ela está atrelada.

— Ah!

— E o cocheiro, com os batedores, está esperando no pátio baixo do castelo.

D'Artagnan se inclinou.

— Só me resta — acrescentou ele — perguntar ao rei para onde o senhor Fouquet será conduzido.

— Para o castelo de Angers, inicialmente.

— Muito bem.

— Depois de lá, veremos.

— Sim, Sire.

— Senhor D'Artagnan, uma última palavra: o senhor observou que para fazer essa prisão de Fouquet eu não uso os meus guardas, o que deixará o senhor de Gesvres furioso.

— Vossa Majestade não usa os seus guardas — disse o capitão, um pouco humilhado — porque desconfia do senhor de Gesvres. É isso.

— Isso significa que eu tenho confiança no senhor.

— Eu sei, Sire, não é preciso me dizer isso.

— É apenas para chegar a isto, senhor: a partir deste momento, se por acaso, por algum azar, o senhor Fouquet escapar... já vimos azares assim, senhor...

— Ah, Sire, com muita frequência; mas para os outros, não para mim.

— Por que não para o senhor?

— Porque eu, Sire, eu quis por um instante salvar o senhor Fouquet.

O rei estremeceu.

— Porque — continuou o capitão — eu tinha direito, uma vez que descobri o plano de Vossa Majestade sem que Vossa Majestade tivesse me falado dele, e tomei-me de interesse pelo senhor Fouquet. Ora, eu não era livre para testemunhar o meu interesse a esse homem?

— Na verdade, o senhor não me deixa nada tranquilo quanto aos seus serviços.

— Se o tivesse salvo então, eu estaria perfeitamente inocente. E digo mais: teria agido bem, pois o senhor Fouquet não é um homem mau. Mas ele não quis, o seu destino o arrastou; ele deixou escapar a hora da liberdade. Tanto pior. Agora eu tenho ordens, vou obedecer a essas ordens, e, quanto ao senhor Fouquet, pode considerá-lo um homem preso. Ele está no castelo de Angers, o senhor Fouquet.

— Ah, o senhor ainda não o tem, capitão.

Esse **castelo** fica na cidade de **Angers**, 90 quilômetros a leste de Nantes.

— Isso é comigo; a cada um o seu ofício, Sire. Somente, mais uma vez, reflita. O senhor dá mesmo a ordem de prender o senhor Fouquet, Sire?

— Sim, mil vezes sim!

— Então escreva.

— Eis a ordem escrita.

D'Artagnan a leu, fez uma saudação e saiu.

Do alto do terraço, ele viu Gourville passando com expressão alegre e dirigindo-se à casa do senhor Fouquet.

O CAVALO BRANCO E O CAVALO NEGRO

"**QUE COISA SURPREENDENTE**", pensou o capitão. "Gourville muito alegre e correndo pelas ruas, quando é quase certo que o senhor Fouquet está em perigo; quando é quase certo que foi Gourville que avisou o senhor Fouquet pelo bilhete agora há pouco, o bilhete que foi rasgado em mil pedacinhos no terraço e deixado ao sabor do vento pelo senhor superintendente.

"Gourville esfrega as mãos; isso significa que ele acabou de fazer alguma coisa muito inteligente. De onde está vindo Gourville?

"Gourville vem da Rue aux Herbes. Aonde leva essa rua?"

E D'Artagnan seguiu sobre o alto das casas de Nantes, dominadas pelo castelo, a linha traçada pelas ruas, como teria feito com um plano topográfico, só que, em lugar de papel morto e chato, vazio e deserto, o mapa vivo se erguia em relevo com os movimentos, os gritos e as sombras dos homens e das coisas.

Para além da linha da muralha, as grandes planícies verdejantes se estendiam margeando o Loire e pareciam correr em direção ao horizonte púrpura que o azul da água e o verde-escuro dos pântanos sulcavam.

Imediatamente depois das portas de Nantes, dois caminhos brancos subiam afastando-se como os dedos abertos de uma gigantesca mão.

D'Artagnan, que ao atravessar o terraço tinha abrangido com uma olhadela todo o panorama, foi conduzido pela linha da Rue aux Herbes ao final de um desses caminhos que nascia sob a porta de Nantes.

Mais um passo, e ele iria descer a escada do terraço para entrar no torreão a fim de pegar a sua carruagem de treliças e ir para a casa de Fouquet.

Mas quis o acaso que, no momento de voltar a mergulhar na escada, ele fosse atraído por um ponto móvel que ganhava terreno naquela rota.

"O que é aquilo?", perguntou-se o mosqueteiro, "um cavalo correndo, um cavalo que sem dúvida fugiu; como ele voa!"

O ponto móvel se afastou da estrada e entrou nos campos de alfafa.

"Um cavalo branco", continuou o capitão, que acabara de ver a cor se destacar luminosa sobre um fundo escuro, "e está montado; é algum garoto cujo cavalo tem sede, e que o leva em diagonal para o tanque."

Essas reflexões, rápidas como o relâmpago, simultâneas com a percepção visual, D'Artagnan já as havia esquecido quando desceu os primeiros degraus da escada.

Alguns pedacinhos de papel juncavam os degraus, brilhando sobre a pedra escura.

"Ah, ah!", pensou o capitão, "são os fragmentos do bilhete rasgado pelo senhor Fouquet. Coitado!, ele deu o seu segredo ao vento; o vento não o quer mais e o leva para o rei. Decididamente, pobre Fouquet, você está brincando com a desgraça. A luta é desigual; a sorte está contra você. A estrela de Luís XIV obscurece a sua; a cobra é mais forte ou mais hábil que o esquilo."

Sempre descendo, D'Artagnan pegou no chão um dos pedaços de papel.

"A letrinha de Gourville", admirou-se ele examinando aquele fragmento do bilhete, "eu não estava enganado."

E leu a palavra: "cavalo".

"Ali!", disse ele, e examinou outro pedacinho, sobre o qual não havia nada escrito.

Num terceiro pedaço, ele leu a palavra "branco".

"Cavalo branco", repetiu ele, como uma criança soletrando.

"Ah, meu Deus!", exclamou a mente desconfiada, "cavalo branco!"

Juncar > estar espalhado em grande quantidade.

E, como o grão de pólvora que, queimando, dilata cem vezes o seu volume, D'Artagnan, inchado de ideias e de suspeitas, voltou a subir rapidamente até o terraço.

O cavalo branco ia disparado, sempre na direção do Loire, em cuja extremidade, fundida aos vapores da água, surgiu uma pequena vela que balançava como um átomo.

"Ah!", pensou o mosqueteiro, "somente um fugitivo pode correr tão veloz por terras cultivadas. Somente um Fouquet, um financista, é capaz de correr assim em pleno dia num cavalo branco. Somente o senhor de Belle-Île pode querer se salvar do lado do mar quando em terra há florestas tão fechadas. Somente um D'Artagnan, em todo o mundo, é capaz de pegar o senhor Fouquet, que tem dianteira de meia hora e não levará uma hora para alcançar o seu barco."

Dito isso, o mosqueteiro deu ordem para que rapidamente levassem num barco de madeira a carruagem com treliças de ferro até um matagal existente logo depois da cidade. Escolheu o seu melhor cavalo, saltou sobre o animal e correu pela Rue aux Herbes pegando não o caminho que Fouquet tinha percorrido, mas a margem do Loire, certo de ganhar dez minutos sobre o total do percurso e de alcançar na interseção das duas linhas o fugitivo, que acharia muito improvável uma perseguição por esse lado.

Na rapidez da corrida, e com a impaciência do perseguidor, animando-se na caça tanto como na guerra, D'Artagnan, tão gentil, tão bom para Fouquet, surpreendeu-se ao se perceber feroz e quase sanguinário.

Durante muito tempo, ele correu sem ver o cavalo branco; sua fúria assumia os matizes da raiva e ele duvidava de si próprio, supunha que Fouquet teria tomado um caminho subterrâneo ou trocado o cavalo branco por um dos seus famosos cavalos negros, rápidos como o vento, que ele, D'Artagnan, em Saint-Mandé, tantas vezes admirara, invejando a sua velocidade vigorosa.

Em momentos como aquele, quando o vento lhe fustigava os olhos, fazendo-os derramar lágrimas, quando a sela queimava, quando o cavalo ferido em carne viva urrava de dor e fazia voar sob as patas traseiras uma chuva de areia fina e

Na mitologia grega, Dédalo projetou o labirinto onde o rei Minos, de Creta, prendeu o Minotauro, criatura matadora com corpo de homem e cabeça de touro. Só que depois deu as dicas para o herói Teseu entrar lá, acabar com o bicho e sair na boa. Pê da vida, o Minos prendeu Dédalo e seu filho Ícaro. Então Dédalo fez umas asas de madeira e penas pros dois, que saíram de lá voando. Só que Ícaro quis voar alto: o sol queimou suas asas, e o garoto caiu morto no mar.

Sebe > cerca de arbustos, em geral com espinhos.

Brida é o conjunto de tiras de couro e a peça de metal colocada na boca do cavalo para servir de freio do bicho.

Secante é uma linha que corta outra. Aqui, é uma rota, uma estrada, um caminho que corta outro.

Tecnicamente falando, os cavalos têm quatro maneiras naturais (não ensinadas) de se deslocar, e que a gente coloca aqui na ordem do mais lento pro mais veloz: passo, **trote**, câncer (também chamado de galope macio ou meio galope) e, por último, galope — que algumas pessoas também chamam de galope pleno.

---

seixos, D'Artagnan, erguendo-se sobre o estribo e não vendo nada na água, nada sob as árvores, procurava no ar como um insano; ele perdia a razão. No paroxismo da sua avidez, imaginava caminhos aéreos, uma descoberta do século seguinte, lembrava-se de Dédalo e de suas grandes asas, que o tinham salvado das prisões de Creta.

Um suspiro rouco exalou dos seus lábios. Ele repetia, devorado pelo temor do ridículo:

"Eu! Eu!, enganado por um Gourville, eu!... Dirão que fiquei velho, dirão que recebi um milhão para deixar Fouquet fugir."

E enterrava as duas esporas no ventre do cavalo; tinha acabado de fazer uma légua em dois minutos. Subitamente, na extremidade de um pasto, atrás de sebes, viu uma forma branca, que se mostrou, desapareceu e permaneceu enfim visível num terreno mais elevado.

D'Artagnan estremeceu de alegria; sua mente logo se tranquilizou. Enxugou o suor que brotava na sua testa, relaxou os joelhos — livre dos quais o cavalo respirou mais profundamente — e, voltando a usar a brida, moderou a velocidade do vigoroso animal, seu cúmplice naquela caçada ao homem. Então, ele pôde estudar a forma da estrada e a sua própria posição em relação a Fouquet.

O superintendente tinha deixado esbaforido o seu cavalo branco, fazendo-o atravessar terras fofas. Sentiu a necessidade de ganhar um solo mais duro e se dirigiu à estrada pela secante mais curta.

D'Artagnan só precisava marchar diretamente sob o declive de uma falésia que se ocultava aos olhos do seu inimigo, de sorte que o cortaria quando da sua chegada à estrada. Ali começaria efetivamente a corrida, ali se estabeleceria a luta.

D'Artagnan fez seu cavalo respirar a plenos pulmões. Observou que o superintendente adotara o trote, ou seja, também ele deixava a montaria respirar.

Mas uma parte e a outra estavam apressadas demais para permanecer muito tempo naquela velocidade. O cavalo branco partiu como uma flecha quando tocou terreno mais resistente.

D'Artagnan abaixou a mão e o seu cavalo negro passou a galopar. Os dois seguiam a mesma estrada; os ecos quádruplos da corrida se confundiam; Fouquet ainda não tinha percebido D'Artagnan.

Porém, à saída do declive, um único eco feriu o ar: o dos passos do cavalo de D'Artagnan, que avançavam trovejando.

Fouquet se virou para trás e viu, a cem passos de distância, seu inimigo debruçado sobre o pescoço do corcel. Não havia dúvida, o talabarte reluzente, o capote vermelho: era um mosqueteiro. Fouquet também abaixou a mão, e o seu cavalo branco aumentou de vinte pés a distância entre o seu adversário e ele.

"Ah, mas Fouquet não está montando um cavalo comum, é preciso cuidado!", pensou, inquieto, D'Artagnan. E, atento, examinou com seu olho infalível a velocidade e os recursos do corcel.

Garupa redonda — cauda fina e empinada — pernas magras e secas como fios de aço — cascos mais duros que o mármore.

Ele esporeou o seu, mas a distância entre os dois permaneceu a mesma.

D'Artagnan escutou atentamente: não lhe chegava uma respiração de cavalo, e no entanto ele rompia o vento.

O cavalo negro, ao contrário, começou a dar arrancos como se estivesse num acesso de tosse.

"É preciso arrebentar o meu cavalo, mas chegar", pensou o mosqueteiro.

Ele começou a serrar a boca do pobre animal enquanto com as esporas fustigava a sua pele ensanguentada.

O cavalo, desesperado, ganhou vinte toesas, e Fouquet ficou à distância da pistola de D'Artagnan.

"Coragem", pensou o mosqueteiro, "coragem! O branco talvez enfraqueça e, se o cavalo não cai, o cavaleiro acabará caindo."

Toesa > medida antiga de comprimento que equivale a 1,949 metro. Então, 20 toesas dão aí quase 40 metros.

Mas cavalo e homem continuaram aprumados, unidos, ganhando vantagem pouco a pouco.

D'Artagnan deu um grito selvagem, que provocou um movimento de Fouquet, cuja montaria continuava animada.

— Cavalo famoso, cavaleiro enraivecido! — trovejou o capitão. — Alto! Pelas barbas de Deus, senhor Fouquet! Alto! Em nome do rei!

Fouquet não respondeu.

— O senhor está me ouvindo? — urrou D'Artagnan, cujo cavalo acabava de dar um passo em falso.

— Diabo! — replicou laconicamente Fouquet.

E continuou a correr.

D'Artagnan quase enlouqueceu. O sangue fervente lhe afluiu às têmporas, aos olhos.

— Em nome do rei! — gritou ele novamente. — Pare, ou eu o mato com um tiro de pistola.

— Faça isso — respondeu Fouquet sempre voando.

D'Artagnan tirou uma das suas pistolas e a armou, esperando que o barulho da pederneira faria seu inimigo parar.

— O senhor também tem pistolas — gritou ele —, defenda-se.

Fouquet de fato se voltou ao ouvir o barulho e, encarando D'Artagnan, abriu com a mão direita a casaca que cobria seu corpo; não tocou nas armas.

A distância entre eles era de vinte passos.

— Pelas barbas de Deus! — disse D'Artagnan —, eu não vou assassiná-lo. Se o senhor não quer atirar em mim, renda-se. O que é a prisão?

— Prefiro morrer — respondeu Fouquet. — Assim, sofrerei menos.

Exaltado pelo desespero, D'Artagnan jogou sua pistola na estrada.

— Vou prendê-lo vivo — disse ele, e, por um prodígio de que só esse incomparável cavaleiro era capaz, aproximou sua montaria até dez passos do cavalo branco e então estendeu a mão para agarrar a sua presa.

Lacônico > de modo breve, em poucas palavras.

Foi no século XVI que surgiu a primeira arma de fogo portátil: o mosquete. Só que ele pesava 10 quilos e o soldado precisava introduzir na boca do cano tanto o pavio quanto a bala. Logo depois, porém, fizeram uma espécie de mosquete em miniatura, que era a pistola. Ao mesmo tempo, foram aparecendo novidades na maneira de carregar a munição e disparar o tiro. No tempo deste enredo aqui, as armas usavam então um sistema conhecido como *platine à sîlex* (em português, mecanismo de **pederneira**), que ficou em uso por mais uns dois séculos.

— Vejamos, me mate! É mais humano — disse Fouquet.

— Não! Vivo, vivo! — murmurou o capitão.

Seu cavalo tropeçou pela segunda vez; o de Fouquet tomou a dianteira.

Era um espetáculo inaudito a corrida entre dois cavalos que só viviam pela vontade dos seus cavaleiros.

Dir-se-ia que D'Artagnan corria levando o cavalo entre os joelhos.

Ao galope furioso havia sucedido o trote rápido, depois o trote simples.

E a corrida parecia igualmente animada para os dois atletas estafados. D'Artagnan, já completamente desesperado, tirou a segunda pistola e mirou o cavalo branco.

— Para o seu cavalo, não para o senhor! — gritou ele a Fouquet.

E atirou. O animal foi atingido na garupa, deu um salto furioso e empinou.

O cavalo de D'Artagnan caiu morto.

"Estou desonrado", pensou o mosqueteiro, "sou um miserável."

— Por piedade, senhor Fouquet, jogue-me uma das suas pistolas, que eu estouro os meus miolos!

Fouquet voltou a correr.

— Por favor! Por favor! — gritou D'Artagnan. — O que o senhor não quer agora, neste momento, eu farei dentro de uma hora, mas aqui, nesta estrada, eu morro bravamente, eu morro estimado. Faça-me esse favor, senhor Fouquet.

O senhor Fouquet não respondeu, e continuou trotando.

D'Artagnan começou a correr atrás do seu inimigo.

Sucessivamente, ele jogou no chão o chapéu e a casaca, que o atrapalhavam, depois a bainha da espada, que ficava batendo entre as suas pernas.

A espada na mão lhe pareceu muito pesada, então ele a jogou, como fizera com a bainha.

O cavalo branco estava mal; D'Artagnan corria mais que ele.

Do trote, o animal, esgotado, passou a andar cambaleante, sacudindo a cabeça; sangue e espuma saíram da sua boca.

D'Artagnan fez um esforço desesperado, pulou sobre Fouquet e o pegou pela perna, dizendo com voz entrecortada, arquejante:

— Eu o prendo em nome do rei. Quebre a minha cabeça; assim, teremos os dois cumprido o nosso dever.

Fouquet jogou longe de si, no rio, as duas pistolas que D'Artagnan poderia pegar e, apeando, disse:

— Sou seu prisioneiro, senhor; quer se apoiar no meu braço, pois o senhor vai desmaiar?

— Obrigado — murmurou D'Artagnan, que, efetivamente, sentiu a terra lhe faltar sob os pés e o céu derreter sobre a sua cabeça; e ele caiu na areia, sem fôlego e sem forças.

Fouquet desceu o barranco do rio, recolheu água com o chapéu, veio refrescar as têmporas do mosqueteiro e deixou algumas gotas frescas escorregarem entre os seus lábios.

D'Artagnan se ergueu, procurando ao seu redor com um olhar desvairado.

Ele viu Fouquet ajoelhado, tendo na mão o chapéu úmido e sorrindo com uma bondade inefável.

— O senhor não fugiu! — exclamou ele. — Ah, senhor!, o verdadeiro rei pela lealdade, pelo coração, pela alma, não é Luís do Louvre nem Filipe de Sainte-Marguerite, é o senhor, o proscrito, o condenado!

— Eu, que só me perdi hoje por uma única falta, senhor D'Artagnan.

— Qual? Meu Deus!

— Eu deveria ter considerado o senhor um amigo. Mas como faremos para voltar a Nantes? Estamos bem longe.

— É verdade — disse D'Artagnan, pensativo e sombrio.

— Talvez o cavalo branco volte; era um cavalo muito bom. Monte, senhor D'Artagnan; eu irei a pé até o senhor estar descansado.

— Pobre animal. Ferido! — disse o mosqueteiro.

— Ele irá, garanto-lhe, eu o conheço. Façamos diferente: vamos montar os dois.

— Tentemos — disse o capitão. Contudo, mal tinham carregado o animal com esse peso duplo ele vacilou, depois se endireitou e andou alguns minutos, então cambaleou e acabou por desabar ao lado do cavalo negro.

— Iremos a pé, assim quer o destino; o passeio será soberbo — tornou Fouquet passando o braço sob o de D'Artagnan.

— Pelas barbas de Deus! — exclamou este com o olhar fixo, as sobrancelhas franzidas, o coração pesado. — Que dia horrível!

Percorreram lentamente as quatro léguas que os separavam do matagal onde os esperava a carruagem com uma escolta.

Quando Fouquet viu aquela máquina sinistra, disse a D'Artagnan, que baixava os olhos como se sentisse vergonha por Luís XIV:

— Eis uma ideia que não é de um homem corajoso, capitão D'Artagnan, não é sua. Por que as treliças?

— Para impedir o senhor de jogar bilhetes para quem está fora.

— Engenhoso.

— Mas o senhor pode falar, se não puder escrever — disse D'Artagnan.

— Falar com o senhor?

— Mas... se o senhor quiser.

Fouquet pensou por um momento, e depois, olhando de frente o capitão, disse:

— Só uma palavra, o senhor se lembrará?

— Sim, vou me lembrar.

— O senhor a dirá para quem eu quero?

— Direi.

— Saint-Mandé — articulou baixinho Fouquet.

— Bom. Para quem?

— Para a senhora de Bellière ou Pellisson.

— Combinado.

A carruagem atravessou Nantes e pegou a estrada para Angers.

ONDE O ESQUILO CAI, ONDE A COBRA VOA

ERAM DUAS HORAS DA TARDE. Muito impaciente, o rei ia do seu gabinete para o terraço e algumas vezes abria a porta do corredor para ver o que faziam os seus secretários.

O senhor Colbert, sentado no mesmo lugar em que o senhor de Saint-Aignan tinha estado durante muito tempo pela manhã, conversava em voz baixa com o senhor de Brienne.

O rei abriu bruscamente a porta e perguntou, dirigindo-se a eles:

— O que é que vocês estão conversando?

— Estamos falando da primeira sessão dos Estados — disse o senhor de Brienne levantando-se.

— Muito bem — replicou o rei, e se retirou.

Cinco minutos depois, o barulho da sineta chamou Rose, que estava na sua hora.

— Terminou as cópias? — indagou o rei.

— Ainda não, Sire.

— Veja se o senhor D'Artagnan voltou.

— Ainda não, Sire.

— Que estranho — murmurou o rei. — Chame o senhor Colbert.

Colbert entrou; estava esperando aquele momento desde a manhã.

— Senhor Colbert — disse o rei precipitadamente —, seria preciso saber o que aconteceu com o senhor D'Artagnan.

Colbert, com a voz calma, respondeu:

— Onde o rei deseja que eu mande procurar?

— Ora, o senhor não sabe a que lugar eu o enviei? — respondeu asperamente Luís.

— Vossa Majestade não me falou.

— Senhor, algumas coisas nós adivinhamos, e o senhor, sobretudo, adivinha.

— Posso ter suposto, Sire, mas não me permitiria adivinhar totalmente.

Colbert mal concluíra a frase, e uma voz bem mais rude que a do rei interrompeu a conversa iniciada entre o monarca e o seu funcionário.

— D'Artagnan! — exclamou o rei, muito prazenteiro.

D'Artagnan, pálido e furioso, disse ao rei:

— Sire, foi Vossa Majestade que deu ordens aos meus mosqueteiros?

— Que ordens? — perguntou o rei.

— Sobre a casa do senhor Fouquet.

— Não — replicou Luís.

— Ah! — disse D'Artagnan mordendo o bigode. — Eu não me enganei: foi o senhor.

E apontou Colbert.

— Que ordem? Vejamos — disse o rei.

— Ordem de revirar a casa inteira, de bater nos criados e funcionários do senhor Fouquet, de forçar as gavetas, de saquear uma casa pacífica. Pelas barbas de Deus! Uma ordem de selvagem!

— Senhor! — disse Colbert, muito pálido.

— Senhor — interrompeu D'Artagnan —, só o rei, está me ouvindo?, só o rei tem o direito de dar ordens aos meus mosqueteiros; mas, quanto ao senhor, eu o proíbo, e lhe digo diante de Sua Majestade: fidalgos com espada não são patifes com uma pena atrás da orelha.

— D'Artagnan, D'Artagnan! — murmurou o rei.

— É humilhante — prosseguiu o mosqueteiro. — Os meus soldados estão desonrados. Eu não comando desqualificados ou escriturários da intendência, pelas barbas de Deus!

— Mas o que foi que aconteceu? Vejamos! — disse o rei, com autoridade.

— O que aconteceu, Sire, é que este senhor, que não conseguiu adivinhar as ordens de Vossa Majestade, e que, consequentemente, não soube que eu estava prendendo o senhor

Fouquet; este senhor, que mandou fazer a gaiola de ferro para o seu patrão de ontem, enviou o senhor de Roncherat à residência do senhor Fouquet, e para levar os papéis do superintendente levaram todos os móveis. Meus mosqueteiros estavam em torno da casa desde a manhã. Eis as minhas ordens. Por que se permitiu que eles entrassem lá? Por que, forçando-os a assistir a essa pilhagem, tornaram-nos cúmplices? Pelas barbas de Deus!, nós servimos ao rei, os meus mosqueteiros e eu, mas não servimos ao senhor Colbert!

— Senhor D'Artagnan — disse o rei, severamente —, tome cuidado, na minha presença não se devem apresentar explicações desse tipo, e nesse tom.

— Eu agi para o bem do rei — disse Colbert com a voz alterada. — É difícil para mim ser tratado desse modo por um funcionário de Vossa Majestade, e isso sem vingança, em razão do respeito que devo ao rei.

— O respeito que o senhor deve ao rei — exclamou D'Artagnan, cujos olhos faiscavam — consiste, em primeiro lugar, em fazer respeitarem a autoridade dele, em fazer estimarem a pessoa dele. Todo agente de um poder sem controle representa esse poder, e, quando os povos maldizem a mão que os golpeia, é à mão real que Deus censura, está ouvindo? Será preciso que um soldado endurecido depois de quarenta anos de muito trabalho e muito sofrimento lhe dê essa lição, senhor? Será preciso que a misericórdia fique do meu lado e a ferocidade do seu? O senhor mandou deter, amarrar, prender inocentes.

— Cúmplices, talvez, do senhor Fouquet — disse Colbert.

— Quem lhe disse que o senhor Fouquet tem cúmplices, e até que ele é culpado? Só o rei sabe isso, a justiça dele não é cega. Quando ele disser: "Detenha e prenda tais pessoas", então será obedecido. Assim, não me fale mais do respeito que o senhor tem por ele, e tome cuidado com as suas palavras se por acaso elas parecem conter ameaças, pois o rei não deixa que haja ameaça àqueles que o servem bem por parte daqueles que lhe prestam maus serviços, e, caso eu venha a ter, que Deus não o permita, um senhor tão ingrato, eu me farei respeitar.

Dito isso, D'Artagnan se perfilou orgulhosamente no gabinete do rei, o olho brilhando, a mão na espada, o lábio trêmulo, afetando uma cólera muito maior que a real.

Colbert, humilhado, roído pela raiva, saudou o rei como se pedindo-lhe permissão para se retirar.

O rei, contrariado em seu orgulho e na sua curiosidade, não sabia ainda que partido tomar. D'Artagnan viu que ele hesitava. Ficar mais tempo seria um erro. Era preciso obter um triunfo sobre Colbert, e o único meio de obtê-lo era tocar tão bem e tão fortemente o rei que não restasse a Sua Majestade outra coisa senão escolher entre um e outro antagonista.

Antagonista > que está do lado oposto, adversário, opositor.

D'Artagnan, então, inclinou-se como Colbert; mas o rei, que antes de qualquer outra coisa fazia questão de ter notícias bem exatas, bem detalhadas, da prisão do superintendente das Finanças, daquele que o havia feito tremer por um momento, o rei, compreendendo que o amuo do senhor D'Artagnan o obrigaria a adiar por pelo menos um quarto de hora a revelação dos detalhes que ele ansiava por conhecer, Luís, dizemos, esqueceu Colbert, que nada de novo tinha a lhe comunicar, e voltou-se para o seu capitão dos mosqueteiros.

— Vejamos, senhor — disse ele —, primeiro fale sobre a sua incumbência; depois poderá descansar.

D'Artagnan, que ia transpor a porta, se deteve ao ouvir o rei e retornou. Colbert foi obrigado a partir. Seu rosto assumiu um matiz púrpura; os olhos negros e maus brilharam sob as espessas sobrancelhas com um fogo sombrio; ele apressou o passo, inclinou-se diante do rei, aprumou-se ao passar por D'Artagnan e partiu com a morte no coração.

D'Artagnan, ficando a sós com o rei, abrandou-se imediatamente, e seu rosto se compôs.

— Sire — disse ele —, Vossa Majestade é um rei jovem. É na aurora que o homem adivinha se a jornada será bela ou triste. Sire, o que as pessoas que a mão de Deus dispôs sob a lei divina pressagiarão quanto ao seu reinado, se Vossa Majestade permite que entre a sua pessoa e elas atuem ministros coléricos e violentos? Mas falemos de mim, Sire;

deixemos uma discussão que lhe parece ociosa, talvez inconveniente. Falemos de mim. Eu prendi o senhor Fouquet.

— Levou muito tempo para fazê-lo — disse o rei asperamente.

D'Artagnan olhou para o rei.

— Vejo que me exprimi mal — disse ele. — Eu anunciei a Vossa Majestade que prendi o senhor Fouquet.

— Sim; e então?

— Então eu devia ter dito a Vossa Majestade que o senhor Fouquet me prendeu, isso teria sido mais justo. Assim, restabeleço a verdade: então eu fui preso pelo senhor Fouquet.

Foi a vez de Luís XIV se surpreender. O rei se admirou. D'Artagnan, com seu olhar ágil, percebeu o que se passava na mente do seu amo. Não lhe deu tempo de questionar. Contou, com a poesia, com o pitoresco que talvez só ele tivesse naquela época, a evasão de Fouquet, a perseguição, a corrida obstinada, enfim, a generosidade inimitável do superintendente, que podia ter fugido dez vezes, que podia ter matado vinte vezes o adversário ligado à sua perseguição e que, no entanto, tinha preferido a prisão e, pior ainda, a humilhação daquele que queria tirar a sua liberdade.

À medida que o capitão dos mosqueteiros falava, o rei se agitava, devorando as suas palavras e fazendo estalar a extremidade das suas unhas umas contra as outras.

— Resulta então, Sire, aos meus olhos pelo menos, que um homem que se conduz assim é um homem de bem e não pode ser um inimigo do rei. É essa a minha opinião, eu a repito a Vossa Majestade. Sei o que o rei irá me dizer, e me curvo: a razão de Estado. Está bem; aos meus olhos, ela é muito respeitável. Mas eu sou um soldado, recebi minha ordem; a ordem foi cumprida, muito a contragosto para mim, mas foi. Eu me calo.

— Onde é que está Fouquet agora? — perguntou Luís, depois de um momento de silêncio.

— O senhor Fouquet, Sire — respondeu D'Artagnan —, está na gaiola de ferro que o senhor Colbert mandou preparar para ele, e é conduzido ao galope de quatro vigorosos cavalos na estrada para Angers.

— Por que o senhor o deixou no meio do caminho?

— Porque Vossa Majestade não me disse que eu devia ir a Angers. A prova, a melhor prova do que eu digo, é que o rei estava me procurando ainda há pouco... Além disso, eu tinha outra razão.

— Qual?

— Estando eu lá, o pobre senhor Fouquet nunca tentaria fugir.

— O quê?! — exclamou o rei, estupefato.

— Vossa Majestade deve compreender, e certamente compreende, que o meu maior desejo é saber que o senhor Fouquet está livre. Eu o entreguei a um dos meus cabos, o mais desajeitado que pude encontrar entre os meus mosqueteiros, a fim de possibilitar que ele se salve.

— O senhor está louco, senhor D'Artagnan! — exclamou o rei cruzando os braços sobre o peito. — Dizem-se coisas tão indignas quando se tem a infelicidade de pensá-las?

— Ah, mas sem dúvida Vossa Majestade não esperava de mim que eu fosse inimigo do senhor Fouquet, depois do que ele acabou de fazer por mim e pelo rei. Não, não o ponha jamais sob a minha guarda na prisão se quer que ele continue preso; por mais bem gradeada que seja a gaiola, o pássaro acabará por voar.

— Estou surpreso — disse o rei com uma voz sombria — por o senhor não ter imediatamente se colocado do lado daquele que o senhor Fouquet queria pôr no meu trono. Com ele, o senhor teria tudo de que precisa: afeição e reconhecimento. Servindo-me, o senhor só terá um amo.

— Se o senhor Fouquet não tivesse ido buscar Vossa Majestade na Bastilha — replicou D'Artagnan enfaticamente —, só um homem teria ido até lá, e esse homem sou eu, o senhor bem sabe disso, Sire.

O rei se deteve. Diante dessa fala tão franca, tão verdadeira, do seu capitão dos mosqueteiros, não havia nada a objetar. Luís, ouvindo D'Artagnan, lembrou-se do D'Artagnan de outros tempos, daquele que no Palais-Royal ficou escondido atrás das cortinas do seu leito quando o povo de Paris, levado pelo cardeal de Retz, foi até lá para se certificar da presença do rei; do D'Artagnan que ele cumprimentava com a mão na portinhola da sua carruagem quando chegava a Notre-Dame retornando a Paris; do soldado que o tinha deixado em Blois; do tenente que ele havia chamado para o seu lado quando a morte de Mazarin lhe entregava o poder; do homem que ele sempre considerara leal, corajoso e dedicado.

Luís dirigiu-se à porta e chamou Colbert.

Este não havia deixado o corredor onde trabalhavam os secretários, e se apresentou.

— Colbert, o senhor mandou fazer uma busca em casa do senhor Fouquet?

— Sim, Sire.

— E o que resultou dela?

— O senhor de Roncherat, enviado com os mosqueteiros de Vossa Majestade, entregou-me papéis — replicou Colbert.

— Eu os verei... O senhor vai me dar a sua mão.

— A mão, Sire...

— Sim, para que eu a ponha na do senhor D'Artagnan. De fato, D'Artagnan — acrescentou ele com um sorriso, virando-se para o soldado, que, diante da ordem, tinha voltado à sua atitude altaneira —, o senhor não conhece o homem que aqui está; conheçam-se.

E ele lhe mostrou Colbert.

— É um medíocre servidor em posição subalterna, mas será um grande homem se eu o elevar ao primeiro escalão.

— Sire! — balbuciou Colbert, aturdido de prazer e de susto.

— Eu compreendi tudo — murmurou D'Artagnan. — Ele estava com ciúme.

— Exatamente, e o ciúme amarrou as suas asas.

— Agora ele será uma serpente alada — resmungou o mosqueteiro, com um resto de ódio contra o seu adversário de pouco antes.

Mas Colbert, aproximando-se, ofereceu aos seus olhos uma fisionomia muito diferente daquela a que ele estava acostumado; pareceu tão bom, tão doce, tão fácil; os olhos adquiriram a expressão de uma inteligência tão nobre, que D'Artagnan, conhecedor de fisionomias, ficou emocionado, chegando quase a reexaminar as suas convicções.

Altaneiro > arrogante, orgulhoso.

Colbert apertou-lhe a mão.

— O que o rei lhe disse, senhor, prova quanto Sua Majestade conhece os homens. A oposição encarniçada que eu fiz até hoje contra abusos, não contra homens, prova que eu tinha em vista preparar para o meu rei um grande reino, para o meu país um grande bem-estar. Minha cabeça está cheia de ideias, senhor D'Artagnan, o senhor as verá se realizar sob o sol da paz pública, e, se eu não tenho a certeza e a felicidade de conquistar a amizade dos homens honestos, pelo menos tenho certeza, senhor, de que obterei a sua estima. Pela sua admiração, senhor, eu daria a vida.

Essa mudança, essa súbita elevação, essa aprovação muda do rei deram o que pensar ao mosqueteiro. Ele saudou muito civilizadamente Colbert, que não o perdia de vista.

O rei, vendo-os reconciliados, os dispensou; eles saíram juntos.

Uma vez fora do gabinete, o novo ministro, detendo o capitão, lhe disse:

— É possível, senhor D'Artagnan, que, com a sua visão, o senhor não tenha, ao primeiro olhar, à primeira inspeção, reconhecido quem eu sou?

— Senhor Colbert — tornou o mosqueteiro —, o raio de sol que se tem no olho impede que se vejam as mais ardentes chamas. O homem que está no poder brilha, o senhor sabe disso, e, uma vez que o senhor está no poder, por que continua perseguindo aquele que acaba de cair em desgraça, e cair de tão alto?

— Eu, senhor? — disse Colbert. — Ah, senhor, eu nunca o perseguiria. Eu queria administrar as finanças, e administrá-las sozinho, porque sou ambicioso e, sobretudo, porque tenho total confiança no meu mérito, porque sei que todo o ouro deste país vai ficar sob os meus olhos e que eu gosto de ver o ouro do rei; porque, se eu viver trinta anos, em trinta anos nem uma única moeda ficará na minha mão; porque com esse ouro eu construirei celeiros, edifícios, cidades, criarei portos; porque eu organizarei a marinha do país, equiparei navios que levarão o nome da França aos povos mais distantes; porque eu criarei bibliotecas, academias; porque eu farei da França o primeiro país do mundo e o mais rico. Eis os motivos da minha animosidade contra o senhor Fouquet, que me impedia de agir. E depois, quando eu for grande e forte, quando a França for grande e forte, por minha vez exclamarei: "Misericórdia!"

— "Misericórdia!", disse o senhor. Então peçamos ao rei a sua liberdade. Hoje o rei só o castiga por causa do senhor.

Colbert ergueu novamente a cabeça.

— O senhor sabe que não é isso — disse ele —, e que o rei tem inimizades pessoais em relação ao senhor Fouquet; não cabe a mim informá-lo sobre isso.

— O rei se cansará, vai esquecer.

— O rei nunca esquece, senhor D'Artagnan... Veja, o rei está chamando e vai dar uma ordem; eu não o influenciei, não é mesmo? Escute.

De fato, o rei chamou os seus secretários.

— Senhor D'Artagnan? — disse ele.

— Estou aqui, Sire.

— Dê vinte mosqueteiros seus ao senhor de Saint-Aignan para que eles vigiem o senhor Fouquet.

D'Artagnan e Colbert trocaram um olhar.

— E de Angers — continuou o rei — o prisioneiro será levado para a Bastilha, em Paris.

— O senhor tinha razão — disse o capitão ao ministro.

— Saint-Aignan — prosseguiu o rei —, o senhor fará passar pelas armas quem quer que durante o caminho fale em voz baixa com o senhor Fouquet.

— Mas e eu, Sire? — disse o duque.

— O senhor só falará com ele na presença dos mosqueteiros.

O duque se inclinou e saiu para cumprir a ordem.

D'Artagnan também ia se retirar, mas o rei o deteve.

— O senhor — disse ele — irá imediatamente tomar posse da ilha e do feudo de Belle-Île-en-Mer.

— Sim, Sire. Sozinho?

— Leve quantos soldados achar necessários para não ficar paralisado caso haja resistência.

Um murmúrio de incredulidade aduladora foi ouvido entre o grupo de cortesãos.

— Isso já aconteceu — disse D'Artagnan.

— Eu vi na minha infância — retomou o rei —, e não quero ver mais. O senhor me ouviu? Vá, senhor, e só volte aqui com as chaves do lugar.

Colbert aproximou-se de D'Artagnan.

— Uma incumbência que, se o senhor se sair bem — disse ele —, lhe valerá o bastão de marechal.

— Por que o senhor diz estas palavras: "Se o senhor se sair bem"?

— Porque ela é difícil.

— Ah, em quê?

— O senhor tem amigos em Belle-Île, senhor D'Artagnan, e não é fácil para as pessoas como o senhor passar por cima do cadáver de um amigo para chegar aonde querem.

D'Artagnan baixou a cabeça, enquanto Colbert voltava para perto do rei.

Um quarto de hora depois, o capitão recebeu a ordem escrita de destruir Belle-Île caso houvesse resistência, e o direito de vida e morte sobre todos os habitantes ou "refugiados", com a prescrição de não deixar escapar um único.

"Colbert tinha razão", pensou D'Artagnan. "Meu bastão de marechal da França custaria a vida dos meus dois amigos. Mas se esquece de que meus amigos não são mais estúpidos que os pássaros e não esperam a mão do caçador para bater asas. Esta mão eu lhes mostrarei tão bem que eles terão tempo de vê-la... Pobre Porthos! Pobre Aramis!... Não, a minha sorte não lhes custará uma pluma da asa."

Tendo concluído isso, D'Artagnan reuniu o exército real, ordenou o embarque em Paimbœuf e partiu, sem perda de tempo.

BELLE-ÎLE-EN-MER

NA EXTREMIDADE DO MOLHE, no passeio que bate o mar furioso no fluxo da tarde, dois homens, de braços dados, conversavam num tom animado e expansivo, sem que nenhum ser humano pudesse ouvir as suas palavras, levadas uma a uma pelas rajadas de vento, com a branca espuma roubada às cristas das ondas.

O sol acabava de se pôr no grande lençol do oceano, avermelhado como um cadinho gigantesco.

Às vezes, um dos homens se voltava para o leste, interrogando o mar com uma inquietação sombria.

O outro, interrogando os traços do companheiro, parecia tentar adivinhar algo nos seus olhares. Depois, ambos mudos, ambos agitando pensamentos sombrios, eles retomavam o passeio.

Esses dois homens, todos já os reconheceram, eram os nossos proscritos. Porthos e Aramis, refugiados em Belle-Île desde a ruína das esperanças do senhor D'Herblay, desde o desmoronamento do seu grande plano.

— Por mais que você diga, meu caro Aramis — repetiu Porthos aspirando vigorosamente o ar com que enfunava o peito possante —, por mais que você diga, não é nada comum esse desaparecimento há dois dias de todos os barcos que partiram para a pesca. Não houve tempestade no mar. O tempo permaneceu sempre calmo, nem mesmo um aguaceiro forte; e, se tivesse havido uma tempestade, ela não teria feito naufragar todos os nossos barcos. Eu repito: é estranho, e lhe digo que esse desaparecimento me espanta.

Enfunar > encher, inflar.

— É verdade — murmurou Aramis. — Você tem razão, amigo Porthos. É verdade, isso é bem estranho.

— Além do mais — acrescentou Porthos, em quem a companhia do bispo de Vannes parecia expandir as ideias —, se os barcos tivessem afundado, chegariam restos à margem, não acha?

— Sim, é claro.

— Você observou, além disso, que os dois únicos barcos que ficaram em toda a ilha, e que eu mandei em busca dos outros...

Nesse ponto, Aramis interrompeu seu companheiro com um grito e um movimento brusco, que fizeram Porthos estacar estupefato.

— O que você disse, Porthos?! O quê?! Você enviou os dois barcos...

— Em busca dos outros, sim — respondeu Porthos, simplesmente.

— Infeliz! O que foi que você fez? Agora nós estamos perdidos! — exclamou o bispo.

— Perdidos!... Não estou entendendo — disse Porthos, assustado. — Por que perdidos, Aramis? Por que nós estamos perdidos?

Aramis mordeu o lábio.

— Nada, nada! Desculpe, eu queria dizer...

— O quê?

— Que se nós quisermos, se tivéssemos a ideia de fazer um passeio no mar, não poderíamos.

— Bom! É isso que o atormenta. Belo prazer, palavra! Quanto a mim, eu não lamento isso. O que eu lamento não é a quantidade de diversão que podemos ter em Belle-Île. O que eu lamento, Aramis, é Pierrefonds, é Bracieux, é o Vallon, é a minha bela França. Aqui nós não estamos na França, meu caro amigo; estamos não sei onde. Ah!, eu posso lhe dizer com toda a sinceridade do meu coração, e a sua afeição perdoará essa franqueza; mas eu declaro que não estou feliz em Belle-Île. Não, é verdade: eu não estou feliz aqui!

Aramis suspirou baixinho.

— Caro amigo — respondeu ele —, é por isso que é muito triste você ter enviado os dois barcos que nos restavam para irem em busca dos que desapareceram há dois dias. Se você não os tivesse mandado para fazer essa descoberta, nós teríamos partido.

— Partido?! E a ordem, Aramis?

— Qual ordem?

— Diabo! A ordem que você me repetia a todo momento e a propósito de qualquer coisa: temos de guardar Belle-Île contra o usurpador; você sabe muito bem.

— É verdade — murmurou Aramis.

— Então está claro, meu querido, que nós não podemos partir e que o envio dos barcos não nos prejudica em nada.

Aramis se calou, e o seu vago olhar, luminoso como o de uma gaivota, planou durante muito tempo sobre o mar, interrogando o espaço e buscando penetrar além do horizonte.

— Com tudo isso, Aramis — prosseguiu Porthos, que se aferrava à sua ideia, e se aferrava ainda mais porque o bispo a julgara certa —, com tudo isso, você não me dá nenhuma explicação sobre o que pode ter acontecido com os infelizes barcos. Sou atacado por gritos e lamentações em todos os lugares aonde vou; as crianças choram ao ver as mulheres angustiadas, como se eu pudesse trazer de volta os pais, os maridos ausentes. O que você supõe, meu amigo, e o que eu devo lhes responder?

— Suponhamos tudo, meu bom Porthos, e não digamos nada.

Essa resposta não satisfez absolutamente Porthos. Ele se afastou resmungando algumas palavras de mau humor.

Aramis deteve o valoroso soldado.

— Você se lembra, amigo — disse ele, melancólico e encerrando nas suas as duas mãos do gigante, num gesto de afetuosa cordialidade —, de que nos belos dias da nossa juventude, você se lembra, Porthos, quando nós éramos fortes e valentes, os outros dois e nós, se nós tivéssemos tido muita vontade de voltar para a França, esse lençol de água salgada não nos teria detido?

— Ah! — disse Porthos —, seis léguas!

— Se você me tivesse visto subir numa tábua, teria ficado em terra, Porthos?

— Não, por Deus, de modo algum, Aramis. Mas hoje, caro amigo, que tábua teríamos de ter, sobretudo eu!

E, com um sorriso de orgulho, o senhor de Bracieux lançou uma olhada para a sua colossal rotundidade.

Rotundidade > corpulência.

— Você também não se aborrece um pouco em Belle-Île? Diga a verdade. Não preferiria as doçuras da sua casa, do seu palácio episcopal de Vannes? Vamos, confesse.

— Não — respondeu Aramis, sem ousar olhar para Porthos.

— Então, vamos ficar — disse o seu amigo com um suspiro que, apesar do esforço feito para contê-lo, lhe escapou ruidosamente do peito. — Vamos ficar. E no entanto — acrescentou ele —, se quiséssemos muito, mas muito mesmo, se tivéssemos uma ideia bem firme, uma ideia fixa de voltar para a França, e não tivéssemos barcos...

— Você observou outra coisa, meu amigo, que desde o desaparecimento dos nossos barcos, nesses dois dias em que os nossos pescadores não voltaram, nem um único bote apareceu nas margens da ilha?

— Sim, claro, você tem razão. Eu observei também, o que foi bastante fácil, pois, antes desses dois dias funestos, nós víamos chegar aqui barcos e chalupas às dúzias.

— Temos de nos informar — disse subitamente Aramis, mostrando agitação. — Quando eu precisar mandar construir uma jangada...

— Mas há botes, caro amigo; você quer que eu viaje em um deles?

— Um bote... um bote!... Pense bem, Porthos. Um bote para naufragar? Não, não! — replicou o bispo de Vannes. — Nosso ofício não é viajar sobre lâminas. Esperemos, esperemos.

E Aramis continuou passeando, com todos os sinais de uma agitação cada vez maior.

Porthos, que se cansou de seguir todos os movimentos febris do seu amigo; Porthos, que, na sua calma e na sua confiança, não entendia aquela exasperação que se denunciava por sobressaltos contínuos; Porthos o deteve.

— Vamos nos sentar nesta pedra — disse-lhe ele. — Acomode-se aqui, perto de mim, Aramis, e eu lhe peço pela última vez que me explique de modo que eu compreenda, explique o que nós fazemos aqui.

— Porthos... — disse Aramis, embaraçado.

— Eu sei que o falso rei quis destronar o verdadeiro rei. Isso você falou, e eu entendi. E então?...

— Sim — disse Aramis.

— Eu sei que o falso rei quis vender Belle-Île para os ingleses. Isso também eu entendi.

— Sim.

— Sei que nós, engenheiros e capitães, viemos para Belle-Île a fim de assumir a direção dos trabalhos e o comando das dez companhias recrutadas e pagas pelo senhor Fouquet, ou, melhor, das dez companhias do genro dele. Tudo isso eu entendi.

Aramis se levantou impaciente. Parecia um leão importunado por um mosquito.

Porthos segurou o seu braço.

— Mas o que eu não entendo, o que, apesar de todos os esforços da minha mente, de todas as minhas reflexões, eu não posso entender, e que nunca vou entender, é que, em vez de nos mandarem tropas, em vez de nos mandarem reforços de homens, munições e víveres, nos largam sem barcos, não mandam nada para Belle-Île, nos deixam sem socorro; é que, em vez de estabelecer conosco uma correspondência por sinais ou por comunicação escrita ou verbal, interceptam todas as relações conosco. Vejamos, Aramis, me responda, ou, melhor, antes de me responder, você quer que eu lhe diga o que eu pensei? Quer saber qual foi a minha ideia, o que eu imaginei?

O bispo ergueu a cabeça.

— Pois bem, Aramis — continuou Porthos —, eu pensei, tive a ideia, imaginei, que na França houve um acontecimento... Eu sonhei com o senhor Fouquet durante toda a noite, sonhei com peixes mortos, ovos quebrados, quartos mal construídos, pobremente instalados. Sonhos ruins, meu caro D'Herblay, malfadados.

— Porthos, o que é aquilo? — interrompeu Aramis levantando-se bruscamente e mostrando ao amigo um ponto negro na linha avermelhada da água.

— Um barco — disse Porthos. — Isso! É um barco. Ah!, enfim nós teremos notícias!

— Dois! — exclamou o bispo, ao perceber outro mastro. — Dois! Três! Quatro!

— Cinco! — disse Porthos, por sua vez. — Seis! Sete! Ah, meu Deus! É uma frota inteira! Meu Deus!, meu Deus!

— Nossos barcos voltando, provavelmente — disse Aramis, inquieto apesar da segurança que demonstrava.

— Grandes demais para serem barcos de pesca — observou Porthos —, e além disso você não vê, caro amigo, que eles estão vindo pelo Loire?

— Eles vêm pelo Loire... sim.

— E veja: todo mundo aqui os viu como eu; as mulheres e as crianças começam a subir nos quebra-mares.

Aproximou-se deles um velho pescador.

— Aqueles barcos são os nossos? — perguntou-lhe Aramis.

O velho examinou as profundezas do horizonte.

— Não, monsenhor — respondeu ele —, são os lanchões do serviço real.

— Lanchões do serviço real? — respondeu Aramis estremecendo. — Como você reconhece isso? — perguntou ele.

— Pela bandeira.

— Mas — disse Porthos — mal se vê o barco. Como então, diabo, você pode distinguir a bandeira?

— Eu estou vendo que têm uma bandeira — replicou o velho. — Os nossos barcos e os lanchões de comércio não têm. Essas espécies de chalupas que vêm lá, senhor, normalmente servem para o transporte de tropas.

— Ah — disse Aramis.

— Viva! — exclamou Porthos —, estão nos mandando reforços! Não é, Aramis?

— É provável.

— A menos que os ingleses estejam chegando.

— Pelo Loire? Isso seria muito azar, Porthos. Para isso, eles teriam de ter passado por Paris.

— Você tem razão; são reforços, decididamente, ou víveres.

Aramis apoiou a cabeça nas mãos e não respondeu.

Depois, de repente:

— Porthos — disse ele —, mande soar o alarme.

— O alarme?... Você acha mesmo?

— Sim. E que os canhoneiros subam às suas baterias, os artilheiros estejam ao lado das suas peças; que se vigiem particularmente as baterias das costas.

Porthos arregalou os olhos. Olhou atentamente para o amigo, como se quisesse se convencer de que ele estava em seu juízo perfeito.

— Eu vou lá, meu bom Porthos — prosseguiu Aramis com a sua voz mais doce. — Vou mandar executar as ordens, se você não for, meu caro amigo.

— Mas eu vou imediatamente! — disse Porthos, que foi mandar executar a ordem enquanto lançava olhares para trás a fim de ver se o bispo de Vannes não se enganara e se, voltando a ideias mais sãs, não tinha esquecido aquilo.

O alarme foi dado; os clarins e os tambores soaram; o grande sino de rebate se agitou.

Logo os molhes se encheram de curiosos, de soldados; as mechas brilharam entre as mãos dos artilheiros situados atrás dos grandes canhões pousados nos suportes de pedra. Quando estavam todos a postos, quando todos os preparativos de defesa tinham sido feitos, Porthos chegou timidamente até a orelha do bispo e disse:

— Permita-me, Aramis, procurar entender.

— Ah, meu caro, você vai compreender logo, logo — murmurou o senhor D'Herblay, em resposta à pergunta do seu tenente.

— A frota que está vindo, a frota que, com velas despregadas, se dirige ao porto de Belle-Île, é uma frota real, não é mesmo?

— Mas, uma vez que há dois reis na França, Porthos, a qual dos dois pertence essa frota?

Bateria é a junção de um punhado de armas de fogo, na linguagem militar.

Artilheiro era o cara especializado em usar armas de fogo não portáteis e de alcance mais longo — no caso aqui, o canhão.

O **sino** era o meio de comunicação da época. Cada tipo de badalada era uma mensagem diferente: morte na vila, hora de missa, dia de festa, momento de perigo... O tocador de sino tinha um código pra cada situação e o toque **de rebate** era para avisar que o local estava sendo (ou estava prestes) a ser atacado por inimigos, de maneira repentina e perigosa — ah, e rebate vem do árabe *ribat*, que é o mesmo que ataque.

Mecha é tipo um pavio. Quando é hora de fazer um canhão atirar, o operador (o canhoeiro) vai lá e tasca fogo na ponta da mecha, e aquilo é que inicia o processo que vai culminar no tiro.

— Ah, você me abriu os olhos — volveu o gigante, esmagado por esse argumento.

E Porthos, a quem essa resposta do amigo acabara de abrir os olhos, ou, melhor, de deixar mais espessa a venda que lhe cobria os olhos, encaminhou-se rapidamente às baterias para supervisionar o seu mundo e exortar cada um a executar bem o que lhe competia.

Entrementes, Aramis, com o olho sempre fixo no horizonte, via os navios se aproximarem. A multidão e os soldados, subindo em todos os pontos mais altos ou nas anfractuosidades das pedras, podiam distinguir o mastro, depois as velas baixas, depois, enfim, o corpo dos lanchões que tinham no topo do mastro o pavilhão real da França.

Era noite fechada quando um desses lanchões, cuja presença havia causado grande comoção em todos os habitantes de Belle-Île, atracou ao alcance dos canhões do lugar.

Logo se viu, apesar da escuridão, uma espécie de agitação reinar a bordo daquele barco, de cujo flanco se destacou um bote com três remadores curvados sobre os remos e que tomou a direção do porto, vindo depois de alguns instantes a atracar ao pé do forte.

O chefe dessa iole saltou para o molhe. Tinha na mão uma carta, agitava-a no ar e parecia pedir para se comunicar com alguém.

Esse homem foi logo reconhecido por muitos soldados como um dos pilotos da ilha. Era o chefe de um dos dois barcos conservados por Aramis, e que Porthos, na sua inquietação sobre a sorte dos pescadores desaparecidos havia dois dias, tinha enviado para encontrar os barcos perdidos.

Ele pediu para ser conduzido ao senhor D'Herblay.

Dois soldados, ao sinal de um sargento, colocaram-no entre eles e o escoltaram.

Aramis estava no cais. O enviado se apresentou diante do bispo de Vannes. A escuridão era quase completa, apesar das tochas levadas a certa distância pelos soldados que seguiam Aramis na sua ronda.

Um lugar **anfractuoso** é aquele que tem muito sobe e desce, saliências, entrâncias.

O **pavilhão real** é a bandeira do rei.

Iole > tipo de canoa estreita e leve, bem rápida e muito usada hoje em dia em competições de remo.

— Ora vejam! Jonathas, da parte de quem você vem?

— Monsenhor, da parte daqueles que me prenderam.

— Quem o prendeu?

— O senhor sabe que nós partimos para procurar os nossos companheiros?

— Sim, e então?

— Pois bem, monsenhor, depois de uma légua fomos capturados por um barco do rei.

— Ah — disse Aramis.

— De qual rei? — perguntou Porthos.

Jonathas arregalou os olhos.

— Fale — prosseguiu o bispo.

— Então nós fomos capturados, monsenhor, e nos reuniram com aqueles que tinham sido presos ontem de manhã.

— Que mania é essa de prender todos vocês? — interrompeu Porthos.

— Senhor, para nos impedir de contar para os senhores — replicou Jonathas.

Porthos, por sua vez, não entendeu.

— E hoje eles soltaram você? — indagou ele.

— Para que eu lhe diga, senhor, que tinham nos prendido.

"Cada vez mais complicado", pensou o honesto Porthos.

Durante esse tempo, Aramis refletia.

— Vejamos — disse ele. — Então uma frota real bloqueia as costas?

— Sim, monsenhor.

— Quem está no comando?

— O capitão dos mosqueteiros do rei.

— D'Artagnan?

— D'Artagnan! — disse Porthos.

— Acho que é esse nome, sim.

— E quem mandou a carta foi ele?

— Sim, monsenhor.

— Aproximem as tochas.

— É a letra dele — disse Porthos.

Aramis leu rapidamente as seguintes linhas:

Ordem do rei para tomar Belle-Île;

Ordem de passar ao fio da espada a guarnição, se houver resistência;

Ordem de prender todos os homens da guarnição.

Assinado: D'Artagnan, que anteontem prendeu o senhor Fouquet com o fim de mandá-lo para a Bastilha.

> Há vários significados para esta palavra, mas aqui **guarnição** se refere ao conjunto de militares que defendem um forte.

Aramis empalideceu e amassou o papel entre as mãos.
— Que é isso? — perguntou Porthos.
— Nada, meu amigo. Nada.
— Jonathas, me diga uma coisa.
— Sim.
— Você falou com o senhor D'Artagnan?
— Sim, monsenhor.
— O que foi que ele lhe disse?
— Que, para mais informações, ele conversaria com monsenhor.
— Onde?
— A bordo do barco dele.
— A bordo do barco dele?
— O senhor mosqueteiro — continuou Jonathas — me disse para pôr no meu bote o senhor e o senhor engenheiro, e levá-los até ele.
— Vamos, então — disse Porthos. — Esse querido D'Artagnan!

Aramis o deteve.
— Você está louco?! — exclamou ele. — Quem lhe garante que não é uma cilada?
— Do outro rei? — replicou Porthos, com ar de mistério.
— Uma cilada, enfim! É o que basta, meu amigo.
— É possível; então vamos fazer o quê? No entanto, se D'Artagnan está nos chamando...
— Quem lhe disse que é D'Artagnan?
— Ah, então... Mas é a letra dele...
— As letras podem ser falsificadas. Esta é falsificada, tremida.
— Você tem razão sempre; mas ficamos esperando sem saber nada.

Aramis ficou mudo.

— Na verdade — disse o bom Porthos —, nós não precisamos saber nada.

— O que eu faço? — perguntou Jonathas.

— Você vai voltar a bordo, para esse capitão.

— Sim, monsenhor.

— E dirá que nós lhe pedimos que venha à ilha.

— Entendo — disse Porthos.

— Sim, monsenhor — respondeu Jonathas. — Mas, se o capitão se recusar a vir a Belle-Île?...

— Se ele se recusar, como nós temos canhões, faremos uso deles.

— Contra D'Artagnan?

— Se for D'Artagnan, Porthos, ele virá. Vá, Jonathas, vá.

— Palavra de honra, eu não compreendo mais nada — murmurou Porthos.

— Eu vou conversar com você, caro amigo, chegou o momento. Sente-se nesse reparo, abra os ouvidos e me ouça.

— Ah, eu ouço, diabo! Não tenha a menor dúvida.

— Eu posso ir, monsenhor? — indagou Jonathas.

— Vá, e volte com uma resposta. Deixem passar o bote, vocês aí!

O bote partiu, rumando para o navio.

Aramis tomou a mão de Porthos e começou suas explicações.

> O canhão fica sempre montado sobre uma estrutura que pode ser de pedra, tijolo e cimento ou madeira. E essa estrutura chama-se **reparo**.

AS EXPLICAÇÕES DE ARAMIS

— **O QUE EU TENHO PARA LHE DIZER,** amigo Porthos, provavelmente irá surpreendê-lo, mas também o instruirá.

— Eu adoro surpresas — disse Porthos com afabilidade. — Não me poupe, eu lhe peço. Eu endureci contra as emoções, não precisa se preocupar. Fale.

Afabilidade > delicadeza, gentileza, cortesia.

— É difícil, Porthos, é... difícil, pois na verdade eu o previno uma segunda vez de que tenho coisas muito estranhas, muito extraordinárias, para lhe dizer.

— Ah, você fala tão bem, caro amigo, que eu o escutaria durante dois dias inteiros. Fale, eu lhe peço, e... espere, eu tenho uma ideia: eu vou, para lhe facilitar a tarefa, para ajudá-lo a me dizer essas coisas estranhas, eu vou fazer perguntas.

— Seria ótimo.

— Caro Aramis, por que nós vamos combater?

— Se o senhor me fizer muitas perguntas parecidas com essa, se é assim, interrogando-me assim, que o senhor quer me facilitar a tarefa de lhe revelar a situação, o senhor não me facilitará nada. Muito pelo contrário, esse é exatamente o nó górdio. Veja, amigo, com um homem bom, generoso e dedicado como você, é preciso, por ele e por mim mesmo, começar a confissão com bravura. Eu enganei você, meu digno amigo.

— Você me enganou!

— Meu Deus!, sim.

Um **nó górdio** é um problema que parece impossível de resolver, mas não é. Tem a ver com a lenda de Górdio, um rei que prendeu sua carroça com uma corda bem amarrada num templo e que, um dia, morreu. O filho dele, Midas, foi então coroado, mas um dia fez também o que todo o mundo faz: morreu. Só que Midas não tinha filho, e aí ficou uma dúvida sobre quem seria o sucessor. Pois resolveram que o novo rei seria quem liberasse a carroça lá da coluna. Uns 500 anos se passaram e ninguém conseguira a proeza. Mas, finalmente, veio aquele Alexandre, o Grande, conferir o nó. Olhou, olhou, tascou a mão na espada e zaspt! Cortou a corda. E o problema sem solução... estava resolvido.

— Foi pelo meu bem, Aramis?

— Eu achei que sim, Porthos; achei sinceramente, meu amigo.

— Então — disse o honesto senhor de Bracieux — você me fez um favor e eu lhe agradeço, pois se não tivesse me enganado eu poderia ter, eu mesmo, me enganado. Então me diga em que você me enganou.

— É que eu servia ao usurpador contra o qual Luís XIV dirige neste momento todos os seus esforços.

— O usurpador — disse Porthos coçando a testa. — É... Eu não entendo muito bem.

— É um dos dois reis que disputam a coroa da França.

— Certo. Então você servia àquele que não é Luís XIV?

— Você acaba de dizer a frase certa, na primeira tentativa.

— E o resultado é que...

— O resultado é que nós somos rebeldes, meu pobre amigo.

— Diabo!... diabo! — exclamou Porthos, desapontado.

— Ah, mas, caro Porthos, fique calmo, nós encontraremos ainda um bom meio de nos salvar, acredite.

— Não é isso que me preocupa — respondeu Porthos. — O que me incomoda é somente a palavra "rebeldes".

— Ah, é isso.

— Desse jeito, o ducado que tinham me prometido...

— Quem o daria era o usurpador.

— Não é a mesma coisa, Aramis — disse Porthos, majestosamente.

— Se dependesse de mim, amigo, você seria feito príncipe.

Porthos começou a roer as unhas com melancolia.

— Foi por causa disso — continuou ele — que você errou ao me enganar; pois eu contava seriamente com esse ducado prometido, sabendo que você é um homem de palavra, meu caro Aramis.

— Pobre Porthos. Perdoe-me, eu lhe suplico.

— Assim, então — insistiu Porthos, sem responder ao pedido do bispo de Vannes —, eu estou bem queimado com o rei Luís XIV?

— Isso eu vou consertar, meu querido amigo, vou consertar. Vou assumir toda a culpa.

— Aramis!...

— Não, não, Porthos, eu lhe peço, deixe-me fazer assim. Não é falsa generosidade. Não é dedicação inoportuna. Você não sabia nada dos meus projetos. Não fez nada por conta própria. Quanto a mim, é diferente. Eu sou o único autor do complô. Precisava do meu companheiro inseparável. Chamei-o e você veio, lembrando-se da nossa velha divisa: "Um por todos, todos por um". O meu crime, caro Porthos, é ter sido egoísta.

— Essa é uma palavra de que eu gosto — disse Porthos —, e, uma vez que você agiu por conta própria, seria impossível eu lhe querer mal. É tão natural!

E, com essas palavras sublimes, Porthos apertou cordialmente a mão do amigo.

Aramis, na presença dessa ingênua grandeza de alma, achou-se pequeno. Era a segunda vez que ele se via constrangido a curvar-se diante da real superioridade do coração, muito mais poderosa que o esplendor da mente.

Sem nada dizer, ele respondeu ao afago generoso do amigo com uma enérgica pressão na mão que apertava a sua.

— Agora — disse Porthos — que nós nos explicamos perfeitamente, agora que eu percebi perfeitamente a nossa situação em relação ao rei Luís, eu acho, caro amigo, que já é hora de cuidar de compreender a intriga política de que nós somos vítimas, pois vejo que aí há uma intriga política.

— D'Artagnan, meu bom Porthos, virá aqui, e você a detalhará em todas as suas circunstâncias; mas me desculpe: eu estou transido de dor, abatido pela mágoa, e preciso de toda a minha presença de espírito, de toda a minha reflexão, para tirar você do mau passo em que tão imprudentemente o envolvi; mas nada mais claro de agora em diante, nada mais simples que a situação. O rei Luís XIV já não tem senão um inimigo: esse inimigo sou eu, somente eu. Eu o fiz prisioneiro, você me seguiu; hoje eu o desobrigo e você volta para o seu príncipe. Você vê, Porthos, não há nenhuma dificuldade no caso.

— Você acha? — indagou Porthos.

— Tenho certeza.

Transido > dominado, apavorado, assustado.

— Então por que — disse o admirável bom senso de Porthos —, se estamos numa situação tão fácil, por que, meu bom amigo, preparamos canhões, mosquetes e todo tipo de aparato? Parece-me que é mais fácil dizer ao capitão D'Artagnan: "Caro amigo, nós nos enganamos, vamos corrigir; abra a porta para nós, deixe-nos passar e bom dia".

— Ora, ora! — disse Aramis balançando a cabeça.

— Como ora, ora?! Você não aprova esse plano, caro amigo?

— Vejo nele uma dificuldade.

— Qual?

— A hipótese de que D'Artagnan venha com tantas ordens que nós sejamos obrigados a nos defender.

— Ora!, defendermo-nos contra D'Artagnan? Loucura! O bom D'Artagnan!...

Aramis balançou outra vez a cabeça.

— Porthos — disse ele —, se eu mandei acender as mechas e apontar os canhões, se eu mandei dar o sinal de alarme, se eu chamei todos ao seu lugar sobre as muralhas, essas boas muralhas de Belle-Île que você fortificou tão bem, é por alguma razão. Espere para julgar, ou, melhor: não, não espere...

— O que vamos fazer?

— Se eu soubesse, amigo, lhe diria.

— Mas há uma coisa muito mais simples que se defender: um barco, e a caminho da França, onde...

— Caro amigo — disse Aramis, sorrindo com uma espécie de tristeza —, não vamos pensar como crianças; sejamos homens para o conselho e para a execução. Espere, ouvi chamarem do porto uma embarcação para desembarque. Atenção, Porthos, muita atenção!

— É D'Artagnan, sem dúvida — disse Porthos, com uma voz de trovão, aproximando-se do parapeito.

— Sim, sou eu — respondeu o capitão dos mosqueteiros saltando agilmente os degraus do molhe.

E ele subiu rápido até a pequena esplanada, onde seus dois amigos o esperavam.

Então, Porthos e Aramis distinguiram um funcionário que seguia D'Artagnan muito de perto.

O capitão parou nos degraus do molhe, no meio do caminho. Seu companheiro o imitou.

— Mandem retirar o seu pessoal — disse D'Artagnan a Porthos e a Aramis. — Ordenem que eles fiquem fora do alcance da voz.

A ordem, dada por Porthos, foi executada no mesmo instante.

Então D'Artagnan, voltando-se para aquele que o seguia, disse:

— Senhor, nós já não estamos na frota do rei, onde há pouco, em virtude das suas ordens, me falava com tanta arrogância.

— Senhor — respondeu o funcionário —, eu não falava com arrogância; eu obedecia simplesmente, mas rigorosamente, ao que me foi ordenado. Disseram-me para segui-lo, e eu o sigo. Disseram-me para não deixá-lo se comunicar com quem quer que fosse sem tomar conhecimento do que o senhor faz: eu me meto nas suas comunicações.

D'Artagnan tremeu de cólera, e Porthos e Aramis, que ouviram esse diálogo, também tremeram, mas de apreensão e temor.

D'Artagnan, mastigando o bigode com vigor — o que nele denunciava um estado de exasperação muito vizinho de uma explosão terrível —, aproximou-se do funcionário.

— Senhor — disse ele com voz mais baixa, e que impressionava ainda mais por afetar uma calma profunda e estar prenhe de tempestade —, quando enviei um bote para cá, o senhor quis saber o que eu escrevia para os defensores de Belle-Île. O senhor me mostrou uma ordem; no mesmo instante, eu, por minha vez, lhe mostrei o bilhete que estava escrevendo. Quando o chefe da barca enviado por mim voltou, quando eu recebi a resposta desses dois senhores — e designou com a mão Aramis e Porthos para o oficial —, o senhor ouviu até o final o que disse o mensageiro. Tudo isso estava nas suas ordens, tudo isso foi bem seguido, bem executado, bem pontual, não é mesmo?

— Sim, senhor — balbuciou o oficial. — Sim, sem dúvida, senhor... mas...

— Senhor — prosseguiu D'Artagnan enervando-se —, quando eu manifestei, quando eu anunciei em alto e bom som a intenção de deixar o barco para pisar em terra, o senhor exigiu me acompanhar, eu não hesitei e o trouxe. O senhor está em Belle-Île, não está?

— Sim, senhor, mas...

— Mas... Não se trata mais do senhor Colbert, que lhe deu essa ordem, ou sabe-se lá de quem neste mundo que lhe deu as instruções seguidas pelo senhor: trata-se de um homem que importuna o senhor D'Artagnan e que está com o senhor D'Artagnan, sozinho, nos degraus de uma escada banhada por trinta pés de água salgada; má situação para esse homem, má situação, senhor. Eu o advirto.

— Mas, senhor, se eu o importuno — disse tímida e quase inaudivelmente o oficial —, é meu serviço que...

— O senhor ou a pessoa que o mandou teve a infelicidade de me fazer um insulto. Isso é um insulto. Eu não posso pedir reparação àqueles que empregam o senhor; não os conheço, ou eles estão muito distantes. Mas o senhor está sob a minha mão, e eu juro por Deus que, se der um passo atrás de mim quando eu levantar o pé para subir até onde estão aqueles senhores... eu juro: racho a sua cabeça com um golpe de espada e o jogo na água. Ah!, o que será será. Eu fiquei colérico somente seis vezes em toda a minha vida, senhor, e, nas cinco vezes que antecederam esta de agora, eu matei o homem que me afrontava.

O oficial não se mexeu; ficou pálido ao ouvir essa terrível ameaça, e respondeu com simplicidade:

— O senhor erra ao contrariar as ordens que me passaram.

Porthos e Aramis, mudos e arrepiados no alto do parapeito, gritaram para o mosqueteiro:

— D'Artagnan, cuidado!

D'Artagnan silenciou-os com um gesto, com uma calma espantosa levantou o pé e se virou para trás, a mão na espada, para ver se o oficial o seguia.

O oficial fez o sinal da cruz e avançou.

Porthos e Aramis, que conheciam o seu D'Artagnan, deram um grito e se precipitaram para impedir o golpe que já acreditavam ouvir.

Mas D'Artagnan, passando a espada para a mão esquerda, disse com a voz carregada de emoção:

— O senhor é um homem corajoso. Vai entender melhor agora o que acabei de lhe falar.

— Fale, senhor D'Artagnan, fale — pediu o bravo oficial.

— Esses senhores que viemos ver, e contra quem o senhor tem ordens, são meus amigos.

— Sei disso, senhor.

— O senhor compreende que eu não posso agir com eles como as suas instruções lhe recomendam.

— Entendo a sua situação.

— Muito bem, permita-me conversar com eles sem testemunha.

— Senhor D'Artagnan, se ceder ao seu pedido, se fizer o que o senhor me pede, eu faltarei à minha palavra; mas, se não fizer isso, eu lhe desagradarei. Gosto mais de uma coisa que da outra. Converse com os seus amigos e não me despreze, senhor, por fazer por dedicação ao senhor, só pelo senhor, que eu estimo e honro, um ato reprovável.

D'Artagnan, emocionado, passou rapidamente os braços pelo pescoço do jovem e subiu ao encontro dos amigos.

O oficial, envolvido em sua capa, sentou-se nos degraus cobertos de algas úmidas.

— Muito bem! — disse D'Artagnan aos amigos —, essa é a situação; agora julguem.

Os três se abraçaram e sustentaram o abraço por um momento, como nos belos tempos da juventude.

— O que significam todos esses rigores? — perguntou Porthos.

— Você deve desconfiar de alguma coisa, caro amigo — replicou D'Artagnan.

— Não muita, garanto, meu capitão; pois, enfim, eu não fiz nada e Aramis tampouco — apressou-se o bom homem a acrescentar.

D'Artagnan lançou ao prelado um olhar de censura,

que penetrou no coração endurecido do seu companheiro.

— Caro Porthos! — exclamou o bispo de Vannes.

— Veja o que fizeram — disse D'Artagnan. — Interceptaram tudo o que sai de Belle-Île e tudo o que chega aqui. Os seus barcos estão todos presos. Se você tivesse tentado fugir, cairia nas mãos dos barcos que sulcam o mar e o prenderiam. O rei quer você e vai prendê-lo.

E D'Artagnan arrancou furiosamente alguns fios do bigode grisalho.

Aramis ficou lúgubre e Porthos, encolerizado.

— Minha ideia era esta — prosseguiu D'Artagnan. — Levar vocês dois a bordo do meu barco, conservá-los perto de mim e depois libertá-los. Mas, agora, quem me garante que, ao voltar ao meu barco, eu não encontrarei lá um superior, não encontrarei ordens secretas que me retiram o comando para dá-lo a outra pessoa e que dispõem de mim e de vocês sem nenhuma esperança de ajuda?

— Precisamos ficar em Belle-Île — disse Aramis, resoluto —, e eu lhe respondo que não me renderei facilmente.

Porthos nada disse. D'Artagnan notou o silêncio do amigo.

— Vou tentar ainda falar com esse oficial, esse homem corajoso que me acompanha, e cuja leal e brava resistência me enche de satisfação; pois essa atitude denota um homem honesto que, embora nosso inimigo, vale mil vezes mais que um covarde complacente. Vamos tentar, e saibamos dele o que ele tem direito de fazer, o que as suas instruções lhe permitem ou lhe proíbem.

— Tentemos — disse Aramis.

D'Artagnan foi até o parapeito, debruçou-se na direção dos degraus do molhe e chamou o oficial, que imediatamente se mostrou.

— Senhor — disse-lhe D'Artagnan, depois de uma troca das cortesias mais gentis, naturais entre fidalgos que se conhecem e se apreciam dignamente —, se eu quisesse levar comigo estes senhores, o que o senhor faria?

— Eu não me oporia, senhor; mas, tendo ordem direta, ordem formal de mantê-los sob a minha guarda, eu os vigiaria.

— Ah — assentiu D'Artagnan.

— Acabou — disse Aramis surdamente.

Porthos não se mexeu.

— Leve Porthos — sugeriu o bispo de Vannes. — Ele saberá provar ao rei que não tem nada a ver com o caso; eu o ajudarei nisso, e o senhor também, senhor D'Artagnan.

— Hum — fez D'Artagnan. — Você quer ir? Quer me seguir, Porthos? O rei é clemente.

— Quero refletir — pediu Porthos nobremente.

— Então você fica aqui?

— Até nova ordem — exclamou Aramis, decidido.

— Até termos tido uma ideia — tornou D'Artagnan —, e eu acho que isso não vai demorar, porque já tenho uma.

— Então, vamos logo nos despedir! — volveu Aramis. — Mas na verdade, caro Porthos, você devia ir.

— Não — respondeu Porthos laconicamente.

— Como você quiser — disse Aramis, um pouco magoado, na sua suscetibilidade nervosa, com o tom lúgubre do companheiro. — Mas estou tranquilo com essa promessa de uma ideia feita por D'Artagnan; ideia que eu adivinhei, acho.

— Vejamos! — convocou o mosqueteiro, aproximando a orelha da boca de Aramis.

Este disse ao capitão muitas palavras rápidas, às quais D'Artagnan respondeu:

— Exatamente isso.

— Infalível, então! — exclamou Aramis, satisfeito.

— Cuide-se, Aramis, durante a primeira emoção que essa decisão provocará.

— Ah, não se preocupe.

— Agora, senhor — disse D'Artagnan ao oficial —, mil vezes obrigado. O senhor acabou de fazer três amigos para a vida inteira.

— Sim — reforçou Aramis.

Porthos foi o único a não se pronunciar; concordou e baixou a cabeça.

D'Artagnan, tendo abraçado ternamente os dois velhos amigos, deixou Belle-Île com o companheiro inseparável que o senhor Colbert lhe tinha providenciado.

Assim, com exceção da espécie de explicação com que o honrado Porthos tinha querido se contentar, aparentemente nada havia mudado na sorte de uns e outros.

— Há apenas — disse Aramis — a ideia de D'Artagnan.

D'Artagnan não retornou a bordo sem investigar profundamente a ideia que acabara de revelar.

Ora, sabemos que, quando investigava profundamente algo, D'Artagnan tinha o hábito de pensar alto.

Quanto ao oficial, que voltara a emudecer, ele o deixou respeitosamente em sua meditação sem pressa.

Assim, ao pôr o pé no navio atracado à distância de tiro de Belle-Île, o capitão dos mosqueteiros já havia reunido todos os meios ofensivos e defensivos.

Ele reuniu imediatamente o seu conselho.

Esse conselho se compunha dos oficiais que serviam sob suas ordens.

Esses oficiais eram em número de oito.

Um chefe das forças marítimas.

Um major dirigente da artilharia.

Um engenheiro.

O oficial que nós conhecemos.

Quatro tenentes.

Tendo então reunido todos eles na câmara de popa, D'Artagnan levantou-se, tirou o chapéu e começou nestes termos:

— Senhores, eu fui conhecer Belle-Île-en-Mer e achei a guarnição boa e sólida, e foram feitos todos os preparativos para uma defesa que pode se tornar difícil. Assim, tenho a intenção de mandar chamar dois dos principais oficiais da praça para conversarmos com eles. Tendo-os separado das suas tropas e dos seus canhões, seremos mais capazes de lidar com eles, sobretudo com bons argumentos. Essa é a sua opinião, senhores?

O major da artilharia se levantou.

— Senhor — disse ele respeitosamente, mas com firmeza —, acabo de ouvi-lo dizer que a praça prepara uma defesa difícil. A praça está, portanto, segundo o seu conhecimento, determinada a se rebelar?

É a **praça** de armas: a parte de uma fortificação onde a tropa se concentra para se defender ou iniciar um ataque.

D'Artagnan ficou visivelmente desconcertado por essa pergunta, mas não era homem de se deixar abater por tão pouco, e voltou a falar.

— Senhor — disse ele —, a sua pergunta é justa. Mas o senhor não ignora que Belle-Île-en-Mer é um feudo do senhor Fouquet, e os reis antigos deram aos senhores de Belle-Île o direito de se armar contra eles.

O major fez um movimento.

— Ah, não me interrompa — continuou D'Artagnan. — O senhor vai me dizer que esse direito de se armar contra os ingleses não é o direito de se armar contra o seu rei. Mas não é o senhor Fouquet, suponho, que detém Belle-Île, pois anteontem eu prendi o senhor Fouquet. Ora, os habitantes e defensores de Belle-Île não sabem dessa prisão. O senhor a anunciaria para eles em vão. É uma coisa tão inaudita, tão extraordinária, que eles não acreditariam. Um bretão serve ao seu senhor, e não aos seus senhores; ele serve ao seu senhor até ele morrer. Ora, os bretões, que eu saiba, não viram o cadáver do senhor Fouquet. Assim, não surpreende que eles lutem até o fim contra tudo o que não é o senhor Fouquet ou a assinatura dele.

O major se inclinou, em sinal de assentimento.

— É por isso — prosseguiu D'Artagnan — que eu proponho mandar vir aqui, a bordo do meu barco, dois dos principais oficiais da guarnição. Eles os verão, senhores; eles verão as forças de que nós dispomos; saberão, consequentemente, no que devem confiar sobre a sorte que os aguarda em caso de rebelião. Nós lhes afirmaremos sobre a nossa honra que o senhor Fouquet é prisioneiro e que qualquer resistência somente lhe seria prejudicial. Nós lhes diremos que, dado o primeiro tiro de canhão, não há nenhuma misericórdia a esperar do rei. Então, eu espero, pelo menos, que eles não resistam mais. Eles se entregarão sem combate, e nós teremos amigavelmente uma praça que poderia nos custar caro conquistar.

O oficial que tinha seguido D'Artagnan a Belle-Île preparou-se para falar, mas D'Artagnan o interrompeu.

— Sim, eu sei o que o senhor vai me dizer, senhor; sei que há ordem do rei de impedir qualquer comunicação secreta com os defensores de Belle-Île, e é justamente por isso que proponho me comunicar apenas na presença de todo o meu estado-maior.

E D'Artagnan fez para os seus oficiais um sinal de cabeça que tinha por fim dar maior valor a essa condescendência.

Os oficiais se entreolharam, como se querendo ler a sua opinião nos olhos uns dos outros, com a intenção de fazer o que D'Artagnan desejava caso entrassem em acordo quanto a isso. E, já antecipando com alegria que o resultado do consentimento do seu estado-maior seria o envio de um barco para Porthos e Aramis, o capitão viu o oficial do rei tirar do peito um envelope e entregá-lo a ele.

O envelope trazia acima do sobrescrito o número 1.

— O que é isso? — murmurou o capitão, surpreso.

— Leia, senhor — disse o oficial, inclinando-se com uma cortesia que não era isenta de tristeza.

D'Artagnan, muito desconfiado, desdobrou o papel e leu estas palavras:

> O senhor D'Artagnan está proibido de reunir qualquer conselho ou de deliberar de algum modo antes que Belle-Île se renda e que os prisioneiros sejam passados ao fio da espada.
> Assinado, Luís.

D'Artagnan reprimiu o movimento de impaciência que percorreu todo o seu corpo; e, com um sorriso gracioso, disse:

— Está certo, senhor, vamos agir de acordo com as ordens do rei.

Nota lateral: O time de oficiais que ajudam o comandante de uma operação militar é o **estado-maior**. Eles dão palpites na estratégia e na tática — e também palpitam muito na execução do plano decidido.

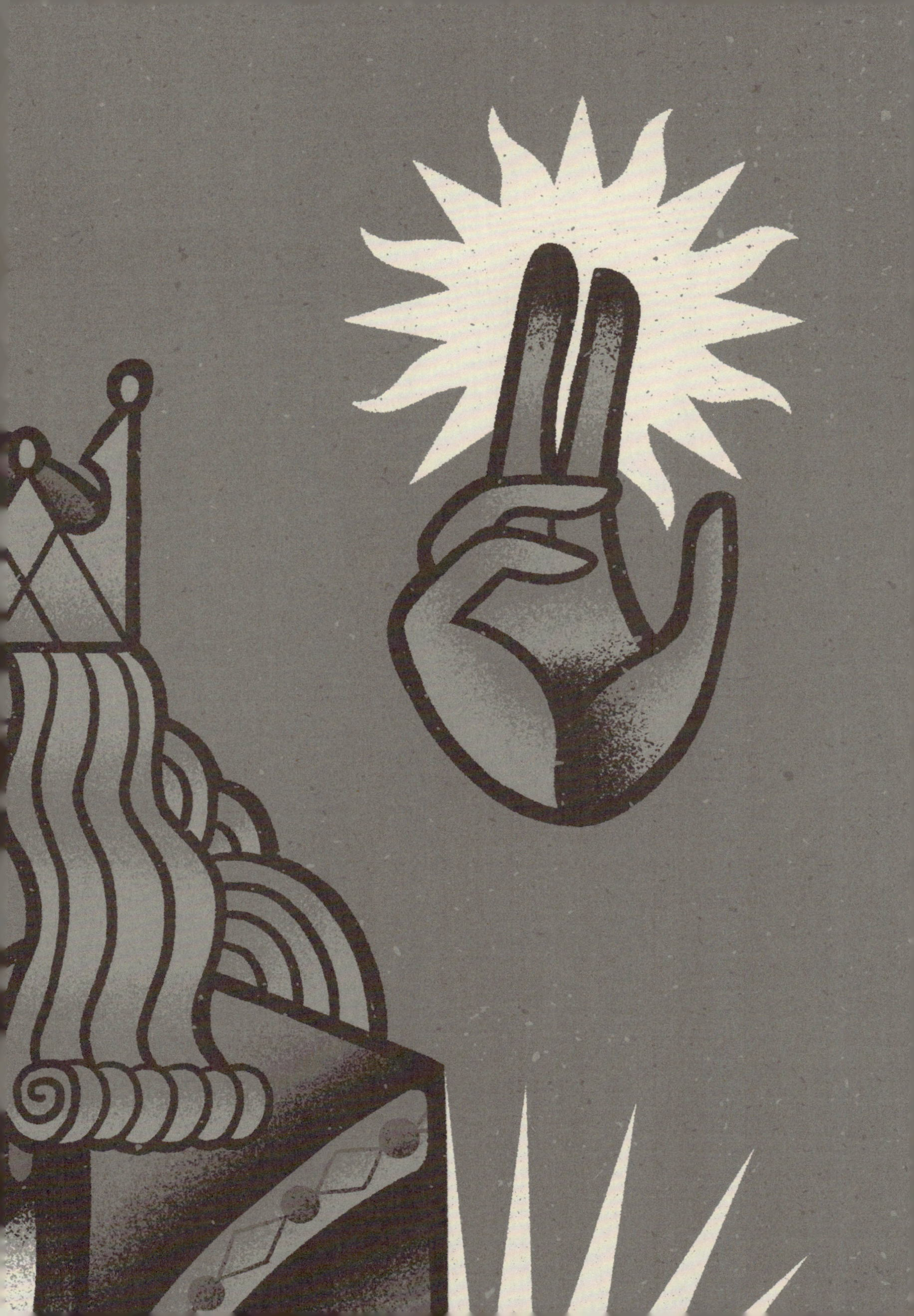

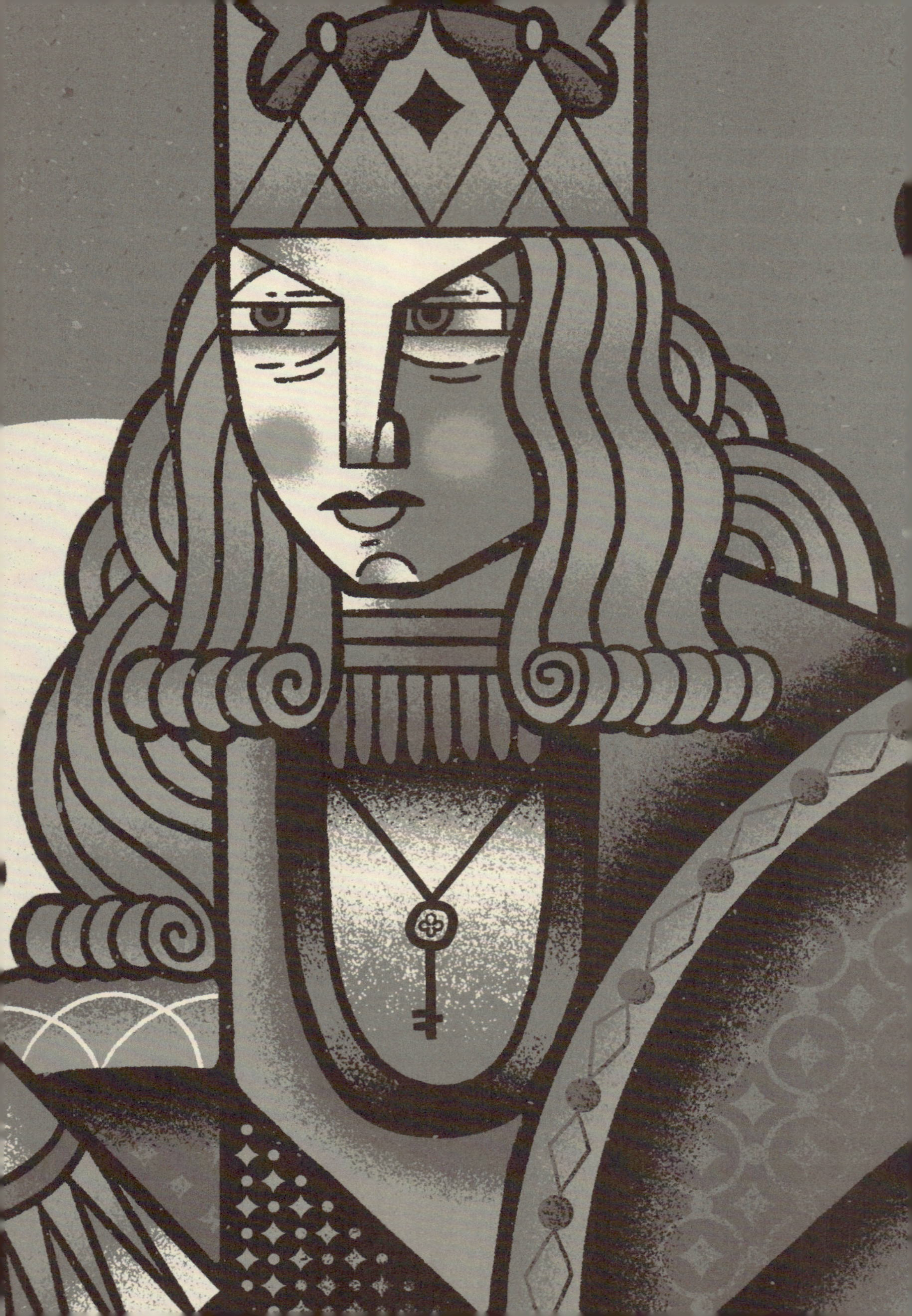

CONTINUAÇÃO DAS IDEIAS DO REI E DAS IDEIAS DO SENHOR D'ARTAGNAN

O GOLPE FOI DIRETO, rude, mortal. D'Artagnan ficou furioso com o fato de sua ideia ter sido prevista pelo rei, mas não se desesperou e, refletindo, pressagiou nessa ideia que trouxera de Belle-Île um novo meio de salvar seus amigos.

— Senhores — disse ele, subitamente —, uma vez que o rei confiou a outra pessoa, e não a mim, as suas ordens secretas, isso significa que não tenho mais a sua confiança, e eu seria realmente indigno se tivesse a coragem de conservar um comando sujeito a tantas suspeitas injuriosas. Assim, vou imediatamente apresentar minha demissão ao rei. Demito-me diante dos senhores, ordenando-lhes que recuem comigo pela costa da França, de modo a não comprometer forças que Sua Majestade me confiou. Por isso, voltem aos seus postos e ordenem a volta; daqui a uma hora nós teremos o fluxo da maré. Ocupem seus postos, senhores. Suponho — acrescentou ele, vendo que todos obedeciam, com exceção do oficial supervisor — que desta vez o senhor não terá ordem a objetar.

D'Artagnan estava quase triunfante ao dizer essas palavras. O plano era a salvação dos seus amigos. Levantado o bloqueio, eles poderiam embarcar imediatamente e rumar para a Inglaterra ou a Espanha sem nenhuma preocupação. Enquanto eles fugiam, D'Artagnan iria até o rei, justificaria a sua volta pela indignação que as suspeitas de Colbert tinham despertado nele; então o mandariam retornar com plenos poderes e ele tomaria Belle-Île, quer dizer, a gaiola, mas sem os pássaros fugidos.

Mas a esse plano o oficial opôs uma segunda ordem do rei, que estava assim redigida:

> Do momento em que o senhor D'Artagnan tiver manifestado o desejo de entregar a sua demissão, ele não mais será considerado chefe da expedição, e qualquer oficial sob as suas ordens deixará de obedecer-lhe. Além disso, o senhor D'Artagnan, tendo perdido a qualidade de chefe do exército enviado contra Belle-Île, deverá partir imediatamente para a França em companhia do oficial que lhe terá entregado a mensagem, e que o fará prisioneiro, sob a sua responsabilidade.

> Na **França** eles até que estão, mas o rei aí fala é do continente e não do mar nem da ilha — é mais ou menos como o papo dos ingleses, que falam da Europa como se eles não fizessem parte do continente europeu, entendeu?

D'Artagnan, homem tão corajoso e tranquilo, empalideceu. Tudo fora calculado com uma profundidade que, pela primeira vez em trinta anos, o fez lembrar a sólida previdência e a lógica inflexível do grande cardeal.

Ele apoiou a cabeça na mão, pensando, respirando com dificuldade.

"Se eu pusesse essa ordem no bolso", pensou, "quem saberia disso ou quem me impediria? Antes que o rei fosse informado dela, eu teria salvado os dois coitados que estão ali. Vamos, audácia! Minha cabeça não é dessas que um algoz corta para punir uma desobediência. Desobedeçamos!".

Mas, no momento em que ia adotar esse plano, ele viu os oficiais à sua volta lerem ordens semelhantes, que aquele infernal agente do pensamento de Colbert acabava de lhes entregar.

Como os demais, o caso de desobediência fora previsto.

— Senhor — veio dizer-lhe o oficial —, espero a sua disposição de partir.

— Estou pronto, senhor — replicou o capitão rangendo os dentes.

O oficial pediu imediatamente um bote, que veio receber D'Artagnan.

Ao ver o bote, ele quase enlouqueceu de raiva.

— Como — balbuciou — se fará aqui para dirigir os vários corpos de guarda?

— Tendo o senhor partido — respondeu o comandante dos navios —, é a mim que o rei confia a sua frota.

— Então — respondeu o homem de Colbert dirigindo-se ao novo chefe —, é para o senhor a última ordem que me foi dada. Vejamos os seus poderes.

— Estão aqui — disse o marinheiro exibindo uma assinatura real.

— Eis as suas instruções — replicou o oficial entregando-lhe o envelope. E então se virou para D'Artagnan.

— Vamos, senhor — disse ele, com emoção na voz por ver o desespero naquele homem de ferro —, faça o favor de partir.

— Imediatamente — disse baixinho D'Artagnan; estava vencido, aterrado pela implacável impossibilidade.

E se deixou deslizar na pequena embarcação, que singrou para a França com um vento favorável e levada pela maré montante. Os guardas do rei embarcaram com ele.

Entretanto, o mosqueteiro ainda mantinha a esperança de chegar a Nantes bem rápido, e defender eloquentemente a causa dos seus amigos para dobrar o rei.

O barco voava como uma andorinha. D'Artagnan via distintamente a terra da França se perfilar em negro sobre as nuvens brancas da noite.

— Ah, senhor — disse ele em voz baixa para o oficial, a quem já não dirigia a palavra havia uma hora —, quanto eu não daria para conhecer as instruções do novo comandante! São pacíficas, não é mesmo? E...

Ele não concluiu; um longínquo tiro de canhão ribombou sobre a superfície das ondas, depois outro, e dois ou três mais fortes. D'Artagnan se arrepiou.

— Abriram fogo sobre Belle-Île — respondeu o oficial.

O bote acabava de tocar a terra da França.

Os **corpos de guarda** são os diferentes conjuntos de soldados.

O mar tem um movimento de sobe e desce do nível da água que é bem regular. Quando a água está no ponto mais baixo, a gente diz que é a maré baixa, baixa-mar ou fim da jusante. E o oposto é chamado de maré alta ou máximo do fluxo. Quando as águas ainda estão no processo de descida do nível, temos a maré jusante, maré descendente ou refluxo da maré. Já para o processo de subida do nível da água, falamos **maré montante**.

OS ANCESTRAIS DE PORTHOS

QUANDO D'ARTAGNAN deixou Aramis e Porthos, estes voltaram para o forte principal, a fim de conversar com mais liberdade.

Porthos, sempre preocupado, incomodava Aramis, cujo espírito nunca se mostrara mais livre.

— Caro Porthos — disse este, subitamente —, eu vou lhe explicar a ideia de D'Artagnan.

— Que ideia, Aramis?

— Uma ideia à qual deveremos a liberdade antes de doze horas.

— Ah, é? — exclamou Porthos, admirado. — Vejamos.

— Você notou, pela cena que o nosso amigo teve com o oficial, que algumas ordens o incomodam em relação a nós?

— Notei.

— Muito bem, D'Artagnan vai entregar a sua demissão ao rei, e durante a confusão que resultará da sua ausência nós nos poremos a salvo, ou, melhor, você se porá a salvo, você, Porthos, se a fuga só for possível para uma pessoa.

Nesse ponto, Porthos balançou a cabeça e respondeu:

— Nós vamos nos salvar juntos, Aramis, ou ficaremos aqui juntos.

— Você é um coração generoso — disse Aramis. — Mas a sua inquietação sombria me aflige.

— Eu não estou inquieto — disse Porthos.

— Então você me culpa?

— Eu não o culpo.

— Pois bem, caro amigo, então por que essa cara lúgubre?

— Vou lhe dizer: estou fazendo o meu testamento.

E, ao pronunciar essas palavras, o bom Porthos dirigiu a Aramis um olhar triste.

— Seu testamento! — exclamou o bispo. — Ora, você acha que está perdido?

— Estou cansado. É a primeira vez, e na minha família existe um costume.

— Que costume, amigo?

— Meu avô era um homem duas vezes mais forte que eu.

— Puxa! Então o seu avô era Sansão?

— Não, ele se chamava Antoine. Pois bem, ele tinha a minha idade quando, indo para a caça um dia, sentiu as pernas fracas, ele, que nunca sentira isso.

— O que significava esse cansaço, meu amigo?

— Nada de bom, como você vai ver, porque quando saiu, queixando-se sempre das pernas ruins, um javali o enfrentou, ele errou o tiro de bacamarte e foi rasgado pelo animal. Morreu na hora.

— Isso não é razão para você se alarmar, caro Porthos.

— Ah, você vai ver. Meu pai era forte como eu. Era um rude soldado de Henrique III e de Henrique IV; não se chamava Antoine, e sim Gaspard, como o senhor de Coligny. Sempre a cavalo, ele nunca soube o que é cansaço. Uma noite, ao se levantar da mesa, suas pernas fraquejaram.

— Tinha comido muito, talvez — disse Aramis —, e por isso cambaleou.

— Ora, um amigo do senhor de Bassompierre, imagine! Não, eu lhe conto. Ele se admirou desse cansaço e disse à minha mãe, que o ridicularizou: "Será que eu vou ver um javali, como o finado senhor Duvallon meu pai?".

— E então? — indagou Aramis.

— Então, desdenhando dessa fraqueza, meu pai quis descer ao jardim em vez de ir para a cama; desde o primeiro degrau o pé lhe faltou; a escada era muito íngreme; meu pai foi cair num ângulo de pedra no qual havia uma argola de ferro. A argola lhe abriu a têmpora, e ele caiu morto ali.

A história lá na Bíblia é que **Sansão** era forte pra caramba, muito mais que qualquer outro ser humano, mas que essa potência toda estava ligada ao seu cabelo. Se ele cortasse as madeixas, a força ia embora no ato. Sansão tinha um rolo amoroso com Dalila, que, traíra absoluta, botou um criado pra meter a tesoura na cabeleira de Sansão enquanto o cara roncava. E ele acordou um nada, coitado. Aí os inimigos do San aproveitaram a novidade daquela fraqueza e furaram seus olhos e o escravizaram. Mas o cabelo voltou a crescer, e um dia Sansão se vingou de seus inimigos. Resultado: morreram todos. Inclusive ele.

Bacamarte > arma de fogo, portátil, de cano curto e largo, com a ponta em formato de sino.

Aramis ergueu os olhos para o amigo.

— São duas circunstâncias extraordinárias — disse ele. — Não vamos inferir que haverá uma terceira. Não convém a um homem forte como você ser supersticioso, meu bravo Porthos; além do mais, suas pernas não estão se dobrando. Você nunca esteve tão ereto e soberbo; é capaz de levar nas costas uma casa.

— Neste momento — disse Porthos —, eu estou bem disposto; mas há pouco vacilei, me abati, e ultimamente esse fenômeno, como diz você, se apresentou quatro vezes. Isso não me dá medo, mas me contraria. A vida é uma coisa agradável. Eu tenho dinheiro; tenho belas terras; tenho cavalos dos quais gosto; tenho também amigos de que gosto: D'Artagnan, Athos, Raoul e você.

O admirável Porthos nem se deu ao trabalho de dissimular para Aramis o lugar que ele ocupava nas suas amizades.

Aramis apertou a sua mão.

— Nós viveremos ainda muitos anos — disse ele —, para conservar no mundo amostras de homens raros. Acredite em mim, caro amigo, nós não temos nenhuma resposta de D'Artagnan, e isso é um bom sinal; ele deve ter dado ordens para reunir a frota e deixar o mar. Ordenei agora há pouco que levem um barco sobre roletes até a saída da grande caverna de Locmaria; você sabe: é o lugar onde tantas vezes ficamos esperando as raposas.

— Sim, e que vai dar na angrazinha da passagem estreita que nós descobrimos no dia em que aquela magnífica raposa escapou por lá.

— Exatamente. Caso tudo dê errado, nessa caverna esconderão um barco para nós; ele já deverá estar lá. Nós esperaremos o momento favorável e durante a noite nos lançaremos ao mar.

— Essa é uma boa ideia. E o que nós ganhamos com ela?

— O que ganhamos é que ninguém conhece essa grota, ou, antes, a saída dela, fora nós e dois ou três caçadores da ilha; ganhamos também porque, se a ilha for ocupada, os

---

O litoral não é uma linha reta feita com régua. Ele é cheio de pontas de terra que se esticam pra cima do mar (os cabos) e de reentrâncias, que é onde parece que o mar avança pra cima da terra. Quando esse avanço rola e cria um semicírculo ali, ele pode ser chamado de golfo, se for um mar grande. O nome muda pra baía se for de tamanho médio, e para enseada ou **angra** se for tipo pequetito.

exploradores, não vendo o barco na margem, não desconfiarão de que podemos escapar e deixarão de vigiar.

— Entendo.

— Muito bem. E as pernas?

— Ah!, excelentes neste momento.

— Então, você pode ver que tudo conspira para nos dar descanso e esperança. D'Artagnan limpa o mar e nos liberta. Não temos mais de temer frota real nem desembarque. Viva Deus! Porthos, temos ainda meio século de boas aventuras, e, se eu chego à terra da Espanha, juro a você — acrescentou o bispo, com uma energia terrível — que o seu título de duque não é tão improvável como se pode crer.

— Esperemos — disse Porthos, um pouco reanimado com essa nova cordialidade do seu companheiro.

De repente, se ouviu um grito.

— Às armas!

Esse grito, repetido por cem vozes e chegado ao lugar onde estavam os dois amigos, provocou surpresa em um deles e inquietação no outro.

Aramis abriu a janela e viu que uma multidão corria com tochas. As mulheres fugiam, as pessoas armadas ocupavam seus postos.

— A frota!, a frota! — gritou um soldado que reconheceu Aramis.

— A frota — repetiu este.

— A meio tiro de canhão — completou o soldado.

— Às armas! — gritou Aramis.

— Às armas! — repetiu formidavelmente Porthos.

E os dois se lançaram em direção ao molhe, para ficar abrigados atrás das baterias.

Viu-se a aproximação das chalupas carregadas de soldados; elas tomaram três direções, para desembarcar simultaneamente em três pontos.

— O que é preciso fazer? — indagou um oficial de guarda.

— Faça-as parar, e, se elas continuarem, fogo! — disse Aramis.

Cinco minutos depois, os canhões começaram a disparar.

Eram os tiros que D'Artagnan tinha ouvido ao chegar à França.

Mas as chalupas estavam perto demais do molhe para que os canhões continuassem atirando. Elas atracaram e, então, o combate começou quase corpo a corpo.

— O que você tem, Porthos? — perguntou Aramis ao amigo.

— Nada... as pernas... é mesmo incompreensível... elas ficam boas quando há luta.

De fato, Porthos e Aramis entraram no combate com tal vigor, animaram tão bem seus homens, que os combatentes do rei precipitaram-se a reembarcar, sem levar outra coisa além de feridos.

— Ah!, mas, Porthos — exclamou Aramis —, precisamos de um prisioneiro! Rápido! Rápido!

Porthos se agachou na escada do molhe e agarrou pela nuca um dos oficiais do exército real que esperava o embarque de todos os seus companheiros para só então entrar na chalupa. O braço do gigante levantou a presa, que lhe serviu de escudo para se levantar sem que disparassem contra ele.

— Eis um prisioneiro — disse Porthos a Aramis.

— Muito bem! — exclamou este, rindo —, pode parar de desacreditar das suas pernas.

— Mas não foi com as pernas que eu o prendi — replicou Porthos com tristeza —, foi com o braço.

O FILHO DE BISCARRAT

OS BRETÕES DA ILHA estavam muito orgulhosos daquela vitória. Aramis não os estimulou.

— O que vai acontecer — disse ele a Porthos, quando todos voltaram — é que a cólera do rei reacenderá com o relato da resistência e que essas boas pessoas serão dizimadas ou queimadas quando a ilha for tomada, o que infalivelmente acontecerá.

— Conclui-se, então — disse Porthos —, que nós não fizemos nada de útil.

— Por enquanto, fizemos — replicou o bispo —, pois temos um prisioneiro e com ele poderemos saber o que os nossos inimigos preparam.

— Sim, vamos interrogar esse prisioneiro — disse Porthos —, e o meio de fazer que ele fale é simples: nós vamos jantar e o convidamos; depois de beber, ele falará.

E assim foi feito. O oficial, um pouco apreensivo inicialmente, se tranquilizou ao ver as pessoas com que iria tratar.

Sem receio de se comprometer, ele deu todos os detalhes imagináveis sobre a demissão e a partida de D'Artagnan.

Explicou como, depois dessa partida, o novo chefe da expedição tinha ordenado uma surpresa para Belle-Île. E suas explicações se limitaram a isso.

Aramis e Porthos trocaram um olhar que evidenciou o seu desespero.

Não se podia contar com a valiosa imaginação de D'Artagnan, e, consequentemente, não haveria recurso em caso de derrota.

Continuando o interrogatório, Aramis perguntou ao prisioneiro o que os homens do rei pensavam em fazer com os senhores de Belle-Île.

— A ordem — replicou ele — é matar em combate e enforcar os sobreviventes.

Aramis e Porthos olharam-se novamente.

O rosto de ambos se tingiu de vermelho.

— Sou muito leve para a forca — respondeu Aramis. — Pessoas como eu não são enforcadas.

— E eu sou muito pesado — disse Porthos. — Pessoas como eu rompem a corda.

— Tenho certeza — disse amavelmente o prisioneiro — de que lhes daríamos a graça de escolher a morte que os senhores desejarem.

— Mil agradecimentos — disse Aramis com ar sério.

Porthos se inclinou.

— Mais uma taça de vinho à sua saúde — ofereceu ele enquanto bebia.

De assunto em assunto, o jantar se prolongou. O oficial, que era um fidalgo inteligente, de bom grado se abandonou ao encanto da mente de Aramis e à cordial bonomia de Porthos.

— Perdoe-me — disse ele — se lhe faço uma pergunta, mas pessoas que estão na sexta garrafa têm direito de se esquecer um pouco de algo.

— Faça — disse Porthos —, faça.

— Fale — disse Aramis.

— Os senhores não estavam, os dois, entre os mosqueteiros do finado rei?

— Sim, senhor, e dos melhores, sem falsa modéstia.

— É verdade; eu diria, até, os melhores de todos os soldados, senhores, se não temesse ofender a memória do meu pai.

— Do seu pai?! — exclamou Aramis.

— O senhor sabe como eu me chamo?

— Palavra, não sei, mas o senhor me diga e...

— Eu me chamo Georges de Biscarrat.

— Ah! — exclamou Porthos, por sua vez —, Biscarrat! Você se lembra desse nome, Aramis?

Em *Os três mosqueteiros* existe um personagem chamado **Biscarrat** e que faz parte da guarda do Richelieu.

— Biscarrat... — pensou em voz alta o bispo. — Acho que sim.

— Tente se lembrar, senhor — disse o oficial.

— Diabo! É para já — disse Porthos. — Biscarrat, que chamávamos de Cardeal... Um dos quatro que vieram nos interromper no dia em que fizemos amizade com D'Artagnan, empunhando a espada...

— Exatamente, senhores.

— O único — disse Aramis, entusiasmado — que nós não ferimos.

— Ou seja, uma boa lâmina — disse o prisioneiro.

— É verdade, bem verdade — disseram juntos os dois amigos. — Palavra!, senhor de Biscarrat, estamos encantados por conhecer um homem tão corajoso.

Biscarrat apertou as mãos que os dois velhos mosqueteiros lhe estendiam.

Aramis olhou para Porthos como quem dizia: "Eis aí um homem que vai nos ajudar". E começou imediatamente a cuidar do seu plano.

— Confesse — disse ele —, senhor, que é bom ter sido um homem honesto.

— Meu pai sempre disse isso, senhor.

— Confesse também que é uma triste circunstância essa em que o senhor se encontra, de reencontrar pessoas destinadas a serem alvejadas ou enforcadas, e de saber que essas pessoas são velhos conhecidos, velhos conhecidos hereditários.

— Ah, os senhores não estão reservados para essa sorte terrível, amigos! — disse, pressuroso, o jovem.

— Ora, o senhor disse isso.

— Disse há pouco, quando não os conhecia; mas, agora que os conheço, eu digo: os senhores evitarão esse destino funesto, se quiserem.

— E como queremos! — exclamou Aramis, cujos olhos brilharam com inteligência, olhando alternadamente para o seu prisioneiro e para Porthos.

— Desde que — prosseguiu Porthos, olhando, por sua vez, com nobre intrepidez para o senhor de Biscarrat e para o bispo — não nos peçam covardias.

— Nada lhes será pedido, senhores — tornou o fidalgo do exército real. — O que o senhor quer que lhes peçam? Se os encontrarem, os senhores serão mortos, isso é certo. Assim, tratem de cuidar para que não os encontrem.

— Acho que não me engano — disse Porthos, com dignidade —, mas me parece que, para nos encontrar, é preciso que venham nos procurar aqui.

— Nisso o senhor tem toda a razão, meu honrado amigo — concordou Aramis, sempre interrogando com o olhar a fisionomia de Biscarrat, silencioso e constrangido. — Senhor de Biscarrat, quer nos dizer alguma coisa, nos fazer alguma revelação e não ousa, não é verdade?

— Ah, senhores e amigos, é que falando eu traio as ordens. Mas, esperem, estou ouvindo uma voz que dispensa a minha, dominando-a.

— O canhão! — disse Porthos.

— O canhão e os mosqueteiros! — exclamou o bispo.

Ouviram-se ribombar ao longe, nas rochas, os barulhos sinistros de um combate que durou pouquíssimo tempo.

— O que é isso? — perguntou Porthos.

— Ah!, diabo! — exclamou Aramis —, era disso que eu desconfiava.

— Do quê?

— O ataque que os senhores fizeram era fingido, não é verdade, senhor? E, enquanto as suas companhias se deixavam rechaçar, os senhores tinham certeza de realizar um desembarque do outro lado da ilha.

— Ah, muitos, senhor.

— Então nós estamos perdidos — disse calmamente o bispo de Vannes.

— Perdidos! É possível — respondeu o senhor de Pierrefonds —, mas não estamos presos nem enforcados. — E, dizendo essas palavras, ele se levantou da mesa, aproximou-se da parede e, friamente, retirou de lá a sua espada e as pistolas, examinando-as com o cuidado do velho soldado que se prepara para o combate e sente que sua vida repousa em grande parte na excelência e na boa situação das suas armas.

Ao barulho do canhão, à notícia da surpresa que poderia entregar a ilha às tropas reais, a multidão desorientada correu para o forte. Vinha pedir ajuda e conselho aos seus chefes.

Aramis, pálido e vencido, mostrou-se entre duas tochas na janela que dava para o grande pátio, cheio de soldados que esperavam ordens e de moradores perdidos que imploravam por socorro.

— Meus amigos — disse D'Herblay com voz grave e sonora —, o senhor Fouquet, seu protetor, seu amigo, seu pai, foi preso por ordem do rei e jogado na Bastilha.

Um longo grito de fúria e ameaça se elevou até a janela onde estava o bispo e envolveu-o num fluido vibrante.

— Vamos vingar o senhor Fouquet! — gritaram os mais exaltados. — Morte aos mandantes!

— Não, meus amigos — replicou solenemente Aramis —, não, meus amigos, nada de resistência. O rei é senhor no seu reino. O rei é o mandatário de Deus. O rei e Deus derrubaram o senhor Fouquet. Humilhem-se diante da mão de Deus. Amem a Deus e ao rei, que derrubaram o senhor Fouquet. Mas não vinguem o seu senhor, não procurem vingá-lo. Os senhores se sacrificariam em vão, os senhores, as suas mulheres e os seus filhos, os seus bens e a sua liberdade. Baixem as armas! Meus amigos, baixem as armas, pois o rei manda que façam isso, e se retirem pacificamente para o seu lar. Quem pede isso sou eu, sou eu que lhes imploro, sou eu que, nessa necessidade, lhes ordeno em nome do senhor Fouquet.

A multidão reunida sob a janela emitiu um longo frêmito de cólera e terror.

— Os soldados do rei Luís XIV entraram na ilha — prosseguiu Aramis. — Agora não seria mais um combate entre eles e os senhores; seria um massacre. Voltem, voltem e esqueçam. Desta vez eu lhes ordeno isso em nome do Senhor.

Os revoltosos se retiraram lentamente mas submissos e mudos.

— Ah, isso agora! Mas o que você estava dizendo, meu amigo? — perguntou Porthos.

— O senhor salva todos esses moradores — disse Biscarrat ao bispo —, mas não salva o seu amigo nem tampouco a si próprio.

— Senhor de Biscarrat — disse com uma singular entonação de nobreza e cortesia o bispo de Vannes —, seja bom o bastante para ter de volta a sua liberdade.

— Eu quero muito isso, senhor, mas...

— Mas com isso o senhor nos fará um favor, pois anunciando ao tenente do rei a submissão dos insulares o senhor talvez obtenha um indulto informando-lhe como foi que se deu essa submissão.

— Indulto! — replicou Porthos, com olhos brilhantes. — O que significa essa palavra?

Aramis deu uma cotovelada no amigo, como fazia nos bons tempos da juventude, quando queria avisar a Porthos que ele tinha feito ou ia fazer algo errado.

Porthos entendeu e se calou imediatamente.

— Irei, senhores — respondeu Biscarrat, um tanto surpreso, também, com a palavra "indulto" pronunciada pelo orgulhoso mosqueteiro, de quem pouco antes contara e louvara com tanto entusiasmo os feitos heroicos que seu pai lhe narrara.

— Então vá, senhor de Biscarrat — disse Aramis saudando-o —, e receba a expressão do nosso reconhecimento.

— Mas os senhores, a quem tenho a honra de chamar de amigos, pois os senhores aceitaram receber esse título, o que será dos senhores durante esse tempo? — tornou o oficial, muito emocionado por deixar os dois antigos adversários do seu pai.

— Vamos esperar aqui.

— Mas, meu Deus!... A ordem é formal!

— Eu sou bispo de Vannes, senhor de Biscarrat, e não se passa nas armas um bispo, assim como também não se enforca um fidalgo.

— Ah!, sim, senhor, sim, monsenhor — tornou Biscarrat. — Sim, é verdade, o senhor tem razão, ainda há essa chance para os senhores. Então eu parto; vou me apresentar ao comandante da expedição, do tenente do rei. Adeus, portanto, senhores, ou, melhor: até logo.

Quem nasce ou mora numa ilha é chamado de **insular**.

Indulto > perdão, absolvição.

E o honrado oficial, saltando sobre um cavalo mandado preparar por Aramis, correu na direção dos tiros que tinham sido ouvidos, e que, levando a multidão para o forte, haviam interrompido a conversa dos dois amigos com seu prisioneiro.

Aramis o viu partir e ficou sozinho com Porthos.

— Então, você entendeu? — perguntou ele.

— Para dizer a verdade, não entendi.

— Esse Biscarrat não o incomodou?

— Não, é um bom rapaz.

— Sim, mas a caverna de Locmaria, é preciso que todos a conheçam?

— Ah, é verdade, é verdade, entendi. Nós nos salvamos pela caverna.

— Por favor — replicou alegremente Aramis. — A caminho, amigo Porthos; nosso barco nos espera e o rei ainda não pôs a mão em nós.

A CAVERNA DE LOCMARIA

O SUBTERRÂNEO DE LOCMARIA ficava muito longe do molhe e os dois amigos precisaram poupar forças para chegar lá.

Por outro lado, a noite avançava; no forte, a meia-noite já havia soado. Porthos e Aramis estavam carregados de dinheiro e de armas.

Eles caminhavam no matagal que separa o molhe da caverna, ouvindo todos os ruídos e tratando de evitar todas as ciladas.

De tempos em tempos, no caminho que tinham cuidadosamente deixado à esquerda, passavam moradores vindos do interior da ilha, que fugiam por causa da notícia do desembarque das tropas reais.

Ocultos atrás de uma projeção da rocha, Aramis e Porthos ouviam as queixas que aqueles coitados, levando consigo seus pertences mais preciosos, deixavam escapar enquanto fugiam trêmulos. Os dois amigos tentavam extrair daquelas queixas algo do seu interesse.

Enfim, depois de uma corrida frequentemente interrompida por paradas prudentes, eles chegaram às grotas profundas nas quais o previdente bispo de Vannes havia tido o cuidado de mandar rolar sobre cilindros um bom barco capaz de seguir o seu curso no mar naquela bela estação.

— Meu bom amigo — disse Porthos, depois de ter respirado ruidosamente —, chegamos, ao que me parece. Mas eu acho que você me falou de três homens que deviam nos servir no trajeto. Não estou vendo ninguém; onde é que eles estão?

— Por que você os veria, caro Porthos? — respondeu Aramis. — Eles certamente nos esperam na caverna, e sem dúvida estão descansando um pouco depois de terem realizado esse trabalho rude e difícil.

Aramis deteve Porthos, que se preparava para entrar na caverna.

— Você me permite ir na frente — disse ele ao gigante —, meu caro amigo? Eu combinei um sinal com os nossos homens, e se eles não o ouvirem, poderão alvejá-lo ou esfaqueá-lo na sombra.

— Vá, caro Aramis, vá primeiro, você é só sensatez e prudência. Vá. Tanto mais que o cansaço de que lhe falei está de volta.

Aramis deixou Porthos se sentar na entrada da gruta e, baixando a cabeça, entrou imitando o pio da coruja.

Um arrulhozinho queixoso, um grito abafado, que mal se ouvia, respondeu nas profundezas da caverna.

Arrulho > som emitido pelos pombos; quando uma pessoa sussurra, também se diz arrulhozinho.

Aramis prosseguiu a sua caminhada prudente e logo parou, ao ouvir outra vez o grito, que agora estava a dez passos dele.

— O senhor está aí, Yves? — perguntou o bispo.

— Sim, monsenhor, e Gœnnec também está aqui. O filho dele nos acompanha.

— Bom. Tudo está pronto?

— Sim, monsenhor.

— Vá até a entrada das grutas, meu bom Yves, e lá encontrará o senhor de Pierrefonds, que repousa depois da caminhada fatigante. E, se por acaso ele não puder caminhar, carreguem-no até aqui.

Os três bretões obedeceram. Mas a recomendação de Aramis aos seus subordinados foi inútil. Porthos, refrescado, já havia começado a descer, e seu caminhar pesado ressoava entre as cavidades formadas e sustentadas pelas colunas de sílex e granito.

Sílex > um tipo de pedra, quartzo, também chamado de pederneira.

Quando o senhor de Bracieux se reuniu ao bispo, os bretões acenderam um lampião que tinham levado, e Porthos garantiu ao amigo que estava se sentindo forte como sempre.

— Vamos ver o bote — disse Aramis — e nos certificar do que há lá.

— Não aproxime demais a luz, monsenhor — disse Yves, o chefe —, pois, conforme a sua recomendação, eu pus sob o banco da popa, na arca, o barril de pólvora e as cargas de mosquete que o senhor me mandou do forte.

— Bom — disse Aramis, e, pegando a lanterna, inspecionou minuciosamente todas as partes do bote, com todas as precauções de um homem que não é tímido nem ignorante em face do perigo.

O bote era comprido, leve, de pouco calado, com quilha delgada, enfim, do tipo que sempre se construiu tão bem em Belle-Île, um tanto alto nos lados, sólido sobre a água, muito manejável, munido de tábuas que em tempos incertos formam uma espécie de ponte, sobre as quais deslizam as ondas e que podem proteger os remadores.

Em duas arcas bem fechadas, colocadas sob os bancos de proa e de popa, Aramis encontrou pão, bolachas, frutas secas, um bom pedaço de toucinho e uma farta provisão de água em odres; tudo junto proveria rações suficientes para pessoas que não iriam nunca deixar a costa, e que assim poderiam se reabastecer se houvesse necessidade.

As armas, oito mosquetes e a mesma quantidade de pistolas de cavaleiro, se encontravam em bom estado e todas carregadas. Havia remos de reserva para o caso de acidente e também um traquete, pequena vela que ajuda no avanço do bote ao mesmo tempo que os homens remam; essa vela é um recurso útil quando há brisa, e não sobrecarrega a embarcação.

Aramis examinou todas essas coisas e, dando-se por satisfeito com o resultado da inspeção, disse:

— O que acha, caro Porthos: precisamos tentar fazer sair o barco pela extremidade desconhecida da caverna, seguindo o declive e a sombra do subterrâneo, ou é preferível ir ao ar livre, fazê-lo deslizar sobre os cilindros entre as urzes, aplainando o caminho da pequena margem, que tem somente vinte pés de altura e no pé, na maré, três ou quatro braças de boa água sobre um bom fundo.

O **calado** é a parte do casco da embarcação que fica sempre ali mergulhada na água. Já a **quilha** é aquela peça da qual já falamos: ela fica presa lá embaixo no casco, dentro da água, e dá estabilidade ao barco.

Odre > saco feito de couro ou pele de bicho que serve para transporte de líquidos.

— Será como melhor lhe parecer, monsenhor — replicou o chefe Yves, respeitosamente —, mas, pelo declive da caverna e na escuridão em que seremos obrigados a manobrar a nossa embarcação, eu não acho que o caminho seja tão cômodo quanto ao ar livre. Conheço bem essa margem e posso lhe garantir que ela é lisa como um gramado de jardim; o interior da caverna, pelo contrário, é acidentado; sem contar também, monsenhor, que na extremidade nós encontraremos a vala que leva ao mar, e ali o bote talvez não passe.

— Fiz os meus cálculos — respondeu o bispo — e tenho certeza de que ele passará.

— Está certo; é o que desejo, monsenhor. Mas Vossa Grandeza sabe que, para fazê-lo chegar à extremidade da passagem estreita, é preciso levantar uma enorme pedra, a pedra sob a qual sempre passa a raposa e que fecha a passagem como uma porta — insistiu o chefe.

— Nós a levantaremos — disse Porthos. — Isso não é nada.

— Ah, eu sei que o senhor tem a força de dez homens — replicou Yves —, mas não é nada bom para si próprio.

— Eu acho que o chefe pode ter razão — disse Aramis. — Vamos tentar ir ao ar livre.

— Além de que, monsenhor — prosseguiu o pescador —, não poderemos embarcar antes de amanhecer, pois há muito trabalho a executar, e, logo que o dia nascer, precisaremos de uma boa sentinela colocada na parte superior da caverna; ela é indispensável para vigiar as manobras dos lanchões ou dos cruzadores que podem nos espreitar.

— Sim, Yves, sim, o seu raciocínio é bom; vamos passar pela margem.

E, colocando os cilindros sob o barco, os três robustos bretões iam pô-lo em movimento, quando latidos distantes de cães foram ouvidos no campo.

Aramis correu para fora da caverna; Porthos o seguiu.

A aurora tingia de púrpura e de nácar as ondas e a planície; no amanhecer viam-se pequenos abetos melancólicos se torcer sobre as pedras, e grandes grupos de corvos

Abeto > tipo de árvore da mesma família do pinheiro.

> O trigo comum do pão francês é um cereal, mas o **trigo-sarraceno**, muito utilizado na Europa (e também no Brasil), é uma semente. Conhecido também como trigo-mourisco, ele não tem glúten e é usado em bolos e pães. Também é consumido como se fosse arroz.

roçavam com suas asas negras os campos de trigo-sarraceno.

Um quarto de hora ainda e o dia estaria claro; os pássaros despertados o anunciavam alegremente com seus cantos a toda a natureza.

Os latidos que tinham ouvido, interrompendo os três pescadores prestes a pôr em movimento o barco que levava Aramis e Porthos, prolongaram-se numa garganta profunda, que ficava a cerca de uma légua da caverna.

— É uma matilha — disse Porthos. — Os cães seguem uma pista.

— O que é isso? Quem está caçando a esta hora? —, pensou alto Aramis.

— E principalmente aqui — prosseguiu Porthos —, aqui, onde se teme a chegada do exército real.

— O barulho está se aproximando. É isso, você tem razão, Porthos, os cães estão seguindo uma pista... Yves! — exclamou Aramis, rapidamente. — Venha aqui, Yves!

Yves acorreu, deixando cair o cilindro que estava prestes a colocar sob o barco quando a exclamação do bispo o interrompeu.

— Que é essa caçada, chefe? — disse Porthos.

— Ah, monsenhor — replicou o bretão —, não estou entendendo. O senhor de Locmaria não caça a esta hora. E, no entanto, os cães...

— A menos que eles tenham escapado do canil.

— Não — disse Gœnnec —, não são os cães do senhor de Locmaria.

— Por prudência — tornou Aramis —, vamos entrar novamente na caverna; as vozes estão se aproximando e logo saberemos o que temos de fazer.

Eles voltaram para a caverna, mas não tinham dado cem passos na escuridão quando um barulho parecido com a respiração rouca de uma criatura aterrorizada ressoou lá dentro e, ofegante, rápida, assustada, uma raposa passou como um relâmpago diante dos fugitivos, saltou sobre o barco e desapareceu, deixando atrás de si um cheiro azedo, conservado por alguns segundos sob a abóbada baixa do subterrâneo.

— A raposa! — gritaram os bretões, com a alegre surpresa do caçador.

— Malditos sejamos nós! — exclamou o bispo —, nosso esconderijo será descoberto.

— Mas como?! — disse Porthos. — Temos medo de uma raposa?

— Ah, meu amigo, o que você está falando, e por que se preocupa com a raposa? Não se trata dela, diabo! Você não sabe, Porthos, que atrás da raposa vêm os cães e atrás dos cães vêm os homens?

Porthos baixou a cabeça.

Ouviu-se, como se para confirmar as palavras de Aramis, a matilha ruidosa chegar com incrível rapidez na pista do animal.

Seis cães a correr desembocaram simultaneamente no matagal, com um vozerio semelhante a uma fanfarra de triunfo.

— Aí vêm os cães — disse Aramis, postado à espera atrás de uma fresta entre duas rochas. — Mas quem são os caçadores?

— Se for o senhor de Locmaria — respondeu o chefe —, deixará os cães vasculharem a caverna, pois ele a conhece, e não entrará nela, certo de que a raposa irá sair do outro lado; é lá que ele vai esperá-la.

— Não é o senhor de Locmaria que está caçando — respondeu o bispo, empalidecendo sem querer.

— Então quem é? — indagou Porthos.

— Olhe.

Porthos chegou até a fenda e olhou; viu no alto do montículo uma dúzia de cavaleiros, que, gritando, instigavam seus cavalos na pista dos cães:

— Atiça!

— Os guardas! — disse Porthos.

— Isso, meu amigo, os guardas do rei.

— Os guardas do rei, monsenhor! — exclamaram os bretões, empalidecendo também.

— E com Biscarrat no comando, montado no meu cavalo cinza — continuou Aramis.

Os cães se precipitaram imediatamente na caverna como uma avalanche, e seus latidos ensurdecedores invadiram as profundezas da caverna.

— Ah, diabo! — disse Aramis, retomando o sangue-frio à vista do perigo evidente, inevitável. — Eu sei muito bem que estamos perdidos, mas ao menos nos resta uma chance: se os guardas que vão seguir os cães perceberem que há uma saída nas cavernas, teremos mais esperança, pois entrando aqui eles descobrirão o barco e a nós. É preciso que os cães não saiam do subterrâneo. É preciso que os homens não entrem nele.

— Isso mesmo — disse Porthos.

— Compreende? — acrescentou o bispo, com a rápida precisão do comando. — São seis cães, que serão forçados a parar na grande pedra por baixo da qual a raposa deslizou, mas cuja abertura estreita os impedirá de entrar; detidos ali, eles serão mortos.

Os bretões arremeteram com a faca na mão.

Após alguns minutos, houve um lamentável concerto de ganidos, uivos mortais e, depois, nada.

— Bom — disse Aramis friamente. — Agora, aos homens!

— O que vamos fazer? — perguntou Porthos.

— Esperar a chegada, nos escondermos e matar.

— Matar! — repetiu Porthos.

— São dezesseis — disse Aramis —, pelo menos até agora.

— E bem armados — acrescentou Porthos, com um sorriso de consolo.

— Vai durar dez minutos — disse Aramis. — Vamos!

E, com ar decidido, pegou um mosquete e prendeu entre os dentes sua faca de caça.

— Yves, Gœnnec e seu filho — continuou Aramis —, os senhores vão nos passar os mosquetes. Você, Porthos, atire quando eles estiverem perto. Antes que os outros suspeitem de qualquer coisa, nós já teremos matado oito, isso é certo; depois, todos nós, somos cinco, liquidaremos os últimos oito com a faca na mão.

— E o pobre Biscarrat? — perguntou Porthos.

Aramis refletiu por um momento.

— Biscarrat será o primeiro — replicou ele friamente. — Ele nos conhece.

A CAVERNA

APESAR DA ESPÉCIE de adivinhação que era o lado notável da personalidade de Aramis, os acontecimentos, sujeitos aos azares da casualidade, não se deram absolutamente conforme a previsão do bispo de Vannes.

Biscarrat, com um cavalo melhor que os de seus companheiros, chegou antes dos demais e concluiu que raposa e cães haviam desaparecido nas profundezas da caverna. Somente, atingido pelo terror supersticioso que uma via subterrânea e sombria inspira naturalmente ao homem, ele parou na extremidade da gruta e esperou que seus companheiros chegassem.

— E então? — perguntaram os jovens esfalfados, sem entender o porquê da sua inação.

— Então não se ouvem mais os cães; sem dúvida a raposa e a matilha se acabaram na caverna.

— Eles estavam seguindo muito bem — disse um dos guardas — para terem de repente perdido a pista. Além do mais, estariam latindo por aqui. Certamente, como disse Biscarrat, estão nessa gruta.

— Mas, então, por que pararam de latir? — perguntou um dos jovens.

— É estranho — observou outro.

— Muito bem — disse um quarto —, vamos entrar na gruta. É proibido entrar, por acaso?

— Não — respondeu Biscarrat. — Só que ela é escura como uma boca de lobo e podemos quebrar a cabeça.

— Atestam isso os nossos cães — disse um guarda —, que, ao que tudo indica, quebraram a deles.

Inação > falta de ação, inércia.

— Que diabo aconteceu com eles? — perguntaram os jovens, em coro.

E cada dono chamou seu cão pelo nome, assobiou o chamado da predileção deles, sem que um único respondesse ao chamado ou ao assobio.

— Talvez seja uma gruta encantada — disse Biscarrat. — Vejamos.

E, apeando, deu um passo na gruta.

— Espere, espere, vou acompanhá-lo — disse um dos guardas ao ver Biscarrat prestes a desaparecer na penumbra.

— Não — respondeu Biscarrat —, deve haver algo extraordinário lá. Não vamos nos arriscar todos de uma vez. Se dentro de dez minutos vocês não tiverem nenhuma notícia, entrem, mas todos juntos.

— Certo — disseram os jovens, que, por sinal, não viam grande perigo na empreitada. — Vamos esperar.

E, sem apear do cavalo, formaram um círculo em volta da gruta.

Assim, Biscarrat entrou sozinho e avançou nas trevas até ficar diante do mosquete de Porthos.

A resistência que sentiu em seu peito o assustou; ele estendeu a mão e tocou o cano gelado.

No mesmo instante, Yves ergueu sobre o jovem uma faca, que ia cair nele com toda a força de um braço bretão, quando o punho de ferro de Porthos a segurou no meio do caminho.

Depois, como um estrondo abafado, ouviu-se na escuridão a sua voz:

— Não quero que o matem.

Biscarrat estava preso entre uma proteção e uma ameaça, a primeira quase tão terrível quanto a última.

Por mais corajoso que fosse o jovem, ele deixou escapar um grito, que Aramis comprimiu imediatamente colocando um lenço na sua boca.

— Senhor de Biscarrat — disse-lhe ele, em voz baixa —, nós não lhe queremos mal, e o senhor deve saber disso se nos reconheceu; mas, à primeira palavra que disser, ao primeiro suspiro, ao primeiro arquejo, seremos forçados a matá-lo como fizemos com os cães.

— Sim, eu os reconheço, senhores — disse baixinho o jovem. — Mas por que os senhores estão aqui? Que estão fazendo aqui? Infelizes! Eu imaginava que estivessem no forte.

— E, quanto ao senhor, me parece que iria obter condições para nós, não é mesmo?

— Fiz o possível, senhores, mas...

— Mas?...

— Mas há ordens formais.

— De nos matar?

Biscarrat nada respondeu. Era-lhe difícil falar em forca para fidalgos.

Aramis entendeu o silêncio do seu prisioneiro.

— Senhor Biscarrat — disse ele —, já estaria morto se não tivéssemos levado em conta a sua juventude e a nossa velha ligação com o seu pai; mas o senhor ainda pode escapar daqui, se jurar que não falará com os seus companheiros sobre o que viu.

— Eu não somente juro que não falarei nada — disse Biscarrat —, como também juro que farei tudo o que puder para impedir meus companheiros de porem o pé nesta caverna.

— Biscarrat! Biscarrat! — gritaram do exterior muitas vozes, que penetraram no subterrâneo como um turbilhão.

— Responda — disse Aramis.

— Estou aqui! — gritou Biscarrat.

— Vá, confiaremos na sua lealdade.

E Aramis largou o jovem.

Biscarrat subiu para a luz.

— Biscarrat! Biscarrat! — gritaram as vozes mais próximas.

E no interior da gruta projetaram-se as sombras de muitas formas humanas.

Biscarrat se arremessou diante dos amigos para detê-los, e alcançou-os quando começavam a se aventurar no subterrâneo.

Aramis e Porthos apuraram o ouvido com a atenção de pessoas cuja vida dependia de um sopro.

Biscarrat já chegara de volta à entrada da caverna, seguido dos amigos.

— Ah! — admirou-se um deles ao sair para a claridade —, como você está pálido!

— Pálido?! — exclamou outro. — Você quer dizer lívido.

— Eu! — disse Biscarrat, tentando chamar de volta para si todo o seu vigor.

— Mas, em nome de Deus, o que foi que lhe aconteceu? — perguntaram todos.

— Você não tem uma gota de sangue nas veias, meu pobre amigo — observou rindo um dos rapazes.

— Senhores, é sério — disse outro. — Ele vai desmaiar; alguém tem sais?

E o grupo inteiro explodiu em risadas.

Todas essas interpelações, todas essas caçoadas se cruzavam em torno de Biscarrat, como num combate as balas se cruzam no meio do fogo.

Biscarrat recobrou as forças sob o dilúvio de perguntas.

— O que os senhores querem que eu tenha visto? — indagou ele. — Eu estava com muito calor quando entrei na gruta, e lá fui tomado pelo frio. É só isso.

— Mas os cães, os cães, você os viu? Ouviu o latido deles? Teve notícia deles?

— Temos de concluir que eles tomaram outro rumo — disse Biscarrat.

— Senhores — disse um dos jovens —, no que está acontecendo, na palidez e no silêncio do nosso amigo, há um mistério que Biscarrat não quer ou talvez não possa revelar. Mas é certo que ele viu alguma coisa na caverna. Pois bem! Estou curioso para ver o que ele viu, mesmo que seja o diabo. Vamos entrar na caverna, senhores! Entremos na caverna!

— Entremos na caverna! — repetiram todas as vozes.

E o eco do subterrâneo levou como uma ameaça a Porthos e a Aramis estas palavras: "Entremos na caverna!".

Biscarrat se lançou na frente dos companheiros.

— Senhores! Senhores! — exclamou ele —, em nome do céu, não entrem!

— Mas o que é que há de tão aterrorizante nesse subterrâneo? — interrogaram muitas vozes.

— Vejamos: fale, Biscarrat.

— Decididamente, é o diabo que ele viu — repetiu o jovem que já havia levantado essa hipótese.

— Muito bem, mas, se ele viu — exclamou outro —, que não seja egoísta e nos deixe ver também.

— Senhores, senhores, por favor! — insistiu Biscarrat.

— Vejamos, deixe-nos passar!

— Senhores, eu suplico, não entrem.

— Mas você entrou, não é mesmo?

Então, um dos oficiais, que, mais velho que os outros, tinha ficado para trás até aquele momento e nada dissera, foi para a frente.

— Senhores — disse ele com uma calma que contrastava com a animação dos jovens —, lá dentro há alguém ou alguma coisa que não é o diabo, mas que, o que quer que seja, teve poder suficiente para fazer calar os nossos cães. É preciso saber quem é essa pessoa ou o que é essa coisa.

Biscarrat fez um último esforço para deter seus companheiros, mas foi inútil. Em vão ele se jogou diante dos mais temerários, em vão se agarrou à rocha a fim de barrar a passagem; a multidão de jovens se precipitou na caverna seguindo os passos do oficial que falara por último, mas que tinha sido o primeiro a se arremessar com a espada empunhada para afrontar o perigo desconhecido.

Biscarrat, empurrado pelos amigos, sem poder acompanhá-los sob pena de passar aos olhos de Porthos e de Aramis por traidor e perjuro, foi, com o ouvido apurado e as mãos ainda suplicantes, apoiar-se contra as paredes rugosas de uma rocha, que ele julgava dever estar exposta ao fogo dos mosqueteiros.

Os guardas penetravam cada vez mais, com gritos que enfraqueciam à medida que se enterravam no subterrâneo.

Subitamente, uma descarga de mosquetaria, retumbando como um trovão, explodiu sob as abóbadas.

Duas ou três balas vieram se achatar na rocha em que Biscarrat se apoiava.

No mesmo instante ouviram-se suspiros, uivos e imprecações, e o grupo de fidalgos reapareceu, alguns pálidos, alguns ensanguentados, todos envolvidos numa

---

Perjuro é quem jura e não cumpre, quem trai.

Descarga aqui significa descarregar chumbo nos soldados, atirar neles.

nuvem de fumaça que o ar externo parecia aspirar do fundo da caverna.

— Biscarrat! Biscarrat! — gritaram os fugitivos —, você sabia que havia uma emboscada na caverna e não nos avisou!

— Biscarrat! Você é culpado pela morte de quatro de nós, maldito!

— Você é o culpado por eu ter me ferido mortalmente — disse um dos jovens, recolhendo na mão o seu sangue e jogando-o no rosto de Biscarrat. — Que o meu sangue recaia sobre você!

E caiu agonizante aos pés do jovem.

— Mas, pelo menos, nos diga quem está lá — gritaram muitas vozes furiosas.

Biscarrat ficou mudo.

— Diga ou vai morrer! — exclamou o ferido, erguendo-se apoiado num joelho e levantando sobre seu companheiro um braço armado de uma espada inútil.

Biscarrat lançou-se na direção dele oferecendo o peito para um golpe, mas o ferido voltou a cair para não se levantar mais, dando um suspiro, o último.

De olhos esgazeados, cabelos eriçados e cabeça perdida, Biscarrat avançou para o interior da caverna dizendo:

— Os senhores têm razão, que eu morra por ter deixado assassinar meus companheiros, sou um covarde.

E, atirando longe de si a espada, pois queria morrer sem se defender, ele se precipitou cabisbaixo para dentro do subterrâneo.

Os outros jovens o imitaram.

Onze que restavam dos dezesseis mergulharam com ele na caverna.

Mas não foram mais longe que os primeiros; uma segunda descarga derrubou cinco na areia gelada, e, como era impossível ver de onde partia aquele raio mortal, os outros recuaram com um pavor mais passível de ser pintado que narrado.

Mas, longe de fugir como os outros, Biscarrat ficou são e salvo, sentou-se num canto de rocha e esperou.

Restavam apenas seis fidalgos.

— Agora a sério — disse um dos sobreviventes —, é o diabo?

— Na verdade, é bem pior — disse outro.

— Vamos perguntar a Biscarrat, ele sabe.

— Onde está Biscarrat?

Os jovens olharam em torno e viram que Biscarrat não estava lá.

— Ele está morto — disseram duas ou três vozes.

— Não — respondeu outra —, eu o vi, no meio da fumaça, sentado tranquilamente numa rocha. Ele está na caverna, à nossa espera.

— Certamente ele conhece quem está lá.

— E por que os conheceria?

— Ele foi prisioneiro dos rebeldes.

— É verdade. Pois bem, vamos chamá-lo e saberemos por ele de quem se trata.

E todas as vozes gritaram:

— Biscarrat! Biscarrat!

Mas Biscarrat não respondeu.

— Bom — disse o oficial que tinha mostrado tanto sangue-frio no episódio —, não precisamos mais dele; estão chegando reforços.

Com efeito, uma companhia de guardas deixada na retaguarda pelos seus oficiais, que o ardor da caça havia impulsionado, setenta e cinco a oitenta homens mais ou menos, chegava em boa ordem, guiada pelo capitão e pelo primeiro-tenente.

Os cinco oficiais correram diante dos seus soldados, e, numa linguagem cuja eloquência se concebe facilmente, explicaram a aventura e pediram socorro.

O capitão os interrompeu.

— Onde estão os seus companheiros? — perguntou ele.

— Mortos!

— Mas os senhores eram dezesseis!

— Dez estão mortos, Biscarrat está na caverna e somos cinco aqui.

— Então Biscarrat foi feito prisioneiro?

— Provavelmente.

— Não, pois ele está aqui, vejam.

De fato, Biscarrat apareceu na boca da caverna.

— Ele está fazendo sinal para irmos lá — disseram os oficiais. — Vamos.

— Vamos — repetiu todo o grupo.

E eles avançaram para encontrar Biscarrat.

— Senhor — disse o capitão, dirigindo-se a Biscarrat —, estão me garantindo que o senhor sabe quem são os homens que estão na gruta e que fazem essa defesa desesperada. Em nome do rei, eu o intimo a declarar o que sabe.

— Meu capitão — disse Biscarrat —, o senhor não precisa me ordenar: minha palavra acabou de me ser restituída, e eu venho em nome desses homens.

— Dizer-me que eles se rendem?

— Dizer-lhe que eles estão decididos a se defender até a morte, se não lhes for concedido um bom acordo.

— São quantos?

— São dois — disse Biscarrat.

— São dois e querem nos impor condições?

— São dois e já mataram dez homens nossos — disse Biscarrat.

— Quem são essas pessoas? Gigantes?

— Melhor que gigantes. O senhor se lembra da história do bastião de Saint-Gervais, meu capitão?

— Sim, onde quatro mosqueteiros do rei resistiram contra um exército inteiro.

— Pois bem, esses dois homens estavam entre os quatro.

— Como se chamam?

— Naquela época, eles eram chamados de Porthos e Aramis. Hoje passaram a ser o senhor D'Herblay e o senhor Du Vallon.

— E que interesse eles têm em tudo isto?

— Eram eles que guardavam Belle-Île para o senhor Fouquet.

Um murmúrio correu entre os soldados quando Biscarrat pronunciou os nomes Porthos e Aramis.

— Os mosqueteiros! Os mosqueteiros! — repetiam eles.

Bastião é uma fortaleza, ou também as partes mais fortificadas do castelo, nos cantos da muralha. No livro *Os três mosqueteiros*, os quatro amigos querem conversar sobre o que a Milady (a ex de Athos) está aprontando contra eles. Resolvem, então, ir tomar café da manhã no tal **bastião de Saint-Gervais**, na cidade de La Rochelle, e ali enfrentam, enquanto comem e conversam, um bando de soldados que os ataca. Adivinha quem vence?

Teseu é o cara que matou o Minotauro — o monstro que se alimentava de gente. Só que ele também tinha o hábito de raptar mulheres. Um dia ele raptou a esposa do deus Plutão. Deu ruim, e Teseu foi amarrado numa rocha até que seu chapa **Hércules** o tirou de lá. Teseu também ajudou o colega herói a dar cabo do megadever de casa que ele tinha, os famosos Doze Trabalhos de Hércules.

Tem um trelelê lá na mitologia grega de uma mulher chamada Leda com Zeus (o grande deus máster tudo) em forma de cisne, e dessa confa nascem quadrigêmeos não idênticos: de um ovo saem Pólux e Helena, que são imortais, e do outro Castor e Clitemnestra, que são meros mortais. Os meios-irmãos **Castor e Pólux** viram brôs inseparáveis, mas entram num duelo com um outro par de gêmeos por conta do amor de umas belas. Nessa treta, Castor morre e Pólux, inconformado, atormenta Zeus para achar uma solução. O papai deus decide que os dois podem fazer um revezamento; então, metade do ano um fica no mundo dos mortos e o outro no mundo dos deuses. Depois eles trocam de lugar, com direito a um encontro e um abraço rápido pra matar as saudades. A constelação de Gêmeos representa Castor e Pólux no céu.

E, entre aqueles corajosos jovens, a ideia de que teriam de lutar contra duas das mais antigas glórias do exército fez correr um arrepio que misturava entusiasmo e terror.

É que na verdade os quatro nomes — D'Artagnan, Athos, Porthos e Aramis — eram venerados, entre quem quer que usasse uma espada, como na Antiguidade eram venerados os nomes de Hércules, Teseu, Castor e Pólux.

— Dois homens! — gritou o capitão —, e mataram dez oficiais em duas descargas. É impossível, senhor Biscarrat.

— Ah, meu capitão — respondeu este —, não lhe digo que eles não tenham consigo dois ou três homens, assim como os mosqueteiros do bastião de Saint-Gervais tinham consigo três ou quatro criados; vi essas pessoas lá, fui preso por eles, eu os conheço; sozinhos, eles seriam capazes de destruir todo um corpo do exército.

— É o que veremos — disse o capitão —, e isso dentro de um momento. Atenção, senhores.

Com essa resposta, ninguém se mexeu e todos se prepararam para obedecer.

Somente Biscarrat arriscou uma última tentativa.

— Senhor — disse ele em voz baixa —, acredite-me, o melhor é seguirmos o nosso caminho: esses dois homens, esses dois leões que vamos atacar se defenderão até a morte. Já mataram dez dos nossos homens; matarão ainda o dobro, e acabarão se matando de preferência a se render. O que nós ganharemos combatendo-os?

— Nós ganharemos, senhor, a consciência de não termos feito oitenta guardas do rei recuarem diante de dois rebeldes. Se escutasse o seu conselho, senhor, eu seria um homem desonrado e, desonrando-me, desonraria o exército.

— E, voltando-se para os seus homens:

— Avançar, todos!

E avançou na frente até a abertura da caverna.

Chegando lá, mandou os demais pararem.

Essa parada tinha por fim dar a Biscarrat e aos seus companheiros tempo de lhe descreverem o interior da caverna. Depois, quando acreditou ter o conhecimento suficiente do lugar, ele dividiu a companhia em três corpos, que deviam entrar sucessivamente, mantendo fogo contínuo em todas as direções. Sem dúvida, nesse ataque se perderiam mais cinco homens, talvez dez, mas no final os rebeldes seriam presos, pois não havia saída, e, de qualquer maneira, dois homens não poderiam matar oitenta.

— Meu capitão — disse Biscarrat —, peço para ir na frente do primeiro pelotão.

— Pode ser — respondeu o capitão. — Eu lhe concedo essa honra. É um presente que lhe faço.

— Obrigado — respondeu o jovem, com toda a firmeza da sua linhagem.

— Então pegue a espada.

— Irei desarmado, meu capitão — disse Biscarrat —, pois não vou para matar, e sim para ser morto.

E, colocando-se à frente do primeiro pelotão, com o rosto descoberto e os braços cruzados, convocou:

— Avançar, senhores!

UM CANTO DE HOMERO

É HORA DE PASSAR para outro campo e descrever ao mesmo tempo os combatentes e o campo de batalha.

Aramis e Porthos estavam na caverna de Locmaria para ali encontrar o bote totalmente armado, e também os três bretões, e esperavam inicialmente mandar passar o barco pela pequena saída do subterrâneo, ocultando desse modo seus trabalhos e sua fuga.

A chegada da raposa e dos cães os havia forçado a permanecer escondidos.

A caverna se estendia pelo espaço de cerca de cem toesas, até um pequeno declive que dominava uma enseada. Tendo sido outrora, quando Belle-Île ainda se chamava Calonèse, um templo das divindades celtas, essa caverna havia visto realizar-se mais de um sacrifício humano em suas misteriosas profundezas.

Entrava-se nela por um declive muito suave, sobre o qual pedras amontoadas formavam uma arcada baixa; o interior, com um solo mal unido, era perigoso em razão das desigualdades rochosas da abóbada e se subdividia em vários compartimentos, cuja altura ia aumentando gradualmente, sendo essa diferença vencida descendo-se por alguns toscos simulacros de degraus, que à esquerda e à direita se soldavam a enormes pilares naturais.

No terceiro compartimento, a abóbada era tão baixa e o corredor tão estreito, que o barco passou a custo, esbarrando nas duas paredes; contudo, quando se está desesperado a

---

Celta é um nome que abarca um monte de tribos e etnias que viveram principalmente na Europa e que tinham, em comum, o idioma e a religião — a língua gaélica, por exemplo, mostra a relação próxima entre irlandeses, escoceses e bretões. E são os bretões que chamavam a ilha de **Calonèse**, antes de os franceses a rebatizarem como Belle-Île (Ilha Bela). Entre os celtas, os druidas eram os sacerdotes em uma religião de vários **deuses**, para os quais eles faziam mesmo sacrifícios humanos.

madeira amacia e a pedra torna-se benevolente sob o sopro da vontade humana.

Era assim que pensava Aramis quando, depois de ter começado o combate, decidiu fugir. Fuga certamente perigosa, uma vez que seus agressores não tinham sido todos mortos e que, admitindo a possibilidade de chegar com o barco até o mar, eles teriam de fugir em pleno dia diante dos vencidos, que ao reconhecerem o seu pequeno número estariam muito interessados em perseguir quem os havia vencido.

Quando as duas descargas tinham matado dez homens, Aramis, habituado aos desvios da caverna, foi reconhecê-los um a um — contou-os, pois a fumaça não lhe permitia ver o exterior — e, então, ordenou que fizessem o bote rolar até a grande pedra que fechava a saída libertadora.

Porthos reuniu suas forças, prendeu o bote nos dois braços e o ergueu, enquanto os bretões rapidamente colocavam os roletes sob ele.

Os cinco homens tinham descido até o terceiro compartimento e chegado à pedra que murava a entrada.

Porthos pegou pela base a pedra gigantesca, apoiou nela o ombro robusto e lhe imprimiu uma sacudida que fez a muralha estalar. Uma nuvem de poeira caiu da abóbada, com as cinzas de dez mil gerações de pássaros do mar, cujos ninhos se agarravam à rocha como cimento.

Na terceira sacudida, a pedra cedeu e oscilou por um minuto. Porthos, com as costas contra as rochas vizinhas, fez do seu pé um estribo, conseguindo que o bloco se afastasse das massas calcárias que lhe serviam de gonzos e fixadores.

Gonzo > tipo de dobradiça muito utilizada em portões de ferro.

A pedra caiu, e a luz do dia se tornou visível, brilhante, radiante, precipitando-se na caverna pela abertura da saída, e o mar azul apareceu para os encantados bretões.

Então, eles começaram a fazer o barco subir naquela barricada. Mais vinte toesas e ele poderia deslizar no oceano.

Nesse meio-tempo, a companhia chegou, foi formada pelo capitão e disposta para a escalada ou para a investida.

Aramis, que supervisionava tudo para favorecer os trabalhos dos amigos, viu o reforço, contou os homens e, com apenas uma vista de olhos, convenceu-se do perigo intransponível a que um novo combate os exporia.

Fugir para o mar no momento em que a caverna seria invadida era impossível.

De fato, o dia que clareava os dois últimos compartimentos teria mostrado aos soldados o barco sendo levado para o mar e os dois rebeldes ao alcance dos mosquetes, e uma das suas descargas atingiria o barco, caso não matasse os cinco navegadores.

Além do mais, imaginando todas as possibilidades, se o barco escapasse com os homens que o ocupavam, como evitar que o alarme fosse dado? Como um aviso deixaria de ser enviado aos lanchões do rei? Como o pobre bote, seguido por mar e vigiado da terra, escaparia de sucumbir antes do final do dia?

Furioso, Aramis passava os dedos pelos cabelos grisalhos e invocava a ajuda de Deus e a ajuda do demônio.

Dirigindo-se a Porthos, que sozinho trabalhava mais que roletes e bretões roladores juntos, ele o alertou em voz baixa:

— Amigo, acaba de chegar um reforço para os nossos adversários.

— Ah! — disse Porthos, tranquilo —, então o que faremos?

— Recomeçar o combate — respondeu Aramis — é arriscado.

— Ah! — disse Porthos —, pois é difícil que não matem um de nós dois, e certamente, se um de nós for morto, o outro será morto também.

Porthos disse essas palavras com o heroísmo natural que nele crescera com todas as forças da matéria.

Aramis sentiu o coração como se atingido por um golpe de espada.

— Nós não seremos mortos, nem um nem outro, se você fizer como vou lhe dizer, amigo Porthos.

— Diga.

— Esses homens vão descer na caverna.

— Sim.

— Vamos matar uns quinze, não mais que isso.

— Quantos eles são, no total? — indagou Porthos.

— Chegou-lhes um reforço de setenta e cinco homens.

— Setenta e cinco mais cinco, oitenta. Ah, ah! — disse Porthos.

— Se abrirem fogo juntos, eles nos crivarão de balas.

— Certamente.

— Sem contar — acrescentou Aramis — que as detonações podem provocar desabamentos na caverna.

— Na verdade, um pedaço de pedra acabou de me ferir o ombro.

— Ora!

— Não é nada.

— Vamos tomar uma decisão. Nossos bretões vão continuar rolando o barco até o mar.

— Muito bem.

— Nós dois ficaremos aqui com a pólvora, as balas e os mosquetes.

— Mas, como somos só dois, meu caro Aramis, nunca daremos três tiros de uma vez — disse ingenuamente Porthos. — A defesa da mosquetaria é ruim.

— Então encontre outra.

— Encontrei! — disse o gigante, sem demora. — Vou ficar de emboscada atrás do pilar com esta barra de ferro, e, estando invisível, inatacável, quando eles forem entrando em grande número, eu desço a barra sobre os crânios trinta vezes por minuto. Hein?! O que me diz dessa ideia? Está rindo dela?

— Excelente, amigo, perfeito, eu aprovo cem por cento; só que você os amedrontaria e metade da tropa ficaria lá fora para nos sitiar pela fome. O que precisamos fazer, meu bom amigo, é destruir toda a tropa; um único homem que sobrar de pé nos porá a perder.

— Você tem razão, meu amigo. Mas me diga, por favor: como iremos atraí-los?

— Não nos mexendo, meu bom Porthos.

— Vamos ficar bem quietos; e, quando eles estiverem todos reunidos?...

— Então deixe comigo; eu tenho uma ideia.

— Se é assim, e se a sua ideia é boa, como de fato deve ser, eu fico tranquilo.

Os mosquetes levavam um tempo para serem recarregados, então, numa luta tão desigual, teriam mesmo pouco efeito. **Mosquetaria** aqui seria a arte de atirar com mosquete.

— Em emboscada, Porthos, e você conta todos os que entrarem.

— Mas e você, o que fará?

— Não se preocupe comigo; eu tenho a minha tarefa.

— Acho que estou ouvindo vozes.

— São eles. Vá para o seu posto. Fique ao alcance da minha voz e da minha mão.

Porthos refugiou-se no segundo compartimento, que estava totalmente escuro, e Aramis penetrou no terceiro. O gigante segurava uma barra de ferro que pesava cinquenta libras; manejava com uma facilidade maravilhosa essa alavanca, que fora usada para fazer o barco rolar.

Nesse ínterim, os bretões empurraram o bote até a falésia.

No compartimento claro, Aramis, abaixado, escondido, ocupava-se com uma misteriosa manobra.

Ouviu-se um comando proferido em voz alta. Era a última ordem do capitão comandante. Vinte e cinco homens saltaram das rochas superiores para o primeiro compartimento da caverna, e uma vez dentro começaram a disparar.

Os ecos troaram, os assobios rasgaram a abóbada, uma fumaça opaca encheu o espaço.

— À esquerda! À esquerda! — gritou Biscarrat, que, na sua primeira investida, havia visto a passagem da segunda câmara, e que, animado pelo cheiro de pólvora, queria guiar seus soldados para aquele lado.

A tropa se precipitou efetivamente para a esquerda; o corredor começou a se estreitar. Biscarrat, com as mãos estendidas, votado à morte, avançava à frente dos mosquetes.

— Venham! Venham! — gritava ele. — Estou vendo a luz do dia!

— Vamos, Porthos! A barra de ferro! — gritou a voz sepulcral de Aramis.

Porthos deu um suspiro, mas obedeceu.

A barra caiu verticalmente na cabeça de Biscarrat, que morreu sem ter terminado seu grito. Depois disso, a formidável alavanca subiu e desceu dez vezes em dez segundos e fez dez cadáveres.

Assobios aqui é o barulho das balas cortando o ar.

Votar > dedicar-se, devotar-se a algo.

Os soldados não viam nada; ouviam gritos, gemidos; pisavam nos corpos, mas não tinham ainda se dado conta do que acontecia e, ao avançar, caíam uns sobre os outros.

A barra implacável, sempre descendo, aniquilou o primeiro pelotão sem que um único ruído tivesse servido de alerta para o segundo, que seguia tranquilo.

Esse segundo pelotão era comandado pelo capitão, que havia quebrado um abeto raquítico encontrado na falésia, e dos seus galhos resinosos, torcidos juntos, fizera um archote.

Archote > tocha que, com o fogo na ponta, serve de lanterna improvisada.

Assim, ao chegar ao compartimento onde Porthos, parecendo o anjo exterminador, havia destruído tudo o que atingira, a primeira fileira recuou em pânico. Nenhuma fuzilaria havia respondido à fuzilaria dos guardas, e no entanto se tropeçava numa pilha de cadáveres, caminhava-se literalmente no sangue.

Porthos continuava atrás do seu pilar.

O capitão, clareando com a luz trêmula da tocha de abeto aquela medonha carnificina cuja causa buscava em vão, recuou até o pilar atrás do qual essa causa estava escondida.

Então a mão gigantesca de Porthos colou-se à garganta do capitão e se ouviu um estertor abafado; os braços do capitão se estenderam golpeando o ar, o archote caiu e foi apagado pelo sangue.

Estertor > barulho da respiração que uma pessoa faz na hora da morte.

Um segundo depois, o corpo do capitão caía ao lado do archote apagado, acrescentando mais um corpo à pilha de cadáveres que barrava o caminho.

Tudo isso tinha sido feito misteriosamente, como uma coisa mágica. Ao ouvir o estertor do capitão, os homens que o acompanhavam se voltaram. Viram seus braços abertos, os olhos saindo das órbitas; depois, com o archote caído, ficaram na escuridão.

Com um movimento irrefletido, instintivo, mecânico, o tenente gritou:

— Fogo!

Logo uma saraivada de tiros de mosquete crepitou, trovejou, urrou na caverna, arrancando enormes fragmentos da abóbada.

Por um instante, a caverna se iluminou com a fuzilaria e depois voltou à escuridão, que devido à fumaça era ainda mais profunda.

Fez-se então um grande silêncio, perturbado apenas pelos passos da terceira brigada, que entrava no subterrâneo.

A MORTE DE UM TITÃ

NO MOMENTO EM QUE PORTHOS — mais acostumado à escuridão que todos os homens que vinham da claridade do dia — olhava em torno de si para ver se, naquele breu, Aramis não lhe fazia algum sinal, ele sentiu o braço ser tocado, e uma voz fraca como um sopro murmurou bem baixo ao seu ouvido:

— Venha.

— Ah — disse Porthos.

— Chhh! — disse Aramis, ainda mais baixo.

E no meio do barulho da terceira brigada que continuava a avançar, no meio das imprecações dos guardas que continuavam em pé, dos moribundos que davam seu último suspiro, Aramis e Porthos deslizaram despercebidamente ao longo das muralhas graníticas da caverna.

Aramis conduziu Porthos ao penúltimo compartimento e mostrou-lhe, num reforço da muralha, um barril de pólvora que pesava entre sessenta e oitenta libras, ao qual ele havia acabado de prender uma mecha.

— Amigo — disse ele a Porthos —, você vai levar esse barril, cuja mecha eu acenderei, e jogá-lo no meio dos nossos inimigos; você consegue?

— Ora! — replicou Porthos, e levantou o barrilzinho com uma das mãos. — Acenda.

— Espere até que eles estejam bem concentrados — disse Aramis — e então, meu júpiter, lance o seu raio no meio deles.

— Acenda — repetiu Porthos.

— Vou me juntar aos nossos bretões e ajudá-los a levar o

É meio assim como se ele dissesse "Meu campeão", porque **Júpiter**, com jota maiúsculo, é o maioral dos deuses romanos, o campeão.

bote para o mar. Espero você na margem; lance com firmeza o barril e corra ao nosso encontro.

— Acenda — pediu Porthos uma última vez.

— Você entendeu? — perguntou Aramis.

— Diabo! — disse ainda Porthos, rindo um riso que ele nem mesmo tentava reprimir. — Quando me explicam, eu entendo. Vá, mas me dê o fogo.

Aramis deu a isca de acender a Porthos, que, com a mão ocupada, estendeu-lhe o braço para pegá-la.

Aramis estreitou com as duas mãos o braço de Porthos e se retirou até a saída da caverna, onde os três remadores o esperavam.

Uma vez sozinho, Porthos corajosamente levou a isca para bem perto da mecha.

A isca, débil centelha, sinal inicial do princípio de um imenso incêndio, brilhou na escuridão como um pirilampo em voo, depois veio se soldar à mecha, inflamando-a, e Porthos ativou a chama com um sopro.

A fumaça havia se dissipado um pouco, e à luz da mecha crepitante foi possível, durante um ou dois segundos, distinguir os objetos.

Foi um espetáculo curto mas esplêndido, o do gigante pálido, ensanguentado, com o rosto iluminado pelo fogo da mecha que queimava na sombra.

Os soldados o viram. Viram o barril que ele tinha na mão. Compreenderam o que ia acontecer.

Então, aqueles homens, já apavorados com a visão do que se consumara ali, aterrorizados com o pensamento do que iria se consumar, deram todos juntos um urro de agonia.

Alguns tentaram fugir, mas encontraram a terceira brigada, que lhes barrava o caminho; outros, mecanicamente, fizeram pontaria e apertaram o gatilho, mas o mosquete estava descarregado; outros, ainda, caíram ajoelhados.

Dois ou três oficiais gritaram para Porthos lhe prometendo a liberdade caso ele lhes desse a vida.

A **isca de acender** ou isca de fogo é um material de fácil combustão que serve para dar início a um fogo. Vem daí a palavra isqueiro.

Pirilampo > vaga-lume.

O fogo precisa de oxigênio, por isso muitas vezes há foles ou a pessoa sopra numa lareira ou num fogão a lenha, para que o fogo aumente — o **sopro**, na verdade, não leva oxigênio da nossa boca para o fogo, até porque a gente inspira oxigênio e expira gás carbônico. No entanto, ao soprar, estamos empurrando oxigênio do ambiente pra cima do fogo, e é isso que aumenta a temperatura lá, garantindo uma chama mais fortinha e lampeira.

O tenente da terceira brigada mandava fazer fogo; mas os guardas tinham diante de si os companheiros assombrados que serviam de escudo vivo a Porthos.

Já dissemos que a luz produzida pelo sopro de Porthos sobre a isca e a mecha não durou mais que dois segundos. Mas, durante esses dois segundos, eis o que ela iluminou: em primeiro lugar, o gigante que avultava na escuridão; depois, a dez passos dele, um amontoado de corpos ensanguentados, esmagados, destroçados, no meio dos quais vivia ainda um último frêmito de agonia, que levantava a massa como uma última respiração levanta os flancos de um monstro informe que expira na noite.

Cada sopro de Porthos para reavivar a mecha enviava sobre a multidão de cadáveres um tom sulfuroso, rajado com largas tiras púrpura.

Sulfuroso tem a ver com enxofre, que é uma substância amarela.

Além desse grupo principal, espalhados pela caverna conforme o acaso da morte ou a surpresa do golpe os havia estendido, alguns cadáveres isolados pareciam ameaçar com suas feridas abertas.

Sobre esse solo coberto por uma lama de sangue, subiam, tétricos e cintilantes, os pilares atarracados da caverna, cujas nuances fortemente acentuadas faziam avançar as partes luminosas.

Tétrico é o que dá medo, de tão triste.

E tudo isso era visto à luz trêmula de uma mecha ligada a um barril de pólvora, ou seja, a uma tocha que, iluminando a morte passada, mostrava a morte por vir.

Como já disse, esse espetáculo não durou mais que um ou dois segundos. Durante esse curto espaço de tempo, um oficial da terceira brigada reuniu oito homens armados de mosquetes e lhes ordenou que por uma abertura fizessem fogo contra Porthos.

Mas os que receberam a ordem de atirar tremiam tanto que nessa descarga três guardas caíram, e as outras cinco balas subiram assobiando até a abóbada, sulcaram a terra ou se cravaram nas paredes da caverna.

Uma explosão de riso respondeu a esse trovão. Depois, o braço do gigante balançou, e então se viu passar no ar, como uma estrela cadente, o rastro do fogo.

O barril, lançado a trinta passos, transpôs a barricada de cadáveres e foi cair sobre um grupo uivante de soldados, que se jogaram de bruços no chão.

O oficial havia seguido no ar o rastro brilhante; quis se precipitar sobre o barril para arrancar a mecha antes que ela atingisse a pólvora nele contida.

Inútil dedicação: o ar havia ativado a chama ligada ao condutor; a mecha, que em repouso teria queimado cinco minutos, foi devorada em trinta segundos, e a infernal obra explodiu.

Torvelinhos furiosos, assobios do enxofre e do nitro, estragos na rocha, ávida do fogo escavador, trovão apavorante da explosão, eis o que esse segundo, que se seguiu aos dois já descritos, viu eclodir naquela caverna tão horripilante quanto uma caverna de demônios.

As rochas se fendiam como pranchas de abeto sob o machado. Um jorro de fogo, de fumaça, de destroços, arremessou-se impetuosamente do meio da caverna, alargando-se à medida que subia. As grandes paredes de sílex inclinaram-se para se deitar na areia, e a própria areia, instrumento de dor, arremessada para fora do seu leito endurecido, foi crivar os rostos com seus milhares de átomos agressores.

Os gritos, os uivos, as imprecações e as existências, tudo se extinguiu num formidável estrondo. Os três primeiros compartimentos tornaram-se um abismo, no qual retumbou um a um, conforme o seu peso, cada fragmento vegetal, mineral ou humano.

Depois, a areia e a cinza, mais leves, caíram por sua vez, estendendo-se como uma mortalha cinzenta e fumegando sobre os lúgubres funerais.

E, agora, procurem nesse túmulo abrasado, nesse vulcão subterrâneo, procurem os guardas do rei em seus uniformes azuis com galões prateados.

Procurem os oficiais e seus brilhos dourados, procurem as armas com que eles tinham contado para se defender, procurem as pedras que os mataram, procurem o solo em que eles se apoiavam.

O ar, quando sobe de maneira rápida e em espiral, está criando um **torvelinho**.

A pólvora negra, uma mistureba de salitre, carvão e **enxofre**, foi o primeiro explosivo que o bicho homem usou. Salitre é um dos nomes do nitrato de potássio. Outro nome da coisa é **nitro**.

Um único homem fez de tudo isso um caos mais confuso, mais informe, mais terrível que o caos existente uma hora antes de Deus ter tido a ideia de criar o mundo.

Nada restou dos três primeiros compartimentos, nada que o próprio Deus pudesse reconhecer como obra sua.

Quanto a Porthos, depois de ter lançado o barril de pólvora no meio dos inimigos, ele havia fugido, seguindo o conselho de Aramis, e ganhado o último compartimento, em cuja abertura penetravam o dia e o sol.

Assim, mal havia contornado o ângulo que separava o terceiro compartimento do quarto, ele viu cem passos adiante o barco balançando nas ondas; ali estavam os seus amigos; ali estava a liberdade; ali estava a vida depois da vitória.

Mais seis das suas formidáveis pernadas, e ele estaria fora da abóbada; fora da abóbada, dois ou três vigorosos impulsos, e ele chegaria ao bote.

Subitamente, ele sentiu os joelhos se dobrarem; seus joelhos pareciam vazios, as pernas fraquejavam.

— Ah! — murmurou ele, assustado —, meu cansaço voltou; não posso mais andar. Que quer dizer isso?

Através da abertura, Aramis o via, e não entendia por que ele estava ali parado.

— Venha, Porthos! — gritava Aramis —, venha! Venha rápido!

— Ah — respondeu o gigante, fazendo um esforço que inutilmente estendia todos os músculos do seu corpo —, não posso.

Dizendo essas palavras, ele caiu ajoelhado, mas, com as mãos robustas, agarrou-se às rochas e se levantou.

— Rápido!, rápido! — repetiu Aramis curvando-se em direção à margem, como se para atrair Porthos com os braços.

— Estou aqui — balbuciou Porthos reunindo todas as forças para dar mais um passo.

— Em nome de Deus, Porthos, venha! Venha!, o barril vai explodir!

— Saia daí, senhor — gritaram os bretões para Porthos, que se debatia como num sonho.

Os gregos da Antiguidade temiam a **Quimera**, que era uma criatura mix de leoa com cabra e dragoa, com o conjunto da obra ainda tacando terror porque colocava fogo pelo nariz afora.

Um bloco de pedra enorme pode ser partido, fatiado, quebrado em porções menores com o uso de uma **cunha**, que é uma ferramenta feita de metal ou de madeira em um formato que lembra uma fatia de bolo (um triângulo, um prisma). A cunha é enfiada num vão na pedra e vai sendo forçada com a ajuda de martelinho especial, até o vão aumentar e alargar, separando um lado do outro (se bem que o uso que geralmente fazemos das cunhas é pra impedir que uma porta bata com o vento e calçar o pé de um móvel pra ele ficar nivelado).

Manzorra é a forma correta de dizer que alguém tem a mão grande, um mãozão.

Mas não havia mais tempo: a explosão retumbou, a terra se fendeu, o céu escureceu com a fumaça que se arremessava impetuosamente pelas grandes fissuras, o mar refluiu como se perseguido pela boca escancarada de uma fenomenal quimera; o refluxo lançou o barco vinte toesas adiante; todas as rochas se partiram na base e se separaram como blocos sob o esforço de cunhas; viu-se um fragmento da abóbada subir ao céu como se puxado por fios rápidos; o fogo rosa e verde do enxofre se chocou com a lava negra das liquefações argilosas, e os dois combateram um instante sob uma cúpula majestosa de fumaça; então se viu primeiro oscilarem, depois inclinarem-se e por fim caírem sucessivamente as longas arestas de rocha que a violência da explosão não tinha podido desenraizar de suas bases seculares; saudaram-se umas às outras como velhinhas graves e lentas, e depois se prostraram, repousando para sempre na sua tumba coberta de pó.

Esse choque pavoroso devolveu a Porthos as forças perdidas. Ele se levantou, gigante cercado por gigantes. Mas, no momento em que fugia entre o par de tapumes graníticos, estes, que já não eram sustentados pelos elos correspondentes, começaram a rodar estrepitosamente em torno daquele titã que parecia precipitado do céu no meio das rochas lançadas por ele próprio contra esse mesmo céu.

Porthos sentia tremer sob os pés o solo sacudido pelo longo puxão, estendeu à direita e à esquerda suas manzorras para afastar as rochas que desabavam. Um bloco gigantesco veio se apoiar contra suas duas palmas estendidas; ele curvou a cabeça e uma terceira massa granítica caiu entre seus ombros.

Os braços de Porthos chegaram a se dobrar por um instante, mas o hércules reuniu todas as suas forças e viram-se as duas paredes da prisão em que ele estava encerrado se afastarem lentamente, abrindo-lhe espaço. Por um instante, ele apareceu nesse enquadramento de granito como o anjo antigo do caos, mas, ao afastar as rochas laterais, deslocou o ponto de apoio do monólito que lhe pesava sobre os ombros fortes, e então a pedra, tombando sobre o gigante com todo o seu peso, arrojou-o sobre os joelhos.

Monólito é uma pedrona bem grande, tipo montanha.

As rochas laterais, afastadas por um instante, se reaproximaram e somaram seu peso ao peso primitivo, que teria sido suficiente para esmagar dez homens. O gigante caiu sem pedir socorro, caiu respondendo a Aramis com palavras de encorajamento e esperança, pois, por um instante, graças ao poderoso arco das suas mãos, acreditou que, como Encélado, poderia sacudir aquele peso triplo. Mas, pouco a pouco, Aramis viu o bloco afundar; as mãos se crisparam por um instante, os braços enrijecidos se dobraram num último esforço, os ombros tensos cederam, dilacerados, e a rocha continuou afundando gradualmente.

Encélado era um gigante, inteligentaço, que veio ao mundo pra vencer ninguém menos que a deusa da sabedoria, dona Atena. Mas tudo acabou sem final feliz: Atena e seu parça Zeus venceram a disputa e meteram Encélado no monte Etna, que é um vulcão que existe mesmo lá na Sicília. A lenda diz que, quando ele (e o irmão, que também teve a mesma sina) se enfurece, o Etna bota fogo pra fora.

— Porthos! Porthos! — gritava Aramis arrancando os cabelos. — Porthos, onde está você? Fale!

— Aqui!, aqui! — murmurava Porthos com uma voz que se extinguia. — Paciência! Paciência!

Mal ele acabara de pronunciar essa última palavra, o impulso da queda aumentou seu peso, a enorme rocha tombou, prensada pelas outras duas que caíram sobre ela, e submergiu Porthos num sepulcro de pedras partidas.

Sepulcro > túmulo.

Aramis havia corrido para terra ao ouvir o fio de voz do amigo. Dois dos bretões o seguiram com a alavanca, ficando o barco sob a guarda do terceiro. Os últimos estertores do valoroso lutador os guiavam nos escombros.

Aramis, resplandecente, soberbo, jovem como se tivesse vinte anos, precipitou-se para a tripla massa e, com as mãos delicadas, quase femininas, levantou por um milagre de vigor o canto do imenso sepulcro de granito. Então, viu nas trevas daquele fosso o olho ainda brilhante do amigo, a quem a massa erguida por um instante acabava de devolver a respiração. Logo os dois homens acorreram com a alavanca e os três aplicaram toda a sua força não para levantá-la, mas para mantê-la. Inútil; com gritos de dor, os três homens dobraram lentamente o corpo, e a rude voz de Porthos, vendo-os esgotar-se numa luta inútil, murmurou em tom de gracejo estas últimas palavras, vindas aos seus lábios com a última respiração:

— Pesada demais!

Depois disso, seus olhos escureceram e se fecharam; o rosto empalideceu, a mão ficou lívida, e o titã se deitou, dando um último suspiro.

Com ele desceu a rocha, que mesmo na agonia ele ainda estava sustentando.

Os três homens deixaram escapar a alavanca, que deslizou sobre a pedra tumular.

Depois, ofegante, pálido, o rosto banhado em suor, Aramis ficou escutando; tinha o peito oprimido e o coração prestes a se partir.

Mais nada. O gigante dormia o sono eterno no sepulcro que Deus lhe dera, fazendo jus às suas medidas.

O EPITÁFIO DE PORTHOS

Epitáfio é o texto escrito na lápide (pedra) do defunto, em sua homenagem.

ARAMIS, SILENCIOSO, GELADO, tremendo como uma criancinha com medo, levantou-se na pedra.

Um cristão não anda sobre túmulos.

Mas, capaz de ficar em pé, ele não foi capaz de andar. Ter-se-ia dito que algo de Porthos morto acabara de morrer nele.

Os bretões o cercaram. Aramis se abandonou ao amparo deles, e os três marinheiros o ergueram e o levaram para o bote. Depois, depositando-o no banco, perto do leme, começaram a remar com força; preferiram afastar-se remando, pois levantar a vela poderia denunciá-los.

Em toda a superfície arrasada da antiga caverna de Locmaria, em toda aquela praia plana, um único montículo atraía o olhar. Aramis tinha o olhar preso a ele, e de longe, no mar, à medida que o bote se fazia ao largo, a rocha ameaçadora e altiva lhe parecia se empertigar, como outrora se empertigava Porthos, e erguer para o céu um rosto sorridente e invencível como o do honesto e valoroso amigo, o mais forte dos quatro, e no entanto o primeiro a morrer.

Estranho destino o desses homens de bronze. O coração mais simples aliado ao mais astuto; a força do corpo guiada pela sutileza do espírito; e, no momento decisivo, quando somente o vigor podia salvar mente e corpo, uma pedra, uma rocha, um peso vil e material triunfava sobre o vigor e, ao desmoronar, sobre o corpo, expulsava dele o espírito.

Digno Porthos! Nascido para ajudar os outros, sempre disposto a se sacrificar pelos fracos, como se Deus lhe tivesse dado a força apenas para esse uso, ao morrer ele simplesmente acreditara preencher as condições do pacto com Aramis, pacto que, entretanto, Aramis havia redigido sozinho e que Porthos só conhecera para chamar a si a terrível solidariedade.

Nobre Porthos! De que valem os castelos entulhados de móveis, as florestas entulhadas de animais de caça, os lagos entulhados de peixes e as cavernas entulhadas de riquezas? De que servem os criados em librés brilhantes, e, entre eles, Mousqueton, orgulhoso do poder delegado por você? Ah, nobre Porthos, inquieto acumulador de tesouros, valeu a pena trabalhar tanto no afã de suavizar e dourar a sua vida para acabar numa praia deserta, sob os gritos dos pássaros do oceano, estendido com os ossos esmagados sob uma pedra fria? Valeu a pena, enfim, nobre Porthos, juntar tanto ouro para não ter nem mesmo o dístico de um pobre poeta no seu monumento?

Valoroso Porthos! Sem dúvida ainda dorme, esquecido, perdido, sob a rocha que os pastores do urzal creem ser o gigantesco telhado de um dólmen.

E tantas urzes friorentas, tanto musgo afagado pelo vento amargo do oceano, tantos liquens vivazes soldaram o sepulcro à terra, que jamais quem passar por ali poderá imaginar um tamanho bloco de granito sendo erguido pelo ombro de um mortal.

Enquanto não se extinguiu por completo a luz solar, Aramis, sempre gelado, sempre pálido, nauseado, ficou olhando a praia que desaparecia no horizonte.

De sua boca não saiu uma única palavra, nem um único suspiro levantou seu peito.

Supersticiosos, os bretões o olhavam trêmulos. Aquele silêncio não era de um homem, era de uma estátua.

Entrementes, quando as primeiras linhas cinzentas desceram do céu, o bote havia levantado sua pequena vela, que, enfunada com o beijo da brisa e afastando-se rapidamente da costa, se lançava com bravura em direção à Es-

---

Libré > uniforme que os criados usavam quando trabalhavam na casa dos ricos.

Lá no começo da história humana, o pessoal colocava umas pedras grandes em pé e uma outra em cima, como se fosse um telhado, bem em cima do local onde eles haviam enterrado alguém, e isso é chamado de **dólmen**.

panha através do terrível golfo da Gasconha, tão fecundo em tempestades.

Mas, apenas meia hora depois de ter sido levantada a vela, os remadores, já inativos, curvaram-se sobre o banco e, protegendo-se da luz, mostraram uns aos outros um ponto branco que aparecia no horizonte, com a imobilidade enganosa de uma gaivota que vemos embalada pela insensível respiração das ondas.

Mas o que teria parecido imóvel para olhos comuns avançava rapidamente para o olho experiente do marinheiro; o que parecia parado sobre a onda deslizava veloz sobre ela.

Durante algum tempo, vendo o profundo torpor em que seu senhor havia mergulhado, eles não ousaram despertá-lo, e se contentaram em discutir suas conjeturas em voz baixa e inquieta. Aramis, efetivamente, tão vigilante, tão ativo, Aramis, cujo olho, como o do lince, vigiava sem cessar e via melhor a noite que o dia, Aramis dormia no desespero da sua alma.

Passou-se assim uma hora, durante a qual a luz do dia foi decrescendo pouco a pouco, mas durante a qual o navio à vista se aproximou do barco a tal ponto que Gœnnec, um dos três marinheiros, se arriscou a dizer bem alto:

— Monsenhor, estão nos perseguindo!

Aramis nada respondeu. O navio continuava se aproximando.

Então, por conta própria, comandados pelo chefe Yves, eles baixaram a vela, para que o único ponto visível sobre a superfície das ondas deixasse de guiar o olho inimigo que os perseguia.

Da parte do navio à vista, ao contrário, a perseguição se acelerou, pois duas novas velas pequenas foram vistas subindo até a extremidade dos mastros.

Infelizmente, estava-se na época do ano em que os dias eram mais bonitos e mais longos, e a lua com toda a sua luz sucedia àquele dia nefasto. A embarcação que perseguia o bote, com o vento em popa, ainda tinha, portanto, cerca de meia hora de crepúsculo e, depois, uma noite inteira de meia claridade.

> O mesmo que golfo de Biscaia (ou baía de Biscaia) — o **golfo da Gasconha** é o mar que fica ali na costa do oeste da França e do norte da Espanha.

— Monsenhor! Monsenhor, estamos perdidos! — disse o chefe. — Olhe! Eles estão nos vendo mesmo com a vela baixada.

— Não é de admirar — murmurou um dos marinheiros —, pois dizem que o pessoal das cidades, ajudado pelo diabo, fabricou instrumentos com os quais se pode ver de longe tão bem quanto de perto, de noite ou de dia.

Aramis pegou, no fundo do bote, uma luneta de aproximação, armou-a silenciosamente e disse, passando-a para o marinheiro:

— Tome — disse ele. — Olhe com isto.

O marinheiro hesitou.

— Fique tranquilo — disse o bispo. — Não é pecado, e, se é pecado, eu o assumo.

O marinheiro olhou com a luneta e deu um grito. Pensou que o navio, que mal lhe parecia ao alcance de um canhão, havia por um milagre transposto a distância subitamente e de uma única arrancada.

Mas, retirando do olho o instrumento, ele viu que, embora tendo avançado um pouco naquele curto instante, a embarcação não alterara a sua distância.

— Assim — murmurou o marinheiro —, eles nos veem como nós os vemos.

— Eles nos veem — disse Aramis, e voltou a ficar impassível.

— Como? Eles nos veem? — disse o chefe Yves. — Impossível!

— Pegue, patrão, olhe — disse o marinheiro.

E ele lhe passou a luneta de aproximação.

— Monsenhor me garante — indagou o patrão — que o diabo não tem nada a ver com isto?

Aramis deu de ombros.

O patrão levou a luneta ao olho.

— Ah, monsenhor — disse ele —, é um milagre! Eles estão ali, parece que posso tocá-los. Pelo menos vinte e cinco homens. Ah, estou vendo na frente o capitão. Ele tem uma luneta como esta e olha para nós. Ah, ele se vira e dá uma ordem; eles levam um canhão até a frente; carregam o canhão e o apontam... Misericórdia! Eles atiram em nós!

E, com um movimento mecânico, o patrão afastou a luneta, e os objetos, recuados até o horizonte, lhe apareceram sob o seu verdadeiro aspecto.

O barco ainda estava à distância de cerca de uma légua, mas a manobra anunciada pelo patrão não era menos real.

Uma leve nuvem de fumaça apareceu sob as velas, mais branca que estas e abrindo-se como o desabrochar de uma flor; depois, a cerca de uma milha do pequeno bote, viu-se a bala descorroar duas ou três ondas, traçar um sulco branco no mar e desaparecer na ponta desse sulco, tão inofensiva quanto a pedra com que um escolar se diverte fazendo ricochetear.

Era, ao mesmo tempo, uma ameaça e uma advertência.

— O que faremos? — perguntou o patrão.

— Eles vão nos afundar — disse Gœnnec. — Monsenhor, nos dê a absolvição.

E os marinheiros ajoelharam-se diante do bispo.

— Os senhores esquecem que eles os veem — disse Aramis.

— É verdade — concordaram os marinheiros, envergonhados daquela fraqueza. — Dê-nos a sua ordem, estamos dispostos a morrer pelo senhor.

— Esperem — disse Aramis.

— Esperar? Como?

— Sim. Não veem que, como os senhores acabaram de dizer, se tentarmos fugir eles vão nos afundar?

— Mas talvez — arriscou o patrão — com a ajuda da noite nós possamos escapar deles.

— Ah — disse Aramis —, eles têm o fogo grego para clarear a sua rota e a nossa.

E, ao mesmo tempo, como se a pequena embarcação quisesse responder ao chamado de Aramis, uma segunda nuvem de fumaça subiu lentamente para o céu, e dentro dessa

---

Os muçulmanos tentavam já fazia tempo tomar a cidade de Constantinopla, que pertencia ao Império Bizantino, e aquela insistência já estava chata. Os bizantinos (que falavam grego, e daí vem o nome **fogo grego**) resolveram então atacar e saíram de barco pra cima do inimigo usando como arma uma espécie de lança-chamas primitivo, que, hoje se sabe, devia ser uma mistura de petróleo, gordura de bicho e resina de planta. Aquilo espalhava fogo por uns 15 metros e propagava o terror porque parecia um troço mágico, já que mesmo caindo na água o material não se apagava.

nuvem fulgurou uma flecha inflamada, que descreveu a sua parábola tal qual um arco-íris e caiu no mar, onde continuou a queimar, iluminando um espaço de um quarto de légua de diâmetro.

Os bretões se entreolharam, apavorados.

— Agora os senhores viram — disse Aramis — que é melhor esperá-los.

Os remos escaparam das mãos dos marinheiros, e o bote, deixando de avançar, boiou imóvel no alto das ondas.

A noite chegava, mas a embarcação continuava avançando. Até se podia dizer que dobrava de velocidade na escuridão. De quando em quando, como um abutre com o pescoço ensanguentado levanta a cabeça para fora do ninho, o formidável fogo grego se arremessava dos seus flancos e lançava a chama no meio do oceano, como uma neve incandescente.

Enfim, ele chegou ao alcance do mosquete.

Todos os homens estavam na ponte, com a arma no braço; os artilheiros, ao lado do seu canhão; as mechas queimavam.

Ter-se-ia dito que se tratava de abordar uma fragata e combater uma tripulação numericamente superior, e não de capturar um bote com quatro homens.

— Rendam-se! — gritou o comandante da embarcação, ajudado pelo seu **amplificador de voz**.

Os marinheiros olharam para Aramis, que então lhes fez um sinal de cabeça.

O patrão Yves mandou agitar um pano branco na ponta de um arpão. Era como se eles estivessem **arriando a bandeira**.

A embarcação avançava como um cavalo de corrida e voltou a usar o fogo grego; a chama caiu a vinte passos do bote e o clareou com uma intensidade que o sol mais ardente não teria igualado.

— Ao primeiro sinal de resistência — gritou o comandante da embarcação —, fogo!

É o popular **megafone**, mas aqui na sua versão sem pilhas nem baterias. O primeiro uso oficial que se conhece de uma ferramenta para levar a voz além foi feito pelos gregos lá da Antiguidade, em peças teatrais. Depois, na época dos mosqueteiros franceses, um padre alemão aplicou um conceito semelhante ao dos gregos e criou assim o megafone básico que está sendo usado nesta cena: um cone que consegue concentrar as ondas sonoras levando-as a se propagar mais além do que normalmente acontece quando a gente fala (ou grita) sem a ajuda dele.

Baixar a bandeira do mastro é um código internacional usado para demonstrar que a tripulação de uma embarcação se deu por vencida, está se rendendo.

Os soldados colocaram os mosquetes em posição de tiro.

— Já mostramos que nos rendemos! — gritou o patrão Yves.

— Vivos! Vivos! Capitão! — gritaram alguns soldados, exaltados. — Precisamos pegá-los vivos!

— Pois bem, sim, vivos — disse o capitão.

Depois, voltando-se para os bretões:

— Os senhores têm a vida garantida, meus amigos! — gritou ele. — Com exceção do cavalheiro D'Herblay.

Aramis estremeceu imperceptivelmente.

Por um instante, seu olhar se fixou nas profundezas do oceano, iluminado na superfície pelos últimos resplendores do fogo grego, que corriam na lateral das ondas, brincavam no topo delas como penachos e tornavam ainda mais escuros, misteriosos e terríveis os abismos que cobriam.

— Ouviu, monsenhor? — disseram os marinheiros.

— Sim.

— O que o senhor ordena?

— Aceitem.

— Mas e o senhor?

Aramis se inclinou um pouco mais e, com a ponta dos dedos brancos e finos, brincou na água esverdeada do mar, para a qual sorria como para uma amiga.

— Aceite! — repetiu ele.

— Nós aceitamos — repetiram os marinheiros. — Mas que garantia temos?

— A palavra de um fidalgo — disse o oficial. — Pela minha posição e pelo meu nome, eu juro que todos os que não são o senhor cavalheiro D'Herblay terão a vida salva. Sou tenente da fragata *Pomone*, do rei, e meu nome é Louis-Constant de Pressigny.

Com um gesto rápido, Aramis, já curvado para o mar, já com metade do corpo fora do barco, ergueu a cabeça, empertigou-se e, com o olhar ardente, inflamado, e um sorriso nos lábios, ordenou:

— Joguem a escada, senhores. — Disse isso como se o comando lhe pertencesse.

Obedeceram-lhe.

Então Aramis, segurando-se na escada de corda, subiu em primeiro lugar, mas, em vez do pavor que esperavam ver no seu rosto, a surpresa dos marinheiros da embarcação foi grande quando o viram caminhar para o comandante com passo seguro, olhá-lo fixamente e lhe fazer com a mão um sinal misterioso e desconhecido, que levou o oficial a empalidecer, tremer e baixar a cabeça.

Então, sem dizer uma única palavra, Aramis levantou a mão até a altura dos olhos do comandante e o fez ver o anel com a pedra engastada que ele usava no anular da mão esquerda.

E, ao fazer esse sinal, Aramis, revestido de fria, silenciosa e altiva majestade, tinha o aspecto de um imperador que dava a mão para ser beijada.

O comandante, que por um instante havia erguido a cabeça, inclinou-se uma segunda vez com os sinais do mais profundo respeito.

Depois, estendendo por sua vez a mão na direção da popa, ou seja, na direção do seu aposento, recuou para deixar Aramis passar primeiro.

Os três bretões, que haviam subido atrás do seu bispo, olhavam-se estupefatos.

Toda a equipagem estava em silêncio.

Cinco minutos depois, o comandante chamou o segundo-tenente, que logo voltou a subir, ordenando que rumassem para Corunha.

Enquanto executavam a ordem dada, Aramis reapareceu na ponte e foi se sentar contra a amurada.

A noite já caíra, a lua ainda não chegara, e entretanto Aramis olhava persistentemente para os lados de Belle-Île. Então, Yves aproximou-se do comandante, que voltara a assumir seu lugar na traseira da embarcação e lhe perguntou baixinho, muito humildemente:

— Que rota estamos seguindo, capitão?

— Estamos seguindo a rota que agrada ao monsenhor — respondeu o oficial.

Aramis passou a noite encostado na amurada.

O engaste é a base, o aro que prende uma pedra a uma joia. **Engastada**, então, é como fica a pedra colocada ali.

Corunha é uma cidade na Galícia, que fica já na ponta da Espanha, pra cima de Portugal.

Yves, aproximando-se dele na manhã seguinte, notou que a noite devia ter sido muito úmida, pois a madeira sobre a qual se apoiava a cabeça do bispo estava molhada de sereno.

Quem sabe se aquele sereno não teriam sido as primeiras lágrimas caídas dos olhos de Aramis?

Que epitáfio estaria à altura daquele?

A RONDA DO SENHOR DE GESVRES

D'ARTAGNAN NÃO ESTAVA acostumado a resistências como a que haviam acabado de lhe opor. Voltou para Nantes profundamente irritado.

A irritação, naquele homem vigoroso, se traduzia por um impetuoso ataque ao qual poucas pessoas até então, fossem reis, fossem gigantes, tinham sabido resistir.

Trêmulo, ele foi diretamente para o castelo e pediu para falar com o rei. Seriam umas sete horas da manhã, e, desde a chegada a Nantes, o rei se tornara matinal.

Mas, ao chegar ao pequeno corredor que já conhecemos, D'Artagnan encontrou o senhor de Gesvres, que o deteve com toda a cortesia recomendando-lhe não falar alto, para deixar o rei repousar.

— O rei está dormindo? — interrogou D'Artagnan. — Então vou deixá-lo dormir. A que hora o senhor acha que ele se levantará?

— Ah, daqui a duas horas, mais ou menos. O rei ficou acordado durante toda a noite.

D'Artagnan pegou novamente o chapéu, cumprimentou o senhor de Gesvres e voltou para casa.

Retornou às nove e meia. Disseram-lhe que o rei estava tomando o café da manhã.

— Muito bem — replicou ele —, falo com o rei enquanto ele come.

O senhor de Brienne objetou a D'Artagnan que o rei não queria receber ninguém durante a refeição.

— Mas — disse D'Artagnan, com um olhar oblíquo para Brienne — o senhor talvez não saiba, senhor secretário, que eu tenho permissão de entrar em qualquer lugar e a qualquer hora.

Brienne tomou com suavidade a mão do capitão e lhe disse:

— Não em Nantes, caro senhor D'Artagnan. Nesta viagem, o rei mudou completamente a ordem da sua casa.

D'Artagnan, acalmado, perguntou a que hora o rei terminaria de tomar o café da manhã.

— Não se sabe — disse Brienne.

— Não se sabe? Mas como? O que quer dizer isso? Não se sabe quanto tempo o rei leva para comer? Normalmente é uma hora, e, admitindo que o ar do Loire aumente o apetite, ponhamos hora e meia; é o bastante, creio eu, portanto vou esperar aqui.

— Ah, caro senhor D'Artagnan, a ordem é não deixar ninguém no corredor. Estou de guarda aqui por isso.

Pela segunda vez, D'Artagnan sentiu a cólera lhe subir ao cérebro. Saiu muito rapidamente, receando complicar o caso com um repente de mau humor.

Estando do lado de fora, pôs-se a refletir.

"O rei", disse ele, "não quer me receber, isso é evidente; está zangado, o jovem; teme as palavras que eu posso lhe dizer. Sim, mas durante esse tempo sitiam Belle-Île, e talvez prendam ou matem meus dois amigos. Pobre Porthos! Já o mestre Aramis é cheio de recursos e estou tranquilo quanto a ele. Mas não, não, Porthos ainda não é um inválido, e Aramis não é um velho idiota. Um com seus braços, o outro com sua imaginação, vão dar trabalho aos soldados de Sua Majestade. Quem sabe se esses dois bravos não farão, para a edificação de Sua Majestade Mui Cristã, um bastiãozinho Saint-Gervais? Não vou me desesperar. Eles têm canhão e guarnição.

"Entretanto", prosseguiu D'Artagnan balançando a cabeça, "acho que seria melhor cessar o combate. Se pensasse apenas em mim, eu não suportaria o desprezo nem uma traição da parte do rei, mas, pelos meus amigos, preciso sofrer tudo, recusas grosseiras, insultos. E se eu fosse à casa do senhor Colbert? Esse é um a quem terei de me acostumar a meter medo. Isso; à casa do senhor Colbert."

E, num passo decidido, D'Artagnan se pôs a caminho. Mas, ao chegar lá, informaram-lhe que o senhor Colbert estava trabalhando com o rei no castelo de Nantes.

"Bom", pensou ele em voz alta, "estou de volta aos tempos em que ziguezagueava pelo caminho entre a casa do senhor de Tréveille e a residência do cardeal, entre a residência do cardeal e a casa da rainha, entre a casa da rainha e a casa do rei Luís XIII. Dizem que os homens, ao envelhecer, voltam a ser crianças, e isso é fato. Ao castelo!"

Ele voltou. O senhor de Lyonne estava saindo. Deu as duas mãos a D'Artagnan, e lhe disse que o rei havia trabalhado durante toda a noite e lhe dera a ordem de não deixar entrar ninguém.

— Nem mesmo — disse D'Artagnan — o capitão que recebe a ordem? Assim já é demais!

— Nem mesmo — respondeu o senhor de Lyonne.

— Se é assim — replicou D'Artagnan, com o coração ferido —, uma vez que o capitão dos mosqueteiros, que sempre entrou no quarto do rei, não pode mais entrar no seu gabinete de trabalho ou na sua sala de jantar, isso significa que o rei morreu ou me desgraçou. Em qualquer dos casos, ele não precisa de mim. Faça-me o favor de entrar de novo, o senhor, que goza dos favores reais, e dizer muito claramente ao rei que eu lhe envio a minha demissão.

— D'Artagnan, cuidado! — exclamou Lyonne.

— Vá, pela amizade que tem a mim.

E ele o empurrou suavemente para o gabinete.

— Eu vou — disse o senhor de Lyonne.

D'Artagnan esperou andando de um lado para o outro do corredor.

Lyonne voltou.

— Então, o que disse o rei? — indagou o capitão.

— O rei disse que está certo — replicou Lyonne.

— Que está certo! — disse D'Artagnan, numa explosão. — Quer dizer que ele aceita? Bom, então estou livre. Sou um cidadão comum, senhor de Lyonne. Prazer em revê-lo.

Adeus castelo, corredor, antessala. Um homem comum, que enfim vai respirar, os saúda.

E, sem esperar mais nada, o capitão correu até o terraço e, de lá, para a escada onde havia encontrado os pedaços da carta de Gourville. Cinco minutos depois, entrou na hospedaria, onde, seguindo o uso de todos os altos oficiais que tinham alojamento no castelo, ele havia ocupado o que chamavam de seu quarto da cidade.

Mas ali, em vez de atirar para um lado a espada e a capa, ele pegou pistolas, pôs o dinheiro numa bolsa grande de couro, mandou buscar seus cavalos na estrebaria do castelo e deu ordens de rumar para Vannes durante a noite.

Tudo aconteceu conforme as suas previsões. Às oito horas da noite, enquanto punha o pé no estribo, o senhor de Gesvres apareceu à frente de doze guardas diante da hospedaria.

D'Artagnan viu tudo com o canto do olho. Viu necessariamente os treze homens e os treze cavalos. Mas fingiu não notar nada, e deu impulso com o corpo para montar.

Gesvres aproximou-se dele.

— Senhor D'Artagnan! — disse ele em voz alta.

— Ah, senhor de Gesvres, boa noite.

— Parece que o senhor está montando no cavalo?

— Mais que isso: estou montado, como o senhor pode ver.

— Que bom que o encontrei.

— Está me procurando?

— Claro que estou.

— Da parte do rei, imagino.

— Exatamente.

— Como eu, há dois ou três dias, procurava o senhor Fouquet?

— Ah!

— Vamos, não brinque comigo. Não vale a pena. Diga logo que o senhor veio me prender.

— Prendê-lo, meu Deus! Não.

— Pois bem, então por que o senhor está me abordando com doze homens a cavalo?

— Estou fazendo uma ronda.

— Muito bem. E o senhor me prende nessa ronda?

— Eu não o prendo; eu o encontro e lhe peço que venha comigo.

— Aonde?

— Aos aposentos do rei.

— Bom! — disse D'Artagnan com ar trocista. — Então o rei não tem mais nada para fazer?

— Por favor, capitão — disse o senhor de Gesvres em voz baixa —, não se comprometa; esses homens o estão ouvindo.

D'Artagnan começou a rir e replicou:

— Siga. As pessoas presas ficam entre os seis primeiros e os seis últimos guardas.

— Mas, como eu não o estou prendendo — disse o senhor de Gesvres —, o senhor irá atrás, ao meu lado, por favor...

— Muito bem — disse D'Artagnan —, esse é um bom procedimento, duque, e o senhor tem razão, pois, se eu alguma vez tivesse de fazer rondas para os lados do seu quarto da cidade, teria sido cortês com o senhor, posso lhe garantir, palavra de fidalgo. Agora, mais um favor: o que o rei quer comigo?

— Ah, o rei está furioso.

— Muito bem, o rei, que se deu o trabalho de ficar furioso, se dará o trabalho de se acalmar, simplesmente. Não vou morrer por isso, juro.

— Não, mas...

— Mas me mandarão fazer companhia ao coitado do senhor Fouquet, pelas barbas de Deus! É um homem distinto. Viveremos juntos e em paz, juro ao senhor.

— Chegamos — disse o duque. — Capitão, por favor, tenha calma com o rei.

— Ora essa, quanta amabilidade comigo, duque — disse D'Artagnan olhando para o senhor de Gesvres. — Disseram-me que o senhor ambicionava reunir os seus guardas aos meus mosqueteiros; acho que uma boa ocasião está se apresentando.

— Não vou aproveitá-la, Deus me livre, capitão!

— E por que não?

— Primeiro, por uma série de razões; depois, por esta: se eu o sucedesse no comando dos mosqueteiros depois de tê-lo prendido...

Trocista > quem faz troça, brincadeira, com a cara de outra pessoa.

— Ah, o senhor confessa então que está me prendendo?
— Não, não!
— Então diga "encontrado". Sim, diga: o senhor me sucederia depois de ter me encontrado?
— No primeiro exercício de fogo, os seus mosqueteiros atirariam em mim por descuido.
— Ah, quanto a isso, eu não discordo. Esses camaradas gostam muito de mim.

Gesvres deixou D'Artagnan passar em primeiro lugar, conduziu-o diretamente ao gabinete onde o rei esperava o capitão dos mosqueteiros e colocou-se atrás do seu colega na antessala.

Ouvia-se perfeitamente o rei falar alto com Colbert, no mesmo gabinete onde Colbert conseguira ouvir, alguns dias antes, o rei falar alto com o senhor D'Artagnan.

Os guardas permaneceram, cada um em seu cavalo, diante da porta principal, e espalhou-se pouco a pouco pela cidade o rumor de que o senhor capitão dos mosqueteiros acabara de ser preso por ordem do rei.

Então todos aqueles homens foram vistos começando a se movimentar, como nos bons tempos de Luís XIII e do senhor de Tréville; formaram-se grupos, as escadas encheram-se de gente; murmúrios vagos vindos dos pátios subiam até os andares superiores, lembrando os roucos lamentos das ondas na maré.

O senhor de Gesvres estava inquieto e observava seus guardas; estes, tendo sido interrogados pelos mosqueteiros que se misturavam a eles, começavam a evitá-los, manifestando igualmente certa inquietação.

D'Artagnan estava sem dúvida muito menos inquieto que o senhor de Gesvres, capitão dos guardas. Depois de entrar, ele tinha se sentado no peitoril de uma janela, observava tudo com seu olhar de águia e não franzia as sobrancelhas.

Não lhe tinha escapado nenhum dos progressos da fermentação manifestada ao correr o boato da sua prisão. Ele previa o momento em que a explosão ocorreria; e sabemos que as suas previsões eram acertadas.

A **guarda pretoriana** fazia a segurança dos imperadores de Roma — e não eram lá muito boa gente não... Viviam sofrendo denúncias de brutalidade e abuso de poder. Além disso, muitas vezes assassinaram o cara que deveriam proteger, o imperador — até porque costumavam receber uma grana extra toda vez que mudava quem ocupava o trono.

Hussardo era um tipo de soldado francês, inspirado numa tradição húngara e que Richelieu havia implantado no exército local. Os hussardos eram basicamente uns doidos de pai e mãe, que lutavam sem regras e sem medo, bebiam montanhas e, dizem, até dormiam em cima dos seus cavalos.

"Seria muito interessante", pensou ele, "se, nesta noite, os meus pretorianos me fizessem rei da França. Ah, eu iria rir muito."

Mas no momento mais belo tudo parou. Guardas, mosqueteiros, oficiais, soldados, murmúrios e inquietudes se dispersaram, desapareceram, se apagaram; sem trombeta, sem ameaça, sem sublevação. Uma palavra havia acalmado as ondas.

Brienne acabara de gritar, por ordem do rei:

— Calem-se, os senhores estão incomodando o rei!

D'Artagnan deu um suspiro.

— Acabou — disse ele —, os mosqueteiros de hoje em dia não são os de Sua Majestade Luís XIII. Acabou!

— Senhor D'Artagnan, para o gabinete do rei! — gritou um hussardo.

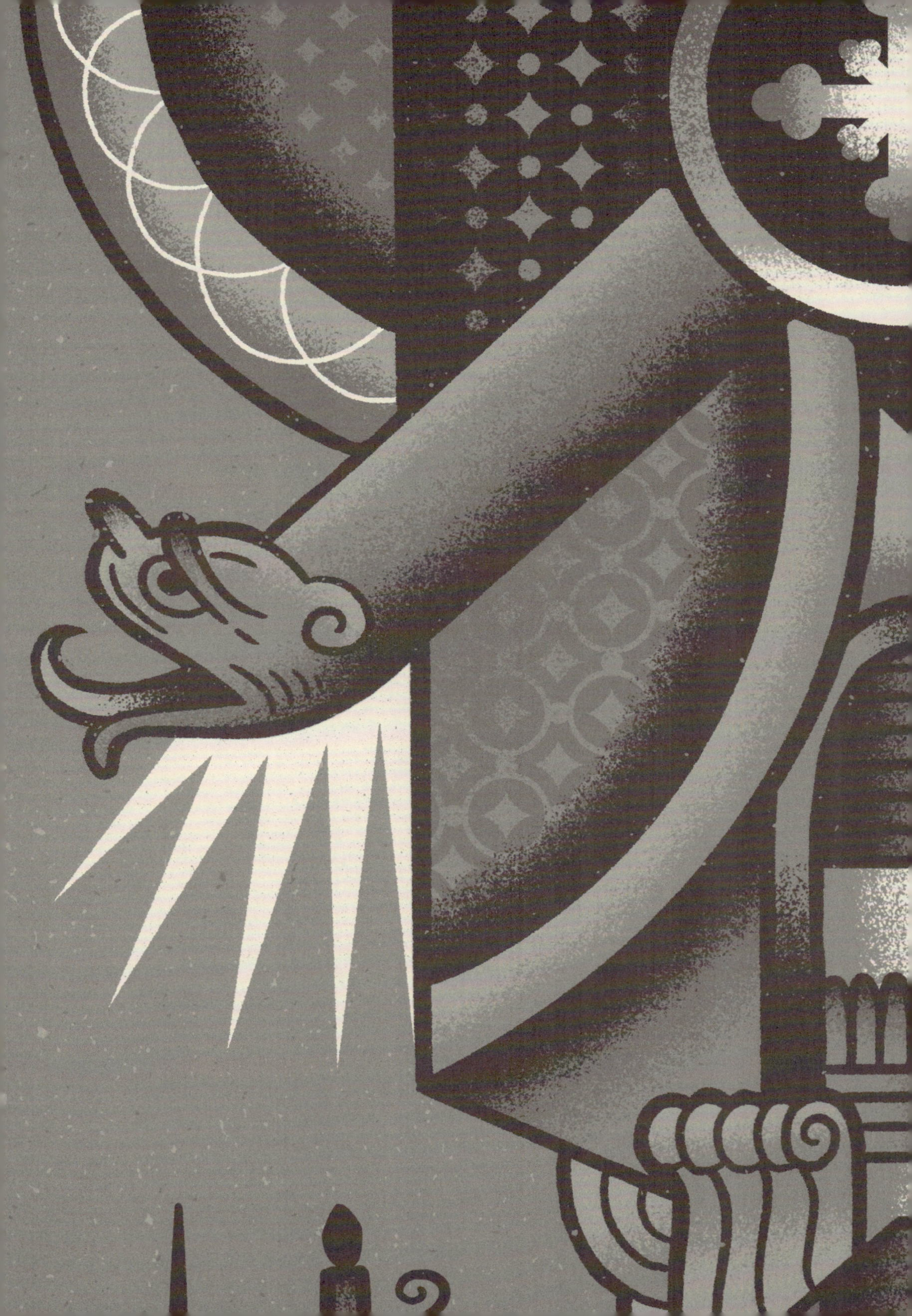

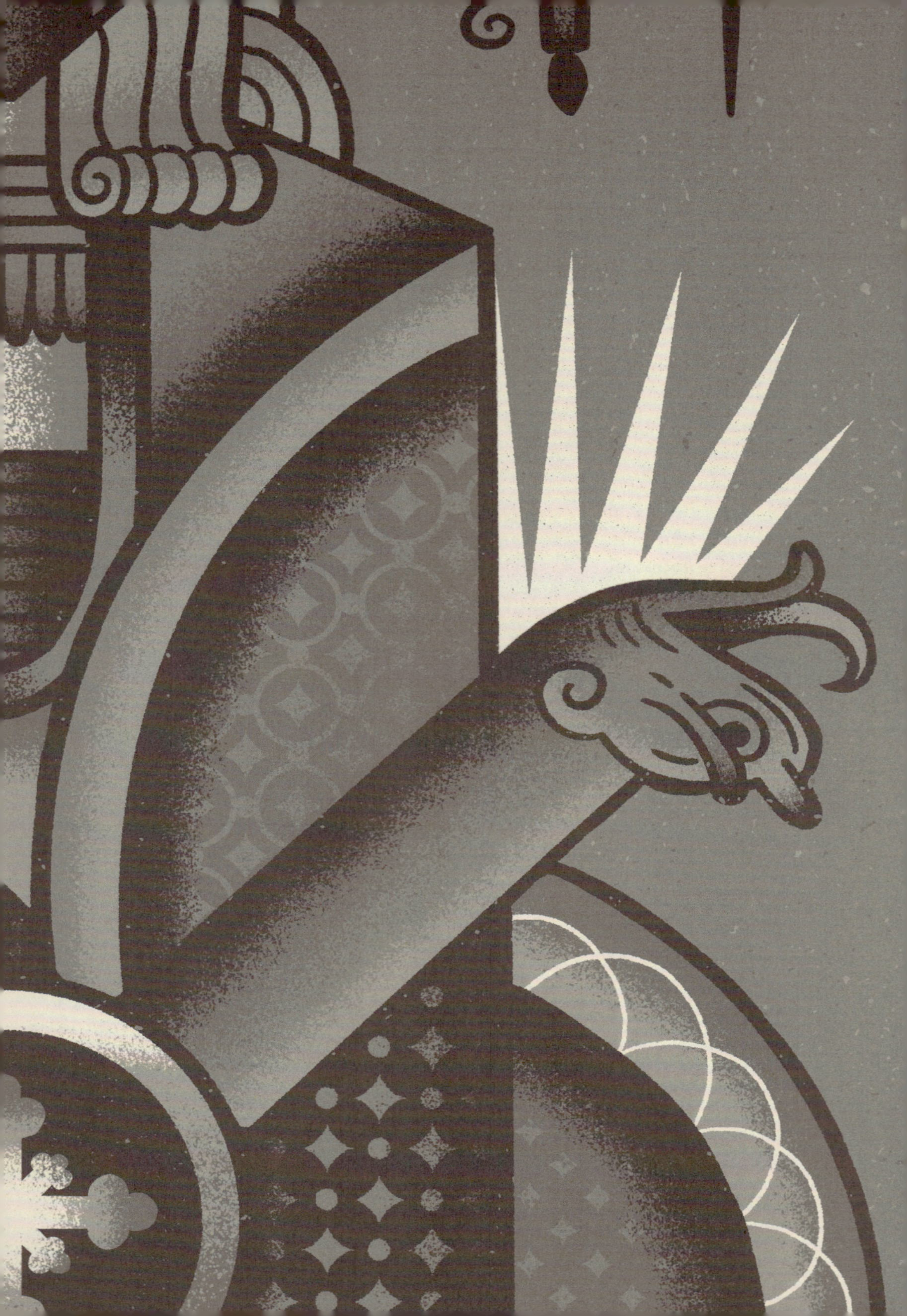

O REI LUÍS XIV

O REI CONTINUAVA no seu gabinete, parado de costas para a porta de entrada. Diante dele havia um espelho, no qual, enquanto mexia nos papéis, ele podia apenas com uma rápida olhadela ver quem entrava.

Ele não se perturbou quando D'Artagnan entrou, e fez cair sobre suas cartas e seus planos o amplo traje de seda verde que lhe servia para esconder dos importunos os seus segredos.

D'Artagnan compreendeu o jogo e permaneceu recuado, de modo que, ao cabo de um momento, o rei, que nada ouvia e não o via, foi obrigado a gritar:

— O senhor D'Artagnan não está aqui?

— Sim, estou — respondeu o mosqueteiro, avançando mais.

— Pois bem — disse o rei fixando os olhos claros em D'Artagnan —, o que o senhor tem a me dizer?

— Eu, Sire, nada tenho a dizer — respondeu o mosqueteiro, que espreitava o primeiro golpe do adversário para dar uma boa resposta —, a não ser que Vossa Majestade mandou me deterem e eu estou aqui.

O rei ia responder que não tinha mandado prender D'Artagnan, mas a frase lhe pareceu um pedido de desculpas, e ele se calou.

D'Artagnan continuou obstinadamente mudo.

— Senhor — tornou o rei —, o que eu o havia encarregado de fazer em Belle-Île? Diga-me, por favor.

Ao dizer essas palavras, o rei olhava fixamente para o seu capitão.

Nesse ponto, D'Artagnan ficou muito feliz: o rei lhe apresentava uma boa jogada.

— Creio — replicou ele — que Vossa Majestade me dá a honra de me perguntar o que eu fui fazer em Belle-Île.

— Sim, senhor.

— Pois bem, Sire, não sei. Não é para mim que é preciso perguntar isso, é para esse número infinito de oficiais de toda espécie a quem foi dado um número infinito de ordens de todo tipo, ao passo que a mim, chefe da expedição, nada de preciso foi ordenado.

O rei se sentiu ferido; sua resposta deixou isso claro.

— Senhor — replicou ele —, só foram dadas ordens às pessoas consideradas fiéis.

— Espanta-me ver, Sire — respondeu o mosqueteiro —, que um capitão como eu, que tem o mesmo valor de um marechal da França, se veja sob as ordens de cinco ou seis tenentes ou majores, bons talvez no papel de espiões, mas que são incapazes de conduzir expedições de guerra. É sobre isso que eu vinha pedir explicações a Vossa Majestade quando minha entrada foi recusada, o que, último ultraje feito a um homem de bem, me levou a deixar o serviço de Vossa Majestade.

— O senhor acha — volveu o rei — que continua vivendo no século em que os reis estavam, conforme a sua própria queixa, sob as ordens e à mercê dos seus inferiores. O senhor me parece esquecer que um rei só deve prestar contas de suas ações a Deus.

— Não me esqueço de nada, absolutamente, Sire — disse o mosqueteiro, ferido, por sua vez, com a lição. — Aliás, não acho que um homem honesto ofende o rei apenas perguntando-lhe por que o serviu mal.

— O senhor me serviu mal ao tomar o partido dos meus inimigos contra mim.

— Quem são os seus inimigos, Sire?

— Aqueles que eu o enviei para combater.

— Dois homens! Inimigos do exército de Vossa Majestade! Impossível acreditar nisso, Sire.

— Não lhe cabe julgar as minhas vontades.

— Mas me cabe julgar as minhas amizades, Sire.

— Quem serve aos amigos não serve ao seu senhor.

— Compreendi tão bem isso, Sire, que ofereci respeitosamente a Vossa Majestade a minha demissão.

— E eu a aceitei, senhor — disse o rei. — Antes de me separar do senhor, quis lhe provar que sabia manter a minha palavra.

— Vossa Majestade manteve mais que a sua palavra, pois mandou me prenderem — disse D'Artagnan, num tom friamente trocista. — Isso não me havia sido prometido.

O rei ignorou a brincadeira, e disse, com seriedade:

— Veja, senhor, o que a sua desobediência me forçou a fazer.

— Minha desobediência! — exclamou D'Artagnan, rubro de cólera.

— É o termo mais suave que encontrei — prosseguiu o rei. — A minha ideia era prender e punir os rebeldes; eu não tinha de me preocupar com o fato de os rebeldes serem seus amigos.

— Mas eu tinha de me preocupar — respondeu D'Artagnan. — Foi uma crueldade de Vossa Majestade mandar que eu prendesse meus amigos para trazê-los aos seus patíbulos.

— Era, senhor, uma prova a que eu tinha de submeter os pretensos servidores que comem do meu pão e devem defender a minha pessoa. O resultado da prova foi ruim.

— Para um mau servidor que Vossa Majestade perde — disse o mosqueteiro num tom amargo —, há dez que nesse mesmo dia fizeram a sua prova. Escute-me, Sire: eu não estou acostumado a esse serviço. Sou uma espada rebelde quando se trata de fazer o mal. Perseguir até a morte dois homens cuja vida o senhor Fouquet, o salvador de Vossa Majestade, lhe havia pedido para salvar, era, para mim, fazer o mal. Além do mais, esses dois homens eram meus amigos. Eles não atacaram Vossa Majestade; sucumbiram sob o peso de uma cólera cega. Por que Vossa Majestade não os deixou fugir? Que crime eles tinham cometido? Admito que me conteste o direito de julgar a conduta deles. Mas por que suspeitar de mim antes da ação? Por que me cercar de espiões? Por que me desonrar diante do exército? Por que eu, em quem até agora Vossa Majestade havia demonstrado toda a confiança, eu, que há trinta anos sou ligado à sua pessoa e lhe dei mil provas de dedicação (pois preciso dizer isso agora que me acusam), por que me reduzir a ver três mil soldados do rei marchar em batalha contra dois homens?

— Parece que o senhor esqueceu o que esses homens me fizeram — disse o rei com uma voz surda —, e que não foi por mérito deles que eu não acabei destruído.

— Sire, Vossa Majestade parece se esquecer da minha existência.

— Basta, senhor D'Artagnan, basta desses interesses dominadores que tiram o sol dos meus interesses. Eu fundo um Estado no qual haverá apenas um senhor, já lhe prometi isso tempos atrás; chegou o momento de cumprir a minha promessa. O senhor quer ser, conforme seus gostos e suas amizades, livre para atrapalhar meus planos e salvar meus inimigos? Eu o impeço ou o deixo. Procure um senhor que lhe seja mais conveniente. Sei perfeitamente que outro rei não se comportaria como eu e se deixaria dominar pelo senhor, correndo o risco de enviá-lo um dia para fazer companhia ao senhor Fouquet e aos outros; mas eu tenho boa memória, e, para mim, os serviços são títulos sagrados para o reconhecimento, para a impunidade. O senhor terá, senhor D'Artagnan, apenas essa lição para punir a sua indisciplina, e eu não imitarei os meus predecessores na sua cólera, não os tendo imitado na concessão de favores. E ainda outras razões me fazem agir brandamente com o senhor: é que, antes de mais nada, é um homem sensato, um homem muito sensato, um homem com coração, e será um bom servidor para quem o domar; além disso, o senhor deixará de ter motivos para ser insubordinado. Seus amigos estão destruídos ou foram arruinados por mim. Esses pontos de apoio, sobre os quais, instintivamente, repousava a sua mente caprichosa, eu os fiz desaparecer. A esta hora meus soldados prenderam ou mataram os rebeldes de Belle-Île.

D'Artagnan empalideceu.

— Presos ou mortos! — exclamou ele. — Ah, Sire, se Vossa Majestade pensasse no que acabou de me dizer, e se falasse com plena certeza de que é a verdade, eu esqueceria tudo o que há de justo, tudo o que há de magnânimo nas suas palavras, para chamá-lo de rei bárbaro ou homem desnaturado. Mas vou perdoá-lo — disse ele, sorrindo com orgulho —, essas palavras eu as perdoo ao jovem príncipe que não sabe, que não pode compreender o que são homens como o senhor D'Herblay, como o senhor Du Vallon, como eu. Presos ou mortos! Ah, diga-me, Sire, se a notícia é verdadeira, quanto ela lhe custa em homens e em dinheiro. Depois, calcularemos se o ganho compensou o risco.

Como ele continuasse a falar, o rei aproximou-se, encolerizado, e lhe disse:

— Senhor D'Artagnan, essas são respostas de um rebelde. Então, por favor, me diga: quem é o rei da França? O senhor sabe de algum outro?

— Sire — replicou friamente o capitão dos mosqueteiros —, eu me lembro de que certa manhã Vossa Majestade fez essa pergunta para um grupo numeroso que estava em Vaux e ninguém soube responder, ao passo que eu respondi. Se eu reconheci o rei naquele dia, quando as coisas não estavam fáceis, me parece inútil perguntar-me isso hoje, quando Vossa Majestade está sozinho comigo.

Ao ouvir essas palavras, Luís XIV baixou os olhos. Pareceu-lhe que a sombra do infeliz Filipe acabara de passar entre D'Artagnan e ele para evocar a lembrança daquela terrível aventura.

Quase no mesmo momento, entrou um oficial e entregou um despacho ao rei, que, por sua vez, mudou de cor ao lê-lo.

D'Artagnan notou isso. O rei permaneceu imóvel e silencioso depois de ter lido pela segunda vez. Então, decidindo-se subitamente, disse:

— Senhor, o que me informaram será do seu conhecimento mais tarde; assim, melhor que eu lhe diga, e que o senhor fique sabendo pela boca do rei. Ocorreu um combate em Belle-Île.

— Ah — disse calmamente D'Artagnan, enquanto seu coração quase lhe arrebentava o peito. — E então, Sire?

— Então, senhor, eu perdi cento e seis homens.

Um clarão de alegria e orgulho brilhou nos olhos de D'Artagnan.

— E os rebeldes? — indagou ele.

— Os rebeldes fugiram — disse o rei.

D'Artagnan deu um grito de triunfo.

— Mas — acrescentou o rei — eu tenho uma frota que bloqueia cerradamente Belle-Île e estou certo de que nem um único barco a atravessará.

— De modo que — disse o mosqueteiro, entregue às suas ideias sombrias —, se prenderem esses dois senhores...

— Nós os prenderemos — disse o rei tranquilamente.

— E eles sabem disso? — replicou D'Artagnan reprimindo a sua emoção.

— Sabem, porque certamente o senhor lhes informou e todo o país sabe.

— Então, Sire, eles não serão pegos vivos, posso garantir.

— Ah — disse o rei com indiferença, pegando de volta a carta. — Pois bem, serão pegos mortos, senhor D'Artagnan, e isso dará no mesmo, porque eu não os pegaria apenas para prendê-los.

D'Artagnan enxugou o suor que lhe escorria pela testa.

— Eu lhe disse — prosseguiu Luís XIV — que um dia seria para o senhor um superior afetuoso, generoso e constante. O senhor é hoje o único homem entre os antigos que é digno da minha cólera ou da minha amizade. O senhor concebe, senhor D'Artagnan, servir a um rei que teria no reino cem outros reis, seus iguais? Diga-me: com essa debilidade, eu poderia fazer as grandes coisas que imagino? O senhor viu alguma vez o artista realizar obras sólidas com um instrumento rebelde? Longe de nós, senhor, esses velhos fermentos dos abusos feudais. A Fronda, que ameaçava arruinar a monarquia, a emancipou. Sou o senhor na minha casa, capitão D'Artagnan, e terei servidores que, embora sem o seu gênio, talvez, levarão a dedicação e a obediência até o heroísmo. O que importa, eu lhe pergunto;

o que importa que Deus não tenha dado gênio a braços e pernas? O gênio ele dá à cabeça, e à cabeça, o senhor sabe, cabe obedecer. Eu sou a cabeça, eu!

D'Artagnan estremeceu.

Luís continuou como se não tivesse visto nada, embora o estremecimento não lhe tivesse passado despercebido.

— Agora concluamos entre nós dois o trato que em Blois lhe prometi fazer, num dia em que o senhor me julgava muito pequeno. Agradeça-me, senhor, por eu não ter feito ninguém pagar pelas lágrimas de vergonha que então derramei. Olhe à sua volta; as grandes cabeças estão curvadas. Curve também a sua, ou escolha o exílio que melhor lhe convier. Talvez, refletindo sobre a questão, veja este rei como um coração generoso que conta com a sua lealdade a ponto de deixá-lo sabendo-o descontente, estando o senhor de posse do segredo de Estado. O senhor é um homem de bem, eu sei. Por que me julgou antes da hora? Julgue-me a partir deste dia, D'Artagnan, e seja tão severo quanto quiser.

D'Artagnan ficou aturdido, mudo, indeciso pela primeira vez na vida. Acabara de encontrar um adversário digno dele. Agora não era mais ardil, era cálculo; não era mais violência, era força; não era mais cólera, era vontade; não era mais vanglória, era conselho. Aquele jovem, que havia vencido Fouquet e que podia se sair bem sem D'Artagnan, contrariava todos os cálculos um tanto obstinados do mosqueteiro.

— Vejamos: o que o detém? — disse-lhe o rei, mansamente. — O senhor me apresentou a sua demissão; quer que eu a recuse? Sei que será difícil para um velho capitão admitir seu mau humor.

— Ah — replicou melancolicamente D'Artagnan —, essa não é a minha maior preocupação. Eu hesito em retirar a minha demissão, porque sou velho em face de Vossa Majestade e tenho hábitos difíceis de eliminar. Agora, Vossa

---

No início de seu reinado, Luís XIV era tutelado pelo cardeal Mazarin, ministro todo-poderoso que herdara do governo anterior, e tinha dificuldades em se impor. Na saga dos mosqueteiros de Alexandre Dumas, D'Artagnan se decepcionou com a fraqueza do jovem rei e pediu demissão de seu cargo na guarda real — mas foi para a Inglaterra, onde participou da luta de Carlos II, primo de Luís, pelo trono inglês. Tendo ficado rico com a recompensa recebida na Inglaterra, D'Artagnan volta a se apresentar a Luís XIV quando este se livra das tutelas e assume poder absoluto. O rei da França então nomeia D'Artagnan capitão dos mosqueteiros, que era o que **havia prometido** a ele para quando não fosse mais tão **"pequeno"**.

Ardil > manha, esperteza.

Os protestantes franceses (huguenotes) estavam de boas vivendo no país desde que o rei Henrique IV havia garantido pra eles a liberdade religiosa. Mas o cara foi assassinado em 1610 e, quando seu filhote Luís XIII assumiu o cargo, o troço complicou. Lulu queria todo mundo católico e começou a apertar o cerco aos huguenotes, que se rebelaram de vez na década seguinte. E o ponto máximo de concentração de revoltosos era em **La Rochelle**, que, por sua vez, foi atacada e atacada pela turma de Lu XIII e seu ministro principal, que era o cardeal **Richelieu**. Os mosqueteiros participaram também dessa batalha. O cardeal **Mazarin** entrou no lugar do Richelieu quando este morreu e ainda pegou o comecinho do reinado do Lu XIV.

Mastins é como são chamados os cachorros grandes usados como cães de guarda — não importa muito a raça, desde que tenham porte, sejam parrudos, sob medida.

Majestade precisa de cortesãos que saibam diverti-lo, de tolos que saibam se deixar matar pelo que chamou de suas grandes obras. Grandes elas serão, sinto isso, mas se por acaso eu viesse a não ter essa opinião sobre elas?... Eu vi a guerra, Sire; vi a paz; servi a Richelieu e a Mazarin; fui chamuscado com seu pai no fogo de La Rochelle, furado por tiros como uma peneira, tendo mudado de pele dez vezes, como as serpentes.

"Depois das afrontas e das injustiças, tenho um comando que no passado significou algo, porque me dava o direito de falar como quisesse ao rei. Mas o seu capitão dos mosqueteiros será de agora em diante um oficial que vigia a porta das casas. Falando sério, Sire, se assim deve ser de agora em diante a minha função, aproveite que estamos juntos para me afastar. Não pense que guardei rancor; não, Vossa Majestade me domou, para usar a sua expressão. Mas preciso confessar: ao me dominar, Vossa Majestade me apequenou; ao me curvar, convenceu-me da minha fraqueza. Se soubesse como me faz bem andar de cabeça erguida, e a cara lamentável que eu teria farejando a poeira dos seus tapetes... Ah, Sire, lamento sinceramente, e Vossa Majestade lamenta como eu, o tempo em que o rei da França via nos seus vestíbulos todos aqueles fidalgos insolentes, magros, sempre vociferando, impertinentes, mastins que mordiam mortalmente nos dias de batalha. Essas pessoas são os melhores cortesãos para a mão que os alimenta, e a lambem; mas para a mão que os golpeia, ah, que bela mordida. Um pouco de ouro nos galões das suas capas, um pouco de barriga na calça, um pouco de cinza nos cabelos secos, e Vossa Majestade verá os belos duques e pares, os orgulhosos marechais da França.

"Mas por que digo tudo isso? O rei é o meu senhor, quer que eu faça versos, quer que com sapatos de cetim eu dê brilho nos mosaicos das suas antessalas; pelas barbas de Deus! É difícil, mas já fiz coisas difíceis, e farei. Por que farei? Porque gosto de dinheiro? Isso eu tenho. Porque sou ambicioso? Minha carreira já chegou ao fim. Porque gosto da corte? Não. Vou ficar porque me acostumei, depois de trinta anos, a ir pegar com o rei a palavra de ordem e a ouvi-lo dizer: 'Boa noite, D'Artagnan', com um sorriso que não era mendigado. Esse sorriso eu passarei a mendigar. Está satisfeito, Sire?"

E D'Artagnan curvou lentamente a cabeça grisalha, sobre a qual, orgulhoso e sorridente, o rei pôs sua mão branca.

— Obrigado, meu velho servidor, meu fiel amigo — disse ele. — Uma vez que a partir de hoje não tenho mais inimigos na França, só me resta enviá-lo a um campo estrangeiro, para que o senhor obtenha o seu bastão de marechal. Conte comigo para encontrar a ocasião. Enquanto espera, coma o meu melhor pão e durma tranquilo.

— Ainda bem — disse D'Artagnan, emocionado. — Mas e os dois coitados de Belle-Île? Um deles, sobretudo, tão bom e tão corajoso!

— O senhor está me pedindo o perdão para eles?

— De joelhos, Sire.

— Muito bem, vá levá-lo a eles, se ainda for tempo. Mas o senhor responde por eles?

— Com a minha vida!

— Vá. Amanhã eu volto para Paris. Esteja lá, pois não quero mais que o senhor se afaste.

— Fique tranquilo, Sire — disse D'Artagnan beijando a mão do rei.

E se dirigiu, com o coração cheio de alegria, à estrada de Belle-Île.

OS AMIGOS DO SENHOR FOUQUET

O REI HAVIA VOLTADO PARA PARIS, e, com ele, D'Artagnan, que em vinte e quatro horas, tendo colhido com o maior cuidado todas as informações em Belle-Île, nada sabia sobre o segredo tão bem guardado pela pesada rocha de Locmaria, túmulo heroico de Porthos.

O capitão dos mosqueteiros sabia apenas o que aqueles dois homens valorosos, o que aqueles dois amigos que com tanta nobreza ele havia defendido, e dos quais tentara salvar a vida, ajudados por três fiéis bretões, haviam realizado contra todo um exército. Ele chegara a ver arremessados, no matagal vizinho, os restos humanos que haviam manchado de sangue os sílex esparsos entre as urzes.

O capitão também sabia que um bote fora visto bem longe no mar, e que, parecendo uma ave de rapina, uma embarcação real havia perseguido, alcançado e devorado o pobre passarinho que fugia com todas as forças das suas asas.

Mas as certezas de D'Artagnan paravam aí. Nesse limite se abria o campo das conjeturas. Agora, o que se devia pensar? A embarcação não tinha voltado. É verdade que uma forte ventania reinava desde três dias; mas a corveta era boa velejadora e tinha um cavername sólido, portanto não temia vendavais; segundo a avaliação de D'Artagnan, Aramis retornara a Brest, ou voltara para a embocadura do Loire.

Eram essas as novas ambiguidades — até certo ponto tranquilizadoras para ele, pessoalmente — que D'Artagnan levava para Luís XIV, quando o rei, acompanhado de toda a corte, voltou para Paris.

Corveta era um tipo de navio de guerra, um pouco menor, mas mesmo assim com a capacidade, naquela época, de sair pelos mares carregando até 24 canhões.

O casco do navio tem como estrutura básica umas costelas que são chamadas de cavernas e que, no conjunto, ganham o apelido de **cavername**.

O mapa da França tem uma quininha no canto superior esquerdo. E é por ali que fica a cidade de **Brest**, no litoral. Já **embocadura** aqui é a foz do rio, onde o Loire deságua no mar.

Luís, contente com o seu sucesso, Luís, mais sereno e mais afável desde que se sentia mais poderoso, nem por um instante havia deixado de cavalgar diante da portinhola da senhorita de La Vallière.

Todos se apressaram para distrair as duas rainhas, tentando fazê-las esquecer o abandono do filho e do marido. Tudo respirava o ar do futuro; o passado não era mais nada para ninguém. Mas esse passado era como um ferimento doloroso e sangrento para o coração de algumas pessoas ternas e dedicadas. Assim, mal se instalara de volta em seus aposentos, o rei recebeu uma tocante prova disso.

Luís XIV acabava de se lavar e fazer a primeira refeição, quando seu capitão dos mosqueteiros se apresentou diante dele. D'Artagnan estava um pouco pálido e parecia aborrecido.

O rei percebeu ao primeiro olhar a mudança naquele rosto, que normalmente era inalterável.

— O que tem, senhor D'Artagnan? — disse ele.

— Sire, me aconteceu uma grande infelicidade.

— Meu Deus, o que foi?

— Sire, perdi um dos meus amigos, o senhor Du Vallon, no incidente em Belle-Île.

E, ao dizer essas palavras, D'Artagnan fixou seu olhar de falcão em Luís XIV, para adivinhar nele o primeiro sentimento que se mostraria.

— Eu já sabia — replicou o rei.

— O senhor sabia e não me disse? — admirou-se o mosqueteiro.

— Para quê? A sua dor, meu amigo, é muito respeitável. Eu tinha o dever de tratá-la com cuidado. Informá-lo dessa infelicidade que o atingia, D'Artagnan, era triunfar aos seus olhos. Sim, eu sabia que o senhor Du Vallon estava enterrado sob as rochas de Locmaria; sabia que o senhor D'Herblay pegou um barco meu com a sua equipagem para que o levassem a Bayonne. Mas quis que o senhor soubesse desses acontecimentos diretamente, para que se convencesse de que eu respeito meus amigos e os considero sagrados, que em mim o homem sempre se imolará aos homens,

Bayonne fica pertinho da Espanha, à beira do rio Adour, na região dos bascos na França.

pois o rei é forçado muito frequentemente a sacrificar os homens à sua majestade, ao seu poder.

— Mas, Sire, como foi que a notícia lhe chegou?

— Como foi que ela lhe chegou, D'Artagnan?

— Por esta carta, Sire, que Aramis, livre e fora de perigo, me escreveu de Bayonne.

— Veja — disse o rei puxando do seu cofrezinho, colocado sob um móvel ao lado da cadeira onde D'Artagnan estava apoiado, uma carta copiada daquela de Aramis. — É a mesma carta, que Colbert me mandou entregar oito horas antes de o senhor receber a sua. Acho que estou bem servido.

— Sim — murmurou o mosqueteiro —, Vossa Majestade é o único homem cuja fortuna foi capaz de dominar a fortuna e a força dos meus dois amigos. Embora a tenha usado, espero que não abusará dela, não é mesmo?

— D'Artagnan — disse o rei, com um sorriso benevolente —, eu poderia mandar prender o senhor D'Herblay nas terras do rei da Espanha e fazer que o trouxessem vivo até aqui para que a justiça lhe fosse aplicada. D'Artagnan, acredite: eu não cederei a esse movimento muito natural. Ele está livre; que continue a ser livre.

— Ah, Sire — disse D'Artagnan —, Vossa Majestade não será sempre tão clemente, tão nobre, tão generoso quanto acabou de se mostrar com relação a mim e ao senhor D'Herblay, pois terá perto de si conselheiros que o curarão dessa fraqueza.

— Não, D'Artagnan, o senhor se engana quando acusa o meu conselho de querer me impelir ao rigor. O conselho de tratar bem o senhor D'Herblay me foi dado pelo próprio Colbert.

— Ah, Sire — disse D'Artagnan, perplexo.

— Quanto ao senhor — continuou o rei, com uma bondade inusitada —, tenho muitas boas notícias para lhe anunciar; mas elas lhe serão comunicadas, meu caro capitão, no momento em que eu tiver terminado as minhas contas. Eu disse que queria fazer e faria a sua fortuna. Essa minha palavra se tornará realidade.

— Mil vezes obrigado, Sire; posso esperar com paciência. Peço-lhe que, enquanto isso, Vossa Majestade se digne ocupar-se dos coitados que há muito tempo estão na antessala e vêm humildemente entregar uma súplica aos pés do rei.

— Quem são?

— Inimigos de Vossa Majestade.

O rei levantou a cabeça.

— Amigos do senhor Fouquet — acrescentou D'Artagnan.

— Os nomes.

— O senhor Gourville, o senhor Pellisson e um poeta, o senhor Jean de La Fontaine.

O rei ficou imóvel por um momento, refletindo.

— O que eles querem?

— Não sei.

— Como eles estão?

— Enlutados.

— O que dizem?

— Nada.

— O que fazem?

— Choram.

— Que entrem — disse o rei franzindo as sobrancelhas.

D'Artagnan virou-se rapidamente, levantou a tapeçaria que fechava a entrada do gabinete real e gritou na sala vizinha:

— Entrem!

Logo apareceram, à porta do gabinete em que estavam o rei e seu capitão, os três homens que D'Artagnan havia nomeado.

Um profundo silêncio reinou no ar. Os cortesãos, ao se aproximarem os amigos do infeliz superintendente das Finanças, os cortesãos, dizíamos, recuavam, como se temessem o contágio da desgraça e do infortúnio.

D'Artagnan aproximou-se num passo rápido daqueles infelizes que hesitavam e tremiam na porta do gabinete real; tomando-os pela mão, conduziu-os até diante da poltrona do rei, que, refugiado no vão de uma janela, esperava o momento da apresentação e se preparava para dar aos suplicantes uma acolhida rigorosamente diplomática.

O primeiro amigo de Fouquet a avançar foi Pellisson. Não chorava mais, porém as suas lágrimas haviam secado apenas para que o rei pudesse ouvir melhor a sua voz e a sua súplica.

Gourville mordia o lábio para sufocar o choro em respeito ao rei. La Fontaine ocultava o rosto com um lenço, e o único sinal de vida que nele se notava era o movimento convulsivo dos ombros agitados pelos soluços.

O rei mantinha toda a sua dignidade. Seu rosto estava impassível. Até mesmo conservara o franzido de sobrancelhas que surgira quando D'Artagnan lhe anunciou seus inimigos. Fez um gesto que significava: "Falem", e permaneceu de pé, olhando intensamente para os três homens desesperados.

Pellisson se curvou até o chão, e La Fontaine se ajoelhou como se faz nas igrejas.

O silêncio obstinado, perturbado unicamente pelos suspiros e pelos gemidos tão dolorosos, começou a suscitar no rei não a compaixão, mas a impaciência.

— Senhor Pellisson — disse ele, numa voz clara e seca —, senhor Gourville, e senhor...

E ele não disse o nome de La Fontaine.

— Ficarei muito contrariado se os senhores tiverem vindo pedir clemência para um dos maiores criminosos que a minha justiça deve punir. Um rei não se deixa abrandar pelas lágrimas ou pelos remorsos: lágrimas da inocência, remorsos dos culpados. Eu não acreditaria nos remorsos do senhor Fouquet, nem nas lágrimas dos seus amigos, porque um está corrompido até o coração, e os outros devem temer vir me ofender em minha própria casa. É por isso, senhor Pellisson, senhor Gourville, e senhor... que eu lhes peço: não digam nada que não manifeste o respeito que os senhores têm pela minha vontade.

— Sire — respondeu Pellisson, a quem essas palavras deixaram trêmulo —, não viemos dizer a Vossa Majestade nada que não seja a expressão mais profunda do mais sincero respeito e do mais sincero amor devidos ao rei por todos os seus súditos. A justiça de Vossa Majestade é temível; todos devem se curvar às prisões que ela ordena. Nós nos inclinamos respeitosamente diante dela. Longe de nós a ideia de vir defender aquele que teve a infelicidade de ofender Vossa Majestade. Aquele que incorreu na desgraça de Vossa Majestade pode ser um amigo para nós, mas é um inimigo do Estado. Chorando, nós o abandonaremos à severidade do rei.

— Por falar nisso — interrompeu o rei, acalmado pela voz suplicante e pelas palavras persuasivas —, o meu parlamento julgará. Eu não puno sem ter pesado o crime. A minha justiça não tem a espada sem ter tido as balanças.

— Por isso temos toda a confiança na imparcialidade do rei, e podemos esperar que se permitirá ouvir nossa voz fraca com o assentimento de Vossa Majestade, quando tiver soado para nós a hora de defender um amigo acusado.

— Então, senhores, o que vieram pedir? — disse o rei com seu ar imponente.

— Sire — prosseguiu Pellisson —, o acusado deixa uma mulher e uma família. Os poucos bens que tinha são quase insuficientes para pagar as suas dívidas, e a senhora Fouquet, depois da prisão do marido, foi abandonada por todos. A mão de Vossa Majestade bate como a mão de Deus. Quando o Senhor envia a praga da lepra ou da peste a uma família, todos fogem e se distanciam da casa do leproso ou do empestado. Às vezes, mas muito raramente, um médico bondoso ousa se aproximar da porta maldita, a transpõe com coragem e expõe sua vida para combater a morte. Ele é o último recurso do agonizante, é o instrumento da misericórdia celeste. Sire, nós lhe suplicamos, de mãos postas, ajoelhados, como se suplica a Deus: a senhora Fouquet já não tem amigos, não tem meios de sustento; chora na sua casa pobre e deserta, abandonada por todos os que a frequentavam na época da bonança; não tem mais crédito, não tem mais esperança. O infeliz sobre o qual recaiu a cólera de Vossa Majestade recebe, embora culpado,

O **leproso** era quem tinha lepra, uma doença infecciosa causada pela bactéria *Mycobacterium leprae* e que, se não for tratada, pode deixar sequelas sérias. Hoje a doença é chamada de hanseníase e já não apavora como antes, quando não havia tratamento e sobrava preconceito, medo mesmo de quem estava infectado. **Empestado**, por sua vez, era quem estava com a peste, uma doença grave causada pela bactéria *Yersinia pestis* e que teve várias ondas de epidemia pela Europa e além. A coisa só melhorou pro lado dos humanos em relação à Dona Yersinia no século XIX, quando se entendeu melhor a transmissão e aí foi possível tomar medidas preventivas.

o pão que suas lágrimas molham diariamente. Também triste, mais desamparada que o marido, a senhora Fouquet, que teve a honra de receber Vossa Majestade em sua mesa; a senhora Fouquet, esposa do ex-superintendente das Finanças de Vossa Majestade, a senhora Fouquet já não tem pão em casa.

Nesse ponto, o silêncio mortal que prendia a respiração dos dois amigos de Pellisson rompeu-se por uma explosão de soluços, e D'Artagnan, com o coração oprimido ao escutar esse humilde pedido, foi até um canto do gabinete para morder mais livremente o bigode e abafar seus suspiros.

O rei havia conservado os olhos secos, o rosto severo; mas um rubor subira às suas faces e a segurança dos seus olhares diminuía visivelmente.

— O que os senhores desejam? — perguntou ele, comovido.

— Viemos pedir humildemente — replicou Pellisson, que pouco a pouco era tomado pela emoção — que Vossa Majestade nos permita, sem incorrer no seu desagrado, emprestar à senhora Fouquet duas mil pistolas recolhidas entre todos os antigos amigos do seu marido, para que à viúva não faltem as coisas mais necessárias à vida.

Ao ouvir a palavra "viúva" pronunciada por Pellisson, estando Fouquet ainda vivo, o rei ficou lívido; seu orgulho desabou, a piedade que lhe brotara no coração chegou aos seus lábios. Ele deixou cair um olhar brando sobre aquelas pessoas que soluçavam aos seus pés.

— A Deus não agrada — respondeu ele — que eu confunda o inocente com o culpado. Não me conhece bem quem duvida da minha misericórdia para com os fracos. Eu só bato nos arrogantes. Façam, senhores, façam tudo o que seu coração lhes aconselhar para minorar a dor da senhora Fouquet. Vão, senhores, vão.

Os três homens se levantaram em silêncio, com os olhos secos. As lágrimas tinham secado ao contato quente da face e das pálpebras. Eles não tinham forças para agradecer ao rei, que interrompeu suas reverências solenes recuando abruptamente até o espaldar da poltrona.

D'Artagnan ficou sozinho com o rei.

— Bem — disse ele, aproximando-se do jovem príncipe, que o interrogava com o olhar —, bem, Sire. Se Vossa Majestade não tivesse divisa para o seu sol, eu lhe aconselharia uma, desde que a mandasse traduzir do latim pelo senhor Conrart: "Suave com o pequeno, rude com o forte!"

O rei sorriu e passou para a sala vizinha, depois de dizer a D'Artagnan:

— Dou-lhe a licença de que o senhor deve estar precisando para pôr em ordem as questões do finado senhor Du Vallon, seu amigo.

O TESTAMENTO DE PORTHOS

EM PIERREFONDS, reinava o luto. Pátios estavam desertos, estrebarias fechadas, jardins descuidados.

Nas fontes, cessavam por si sós os jorros de água, outrora fartos, ruidosos e brilhantes.

Nos caminhos em torno do castelo, chegavam algumas pessoas graves montadas em mulas ou em potros do campo. Eram os vizinhos da propriedade rural de Porthos, os padres e os juízes das terras vizinhas.

Todas essas pessoas entravam silenciosamente no castelo, levavam a montaria até um cavalariço acabrunhado e se dirigiam, conduzidas por um auxiliar de caça enlutado, à grande sala onde, postado no vão da porta, Mousqueton recebia quem chegava.

Mousqueton emagrecera tanto no intervalo de dois dias que a roupa dançava no seu corpo, como a espada num forro muito largo. Seu rosto, vermelho e branco como o da Madona de Van Dyck, era sulcado por dois regatos prateados que cavavam seu leito nas faces rechonchudas até então, mas murchas agora, depois do luto.

A cada nova visita, Mousqueton encontrava novas lágrimas, e dava pena vê-lo apertar a garganta com a mão para não explodir em soluços.

As visitas estavam ali por causa da leitura do testamento de Porthos, anunciada para aquele dia, e à qual queriam estar presentes todos os que cobiçavam a riqueza do morto — que não deixara nenhum parente — e todos os seus amigos.

Antoon **van Dyck** foi um famoso pintor do século XVII que fez muitos retratos de aristocratas aqui e ali na Europa e ainda um monte de quadros com figuras mitológicas e religiosas, como várias Madonas — **Madona**, na tradição católica, é Maria, a mãe de Jesus.

A plateia ia se instalando à medida que chegava, e a grande sala tinha acabado de ser fechada quando o relógio anunciou o meio-dia, horário marcado para a leitura.

O homem que sucedeu ao mestre Coquenard como procurador de Porthos começou a desdobrar lentamente o grande pergaminho no qual a manzorra de Porthos havia determinado as suas vontades supremas.

Rompido o lacre, colocados os óculos, tendo feito retumbar a tosse preliminar, todos aguçaram o ouvido. Mousqueton havia se recolhido a um canto para ouvir menos e poder chorar à vontade.

Subitamente, a porta, que fora fechada, se abriu de par em par, como num passe de mágica, e uma figura masculina surgiu no umbral, resplandecente à luz fulgurante do sol.

Era D'Artagnan, que chegara sozinho até a porta e, não encontrando ninguém para lhe segurar o estribo, prendeu o cavalo na argola, e ele próprio se anunciou.

O esplendor do dia invadindo a sala, o murmúrio dos assistentes e, mais que tudo isso, o instinto de cão fiel tiraram Mousqueton do seu devaneio. Ele ergueu a cabeça, reconheceu o velho amigo do seu senhor e, com gemidos de dor, foi abraçar-lhe os joelhos, regando com suas lágrimas as pedras do chão.

D'Artagnan levantou o pobre intendente, abraçou-o como a um irmão e, depois de saudar com nobreza os assistentes que se inclinavam cochichando o seu nome, foi se sentar na extremidade da grande sala de carvalho esculpido, sempre segurando a mão de Mousqueton, que, sufocando, se sentou num degrau.

Então o procurador, emocionado como os demais, começou a leitura.

Porthos, depois de uma profissão de fé das mais cristãs, pedia perdão aos seus inimigos pelo dano que pudesse ter lhes causado.

Nesse parágrafo, um raio de inexprimível orgulho passou pelos olhos de D'Artagnan. Ele se lembrou do velho soldado. Todos os inimigos de Porthos, vencidos pela sua mão intrépida, ele calculou o número deles, e disse para si próprio que o amigo havia procedido sensatamente ao não detalhar os seus inimigos ou os danos feitos a eles, pois, se o tivesse feito, a tarefa seria difícil demais para o leitor.

Depois disso, começou a seguinte enumeração:

Tenho no presente momento, pela graça de Deus:

1º O domínio de Pierrefonds, terras, bosques, prados, águas, florestas, cercado de bons muros.

2º O domínio de Bracieux, castelo, florestas, terras cultiváveis, formando três explorações agrícolas.

3º A pequena extensão de terra do Vallon, que fica num valezinho.

O bom Porthos!

4º Cinquenta propriedades em regime a meias na Touraine, com extensão de quinhentos hectares.

5º Três moinhos no Cher, que produzem seiscentas libras cada um.

6º Três lagos no Berry, que produzem duzentas libras cada um.

Quanto aos bens *móveis*, assim designados porque podem ser movidos, como tão bem explica meu sábio amigo o senhor bispo de Vannes...

D'Artagnan se arrepiou à lúgubre lembrança desse nome. O procurador prosseguiu, imperturbável:

... eles consistem:

1º Em móveis cujo nome eu não poderia dizer aqui por falta de espaço e que guarnecem todos os meus castelos ou casas, mas cuja relação é feita pelo meu intendente.

Todos voltaram os olhos para Mousqueton, que se afundou na sua dor.

2º Em vinte cavalos de montaria e de tração que tenho no meu castelo de Pierrefonds e que se chamam: Baiardo,

---

A meias > meio a meio.

O **Berry** é um antiga província da França, lá no meio do país.

Rolando, Carlos Magno, Pepino, Dunois, La Hire, Ogier, Sansão, Milon, Nemrod, Urganda, Armida, Falstrade, Dalila, Rebeca, Iolanda, Fininha, Cinzinha, Lisette e Musette.

3º Em sessenta cães, que formam seis matilhas, distribuídas como se segue: a primeira para o veado, a segunda para o lobo, a terceira para o javali, a quarta para a lebre e as outras duas para detenção ou guarda.

> Veja aí que os **cães** eram especializados na caça de diferentes animais.

4º Em armas de guerra e de caça trancadas na minha galeria de armas.

5º Meus vinhos de Anjou, escolhidos por Athos, que gostava deles; meus vinhos da Borgonha, da Champagne, de Bordeaux e da Espanha, que guarnecem oito despensas e doze adegas nas minhas várias casas.

6º Meus quadros e estátuas, que dizem ser de grande valor e são numerosos o bastante para cansar a vista.

7º Minha biblioteca, formada por seis mil volumes, todos novos e que nunca foram abertos.

8º Minha baixela de prata, que talvez esteja um pouco usada, mas que deve pesar de mil a mil e duzentas libras, pois eu tinha muita dificuldade em levantar a caixa que a contém, e com ela nos braços só conseguia dar seis voltas em torno do meu quarto.

9º Todos esses objetos, e mais a roupa de mesa e de serviço, estão distribuídos entre as casas de que eu mais gostava.

Nesse ponto, o leitor parou para retomar o fôlego. Todos suspiraram, tossiram e dobraram a atenção. O procurador continuou:

> Vivi sem ter filhos, e é provável que não os venha a ter, o que para mim é uma grande dor. No entanto, eu me engano, pois tenho um filho em comum com meus outros amigos; é o senhor Raoul-Auguste-Jules de Bragelonne, filho legítimo do conde de La Fère.
>
> Esse jovem me pareceu digno de suceder aos três valorosos fidalgos, de quem sou amigo e muito humilde servidor.

Nesse ponto, ouviu-se um som agudo. Era a espada de D'Artagnan, que, deslizando do talabarte, havia caído no chão sonoramente. Todos se voltaram para olhar, e, então, viram que uma grande lágrima havia rolado dos cílios espessos de D'Artagnan para o seu nariz aquilino, cuja ponta luminosa brilhava como um crescente iluminado pelo sol.

> **Aquilino** é um nariz curvado feito o bico de uma águia — um olho aquilino é olho de águia, bom de serviço.

Por isso, deixei todos os meus bens, móveis e imóveis, compreendidos na enumeração constante acima, ao senhor visconde Raoul-Auguste-Jules de Bragelonne, filho do conde de La Fère, para consolá-lo da dor que ele parece sofrer e deixá-lo em condição de ostentar gloriosamente o seu nome.

Um longo murmúrio correu pelo auditório.
O procurador continuou, depois de D'Artagnan ter lançado sobre os presentes um olhar flamejante e haver restabelecido, graças a isso, o silêncio interrompido.

Fica a cargo do senhor visconde de Bragelonne dar ao senhor cavaleiro D'Artagnan, capitão dos mosqueteiros do rei, o que o dito cavaleiro D'Artagnan lhe pedir dos meus bens.
Fica a cargo do senhor visconde de Bragelonne mandar pagar uma boa pensão ao senhor cavaleiro D'Herblay, meu amigo, caso ele precise viver no exílio.
Fica a cargo do senhor visconde de Bragelonne manter todos os meus servidores que têm dez anos de trabalho em minha casa, e dar quinhentas libras aos demais.
Deixo para o meu intendente Mousqueton todas as minhas roupas de cidade, de guerra e de caça, num total de quarenta e sete, na certeza de que ele as usará até gastá-las, por amor e como lembrança minha.
Além disso, deixo, para o senhor visconde de Bragelonne, meu velho servidor e fiel amigo Mousqueton, já referido, encarregando o já mencionado visconde de Bragelonne de agir de modo que, ao morrer, Mousqueton declare não ter deixado de ser feliz.

Ao ouvir essas palavras, Mousqueton, pálido e trêmulo, fez uma reverência; seus ombros largos sacudiam-se convulsivamente; as mãos geladas desprenderam-se do rosto, que estampava uma dor terrível, e os assistentes o viram cambalear, hesitar, como se, querendo deixar a sala, procurasse uma saída.

— Mousqueton — disse D'Artagnan —, meu bom amigo, saia daqui; vá fazer os seus preparativos. Eu o levo para a casa de Athos, que é para onde vou ao deixar Pierrefonds.

Mousqueton nada respondeu. Respirava, apenas, como se a partir de então tudo naquela sala lhe devesse ser estranho. Abriu a porta lentamente e se foi.

O procurador concluiu a leitura, depois da qual a maioria das pessoas que tinham ido ouvir as últimas vontades de Porthos desapareceu, decepcionada mas com todo o respeito.

Quanto a D'Artagnan, sozinho, depois de ter recebido a reverência cerimoniosa que lhe tinha feito o procurador, admirou a profunda sensatez do testador, que distribuíra seus bens com tanta justiça entre os mais dignos, os mais necessitados, com delicadezas de que nem mesmo os cortesãos mais delicados e os corações mais nobres seriam capazes.

> **Procurador** é uma pessoa que representa uma pessoa ou instituição por meio de um documento chamado procuração. E quem deixa um testamento — um documento dizendo o que os vivos devem fazer com as coisas que o morto tinha — é um **testador**.

De fato, Porthos encarregava Raoul de Bragelonne de dar a D'Artagnan tudo o que este lhe pedisse. Sabia bem, o honrado Porthos, que D'Artagnan não pediria nada; e, caso precisasse de algo, ele seria a única pessoa capaz de dizer o que poderia ser.

Porthos deixava uma pensão para Aramis, que, se tivesse vontade de pedir muito, seria contido pelo exemplo de D'Artagnan; e a palavra "exílio", lançada pelo testador, aparentemente sem nenhuma intenção, não seria a crítica mais suave, mais fina, à conduta de Aramis, que causara a morte de Porthos?

Enfim, não havia menção a Athos no testamento do morto. Este, com efeito, deve ter suposto que o filho ofereceria a melhor parte ao pai. A mente simples de Porthos havia julgado todas essas causas, percebido todas as suas nuances, melhor que a lei, melhor que o uso, melhor que o gosto.

"Porthos era coração", disse D'Artagnan para si próprio, com um suspiro.

Então lhe pareceu ouvir um gemido no andar superior. Imediatamente, ele se lembrou do pobre Mousqueton, que precisava ser distraído da sua dor.

D'Artagnan deixou apressadamente a sala para ir procurar o honrado intendente, que já deveria ter voltado.

Subiu a escada que levava ao primeiro andar e viu no quarto de Porthos um amontoado de roupas de todas as cores e de todo tipo de forro, sobre as quais Mousqueton estava deitado, abarcando-as com os braços.

Era o destino do amigo fiel. Aquelas roupas lhe pertenciam; tinham sido dadas a ele. Via-se a mão de Mousqueton estender-se sobre aquelas relíquias, que ele beijava com a boca inteira, com o rosto inteiro, que ele cobria com o corpo inteiro.

D'Artagnan aproximou-se para consolar o pobre rapaz.

— Meu Deus, ele não se mexe! — disse ele. — Desmaiou!

D'Artagnan se enganava: Mousqueton estava morto.

Morto, como o cão que, tendo perdido o dono, vai morrer deitado sobre a sua roupa.

A VELHICE DE ATHOS

ENQUANTO TODOS esses acontecimentos separavam para sempre os quatro mosqueteiros outrora ligados de modo aparentemente indissolúvel, Athos, que ficara sozinho depois da partida de Raoul, começava a pagar seu tributo a essa morte antecipada que se chama ausência das pessoas queridas.

Ao voltar à casa de Blois, sem ter nem mesmo Grimaud para receber um pobre sorriso quando ele passava pelos jardins, a cada dia Athos sentia decrescer o vigor de uma natureza que por tanto tempo parecia infalível.

A idade, que a presença do objeto amado lhe havia retardado, chegava com o seu cortejo de dores e incômodos, que é tanto maior quanto mais ela demora a chegar. Athos não tinha mais o filho em casa para exortá-lo a andar ereto, a erguer a cabeça, a dar o bom exemplo; não tinha mais os olhos brilhantes do jovem, o foco sempre ardente, em que se regenerava a chama dos seus olhares.

E, além disso — é preciso dizer —, aquela natureza, delicada pela ternura e pela reserva, não encontrando mais nada que refreasse os seus impulsos, entregava-se à tristeza com o mesmo abandono das naturezas vulgares quando se entregam à alegria.

Jovem até os sessenta e dois anos, o homem de guerra que tinha conservado a força apesar dos cansaços, o frescor da mente apesar das infelicidades, a doce serenidade de alma e de corpo apesar de Milady, apesar de Mazarin, apesar de La Vallière, o conde de La Fère tornara-se velho em oito dias, quando perdeu o apoio da sua juventude tardia.

Sempre bonito mas curvado, nobre mas triste, delicado e cambaleante sob os cabelos brancos, ele buscava, desde que ficara só, as clareiras pelas quais o sol atravessava a folhagem das aleias.

Os rudes exercícios de toda a sua vida foram esquecidos desde que Raoul não estava mais em casa. Os servidores, acostumados a vê-lo se levantar ao raiar do dia em qualquer estação, se espantavam ao ouvir soar sete horas no verão sem que seu patrão tivesse saído da cama.

Athos permanecia deitado com um livro sob o travesseiro; não dormia e não lia. Deitado para não ter de sustentar o corpo, deixava a alma e a mente saírem do seu envoltório para voltarem ao filho ou a Deus.

Às vezes, espantavam-se muito por vê-lo absorto durante horas num devaneio mudo, insensível; ele não ouvia mais os passos do criado receoso, que ia até o vão da porta do quarto espreitar o sono ou o despertar do amo. Chegou a lhe acontecer olvidar que o dia já estava em meio, que a hora das duas primeiras refeições já passara. Então, o acordavam. Ele se levantava, descia até a sua aleia sombria e então regressava um pouco para o sol, como se ali, por um minuto, compartilhasse o calor com o filho ausente. E depois recomeçava o passeio lúgubre, monótono, até que, esgotado, voltava para o quarto e para a cama, seu domicílio preferido.

Durante muitos dias, o conde não disse uma única palavra. Recusou-se a receber as visitas que iam até a sua casa, e à noite era visto acendendo novamente a lâmpada, e passava longas horas escrevendo ou examinando pergaminhos.

Athos escreveu uma das suas cartas para Vannes e outra para Fontainebleau; elas ficavam sem resposta, e se sabe por quê: Aramis havia deixado a França, D'Artagnan viajava de Nantes a Paris e de Paris a Pierrefonds. O criado de quarto notou que a cada dia ele diminuía algumas voltas do seu passeio. A grande aleia de tílias logo se tornou longa demais para os pés que outrora a percorriam mil vezes em um único dia. Via-se o conde ir a custo até as árvores do centro, sentar-se no banco de musgo que fechava uma aleia lateral e, ali, esperar a volta das forças ou a volta da noite.

Olvidar > esquecer.

Dentro de pouco tempo, cem passos o extenuavam. Enfim, Athos não quis mais se levantar; recusou todo tipo de alimento e, embora não se queixasse, embora tivesse sempre um sorriso nos lábios, embora continuasse a falar com sua voz doce, seus criados se preocuparam tanto, que foram a Blois procurar o velho médico do finado Monsieur e o levaram ao conde de La Fère, e assim ele pôde ver o paciente sem que este o visse.

Para tanto, colocaram-no num gabinete ao lado do quarto do doente e lhe suplicaram não se mostrar, temendo contrariar o amo, que não pedira um médico.

O médico obedeceu; Athos era uma espécie de modelo para os fidalgos do lugar; Blaisois se vangloriava de ter convivido com a relíquia sagrada das velhas glórias francesas; Athos era um senhor de alta grandeza, comparado às nobrezas que o rei improvisava tocando com seu cetro jovem e fecundo os troncos secos das árvores heráldicas da província.

Heráldico > aristocrático, nobre, relativo a brasões.

Respeitava-se, dizíamos, e amava-se Athos. O médico não pôde suportar ver chorando as pessoas e ver amontoarem-se os pobres do cantão, a quem Athos dava vida e consolo com suas boas palavras e suas esmolas. Assim, ele examinou do seu esconderijo o aspecto do mal misterioso que arqueava e mordia mais mortalmente, a cada dia, um homem que pouco antes era cheio de vida e de vontade de viver.

No Brasil, a gente tem município e estado como divisões básicas administrativas, mas em outros cantos a estrutura pode ser diferente. No Canadá há províncias e não estados. A Suíça é dividida em cantões. A França se compõe de departamentos, nos quais ocorrem os **cantões**, divisões menores que já existiam nos tempos dos mosqueteiros.

Ele observou, nas faces de Athos, o púrpura da febre que se acende e se alimenta, febre lenta, impiedosa, nascida numa prega do coração, abrigada atrás dessa muralha, elevando-se com o sofrimento que engendra, a um só tempo causa e efeito de uma situação perigosa.

O conde não falava com ninguém, dizíamos, não falava nem mesmo sozinho. Seu pensamento temia o barulho, chegava a um grau de sobre-excitação vizinho do êxtase. O homem assim absorto, quando ainda não pertence a Deus, já não pertence à terra.

Êxtase > enlevo, arrebatamento, transe.

O médico ficou muitas horas estudando a dolorosa luta da vontade contra um poder superior; espantou-se de ver aqueles olhos sempre fixos, sempre cravados no alvo invisível; admirou-se de ver bater com o mesmo movimento aquele coração no qual um suspiro não fazia variar o ritmo; às vezes, a agudeza da dor é a esperança do médico.

Passou-se assim metade de um dia. O médico se decidiu, como homem destemido e enérgico: de repente, saiu do seu esconderijo e foi diretamente ao encontro de Athos, que o viu sem manifestar mais surpresa do que se não tivesse entendido absolutamente nada.

— Senhor conde, perdão — disse o médico chegando de braços abertos até o doente —, mas eu tenho uma repreensão a lhe fazer; o senhor vai me escutar.

E ele se sentou na cabeceira da cama de Athos, que a muito custo saiu da sua preocupação.

— O que está acontecendo, doutor? — indagou o conde, depois de um silêncio.

— Acontece que o senhor está doente e não se trata.

— Eu, doente! — exclamou Athos sorrindo.

— Febre, definhamento, debilitação, abatimento, senhor conde.

— Debilitação? — admirou-se Athos. — Isso não é possível; eu nem me levanto.

— Ora, vamos, senhor conde, nada de subterfúgios; o senhor é um bom cristão.

— Acho que sim — disse Athos.

— O senhor se entregaria à morte?

— Jamais, doutor.

— Pois bem, assim o senhor vai morrer; ficar assim é um suicídio. Cure-se, senhor conde, cure-se!

— Do quê? Primeiro encontre o mal. Eu nunca me senti melhor, nunca o céu me pareceu mais azul, nunca eu cuidei tanto das minhas flores.

— O senhor tem uma dor oculta.

— Oculta?... Não; tenho a ausência do meu filho, doutor, esse é todo o meu mal, e eu não o escondo.

Subterfúgio > pretexto para evitar problemas, despiste.

— Senhor conde, seu filho vive, é forte, diante dele está todo o futuro dos que têm o seu mérito e a sua linhagem; viva por ele...

— Mas eu vivo, doutor; ah, fique tranquilo — acrescentou ele, com um sorriso melancólico. — Enquanto Raoul viver, eu viverei; o senhor verá.

— O que o senhor está dizendo?

— Uma coisa muito simples. Neste momento, doutor, eu deixo a vida em suspenso. A vida descuidada, dissipada, indiferente, seria uma tarefa além das minhas forças sem Raoul por aqui. O senhor não pede à lâmpada que queime quando sua chama não foi acesa; não me peça para viver no barulho e na claridade. Eu vegeto, me preparo, espero. Ouça, doutor, lembre-se dos soldados que tantas vezes vimos juntos nos portos onde eles esperavam o embarque; deitados, indiferentes, metade sobre um elemento e metade sobre outro, eles não estavam nem no lugar aonde o mar os levaria nem no lugar em que a terra os destruiria; bagagens preparadas, mente tensa, olhos fixos, eles esperavam. Eu repito: essa palavra é a que descreve a minha vida presente. Deitado como os soldados, ouvido atento aos barulhos que me chegam, quero estar pronto para partir na primeira chamada. Quem me fará essa chamada? A vida ou a morte? Deus ou Raoul? Minhas bagagens estão prontas, minha alma está preparada, espero o sinal... Eu espero, doutor, espero.

O médico conhecia a têmpera daquela mente e apreciava a solidez daquele corpo. Refletiu por um momento, disse para si próprio que as palavras eram inúteis e os remédios, absurdos, e partiu recomendando aos criados de Athos que não o abandonassem nem por um momento.

Depois da partida do médico, Athos não demonstrou cólera nem irritação pelo que o havia perturbado; nem mesmo pediu que lhe entregassem prontamente as cartas que viessem; sabia muito bem que qualquer distração que lhe chegasse era uma alegria, uma esperança que seus criados teriam pago com o próprio sangue para poder entregar-lhe.

O sono havia se tornado raro. Athos, de tanto sonhar, se deixava ficar por horas num devaneio mais profundo, mais obscuro, que outros chamariam de sonho. Esse repouso momentâneo, que dava ao corpo esquecimento, cansava a alma, pois Athos vivia duplamente nessas peregrinações da sua inteligência. Uma noite, ele sonhou que Raoul se vestia numa tenda para ir a uma expedição comandada pessoalmente pelo senhor de Beaufort. O jovem estava triste e ajustava lentamente sua couraça, lentamente cingia a espada à cintura.

— O que tem o senhor, então? — perguntou-lhe com ternura seu pai.

— O que me aflige é a morte de Porthos, nosso bom amigo — respondeu Raoul. — Sofro aqui a dor que o senhor sofrerá aí.

E a visão desapareceu com o sono de Athos.

Quando o dia clareou, um dos criados entrou no quarto do seu senhor e lhe entregou uma carta vinda da Espanha.

"A letra de Aramis", pensou o conde.

E leu.

— Porthos morreu! — exclamou ele, após as primeiras linhas. — Ah, Raoul, Raoul, obrigado! Você cumpre a sua promessa; me avisou.

E Athos, suando profusamente, desmaiou na cama, sem outra causa além da sua fraqueza.

VISÃO DE ATHOS

QUANDO VOLTOU A SI, quase envergonhado de sua fraqueza diante desse acontecimento sobrenatural, o conde se vestiu e pediu um cavalo, decidido a ir até Blois para expedir com mais segurança as cartas que escreveria para a África e para D'Artagnan ou Aramis.

De fato, a carta de Aramis informava o conde de La Fère sobre o insucesso da expedição de Belle-Île. Dava sobre a morte de Porthos detalhes suficientes para que o coração tão terno e dedicado de Athos se comovesse até as suas últimas fibras.

Athos quis fazer ao amigo Porthos uma última visita. Para prestar essa homenagem ao antigo companheiro de armas, ele contava comunicar sua intenção a D'Artagnan, levá-lo a recomeçar a penosa viagem de Belle-Île, fazer na sua companhia a triste peregrinação ao túmulo do gigante que ele tanto amara e, depois, voltar para casa a fim de obedecer àquela influência secreta que o conduzia à eternidade pelos seus caminhos misteriosos.

No entanto, mal os alegres criados de quarto haviam vestido seu amo, que viam com prazer se preparar para uma viagem capaz de dissipar a sua melancolia, e mal o cavalo mais manso da estrebaria do conde fora selado e conduzido até a escadaria exterior, o pai de Raoul sentiu a cabeça atordoada, as pernas bambas, e compreendeu que não podia dar nem mais um passo.

Pediu que o levassem a um lugar ensolarado. Deitaram-no em seu banco de musgo, onde ele passou uma longa hora antes de recobrar o ânimo.

Languidez > moleza, fraqueza.

Essa languidez era natural, depois do repouso inerte dos dias anteriores. Athos tomou um caldo para se sentir mais forte, e molhou os lábios numa taça com o vinho de que ele mais gostava, o velho vinho de Anjou, a que o bom Porthos se referira no seu admirável testamento.

Então, reconfortado e mais animado, mandou trazerem seu cavalo; mas precisou da ajuda dos criados para penosamente montar na sela.

Não chegou a avançar cem passos: na curva do caminho, foi tomado por arrepios.

— Que estranho — disse ele ao seu criado de quarto, que o acompanhava.

— Vamos parar, senhor, eu lhe peço — respondeu o fiel servidor. — O senhor está empalidecendo.

— Isso não vai me impedir de seguir, agora que já estou no meu caminho — replicou o conde.

E afrouxou as rédeas do cavalo.

Mas, subitamente, em vez de obedecer à intenção do dono, o animal parou. Um movimento não percebido por Athos o havia freado.

— Alguma coisa — disse Athos — quer que eu não vá mais longe. Segure-me — acrescentou ele estendendo os braços. — Rápido, aproxime-se! Estou sentindo todos os músculos se distendendo; vou cair do cavalo.

O criado havia visto o movimento feito pelo conde ao mesmo tempo em que recebera a ordem. Acercou-se rapidamente, recebeu-o nos braços, e, como ainda estavam próximos da casa o suficiente para que os criados, de pé na entrada observando o senhor de La Fère se afastar, notassem a perturbação na marcha do seu patrão — algo que dificilmente ocorria —, o criado de quarto chamou com um gesto e com a voz os seus companheiros, e então todos acorreram precipitadamente.

Athos deu apenas alguns passos de volta para casa e já se sentiu melhor. Seu vigor pareceu renascer, e ele voltou a se dispor a ir para Blois. Fez o cavalo dar meia-volta. Mas, ao primeiro movimento do animal, tornou a ficar no mesmo estado de torpor e angústia.

— Decididamente — murmurou ele —, querem que eu fique em casa.

Os criados se aproximaram, apearam-no e, correndo, o levaram para a casa. Tudo foi preparado prontamente no seu quarto; eles o deitaram na cama.

— Fiquem bem atentos — recomendou ele já quase dormindo —, porque hoje espero cartas da África.

— O senhor certamente gostará de saber que o filho de Blaisois foi a cavalo tentar ganhar uma hora sobre o correio de Blois — respondeu o criado de quarto.

— Obrigado — disse Athos com seu sorriso bondoso.

O conde adormeceu; seu sono ansioso mais parecia um tormento. Por várias vezes, o criado que o velava viu no seu rosto a expressão de uma tortura interior. Talvez Athos estivesse sonhando.

O dia se passou. O filho de Blaisois voltou; o correio não trouxera notícias. O conde calculava com desespero os minutos, estremecendo quando esses minutos formavam uma hora. A ideia de que o tivessem esquecido lhe ocorreu uma vez e custou-lhe uma dor atroz no coração.

Já ninguém na casa esperava o correio, pois o horário costumeiro da sua chegada havia passado fazia muito. O expresso repetiu quatro vezes a viagem a Blois, mas nada encontraram para o endereço do conde.

Athos sabia que o correio chegava apenas uma vez por semana. Assim, ele teria de suportar uma espera de oito dias mortais.

A noite começou com essa dolorosa persuasão.

Todas as suposições sombrias que um homem doente e irritado em razão do sofrimento pode acrescentar a probabilidades que já são tristes foram acumuladas por Athos, nas primeiras horas daquela noite mortal.

A febre subiu; invadiu seu peito, que não tardou a pegar fogo, conforme a expressão do médico mandado trazer de Blois na última viagem do filho de Blaisois.

Logo ela chegou à cabeça. O médico aplicou duas sangrias sucessivas, que a expulsaram, mas

---

A ideia de que deixar a pessoa sangrar ia curar um corpo doente de praticamente toda e qualquer coisa imperou na prática da medicina até dois séculos atrás e foi uma peleja pra demonstrar por A + B que, na imensa maioria dos casos, o paciente piorava com a **sangria** no lugar de melhorar.

enfraqueceram o doente e levaram sua força de ação a se reduzir ao cérebro.

Mas a febre temível havia cessado. Tomara com suas últimas palpitações as extremidades entorpecidas, e acabou cedendo completamente quando soou a meia-noite.

O médico, vendo a melhora incontestável, voltou a Blois, depois de fazer algumas prescrições e declarar que o conde estava salvo.

Então, começou para Athos uma situação estranha, indefinível. Livre para pensar, sua mente se transportou para Raoul, para o filho muito amado. Sua imaginação lhe mostrou os campos da África nas imediações de Djidjelli, onde o senhor de Beaufort devia ter desembarcado com seu exército.

Eram rochas cinza, esverdeadas em alguns lugares pelo mar que açoita a praia durante as tormentas e as tempestades.

Para além da costa, matizada por rochas que pareciam túmulos, subia em forma de anfiteatro, entre lentiscos e cactos, uma espécie de povoação cheia de fumaça, barulhos estranhos e movimentos desvairados.

Lentisco é um arbusto muito comum no Mediterrâneo e que tem um perfume típico da região.

Subitamente, do meio da fumaça se desprendeu uma chama, que, alastrando-se, acabou por cobrir toda a superfície do povoado e foi aumentando pouco a pouco, englobando tudo em seus turbilhões vermelhos, choros, gritos, braços erguidos para o céu. Por um momento, foi uma confusão terrível de madeiras desabando, chapas retorcidas, pedras calcinadas e árvores em brasa, desaparecidas.

Estranhamente, naquele caos em que distinguia braços erguidos, em que ouvia gritos, soluços e suspiros, Athos não chegou a ver uma figura humana.

O canhão trovejava ao longe, a mosquetaria estalava, o mar rugia, os rebanhos fugiam saltando sobre os declives verdejantes. Não havia um único soldado para aproximar a mecha das baterias de canhões, nenhum marinheiro para ajudar na manobra da frota, nenhum pastor para o rebanho.

Depois da ruína do povoado e da destruição dos fortes que o dominavam, ruína e destruição operadas magicamente, sem a cooperação de um único ser humano, a chama se extinguiu, a fumaça recomeçou a subir, depois diminuiu de intensidade, empalideceu e se evaporou completamente.

Então a noite caiu naquela paisagem; uma noite opaca sobre a terra, brilhante no firmamento; grandes estrelas reluzentes que cintilavam no céu africano brilhavam sem nada clarear além de si próprias.

Estabeleceu-se um longo silêncio, que serviu para que a imaginação agitada de Athos descansasse por um momento, e, como sentia que o que tinha para ver ainda não havia terminado, ele aplicou com mais atenção os olhares da sua inteligência sobre o espetáculo estranho que lhe reservava a imaginação.

Esse espetáculo logo começou para ele.

Uma lua suave e pálida se elevou por trás das vertentes da costa, e, prateando inicialmente as dobras ondulosas do mar, que parecia ter acalmado depois dos bramidos que dele se ouviram durante a visão de Athos, a lua, dizíamos, depositou seus diamantes e opalas nos brejos e nas sarças da colina.

Bramido > berro, grito alto.

As rochas cinza, como tantos fantasmas silenciosos e atentos, pareceram erguer a cabeça esverdeada para examinar o campo de batalha sob a claridade da lua, e Athos viu que o campo inteiramente vazio durante o combate estava agora juncado de corpos tombados.

Um inexprimível arrepio de temor e horror apoderou-se de sua alma, quando ele reconheceu o uniforme branco e azul dos soldados da Picardia, com suas longas lanças de haste azul e os mosquetes marcados com a flor de lis na coronha.

Quando viu todas as feridas abertas e frias olharem o céu azul, como se para lhe reclamar as almas a que ele havia dado passagem.

Quando viu os cavalos eviscerados, mornos, com a língua pendendo lateralmente fora dos beiços, dormindo no sangue gelado que, espalhado ao seu redor, lhes sujava o xairel e as crinas.

Xairel é o pano que vai embaixo da sela onde a gente se senta pra andar a cavalo.

Quando viu o cavalo branco do senhor de Beaufort estendido, a cabeça despedaçada, na primeira fileira no campo dos mortos.

Athos passou a mão fria pela testa e espantou-se por não senti-la queimando. Convenceu-se por esse contato de que assistia, como um espectador sem febre, ao dia seguinte de uma batalha travada na margem de Djidjelli pelo exército expedicionário, que ele vira deixar a costa da França e desaparecer no horizonte, e do qual saudara mentalmente e com um gesto o último fulgor do tiro de canhão enviado pelo duque como um adeus à pátria.

Quem poderá pintar o dilaceramento mortal com que sua alma, seguindo como um olho vigilante a massa de cadáveres, foi olhar todos, um após outro, para ver se entre eles não dormia Raoul? Quem poderá reprimir a alegria inebriante, divina, com que Athos se inclinou diante de Deus e lhe agradeceu por não ver entre os mortos aquele que ele procurava com tanto temor?

Com efeito, tombados mortos na sua fileira, rígidos, gelados, todos aqueles mortos, bem reconhecíveis, pareciam voltar-se com complacência e respeito para o conde de La Fère, a fim de serem mais bem vistos por ele durante a sua inspeção fúnebre.

No entanto, ele se admirava, observando todos aqueles cadáveres, por não ter percebido os sobreviventes.

Sua ilusão chegara a tal ponto, que a visão era para ele uma viagem real, uma viagem que o pai fazia na África para obter informações mais precisas do filho.

Assim, cansado de tanto ter percorrido mares e continentes, ele procurava descansar sob uma das tendas abrigadas atrás de uma rocha, que ostentavam no cume o pendão branco ornado com a flor de lis.

Procurou um soldado, para ser conduzido até a tenda do senhor de Beaufort.

Então, enquanto seu olhar errava pela planície, voltando-se para todos os lados, ele viu um vulto branco surgir atrás das murtas resinosas.

Essa figura vestia um traje de oficial e tinha na mão uma espada quebrada; avançou lentamente na direção de Athos, que, detendo-se de repente e fixando nela o olhar, nada disse e não se mexeu, e que queria abrir os braços

Murta é uma planta cujas folhas contêm uma **resina** usada em remédios, perfumes e afins.

porque naquele oficial silencioso e pálido acabara de reconhecer Raoul.

O conde tentou gritar, mas o grito ficou preso na sua garganta. Raoul pôs sobre a boca um dedo, indicando-lhe que ele devia se calar, e recuou pouco a pouco, sem que Athos visse suas pernas se moverem.

O conde, mais pálido que Raoul, mais trêmulo, seguiu o filho atravessando penosamente urzes e sarças, pedras e fossos. Raoul não parecia tocar a terra e nenhum obstáculo estorvava a ligeireza do seu caminhar.

O conde, que os acidentes do terreno fatigavam, deteve-se logo, esgotado. Raoul lhe fazia sempre sinal para que o seguisse. O terno pai, a quem o amor devolvia forças, tentou um último movimento e subiu com esforço a montanha, seguindo o jovem que o atraía com seu gesto e seu sorriso.

Por fim, ele tocou a crista da colina e viu se desenharem em negro, sobre o horizonte branqueado pela lua, as formas aéreas, poéticas, de Raoul. Athos estendia a mão para chegar perto do filho bem-amado, que estava na planura, e este estendia também a dele; mas, subitamente, como se tivesse sido arrastado sem querer, sempre recuando, o jovem deixou a terra, e Athos viu o céu claro brilhar entre os pés de seu filho e o chão da colina.

Raoul subia insensivelmente no vazio, e sempre sorrindo, sempre chamando com o gesto, ia se afastando para o céu.

Athos deu um grito de ternura assombrada; olhou para baixo. Via-se um campo destruído, e, como átomos imóveis, todos os cadáveres brancos do exército real.

E depois, erguendo a cabeça, via sempre, sempre, seu filho, que o convidava a subir com ele.

O ANJO DA MORTE

ATHOS ESTAVA NESSE PONTO da sua maravilhosa visão, quando o encanto foi subitamente quebrado por um barulho forte vindo das portas externas da casa.

Ouviu-se um cavalo galopar na areia endurecida da grande alameda, e os rumores de conversas muito ruidosas e agitadas subiram até o quarto onde o conde sonhava.

Athos não se mexeu no lugar que ocupava; apenas virou a cabeça para o lado da porta, a fim de ouvir melhor os barulhos que chegavam até ele.

Passos pesados subiram ao patamar diante da porta exterior; o cavalo, que antes galopava com tanta velocidade, partiu lentamente para o lado da estrebaria. Alguns estremecimentos acompanhavam os passos que, pouco a pouco, se aproximavam do quarto de Athos.

Então uma porta se abriu, e o conde, virando-se um pouco para o lado de onde vinha o barulho, exclamou com voz débil:

— É um correio da África, não é?

— Não, senhor conde — respondeu uma voz, que fez sobressaltar-se na cama o pai de Raoul.

— Grimaud! — murmurou ele.

E o suor começou a deslizar pelas suas faces encovadas.

Grimaud apareceu no limiar da porta. Não era o Grimaud que vimos ainda jovem pela coragem e pela dedicação, quando foi o primeiro a saltar para o barco que levou Raoul de Bragelonne ao navio da frota real.

Era um velho severo e pálido, com roupas cobertas de poeira, os poucos fios de cabelo embranquecidos pelos anos.

Tremia apoiado no alizar da porta, e quase caiu ao ver de longe e à luz das lâmpadas o rosto do seu senhor.

Aqueles dois homens, que tinham vivido tanto um com o outro numa comunidade de inteligência e cujos olhos, habituados a economizar as expressões, sabiam se dizer silenciosamente tantas coisas; aqueles dois amigos, tão nobres de coração, um e outro, embora diferentes pela sorte e pelo nascimento, ficaram se olhando perturbados. Com um único olhar, haviam visto o que ia no fundo do coração um do outro.

Grimaud tinha no rosto a marca de uma dor já envelhecida por um hábito lúgubre. Parecia já não ter para seu uso mais que uma única tradução dos seus pensamentos.

Como outrora, ele se habituara a não falar, acostumava-se a não sorrir.

Athos viu, com um rápido olhar, essas nuances no rosto do seu fiel servidor, e disse, com o mesmo tom com que falara a Raoul em seu sonho:

— Grimaud, Raoul está morto, não está?

Atrás de Grimaud, os outros criados ouviam, com o coração acelerado, os olhos fixos na cama do seu amo.

Eles escutaram a pergunta apavorante, e um silêncio terrível a seguiu.

— Sim — respondeu o velho, arrancando do peito o monossílabo com um suspiro rouco.

Então, ergueram-se vozes de lamento, que gemiam desbragadamente, e encheram de lamentos e preces o quarto onde aquele pai agonizante procurava, com os olhos, o retrato do filho.

Aquilo foi para Athos como a transição que o reconduzia ao seu sonho.

Sem dar um grito, sem verter uma lágrima, paciente, sereno e resignado como os mártires, ele elevou os olhos para o céu, a fim de ali rever, erguendo-se acima da montanha de Djidjelli, a sombra querida que ia se afastando no momento em que Grimaud chegara.

Sem dúvida, olhando para o céu, retomando seu sonho maravilhoso, Athos percorreu novamente os caminhos em que sua visão, tão terrível quanto doce, o conduzira pouco antes, pois, após ter semicerrado os olhos, abriu-os novamente e sorriu: acabara de ver Raoul sorrindo para ele.

Com as mãos unidas sobre o peito, o rosto voltado para a janela, banhado pelo ar fresco da noite, que os aromas das flores e dos bosques traziam para a sua cabeceira, Athos entrou, para nunca mais sair, na contemplação do paraíso que os vivos nunca veem.

Deus quis, sem dúvida, abrir para aquele eleito tesouros de beatitude eterna na hora em que os outros homens estremecem, com o temor de ser recebidos severamente pelo Senhor, e se apegam à vida que eles conhecem, aterrorizados com a outra vida que entreveem nas tochas graves e sombrias da morte.

Athos era guiado pela alma pura e serena do filho, pela qual a alma paterna aspirava. Tudo para aquele justo foi melodia e perfume, no rude caminho que percorrem as almas para voltar à pátria celeste.

Depois de uma hora nesse êxtase, Athos levantou suavemente as mãos brancas como cera; o sorriso não abandonou seus lábios, e ele murmurou, tão baixo que mal se pôde ouvir, estas duas palavras, dirigidas a Deus ou a Raoul:

— Aqui estou eu.

E suas mãos caíram lentamente, como se ele próprio as tivesse descansado no leito.

A morte havia sido branda e carinhosa com aquela nobre criatura. Poupara-lhe os dilaceramentos da agonia, as convulsões da suprema partida; abrira com um dedo favorável as portas da eternidade para aquela grande alma, digna de todo o nosso respeito.

Certamente Deus assim ordenara, para que a lembrança piedosa daquela morte tão suave ficasse no coração dos que assistiram a ela e na memória dos outros homens, levando a amar a passagem desta vida para a outra aqueles cuja existência nesta terra não pode fazer temer o juízo final.

Athos conservou, mesmo no sono eterno, seu sorriso plácido e sincero, ornamento que o acompanharia no túmulo. A quietude dos seus traços, a calma do seu final, fizeram seus servidores duvidar, por muito tempo, de que ele tivesse deixado a vida.

Os criados do conde quiseram levar Grimaud, que, de longe, absorvia o rosto que empalidecia, sem se aproximar nem um pouco, no temor piedoso de lhe levar o respiro da morte. Mas Grimaud, embora cansado, recusou-se a se afastar. Sentou-se na entrada do quarto, velando o amo com a vigilância de um sentinela e zeloso de receber seu primeiro olhar ao despertar, seu último suspiro ao morrer.

Os ruídos se extinguiram na casa inteira, e todos respeitavam o sono do senhor. Mas Grimaud, aguçando o ouvido, percebeu que o conde já não respirava.

Ele se ergueu, apoiado nas mãos, e, dali onde estava, observou se o corpo do seu amo não teria um estremecimento.

Nada. Ele foi tomado pelo medo, levantou-se imediatamente e, no mesmo instante, ouviu alguém subindo a escada; um ruído de espada chocando-se com esporas, som belicoso a que seus ouvidos estavam acostumados, o deteve quando ele ia se encaminhando para a cama de Athos.

Uma voz mais vibrante que o cobre e o aço soou a três passos dele.

— Athos! Athos! Meu amigo! — exclamou essa voz, emocionada até as lágrimas.

— O senhor cavaleiro D'Artagnan — balbuciou Grimaud.

— Onde ele está? — continuou o mosqueteiro.

Grimaud pegou em seu braço com os dedos ossudos e lhe mostrou a cama, onde sobre os lençóis já sobressaía a cor lívida do cadáver.

Uma respiração arquejante, o oposto de um grito agudo, distendeu o peito de D'Artagnan.

Ele avançou na ponta dos pés, arrepiado, assustado pelo barulho dos seus próprios passos no piso, e com o coração em frangalhos pela angústia sem nome. Colou o ouvido ao peito de Athos, aproximou-se da sua boca. Nem som nem sopro. D'Artagnan recuou.

Grimaud, que o seguira com o olhar, e para quem cada movimento de D'Artagnan havia sido uma revelação, foi timidamente sentar-se ao pé da cama e encostou os lábios no lençol erguido pelos pés de seu amo.

Então se viram grandes lágrimas escapando dos seus olhos vermelhos.

Aquele velho em desespero, que chorava curvado sem nada dizer, oferecia o espetáculo mais tocante que D'Artagnan viu em sua vida tão plena de emoções.

O capitão ficou de pé, em contemplação diante do morto sorridente, que parecia ter guardado o último pensamento para dar ao seu melhor amigo, ao homem que ele mais amara depois de Raoul, uma acolhida agradável mesmo estando além da vida, e, como se para responder a essa suprema lisonja de hospitalidade, beijou Athos na testa e, com os dedos trêmulos, fechou-lhe os olhos.

Depois se sentou na cabeceira da cama, sem medo daquele morto que durante trinta e cinco anos fora com ele tão afável e benevolente; alimentou-se avidamente do cortejo de lembranças que o rosto nobre do conde lhe trazia à mente, algumas floridas e encantadoras como aquele sorriso, outras sombrias, tristes e geladas como aquele rosto de olhos fechados para toda a eternidade.

Subitamente, a onda amarga que a cada minuto subia mais invadiu seu coração e rompeu-lhe o peito. Incapaz de dominar a emoção, ele se levantou e, saindo precipitadamente do quarto onde acabava de encontrar morto aquele a quem ia levar a notícia da morte de Porthos, prorrompeu em soluços tão dilacerantes que os criados, parecendo estar apenas à espera de uma explosão de dor, ecoaram com clamores lúgubres, e os cães do seu senhor, com seus uivos lamentosos.

Grimaud foi o único a não elevar a voz. Mesmo no paroxismo da dor, ele não ousou profanar a morte, nem tampouco perturbar pela primeira vez o sono do seu senhor. Athos, aliás, o havia habituado a nunca falar.

Ao romper do dia, D'Artagnan, que vagara pela sala de jantar mordendo os punhos para abafar seus suspiros, subiu mais uma vez a escada e, espreitando o momento em que Grimaud virasse a cabeça na sua direção, fez-lhe sinal para que se aproximasse, e o fiel servidor lhe obedeceu sem fazer mais barulho que uma sombra.

D'Artagnan voltou a descer, seguido por Grimaud.

Chegando ao vestíbulo, ele tomou as mãos do velho e lhe disse:

— Grimaud, vi como o pai morreu; agora me diga como foi que o filho morreu.

Grimaud tirou do casaco uma grande carta, em cujo envelope estava escrito o endereço de Athos. D'Artagnan reconheceu a letra do senhor de Beaufort, rompeu o lacre e começou a ler atropeladamente, aos primeiros raios do dia azulado, com a sombria alameda dos velhos castanheiros pisada pelos passos ainda visíveis do conde, que acabava de morrer.

BOLETIM

O DUQUE DE BEAUFORT escreveu para Athos. A carta destinada ao homem só chegou para o morto. Deus mudava o endereço.

"Meu caro conde", escrevia o príncipe com sua letra grande de escolar inábil,

> uma grande desgraça nos atinge no meio de um grande triunfo. O rei perdeu um soldado dos mais valentes. Eu perco um amigo. O senhor perde o senhor de Bragelonne.
> Ele morreu gloriosamente, e tão gloriosamente que eu não tenho a força para chorá-lo como gostaria.
> Receba as minhas tristes condolências, caro conde. O céu nos distribui as provações segundo a grandeza do nosso coração. Essa é imensa, não acima da sua coragem.
>
> Seu bom amigo,
> o duque de Beaufort.

Essa carta continha um relato escrito por um dos secretários do príncipe. Era a narração mais tocante e mais verdadeira do lúgubre episódio que encerrava duas existências.

D'Artagnan, acostumado às emoções da batalha, e que tinha o coração fortificado contra os enternecimentos, não pôde deixar de estremecer ao ler o nome de Raoul, o nome daquele filho querido, que, como seu pai, se tornara uma sombra.

"De manhã", dizia o secretário do príncipe,

> o senhor duque comandou o ataque. Normandia e Picardia haviam tomado posição nas rochas cinzentas, dominadas

Inábil > sem habilidade, inapto.

pelos taludes da montanha, sobre cuja vertente se erguem os bastiões de Djidjelli.

O canhão começou a atirar, iniciando a batalha; os regimentos marcharam, cheios de resolução; os piqueiros tinham a lança alta; os mosqueteiros tinham sua arma no braço. O príncipe seguia atentamente a marcha e o movimento das tropas que ele estava disposto a sustentar com uma forte reserva.

> O pique era uma lança comprida — entre 3 e 5 metros — que os soldados conhecidos como **piqueiros** carregavam enquanto lutavam a pé.

Perto de Monseigneur, estavam os capitães mais velhos e seus ajudantes de campo. O senhor visconde de Bragelonne recebera ordem de não deixar Sua Alteza.

No entanto, o canhão do inimigo, que a princípio disparara indiferentemente contra as massas, ajustara seu fogo, e as balas mais bem dirigidas mataram alguns homens em torno do príncipe. Os regimentos formados em disposição de coluna, e que avançavam contra as muralhas, foram um pouco maltratados. Havia hesitação por parte das nossas tropas, que se viam mal apoiadas pela artilharia. De fato, as baterias que haviam sido estabelecidas na véspera tinham apenas um tiro fraco e incerto, por causa da sua posição. A direção de baixo para cima atrapalhava a precisão dos tiros, assim como o seu alcance.

Percebendo o efeito ruim dessa posição da artilharia de sítio, Monseigneur ordenou às fragatas atracadas na pequena enseada que começassem a atacar a praça com um fogo regular.

> **Praça** aqui é um lugar preparado para resistir a um ataque inimigo, a tal praça de armas que já comentamos.

O senhor de Bragelonne se ofereceu prontamente para transmitir essa ordem. Mas Monseigneur negou o pedido do visconde.

Monseigneur tinha razão, pois gostava do jovem e queria protegê-lo; tinha razão, e o que aconteceu depois se encarregou de justificar a sua previsão e a sua recusa, pois, mal o sargento que Sua Alteza havia encarregado da mensagem solicitada pelo senhor de Bragelonne chegou à praia, dois tiros de escopeta longa partiram das fileiras inimigas e o mataram.

> No século XVII, **escopeta** designava qualquer arma de fogo portátil que tivesse cano curto.

O sargento caiu sobre a areia empapada com seu sangue.

Ao ver isso, o senhor de Bragelonne sorriu para Monseigneur, que lhe disse:

— Está vendo, visconde, eu salvei a sua vida. Depois conte isso ao senhor conde de La Fère, para que, sabendo do sucedido pelo filho, ele me agradeça.

O jovem sorriu tristemente e respondeu ao duque:

— É verdade, Monseigneur, que sem a sua benevolência eu estaria morto lá onde está caído o pobre sargento, e repousando em grande tranquilidade.

O senhor de Bragelonne disse isso de um modo que fez o príncipe replicar vivamente:

— Meu Deus!, jovem, dá para achar que o senhor ficou com vontade de que lhe suceda o mesmo. Pela alma de Henrique IV! Prometi ao seu pai levá-lo de volta vivo, e, se Deus quiser, irei manter a minha palavra.

O senhor de Bragelonne enrubesceu e disse, em voz mais baixa:

— Monseigneur, perdoe-me, por favor. É que sempre desejei aproveitar as oportunidades, e é agradável se distinguir diante do nosso general, sobretudo quando o general é o senhor duque de Beaufort.

Monseigneur se abrandou um pouco e, voltando os olhos para os oficiais aglomerados em torno dele, deu várias ordens.

Os granadeiros dos dois regimentos aproximaram-se dos fossos e das trincheiras o suficiente para ali lançar suas granadas, que pouco efeito fizeram.

Entretanto o senhor d'Estrées, que comandava a frota, tendo visto a tentativa do sargento de se aproximar dos navios, percebeu que era preciso atirar sem ordens e abrir fogo.

Então os árabes, vendo-se atingidos pelas balas da frota e pelas ruínas e fragmentos das suas fracas muralhas, deram gritos medonhos.

Seus cavaleiros desceram a montanha a galope, curvados sobre a sela, e se arremessaram a toda a brida sobre as colunas de infantaria, que, cruzando as lanças, sustaram o ímpeto fogoso. Rechaçados pela atitude firme do batalhão, os árabes voltaram, furiosos, a se lançar contra o estado-maior, o qual, naquele momento, não estava guardado.

A pólvora dominava os conflitos armados do século XVII, com destaque para os canhões. Só que esse equipamento pesadão era complicado de levar daqui para acolá. E foi aí que a granada entrou com tudo — ela era bem mais destruidora que um tiro de mosquete e muito mais portátil que um canhão. Era acender o pavio e ter braço forte, porque as granadas não eram nada leves. Ah, e também eram perigosas: os acidentes em que ela explodia antes de ser arremessada pelo **granadeiro** foram muitos.

Sustar > interromper, suspender, bloquear.

O perigo foi grande: Monseigneur desembainhou a espada; seus secretários e subordinados o imitaram; os oficiais de seu séquito começaram o combate com aqueles alucinados.

Foi então que o senhor de Bragelonne pôde satisfazer a vontade que manifestara desde o início da ação. Ele combateu perto do príncipe, com um vigor de romano, e matou três árabes com seu espadim.

Mas era visível que a sua bravura não vinha de um sentimento de orgulho natural a todos os que combatem. Era uma bravura impetuosa, exagerada, até mesmo forçada; ele queria se inebriar com o barulho e a carnificina.

Inflamou-se de tal modo que, aos gritos, Monseigneur lhe ordenou que parasse.

Ele deve ter ouvido a voz de Sua Alteza, pois nós, que estávamos do seu lado, a ouvimos. No entanto, não parou, e continuou correndo na direção das trincheiras.

Como o senhor de Bragelonne era um oficial bastante submisso, essa desobediência a Monseigneur surpreendeu bastante a todos, e o senhor de Beaufort reiterou a sua ordem gritando:

— Pare, Bragelonne! Aonde é que o senhor vai? Pare! — insistiu Monseigneur —, eu lhe ordeno!

Todos nós, imitando o gesto do senhor duque, tínhamos erguido a mão. Esperávamos que o cavaleiro mudasse de ideia, mas o senhor de Bragelonne continuou correndo para as paliçadas.

— Pare, Bragelonne! — repetiu o príncipe, com voz muito forte —, pare, em nome do seu pai!

A essas palavras, o senhor de Bragelonne se voltou. Seu rosto exprimia uma dor intensa, mas ele não parou; então, achamos que seu cavalo o arrastava.

Quando supôs que o visconde não estava dominando o cavalo, e o viu ultrapassar os primeiros granadeiros, Sua Alteza gritou:

— Mosqueteiros, matem o cavalo dele! Cem pistolas para quem derrubar o cavalo!

Mas como atirar no animal sem atingir o cavaleiro? Ninguém ousava. Enfim se apresentou um bom atirador do

Paliçada é uma barreira formada por estacas. Aqui, são homens com lanças apontadas para o inimigo.

regimento da Picardia, chamado La Luzerne, que apontou para o cavalo, atirou e o atingiu na garupa, pois vimos seu pelo branco se tingir de sangue. No entanto, o maldito ginete, em vez de cair, arrancou com fúria ainda maior.

Toda a Picardia, que via o infeliz jovem correr para a morte, berrava: — Pule, senhor visconde! Pule do cavalo! Pule para o chão!

O senhor de Bragelonne era um oficial muito querido por todo o exército.

O visconde já estava ao alcance dos tiros de pistola da muralha; uma descarga foi disparada e o envolveu em fogo e em fumaça. Nós o perdemos de vista. Quando a fumaça se dissipou, pudemos vê-lo de pé no chão; seu cavalo havia sido morto.

Os árabes intimaram o visconde a se render; mas ele lhes fez com a cabeça um sinal negativo, e continuou avançando para as paliçadas.

Era uma imprudência mortal. No entanto, todo o exército lhe agradeceu por não ter recuado, já que a desgraça o conduzira até ali. Ele deu mais alguns passos, e os dois regimentos o aplaudiram.

Foi nesse momento que a segunda descarga abalou novamente as muralhas, e o visconde de Bragelonne desapareceu pela segunda vez no turbilhão; mas, dessa vez, a fumaça se dissipou e não o vimos de pé: ele estava deitado sobre as urzes, com a cabeça mais baixa que as pernas. Os árabes começaram a querer sair de suas trincheiras, para lhe cortar a cabeça ou levar seu corpo, como é o costume dos infiéis.

Mas Sua Alteza o senhor duque de Beaufort seguira tudo com o olhar, e esse triste espetáculo lhe arrancara grandes e dolorosos suspiros. Então ele começou a gritar, vendo os árabes correr como fantasmas brancos entre os lentiscos.

— Granadeiros, piqueiros, os senhores vão deixar que levem esse nobre corpo?

Dizendo essas palavras e agitando a espada, ele próprio correu em direção ao inimigo. Os regimentos, pondo-se atrás dele, também correram gritando, e seus gritos eram tão terríveis quanto os dos árabes eram selvagens.

O fiel, no caso, é aquele que segue a minha religião. Quando ele tem outra religião que não é a minha, aí eu digo que o cara é **infiel**. E era isso que os católicos diziam dos muçulmanos (e vice-versa).

O combate começou sobre o corpo do senhor de Bragelonne, e foi tão encarniçado, que cento e sessenta árabes ficaram mortos ali, ao lado de cinquenta, ou menos, dos nossos.

Nossos, aqui, quer dizer do "nosso" lado, isto é: o lado francês.

Foi um tenente da Normandia que carregou nos ombros o corpo do visconde e o levou para as nossas linhas.

Entretanto, a vantagem prosseguia; os regimentos agregaram a reserva, e as paliçadas inimigas foram derrubadas.

Às três horas o fogo dos árabes cessou; o combate com armas brancas durou duas horas, e foi um massacre.

Às cinco horas, éramos vitoriosos em todos os pontos; o inimigo havia abandonado suas posições, e o senhor duque mandara espetar a bandeira branca no ponto culminante do montículo.

Bandeira branca é a do reino da França, a bandeira do rei. A bandeira da república da França que a gente conhece hoje, com uma faixa azul, outra branca e ainda uma vermelha, é de 1794, depois da Revolução Francesa.

Só então foi possível pensar no senhor de Bragelonne, que tinha no corpo oito grandes ferimentos e perdera quase todo o sangue.

Mas ele ainda respirava, o que deu alegria inexprimível a Monseigneur, o qual quis assistir, também ele, ao primeiro curativo do visconde e à consulta dos cirurgiões.

Dois destes declararam que o senhor de Bragelonne viveria. Monseigneur pulou a abraçá-los, e prometeu mil luíses a cada um se o salvassem. O visconde ouviu esses arroubos de alegria, e, por se desesperar ou por sofrer com os ferimentos, exprimiu em sua fisionomia uma contrariedade que deu muito que pensar, sobretudo a um dos secretários, quando ele soube o que houve depois.

O terceiro cirurgião que o viu foi frei Sylvain de Saint-Cosme, nosso médico mais sábio. Ele examinou, por sua vez, os ferimentos e nada disse.

O senhor de Bragelonne o olhava fixamente e parecia interrogar cada movimento, cada pensamento do sábio cirurgião.

Este, questionado por Monseigneur, respondeu que, entre os oito ferimentos, três eram mortais, mas que o ferido tinha uma constituição tão forte, uma juventude tão fecunda, e a bondade de Deus era tão misericordiosa, que

É divertido ver como o autor brinca muito com os nomes que escolhe para os seus personagens. Aqui, por exemplo, ele usa o sobrenome do médico para uma referência a **São Cosme**, que foi mesmo médico, assim como seu irmão gêmeo, o São Damião. Os dois, aliás, são considerados os padroeiros dos doutores, dos farmacêuticos e até das escolas de medicina.

talvez o senhor de Bragelonne sobrevivesse, desde que não fizesse o menor movimento.

Frei Sylvain acrescentou, virando-se para seus ajudantes:

— Sobretudo não mexam nele, nem mesmo com um dedo, pois isso o matará.

E saímos todos da tenda com um pouco de esperança.

O secretário, ao sair, pensou ter visto um sorriso pálido e triste passar pelos lábios do visconde, quando o senhor duque lhe disse com voz carinhosa:

— Ah, visconde, vamos salvá-lo!

Mas à noite, quando se acreditou que o doente estaria descansando, um dos ajudantes entrou na tenda do ferido e saiu de lá gritando.

Acorremos desordenadamente, todos nós e o senhor duque conosco, e o ajudante nos mostrou o corpo do senhor de Bragelonne no chão, debaixo da cama, banhado no resto do seu sangue.

Aparentemente, ele havia tido uma convulsão, algum movimento febril, e caíra; a queda acelerara o seu fim, conforme o prognóstico de frei Sylvain.

Levantamos o visconde; ele estava frio e morto. Segurava na mão direita, crispada sobre o coração, um cacho de cabelos loiros.

Seguiam-se os detalhes da expedição e da vitória obtida sobre os árabes.

Ao terminar a leitura do relato da morte do pobre Raoul, D'Artagnan fechou a carta.

— Ah — murmurou ele —, filho infeliz. Um suicida.

E, voltando os olhos para o quarto do castelo onde Athos dormia seu sono eterno, concluiu em voz muito baixa:

— Eles cumpriram mutuamente a palavra dada. Agora os vejo felizes: devem estar juntos.

E retomou a passos lentos o caminho do jardim.

Toda a rua e os arredores se enchiam com vizinhos chorosos, que relatavam uns para os outros a dupla catástrofe e se preparavam para o enterro.

O ÚLTIMO CANTO DO POEMA

A PARTIR DO DIA SEGUINTE, viu-se chegar toda a nobreza dos arredores, a da província, por onde quer que os mensageiros haviam tido tempo de levar a notícia.

D'Artagnan ficara fechado sem querer falar com ninguém. Duas mortes muito pesadas caindo sobre o capitão, depois da de Porthos, abateriam por muito tempo aquele espírito até então infatigável.

Com exceção de Grimaud, que entrou no quarto uma vez, o mosqueteiro não viu nem criados nem convidados.

Ele acreditou adivinhar, nos barulhos da casa, nas idas e vindas, que estavam preparando tudo para o enterro do conde. Escreveu para o rei pedindo-lhe mais alguns dias de licença.

Grimaud, como dissemos, havia entrado no quarto de D'Artagnan, sentara-se num banquinho perto da porta, como um homem que medita profundamente, e depois, levantando-se, fizera sinal a D'Artagnan para que o seguisse.

Este obedeceu em silêncio. Grimaud desceu até o quarto do conde, mostrou-lhe, com o dedo, o lugar vazio na cama, e eloquentemente elevou os olhos ao céu.

— Sim — respondeu D'Artagnan —, bom Grimaud, perto do filho que ele tanto amava.

Grimaud saiu do quarto e entrou na sala, onde, conforme o uso da província, o corpo ficaria exposto até ser enterrado.

D'Artagnan se admirou de ver dois caixões abertos na sala; aproximou-se, seguindo a sugestão muda de Grimaud, e viu num deles Athos, bonito até na morte, e no

Nacarado > rosado, da cor do nácar, que é a parte de dentro de certas conchas.

Outra pitada de mitologia da Antiguidade — e, desta vez, da romana. O **Palas** é um personagem importante do poema *Eneida*, escrito por **Virgílio**. O pai de Palas, Evandro, manda o rapaz pra guerra com Eneias. "Vai pra aprender", diz o pápi. Palas luta legal, mas acaba mortinho. Aí Virgílio descreve o rosto de Palas já morto, branco total, sem vida — só que lá não rola enterro. O cara é queimado com todas as honras numa fogueira.

Sudário > pano que se usa para cobrir um cadáver.

A técnica de preservação de defuntos existe desde o mundo antigo e quase sempre estava relacionada à retirada de órgãos internos (em especial o intestino) e ao uso de ervas, mel e bebidas alcoólicas para tentar segurar a onda de putrefação. Na época deste livro, a ideia de **embalsamar** era pouco usada e muito cara na Europa — nem reis davam conta de bancar a extravagância. Mas às vezes morria alguém considerado importante em uma batalha no estrangeiro e o pessoal fazia mesmo qualquer coisa lá, improvisava de algum modo, só para poder levar o morto pra casa e providenciar o enterro com a família e os amigos.

---

outro Raoul, os olhos fechados, as faces nacaradas como o Palas de Virgílio e o sorriso nos lábios violeta.

Arrepiado por ver o pai e o filho, duas almas que tinham partido, e que aqui na terra eram representadas por dois cadáveres sombrios, incapazes de se aproximarem, embora tão próximos um do outro.

— Raoul aqui! — murmurou ele. — Ah, Grimaud, você não me contou!

Grimaud balançou a cabeça e não respondeu, mas, tomando D'Artagnan pela mão, o conduziu ao caixão e lhe mostrou, sob o fino sudário, os ferimentos escuros pelos quais sua vida teria se esvaído.

O capitão desviou o olhar e, julgando inútil questionar Grimaud, que não responderia, lembrou-se de que o secretário do senhor de Beaufort escrevera mais do que ele, D'Artagnan, havia tido coragem de ler.

Retomando o relato do caso que havia custado a vida de Raoul, ele encontrou estas palavras, que compunham o último parágrafo da carta:

O senhor duque ordenou que o corpo do senhor visconde fosse embalsamado, como fazem os árabes quando querem levar o cadáver para a terra natal, e o senhor duque destinou mudas de cavalos para que um criado de confiança, que cuidara do jovem desde sua infância, pudesse levar o caixão para o senhor conde de La Fère.

"Assim", pensou D'Artagnan, "vou seguir o seu enterro, minha cara criança, eu, já velho, eu, que já nada valho nesta terra, e espalharei a terra sobre esse rosto no qual dei um beijo apenas dois meses atrás. Assim quis Deus. Assim quis você. Não tenho mais nem mesmo o direito de chorar: você escolheu a morte, que lhe pareceu preferível à vida."

Enfim, chegou o momento de os frios despojos dos dois fidalgos serem entregues à terra.

Foi tão grande a afluência de militares e gente do povo, que até no local da tumba, uma capela na planura, o caminho da cidade se encheu de cavaleiros e pedestres enlutados.

Athos havia escolhido para sua última morada o pequeno espaço cercado da capela erigida por ele nos limites das suas terras. Mandara vir pedras, esculpidas em 1550, de um velho solar gótico situado no Berry, onde ele vivera os primeiros tempos da juventude.

A capela, assim reedificada, assim transportada, se instalava risonha sob uma profusão de álamos e sicômoros. Era atendida todo domingo pelo cura do burgo vizinho, cujo serviço Athos remunerava com duzentas libras, e todos os vassalos do seu domínio, cerca de quarenta pessoas, os trabalhadores e os arrendatários com as famílias, iam lá assistir à missa sem precisar ir à cidade.

Atrás da capela, estendia-se, envolta por duas altas sebes de aveleiras, sabugueiros e espinheiros rodeados por um fosso profundo, a pequena cerca, alegre na sua esterilidade, porque nela os musgos eram altos, porque os heliotrópios selvagens e as nabiças cruzavam ali seus perfumes, porque sob os castanheiros brotava uma grande fonte aprisionada numa cisterna de mármore, e porque sobre os tomilhos em redor vinham pousar milhares de abelhas, oriundas de todas as planuras vizinhas, enquanto os tentilhões e os pintarroxos cantavam freneticamente sobre as flores da sebe.

Foi para lá que levaram os dois caixões, no meio de uma multidão silenciosa e recolhida.

Uma vez celebrado o ofício dos mortos, e dados os últimos adeuses aos dois fidalgos, toda a assistência se dispersou, comentando pelos caminhos as virtudes e a morte suave do pai, as esperanças que dava o filho e o seu triste fim na costa da África.

Álamo é uma árvore e **sicômoro** é o pé de figo.

A Igreja Católica tem uma lista grande de tipos de padres. Um **cura**, por exemplo, é o pároco de um vilarejo.

Burgo > pequena cidade.

Já ouviu falar nos meeiros? São os **arrendatários**, as pessoas que alugam as terras de outra pessoa (no caso aqui as terras do Athos) para plantar, criar bicho, ganhar a vida. Com a venda dos seus produtos, eles pagam o chefe, o senhor, o nobre, em grana ou em mercadoria.

Aveleira é a árvore que dá a avelã, ingrediente da famosa Nutella. O **sabugueiro** é uma árvore de pequeno porte. Já o **espinheiro** é uma árvore que, como o próprio nome diz, é cheia de espinhos (tanto assim que é também chamada de arranha-gato). **Heliotrópio** é qualquer planta que segue o sol. Um exemplo? Girassol. Já a **nabiça** é tanto uma espécie de nabo como uma folha verde para salada.

> **Nave** é o espaço central de uma igreja.

E, pouco a pouco, os barulhos se extinguiram como as lâmpadas acesas na singela nave. O pároco se curvou pela última vez diante do altar e das tumbas com a terra ainda fresca, e depois, seguido do assistente, que agitava uma campainha rouca, voltou lentamente ao seu presbitério.

D'Artagnan ficou sozinho, e percebeu que a noite já estava descendo.

Havia esquecido a hora, pensando nos mortos.

Ele se levantou do banco de carvalho da capela, e quis, como o padre, ir dizer um último adeus à dupla sepultura onde jaziam seus amigos perdidos.

Uma mulher rezava ajoelhada na terra úmida.

D'Artagnan se deteve no limiar da capela, para não perturbar a mulher, e também para tentar ver quem era a amiga piedosa que com tanto zelo e perseverança cumpria o dever sagrado.

A desconhecida escondia o rosto sob as mãos, brancas como mãos de alabastro. Na nobre simplicidade de sua roupa, se adivinhava uma mulher distinta. Do lado de fora, muitos cavalos montados por criados e uma carruagem de viagem esperavam a dama. D'Artagnan procurava em vão descobrir o que a retardava.

> O **alabastro** é um tipo de rocha de cor bem brancona e que, por isso mesmo, é usada muitas vezes como sinônimo de brancura.

Ela continuava rezando; passava muitas vezes o lenço no rosto. D'Artagnan deduziu que ela chorava.

Viu-a bater no peito com a compunção implacável da mulher cristã. Ouviu-a proferir repetidas vezes o grito partido de um coração mortificado: "Perdão! Perdão!"

E, por ela parecer se abandonar inteiramente à sua dor, por ela, quase desfalecida, se dobrar em meio aos seus queixumes e às suas preces, D'Artagnan, tocado por aquele amor aos amigos tão lastimados, deu alguns passos em direção ao túmulo, para interromper o sinistro colóquio da penitente com os mortos.

> **Compunção >** sensação de culpa, de ter cometido algum pecado.

> **Colóquio >** bate-papo, conversa.

Mas, ao barulho do seu pé sobre a areia, a desconhecida levantou a cabeça e mostrou para D'Artagnan um rosto inundado de lágrimas, um rosto amigo.

Era a senhorita de La Vallière.

— Senhor D'Artagnan! — murmurou ela.

— A senhorita? — respondeu o capitão, com voz triste. — Ah, eu teria preferido vê-la adornada de flores na mansão do conde de La Fère. A senhorita teria chorado menos, eles também, e também eu!

— Senhor — disse ela soluçando.

— Pois foi a senhorita — acrescentou o impiedoso amigo dos mortos — que levou para o túmulo esses dois homens.

— Ah, poupe-me!

— Que Deus não permita, senhorita, que eu ofenda uma mulher ou a faça chorar em vão. Mas preciso lhe dizer que o lugar do assassino não é na tumba das vítimas.

Ela quis responder.

— Isso que lhe disse — acrescentou ele friamente —, eu disse ao rei.

Ela juntou as mãos.

— Sei — disse ela — que causei a morte do visconde de Bragelonne.

— Ah, sabe?

— A notícia chegou à corte ontem à noite. Fiz quarenta léguas em duas horas para vir pedir perdão ao conde, que imaginava ainda vivo, e para suplicar, sobre o túmulo de Raoul, que Deus me envie todas as desgraças merecidas, com exceção de uma única. Agora, senhor, sei que a morte do filho matou o pai; tenho dois crimes a me censurar; tenho duas punições a esperar de Deus.

— Eu lhe repetiria — disse D'Artagnan — o que, em Antibes, quando já pensava em morrer, o senhor de Bragelonne me disse sobre a senhorita: "Se ela foi movida pelo orgulho e pelo coquetismo, eu a perdoo desprezando-a. Se o amor a fez sucumbir, eu a perdoo jurando que ninguém jamais poderia tê-la amado tanto quanto eu".

— O senhor sabe — interrompeu Louise — que pelo meu amor eu ia sacrificar-me a mim mesma; sabe quando me encontrou perdida, agonizante, abandonada. Pois bem! Nunca sofri tanto quanto hoje, porque então eu esperava, eu desejava, e hoje já não tenho nenhuma esperança; porque esse morto leva em seu túmulo toda a minha alegria; porque já não ouso amar sem remorsos e porque, sinto isso, aquele

Usar o **coquetismo** é criar um clima de sedução.

que eu amo trará para mim as torturas que fiz outros sofrerem. Ah!, essa é a lei.

D'Artagnan não respondeu; sabia com toda a certeza que ela não estava enganada.

— Muito bem — acrescentou ela —, caro senhor D'Artagnan, não acabe comigo, eu lhe suplico. Sou como o ramo arrancado do tronco; já não me prendo a nada neste mundo, e uma corrente me arrasta não sei para onde. Amo loucamente, amo a ponto de dizer isso ao senhor, ímpia que sou, sobre as cinzas deste morto, e isso não me faz corar, não me dá remorsos. É uma religião, esse amor. Mas, como daqui a algum tempo o senhor me verá só, esquecida, desprezada; como me verá punida com o que fatalmente serei punida, poupe-me na minha felicidade efêmera; deixe-me com ela por alguns dias, por alguns minutos. Ela talvez nem exista mais neste momento em que lhe falo. Meu Deus, talvez esse duplo assassinato já tenha sido expiado.

Ela continuou a falar. Um barulho de voz e de passos de cavalo fez o capitão se pôr à escuta.

Um oficial do rei, o senhor de Saint-Aignan, fora buscar La Vallière por ordem do rei, que, segundo ele, se roía de ciúme e inquietação.

Saint-Aignan não viu D'Artagnan, meio oculto pelo largo tronco de um castanheiro que projetava sua sombra sobre os dois túmulos.

Louise agradeceu-lhe, e o dispensou com um gesto. Ele se afastou.

— A senhorita pode ver — disse o capitão à jovem, com amargura — que sua felicidade ainda perdura.

A jovem levantou-se com ar solene:

— Algum dia — disse ela —, o senhor se arrependerá por ter me julgado tão mal. Nesse dia, serei eu a pedir a Deus que esqueça essa injustiça cometida contra mim. Aliás, eu sofrerei tanto, que o senhor será o primeiro a lamentar o meu sofrimento. Senhor D'Artagnan, não me censure por essa felicidade: ela me custa caro, e eu não paguei toda a minha dívida.

Ímpio > desumano, cruel.

Expiado > purificado, perdoado.

Dizendo essas palavras, ela voltou a se ajoelhar suave e afetuosamente.

— Perdão, pela última vez, meu noivo Raoul — disse ela. — Eu rompi o nosso elo; somos, os dois, destinados a morrer de dor. É você que parte primeiro; não tema nada, eu o seguirei. Note somente que não fui covarde, e vim lhe dizer o supremo adeus. O Senhor é testemunha, Raoul, de que, se a minha vida fosse pedida para resgatar a sua, eu a daria sem hesitar. Não poderia dar o meu amor. Mais uma vez, perdão.

Ela colheu um ramo e o espetou na terra, depois enxugou os olhos molhados de lágrimas, cumprimentou D'Artagnan e desapareceu.

O capitão olhou partirem cavalos, cavaleiros e carruagem; então, cruzando os braços no peito estufado, disse com voz emocionada:

— Quando será a minha vez de partir? O que resta para o homem depois da juventude, depois do amor, depois da glória, depois da amizade, depois da força, depois da riqueza?... Essa rocha sob a qual dorme Porthos, que possuiu tudo o que acabo de dizer; esse musgo sob o qual repousam Athos e Raoul, que possuíram muito mais!

Hesitou por um momento, com o olhar vazio, e então disse, endireitando-se:

— Vamos seguir sempre. Quando for a hora, Deus me dirá, como disse para os outros.

D'Artagnan tocou com a ponta dos dedos a terra úmida de sereno, persignou-se como se os tivesse molhado na pia de água benta de uma igreja e seguiu só, para sempre só, o caminho de Paris.

Persignar-se é outro lance católico: pegar o polegar e desenhar, com a ponta desse dedo, um sinal da cruz na testa, outro na boca e mais um sobre o peito.

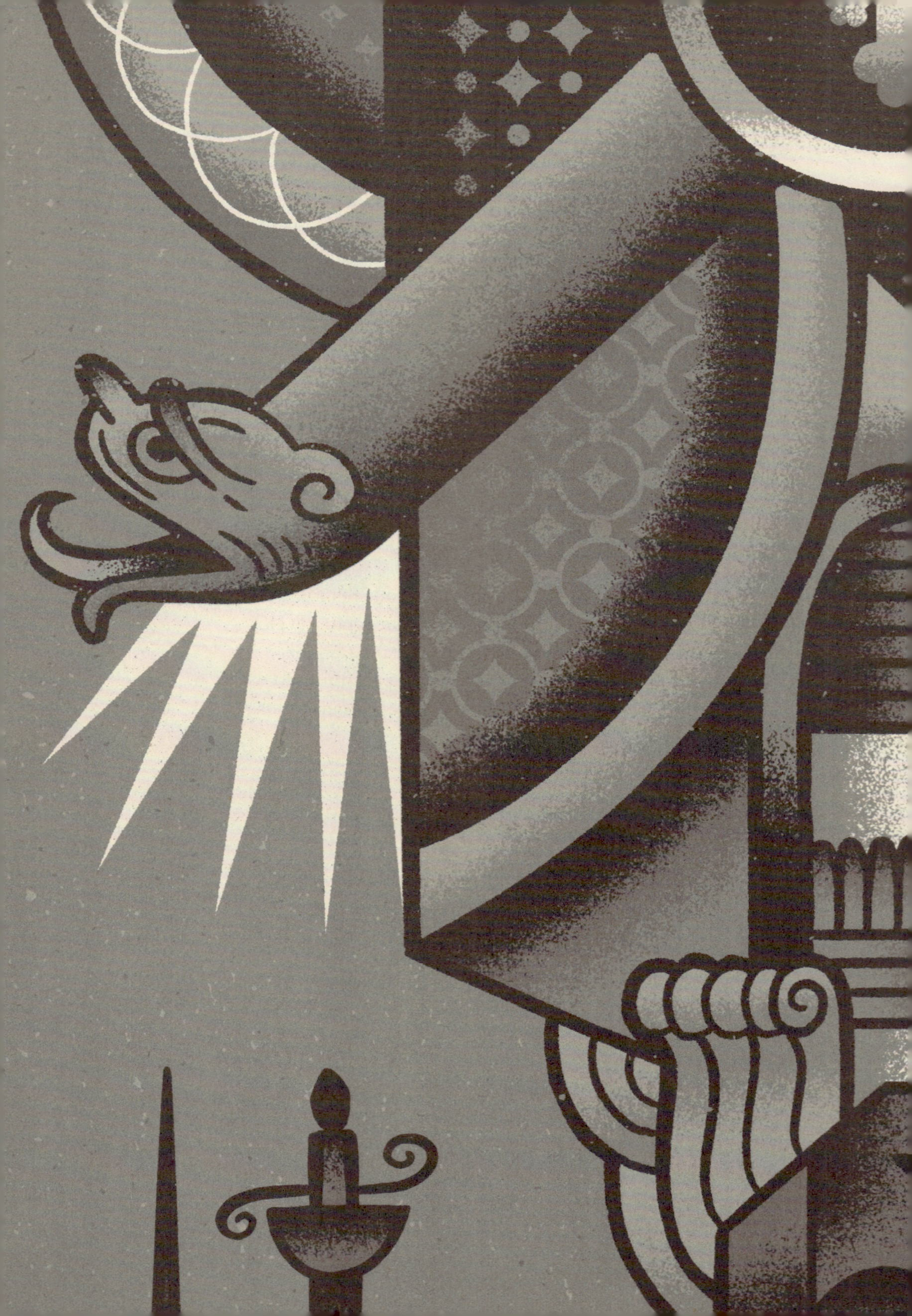

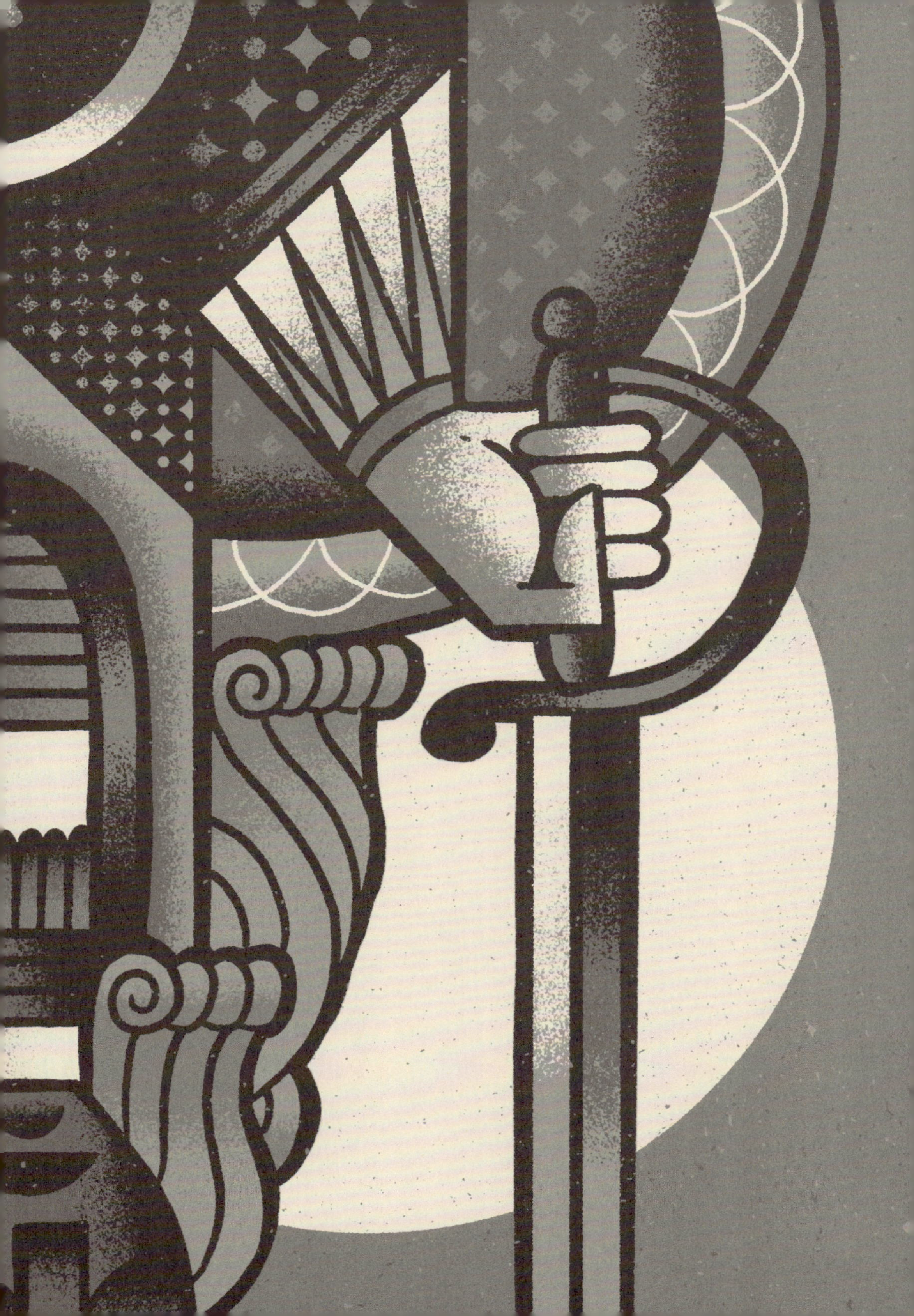

TERCERA PARTE

EPÍLOGO

QUATRO ANOS DEPOIS da cena que acabamos de descrever, dois cavaleiros com belas montarias atravessaram Blois ao raiar do dia e foram tomar providências para uma caçada de pássaros, que o rei queria fazer na bela planície acidentada que é cortada pelo Loire e confina de um lado com Meung e do outro com Amboise.

Eram o capitão das galgas do rei e o mestre dos falcões, personagens muito respeitados no tempo de Luís XIII, mas um pouco negligenciados pelo seu sucessor.

Os dois cavaleiros estavam voltando, depois de terem reconhecido o terreno e feito observações, quando viram grupinhos esparsos de soldados colocados por sargentos, de longe em longe, na entrada dos cercados. Os soldados eram os mosqueteiros do rei.

Atrás deles, num bom cavalo, seguia o capitão, reconhecível pelos bordados em ouro. Tinha cabelos grisalhos, uma barba que começava a branquear. Parecia um tanto curvado, embora manejasse com destreza o cavalo, e olhava em redor de si inspecionando.

— O senhor D'Artagnan não envelhece — disse o capitão das galgas ao colega, o falcoeiro. — É dez anos mais velho que nós, mas parece um jovem a cavalo.

— É verdade — respondeu o capitão dos falcões —, há vinte anos eu o vejo sempre igual.

Saindo de Paris rumo ao rio Loire, e indo com ele em direção ao oceano Atlântico, está a cidade de **Meung-sur-Loire**, a uns 150 quilômetros da capital. Depois, de Meung até **Amboise**, são outros 70 e poucos quilômetros na mesma direção.

Galga é a fêmea do cachorro galgo, um tipo de cão que já foi muito usado em caças a lebres na Europa. O cara no texto era a pessoa encarregada dos cachorros de caça do rei. Os falcões também eram treinados para ajudar os seres humanos a caçar, em especial antes da invenção das armas de fogo portáteis. O falcoeiro, ou **mestre dos falcões**, era o treinador e cuidador de aves de rapina.

O oficial se enganava: em quatro anos, D'Artagnan havia envelhecido doze.

A idade imprimia suas marcas impiedosas em cada ângulo dos olhos; a testa estava desguarnecida; as mãos, outrora morenas e nervosas, embranqueciam, como se nelas o sangue começasse a arrefecer.

D'Artagnan abordou os dois oficiais com a nuance de afabilidade que distingue os homens superiores. Em troca da cortesia, recebeu dois cumprimentos cheios de respeito.

— Ah, que feliz oportunidade vê-lo aqui, senhor D'Artagnan! — exclamou o falcoeiro.

— Quem deve dizer isso sou eu, senhores — replicou o capitão —, pois hoje o rei se serve com mais frequência dos seus mosqueteiros que das suas aves.

— Não é como nos bons tempos — suspirou o falcoeiro. — Lembra-se, senhor D'Artagnan, quando o finado rei perseguia a pega nos vinhedos para lá de Beaugency? Mas o que estou dizendo! O senhor não era capitão dos mosqueteiros naquela época, senhor D'Artagnan.

— E o senhor não passava de serviçal dos machos de rapina — retomou D'Artagnan, de bom humor. — Não importa; eram bons tempos, visto que quando se é jovem os tempos são sempre bons... Bom dia, senhor capitão das galgas.

— Estou honrado, senhor conde — disse este.

D'Artagnan não respondeu. O título de conde não o havia impressionado: ele se tornara conde fazia quatro anos.

— A longa viagem que acabou de fazer não o cansou muito, senhor capitão? — prosseguiu o falcoeiro. — São duzentas léguas, me parece, daqui até Pignerol.

— Duzentas e sessenta para ir e o mesmo para voltar — disse tranquilamente D'Artagnan.

— E *ele* vai bem? — disse baixinho o falcoeiro.

— Quem? — perguntou D'Artagnan.

— O coitado do senhor Fouquet — prosseguiu em voz baixa o falcoeiro.

O capitão das galgas havia prudentemente se afastado.

— Não — respondeu D'Artagnan —, o pobre homem se aflige seriamente; não compreende que a prisão é uma

---

Pega é um tipo de pássaro de cabeça preta e peito branco encontrado no hemisfério Norte.

benevolência, diz que o Parlamento o havia absolvido banindo-o e que o banimento é a liberdade. Não faz ideia de que tinham jurado a sua morte e que salvar a vida das garras do Parlamento já é dever demais a Deus.

— Ah, sim!, o pobre homem esteve muito perto do cadafalso — respondeu o falcoeiro. — Diz-se que o senhor Colbert já havia dado orientações ao governador da Bastilha e que a execução fora ordenada.

— Enfim! — disse D'Artagnan, com uma expressão pensativa e como se quisesse cortar a conversa.

— Enfim! — repetiu o capitão das galgas aproximando-se —, o senhor Fouquet está em Pignerol, e fez por merecer isso. Teve a felicidade de ser conduzido até lá pelo senhor, pois havia roubado demais o rei.

D'Artagnan olhou carrancudo para o oficial dos cães e lhe disse:

— Se viessem me contar que o senhor comeu uma empada de galga, eu não acreditaria, mas, se por isso fosse condenado ao chicote ou ao cárcere, eu o lastimaria e não admitiria que falassem mal do senhor. Entretanto, por mais que o senhor seja um homem honesto, eu lhe digo que não é mais honesto que o pobre senhor Fouquet.

Depois de ter passado por essa enérgica repreensão, o capitão dos cães de Sua Majestade baixou a cabeça, e deixou o falcoeiro ultrapassá-lo um pouco e se aproximar de D'Artagnan.

— Ele está contente — murmurou o falcoeiro para o mosqueteiro —, as galgas estão na moda agora. Se ele fosse falcoeiro, não falaria assim.

D'Artagnan sorriu melancolicamente ao ver essa grande questão política ser resolvida pelo descontentamento de um interesse tão modesto; por um momento, ainda pensou na bela existência do superintendente, no esfacelamento da sua fortuna, na morte lúgubre que o esperava, e, para concluir, perguntou:

— O senhor Fouquet gostava de aves?

— Ah, senhor, apaixonadamente — respondeu o falcoeiro, com uma entonação de amargo pesar e um suspiro que foi a oração fúnebre de Fouquet.

D'Artagnan deixou passar o mau humor de um e a tristeza do outro, e continuou avançando pela planície.

Já se viam ao longe os caçadores despontando nas saídas do bosque, as plumas dos escudeiros passando nas clareiras como estrelas cadentes e os cavalos brancos cortando com seu vulto luminoso a escuridão do arvoredo fechado.

— Mas — volveu D'Artagnan — a caçada será longa? Eu lhes pediria o favor de nos entregarem a ave rapidamente; estou muito cansado. É uma garça-real? Um cisne?

— Nem uma nem o outro, senhor D'Artagnan — disse o falcoeiro. — Mas, não se preocupe, o rei não é conhecedor; não caça para si, só quer oferecer um divertimento para as damas.

As palavras "para as damas" foram acentuadas de tal maneira que levaram D'Artagnan a esticar a orelha.

— Ah — disse ele olhando o falcoeiro com uma expressão de surpresa.

O capitão das galgas sorriu, certamente para amenizar o mal-estar com o mosqueteiro.

— Ah, riam — disse D'Artagnan. — Não sei de nenhuma novidade; cheguei ontem, depois de um mês ausente. Deixei a corte ainda triste pela morte da rainha-mãe. O rei não queria mais se divertir depois de assistir ao último suspiro de Ana da Áustria; mas tudo acaba neste mundo. Muito bem, se ele já não está triste, melhor assim.

Ana da Áustria morreu no mês de janeiro de 1666, de câncer de mama.

— Tudo acaba e tudo começa, também — insinuou o capitão das galgas, rindo muito.

— Ah — disse pela segunda vez D'Artagnan, que ardia de vontade de saber, mas a quem a dignidade proibia que perguntasse a um inferior —, parece que alguma coisa está começando?

O capitão deu uma piscada significativa. Mas D'Artagnan não queria saber nada por intermédio daquele homem.

— Vamos ver o rei logo cedo? — indagou ele ao falcoeiro.

— Às sete horas, senhor, vou mandar soltarem as aves.

— Quem vem com o rei? Como está Madame? Como vai a rainha?

— Melhor, senhor.

— Então ela esteve doente?

— Senhor, Sua Majestade está sofrendo desde a última contrariedade que teve.

— Que contrariedade? Não receie me informar, meu caro senhor. Estou chegando.

— Parece que a rainha, um pouco negligenciada desde a morte da sogra, se queixou ao rei, que lhe teria respondido: "Mas eu não durmo com a senhora todas as noites, madame? Do que mais a senhora precisa?".

— Ah — disse D'Artagnan —, pobre mulher. Ela deve odiar a senhorita de La Vallière.

— Ah, não, não é a senhorita de La Vallière — respondeu o falcoeiro.

— Quem é, então?

A corneta interrompeu a conversa. Chamava os cães e as aves. O falcoeiro e seu colega se afastaram imediatamente e deixaram D'Artagnan sozinho, suspenso da conversa interrompida.

O rei apareceu ao longe, cercado de senhoras e cavaleiros. Todo o grupo avançava em boa ordem, as cornetas e as trompas animando os cães e os cavalos.

Era um movimento, um alarido, uma miragem de luz a que hoje nada mais se assemelha, a não ser a opulência mentirosa e a falsa majestade dos divertimentos cênicos.

Com a vista um pouco enfraquecida, D'Artagnan distinguiu atrás do grupo duas carruagens; a primeira era a que levaria a rainha. Estava vazia.

Não tendo visto a senhorita de La Vallière ao lado do rei, D'Artagnan procurou-a e a encontrou na segunda carruagem.

Estava apenas com duas mulheres, que pareciam se aborrecer tanto quanto a sua senhora.

À esquerda do rei, num cavalo fogoso controlado pela sua mão hábil, brilhava uma mulher de beleza deslumbrante. O rei lhe sorria, e ela sorria para o rei.

Todos explodiam de rir quando ela falava.

"Conheço essa mulher", pensou o mosqueteiro. "Quem é ela?"

E se inclinou na direção do seu amigo falcoeiro, dirigindo-lhe essa pergunta.

O falcoeiro ia responder, quando o rei, notando D'Artagnan, saudou-o:

— Ah, conde, então o senhor voltou. Por que eu ainda não o vi?

— Sire — respondeu o capitão —, porque Vossa Majestade estava dormindo quando cheguei, e não acordara ainda quando hoje cedo entrei em serviço.

— Sempre o mesmo — disse Luís em voz alta, satisfeito. — Descanse, conde, eu lhe ordeno. O senhor janta comigo hoje.

Um murmúrio de admiração envolveu D'Artagnan como um imenso afago. Todos acorreram para cercá-lo. Jantar com o rei era uma honra que Sua Majestade não prodigalizava do mesmo modo que Henrique IV.

O rei deu alguns passos para a frente, e D'Artagnan se sentiu retido por outro grupo, em cujo centro brilhava Colbert.

— Bom dia, senhor D'Artagnan — disse-lhe o ministro, com uma polidez afável. — Fez boa viagem?

— Sim, senhor — respondeu D'Artagnan, enquanto o saudava com uma inclinação que chegava ao pescoço do cavalo.

— Ouvi o rei convidá-lo para jantar hoje à noite — continuou o ministro —, e o senhor vai encontrar lá um velho amigo.

— Um velho amigo meu? — perguntou D'Artagnan mergulhando pesaroso nas ondas sombrias do passado, que lhe haviam tragado tantas amizades e tantos rancores.

— O senhor duque de Alameda, que chegou da Espanha hoje de manhã — tornou Colbert.

— O duque de Alameda? — D'Artagnan repetiu, interrogando.

— Eu! — disse um homem de cabelos brancos como a neve e arqueado na sua carruagem. Ele mandou abrirem a portinhola para chegar até o mosqueteiro.

— Aramis! — exclamou D'Artagnan, estupefato.

E deixou, inerte como estava, o braço emagrecido do velho senhor pendurar-se trêmulo em seu pescoço.

Depois de ter por um instante observado em silêncio, Colbert fez seu cavalo avançar e deixou os dois velhos amigos conversarem a sós.

— Então — disse o mosqueteiro pegando no braço de Aramis — o senhor, o exilado, o rebelde, está na França?

— E vou jantar com o senhor à mesa do rei — completou, sorrindo, o bispo de Vannes. — Sim, não é mesmo? O senhor se pergunta para que serve a fidelidade neste mundo. Escute: vamos esperar passar a carruagem dessa pobre La Vallière. Veja o tanto que ela está inquieta, como seus olhos murchos pelas lágrimas derramadas acompanham o rei que segue ali a cavalo.

— Com quem?

— Com a senhorita de Tonnay-Charente, que se tornou senhora de Montespan — respondeu Aramis.

— Ela está enciumada; então é traída?

— Ainda não, D'Artagnan, mas isso não vai demorar a acontecer.

Os dois conversaram enquanto acompanhavam a caçada, e o cocheiro de Aramis os levava com tanta habilidade que eles chegaram no momento em que o falcão atacou a ave, derrubou-a e caiu sobre ela.

O rei pôs o pé no chão, a senhora de Montespan o imitou. Chegara-se diante de uma capela isolada, oculta entre grandes árvores já meio desnudadas pelos primeiros ventos do outono. Atrás da capela, havia um espaço cercado e com uma porta de treliça.

O falcão forçara a presa a cair no espaço cercado pertencente à capelinha, e o rei quis entrar ali para pegar a primeira pluma, conforme era o uso.

As pessoas fizeram um círculo em torno da construção e das sebes, pequenas demais para receberem a todos.

D'Artagnan segurou Aramis, que queria descer da carruagem como os outros, e com a voz entrecortada lhe disse:

— Sabe, Aramis, aonde o acaso nos conduziu?

— Não — respondeu o duque.

— É aqui que repousam homens que eu conheci — disse D'Artagnan, emocionado por uma triste lembrança.

Aramis, sem nada saber e num passo trôpego, penetrou na capela por uma portinha que D'Artagnan lhe abriu.

— Onde eles estão enterrados? — perguntou.

— Ali, no espaço cercado. Sob o pequeno cipreste há uma cruz. O cipreste foi plantado sobre o túmulo deles. Não vá lá; o rei está entrando neste momento; a garça-real foi pega.

Aramis parou e se escondeu na sombra. Eles viram então, sem ser vistos, o rosto pálido de La Vallière, que, esquecida na sua carruagem, primeiro olhara melancolicamente para a portinhola; depois, levada pelo ciúme, avançara na capela, e dali, apoiada numa pilastra, contemplava no recinto cercado o rei sorridente fazendo sinal para a senhora de Montespan se aproximar e não ter medo.

A senhora de Montespan aproximou-se; tomou a mão que o rei lhe oferecia, e este, arrancando a primeira pluma da garça-real estrangulada pelo falcão, espetou-a no chapéu da sua bela companheira.

Ela então corou de prazer; ele olhou para a senhora de Montespan com o fogo do desejo e do amor.

— O que a senhora me dará em troca? — perguntou ele.

Ela quebrou um dos penachos do cipreste e o ofereceu ao rei inebriado de esperança.

— Mas — sussurrou Aramis para D'Artagnan — o presente é triste, pois o cipreste sombreia uma tumba.

— Sim, e essa é a tumba de Raoul de Bragelonne! — disse D'Artagnan bem alto. — De Raoul, que dorme sob esta cruz ao lado de Athos, seu pai.

Um soluço se fez ouvir atrás dos dois companheiros. Eles viram uma mulher cair desfalecida. A senhorita de La Vallière vira tudo e acabara de ouvir tudo.

— Pobre mulher! — disse D'Artagnan, que ajudou as acompanhantes da dama a colocá-la na carruagem —, agora é ela que sofre.

À noite, com efeito, D'Artagnan sentou-se à mesa do rei, ao lado do senhor Colbert e do senhor duque de Alameda.

O rei estava alegre. Fez mil cortesias à rainha, mil amabilidades a Madame, sentada à sua esquerda e muito triste. Parecia estarem nos tempos tranquilos em que o rei buscava nos olhos da mãe a aprovação ou desaprovação para o que acabara de dizer.

Não se falou em amantes naquele jantar. O rei dirigiu a palavra duas ou três vezes a Aramis, chamando-o de senhor embaixador, o que aumentou a surpresa que D'Artagnan já sentia por ver seu amigo rebelde tão maravilhosamente bem na corte.

Levantando-se da mesa, o rei ofereceu a mão à rainha e fez um sinal a Colbert, cujos olhos vigiavam os do seu senhor.

Colbert afastou-se com D'Artagnan e Aramis. O rei começou a conversar com sua irmã, enquanto Monsieur, inquieto, com ar preocupado, entretinha a rainha ao mesmo tempo que vigiava a esposa e o irmão com o canto dos olhos.

A conversa entre Aramis, D'Artagnan e Colbert versou sobre assuntos irrelevantes. Falaram dos ministros anteriores; Colbert narrou feitos de Mazarin e pediu que contassem feitos de Richelieu.

D'Artagnan não podia superar a sua surpresa por ver aquele homem de sobrancelhas espessas e testa baixa ter tanto conhecimento e bom humor. Aramis admirava-se com aquela leveza de espírito que permitia a um homem grave retardar com vantagem o momento de uma conversa mais séria a que ninguém fazia alusão, embora os três interlocutores sentissem a sua iminência.

Estava muito claro, pelas expressões embaraçadas de Monsieur, quanto a conversa do rei com Madame o incomodava. Madame tinha os olhos quase vermelhos; iria se queixar, iria fazer um pequeno escândalo em plena corte?

O rei levou-a para um canto afastado e, com uma suavidade que deve ter levado a princesa a se lembrar dos dias em que era amada por ser quem era, lhe perguntou:

— Minha irmã, por que esses belos olhos choraram?

— Mas, Sire... — disse ela.

— Monsieur está enciumado, não é mesmo, minha irmã?

Ela olhou para onde estava Monsieur, o que, para o príncipe, foi um sinal infalível de que se ocupavam dele.

A Henriqueta Ana é **irmã** e não é, porque na verdade é casada com Monsieur (Filipe I), o irmão mais novo de Luís XIV — além de já ter sido amante do rei.

— Sim... — disse ela.

— Escute — retornou o rei —, se os seus amigos a comprometem, isso não é culpa de Monsieur.

Disse essas palavras com tamanha doçura, que Madame, incitada — ela, que acumulara tantas mágoas fazia tanto tempo —, quase explodiu em lágrimas, de tal forma tinha o coração partido.

— Vejamos, vejamos, cara irmãzinha — disse o rei —, conte-nos essas dores. Palavra de irmão, eu as lamento; palavra de rei, eu as aniquilo.

Ela ergueu os belos olhos e disse, com melancolia:

— Não são os meus amigos que me comprometem, eles estão ausentes ou escondidos; fizeram-nos incorrer em desgraça com Vossa Majestade, eles, que eram tão dedicados, tão bons, tão leais.

— A senhora me diz isso por causa de Guiche, que eu exilei a pedido de Monsieur?

— E que, desde esse exílio injusto, ele tenta se matar uma vez por dia.

— A senhora disse "injusto", minha irmã?

— Tão injusto que, se eu não tivesse por Vossa Majestade o respeito mesclado de amizade que sempre tive...

— Então?

— Então eu teria pedido ao meu irmão Carlos, que faz tudo o que quero...

O rei estremeceu.

— Pedido o quê?

— Teria pedido para lhe dizer que Monsieur e seu favorito, o senhor cavaleiro de Lorena, não devem impunemente ser carrascos do meu coração e da minha felicidade.

— O cavaleiro de Lorena — disse o rei —, aquela figura sombria?

— É meu inimigo mortal. Enquanto esse homem viver na minha casa, onde Monsieur o retém e lhe dá todo o poder, eu serei a última mulher deste reino.

O conde de **Guiche** havia sido exilado, a mando do rei, depois de ele ter tentado separar a La Vallière de Luís XIV. Ele estava de caso com a cunhada do rei, que agora está aqui com oportunidade de pedir o retorno do seu amoreco à França.

O irmão da Henriqueta é o rei da Inglaterra, o **Carlos** II.

Filipe, o **cavaleiro de Lorena**, manteve um relacionamento amoroso com Monsieur, o príncipe Filipe I. O caso começou bem antes do príncipe e duque de Orleans se casar com a Madame (Henriqueta Ana) e perdurou até o momento em que o rei lhe deu quatro dias para se mandar de vez da França, em 1662.

— Então — disse o rei descansadamente — a senhora acha que seu irmão da Inglaterra é um amigo melhor que eu?

— Os atos falam por si mesmos, Sire.

— E a senhora gostaria mais de pedir socorro a...

— Ao meu país! — disse ela com orgulho. — Sim, Sire.

— A senhora é neta de Henrique IV, assim como eu, minha amiga. Primo e cunhado: isso não equivale perfeitamente a ser irmão germano?

> Tecnicamente falando, **irmãos germanos** são duas pessoas que têm o mesmo pai e a mesma mãe. Se o pai é o mesmo e as mães são diferentes, eles são irmãos consanguíneos. Agora, se a mãe é a mesma e os pais são diferentes, essas duas pessoas são irmãos uterinos.

— Então — disse Henriqueta — aja.

— Façamos uma aliança.

— Comece.

— Eu exilei Guiche injustamente, segundo a senhora.

— Ah, sim — disse ela, enrubescendo.

— Guiche voltará.

— Bom.

— E a senhora diz que eu erro deixando em sua casa o cavaleiro de Lorena, que dá a Monsieur maus conselhos, desfavoráveis à senhora.

— Guarde bem o que lhe digo, Sire: o cavaleiro de Lorena, um dia... Ouça: se um dia eu acabar mal, saiba que, em primeiro lugar, eu acuso o cavaleiro de Lorena... Ele é uma alma capaz de todos os crimes.

— O cavaleiro de Lorena não a incomodará mais, quem lhe promete isso sou eu.

— Então essa será uma verdadeira preliminar de aliança, Sire; eu a assino... Mas, uma vez que o senhor fez a sua parte, diga-me qual será a minha.

— Em vez de me destruir com seu irmão Carlos, a senhora deve fazer que eu seja seu amigo tão íntimo quanto nunca fui.

— Isso é fácil.

— Ah, não tanto quanto a senhora acha, pois na amizade comum se beija, se festeja, e isso custa apenas um beijo ou uma recepção, gastos fáceis; mas na amizade política...

— Ah, é uma amizade política?

— Isso, minha irmã, e assim, em vez de abraços e banquetes, são soldados que é preciso fornecer, vivos e equipados, ao amigo; navios que é preciso lhe oferecer, armados com canhões e víveres. Acontece que nem sempre temos cofres disponíveis para fazer essas amizades.

— Ah, o senhor tem razão — disse Madame —, os cofres do rei da Inglaterra estão um pouco sonoros há algum tempo.

— Mas a senhora, minha irmã, a senhora, que tem tanta influência sobre seu irmão, obterá talvez o que um embaixador não obteria jamais.

— Para isso, seria preciso que eu fosse a Londres, meu caro irmão.

— Pensei nisso — tornou vivaz o rei —, e disse para mim mesmo que uma viagem dessa lhe daria um pouco de distração.

— Contudo — interrompeu Madame —, é possível que eu falhe. O rei da Inglaterra tem conselheiros perigosos.

— Conselheiras, é o que a senhora quer dizer?

— Exatamente. Se por acaso, supondo que Vossa Majestade tem a intenção de pedir a Carlos II a sua aliança para uma guerra...

— Para uma guerra?

— Sim. Então as conselheiras do rei, que são sete: senhorita Stewart, senhorita Wells, senhorita Gwyn, senhorita Orchay, senhorita Zunga, senhorita Daws e condessa de Castelmaine, dirão ao rei que a guerra custa muito dinheiro, que vale mais a pena dar bailes e banquetes em Hampton Court, em lugar de equipar navios de linha em Portsmouth e Greenwich.

— E então a sua negociação será um fiasco?

— Ah, aquelas mulheres fazem fracassar todas as negociações que não são iniciativa delas próprias.

— Sabe a ideia que eu acabei de ter, minha irmã?

— Não; fale.

— Procurando bem à sua volta, a senhora talvez encontre uma conselheira para levar para perto do rei, e cuja eloquência neutralizaria o pouco valor das outras sete.

— É, de fato, uma ideia, Sire, e eu vou procurar.

— A senhora encontrará.

As tais **"conselheiras"** eram as amantes **do rei** Carlos, umas com mais influência que outras sobre o manda-chuva da Inglaterra, o tal irmão da Henriqueta.

— Espero.

— Teria de ser uma pessoa bonita; antes um rosto agradável que um disforme, não é mesmo?

— Certamente.

— A mente ágil, divertida, audaciosa.

— Claro.

— Da nobreza... O bastante para se aproximar do rei com desenvoltura, mas não a ponto de achar que isso comprometerá a sua dignidade de estirpe.

— Certíssimo.

— E... que saiba um pouco de inglês.

— Meu Deus! Alguém — exclamou Madame, com entusiasmo — como a senhorita de Kéroualle, por exemplo.

— Ah, sim — disse Luís XIV —, a senhora já encontrou... quem encontrou foi a senhora, minha irmã.

— Vou levá-la. Ela não vai lamentar, creio eu.

— Claro que não. Eu a nomeio sedutora plenipotenciária, e acrescentarei rendas ao título.

— Bom.

— Já a vejo a caminho, cara irmãzinha, e consolada de todas as suas mágoas.

— Vou, mas com duas condições. A primeira é que eu saiba sobre o que vou negociar.

— Perfeitamente. A senhora sabe que os holandeses me insultam todo dia nas suas gazetas, e com sua atitude republicana. Eu não gosto dos republicanos.

— Isso é compreensível, Sire.

— Vejo com preocupação que esses autointitulados reis do mar atrapalham o comércio da França nas Índias, e que os navios deles não tardarão a ocupar todos os portos da Europa. Uma tal força é minha vizinha muito próxima, irmã.

— São seus aliados, entretanto.

Louise Renée de Penancoët de **Kéroualle**. A família dela tinha empurrado a Louise pro circuito dos mais chegados do rei na esperança de que ele se apaixonasse por ela. Não rolou, mas a moçoila ficou por ali, relativamente próxima da Henriqueta, e foi com ela pra Inglaterra e virou mesmo amante do rei inglês — que, inclusive, deu um título de nobreza para a Louise, de duquesa de Portsmouth. Agora, se ela foi lá em missão do rei francês... ninguém tem prova disso, não.

Plenipotenciário é quem tem poderes plenos, poder total. E, aqui, as **rendas associadas ao título** de sedutora plenipotenciária são a grana que ela vai ganhar.

Os **holandeses**, que tinham se tornado independentes da Espanha (terra da Maria Teresa, esposa de Luís XIV), desenvolveram uma grande força marítima e comercial, que rivalizava com o poderio da França nos mares. Pra piorar o mau humor do Lulu, as **gazetas** holandesas — quer dizer, os jornais de lá — só faziam falar mal dele. Por isso, o Luís achava que a Holanda era um **rival comercial** que precisava ser controlado. Também ficava furioso porque lá o papo era de **república**, de oposição a reis.

Quando os holandeses ouviram que Luís XIV ia atacá-los, mandaram uma cartinha perguntando se aquilo era verdade e dando um toque pro Lulu não fazer isso, que eles eram chapas e tal. Luís respondeu reclamando geral. Disse que haviam insultado sua grande pessoa no jornal e que ele era o Rei Sol e que eles estavam caçando confusão quando decidiram lançar uma medalha que dizia *In conspectu meo stetit sol* (em latim, do trechinho da Bíblia em Josué, 10:13: "**O sol parou diante de mim**, e a lua ficou imóvel até que o povo se vingou totalmente dos seus inimigos, derrotando-os"). Só que, na verdade, essa medalha nunca rolou. Eles estavam mesmo preparando uma, mas os escritos eram outros. Mesmo assim, jogaram a ideia no lixo, só pra não correr o risco de ofender o Lulu. Mas não adiantou.

— E, por isso, erraram ao mandar cunhar a medalha que representa a Holanda detendo o sol, como Josué, com aquela legenda: "O sol parou diante de mim". Pouco fraterno, não é mesmo?

— Eu achava que o senhor havia esquecido essa questão lamentável.

— Eu nunca esqueço nada, minha irmã. E, se meus amigos verdadeiros, como o seu irmão Carlos, quiserem me ajudar...

A princesa ficou pensativa.

— Escute, o império dos mares será dividido — disse Luís XIV. — Para essa partilha a que a Inglaterra se sujeitaria, eu não representaria a segunda parte tão bem quanto os holandeses?

— Temos a senhorita de Kéroualle para tratar dessa questão — opinou Madame.

— E a segunda condição para partir, minha irmã? Por favor.

— O consentimento de Monsieur, meu marido.

— A senhora o terá.

— Então estou de partida, meu irmão.

Ao ouvir essas palavras, Luís XIV virou-se para o canto da sala onde estavam Colbert e Aramis com D'Artagnan, e fez para seu ministro um sinal afirmativo.

Então, Colbert interrompeu a conversa no ponto em que ela estava e disse a Aramis:

— Senhor embaixador, podemos falar de negócios?

D'Artagnan foi discreto e se afastou imediatamente.

Dirigindo-se à lareira, ainda pôde ouvir o que o rei começou a falar com Monsieur, que, muito inquieto, fora ao encontro dele.

O rosto do rei estava animado. Nele se via uma vontade cuja expressão temível já não encontrava mais contradição na França, e em breve não iria encontrá-la na Europa.

— Senhor — disse o rei ao irmão —, não estou satisfeito com o senhor cavaleiro de Lorena. Sendo quem lhe dá a honra de protegê-lo, aconselhe-o a viajar por alguns meses.

Essas palavras caíram com o estrépito de uma avalanche sobre Monsieur, que adorava aquele favorito e nele concentrava toda a sua afeição.

— Em que o cavaleiro pôde desagradar Vossa Majestade? — exclamou Monsieur.

Ele olhou para Madame com uma expressão furiosa.

— Isso eu lhe direi quando ele tiver partido — replicou o rei, impassível. — E também quando Madame tiver viajado para a Inglaterra.

— Madame na Inglaterra! — murmurou Monsieur em absoluto estupor.

— Dentro de oito dias, meu irmão — prosseguiu o rei —, enquanto nós dois iremos aonde eu lhe disser.

E o rei girou os calcanhares depois de sorrir para o irmão, a fim de amenizar a aflição que as duas notícias lhe tinham causado.

Durante esse tempo, Colbert continuava conversando com o duque de Alameda.

— Senhor — disse Colbert a Aramis —, chegou a hora de nos ouvir. Eu o reconciliei com o rei, e devia isso a um homem com o seu mérito, mas, como o senhor algumas vezes manifestou amizade por mim, agora se oferece a ocasião de me dar uma prova. O senhor, aliás, é mais francês que espanhol. Responda com franqueza: teremos a neutralidade da Espanha se atacarmos as Províncias Unidas?

— Senhor — replicou Aramis —, o interesse da Espanha é muito claro. Indispor com a Europa as Províncias Unidas, contra as quais subsiste o antigo rancor da sua liberdade conquistada, é a nossa política, mas o rei da França é aliado das Províncias Unidas. O senhor não ignora, além do mais, que seria uma guerra marítima e que a França não está, parece-me, em situação de empreendê-la com vantagem.

Colbert, virando-se nesse momento, viu D'Artagnan procurando um interlocutor, enquanto o rei e Monsieur conversavam à parte.

O norte dos Países Baixos estava de saco cheio do rei da Espanha, o Filipe II, quando ele mandava por lá. O cara era linha-dura e apelava pra violência em tudo, colocou a Inquisição pra perseguir os protestantes da região (e eles eram muitos) e cortou um monte de privilégios dos nobres locais. Não demorou muito e bum! O pessoal se organizou e se declarou independente, criando assim a República das Sete **Províncias Unidas** dos Países Baixos — que era um país que englobava sete províncias: Frísia, Groninga, Guéldria, Holanda, Overissel, Utrecht e Zelândia, e que vigorou entre 1581 e 1795. O pedaço holandês ficou tão mais importante que as outras províncias que hoje todo o mundo chama de Holanda os Países Baixos.

Ele o chamou.

E perguntou, baixinho, para Aramis:

— Podemos falar com D'Artagnan?

— Sim, claro! — respondeu o embaixador.

— Falávamos, o senhor de Alameda e eu — disse Colbert —, que a guerra com as Províncias Unidas seria uma guerra marítima.

— Evidentemente — disse o mosqueteiro.

— E o que acha disso, senhor D'Artagnan?

— Acho que, para fazer essa guerra marítima, precisaríamos de um exército terrestre muito forte.

— Como? — perguntou Colbert, que pensava ter ouvido mal.

— Por que um exército terrestre? — indagou Aramis.

— Porque o rei será derrotado no mar se não tiver consigo os ingleses, e, derrotado no mar, será logo invadido, pelos holandeses nos portos ou pelos espanhóis em terra.

— Com a Espanha neutra? — disse Aramis.

— Neutra enquanto o rei for o mais forte — tornou D'Artagnan.

Colbert admirou aquela sagacidade, que nunca tocava uma questão sem esclarecê-la totalmente.

Aramis sorriu. Sabia muito bem que, em matéria de diplomacia, D'Artagnan não reconhecia mestre.

Colbert, que, como todos os homens orgulhosos, acalentava sua fantasia com uma certeza de sucesso, voltou a falar:

— Quem lhe disse, senhor D'Artagnan, que o rei não tem marinha?

— Ah, eu não me ocupei desses detalhes — replicou o capitão. — Sou medíocre como homem de mar. Como todas as pessoas nervosas, odeio o mar; no entanto, sei que com navios, sendo a França um porto de mar com duzentas cabeças, teríamos marinheiros.

Colbert puxou do bolso uma cadernetinha oblonga dividida em duas colunas. Na primeira, viam-se os nomes dos navios e, na segunda, os dados que resumiam o número de canhões e de homens que equipavam esses navios.

Oblongo > fino e compridinho.

— Tive a mesma ideia que o senhor — disse ele a D'Artagnan —, e mandei fazer um levantamento dos navios que adicionamos. Trinta e cinco navios!

— Trinta e cinco navios! Isso é impossível — exclamou D'Artagnan.

— Algo em torno de duas mil peças de canhão — completou Colbert. — É o que o rei tem neste momento. Com trinta e cinco navios, fazem-se três esquadras, mas eu quero cinco.

— Cinco! — admirou-se Aramis.

— Estarão navegando antes do final do ano, senhores. O rei terá cinquenta navios de linha. Com eles é possível lutar, não é mesmo?

— Fazer navios — disse D'Artagnan — é difícil, mas possível. Contudo, o que fazer quando se trata de armá-los? Na França, não há fundições nem estaleiros militares.

— Ora! — respondeu Colbert, com uma expressão animada —, dentro de um ano e meio terei instalado tudo isso, o senhor não ficou sabendo? Conhece o senhor D'Infreville?

— D'Infreville? — respondeu D'Artagnan. — Não.

— É um homem que descobri. Sua especialidade é fazer os trabalhadores trabalharem. Foi ele que mandou fundir canhões em Toulon e cortar bosques na Borgonha. Além disso, o senhor não acreditará no que vou lhe dizer, senhor embaixador: eu tive uma ideia.

— Ah, senhor — disse Aramis educadamente —, eu sempre acredito no que diz.

— Imagine que, pensando no caráter dos holandeses, nossos aliados, concluí que eles são mercadores, são amigos do rei, e ficarão felizes se venderem a Sua Majestade o que fabricam para si próprios. Assim, quanto mais se compra... Ah, preciso acrescentar isto: tenho Forant... Conhece Forant, D'Artagnan?

Colbert se descomedia. Chamava o capitão apenas de "D'Artagnan", como fazia o rei. Mas o capitão sorriu.

Colbert estava mesmo impressionado com Louis Le Roux **d'Infreville**, em especial com o relatório que ele mandou lá de Toulon pro ministro, descrevendo em detalhes como poderiam construir e equipar novos navios pra França.

Job **Forant** foi um engenheiro naval francês que em 1666, quando franceses e holandeses eram aliados, recebeu a missão de ir comprar e supervisionar a construção de seis navios na Holanda — embarcações que depois foram usadas contra os holandeses na guerra que surgiu entre França e Holanda.

Descomedir-se > passar dos limites, exagerar.

— Não — respondeu ele —, não conheço.

— É outro homem que descobri, um especialista em compras. Esse Forant comprou para mim trezentas e cinquenta mil libras de ferro em bolas de canhão, duzentas mil libras de pólvora, doze carregamentos de madeira do Norte, mechas, granadas, breu, alcatrão e sei lá mais o quê, com uma economia de sete por cento sobre o que todas essas coisas me custariam se fabricadas na França.

— É uma boa ideia — respondeu D'Artagnan — mandar fundir bolas holandesas que voltarão para os holandeses.

— Não é mesmo? E com prejuízo.

E Colbert riu alto. Estava encantado com a sua brincadeira.

— Além disso — acrescentou ele —, esses mesmos holandeses fazem para o rei, neste momento, seis navios seguindo o modelo dos melhores da sua marinha. Destouches... O senhor conhece Destouches, provavelmente.

— Não, senhor.

— É um homem que tem um golpe de vista suficientemente seguro para dizer, quando um navio sai sobre a água, quais os defeitos e as qualidades desse navio. Isso é precioso, sabe? A natureza é, de fato, bizarra. Muito bem, esse Destouches me pareceu ser um homem útil num porto, e ele supervisiona a construção de seis navios de setenta e oito que as províncias estão construindo para Sua Majestade. De tudo isso se conclui, meu caro senhor D'Artagnan, que o rei, se quiser se indispor com as Províncias, terá uma belíssima frota. Ora, o senhor sabe melhor que qualquer um se o exército de terra é bom.

D'Artagnan e Aramis se entreolharam, admirando o misterioso trabalho que aquele homem havia realizado em poucos anos.

Colbert notou isso e ficou tocado por aquela lisonja, a melhor de todas.

— Se não sabemos disso na França — observou D'Artagnan —, fora da França sabe-se ainda menos.

Desde cedo o bicho homem se preocupou com a questão de preservar a madeira e pra isso usou um monte de produtos e técnicas diferentes. O **breu** e o **alcatrão** foram soluções populares nessa época da história. O primeiro é uma resina vegetal que adere legal e que era misturada ao segundo, formando o "breu marinheiro". O alcatrão, por sua vez, é um produto viscoso que surge da destilação de carvão (e que pinta nos cigarros e nos pulmões dos fumantes, fazendo um mal dos grandes).

Seis navios, cada um com capacidade de levar **78 canhões**.

— Foi por isso que falei para o senhor embaixador — disse Colbert — que a Espanha prometendo ficar neutra, a Inglaterra ajudando-nos...

— Se a Inglaterra o ajuda — disse Aramis —, eu me empenho pela neutralidade da Espanha.

— Vou anotar — apressou-se Colbert a dizer, com sua bonomia rude. — E, a propósito da Espanha, o senhor não está com o Tosão de Ouro, senhor de Alameda. Outro dia, ouvi o rei dizer que gostaria muito de vê-lo usando o Grande Cordão de Saint-Michel.

Aramis se inclinou.

"Ah", pensou D'Artagnan, "e Porthos, que não está mais aqui! Com essa liberalidade, quantas varas de fita ele não teria! Bom Porthos!"

— Senhor D'Artagnan — prosseguiu Colbert —, cá entre nós: posso apostar que de bom grado o senhor levaria os mosqueteiros para a Holanda. O senhor sabe nadar?

E ele começou a rir, num acesso de bom humor.

— Como uma enguia — respondeu D'Artagnan.

— Porque ali há difíceis travessias de canais e pântanos, senhor D'Artagnan, e os melhores nadadores se afogam neles.

— É meu ofício — respondeu o mosqueteiro — morrer por Sua Majestade. Mas, como na guerra é difícil encontrar muita água sem um pouco de fogo, eu lhe declaro de antemão que farei o possível para escolher o fogo. Estou envelhecendo; a água me enregela. O fogo aquece, senhor Colbert.

E D'Artagnan pronunciou essas palavras com um vigor e um orgulho juvenil tão belos, que Colbert, por sua vez, não pôde deixar de admirá-lo.

D'Artagnan percebeu o efeito que produzira. Lembrava-se de que o bom mercador é aquele que põe preço alto na sua mercadoria quando ela tem valor. Assim, preparou com antecedência seu preço.

Tosão de Ouro é uma das mais antigas ordens de cavalaria, em atividade desde 1429 até agora. Foi criada pelo duque da Borgonha Filipe III, e era dedicada somente a nobres católicos. Mas no decorrer da história o Tosão se multiplicou, passando a ter, por uma questão hereditária, uma versão ligada à Áustria e outra relacionada com a Espanha. No caso espanhol, o título é hoje dado como uma espécie de honra ao mérito, e a pessoa não precisa mais ser nobre nem católica. Por fim, tosão é lã de carneiro.

A **Ordem de São Miguel** não existe mais. Ela foi criada pelo rei francês Luís XI em 1469 e inspirada no tal Tosão. Na época do Luís XIV, ela foi dada a artistas e juízes que recebiam tipo um colar feito com um tecido preto que segurava uma cruz de ouro pendurada nele. É às vezes chamada de Cordão Preto, por causa disso, e do mesmo modo que existe aquela história — que já contamos aqui nestas notas — do Cordão Azul (*cordon bleu*).

— Então — disse Colbert — vamos para a Holanda.

— Sim — replicou D'Artagnan. — Mas...

— Mas?... — disse Colbert.

— Mas — repetiu D'Artagnan — em tudo há a questão do interesse e a questão do amor-próprio. É um bom tratamento o de capitão dos mosqueteiros; mas, veja bem, nós temos agora as guardas do rei e a casa militar do rei. Um capitão dos mosqueteiros deve comandar tudo, e, nesse caso, absorveria cem mil libras por ano para gastos de representação e de alimentação ou...

— Por acaso o senhor supõe que o rei irá regatear? — perguntou Colbert.

— Ah, senhor, não fui claro — replicou D'Artagnan, seguro de ter tido sucesso quanto à questão do interesse. — Disse-lhe que eu, velho capitão, que já fui chefe da guarda do rei, com precedência sobre marechais da França, certo dia me vi na trincheira com dois iguais a mim: o capitão das guardas e o coronel que comandava os suíços. Ora, por nenhum dinheiro eu me submeteria a isso. Tenho costumes antigos e me aferro a eles.

Colbert sentiu a pancada. Aliás, estava preparado para ela.

— Pensei no que o senhor me disse há pouco — respondeu ele.

— Em quê, senhor?

— Falávamos dos canais e pântanos onde há afogamentos.

— E então?

— E então! Se há afogamentos é por falta de um barco, de uma prancha, de um bastão.

— De um bastão, por mais curto que ele seja — disse D'Artagnan.

— Precisamente — disse Colbert. — E, aliás, não sei de nenhum marechal da França que jamais tenha se afogado.

D'Artagnan empalideceu de alegria, e falou com voz incerta:

— Teriam muito orgulho de mim na minha terra se eu fosse marechal da França; mas é preciso ter comandado uma expedição para obter o bastão.

Regatear > economizar.

— Senhor — disse Colbert —, nesta caderneta está um plano de campanha que deverá ser observado pelo corpo das tropas que o rei pôs sob suas ordens para a campanha da próxima primavera; peço que o analise.

D'Artagnan pegou trêmulo o livro, e, tendo seus dedos encontrado os de Colbert, o ministro apertou lealmente a mão do mosqueteiro.

— Senhor — disse ele —, tínhamos ambos de ir à desforra um com o outro. Eu comecei; agora é a sua vez.

— Reparação concedida, senhor — respondeu D'Artagnan —, e eu lhe suplico: diga ao rei que a primeira ocasião que me for oferecida será uma vitória ou verá a minha morte.

— Mando bordar agora — disse Colbert — as flores de lis douradas do seu bastão de marechal.

No dia seguinte, Aramis, de partida para Madri a fim de negociar a neutralidade da Espanha, foi abraçar D'Artagnan na casa deste. Os dois amigos ficaram juntos durante muito tempo, unidos por uma grande afeição mútua.

— Amemo-nos por quatro — disse D'Artagnan —, agora que somos apenas dois.

— E você talvez não me veja mais, caro D'Artagnan — disse Aramis. — Se soubesse quanto eu o amei! Estou velho, esgotado, estou morto.

— Meu amigo — disse D'Artagnan —, você viverá mais que eu, a diplomacia o ordena a viver. Mas, eu, a honra me condena à morte.

— Ora!, os homens como nós, senhor marechal — disse Aramis —, só morrem saciados de alegria e de glória.

— Ah — replicou D'Artagnan com um sorriso tristonho —, é que atualmente já não tenho apetite, senhor duque.

Eles se abraçaram novamente, e duas horas depois estavam separados.

> O **marechal** aqui é mais um título que um cargo. É tipo uma homenagem, uma distinção que era dada a uma pessoa de destaque nas forças armadas. E o cara que conquistava essa honraria ganhava um **bastão** coberto com veludo azul mais um monte de flores de lis feitas de metal incrustadas ali. O bastão era, nessa altura, popular na Europa. Quase todo país tratava esse treco como um símbolo de *status* e poder. E olha que o negócio era pequeno, sei lá, tipo meio metro. Não impressionava muito, não. Mas o povo da época achava aquilo o máximo.

A BATALHA FINAL

AO CONTRÁRIO DO QUE SEMPRE acontece na política ou na moral, cada um cumpre suas promessas e honra seus compromissos.

O rei chamou o senhor de Guiche de volta e expulsou o cavaleiro de Lorena, levando Monsieur a adoecer.

Madame partiu para Londres, onde se aplicou tanto a fazer Carlos II, seu irmão, ouvir os conselhos políticos da senhorita de Kéroualle, que a aliança entre a França e a Inglaterra foi assinada e os navios ingleses, carregados com alguns milhões de ouro francês, fizeram uma terrível campanha contra as esquadras das Províncias Unidas.

Carlos II prometera à senhorita de Kéroualle um pouco de reconhecimento pelos bons conselhos: ele a fez duquesa de Portsmouth.

Colbert prometera ao rei navios, munições e vitórias. Cumpriu sua palavra, como se sabe.

Enfim, Aramis, em cujas promessas se poderia confiar menos, escreveu a Colbert a carta a seguir, relatando negociações de que fora encarregado em Madri:

Senhor Colbert,
tenho a honra de lhe enviar o R. P. d'Oliva, geral interino da Sociedade de Jesus, meu sucessor provisório.

O reverendo padre lhe explicará, senhor Colbert, que conservo a direção de todas as questões da ordem concernentes à França e à

R. P. quer dizer Reverendo Padre. O jeito formal de se dirigir a um padre é usando o termo reverendo antes da palavra padre — é como dizer Excelentíssimo Juiz, Vossa Majestade, essas coisas. E o italiano Giovanni Paolo **Oliva** foi mesmo chefão da Companhia de Jesus (a ordem dos jesuítas) de 1664 até sua morte em 1681 —, então, na real, não estava lá tapando o buraco temporariamente para o Aramis, he-he-he.

Espanha; mas não quero ter o título de geral, que lançaria muita luz sobre a marcha das negociações das quais Sua Majestade Católica deseja me encarregar. Retomarei o título por ordem de Sua Majestade quando os trabalhos que assumi, em acordo com o senhor, para a maior glória de Deus e da sua Igreja, tiverem chegado a bom termo.

O reverendo padre d'Oliva o informará também, senhor, sobre o consentimento de Sua Majestade C. para a assinatura de um tratado que garante a neutralidade da Espanha, no caso de uma guerra entre a França e as Províncias Unidas.

O **C.** aí é de Carlos, Carlos II, que foi **rei** da Espanha entre 1665 e 1700.

Esse consentimento será válido inclusive se a Inglaterra, em vez de ser ativa, se contentar com a neutralidade.

Quanto a Portugal, sobre o qual conversamos os dois, senhor, posso lhe assegurar que o país contribuirá com todos os seus recursos para ajudar o Cristianíssimo Rei em sua guerra.

Peço-lhe o favor, senhor Colbert, de conservar sua amizade por mim, assim como de crer na minha profunda afeição, e de depositar aos pés de Sua Majestade Cristianíssima o meu respeito.

Assinado: o duque de Alameda.

Assim, Aramis havia cumprido mais do que prometera; restava saber como o rei, o senhor Colbert e o senhor D'Artagnan seriam fiéis uns aos outros.

Na primavera, como previra Colbert, o exército terrestre entrou em campanha.

Precedeu, em magnífica ordem, a corte de Luís XIV, que, partida a cavalo, cercada de carruagens cheias de senhoras e de cortesãos, levava para a festa sangrenta a elite do seu reino.

Os oficiais do exército não tiveram, é verdade, outra música além da artilharia dos fortes holandeses; mas isso foi o suficiente para um grande número de homens, que encontraram na guerra as honras, a ascensão, a fortuna ou a morte.

O senhor D'Artagnan partiu comandando um corpo de doze mil homens, cavalaria e infantaria, com os quais

> A **Frísia** é uma província dos Países Baixos. A região fica bem lá em cima no mapa holandês.

teve ordem de tomar os vários locais que são os nós da rede estratégica chamada Frísia.

Nunca um exército foi levado com mais gala a uma expedição. Os oficiais sabiam que seu senhor, tão prudente quanto astuto e corajoso, não sacrificaria um único homem nem uma única polegada de terra se isso não fosse necessário.

Ele tinha seus velhos hábitos da guerra: viver no lugar, manter o soldado cantando e o inimigo chorando.

O capitão dos mosqueteiros do rei mostrava com graça que conhecia o ofício. Nunca se viram ocasiões mais bem escolhidas, operações de mão amiga mais bem apoiadas, erros do sitiado mais bem aproveitados. O exército de D'Artagnan tomou, em um mês, doze praças pequenas.

Estava na décima terceira, e esta resistia havia cinco dias. D'Artagnan mandou abrir a trincheira sem parecer supor que aquelas pessoas devessem a alguma hora se render.

> Os **sapadores** são soldados especializados em cavar trincheiras sob as paredes das fortificações inimigas para ver se conseguem assim destruir aquela camada de defesa. Ao mesmo tempo, podem trabalhar pra fortificar o seu lado do combate.

Os sapadores e os trabalhadores eram, no exército daquele homem, um corpo em que havia muita emulação, ideias e zelo, porque ele os tratava como soldados, sabia tornar glorioso o trabalho que eles executavam e cuidava zelosamente da sua vida.

> Uma **gleba** é um pedaço de terra. **Pantanosas** porque a Frísia fica no mar de Wadden, que é a parte mais ao sul do chamado mar do Norte. E *Wad* quer dizer lama lá na língua deles. Isso mesmo: a área toda ali na costa da Frísia é areia molhada. Por conta da maré, tem hora que a pessoa pode ir andando, tem hora que nem a pé nem de barco, porque nada passa. E as condições mudam basicamente de seis em seis horas. Ou seja, um terreno complicado e cansativo pra se meter numa batalha.

Assim, era de se ver o furor com que eles revolviam as glebas pantanosas da Holanda. A turfa e a argila derretiam, no dizer dos soldados, como manteiga nas grandes frigideiras das donas de casa frísias.

O senhor D'Artagnan mandou um correio para o rei informando-lhe os últimos sucessos, o que dobrou em Sua Majestade o bom humor e a disposição de agradar às damas.

> A região era coberta por um tipo de musgo chamado **turfa**, por conta da umidade geral da terra e do ar, enquanto a **argila** foi mesmo um elemento importante nos séculos seguintes, quando pipocaram na área várias indústrias de fazer tijolos.

As vitórias do senhor D'Artagnan davam tanta majestade ao príncipe, que a senhora de Montespan passou a chamá-lo sempre de Luís, o Invencível.

Assim, a senhorita de La Vallière, que só tratava o rei como Luís, o Vitorioso, perdeu muito da benevolência de Sua Majestade. Aliás, tinha frequentemente os olhos vermelhos, e, para um invencível, nada é tão desagradável quanto ver a amante chorando quando em volta dele tudo sorri. O astro da senhorita de La Vallière se afogava no horizonte entre nuvens e lágrimas.

Mas a alegria da senhora de Montespan dobrava com os sucessos do rei e o consolava de qualquer outra desgraça. Era a D'Artagnan que ele devia isso.

Sua Majestade quis reconhecer seus serviços. Escreveu ao senhor Colbert:

> Senhor Colbert, temos uma promessa a cumprir com o senhor D'Artagnan, que não deixa de cumprir as dele. Faço-o saber que é hora de executar isso. Tudo o que lhe for necessário em relação a essa providência lhe será fornecido em tempo hábil.
>
> Luís.

Atendendo ao rei, Colbert, que conservava perto de si o enviado de D'Artagnan, entregou a esse oficial uma carta dele, Colbert, para D'Artagnan e um cofrinho de ébano com incrustação de ouro, não muito volumoso em aparência, mas sem dúvida bem pesado, pois foi dada ao mensageiro uma guarda de cinco homens para ajudá-lo no transporte do objeto.

Essas pessoas chegaram no romper do dia à praça que o senhor D'Artagnan sitiava e se apresentaram no alojamento do general.

Disseram-lhes que, contrariado por uma investida feita na véspera pelo governador da praça, um homem dissimulado, na qual as obras tinham sido entulhadas, haviam morrido setenta e sete homens e se começara a restaurar uma brecha, o senhor D'Artagnan acabara de sair com dez companhias de granadeiros para reiniciar os trabalhos.

O enviado do senhor Colbert recebera a ordem de procurar o senhor D'Artagnan onde quer que ele estivesse, a qualquer hora do dia ou da noite. Assim, encaminhou-se para as trincheiras, seguido do seu acompanhante, ambos a cavalo.

Perceberam na planície descoberta o senhor D'Artagnan, com seu chapéu galonado de ouro, o longo bastão e os enfeites dourados na gola e nos punhos. Ele mastigava o bigode grisalho e se ocupava apenas de abanar com a mão branca a poeira que ao passarem por ele lhe atiravam as bolas antes de irem abrir o solo.

Assim, num terrível fogo que enchia de assobios o ar, viam-se os oficiais manejar a pá, os soldados empurrar os carrinhos de mão e as enormes faxinas, subindo carregadas ou arrastadas por dez a vinte homens, cobrir a frente da trincheira, aberta novamente até o centro pelo esforço furioso do general animando seus soldados.

> Tudo ali é argila, lama, e, pra um bando de homens, cavalos mais equipamento pesado seguir adiante, eles usavam essas **faxinas**. Elas são feixes de ramos de árvore amarrados e colocados sobre o terreno pantanoso para criar certa estabilidade e assim poder levar pra frente, por exemplo, os canhões.

Em três horas, tudo fora restabelecido. D'Artagnan começava a falar com mais tranquilidade. E se acalmou imediatamente quando o capitão dos sapadores lhe disse, com o chapéu na mão, que a trincheira já podia ser ocupada.

Esse homem mal havia acabado de falar, quando uma bala lhe cortou uma perna e ele caiu nos braços de D'Artagnan.

Este levantou o soldado e, tranquilamente, com muito carinho, desceu com ele para a trincheira, sob o aplauso entusiasmado dos regimentos.

Desde então, não foi mais um ardor, e sim um delírio; duas companhias saíram furtivamente e correram até os postos avançados, destruindo-os rapidamente. Quando seus camaradas, contidos com muito esforço por D'Artagnan, as viram alojadas nos bastiões, também eles se arremessaram, e logo ocorreu uma investida furiosa à contraescarpa, da qual dependia a salvação da praça.

> As fortificações tinham fossos (uma vala) ao redor delas, para complicar ainda mais a vida de qualquer inimigo atacante. As paredes de uma vala de forte são chamadas de escarpa e **contraescarpa**. A escarpa é a parede mais próxima do lado de fora. A contraescarpa é a parede mais próxima do lado de dentro do forte. Se você for um soldado do time que quer invadir o lugar, vai ter de descer a escarpa pra entrar na vala e subir a contraescarpa pra subir do outro lado e assim atravessar o fosso todo.

D'Artagnan viu que o único meio de conter suas tropas era elas ocuparem a praça; então, empurrou todos contra duas brechas que os sitiados se apressavam em reparar; o choque foi terrível. Dele tomaram parte dezoito companhias, e D'Artagnan ficou com os demais a meio tiro de canhão, para sustentar o assalto por escalões.

Ouviam-se claramente os gritos dos holandeses apunhalados sobre suas peças pelos granadeiros de D'Artagnan; a luta se intensificava com o desespero do governador, que disputava palmo a palmo sua posição.

D'Artagnan, para encerrar a questão e cessar o fogo contínuo, enviou outra coluna, que furou como uma verruma os postos ainda sólidos, e logo se percebeu nas muralhas, em meio ao fogo, a corrida enlouquecida dos sitiados perseguidos pelos sitiadores.

> Antes de existirem as furadeiras elétricas, o pessoal usava as **verrumas** para fazer pequenos furos em madeira (sem criar rachaduras). A ferramenta de metal tem um cabo numa ponta, enquanto a outra começa pontiaguda e depois vira uma espiral. O saca-rolha sem bracinhos, por exemplo, é uma espécie de verruma.

Foi nesse momento que o general, tranquilizado e muito alegre, ouviu ao seu lado uma voz que dizia:

— Senhor, por favor, da parte do senhor Colbert.

Ele rompeu o lacre de uma carta, que trazia estas palavras:

> Senhor D'Artagnan, o rei me encarrega de fazê-lo saber que o nomeou marechal da França, em recompensa pelos bons serviços e pela honra que traz às suas armas.
>
> O rei está encantado com as conquistas obtidas; ordena-lhe, sobretudo, terminar o cerco que o senhor começou, com felicidade para o senhor e sucesso para ele.

D'Artagnan estava de pé; tinha o rosto afogueado, o olhar faiscante. Ergueu os olhos para ver o avanço de suas tropas sobre as muralhas envoltas em turbilhões vermelhos e negros.

— Acabei — respondeu ele ao mensageiro. — A cidade se renderá em um quarto de hora.

E continuou sua leitura.

> O cofre, senhor D'Artagnan, é um presente meu. O senhor não se zangará ao ver que, enquanto os senhores, guerreiros, puxam a espada para defender o rei, eu animo

as artes pacíficas a adorná-lo com recompensas dignas da sua pessoa.

Recomendo-me à sua amizade, senhor marechal, e lhe suplico que acredite na minha.

Colbert.

Embriagado de alegria, D'Artagnan fez um sinal para o mensageiro, que se aproximou com o cofre nas mãos. Mas, no momento em que o marechal ia olhá-lo, uma forte explosão retumbou nas muralhas e chamou-lhe a atenção para os lados da cidade.

— É estranho — disse D'Artagnan — eu ainda não ver a bandeira do rei nos muros e não se ouvir o toque de rendição.

Ele despachou trezentos homens descansados, conduzidos por um oficial cheio de ardor, e ordenou que abrissem outra brecha.

Então, mais tranquilo, voltou ao cofre que o enviado de Colbert lhe apresentava. Era seu bem; ele o ganhara.

D'Artagnan estendeu o braço para abri-lo, mas então uma bala partida da cidade destroçou o cofre entre os braços do oficial, atingiu D'Artagnan em pleno peito e o arremessou para uma escarpa de terra, enquanto o bastão com a flor de lis, escapando-se das laterais mutiladas do seu receptáculo, rolou até a mão desfalecida do marechal.

D'Artagnan tentou se levantar. Achavam que ele havia caído sem ferimento. Um grito terrível partiu do grupo de oficiais horrorizados: o marechal estava coberto de sangue; a palidez da morte subia lentamente até seu rosto nobre.

Apoiado nos braços que, de todos os lados, se estenderam para recebê-lo, ele pôde voltar novamente o olhar para a praça e distinguir a bandeira branca no alto do bastião principal; seus ouvidos, já surdos aos barulhos da vida, perceberam debilmente um rufar de tambores que anunciava a vitória.

Então, cerrando na mão crispada o bastão de veludo bordado com flores de lis douradas, baixou até ele os olhos que já não tinham força para contemplar o céu, e caiu murmurando estas palavras estranhas, que para os soldados surpresos pareceram palavras cabalísticas, palavras que em outros tempos haviam representado tantas coisas na terra, e que ninguém mais, fora aquele agonizante, compreendia:

— Athos, Porthos, até logo! Aramis, adeus para sempre!

Dos quatro homens valorosos de quem narramos a história, restava apenas um só corpo. Deus havia retomado as almas.

Cabalístico > de natureza misteriosa, esotérica, mística.

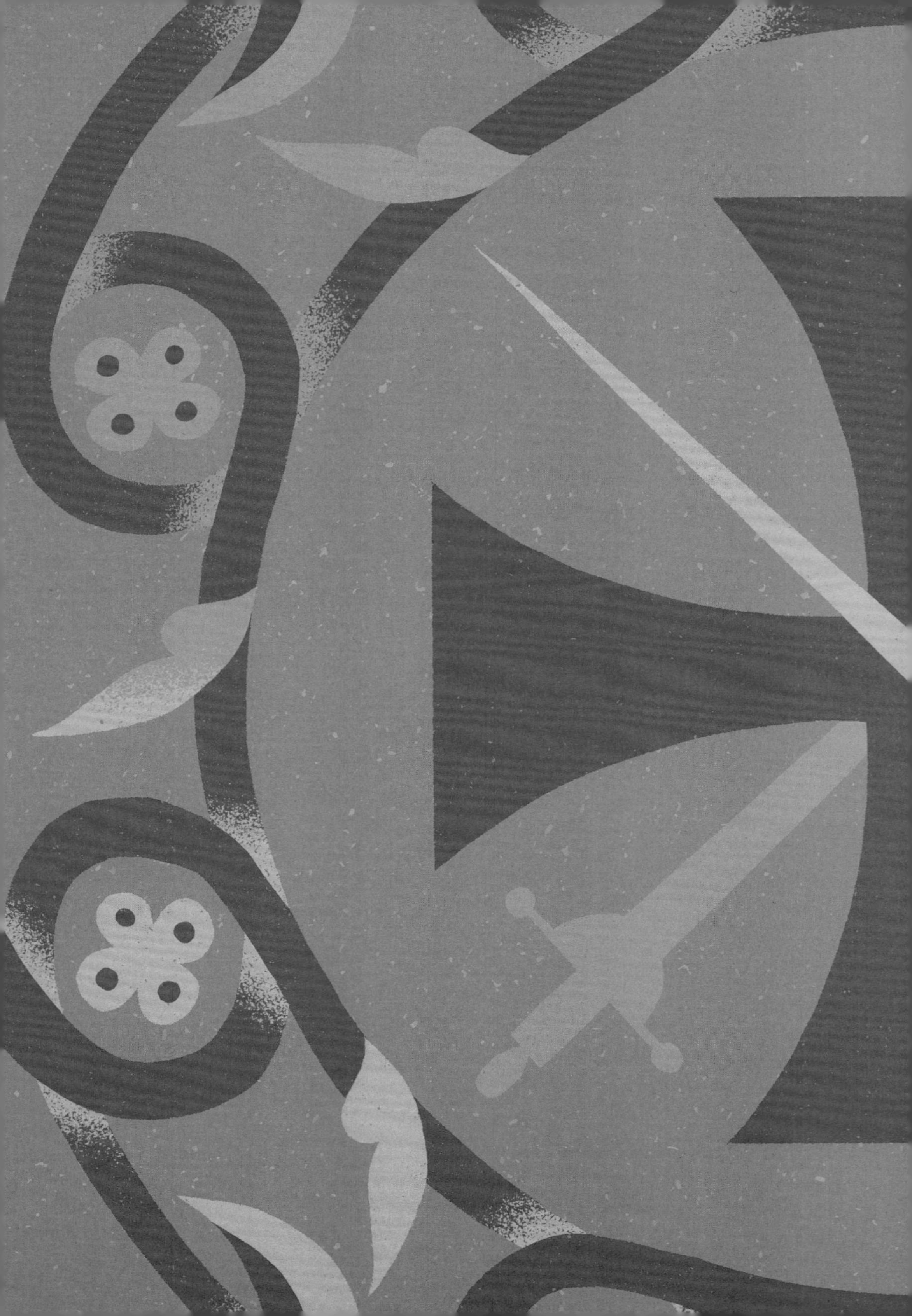

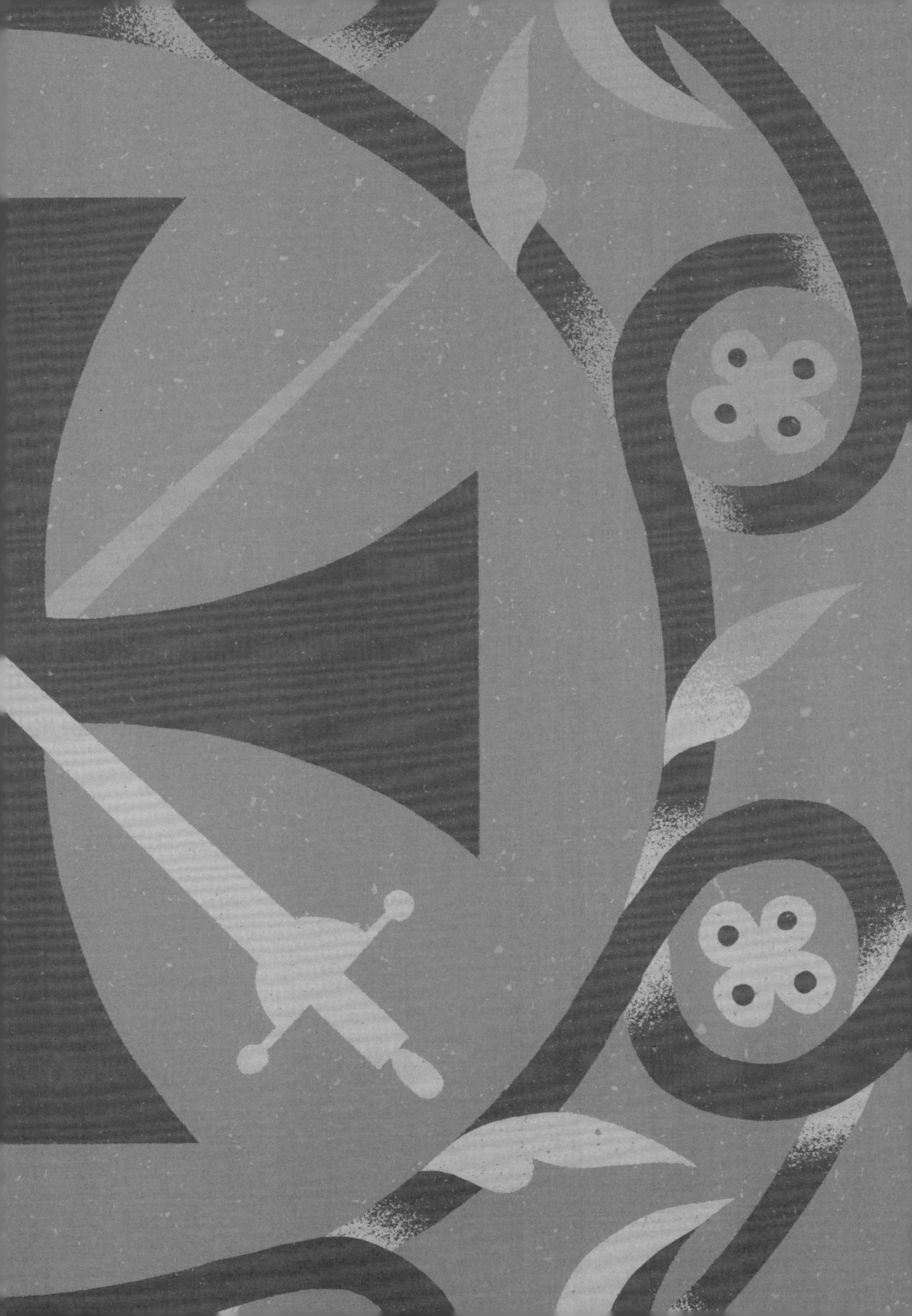

O MÁSCARA DE FERRO

Filipe, filho de Luís XIII e de Ana da Áustria, irmão gêmeo do rei Luís XIV

IRMÃOS

Fouquet

superintendente das Finaças do rei, é o protetor de Aramis na corte

X ADVERSÁRIOS

Colbert

controlador-geral das finanças reais, tenta a todo custo roubar o cargo de Fouquet

LUÍS XIV

o "Rei Sol" da França, tem Louise de La Vallière como uma de suas amantes

AMANTES

EX-NOIVOS

Louise de La Vallière

noiva de Raoul, abandona o rapaz e apaixona-se pelo rei Luís XIV

D'Artagnan

capitão dos mosqueteiros, fiel súdito do rei, tenta proteger seus amigos

Porthos

ex-mosqueteiro e barão de Vallon, Bracieux e Pierrefonds, ajuda Aramis no golpe contra o rei

ARAMIS

ex-mosqueteiro e bispo de Vannes, trama a libertação de Filipe para assumir o trono do rei Luís XIV

ATHOS

ex-mosqueteiro e conde de La Fère, é pai de Raoul

Raoul

visconde de Bragelonne, é filho do mosqueteiro Athos. Sua noiva, La Vallière, o abandona para ficar com o rei

MARIA CRISTINA GUIMARÃES CUPERTINO é formada em ciências sociais pela Universidade de São Paulo (USP). Sua atividade no setor editorial teve início na década de 1990, quando trabalhou como preparadora de originais para o Círculo do Livro. Posteriormente traduziu, entre inúmeros outros títulos, *O grande Gatsby*, de Scott Fitzgerald, e *Um amor de Swann*, de Marcel Proust (ambos pela Alaúde, selo Tordesilhas), *As razões do Direito*, de Manuel Atienza (Princípio) e *Uma passagem para a Índia*, de E. M. Forster (Globo).

FÁTIMA MESQUITA é uma colecionadora profissional de letras e sentenças. Apaixonada por línguas em geral e mais ainda pelo português, essa mineira de Belo Horizonte (MG) tem vasta experiência como redatora, escritora, jornalista, tradutora, pesquisadora, roteirista de rádio e TV, e ainda no ensino de português, redação e história. No seu currículo há trabalhos feitos para BBC World Service Trust, Unicef, Discovery Channel Canada, Rádio e TV Bandeirantes, Grupo Abril, TV Cultura de SP, Fiocruz, entre outras empresas. Curiosa e *workaholic*, é das suas muitas leituras que extrai informação para as notas e comentários das coleções de clássicos da Panda Books. É autora de onze livros publicados para crianças e jovens, com traduções na Alemanha e na China. Já morou em várias partes do Brasil, além de ter tido endereço fixo na Inglaterra e em Angola. Desde 2003, vive feliz no friozinho do Canadá.

RAFAEL NOBRE é formado em design gráfico pela Universidade Federal do Rio de Janeiro (UFRJ). Desenvolve em seu estúdio projetos de design para livros e ilustração para o mercado editorial e publicitário. Seu trabalho já foi premiado pelo Brasil Design Award, selecionado para a Bienal de Design Gráfico da ADG e finalista na categoria de Melhor Capa do Prêmio Jabuti. Trabalhou no Grupo Editorial Record (2006), onde criou as suas primeiras capas de livro. Foi cofundador e sócio da produtora e editora Babilonia Cultura Editorial (2012-2017), onde produziu e criou workshops de capacitação do mercado editorial, projetos autorais de livros e eventos culturais. Além dos projetos comerciais, mantém uma produção artística autoral.

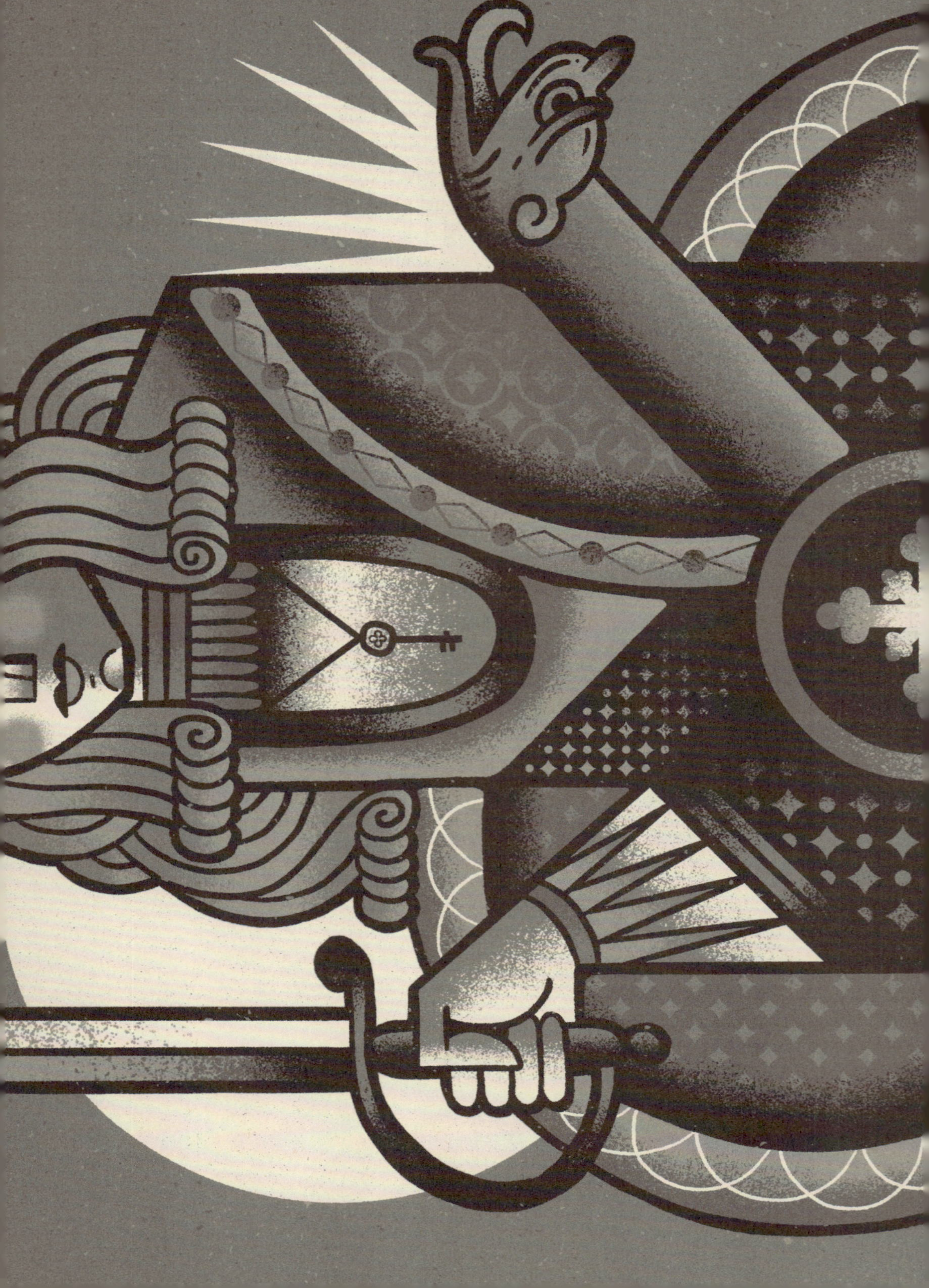